國家古籍整理出版專項經費資助項目

李攀龍全集校注

上

李攀龍　著
李伯齊　校注

人民文學出版社

圖書在版編目（CIP）數據

李攀龍全集校注 ：上中下 /（明）李攀龍著 ；李伯齊校注. -- 北京 ：人民文學出版社，2025. --（明清別集叢刊）. -- ISBN 978-7-02-019075-1

Ⅰ. I214.82

中國國家版本館 CIP 數據核字第 2025LB8472 號

責任編輯　**高宏洲**
裝幀設計　**黃雲香**
責任印製　**蘇文強**

出版發行　**人民文學出版社**
社　　址　**北京市朝内大街 166 號**
郵政編碼　**100705**

印　　刷　**三河市中晟雅豪印務有限公司**
經　　銷　**全國新華書店等**

字　　數　**1390 千字**
開　　本　**880 毫米×1230 毫米　1/32**
印　　張　**58　插頁 3**
印　　數　**1—1500**
版　　次　**2025 年 3 月北京第 1 版**
印　　次　**2025 年 3 月第 1 次印刷**

書　　號　**978-7-02-019075-1**
定　　價　**358.00 圓(全三冊)**

如有印裝質量問題,請與本社圖書銷售中心調換。電話:010-65233595

前言

李攀龍（一五一四—一五七〇），字于鱗，號滄溟，歷城（今山東濟南市歷城區）人。相傳其故居白雪樓在濟南東郊王舍人莊東北，華不注、鮑山之間，東距韓倉約十里，今已不存。因家近東海，自號滄溟，人稱滄溟先生。李攀龍主盟嘉、隆之際的文壇，爲「後七子」的領袖人物，詩名高於當代，影響及於清初百有餘年，是有明一代詩文大家之一。

李攀龍生當明代中葉，仕於嘉靖、隆慶兩朝。嘉靖二十三年（一五四四），李攀龍賜同進士出身，試政吏部文選司，第二年以疾告歸。嘉靖二十六年（一五四七），授刑部廣東司主事，三年之後升任員外郎，尋遷山西司郎中。嘉靖三十二年（一五五三）外放順德（今河北邢臺）知府，有政績，三年後擢陝西按察司提學副使，不滿一年即拂衣東歸；從此隱居故里，十年不起。隆慶（一五六七）改元，起爲浙江按察司副使，二年後遷參政，尋遷河南按察使。隆慶四年（一五七〇），母喪毀頓，暴疾而卒，終年五十七歲。

李攀龍一生的文學活動，大體與其仕宦生涯相終始。其生平，大體可分爲六個階段。

一

李攀龍的先世無所稱名，其父李寶「以貲事德莊王爲郎」〔一〕。攀龍幼時家貧，與其母張氏相依爲命。『家徒四壁立』，靠母紡織艱難度日，『率日一餅，卽再飧，必鮮飽』〔二〕。而其母爲使兒子成才，決心供其讀書，並將家遷於學宫附近，令其就近請教塾師，『伏臘行經師脩，脱珥簪取給焉』〔三〕。攀龍自奮於學，十八歲入縣學爲諸生，並取得府學廩生資格。就在這一時期，攀龍與尚在髫年的殷士儋（後爲内閣大學士，有文名）、許邦才（後爲王府長史，濟南詩人）約爲知交，三人情趣相投，終生爲友。當時府學在今大明湖南偏，殷氏居趵突泉西側，許家在大明湖旁側水村，大明湖、趵突泉成爲李攀龍等常往聚會之處，也爲李攀龍常往讀書之處。趵突泉爲濼水之源，水湧若輪；大明湖匯瀦諸泉，爲濟南景勝集中之地。湖泉之上，林木蒼翠，景致優美，並有唐宋以來李白、杜甫、曾鞏、蘇轍、元好問、趙孟頫、張養浩、邊貢等的游蹤詩跡，詩人徜徉其中，俯仰湖山，領略泉音柳韻，觸摸前代詩人的詩心詩境，切磋詩藝，陶冶自己的情性、品格。

明代自明太祖朱元璋規定全國府州縣學及閭里私塾都要以『孔子所定經書誨諸生，毋以儀（張儀）、秦（蘇秦）縱横壞其心術』以來〔四〕，儒家的《四書》、《五經》卽成爲士子的必修功課，宋代朱熹的《四書章句集注》卽成爲書塾講授與科考的主要内容。枯燥無味的經訓内容，固定、呆滯的八股文形式，將士子引導進仕祿之途，也將士子的思想死死束縛起來。李攀龍自幼踈狂任放，不樂受人約束，入書塾後，『恥爲時師訓詁語，人目爲狂生』〔五〕。『唐宋派』的文學家王愼中督學山東，『奇于鱗文，擢諸首，然于鱗益厭時師訓詁學，間側弁而哦若古文辭者。諸弟子不曉何語，咸相指于鱗：「狂生！狂生！」于鱗夷然不屑也。曰：「吾而不狂，誰當狂者！」』〔六〕王愼中所『奇』之『文』，當是『時文』卽八股文，而攀龍所吟哦的『古文辭』則是與『時文』相對立的古代詩文。自明中期以來，『前七子』李夢陽等爲反對宋明理學的思想鉗制和『臺閣體』，提倡『復古』，標舉『古文辭』，而追隨者常被人目爲『迂』爲『狂』。李攀龍所『厭』的是『時師訓詁』即對經文枯燥的訓釋，雖非八股取士的制度，而其所好之『古文辭』則反映了那個時代一種進步傾向，由此可見他自幼即不甘鉗束，表現出疎狂任放的性格。王氏强調這一點，大概也是要説明李攀龍的詩文主張的形成其來有自，非在一朝一夕之間。

二

嘉靖十九年（一五四〇），李攀龍二十七歲時中鄉試第二名。三年後，即嘉靖二十三年，賜同進士出身，試政吏部文選司，是其入仕之始。第二年，即嘉靖二十四年，『以疾告歸』〔七〕。『隨侍太恭人歸濟南』〔八〕，則有可能是因其母而歸。『歸則益發憤勵志，陳百家言，附而讀之，務鉤其微，抉其精，取恒人所置不解者，拾之以績學。蓋文自西漢以下，詩自天寶以下，若爲其毫素污者，輒不忍爲也』〔九〕。應該説，攀龍此次歸里讀書，使其文學復古思想進一步醞釀並逐漸形成，進而堅定了他繼『前七子』之後提倡復古的文學主張，爲其一生文學活動奠定了基礎。

嘉靖二十五年（一五四六），攀龍返京，充順天鄉試同考官，第二年授刑部廣東司主事。官職閒散，又成爲李攀龍讀書及從事文學創作的大好時機。王世貞憶述説：『于鱗既以古文辭創起齊魯間，意不可一世學。而屬居曹無事，悉取諸名家言讀之，以爲紀述之文厄於東京，班氏姑其狡狡者耳。不以規矩，不能方圓，擬議成變，日新富有。今夫《尚書》、《莊》、《左氏》、《檀弓》、《考工》、《司馬》，其成言班如也，法則森如也，吾攄其華而裁其衷，琢字成辭，屬辭成篇，以求當於古之作者而已。』〔一〇〕即是說，攀龍讀古書的目的，就是吸取其精華，繼承其傳統。而當時的讀書人爲追求功名富貴，大都埋頭於閱讀《四書》、《五經》和練習八股文，而對古代詩文瞭解卻較少，因此，『謂于鱗師心而務求高，以陰操其勝於人耳目之外而駭之；其駭與尊賞者相半』。但對其詩歌創作，『則心服靡間言』。至於攀龍的詩歌主張及其創作實踐，王世貞寫道：『蓋于鱗以詩歌自西京逮於唐大曆，代有降而體不沿，格有變而才各至。故於法不必有所增損，而能縱其夙授，神解於法之表，句得而爲篇，篇得而爲句，即所稱古作者其已至之語，出入於筆端，而不見跡；未發之語，爲天地所秘者，則出於胷臆而不爲異，亡論建安以後諸公有不偏之調，于鱗以全收之；即其偏至而相角者，不啻敵也。』〔一一〕由此我們可以粗略地瞭解到李攀龍文學主張的基本内容，即所謂文主秦漢、詩規盛唐，認爲『文自西京之後，詩自天寳而下，俱無足觀』〔一二〕。在創作上，則專事模擬，於古文辭作法，『不必有所增損』，『句得而爲篇，篇得而爲句』，篇篇模擬，句句模擬，『即所稱古作者其已至之語，出入於筆端，而不見跡』，即入妙境。其所作擬古樂府，即爲這一主張的具體實踐。

今存《滄溟集》中之《古樂府》二百一十餘首，非一時一地之作，哪些爲在京作品，已難詳爲考定。詩前有序，說明他所主張的模擬有如漢時胡寬之在長安營新豐，使舊豐縣之雞犬皆識其家。即不求其神似，而求其貌似。雖也引《易》『擬議以成其變化，日新之謂』，觀其《古樂府》諸作，則易漢樂府字句而成篇，如易句而爲《垓下歌》、易五字而爲《翁離》，捃摭《陌上桑》、《孔雀東南飛》爲《陌上桑》，文詞古奥、板滯，内容陳腐支離，令人難以卒讀。這部分詩歌，是《滄溟集》中的糟粕，歷爲人所瑕疵，而在當時卻爲『名家勝流』的王世貞高自稱引，『羽翼而鼓吹之』〔一三〕，其聲望雀起，『名乃籍甚公卿間』〔一四〕，豈非咄咄怪事！

其實，如考察一下李攀龍所處時代的文學狀況，就會明白他揭舉復古旗幟而贏得士林擁戴的原因。明初以來，以閣臣『三楊』（楊士奇、楊榮、楊溥）爲代表的臺閣體詩歌統治詩壇，其詩大量爲應制、頌聖或應酬、題贈之作，歌功頌德，粉飾太平，嘽緩、虛浮，窒息了詩歌的發展。一般仕祿之徒，仕前汲汲於八股文，仕後爲逢迎應酬又紛紛仿效臺閣體，其流弊瀰漫詩壇百有餘年，給正宗詩文的發展帶來深重危機。正德、弘治間，李夢陽、何景明等『前七子』發動的文學復古運動在嘉靖初年逐漸消歇，此時李攀龍等與之倡和，贏得士林的支持，斯不足怪。

嘉靖二十六年（一五四七）春，王世貞、汪道昆、李先芳、殷士儋等進士及第；王世貞試政大理司，士儋選庶吉士，授翰林院檢討〔一五〕。是年，李攀龍與李先芳、謝榛、吳維嶽倡詩社。經李先芳介紹，王世貞與李攀龍結識、定交。第二年，李先芳出爲新喻知府，而王世貞授刑部主事，與攀龍同曹共事。嘉靖二十八年（一五四九），攀龍遷刑部員外郎，次年，遷山西司郎中。這時有一位邊將犯法，罪不至死，但因未曾賄賂某權貴之子，某權貴即要攀龍判其死罪，而攀龍卻根據律條處以最輕的刑罰。由此可見，李攀龍爲官清正，不阿附權貴，這也是他在公卿間名聲日隆的原因。在此期間，王、李二人『相切磋爲西京、建安、開元語』〔一六〕。世貞自謂自見于鱗，頗悔舊作，『悉燒棄之』〔一七〕。這年謝榛因盧柟冤獄抵京說項，與王世貞、李攀龍結交，經常聚會論詩、唱和。次年，徐中行、梁有譽、宗臣、吳國倫進士及第。宗臣、梁有譽先入社，與李攀龍、王世貞、謝榛，是爲『五子』。未幾，徐中行、吳國倫相繼加入，始有

『七子』之目。其論詩宗旨，蓋與『前七子』相倡和，史稱『後七子』。『七子』相聚，『爲會社時，有所賦詠，人人意自得，最後于鱗出片語，則人人自失也』〔一八〕。李攀龍詩才超軼，被王世貞等推尊爲『七子』領袖。

據錢謙益説，謝榛游京師時，與李攀龍、王世貞『結社燕市，茂秦以布衣執牛耳。諸人作五子詩，咸首茂秦，而于鱗次之。已而于鱗名益盛，茂秦與論文，頗相鐫責，于鱗遺書絶交。元美諸人咸右于鱗，交口排茂秦，削其名於七子、五子之列』〔一九〕。王、李等入仕之初，謝榛年長，且是頗有名氣的詩人，王、李對其表示尊重，自是情理中事。謝榛從未入仕，始終是布衣詩人，而王、李等仕進並宦游各地，彼此聯繫減少。同時，王世貞等推崇于鱗，對謝榛有些冷落。這都是事實。但有幾點需要注意，一是謝榛在形成『七子』結社後卽離開京都，未被公推爲『七子』領袖；二是從今存《滄溟集》中謝、李贈答詩的内容看，二人關係並不像錢氏所云那樣『絶交』或『削其名於七子、五子之列』。嘉靖四十年（一五六一），謝榛由鄴城返歸故里臨清，這一年他曾致函李攀龍，並將其新刻的詩集寄贈，李攀龍有《報茂秦書》和《寄謝茂秦二首》可證。從李攀龍的爲人來看，他不會因謝榛爲布衣就與之疏遠。今天看來，或許是因爲李、謝二人彼此所處環境不同而接觸較少，其詩學思想在發展中也出現了某些分歧，致使二人關係有所疏遠吧？

嘉靖三十一年（一五五二），李攀龍隨侍其母歸濟南，梁有譽以念母告歸，謝榛於七月離京，王世貞也借公差於是年冬返里。從此，七子星散各地，再未能聚會北京，彼此只能借助詩文聯繫了。

李攀龍供職北京期間，正是權姦嚴嵩竊弄威柄之時，朝政日非，吏治黑暗。在他入仕前一年，卽嘉靖二十二年（一五四三），權姦嚴嵩入內閣，從此專擅朝政二十餘年。朝廷內外官員的黜陟進退，一決於嵩，因此一般士大夫『輻輳附嵩』〔二〇〕，而正直骨鯁之臣因彈劾嚴嵩，或遭貶外放，或慘遭殺害，以至朝中大臣人人自危。李攀龍在京八年之間，大學士夏言、大將曾銑、兵部尚書丁汝夔、兵部員外郎楊繼盛等先後被殺，斥逐外放、削籍歸里者，更是難以勝計。『七子』中的王世貞、吳國倫、宗臣，或因同情楊繼盛，或因事相忤，亦遭貶外放。李攀龍自稱『傲吏』，『拓落杜門』，『稍類強直』〔二一〕，不結交權貴，不黨附嚴氏，因名聲『籍籍公卿間』，雖未遭害，卻淹滯郎署，不得升遷，最終還是外放，且從此未得返京任職。

李攀龍這一時期所作擬古詩多無可取，而於友朋贈答之作中，則時見新意，其中部分近體詩，或寫詩文抱負，或抒寫鄉關之思，或爲朋輩酬答唱和，大都對仗工穩，氣勢奔放，可見其藝術工力。

三

嘉靖三十二年（一五五三），李攀龍外放爲順德知府，出守順德（今河北邢臺）。他剛剛到任，就碰上暴雨造成的水災，『頃當淫潦爲沴，自京畿千里，莩骼蔽野』，感嘆『某摛藻如春華，何益於殿最』〔二二〕，面對順德的現狀，他感到無助，對能否治理好順德也缺乏信心。然而，李攀龍在順德三年，竟政績卓著，贏得上下交口讚譽，是他在政治上有所作爲的時期。

李攀龍治理順德，『務爲休息』〔二三〕，興利除弊，做了一些既有利於鞏固明王朝統治又給普通百姓帶來一定利益的事。如請蠲民税，減輕百姓負擔；減輕人民勞役負擔。也辦了兩件事：一是減少順德民工數額，請求寬免百姓服任外地的勞役，並建議於永年、沙河、邯鄲設驛站，以『寬二邑之力』〔二四〕；二是政刑寬簡，獄訟大爲減少，以及注意平時糧食儲備，設鉅鹿官亭、嚴保甲制度等。

李攀龍在順德官聲大振，其詩文創作也進入旺盛時期。其文多爲書牘、奏記，又著意擬古，佶屈聱牙，多無可觀，而詩則多爲近體，雖内容仍不過贈答唱酬、流連風景之作，卻對仗工穩，用典精切，在藝術上取得一定成就。其詩大致可分爲三類，即贈答抒懷、山水紀游、關心時政之作。

在當時出任知府，對一般貪官污吏來説，是求之不得的『肥缺』，即所謂『一年清知府，十萬雪花銀』，大可刮取民脂民膏，以填滿私囊。但如李攀龍這樣的知識分子，卻並非如此。他以才能自負，常思躋身廊廟，得到最高統治者的器重，以實現自己的政治理想，做一番事業，因將由郎署外放視同貶謫，時有牢騷，常謂自己『落魄』、『蹭蹬』，哀嘆不爲皇帝所賞識，説『自憐華髮馮唐老』〔二五〕，説『風塵落落一狂生』〔二六〕；認爲自己四十多歲纔做一郡守，『三年不調，意同於棄』〔二七〕，以至『浩然有東意』〔二八〕，想要歸隱故里了。在京舊游以及王世貞諸詩友而今天懸地隔，星散各地，改變一代文風的詩文抱負也難以施展，尤令其傷心不已，所以這一時期寫了不少憶念京華舊游的詩歌。謝榛、吳國倫、張佳胤等均曾過訪，亦均有詩紀其事。順德境内巍巍太行，滔滔漳水，黄榆、馬陵形勝，壯闊蒼茫的河朔景象，都曾激起詩人情興，發而爲詩，頗多佳作。如五、七言同題《登黄榆、馬陵諸山是太行絶頂處四首》都意境開闊，氣勢奔放。太行山的崔巍嵯峨，及其壯闊蒼茫的氣勢，白雲飛瀑、落木悲風的秋日景色，都如描如繪，生動而真切。至於關心時政之詩數量較少，但值得注意。由於嘉靖皇帝昏庸，嚴嵩弄權，朝政腐敗、黑暗，平倭戰事屢屢失利。嘉靖三十四年（一五五五），倭寇登陸騷擾江浙一帶，至北上山東日照，殺人劫掠，給沿海地區造成巨大破壞。嚴嵩派其親信趙文華督浙江、直隸（南直隸）軍兵，約應天巡撫曹邦輔進剿倭寇，軍至松江，即被擊潰，而趙文華卻謊報水陸大捷，奏請班師回朝。李攀龍所轄順德軍即在此次剿倭征行之列，他曾親自送赴閩兵部官員張佳胤，寫有《送張肖甫出計閩廣二首》，表達對平倭戰事的關心和憂慮。平倭失利的消息傳來，詩人的心情可知，《春興》一詩即爲此而寫。

嘉靖三十五年（一五五六）春，王世貞奉詔省讞畿輔順德、德平、大名諸地，與攀龍在順德衙齋相會，並相約到大名與謝榛、盧柟歡聚。不久，攀龍就接到提升爲陝西按察司提學副使的詔命。

四

嘉靖三十五年秋冬之際，李攀龍抵達陝西任所。西安爲秦漢故都，人才薈萃。『關中士素習古文詞，得于鱗爲師，又蝟然勃興矣』〔二九〕。因此，在其赴任之後，自夏至秋，風塵僕僕，『歷西、延、平、慶等處，往還四千里，考過府、州、縣生童六十餘處』〔三〇〕，充滿熱情，想要在任内做出一番成就，爲國家培養和選拔一批人才。今《滄溟集》中有《問西安三學生策》、《問華渭諸生策》，即其視學時所擬試題。

但是，詩人的情緒很快發生了變化。李攀龍到任幾個月，他的同鄉、山東東阿人殷學督撫陝西。殷學挾勢倨傲，『以檄致于鱗，使屬文』。攀龍秉性孤介，對此十分氣憤，當即嚴詞拒絕，同時送去《乞歸公移》，文中稱因視學辛勞，『忽成泄痢，以至瘻瘡頓發，肛門突腫，坐臥俱防，下血既多，元氣日損』，且

『頭目眩暈』，無法臨卷，請求致仕歸里。未待批復，即『拂衣東歸』〔三一〕。

關於李攀龍東歸，殷士儋説因其『不習西土』，『又念太恭人獨家居，遂乞骸骨歸』〔三二〕；王世貞説是憤於殷督，『會其地多震動，念太恭人老家居，遂上疏乞骸骨，拂衣東歸』〔三三〕。二説大致相同。如讀一讀攀龍《秋日》、《答許右史》、《拂衣行答元美》、《歲杪放歌》、《春日閑居》等東歸前後的詩作，即知此次東歸非唯憤於殷督，一時衝動，發書呆子脾氣，而是感到宦海浮沉的險惡處境眷然思歸的。『倦游非一日』〔三四〕，『潦倒竟全身』〔三五〕，『慢世吾何敢，風塵且避喧』〔三六〕，都是詩人的真心話。就在詩人入陝的前一年，即嘉靖三十四年，兵部武選員外郎楊繼盛因彈劾嚴嵩下獄論死，其詩友王世貞冒著忤逆嚴嵩的風險爲楊殮屍，吴國倫則倡議賻送；王世貞由刑部主事貶爲青州兵備副使，吴國倫則由兵科給事中貶爲江西按察司知事。同時，宗臣也因忤於嚴嵩出爲福建參議。對上述情況，攀龍決不會無動於衷，嚴嵩倒臺，隆慶初年起復任職，即可證明。因此，他的致仕歸家，實在是爲全身避禍，高自遠引。而且若非下大決心，他也不會在官運亨通之際未得復旨而自行東歸的。依明朝舊例，在朝大臣年老致仕回籍，稱爲『予告』，表示優禮；凡『予告』者，均可復起任用。而李攀龍一非朝臣，二非年老，不得『予告』。像他這樣離職，按照規定不得起復，即永不得爲官。據王世貞《李于鱗先生傳》載，吏部惜于鱗才欲留不得，『無可奈何，爲特請予告』。在嘉靖以前，只有『前七子』中何景明曾享受過這一特殊待遇。

五

嘉靖三十七年（一五五八），李攀龍由陝歸里，第二年，在歷城東郊築白雪樓，作爲自己的隱居之處。『樓在郡東三十里許鮑山。前望秦麓，西北眺華不注諸山，大小清河交絡其下，左瞰長白、平陵之野，海氣所際。每一登臨，鬱爲勝觀』〔三七〕。攀龍也稱鮑山樓、山樓。樓高三層，山川環抱，景物清幽，確是隱居的好去處。樓名取宋玉《對楚王問》一賦中《陽春白雪》曲高和寡之意，表明其孤高自許、不同流俗的生活態度。《白雪樓》詩云：

伏枕空林積雨開，旋因起色一登臺。大清河抱孤城轉，長白山邀返照迴。無那嵇生成懶慢，可知陶令賦歸來？何人定解浮雲意，片影漂搖落酒杯。

他自比於龍性難馴的嵇康和貞亮高節的陶淵明，浮雲富貴，寧折不屈，可見他當時的心態與追求。白雪樓成，攀龍卽杜門謝客，悠游於濟南湖山之間。雖達官顯貴，『繡衣直指，郡國二千石，干旄屏息巷左，納履錯於戶』〔三八〕，亦概戒絕門外，凡請數四，不幸一見。與其往來者，除詩壇舊友、門生故舊外，只與髫年好友殷士儋、許邦才過從靡間。當時殷士儋在告家居，許邦才任德王府長史也在濟南，三人常詩酒往還。濟南詩人潘子雨，章丘詩人華鼇、襲勖等，也與之唱酬。其間作擬古樂府、擬古詩，進一步提倡文學復古，『自時厥後，操海內文柄垂二十年』〔三九〕。李攀龍家居十年間，是其詩歌創作最爲旺盛的時期，也是其影響不斷擴大的時期。

據王世貞稱，李攀龍休居後，『乃差次《古樂府》擬之，又爲《錄別》諸篇及它文益工，不脛而走四裔』〔四〇〕。其所擬《古樂府》與《錄別》諸篇，均爲模擬之作，『句摭字捃，行數墨尋，興會索然，神明不屬』〔四一〕，『元美所標榜，頗失之太過』〔四二〕，而其抒情言志、描繪家鄉山川秀麗風光的近體詩，卻清新可讀，不乏佳作。家居十年是李攀龍詩文創作的重要時期，其間所寫詩文殆占《滄溟集》之大半，因而其詩文最初結集曾名之曰《白雪樓集》。

休居之初，李攀龍的詩主要有兩類內容：一是向友人說明歸居之由，一是抒寫歸休之後的生活和心境。李攀龍說，他所以致仕而歸，是不願意折腰事人，是學習古代賢達之士逃名歸耕。如《拂衣行答元美》詩中以巢父、許由和陶淵明自況，傲氣十足。在《答許右史二首》其一中，則表示了對追逐名利的世俗之徒的蔑棄。潦倒佯狂，正是胷中積有塊壘：『胷中壘塊故須澆，乘興往來無不可。白眼生成薄祿相，青山合就漁樵夥。趙壹疾邪衆所擯，鄒陽暗投才應坐。』《春日閑居》十首之十云：『五柳⿰山昔湖濱，先生隱是真。文章堪側目，潦倒竟全身。何必論交地，長須縱酒人。卽令東蹈海，斷不混風塵！』『拂衣先達怪，高枕故人疑』〔四三〕。爲破除『先達』、『故人』的疑怪、誤解，他不惜辭費，反復申說，似乎並不是全然說給他們聽的。『閒居堪避事，稱病足逶迤』〔四四〕。攀龍所『避』之『事』，未能明言，而『病』云『稱病』，則爲遁詞。正因爲如此，在其歸里後强言歡笑的詩篇中，仍時時流露出鬱憤不平的情緒。如《歲杪放歌》云：

終年著書一字無，中歲學道仍狂夫。勸君高枕且自愛，勸君濁醪且自沽。何人不說宦游樂，如君棄官復不惡。何處不說有炎涼，如君杜門復不妨。縱然疎拙非時調，便是悠悠亦所長。

此詩蓋爲其歸家之年的歲終所寫。自怨自艾，自慰自歎，曠達之中隱含著酸苦，這就是李攀龍歸家之初心境的真實寫照，也是這時所寫詩的基本格調。『身經畏途色不動，心知世事口不論。自顧平生爲人淺，羨君逃名我不免。自憐垂老尚憑陵，羨君混俗我不能。有酒便呼桃葉妓，得錢卽飯蓮花僧』〔四五〕。不與世事，逃名世外，堅不苟合，縱酒任放，便是攀龍初歸時的生活態度。

當其初歸，宦囊尚有餘資，老友相聚，詩酒唱和，自有無窮的樂趣。尤其與幼年摯友許邦才、殷士儋相聚時，常常痛飲終日，不忍言離。而當友人離去，『高臥』的詩人又常感寂寞難耐，『罷來詩慘澹，臥久興淒清』〔四六〕。愁病之餘，不禁感到年華流逝，而自歎髀肉復生，難以有爲：『每逢河朔飲，輒憶廣陵濤。起色含佳句，流光逼濁醪。興緣知己盡，名豈罷官高！髀肉看如此，何論長一毛！』〔四七〕因此，當秋日來臨，蕭條淒涼的景象，便觸發起詩人心中的悲苦，聞蟬聲而心哀，見雁飛而思高舉，在淒風苦雨之中獨倚樓頭，不禁感慨屈、宋難達，巢、由難期，自歎『江湖三十載，搖落好誰聞』〔四八〕了。至冬日，『寒郊不可望，蕭瑟掩柴扉』〔四九〕，更是意趣索然，只有『清齋』抱病，自『憐幽獨』了。但這些只是休居初期的情形，當其心情平靜下來之後，故鄉秀美的山川湖泉，老友之間的真摯情誼，便使他淡忘了愁苦，而沉浸在山光水色之中。他或登千佛山，或游大明湖、趵突泉，吟詩作賦，流連忘返。其歸休期間的紀游詩雖仍間有悲苦之音，而大部分詩作卻清新流暢，熱情奔放，表現出詩人對生活、對家鄉的熱愛。

白雪樓，四季景色宜人，是李攀龍休居期間的主要活動場所。《滄溟集》中留有攀龍吟誦白雪樓春夏秋冬四季景色及其感受的詩篇，也有記述在附近村落漫步閑游的文字。由白雪樓推窗西望，孤高桀立的華不注便入目而來。華不注孤高桀立的形象，與攀龍孤高自許的心境正相映襯。冬日華不注披雪而立，挺拔峻潔，尤令攀龍愛憐：『我自能憐華不注，推窗君試雪中看。』〔五〇〕《與轉運諸公登華不注絕頂》一詩，則生動地描繪出華不注及其四周的景色：

中天紫氣抱香罏，復道金輿落帝都。二水遥分清渚下，一峯深注白雲孤。岱宗風雨通來往，海色樓臺入有無。不是登高能賦客，誰堪灑酒向平蕪？

華不注山上雲氣蒸騰繚繞，好像是金輿（華不注又稱金輿山）自天而落；自峯頂遥遥可見東西濼水於大明湖旁分注於小清河，高高的華不注峯桀出白雲之上如同花萼之注於水。在其峯頂，南眺泰岱，東瞰大海，風雨相接，雲氣蒼茫，白雪樓在烟雲飄忽之中若隱若現。在這般美景之中，怎能無詩，怎能無酒？這首詩在歷代描寫華不注的詩篇中，李白之後，也是較好的一篇。

大明湖，自然也是詩人詩酒常往流連之處。許殿卿家在大明湖旁，二人有時『詰朝小作湖中集』〔五一〕，有時整日在湖中盤桓，『城頭片雨懸，客醉嵴湖邊』〔五二〕，雨中也不肯離去。後來索性在湖南岸百花洲上築白雪第二樓，依湖而居。據清代李興祖《重葺古歷亭碑記》，李攀龍曾集資重修歷下亭，使這一大明湖勝景得以維護，只可惜詩人有關詩文沒有留傳下來。

每逢九月九日，攀龍常與友人登千佛山賞菊崖賞菊。『南山秋色照東籬，又是陶家載酒期』〔五三〕。每當此時，李、許二人彼此相約，登山、賦詩，領略故鄉秋光，寫出『坐久鏡中懸片華，望來城上出雙河』、『層巖倒映平湖靜，積翠斜連粉堞遥』〔五四〕等生動真切的詩句。而當休居日久，生計漸窘，則吟出『處處登高白髮新，年年陶令罷官貧。蕭條豈少東籬菊，不見當時送酒人』、『不是故人能載酒，只今秋色好誰看』〔五五〕的哀苦之音了。『湖上青山繞郭斜，翠微深處半人家。誰知不解登臨苦，醉殺猶堪藉菊花！』〔五六〕其悲苦則含而不露。詩寫景抒情，豪放而含蓄，在九日詩中也别具一格。

千佛山東南，佛慧山下的開元寺，是攀龍少年讀書處，即所謂『三十年前住此峯，白雲流水見相從』〔五七〕。休居後舊地重游，頗多感觸，有《集開元寺》一詩紀其事。開元古寺建於唐代，在濟南東南山谷之中、大佛頭峯下。即山建寺，山半多石龕，鑿佛像。秋海棠點綴在泉池旁邊，僧廚的炊烟與山頂的雲霧相接；山勢回環，谷深境幽。李攀龍生動地展示了古寺荒涼、幽深的景象及其流連徘徊的心境。在李攀龍的五言古詩中，這是寫得較好的一篇。

此外，濟南郊外的龍洞、玉函山（今名興隆山）、朗公谷（今四門塔旁）等處也留有李攀龍的游蹤詩跡，《酬張轉運龍洞之作》、《過吴子玉函山草堂》、《神通寺》等亦爲紀游寫景之佳作。

李攀龍休居時，王世貞在山東任青州兵備副使，被王世貞稱爲『吾黨三甫』之一的魏順甫（魏裳），不久也來任濟南知府。王世貞時來過往，所著《藝苑巵言》記有李攀龍軼事，《書與于鱗論詩事》則記嘉靖三十八年（一五五九）二人相聚談詩文的一段佳話。與魏裳過往較多。二人有時在白雪樓盤桓竟日，賦有《魏使君過宿鮑山山樓分賦》等；有時登臨龍洞信宿不返，賦有《與魏使君宿龍洞山寺同賦四首》；有時同游泰山，賦有《和魏使君扶侍游泰山》等。其中，吟詠龍洞的詩句，如『空潭忽散三峯雨，暗穴常吹半夜風』，寫出雨中龍潭與龍洞三峯的蒼茫景象，和龍洞夜風吟嘯的情景；『望去大回雙闕迥，坐來雲盡一峯高』則生動地寫出對錦屏巖懸崖壁立、横空斜出的感受等，都生動、逼肖，令人如同身臨其境。

在故鄉山水中詩酒流連的李攀龍，並未忘懷世情。他雖自稱『巖穴隱逸』，卻時時翹首期盼著朝廷的徵召。『自從移疾後，誰謂主恩疏？ 每及山林士，天顔滿薦書。』〔五八〕是哭笑不得的自嘲。『漢家詞客滿金門，誰解淩雲感至尊？ 一出子虛名便起，長卿無日不承恩』〔五九〕。對友人升遷流露出無限垂涎之意。而『五雲西北望京華，玉帛年年出漢家。此去但承明主問，不妨才子等長沙』〔六〇〕，則直接要求友人予以推薦了。李攀龍這類表現，豈不與其歸休初志相違背？ 答曰：非也。雖其詩中屢稱巢、許，自比五柳，而其實卻是以『逐臣』、『遷客』自視的：『憔悴江湖上，行吟雨雪寒。不逢漁父問，誰作楚臣看！』〔六一〕並希望別人也這麼看：『蕭蕭風雨北堂寒，客似高陽復罷官。君但能來長夜飲，不妨人作酒徒看。』〔六二〕醉酒狂歌，卻並非混世『酒徒』。因此，他希望有朝一日重返京都，受到天子垂顧，再有一番作爲：『櫪下長風萬里生，誰憐漢血老無成！ 若教一奉瑤池御，八駿如雲不敢鳴。』〔六三〕然而，歲月蹉跎，白髮頻增，雖有友人推薦，『天子垂問』〔六四〕，十年之間，竟不見詔書，李攀龍真的有些急切難耐了。

李攀龍自嘉靖三十七年（一五五八）致仕歸家，至起復浙江十餘年間，朝政愈來愈黑暗腐敗。嚴嵩、嚴世蕃父子先後專權跋扈，清正剛廉的大臣概遭排斥。攀龍休居不久，王世貞之父王忬於嘉靖三十九年（一五六〇）爲嚴嵩構陷致死。李攀龍寫了《挽王中丞八首》，以抒悼念之情。其中一、二首云：

主恩三遣護三邊，驃騎功名滅虜年。不謂漢軍能失利，猶堪起冢象祁連。

司馬臺前列柏高，風雲猶自夾旌旄。屬鏤不是君王意，莫作胥山萬里濤。

王忬自嘉靖二十九年（一五五〇）凡三遷邊職，屢建功績，卻因不黨附嚴嵩而遭其陷害。『屬鏤不是君王意』，等於明言嚴嵩罪惡。就在王忬被害的同一年，因觸忤嚴嵩而貶謫外放的宗臣也短命而死，攀龍有《哭子相四首》弔挽。『七子』中的王世貞、徐中行等都仕宦失意，貶在外任，並都曾來過濟南探視攀龍，他們在一起談的決不都是詩。在這種情況下，攀龍自然對朝政的改善充滿期待。嘉靖末年，嚴嵩父子漸漸失勢，並先後死掉；隆慶帝即位後，受嚴嵩迫害的官吏大都復原官，起復任用，這也自然點燃了攀龍從政的熱情。他對別人說：『不難於不出，而難於出其然。』〔六五〕他是在選擇出山的恰當時機。

六

李攀龍致仕休居，杜門謝客，使其名聲愈來愈高，一些達官顯貴以得其接見爲榮，學人士子更以得其品評爲高。因此，自其居家第三年山東巡撫朱某向朝廷推薦始，歷任巡撫均有薦書。但在嘉靖朝一直未有反應，直到隆慶改元（一五六七），李攀龍纔被起復出任浙江按察副使。當邸報送達白雪樓，他連打發報子的賞錢都拿不出，『乃先恭人捐簪珥而犒邸走』〔六六〕。讓老母賣首飾打發報子，可見攀龍生計困窘之狀。

『十年君所見，已分老蓬蒿』〔六七〕，攀龍本以爲要老於故家，驟被徵召，真是喜憂摻半。念久高臥，聊出一試，『白髮壯游』未嘗不使他感到振奮，『十年稱病客，擊楫在樓船』〔六八〕，而宦途險惡又使其充滿疑慮，『世事彈冠難自料，風塵容易是抽簪』〔六九〕。未行思歸，反映了他此次宦游的矛盾心情。這一矛盾心情，到浙江任所後又有所發展。

李攀龍一到浙江任所，『逼除視政，似在傳鐸；既竣闈署，尋攝海道』〔七〇〕，『奔謁無暇，起居失次』〔七一〕，熱情洋溢，也十分勞苦。攀龍始終關心平倭戰事，在其赴京受職時，恰遇平倭名將戚繼光，二人在京邸一見如故，『歡若平生』〔七二〕。在幾封來往的書信中，他也對戚繼光備致崇敬之意。當其來浙，戚繼光已離去，督軍海上的主帥是與當年戚氏合力抗倭的名將劉顯。劉顯聽說李攀龍視海，『先施自致』，一見『傾蓋如故』，視同知己。二人同到海上閱兵時，見以『戚家軍』爲主的抗倭軍將『紀律森嚴，士氣距躍，技藝精湛，可蹈水火』〔七三〕，便抑制不住激動的情懷，揮筆寫下《大閱兵海上四首》。詩寫抗倭軍將士氣高漲、陣容威嚴、技藝精湛，熱情讚頌他們矢志報國的昂揚鬬志，表現了他熾熱的愛國熱情。熱情奔放，大氣磅礴，造語精拔而意境開闊，代表了李攀龍此類詩歌的風格。

李攀龍在浙江的詩作不多，除《大閱兵海上四首》外，《和馬丈見送巡海之作》、《烟霞嶺》二首尚可一讀。這一期間書牘較多，大多爲感謝薦拔或陳說倦游的心境。

李攀龍在浙江任所並不順心如意，自謂『抵浙百違初心，業已失計』〔七四〕，似已悔仕。爲什麼會有如此心境，詩文所言不詳，所謂『勞形』、『忍性』云云〔七五〕，蓋爲官場黑暗，難以苟合而已。他本想『作秦中故態』，拂衣辭官，又恐『忽起忽罷』被鄉里故人笑爲『狂妄人』〔七六〕。

隆慶二年（一五六八）春，李攀龍遷官布政司左參政，在奉萬壽表入賀途中，他曾回家探母。離京南下，未到濟南，恰與由大名兵備遷浙江參政的王世貞在齊河相遇，攀龍有《早春元美自大名見枉齊河》一詩記其事。李攀龍『過家覲省，將南，尋遷河南按察使』〔七七〕，便奉母攜家一同赴任。河南士大夫聽説李攀龍來，『鼓舞相慶』，熱烈歡迎，李攀龍『亦能摧亢爲和，圓方互見，其客稍稍進』〔七八〕。此時，李攀龍已倦於宦事，而以詩文自負之情卻不減當年。髫年好友許邦才這時正在河南周王府任長史，《將至梁園寄殿卿》云：『誰擅梁園作賦才？只今枚叔在平臺。春風好爲傳消息，恰是相如漢署來。』他把邦才比作枚乘，而自比司馬相如。其實，李攀龍在當時已被公認爲文壇宗匠，他也以此高自期許，但在河南的詩文並未有佳作，今《滄溟集》中所存者，詩多爲送行贈答，或思念親友的淒苦之音，而文則多簡牘墓誌銘之類。因此，這一時期實是其晚年詩文衰微期。

到任四月，老母病故，攀龍遂扶櫬歸里。諸僚友『追祭河上，又申賻里中』〔七九〕，使其感激涕零，逐一致函答謝。李攀龍本來病弱，加以痛失老母，哀毁過甚，病益沉重，老母周年祭過後不久，猝然去世，時隆慶四年（一五七〇）八月二十日，終年五十七歲。第二年春三月十一日，葬於牛山之原，後遷祖兆、歷城西五里藥山南麓。

七

李攀龍一生的文學活動，大體與其仕宦生涯相終始，其詩文創作可以家居爲界分爲三個時期，即居京、知順德、提學陝西爲前期，家居十年爲中期，起復浙江、按察河南爲後期。前期『七子』聚會京師，爲文學復古運動的發軔期。『及其自秦中挂冠，構白雪樓于鮑山、華不注之間，杜門高枕，聞望茂著，自時厥後，操海内文章之柄垂二十年』〔八〇〕。中期爲其創作的高峯期，亦是確立其文壇地位的重要時期。這期間所寫詩文殆居《滄溟集》之太半。他自休居之後，一方面大力撰寫擬古詩，張揚文學復古，『差次《古樂府》擬之，又爲《録别》諸篇及它文益工，不脛而走四裔』〔八一〕；一方面，他又流連於家鄉秀美的湖光山色之間，或抒情言志，或紀游寫景，多有近體精拔之作，使其詩歌藝術達到一個新的高度。至於後期，起復之初，興會淋漓，尚有數篇佳作，而後因其名聲日隆，請爲序其詩文集者或請爲先人撰寫墓誌銘者、撰寫傳記者紛至遝來，集中的序文、墓誌、祭文、傳記、書信等多爲這一時期所寫，但卻少有扛鼎之作。

李攀龍雖主盟文壇卻無文學理論著作，其有關文學的言論僅見於一些序文，如《選唐詩序》、《比玉集序》、《蒲圻黄生詩集序》、《送王元美序》等，以及與王世貞、宗臣、徐中行等的書信中，不集中，不系統。『七子』中的王世貞、謝榛均有專門著述，而其文學觀點又與李攀龍有所不同。因此，我們只能通過其詩文創作來瞭解李攀龍的文學思想及其主張。

李攀龍以詩歌名世，其文古奧艱澀，佶屈聱牙，向稱難讀。即在當世，已爲人所詬病。今集中所録諸文，除少數篇章，如部分游記、傳記和與友人的部分書信，尚屬可讀外，餘多無可取。而對其詩歌，則應取分析的態度。其現存詩歌就數量而言，擬古詩二百一十餘首，模擬痕跡較重的古體詩一百九十餘首；兩者相加，約占《滄溟集》中詩歌的三分之一。其中，擬古詩如《古樂府》、《録别》、《古詩後十九首》等，幾乎句句模擬，篇篇模擬，『句摭字捃，行數墨尋，興會索然，神明不屬』〔八二〕，毫無藝術性可言。

有的捃摭古詩字句湊泊成篇，非驢非馬，不知云何，如由漢樂府《陌上桑》、《古詩爲焦仲卿妻作》篡改、拼湊而成的《陌上桑》。這類作品中，只有少數篇章，如《古樂府》中的《東光》、《紫騮馬歌》、《懊儂歌》、《枯魚過河泣》等，因增進現實內容，尚屬可讀。

至於古體詩，似不應與擬古詩相提並論，一概加以否定。在李攀龍的古體詩中，七言古較多，寫得也較好。其中雖時有模擬古文辭之弊，但不少篇章感情真摯、氣勢奔放、境界開闊，在藝術上有可取之處。如《拂衣行答元美》向好友說明致仕歸休之由，《答許右史二首》則表示了對追逐名利的世俗之徒的蔑棄，都寫得意氣激揚、感情奔放：

其一

黄鬚芃芃田舍翁，傾身坐向錢孔中。長頰便便美少年，行步顧影私自憐。誰知腐鼠能爲祟，縱是神仙有播遷。使君似識浮雲意，蹉跎實爲功名利。已拚酒隱當吾世，潦倒佯狂百無忌。濁醪恰供十日飲，酣法須與常時異。五斗乍可調燥吻，飛觴二子雄相視。醉殺不作傲杯人，邇來那得獨醒事！魏文大白滿如月，曾托屬車稱國器。若言此物非其任，爾家破瓢亦應棄。

其二

王門隱者身坎坷，老叟長裾裾婀娜。自言能料一生事，及至干時計常左。從它慘淡復爲誰，卽得新詩題向我。雨雪蓬蒿共三徑，春色傳伶餘藥裹。濁醪但熟貧亦足，微官纔罷病輒安。胷中壘塊故須澆，乘輿往來無不可。白眼生成薄祿相，青山合就漁樵夥。趙壹疾邪衆所擯，鄒陽暗投才應坐。羨爾悠悠世上情，回頭數子殊么麽。

其二爲殿卿鳴不平，實亦藉以抒發己之鬱憤，『胷中壘塊故須澆』其憤激之情溢於言表。在《逼除過右史水村江山人同賦》一詩中，因有『意氣還須我輩看，功名但任兒曹立』之句，而爲『兩臺監司』諸公所嫉恨，幾乎招惹一場麻煩〔八三〕，可見李氏這類詩歌中尚有貼近現實的内容。至如這類詩歌中即景寫情、應答贈友之作，雖時有擬古之句，但多真切自然，『元美所標榜，頗失之太過』〔八四〕，而有的論者一概否定，亦失之偏頗。對於這類詩歌，我們既應把它放在文學發展的過程中加以考察，指出其襲古、擬古的流弊，也應聯繫當時的歷史狀況和文學形勢認識其所具有的文體改革的積極意義。明代許學夷評論較爲公允：『李于鱗（名攀龍）樂府五言及五言古多出漢魏，世或厭其摹仿。然漢魏樂府五言及五言古，自六朝、唐、宋以來，體制音調後世邈不可得，而惟于鱗得其神髓，自非專詣者不能。至於摹仿餖飣或不能無，而變化自得者亦頗有之。若其語不盡變，則自不容變耳；語變，則非漢魏矣。所可議者，於《古樂府》及《十九首》、『蘇李』、《録别》以下，篇篇擬之，殆無遺什，觀者不能不厭耳。』〔八五〕

李攀龍詩歌中，藝術性最高、向爲人所稱道的，是近體詩。而這類詩歌又約占李氏全部詩歌的三分之二，評價作爲詩人的李攀龍，理應以這部分詩歌爲主。

李攀龍近體詩中，五言律數量較多，在藝術上『體雖宏大，而警絶者少』〔八六〕，然也不乏自然流暢之作，『古寺馬蹄前，荒山斷復連。階危孤石倒，崖響亂泉懸。喬木堪知午，回峯半隱天』〔八七〕，寫荒山古寺的景象；『五十江湖客，風塵一事違。漁樵供藥餌，雨雪傴荊扉。白髮詩篇苦，清齋病色微。平生拚縱酒，今日不知非』〔八八〕，寫其病苦無聊而又負氣自傲的心境，都十分真切生動。其七言律一向評價較高，這類詩歌雖極意規步唐人而氣骨風神自具，自是一代大家手筆。如果説這部分詩歌對明代萎靡詩風『有起衰之功』〔八九〕，似不爲溢美。如《於郡樓送明卿之江西》：

青楓颯颯雨淒淒，秋色遥看入楚迷。誰向孤舟憐逐客，白雲相送大江西。

明卿卽『七子』之一的吳國倫，他因倡議爲權姦嚴嵩冤殺的楊繼盛賻送而遭貶外放，途經李攀龍居官的順德，攀龍在府城門樓爲其送行。自李攀龍外放順德以來，『七子』亦先後早貶外放，星散各地。當年衆友聚首京華，大家都有改革時政和革新文風的雄偉抱負，志意昂揚，是何等的豪壯！而今衆友星散，又是何等冷落！『青楓颯颯雨淒淒，秋色遥看入楚迷』，淒風苦雨，肅殺蒼茫的秋色，便將其面對摯友無力救助、無以相慰的蒼涼心境和無以名狀的紛繁離緒婉婉道出，纏綿低回，深沉而含蓄。『誰向』二句振起，道出對詩友高尚品格的理解、同情，並以『白雲』一語雙關，既表示寄心白雲與之相伴，患難與共，又喻指像白雲終將出現於澄空碧霄一樣，前程充滿希望。詩借景寫情，纏綿之中充溢著豪氣，風神高邁而情致婉轉，樸實無華而又意蘊深厚，確乎爲同類作品中上乘佳作。它如《初春元美席上贈茂秦》、《塞上曲送元美》、《送子相歸廣陵》等，在藝術上也各有千秋。李氏紀游寫景也不乏佳作。在其知順德期間曾登太行山脈的黄榆、馬陵；視學陝西曾登臨華山峯頂，游歷平涼、崆峒；賦閑家居則徜徉於故鄉湖光山色之中。在其筆下，祖國的高山大川，或雄峭俊偉，或精麗高華，讀之或如觀飛瀑奔瀉，或如臨潺潺溪流，景物不同，感受各異，都能給人以美的享受。如被人譽爲『千秋絕唱』〔九〇〕的《杪秋登太華山絕頂四首》，將華山的險峻、峭拔，絕頂所見景象的宏闊、奇異，生動地展現在人們眼前。其中第二首云：

縹緲真探白帝宮，三峯此日爲誰雄？蒼龍半挂秦川雨，石馬長嘶漢苑風。地敞中原秋色盡，天開萬里夕陽空。平生突兀看人意，容爾深知造化功。

至於家居期間對濟南大明湖、千佛山、華不注、龍洞、朗公谷等景勝的生動描繪，無處不洋溢著他對家鄉山山水水的熱愛之情。如《神通寺》：

相傳精舍朗公開，千載金牛去不迴。初地花間藏洞壑，諸天樹杪出樓臺。月高清梵西峯落，霜淨疎鐘下界來。豈謂投簪能避俗，將因臥病白雲隈。

神通寺在濟南南郊，泰山北麓，玉符河（即錦陽川）畔，即山建寺，建築雄偉，風景秀麗，爲北朝以來的佛教名刹。詩融進關於琨瑞山和神通寺的美麗傳說，寫出了神通寺的神奇、雄麗、清幽和靜寂，以及由此而產生的對遠離塵囂、出世脱俗生活的企慕，都真切而生動，表現出此類詩歌雄俊超逸、氣勢奔放和意境開闊的特點。這一時期是李攀龍詩歌藝術日臻圓熟的階段，研究李氏之詩應特别予以關注。

明代中期内憂外患，危機深重。李攀龍寫有不少關心時政、憂慮國家命運前途的詩歌，其中尤以關心邊事、頌揚抗敵禦邊的愛國將領之詩寫得最爲動人。至於在朝廷内部尖鋭鬬爭中，他以詩斥姦勵忠，也表現出鮮明的政治傾向。如《送張肖甫出討閩廣》、《春興》、《大閱兵海上》、《挽王中丞》等。

李攀龍的七言律詩，一向爲人所推重。王世貞説李攀龍『五七言律自是神境，無容擬議。絶句亦是太白、少伯雁行』〔九一〕，不免有溢美之嫌。而屬於『後七子』詩派中『末五子』之胡應麟則較爲注意詩歌的藝術，對詩風轉變之後的王世貞備加推崇，對李攀龍則不無瑕疵。他從同時代相比較的角度，認爲李氏『七言律絶，高華傑起，一代英風』，病在『屬對偏枯，屬詞多重復』〔九二〕。即使對李攀龍極力貶低的錢謙益，在轉録别人評論時，也不得不説李詩『絶句間入妙境』，『七言律最稱，高華傑起。拔其選，卽數篇可當千古』，而其病在『格調辭意，不勝重復』〔九三〕。這類評論，大體是比較公允的。許學夷從詩體發展的角度，評論亦較中肯：『于鱗七言律，冠冕雄壯，誠足淩跨百代，然不能不起後進之疑者，以其不能盡變也。唐人五七言律，李杜勿論，卽王孟諸子，莫不因題制體，遇境生情。于鱗先意定格，一以冠冕雄壯爲主，故不惟調多一律，而句意亦每每相同，元美謂「守其俊語，不輕變化」是也。』〔九四〕

明代中葉的文學復古運動，前後持續半個多世紀，而影響百有餘年。譽之者謂之起衰救弊，功德蓋世，毁之者謂之擬古剽竊，其流弊貽害無窮；或執其一端，不及其餘，或拘於門戶，故甚其辭，都有偏頗之處。近之論者以歷史唯物主義的觀點和方法，結合明嘉靖、隆慶之世的歷史狀況，評價逐漸接近實際。李攀龍等宣導文學復古，似不僅僅是文學情趣的契合，從其表現來看，有著明顯的政治因素。因此，我們在其『以起衰救弊爲己任』〔九五〕的文學復古旗幟下，不應忽略其發動這場文學運動的深層意蘊。李攀龍不止一次説『文辭相矜，不達於政，雖摛藻如春華，何益於殿最』〔九六〕，要求詩义『達於政』的主張並不新鮮，强調『憫時政得失，主文而譎諫』〔九七〕，亦屬陳詞，然在當時卻具有十分强烈的現實針對性。在李攀龍有關詩文創作的言論裏，非常强調詩歌的『言情』特點和『移情』的感化作用，指出『詩可以怨，一有嗟歎，卽有永歌。言危則性情峻潔，語深則辭氣激烈，能使人有孤臣孽子擯棄不容之感，遁世絶俗之悲』〔九八〕。同時，他也强調文學自身的藝術特徵，反對把文學視同理學的附庸，讚賞『前七子』領袖李夢陽『視古修辭，寧失諸理』〔九九〕，認爲『里巷之謠，非緣經術；《招隱》之篇，無涉玄旨，義各於其所至，是詩之爲教也』〔一〇〇〕。從李攀龍有關文學藝術的言論片段中看出，他所標榜的

『復古』實則是爲改革當時臺閣體嘽緩拖遝、毫無藝術性可言的文風，以及産生這種文風的文化專制政策，改變理學對人們思想的禁錮的狀況，其得到士林如此廣泛的支持斯不足怪，而對於其作品擬古之弊似亦不應僅從文學方面加以評價。

總之，李攀龍作爲明代『後七子』領袖，主盟文壇數十年，其影響不容忽視。就其詩歌創作的實際情況看，雖與『前七子』前後唱和，而蹊徑已自不同。其詩歌創作在許多方面已突破復古派的見解，在藝術上取得較高成就，對後世産生了較大影響。至於後起之擬古與形式主義的詩作，拾李攀龍等之餘唾，每況愈下，雖爲其流弊所致，然不應概由李攀龍負責。李攀龍在嘉、隆之際被尊爲『宗工巨匠』，蔚爲一代詞宗，迄於清初，『家有其書，人耳其姓字，傳誦其流風餘韻不衰』〔一〇一〕，自爲一代詩文大家。因地域關係，李攀龍對家鄉山東詩歌發展的影響尤爲深遠。在當時，除與李攀龍唱和的濟南詩人殷士儋、許邦才、華鼇、襲勖外，追隨其後的還有葛曦、畢自嚴、趙進美等，明末清初的山東詩人大都受其影響。清初著名文學家施閏章提學山東，憑弔李攀龍，爲其修墓樹碑，盛讚其『有起衰之功』〔一〇二〕，充分肯定了李攀龍在文學發展中的積極作用，並對其詩文得失作出較爲客觀的評價，充分説明他在清初的影響。《滄溟集》約在明末（日本江戶時代初期）傳入日本，後又有李攀龍的詩文選集在日本流傳。

李攀龍的詩歌，在其生前曾在嘉靖四十二年（一五四三）結集爲《白雪樓詩集》，其全部詩文，在其逝世後的第三年，即隆慶六年（一五七二），由其好友王世貞整理刊印，共三十卷，計詩十四卷，文十六卷，附録志傳表誄一卷，有張佳胤（肖甫）序（簡稱『隆慶本』）。萬曆三年（一五七五），重新刊刻印行，有胡來貢序（簡稱『重刻本』）。萬曆三十四年（一六〇六），陳陞翻刻隆慶六年張序本（簡稱『萬曆本』)。此外,明本尚有張道弘校本(簡稱『張校本』)、佚名殘本(簡稱『佚名本』)。清道光二十七年(一八四七),李攀龍九世孫李獻方將家藏隆慶舊版獻出,交與其師濟南學者周樂,周氏又得濟南藏書家李秋屏藏本,遂約濟南學者花壽山、王德容等,經校勘付梓,是爲清刊本(簡稱『道光本』)。自明清以來,李攀龍詩文選本甚多,如明宋光廷《李滄溟集選》(傳入日本的日本書林向榮堂刻本)、《滄溟集選》(清姚佺、孫枝蔚選)、《李滄溟近體詩選》(日本近江宇鼎注、日本寶曆間刻本)、《滄溟先生尺牘》(張所敬編,日本寶曆元年刻本)等。道光本是今見諸本中錯訛較少的一個本子,因作爲《李攀龍全集校注》校點李攀龍詩文的底本。

八

李攀龍一生居官清廉,身後家境十分蕭條,相傳其蔡氏妾老來在濟南街頭賣餅度日(一〇二)。其子李濴有詩名,後無名世者。其墓地在藥山之麓,至清初施閏章視學山東時已荊榛叢生,豐碑臥地,今已不存。施閏章出於對李攀龍的崇敬之情,訪求其子孫,重修白雪樓爲『滄溟別館』,供人憑弔、瞻仰;又於順治十五年(一六五八),重修其墓,並爲之樹碑立傳,以示紀念。

李攀龍所築鮑山白雪樓,與大明湖碧霞宫側之白雪樓,均早已廢圮。明萬曆年間,山東按察使葉夢熊在其少年讀書處趵突泉上補建白雪樓,以寄託追念之情。清光緒二年(一八七六),李攀龍九世孫李獻方又曾集資重修,其碑記尚存泉上; 解放初拆除。其後,人民政府爲紀念這位詩人,於趵突泉白雪樓舊址東側，修建了滄園；近年又重建白雪樓，都成爲憑弔這位著名詩人的勝跡。

在校注過程中，得到了李斌的協助，承蒙人民文學出版社古典文學編輯部周絢隆主任的熱情支持，高宏洲先生的精心審閱、指正，在此一併表示深切的謝忱！

《李攀龍全集校注》的撰寫，時斷時續，中經數年，二〇一五年方始完成。因學力有限，校注雖較認真，錯漏謬誤仍在所難免，深望讀者與方家批評指正。

李伯齊

二〇一八年十月修訂於歷下樂陶齋

【注釋】

〔一〕王世貞：《李于鱗先生傳》，載道光本《滄溟先生集》附錄。此下凡引李攀龍詩文，均見道光本《滄溟先生集》，不另作説明。

〔二〕李攀龍：《爲太恭人乞言文》。

〔三〕李攀龍：《爲太恭人乞言文》。

〔四〕《明史·學校志》。

〔五〕殷士儋：《明故嘉議大夫河南按擦使李公墓誌銘》（以下簡稱《墓誌銘》），載《滄溟先生集》附錄。

〔六〕王世貞：《李于鱗先生傳》。

〔七〕殷士儋：《墓誌銘》。

〔八〕李攀龍：《亡妻徐恭人狀》。

〔九〕殷士儋：《墓誌銘》。

〔一〇〕王世貞：《李于鱗先生傳》。

〔一一〕王世貞：《李于鱗先生傳》。

〔一二〕《明史·李攀龍傳》。

〔一三〕錢謙益：《列朝詩集小傳·李按察攀龍》，上海古籍出版社一九八三年版，第四二八頁。下引本書，版次同。

〔一四〕殷士儋：《墓誌銘》。

〔一五〕《明史·殷士儋傳》。

〔一六〕王世貞：《吳峻伯先生集序》，載《弇州山人續稿》卷五一。

〔一七〕王世貞：《上御史大夫南充王公書》，載《弇州山人正稿》卷一二三。

〔一八〕王世貞：《李于鱗先生傳》。

〔一九〕錢謙益：《列朝詩集小傳·謝山人榛》，第四二三頁。

〔二〇〕《明史·嚴嵩傳》。

〔二一〕李攀龍：《答董學士用均書》。

〔二二〕李攀龍：《答董學士用均書》。

〔二三〕殷士儋：《墓誌銘》。

〔二四〕王世貞：《李于鱗先生傳》。
〔二五〕李攀龍：《送范大澈》。
〔二六〕李攀龍：《郡齋》。
〔二七〕李攀龍：《與宗子相書》三首之一。
〔二八〕李攀龍：《與吳明卿》四首之二。
〔二九〕殷士儋：《墓誌銘》。
〔三〇〕李攀龍：《乞歸公移》。
〔三一〕王世貞：《李于鱗先生傳》。
〔三二〕殷士儋：《墓誌銘》。
〔三三〕王世貞：《李于鱗先生傳》。
〔三四〕李攀龍：《秋日》四首之三。
〔三五〕李攀龍：《春日閑居》十首之十。
〔三六〕李攀龍：《夏日東村臥病》十二首之五。
〔三七〕李攀龍：《酬李東昌寫寄〈白雪樓圖〉並序》。
〔三八〕王世貞：《李于鱗先生傳》。
〔三九〕錢謙益：《列朝詩集小傳·李按察攀龍》，第四二八頁。
〔四〇〕王世貞：《李于鱗先生傳》。
〔四一〕錢謙益：《列朝詩集小傳·李按察攀龍》，第四二九頁。

〔四二〕施閏章：《滄溟先生墓碑》。
〔四三〕李攀龍：《夏日東村臥病》十二首之六。
〔四四〕李攀龍：《夏日東村臥病》十二首之十。
〔四五〕李攀龍：《贈殿卿》。
〔四六〕李攀龍：《春日閑居》十首之九。
〔四七〕李攀龍：《夏日東村臥病》十二首之七。
〔四八〕李攀龍：《秋日村居》八首之三。
〔四九〕李攀龍：《冬日村居》四首之三。
〔五〇〕李攀龍：《和殿卿冬日招飲田間》二首之二。
〔五一〕李攀龍：《逼除過右史水村江山人同賦》。
〔五二〕李攀龍：《五日和許傅湖亭讌集》二首之一。
〔五三〕李攀龍：《酬許右史九日小山見贈》四首之一。
〔五四〕李攀龍：《杪秋同右史南山眺望》二首之二。
〔五五〕李攀龍：《九日同殿卿登南山》四首之四。
〔五六〕李攀龍：《酬許右史九日小山見贈》四首之四。
〔五七〕李攀龍：《宿開元寺示諸子》。
〔五八〕李攀龍：《春日自戲》。
〔五九〕李攀龍：《送殷正甫内翰之京》十首之四。

〔六〇〕李攀龍：《送許右史之京》十二首之四。
〔六一〕李攀龍：《冬日》四首之一。
〔六二〕李攀龍：《酬殷卿長史夏日過飲》四首之一。
〔六三〕李攀龍：《寄元美》四首之四。
〔六四〕李攀龍：見《送魏使君入覲兼呈吴邵武》詩注。
〔六五〕李攀龍：《與張少坤》。
〔六六〕李攀龍：《報張肖甫》。
〔六七〕李攀龍：《答元美〈喜于鱗被召〉見寄》二首之一。
〔六八〕李攀龍：《過吕梁》。
〔六九〕李攀龍：《答元美吴門邂逅于鱗有贈》四首之二。
〔七〇〕李攀龍：《與許殿卿》十四首之十。
〔七一〕李攀龍：《與張少坤》。
〔七二〕李攀龍：《報劉都督》。
〔七三〕李攀龍：《報劉都督》。
〔七四〕李攀龍：《與許殿卿》十四首之十。
〔七五〕李攀龍：《與許殿卿》十四首之十。
〔七六〕李攀龍：《與許殿卿》十四首之十。
〔七七〕殷士儋：《墓誌銘》。

〔七八〕王世貞：《李于鱗先生傳》。
〔七九〕李攀龍：《與方憲副》。
〔八〇〕錢謙益：《列朝詩集小傳·李按察攀龍》，第四二八頁。
〔八一〕王世貞：《李于鱗先生傳》。
〔八二〕錢謙益：《列朝詩集小傳·李按察攀龍》，第四二九頁。
〔八三〕王世貞：《藝苑卮言》卷七，載清丁福保《歷代詩話續編》（中），中華書局一九八三年版，第一〇八四頁。
〔八四〕施閏章：《滄溟先生墓碑》。
〔八五〕許學夷：《詩源辯體後集纂要》卷二，人民文學出版社一九八七年版，第四一三頁。
〔八六〕許學夷：《詩源辯體後集纂要》卷二，第三五一頁。
〔八七〕李攀龍：《同許右史遊南山天井寺》。
〔八八〕李攀龍：《元日》。
〔八九〕施閏章：《滄溟先生墓碑》。
〔九〇〕胡應麟：《詩藪續編》卷二，上海古籍出版社一九七九年版，第三五四頁。
〔九一〕王世貞：《李于鱗先生傳》。
〔九二〕胡應麟：《詩藪續編》卷二，第三五二頁。
〔九三〕錢謙益：《列朝詩集小傳·李按察攀龍》，第四三〇頁。
〔九四〕許學夷：《詩源辯體後集纂要》卷二，第四一六頁。
〔九五〕黄宗羲：《南雷文定·明文案序》。

〔九六〕李攀龍：《與董學士用均書》。
〔九七〕李攀龍：《送宗子相序》。
〔九八〕李攀龍：《送宗子相序》。
〔九九〕李攀龍：《送王元美序》。
〔一〇〇〕李攀龍：《蒲圻黄生詩集序》。
〔一〇一〕施閏章：《滄溟先生墓碑》。
〔一〇二〕施閏章：《滄溟先生墓碑》。
〔一〇三〕王初桐：《濟南竹枝詞》題注，《古香堂叢書》清乾隆五十八年刻本。

例言

一、李攀龍詩文，在其生前，曾在嘉靖癸亥（一五六三）結集爲《白雪樓詩集》，前有魏裳（順甫）序。又有《擬古樂府序》二篇，一爲歷城許邦才序，一爲李攀龍自序；後重印本有汪時元隆慶庚午（一五七〇）跋文。李攀龍全部詩文，在其逝世後的第三年，卽隆慶壬申（一五七二），由其好友王世貞整理刊印，共三十卷；計詩十四卷，文十六卷，附志傳表誄一卷，有張佳胤（肖甫）序，簡稱『隆慶本』。萬曆乙亥（一五七五），重新刊刻印行，有胡來貢序，簡稱『重刻本』。萬曆丙午（一六〇六），陳陞翻刻隆慶張序本，簡稱『萬曆本』。清道光二十七年（一八四七），李攀龍九世孫李獻方將家藏隆慶舊版獻出，交其師濟南學者周樂；周氏又得濟南藏書家李秋屏藏本，與濟南學人花壽山、王德容等，經校勘付梓，是爲清刊道光本。其他尚有明刊張道弘校本，簡稱『張校本』，明刊佚名殘本（存十五卷以後各卷），簡稱『佚名本』，清光緒乙未（一八九五）刊本，簡稱『乙未本』。清《四庫全書》所收爲隆慶刻本。道光本是今見諸本中錯訛較少的一個本子。一九九二年，作者據道光本，校以明刊諸本，由齊魯書社出版《李攀龍集》（校點本）。今以前書爲基礎，參校明清諸本及諸選本，重新校訂，並增加註釋。

二、李攀龍詩文，除以上所列專集外，明清以來的詩文總集、選集尚有明宋光廷《補注李滄溟先生集選》（簡稱『宋本』）、《明四子詩集》所載《滄溟詩集》（簡稱『詩集本』）、《盛明百家詩前編》所載《李學憲集》（簡稱『學憲本』）、清姚佺、孫枝蔚《四傑詩選》所載《滄溟集選》以及朱彝尊《明詩綜》、沈德潛

《明詩別裁集》等，亦可資校勘之用。

三、本書底本共三十卷，附録一卷。底本正集依次爲：古樂府二卷，古詩三卷，近體詩九卷，賦、頌、序四卷，記一卷，傳一卷，墓誌、表、碑及祭文四卷，雜文一卷，書信五卷。因此本書以此爲序，另增加殷士儋、王世貞、《明史·李攀龍傳》、錢謙益《列朝詩集小傳·李按察攀龍》等有關李攀龍生平的碑文墓誌列爲附録一，悼念詩文為附録二，詩文著録及諸本序跋爲附録三，有關詩文評論爲附録四，行年事蹟考略（年譜簡編）爲附録五，主要參考書目爲附録六。

四、本書爲《李攀龍全集校注》本，以詩文正文、校記、題解、注釋爲序。校記所遵循的原則是：（一）諸本凡文字歧異處，一概出校；（二）原文錯訛而無本可據者，一概不做理校，僅在注釋中加以說明。如《錦帶賦》『復中怨兮思怨移』一句中『思』顯系『恩』字之誤。目録與正文題目不一致處，目録與正文詩文順序有不一致者，爲使前後統一，概以正文順序爲准，對目録做相應調整。（三）爲保持版本原貌，所録原文文字，一般不做改動。有些俗體字或異體字，略作統一。（四）原文中爲避諱所改之字，如爲避孔子諱，改『丘』爲『邱』；爲避清帝康熙、乾隆諱，改『玄』爲『元』，改『弘』爲『洪』等，均據明刊諸本徑改本字，概不出校，以避繁複。（五）底本缺字用□加以標識；據校本補者，在校記予以說明。（六）凡難字，或稀見字，一概注音。

五、本書『題解』部分，包括詩文內容說明、題目淵源、編年考辨、詩文篇評，以及涉及題目的人名、地名與相關語詞。

六、李攀龍博學多識，廣泛涉獵古代典籍，對漢唐詩文如數家珍，注釋儘量注明詞語典故的出處，而難求詳備。本書注釋力求簡明，舉凡詩文中的典實、人物、字詞、難字讀音等均加注釋，所引書籍一律注明出處。至於文的部分，因作者故意作古，涉及先秦及漢魏文獻中文句太多，注不勝注，僅選較難理解者加以注釋。

七、李攀龍詩中多用漢唐宫苑、官名、典實，且多重復，如明帝稱漢主，北京稱長安，京畿稱三輔等等，爲此在該詞第一次出現時詳注，重出者簡略；較爲復雜而須説明者，則注明前注篇目。因詩文所用詞語、典故前後重復過多，如『中原』、『吾黨』、『西山』、『燕山』、『薊門』、『白雪』、『吾曹』、『大雅』、『仙郎』、『伏枕』、『五柳』、『陶家』、『綈袍』、『傲吏』等，爲節約篇幅，凡此在第一次出現時詳注，後則從略。凡含義有不同者，如『風塵』，重出時另注。

八、李攀龍詩文迄無全注本，只有本書作者爲主撰寫的《李攀龍詩文選》（濟南出版社一九九三年初版，二〇〇九年修訂本）、《李攀龍詩選》（人民文學出版社二〇〇九年版）。本書注釋吸取兩書的研究成果，一律不另説明。

李攀龍詩文集原名《滄溟先生集》，校注本改爲《李攀龍全集》，而編次不變，只是增加附錄部分的内容。

目録

卷之一

卷之二

古樂府

卷之四

五言古詩

卷之五

七言古詩

卷之六

五言律詩

卷之七

五言律詩

七言律詩

卷之八

七言律詩

卷之九

七言律詩

卷之十

七言律詩

卷之十一

七言律詩

五言排律

卷之十二

卷之十三

七言絕句

卷之十四

七言絶句

卷之十七

序

卷之十八

序

卷之十九

記

卷之二十

傳

卷之二十一

墓誌

卷之二十二

墓誌

卷之二十三

墓誌

墓表

神道碑

行狀

祭文

卷之二十四

祭文

卷之二十五

雜文

卷之二十六

書

卷之二十七

書

卷之二十八

書

卷之二十九

書

卷之三十

書

輯佚

附録一　家世生平資料

附録二　悼念詩文

附錄三　詩文版本著錄及序跋

附錄四　歷代評論

卷之一

古樂府

胡寬營新豐，士女老幼相攜路首，各知其室，放犬羊雞鶩於通塗，亦競識其家〔一〕。此善用其擬者也。至伯樂論天下之馬，則若滅若沒，若亡若失，觀天機也〔二〕。得其精而忘其麤，在其內而忘其外，色物牝牡一弗敢知，斯又當其無有擬之用矣。古之爲樂府者，無慮數百家，各與之爭片語之間，使雖復起，各厭其意，是故必有以當其無有擬之用。有以當其無有擬之用，則雖奇而有所不用也。《易》曰：『擬議以成其變化。』『日新之謂盛德。』不可與言詩乎哉！

【題解】

此爲擬樂府序。以胡寬營建新豐作比，說明其所擬樂府務求形神相似。據王世貞《李于鱗先生傳》，李攀龍於嘉靖三十七年（一五五八）由陝西提學副使任『拂衣東歸』，在隱居期間，即嘉靖三十七年至隆慶元年（一五六七）十年間，『于鱗差次《古樂府》擬之』。所謂『古樂府』，包括漢樂府民歌、魏晉至唐新題樂府、漢魏民歌民謠，以及擬題樂府。這部分詩歌與後《錄別》、《古詩後十九首》等詩，張揚文學復古，在當時有衝破臺閣體的禁錮及文化專制政策的意義，應歷史地看待並給予適當評價。而其擬古諸作，不少幾乎句句模擬、篇篇模擬，毫無藝術性可言，亦爲後世所詬病。即便爲『後七子』之一的王世貞，在鼓吹『于鱗擬古樂府，無一字不精美』的同時，也不得不說『看則似臨摹帖』（《藝苑卮言》卷七），讀之令人生厭。

【注釋】

〔一〕胡寬：工匠。新豐：秦驪邑，漢置新豐縣。故址在今陝西西安市臨潼區東。相傳漢高祖劉邦定都長安（今西安），其父思東歸故鄉，他爲安撫其父，遂在此地按照豐縣原樣營建城邑，並令豐縣人遷入，號新豐。鶩：鴨。晉葛洪《西京雜記》卷二：『高祖既作新豐，並移舊社，衢巷棟宇，物色惟舊，士女老幼，相攜路首，各知其室，放犬羊雞鴨於通塗，亦競識其家。其匠人胡寬所營也。』

〔二〕伯樂：古代善相馬者。天機：天然之機關，猶言天性。《列子·說符》：『秦穆公謂伯樂……伯樂對曰：「良馬可形容筋骨相也。天下之馬者，若滅若没，若亡若失，若此者絕塵弭𨂠。」』

黄澤謡

皇之麋，其馬八驪，皇人委蛇〔一〕。

皇之水，其馬騄耳，皇人受祉〔二〕。

皇之曲洛，其馬沃若，皇人薄薄〔三〕。

皇之孽孽，其馬歕雪〔一〕，我心如結〔四〕。

【校記】

（一）歕，明刻諸本並同。四庫本作『噴』。歕，『噴』古字。

【題解】

《樂府詩集·雜歌謡辭五》載有《黄澤謡》，辭云：『黄之陀，其馬歕沙，皇人威儀。皇之澤，其馬歕玉，皇人壽穀。』

題解謂本自《穆天子傳》『天子東游於黃澤，使宮樂謠云』。如此，辭中『皇』、『皇人』均指穆天子，卽周穆王姬滿，西周第五代王。晉太康二年（二八一）汲縣人不準盜發魏襄王墓，得《穆天子傳》一書。書中所記周穆王出游故事。晉郭璞作注，收入《四庫全書・小說家類》。

【注釋】

〔一〕麇：鹿屬動物，形似鹿，而大如小牛。《山海經・西山經》：『西皇之山……其獸多麇鹿。』八驪：八匹黑馬。驪，深黑色馬。委蛇：語出《詩・召南・羔羊》。同『逶迤』。逍遙自得之貌。

〔二〕騄耳：良馬名。周穆王八駿之一。也作『綠耳』。《竹書紀年》卷八《（周）穆王》：『八年春，北唐來賓，獻一驪馬，是生騄耳。』祉：福。

〔三〕曲洛：猶言洛曲，洛水隈曲之處。沃若：美盛。《詩・衛風・氓》：『桑之未落，其葉沃若。』薄溥：馬車疾驅之聲。見《詩・齊風・載驅》『載驅薄薄』《集傳》。

〔四〕孽孽：盛飾貌。見《詩・衛風・碩人》『庶姜孽孽』《集傳》。結：鬱結。

白雲謠

白雲在天，山陵逶迤。率彼東土，諸夏間之〔一〕。將子能來〔二〕。

【題解】

《白雲謠》爲樂府舊題，《樂府詩集》收入《雜歌謠辭五》。題解引《穆天子傳》卷三云：『天子觴西王母於瑤池之上，西王母爲天子謠，天子答之。』謂原辭爲西王母所作，以首句前兩字爲題。古辭云：『白雲在天，山陵自出。道里悠遠，山川間之。將子無死，向復能來。』此爲擬作。

【注釋】

〔一〕東土：中國本土。《穆天子傳》卷三：『予歸東土，和治諸夏。』諸夏：謂中華諸侯之國，亦泛指中國。

〔二〕將：表希望之詞。

瑤池謠

白雲在山，亦洽而野〔一〕。予歸三年，將顧見女〔二〕。

【題解】

《樂府詩集·雜歌謠辭五》載《穆天子謠》，爲穆天子答西王母之辭。辭云：『予歸東土，和治諸夏。萬民平均，吾顧見汝。比及三年，將復而野。』此爲擬作。

【注釋】

〔一〕亦洽而野：也遍及你的土地。洽，遍，溥。而，爾，你。

〔二〕女：同『汝』。你。

南山歌

南山白石白離離，爾牛之角何其悲〔一〕！車下短衣歌者誰？國有叔牙當見知，佐命伯王獨後來〔二〕。

【題解】

漢魏樂府無此題。《淮南子·道應訓》載有甯越飯牛的故事：『甯越欲干齊桓公，困窮無以自達，於是爲商旅將任車，以商於齊。暮宿於郭門之外，桓公郊迎客，夜開門，辟任車，爝火甚盛。從者甚衆。甯越飯牛車下，望見桓公而悲，擊牛角而疾商歌。桓公聞之，撫其僕之手曰：「異哉！歌者非常人也。」命後車載之。』後任之以政。《楚辭·離騷》：『甯戚之謳歌兮，齊桓聞以該輔。』王逸注引《三齊記》所載甯戚歌辭：『南山矸，白石爛。生不遭堯與舜禪，短布單衣適至骭。從昏飯牛薄夜半，長夜漫漫何時旦！』後人稱之爲《飯牛歌》或《商歌》。甯戚即甯越。此取甯戚歌首二字爲題，仿其意擬之。

【注釋】

〔一〕離離：猶歷歷，羅列貌。爾牛之角何其悲：言擊爾牛之角而歌多麼悲傷。

〔二〕叔牙：即鮑叔牙，齊國大夫，以薦舉管仲知名。《史記·管晏列傳》載，管仲少時與叔牙交游，二人經商，管仲常多取財利，叔牙知其貧，不以爲意。在齊政爭中，叔牙支持公子小白即後之齊桓公，管仲支持公子忽；忽被殺，小白即位，叔牙當政。而叔牙舉管仲以自代，而己以身下之。『天下不多管仲之賢而多鮑叔能知人也』。伯王：即霸王。伯通『霸』。齊桓公爲春秋『五霸』之首。

越人歌

山有限兮江有汜〔一〕，歌擁枻兮見王子〔二〕。揄修袂兮披長雲，舉繡被兮風紛紛〔二〕。蒙詬恥兮心靡它〔三〕，君不知兮可奈何！

【校記】

〔一〕汜，底本作氾，張校本同，兹據詩集本、隆慶本、萬曆本改。

【題解】

漢劉向《説苑·善説》、《樂府詩集·雜歌謡辭一》載有《越人歌》，爲楚人翻譯的古越地的一首戀歌。其辭云：『今夕何夕兮搴洲中流，今日何日兮得與王子同舟。蒙羞被好兮不訾詬恥，心幾頑而不絶兮得知王子。山有木兮木有枝，心説君兮知不知。』此爲擬作。

【注釋】

〔一〕隈：曲。汜（si），水涯，岸邊。擁楫：握持船槳。

〔二〕『揄修』二句：《説苑·善説》説《越人歌》爲鄂君子晳泛舟時，越人擁楫而歌。鄂君聽後，乃揄修袂而擁之，舉繡被而覆之。揄，謂垂手袖内。被，同『披』。披肩。

〔三〕靡它：沒有二心。《詩·鄘風·柏舟》：『之死矢靡他。』它、他，二字同。

采葛婦歌

臥下之薪何綢繆〔一〕，欲寐不寐思寇讎；我今采葛以遨游〔二〕。

【題解】

漢魏樂府無此題。《吴越春秋》卷八載有采葛之婦所唱《苦之詩》（一作若何之歌、何苦之詩），《文選》卷二〇曹植

《應召》詩注引《吳越記》作《采葛婦人詩》，後或稱《采葛婦人歌》。《吳越春秋》說，越國亡後，越王句踐歸越，念復吳仇，臥薪嘗膽，使國中男女入山采葛，以作黄絲之布。吳王得布，乃增越之封。采葛之婦傷越王用心之苦，乃作《苦之詩》云：『葛不連蔓棻台，我君心苦命更之。嘗膽不苦甘如飴，令我采葛以作絲。飢不遑食四體疲，女工織兮不敢遲。弱於羅兮輕霏霏，號絺素兮將獻之。越王悅兮忘罪除，吳王歡兮飛尺書。增封益地賜羽奇，机杖茵褥諸侯儀。羣臣拜舞天顔舒，我王何憂能不移。』擬詩既隱含了原詩意蘊，又抒發了自己報國無門的憤懣之情，爲其擬詩之一格。

【注釋】

〔一〕絅繆：纏結。

〔二〕采葛以遨游：謂隱居悠游。

易水歌

繚天兮白虹，蕭蕭兮北風。壯士怒兮易水飛，羽聲激兮雲不歸〔一〕。

【題解】

易水，水名，源出河北易縣，當時爲燕國南界。《戰國策·燕策三》、《史記·刺客列傳》載有荊軻在易水岸邊所唱之歌，後稱《易水歌》，也稱《荊軻歌》。據《史記·刺客列傳》，燕太子丹命荊軻刺秦王，與賓客送荊軻至易水岸邊。荊軻友人高漸離擊筑，荊軻和而歌，爲變徵之聲，悲壯感人，在場之人皆垂淚涕泣。『復爲羽聲慷慨，士皆瞋目，髮盡上指冠，於是荊軻就車而去』。《史記·鄒陽列傳》載《獄中上梁王書》有『昔者荊軻慕燕丹之義，白虹貫日』之說。此爲擬詩。

【注釋】

〔一〕羽聲：　古代五音宮、商、角、徵、羽，也稱五聲。羽爲五音之一，其聲舒緩、深沉。

垓下歌

從美人兮擁駿馬，涕從横兮垓之下〔一〕。

【題解】

垓下，地名，在今安徽靈璧縣東南。秦漢之際，劉邦圍困項羽於此。《史記·項羽本紀》：『項王軍壁垓下，兵少食盡，漢軍及諸侯兵圍之數重。夜聞漢軍四面皆楚歌，項王乃大驚曰：「漢皆已得楚乎？是何楚人之多也！」項王則夜起，飲帳中，有美人名虞，常幸從；駿馬名騅，常騎之。於是項王乃悲歌忼慨，自爲詩曰：「力拔山兮氣蓋世，時不利兮騅不逝。騅不逝兮可奈何，虞兮虞兮奈若何！」歌數闋，美人和之，項王泣數行下，左右皆泣，莫能仰視。』項羽所爲詩，後人稱之爲《垓下歌》，《樂府詩集》卷五八作《力拔山操》，《文選補遺》卷三五作《垓下帳中歌》，《詩紀》作《垓下歌》。此爲擬作。

【注釋】

〔一〕從美人：　美人從，美人跟隨。從横：　即縱横。從，通『縱』。

大風歌

大風沸兮雲薄天〔一〕，驅萬乘兮紛來旋〔二〕。紛來旋兮沛之宮，士桓桓兮福攸同〔三〕。

【題解】

《大風歌》，漢高祖劉邦作，載《史記·高祖本紀》、《漢書·高帝紀》。《文選》卷二八題《歌一首》，《樂府詩集》卷五八列入《琴曲歌辭》，以《琴操》名《大風起》。《史記·高祖本紀》載，劉邦既定天下，還過故鄉沛，「置酒沛宮，悉召故人父老子弟縱酒，發沛中兒得百二十人，教之歌。酒酣，高祖擊筑，自爲歌詩曰：『大風起兮雲飛揚，威加四海兮歸故鄉，安得猛士兮守四方！』令兒皆和習之。高祖乃起舞，慷慨傷懷，泣數行下」。原歌高亢，感情激揚，既抒發了統一天下之後的豪情，也流露出平定羣雄後的幾分焦慮與悽惶。而擬作綜漢高祖歸沛之事，無甚新意。

【注釋】

〔一〕薄天：近天。薄，迫近。

〔二〕萬乘：萬輛馬車。乘，四馬一車曰乘。紛來旋：謂起舞。旋，旋轉。

〔三〕桓桓：威武貌。《詩·魯頌·泮水》：『桓桓于征，狄彼東南。』《正義》：『桓桓，威武貌。』攸：所。

秋風辭

秋風蕭蕭兮白雲晶晶，草木黃落兮鴻鴈于征。蘭可佩兮菊可餐，遺佳人兮汾之干〔一〕。挾飛龍兮下中流，橫大波兮放遠游。靈偃蹇兮翳日來〔二〕，憺容與兮紛裴徊〔三〕。顧帝京兮何壯哉！

【題解】

《文選》卷四五、《樂府詩集》卷八四載有漢武帝《秋風辭》。《樂府詩集》收入《雜歌謠辭二》，引《漢武故事》云：『帝行幸河東，祠后土。顧視帝京，忻然中流，與羣臣飲讌。帝歡甚，乃自作《秋風辭》。』辭云：『秋風起兮白雲飛，草木黄落兮鴈南歸。蘭有秀兮菊有芳，懷佳人兮不能忘。泛樓船兮濟汾河，横中流兮揚素波。簫鼓鳴兮發櫂歌，歡樂極兮哀情多。少壯幾時兮奈老何！』此爲擬詩。

【注釋】

〔一〕汾之干：汾河岸邊。

〔二〕靈：神靈。偃蹇：衆盛貌。翳日來：遮天蔽日而來。《楚辭·離騷》：『何瓊佩之偃蹇兮，衆薆然而蔽之。』

〔三〕儋（dàn）：安。容與：舒緩貌。裴徊：同『徘徊』。諸詞皆出自《楚辭》。

天馬歌

天馬下，閶闔開。汗以血，騑離哉〔一〕。河之精，龍之子。視浮雲，無萬里〔二〕。絶流景，躡遺風，今安駕？幸回中〔三〕。天馬徠，從西極。經千里，歸有德〔四〕。天馬徠，竦予身。挾飛電，化若神〔五〕。天馬徠，循東道。承靈威，服帝皁〔六〕。天馬徠，歲執徐。陿四海，將安如〔七〕？天馬徠，出嶠山。逝昆侖，排玉關〔八〕。天馬徠，龍爲友。北擊胡，驅羣醜〔九〕。

【題解】

《樂府詩集·郊廟歌辭·漢郊祀歌》載有《天馬》、《天馬歌》，李氏所擬爲《天馬》，兼采《史記》所載《天馬歌》。《天馬》辭云：『太一况，天馬下。霑赤汗，沫流赭。志俶儻，精權奇。籋浮雲，晻上馳。體容與，迣萬里。今安匹，龍爲友。』天馬徠，從西極。涉流沙，九夷服。天馬徠，出泉水。虎脊兩，化若鬼。天馬徠，歷無草。徑千里，循東道。天馬徠，執徐時。將搖舉，誰與期？天馬徠，開遠門。竦予身，逝昆侖。天馬徠，龍之媒。游閶闔，觀玉臺。』《漢書·武帝紀》云：『（元鼎）四年……秋，馬生渥窪水中。作《寶鼎》、《天馬》之歌。』『（太初）四年春，貳師將軍廣利斬大宛王首，獲汗血馬來。作《西極天馬之歌》。』《史記·樂書》所記與此不同：『武帝伐大宛，得千里馬，名蒲梢。作歌曰：「天馬來兮從西極，經萬里兮歸有德。承靈威兮降外國，涉流沙兮四夷服。」』

此詩末尾『北擊胡，驅羣醜』，聯繫時事，隱含對解除明北境邊患的期望，亦爲此類詩作之一格。

【注釋】

〔一〕天馬：關於天馬的說法很多。《漢書》注引李斐云：『南陽新野有暴利長，當武帝時遭刑，屯田敦煌界，數于此水旁見羣野馬中有奇（異）者，與凡馬（異），來飲此水。利長先作土人……持勒靽收得其馬，獻之。欲神異此馬，云從水中出。』《漢書·西域傳》云：『大宛國多善馬，馬汗血，言其先，天馬子也。』注引應劭云：『大宛有大馬種，蹄蹋石汗血。蹋石者，謂蹋石而有跡，言其蹄堅利。汗血者，謂汗從前肩髆出，如血。號一日千里也。』《漢書·張騫傳》云：『初，天子發書《易》，曰「神馬當從西北來」。得烏孫馬好，名曰「天馬」。及得宛汗血馬，益壯，更名烏孫馬曰「西極馬」，宛馬曰「天馬」云。』閶闔（chāng hé）：天門。騑（fēi）離：驂駕之馬。騑，旁馬。《禮記·曲禮》上：『車有轅而四馬駕之，中央兩馬夾轅者名服馬，兩邊名騑馬，亦曰驂馬。』離，通『儷』，偶，成雙。

〔二〕河之精：即河之神，即河伯。

〔三〕絕：越過。流景：流逝的日光。《文選》張衡《西京賦》：『流景內照，引曜日月。』躡：追蹤。遺風：疾風之餘。《文選》王褒《聖主得賢臣頌》：『追奔雷，逐遺風。』安駕：皇帝駕停何處。幸：臨幸。皇帝駕臨曰幸。回中：宮名。秦建。《讀史方輿紀要·陝西·鳳翔府·隴州》：『回中城，州西北一百二十里，秦建。始皇二十七年，巡隴西過回中。漢文帝十四年，匈奴入蕭關，使奇兵燒回中宮。武帝元封四年，幸雍，通回中道。』

〔四〕西極：西方極遠之處。

〔五〕竦（sǒng）予身：立余身，謂挺直身軀。予，余，我。《文選》張衡《思玄賦》：『竦余身而順止兮，遵繩墨而不跌。』挾飛電：喻天馬馳騁如閃電。挾，持。化若神：變化如神。

〔六〕循東道：循行東向之路，謂來到東方。承靈威：秉承神靈的威力。服帝皁：謂成爲服事皇帝的坐騎。皁，廄的別名，即馬廄。

〔七〕歲：太歲，太歲星。太歲在辰曰執徐。見《爾雅·釋天》。陿四海：以四海爲狹小，謂志意高遠。陿，同『狹』，狹小。安如：到哪里去。如，往。

〔八〕嶠山：尖鋭而高峻的山。逝：行，行經。排玉關：衝過玉門關。玉關，即玉門關，在今甘肅敦煌西北。

〔九〕龍爲友：謂天馬乃神龍之類，唯以神龍爲友。《漢書·禮樂志》『龍爲友』注引顏師古曰：『唯龍可以爲友耳。』北擊胡：北向出擊胡人。胡，指韃靼，當時爲明邊患。醜：醜虜。指韃靼入侵者。

李夫人歌

去邪，來邪？就而視之，紛何被被其徘徊〔一〕！
寤邪，夢邪？就而視之，包紅顔其弗明〔二〕！
步儺儺者〔三〕，誰邪？就而視之，風何蕭蕭其蔽帷〔四〕！

【題解】

《李夫人歌》載《漢書·外戚傳》，收入《樂府詩集·雜歌謠辭二》。李夫人爲武帝所寵愛，早卒，武帝思念不已，方士少翁說能招致其魂魄，『乃夜張燈燭，設帷帳，陳酒肉，而令上居他帳，遥望見好女如李夫人之貌，還幄坐而步。又不得就視，上愈益相思悲感，爲作詩曰：「是邪，非邪？立而望之，偏何姗姗其來遲！」令樂府諸音家弦歌之。上又爲作賦，以傷悼夫人』（《漢書·外戚傳》）。李氏擬《李夫人歌》時，也雜取漢武傷悼夫人賦中的語句。

【注釋】

〔一〕去邪，來邪：是離開呢，還是前來呢？邪，同『耶』。就：接近。紛何被被其徘徊：《悼李夫人賦》中有『何靈魂之紛紛兮，哀裴回以躊躇』之句。紛，散亂。何，多麼。被（pī）被，同『披披』，長貌。《楚辭·大司命》：『靈衣兮被被，玉佩兮陸離。』

〔二〕寤邪，夢邪：是醒時所見，還是睡夢之中？包紅顔其弗明：此爲漢武帝《悼李夫人賦》中的句子，謂隱藏其容貌而令人看不清楚。包，藏。弗，不。

〔三〕步儺（nuó）儺者：謂步態婀娜。儺，通『娜』。

〔四〕蔽帷：遮蔽住帷帳。

隴上歌

隴上壯士乘騙驄，帶雙鞬服挾秦弓〔一〕〔二〕。七尺大刀搏白虹，丈八蛇矛盤怒風〔三〕。戰始三交失大刀，且盪且走亡其曹，棄我騙驄巖中逃〔三〕。爲我謂烏：『爲客豪。』〔四〕隴上之水流潺潺，壯士一去不復還。

【校記】

（一）雙，詩集本、重刻本、萬曆本並同。隆慶本、張校本、四庫本作『桑』。

【題解】

《隴上歌》載《晉書·劉曜載記》，收入《樂府詩集·雜歌謠辭三》，是隴地人民悼念爲抗擊匈奴而殉難的晉都尉陳安所作。其辭云：『隴上壯士有陳安，軀幹雖小腹中寬，愛養將士同心肝。䯀驄父馬鐵鍛鞍，七尺大刀奮如湍，丈八蛇矛左右盤，十盪十決無當前。戰始三交失蛇矛，棄我䯀驄竄巖幽，爲我外援而懸頭。西流之水東流河，一去不還奈子何！』此擬詩以《隴上歌》爲主，又雜取漢樂府《戰城南》的句子湊泊成篇，非驢非馬，爲此類作品中爲人詬病最多者。隴上，指晉時秦川隴西，今甘肅隴西縣。

【注釋】

〔一〕䯀驄：善於奔馳的駿馬。䯀（niè），馬疾馳。驄（cōng），馬名，即青驄馬。鞬（jiàn）服：盛矢之革囊。秦弓：秦地所産之弓。

〔二〕盤：迴旋。

〔三〕三交：多次交鋒。且盪且走亡其曹：且戰且走，部屬全都失去。盪，抵擋，沖突。《宋書·顔師伯傳》：『平南參軍童太壹及荀思達等並單騎出盪，應手披靡。』曹，同輩，同夥。此指所率部眾。巖中：山中。

〔四〕烏：烏鴉。豪：通『嚎』。此句見漢樂府《戰城南》。原爲：『爲我謂烏：「且爲客豪！野死諒不葬，腐肉安能去子逃？」』

蹛林歌

單于庭，陰山下，漢家和親刑白馬〔一〕。刑白馬，祭龍城，今年蹛林大會兵〔二〕。

【題解】

漢魏樂府無此題。蹛(dài)林，漢時匈奴各部會祭之處。《史記·匈奴列傳》「大會蹛林」注引《漢書音義》：「匈奴秋社八月中皆會祭處。蹛音帶。」《漢書·匈奴傳》「大會蹛林」注引顔師古曰：「蹛者，繞林木而祭也。鮮卑之俗，自古相傳，秋天之祭，無林木者尚竪柳枝，衆騎馳遶三周乃止。此其遺法。」王先謙《漢書補注》引沈欽韓説：「《索隱》鄭氏曰：「蹛林，地名也。」晉灼曰：「李陵與蘇武書云：相競移蹛林。」按：《遼史·國語解》云蹛林「即松林故地」。然則胡語名林木爲蹛林也。」

【注釋】

〔一〕單于：匈奴部族稱其君長爲單于，其王庭稱龍庭。陰山：山名。昆侖山支脈，起於今河套西北，綿亘於今內蒙古自治區境內，與興安嶺相接，爲古代北方之屏障。漢時匈奴盤踞於此，寇掠漢邊。漢初，爲休養生息，恢復秦漢之際破壞的社會經濟，長期與匈奴實行和親政策，即將漢王室的女兒嫁於匈奴單于，以求邊疆的穩定。漢武帝時，國力漸强，遂發兵北伐匈奴，匈奴漸漸削弱，退居漠北。刑白馬：盟誓時宰殺犧牲以祭。此謂與匈奴盟誓和好。

〔二〕龍城：匈奴各部落君長會合祭天之處。《史記·匈奴列傳》：「歲正月，諸長小會單于庭，祠。五月，大會龍城，祭其先、天地、鬼神。」

鐃歌十八首

【題解】

《漢鐃歌》即《鐃歌十八曲》，《樂府詩集》收入《鼓吹曲辭》。題解引《古今樂録》云：「漢鼓吹鐃歌十八曲，字多訛誤。一曰《朱鷺》，二曰《思悲翁》，三曰《艾如張》，四曰《上之回》，五曰《擁離》，六曰《戰城南》，七曰《巫山高》，八曰《上陵》，九曰《將進酒》，十曰《君馬黃》，十一曰《芳樹》，十二曰《有所思》，十三曰《雉子班》，十四曰《聖人出》，十五曰《上邪》，十六曰《臨高臺》，十七曰《遠如期》，十八曰《石留》。又有《務成》、《玄雲》、《黃爵》、《釣竿》，亦漢曲也，其辭亡。或云：漢鐃歌二十一無《釣竿》，《擁離》亦曰《翁離》。」李氏按其擬古主張，對《鐃歌十八曲》逐一模擬。

朱鷺

朱鷺，獵其纓〔一〕，茄下行〔二〕。魚在梁，縱復橫〔三〕。鵜何飛〔四〕，濡其羽〔五〕。上書諫明主〔一〕。

【校記】

〔一〕明，明刻諸本並同，四庫本作『其』。

【題解】

朱鷺，又名紅鶴，水鳥，羽色白，微帶桃紅，棲息在沼澤湖泊及河流岸邊。相傳，古時置鼓於朝，有諫者，擊鼓上達，謂之諫鼓。朱鷺含魚，不吞不吐，象諫者之狀，故用以飾之。漢曲則因朱鷺飾鼓而名曲。《隋書·音樂志》云：『建鼓，殷所作。又棲翔鷺於其上，不知何代所加。或曰，鵠也，取其聲揚而遠聞。或曰，鷺，鼓精也。或曰，皆非也。《詩》云：「振振鷺，鷺于飛。鼓咽咽，醉言歸。」言古之君子，悲周道之衰，頌聲之息，飾鼓以鷺，存其風流。未知孰是。』孔穎達《毛詩正義》云：『楚威王時，有朱鷺合沓飛翔而來舞，舊鼓吹《朱鷺曲》是也。』原詩爲詠諫鼓之作，含有諷刺諫臣之意，而擬詩將朱鷺的形象與其象徵意義割裂，對原詩的藝術性有所損害。

【注釋】

〔一〕獵其纓：抖動其頸毛。謂朱鷺整理自己的羽毛。獵，震，抖動。纓，鳥頸毛。

〔二〕茄：通『荷』。

〔三〕梁：魚梁，水堰。在河渠中，堰石障水，而空其中，以通魚之往來。縱復横：謂魚縱横游弋。

〔四〕鵜（tí）：鵜鶘，水鳥，俗名淘河，體大翼长，頤下有大皮囊，可伸缩。棲息於温、熱帶淺海中，捕食魚類。

〔五〕濡其羽：謂下水捕魚。濡，沾濕。

思悲翁

思悲翁，鳳凰安宿阿閣中〔一〕。奪我美人。思悲翁，鳳凰飛上天，梟子拉沓隨轉蓬〔二〕。狗逐狡兔走，取爾梟子食梟母〔三〕。

【題解】

《樂府詩集·鼓吹曲辭一》載有《思悲翁》古辭。《宋書·樂志》載南朝宋何承天《思悲翁》『翁』作『公』。翁、公，皆男子尊稱。遭遇可悲，故稱『悲翁』。古辭云：『思悲翁，唐思，奪我美人侵以遇。悲翁也，但我思。蓬首（一作蕞）狗，逐狡兔，食交君。梟子五，梟母六，拉沓高飛暮安宿。』聞一多云：『詩似謂夫爲賊所執，廬舍被劫，妻子逃散。』（《詩選與校箋》）擬詩則以翁之婦人爲賊所虜，與原詩取義不同。

【注釋】

〔一〕阿閣：閣有四柱稱阿閣。阿，棟，梁柱。《帝王世紀》：『黄帝時，鳳凰巢於阿閣。』

〔二〕梟：鳥名。同『鴞』。俗名貓頭鷹。梟子，聞一多說：『梟，博棋勝采之名。……此曰……用博棋術語以喻母子。』（《詩選與校箋》）拉沓：飛貌。轉蓬：喻指居無定所。蓬，蓬草，當秋而枯，隨風飄散。

〔三〕梟子食梟母：梟爲益鳥，而傳說中卻爲子食母的惡鳥。《正字通》：『梟……母嫗子百日，羽翼長，從母索食，食母而飛，關西名流離。漢儀，五月五日作梟羹賜百官，以惡鳥，故食之。』

艾如張

艾而張羅羅若雲，中有黃雀呼其羣，毛羽摧頹離哉紛〔一〕。山出黃雀山嵯峩，鴻鵠絕四海，君亦難爲羅〔二〕。我欲從之讒言多，鴻鵠徘徊奈雀何〔三〕！

【題解】

《艾如張》樂府古辭首句爲『艾而張羅』。《樂府解題》：『艾與刈同。《說文》曰：「芟草也。」如讀爲而。』《樂府詩集》題注引《穀梁傳》曰：『「艾蘭以爲防，置旃以爲轅門。」謂因蒐狩以習武事也。蘭，香草也，言艾草以爲田之大防是也。』謂『艾而張羅』爲防鳥食莊稼。原詩辭云：『艾而張羅，夷於何。行成之，四時和。山出黃雀亦有羅，雀以高飛奈雀何？爲此倚欲，誰肯礞室。』原詩以羅網、黃雀爲喻，譏刺統治者法網綿密，人民只有遠走高飛以避害。擬詩似寫直臣於現實中無法容身，並無法顧及同僚。

【注釋】

〔一〕羅：羅網。摧頹：毀廢，折落。《文選》應瑒《侍五官中郎將建章臺集》：『遠行蒙霜雪，毛羽日摧頹。』離哉紛：即紛離，四散。

〔二〕嵯峩：山高貌。絕：橫渡，越過。難爲羅：難以張羅捕捉。

〔三〕讒言：詆毀陷害別人的惡言。鴻鵠徘徊奈雀何：意謂鴻鵠高飛，雀藏山中，你能把它怎樣。

上之回

上之回，蕭關開。以待邊，單于臺〔一〕。勒兵十八萬，羽林材〔二〕。振大旅〔三〕，鬈長馳〔四〕。讋匈奴〔五〕，臣月支〔六〕。朝諸侯王甘泉宫〔七〕，郡國受計福來同〔八〕。

【題解】

據《樂府詩集》本篇題注，原辭寫漢帝臨幸回中之事。《漢書·匈奴傳》：『孝文十四年，匈奴單于十四萬騎入朝那蕭關，殺北地都尉卬，虜人民畜産甚多，遂至彭陽。使騎兵入燒回中宫，候騎至雍甘泉。』顔師古注：『回中地在安定，其中有宫也。』《漢書·武帝紀》：『（元封）四年冬十月，行幸雍，祠五畤。通回中道，遂北出蕭關。』吴兢《樂府解題》曰：『漢武通回中道，後數出游幸焉。沈建《廣題》曰：「漢曲皆美當時之事。」』聞一多謂是武帝『夏日將自回中北幸甘泉避暑也』（《詩選與校箋》）。原詩爲頌禱之辭，擬詩大體保持了原詩的情致，其中或許也寄託著詩人對明王朝戰勝北部邊患韃靼的期望。

【注釋】

〔一〕上之回：皇上要到回中去。之，往。回，回中，宫名，在汧縣。在今陝西隴縣城關鎮東南。蕭關：關塞名。一名鄣關。在今寧夏回族自治區固原市東南。邊：邊境。單于臺：古地名。在今山西大同市境。《漢書·武帝紀》元封元年：『出長城，北登單于臺。』

〔二〕勒兵：統率軍隊。羽林：皇帝衛軍，即禁衛軍，掌宿衛侍從。

〔三〕振大旅：整備軍隊。《左傳·隱公五年》：『三年而治兵，入而振旅。』

〔四〕鬗長馳：駿馬奔馳。鬗（mán）：長貌。此形容馬奔馳時尾巴甩出的樣子。《漢書·禮樂志》：『掩回轅，鬗長馳。』

〔五〕讋（zhé）：讋服，因懼怕而懾服。匈奴：我國古代北方的游牧民族，漢時尚處於奴隸制階段，因其經常寇掠邊境而爲邊患。

〔六〕臣月支：令月支臣服。月支，古西域國名。即月氏(zhī)。其族先居今甘肅敦煌與青海祁連之間，漢文帝時被匈奴擊破，西遷至今伊犁河上游，占潙水以北地居之，號大月氏。未西遷者，留居今甘肅張掖及青海西寧等地，稱小月氏。

〔七〕朝：使之朝，朝見。甘泉宮：漢宮名。一名雲陽宮。在今陝西淳化縣西北甘泉山。

〔八〕受計：接受審核。計，考核官吏。《周禮・天官・小宰》：「以聽官府之六計，弊羣吏之治。」漢董仲舒《春秋繁露・考功名》：「前後三考而黜陟，命之曰計。」

翁離

擁離趾中可築宮〔一〕，蘭用茸之艾爾蓬〔二〕。擁離趾中。

【題解】

翁離，詩作「擁離」。聞一多云：「何承天《雍離篇》作「雍」。擁、翁音近通假。《釋名・釋姿容》「擁，翁也，翁撫之也」是其比。」原詩辭爲：「擁離趾中可築室，何用葺之蕙用蘭。擁離趾中。」此擬詩爲「形似」之一例。

【注釋】

〔一〕擁離趾：聞一多謂「趾」通「沚」，小渚，「擁離沚者，小沚磊然，如臃疽瘰癧之狀也」（《樂府詩箋》）。宮：室，屋舍。

〔二〕蘭用茸之艾爾蓬：意即用蘭草、艾蒿、蓬蒿覆蓋房屋。茸，茨，以草蓋屋。爾，而。

戰城南

戰城南，走城北，轉鬬不利號路側〔一〕。謂我梟騎，且行出攻。寧爲野烏食，不逐駑馬徘徊蒲葦中〔二〕。水深黝黝，蒲葦鷔鷔〔三〕。烏亦自不去，客亦自不豪〔四〕。梁以集〔一〕，烏子五，烏母六，禾黍不食攫腐肉〔五〕。願爲忠臣何可覆〔六〕？傷子良臣，良臣誠可傷！遠道之人，枯骨何葬！

【校記】

〔一〕梁，底本缺，據明刻諸本及四庫本補。

【題解】

《戰城南》是哀悼陣亡將士的悲歌。原詩辭爲：『戰城南，死郭北，野死不葬烏可食。爲我謂烏：「且爲客豪！野死諒不葬，腐肉安能去子逃？」水深激激，蒲葦冥冥，梟騎戰鬭死，駑馬徘徊鳴。梁築室，何以南？何以北？禾黍不獲君何食？願爲忠臣安可得？思子良臣，良臣誠可思。朝行出攻，莫不夜歸。』擬詩大致保持了原詩的意旨，亦『形似』之例。

【注釋】

〔一〕走：跑，敗逃。轉鬬：猶轉戰。號：悲號，號哭。

〔二〕『謂我』四句：梟騎，烈性馬。此處暗喻勇猛之士。駑馬，劣馬。此喻指臨戰怯懦之人。四句謂寧可戰死，爲烏鴉所食，也不隨同怯戰的人在蒲葦中轉來轉去。

〔三〕黝黝：深幽貌。鷔(áo)鷔：輕輕。鷔，通『嫯』，輕。

〔四〕客：作者自指。豪：通『嚎』，號哭。

〔五〕梁：橋梁。集：止。

〔六〕何可覆：何可復，謂不可復得。覆，通『復』。

巫山高

巫山高，自言高；江水流，自言深。勿復相思，君有他心〔一〕。山以蔚蔚，水以湯湯，何用度之石用梁〔二〕。徘徊遠望，泣下霑裳。願託黄鵠，東歸故鄉〔三〕。

【題解】

《樂府詩集》本篇題注云：『《樂府解題》曰：「古詞言江淮水深，無梁可度，臨水遠望，思歸而已。」』原詩寫游子思歸不得的憂傷，辭云：『巫山高，高以大；淮水深，難以逝。我欲東歸，害（梁）不爲？我集無高曳，水何（梁）湯湯回回。臨水遠望，泣下霑衣。遠道之人心思歸。謂之何！』關於巫山，聞一多云：『《南部新書》庚「濠州西有高唐（原誤塘，從《封氏聞見記》、《詩話總龜》改）館，附近淮水。」案此與夔蜀之高唐館同名，以地名遷徙之例推，疑濠西淮水附近之高唐館，其所在之山亦名巫山。此詩巫山淮水並稱，卽濠西之巫山也。』（《詩選與校箋》）擬詩改爲思婦之辭，南轅北轍。

【注釋】

〔一〕勿復相思：不要再想他。君有他心：謂其外出的丈夫移情別戀。

〔二〕湯（shāng）湯：水流浩蕩貌。何用度之：用何度之，怎麼度河。度，同『渡』。石用梁：用石建造橋梁。梁，橋。

〔三〕願託黄鵠：意謂託東飛的黄鵠將思家念親的情意捎帶到家鄉。黄鵠，大鳥，傳爲仙人所乘。見《玉篇》。

上陵

上陵亦誠美，下津以尚羊〔一〕。問客從何來？自言水中央。芰荷爲君衣，芙蓉爲君裳；木蘭爲君佩，江蘺間杜蘅〔二〕。銅池之芝以九莖，光華燭夜披金英〔一〕〔三〕。鳳凰之集，乍開乍合，蜚覽上林，曾不知日月明〔四〕。赤翅之鴻，翁雜相隨，白鴈何蔚蔚〔五〕。雲爲車，風爲馬，游閶闔，守謁者〔八〕。五色露，何泥泥，乃在仙人金掌中〔七〕。凝如膏，美如飴。願奉我主飲，延年萬歲期。

【校記】

〔一〕夜，明刻諸本並同。四庫本作『天』。

【題解】

關於《上陵》樂曲的來歷，已難詳考。《樂府詩集》本篇題注引智匠《古今樂錄》曰：『漢章帝元和中，有宗廟食舉六曲，加《重來》、《上陵》二曲，爲《上陵》食舉。』《後漢書·禮儀志》曰：『正月上丁祠南郊，次北郊、明堂、高廟、世祖廟，謂之五供。禮畢，以次上陵。西都舊有上陵。東都之儀，太官上食，太常樂奏食舉。』聞一多認爲把《上陵》作爲上陵食舉所歌，始於南朝宋何承天《上陵者篇》。而《鐃歌》爲西漢歌曲，時無上陵之事，且『樂因禮作，內容自當一致。今禮爲墓祭，而樂章但言神仙，與祭墓了不相涉，其故難詳。……竊意陵、林聲近，古書每每譌互……本篇《上陵》，或本作《上林》，後人習聞《上陵食舉》之名，因誤林爲陵耳。宣帝元康四年神爵集上林苑，本篇「白鴈隨山林」云云，蓋即其類。』（《詩選與校箋》）其說頗有道理，可參看。擬詩以原詩旨意，雜採《楚辭》詞句湊泊成篇。

【注釋】

〔一〕上陵：與『下津』對舉，均指地名。尚羊：即徜徉，嬉游。《楚辭》載賈誼《惜誓》：『臨中國之眾人兮，托回飆乎尚羊。』王逸注云：『尚羊，游戲也。』

〔二〕芰荷：荷葉。芙蓉：荷花。木蘭：樹名。《楚辭·離騷》『朝搴阰之木蘭兮』朱熹《集注》引《本草》云：『皮似桂而香，狀如楠樹，高數仞，去皮不死。』佩：佩飾。江蘺：《楚辭·離騷》『扈江離與薜芷兮』朱熹《集注》云：

『離，香草。生於江中，故曰江離。』離、蘺同。間：間雜。杜蘅：香草名。似葵而香，葉似馬蹄，俗名馬蹄香。《楚辭·離騷》：『畦留夷與揭車兮，雜杜蘅與芳芷。』

〔三〕銅池之芝以九莖：《漢書·宣帝紀》：神爵元年三月，（宣帝）行幸河東，祠后土，詔曰：『乃元康四年嘉穀玄稷降於郡國，神爵仍集，金芝九莖產於函德殿銅池中。』芝，芝草，即靈芝。靈芝九莖，時以爲祥瑞之徵。金英：金色火花。

〔四〕蜚：飛。上林：上林苑，皇帝游獵之所。本秦時所建，漢武帝增而廣之。故址在今陝西長安西，周至、戶縣界。曾：竟。

〔五〕鴻：鴈。翁雜：鴈之別名。《禽經》：『鴈，一名翁雜。』蔚（yù）蔚：盛貌。《後漢書·仲長統傳》『彼之蔚蔚』《注》：『蔚與鬱，古字通。』

〔六〕閶闔：天門。守謁者：即主謁者，職掌謁見上帝的人。守，主。

〔七〕泥泥：霑濡貌，形容露濃。

將進酒

將進酒，稱我觴，紛佳哉，以浩倡〔一〕。心所作，未嘗聞，徘徊三歎一爲君〔二〕。君之臣明四時和，國有良工悉索歌〔三〕。觀者不苦奈子何〔四〕！

【題解】

《樂府解題》云：『古詞曰：「將進酒，乘大白。」大略以飲酒放歌爲言。宋何承天《將進酒篇》曰：「將進酒，慶三朝。備繁禮，薦嘉肴。」則言朝會進酒，且以濡首荒志爲戒。若昭明太子云「洛陽輕薄子」，但敘游樂飲酒而已。』《將進酒》爲宴飲娛樂之歌，擬詩雜取古辭與何承天《將進酒篇》作意，既寫飲酒賦詩，也寫對朝政清明的期盼。

【注釋】

〔一〕稱我觴：即稱觴，舉杯。紛佳：猶言大佳。紛，盛貌。浩倡：浩唱，浩歌。倡，通「唱」。

〔二〕心所作：原詩與「放故歌」即仿效舊歌對舉，謂思謀創制新歌。心，思。君：此指國君，即皇帝。

〔三〕良工：優秀的工匠。《孟子·滕文公下》：「嬖奚反命曰：『天下之良工也。』」此處取杜甫《題李尊師松樹障子歌》「已知仙客意相親，更覺良工心獨苦」之意，謂苦心作詩之人。悉索歌：所有的歌。悉、索都是罄盡之意。

〔四〕「觀者」句：古辭原作「使禹良工觀者苦」。

君馬黃

君馬黃，臣馬驪，二馬異體同權奇〔一〕。徘徊四海美人子，二馬相得以千里。故東非我東，西非我西，南非我南，北非我北，駕如六飛龍之翼〔二〕。路訾邪，謂何覽，遨游安終極〔三〕？二馬視駑馬，局促食轅下，將以問馭者〔四〕。

【題解】

《君馬黃》原詩之辭爲：「君馬黃，臣馬蒼，二馬同逐臣馬良。易之有騩蔡有赭，美人歸以南，駕車馳馬，美人傷我心；佳人歸以北，駕車馳馬，佳人安終極！」

【注釋】

〔一〕臣：自稱。《漢書·高帝紀》「臣少好相人」注引張晏曰：「古人相與語，多自稱臣，自卑下之道也，若今人相與言自稱僕也。」驪：馬深黑色。權奇：馬善行貌。《文選》顏延年（延之）《赭白馬賦》：「雄志倜儻，精權奇兮。」

〔二〕飛龍：駿馬名。言其疾馳如同飛龍。《文選》張平子（衡）《南都賦》：『駟飛龍兮騤騤，振和鸞兮京師。』

〔三〕路訾邪：表聲字，無義。何覽：覽何，觀覽什麼。安終極：哪里有盡頭。

〔四〕駑馬：劣馬。食轅下：謂只能駕轅。轅，車轅。馭者：駕車人。

芳樹

芳樹如此之蔚蔚，上有黄鵠以翱翔，下飲蘭池鳴鏘鏘〔一〕。二而爲侣，三而爲行。芳樹拉雜黄鵠傷，秋風蕭蕭思故鄉。妒人之子妒殺我，君有它心無不可〔二〕。黄鵠高蜚亦有羅，目欲顧之奈樂何〔三〕！

【題解】

《樂府詩集·鼓吹曲辭一》本篇題注引《樂府解題》云：『古詞中有云：「妒人之子愁殺人，君有他心，樂不可禁。」』曲意難解，似爲婦人哀怨之詞。擬詩較原詩意脈清楚，而情韻已自不同，含有難以掙脱、難以割捨之意。

【注釋】

〔一〕黄鵠：黄鶴。《玉篇》下：『鵠，黄鵠，仙人所乘。』蘭池：地名。《漢書·地理志》：『渭城縣有蘭池宮。』鏘鏘：鸞鈴之聲。《詩·大雅·烝民》：『四牡彭彭，八鸞鏘鏘。』此喻指鳥清脆的鳴叫聲。

〔二〕君有它心：謂所愛男子移情別戀。

〔三〕蜚：同『飛』。羅：羅網。目欲顧之：意謂想要顧及他。目，《正字通》：『意有所使而顧之曰目。』顧，及。奈樂何：對於快樂之中的他又能怎麼樣。

有所思

有所思，乃在燕山隅〔一〕。何用問遺君〔二〕？大秦明月珠〔三〕。結以連理帶〔四〕，薦以合歡襦〔五〕。又何問遺君？青絲系玉環。可直千萬餘〔六〕，翠羽紹繚之，黄金錯其間〔七〕。聞君有他心，拉雜其珠摧其環。摧其環，臨高臺。反袂以障之，當風揚其灰〔八〕。從今以往，勿復相思；若復相思，有如此珠，有如此環。非我可爲，雞鳴狗吠，我視兄嫂，不言謂何？東方須臾高奈何〔九〕！

【題解】

《樂府詩集·鼓吹曲辭一》有《有所思》古辭，寫一女子聞所愛變心，將所贈之物毁掉，而思及相戀時的情意又難以割捨。擬詩取其意而頗淺露。

【注釋】

〔一〕燕山隅：燕山脚下。燕山，山名，起自今天津薊州區，經玉田、豐潤諸縣，蜿蜒東向至海濱。

〔二〕何用：用何，用什麽。問遺（wèi）：贈與。

〔三〕大秦：古代對羅馬帝國的稱呼。明月珠：即夜明珠。

〔四〕連理帶：左右對稱的兩條衣帶，用來束結衣襟。寓含男女結合之意。古時男女婚配，謂結連理。

〔五〕薦：獻。合歡襦（rú）：繡有合歡花圖案的短襖。

〔六〕直：同『值』，價值。

〔七〕紹繚：纏繞。錯：鍍金。《説文通訓定聲》：『錯，今所謂鍍金，俗字作鍍。』

〔八〕反袂：翻轉揚起衣袖。袂（mèi），衣袖。障：遮擋。

〔九〕『東方』句：言眼看太陽升起，應該如何決斷？謂下不了決心彼此決絕。

雉子班

雉子班如此之趨蹌蹌〔一〕，雄來蜚從雌，拉沓曳水集于梁〔一〕。目以顧之，蔚蔚冥冥〔二〕。艾而張羅，雉子知得奈我何〔三〕！王孫有羅以雉子，黄鵠之羅當千里〔四〕。駕以南，駕以北，朝行出遨游，暮從美人食〔五〕。

【校記】

〔一〕班，明刻諸本並同，四庫本作『斑』。

【題解】

《樂府詩集·鼓吹曲辭一》所載《雉子班》爲詠物詩，原詩訛誤較多，解讀爲難。詳詩意，蓋爲雉鳥愛撫其子，而哀其爲人所獲，『是一首以人格化動物爲描述對象的寓言詩』（王運熙、王國安《漢魏六朝樂府詩評注》）。擬詩雜取樂府古辭，依原詩意旨湊泊成篇，亦甚難詮釋。

【注釋】

〔一〕雉子：雉鳥之子。班如此：羽毛如此斑斕。班，通『斑』，花紋。趨蹌蹌：飛動輕巧貌。《詩·齊風·猗嗟》：『巧趨蹌兮，射則臧兮。』《集傳》：『蹌，趨翼如也。』蜚：同『飛』。拉沓曳水集於梁：飛越河水停在橋上。拉沓，飛貌。曳，逾越。集，止。梁，橋。

〔二〕目以顧之：以目視之。顧，視。蔚（yù）蔚冥冥：草木茂盛幽深。

〔三〕艾而張羅：本《艾如張》中的句子。艾，刈，刈草。張羅，張設羅網。雉子知得：雉子曉得彼處已張設羅網。

〔四〕『王孫』二句：謂王孫可網羅稚鳥，而逮不住黄鵠。王孫，公子。

〔五〕『駕以』四句：此本《戰城南》『何以南，何以北』及『朝行出攻，暮不夜歸』的句式。駕，行。從美人食，謂爲美人所食。

聖人出

聖人出，應熛怒，赫炎精〔一〕。文教洽，武功成〔二〕。寒暑德，河海清〔三〕。駕六龍，何騑離〔四〕。聖人哉！聖人御天以調之，日月星辰和四時〔五〕。郡國吏功上所治，君之臣明遠如期〔六〕。

【題解】

《樂府詩集·鼓吹曲辭一》所載《聖人出》古辭爲頌聖之作，擬詩雜取古詩賦、《樂府》詞句，突出了原詩頌聖的意旨。

【注釋】

〔一〕聖人：此指聖明之君。熛（biāo）怒：盛怒。熛，火焰。《文選》宋玉《風賦》：『飄忽淜滂，激颺熛怒。』赫炎精：光耀明亮。赫炎，光明炫耀貌。精，明。

〔二〕文教：指禮樂法度。《書·禹貢》：『五百里綏服，三百里揆文教，二百里奮武衛。』洽：和。武功：猶戰功。《詩·豳風·七月》：『二之日其同，載纘武功。』

〔三〕寒暑德：寒暑適宜。德，得，適宜。河海清：黄河與海水澄清。黄河挾帶泥沙，水常渾濁，古時以河清爲太平祥瑞，喻聖君出而天下太平。

〔四〕六龍： 六馬。龍，飛龍，駿馬。古時天子之車駕六馬。何： 多麽。騑（fēi）離： 驂馬附麗。騑，驂馬。《禮記·曲禮上》『執策分轡』《疏》：『車有一轅而四馬駕之，中央兩馬夾轅者名服馬，兩邊名騑馬，亦曰驂馬。』離，通『麗』，附著。

〔五〕御： 猶主，主持。

〔六〕吏功： 吏治之功，治績。

上邪

上邪！我欲與君同心，樂以不可禁。相思紹繚，讒言罔極〔一〕！大駕六龍處天側。日月出入滄海中，妒人之子難爲工〔二〕。

【題解】

《樂府詩集·鼓吹曲辭一》所載《上邪》古辭，是女子所詠愛情誓言，爲一首民間情歌。上邪，猶言『天啊』，莊述祖謂『指天日以自明也』（《漢鐃歌句解》），即對天發誓，表示永不變心。擬詩據舊説寫欲與君王同心而遭讒言離間，與原詩情致大相徑庭。

【注釋】

〔一〕紹繚： 纏繞，纏綿。罔極： 無極，無窮盡。《詩·大雅·民勞》：『無縱詭隨，以謹罔極。』《集傳》：『罔極，爲惡無窮極之人也。』

〔二〕『大駕』三句： 謂君主英明，如同日月，嫉妒之人無論如何工巧也難取信於他。

臨高臺

臨高臺，望江水，江水之流以千里。黃鵠知得高蜚止，願遺香草美人子〔一〕。關弓問鵠從何來，我主萬年亦誠哉〔二〕。禾黍不獲鵠何食？遨游四海安終極！

【題解】

《樂府詩集·鼓吹曲辭一》所載《臨高臺》爲頌聖之作，題注引《樂府解題》云：『古詞言：「臨高臺，下見清水中有黃鵠飛翻。關弓射之，令我主萬年。」若謝朓「千里常思歸」，但言臨望傷情而已。』又云：『宋何承天《臨高臺篇》曰：「臨高臺，望天衢，飄然輕舉凌太虛。」則言超帝鄉而會瑤臺也。』擬詩蓋仿效古詞旨意，而末兩句隱含對仙道虛無的譏刺之意，或與嘉靖帝崇信仙道而致朝政腐敗有關。

【注釋】

〔一〕蜚：同『飛』。遺（wèi）：贈，贈予。香草美人：喻指羣賢與君王。《楚辭·離騷》：『惟草木之零落兮，恐美人之遲暮。』《注》：『美人謂懷王也。人君服飾美好，故言美人也。』

〔二〕關弓：引弓。關，通『彎』。《孟子·告子下》：『越人關弓而射之。』

遠如期

遠如期，宜四海。皇帝日月所置有，甘露三載。單于自歸大佳，以萬人稽首陛下〔一〕。北藩臣，左右賢王奉國珍。謁者令，引之鄉殿陳〔二〕。橐佗拉沓，就羽蒙戎〔三〕。酪酒乃是閼氏之所飲〔四〕，駃騠生自余吾中〔五〕。將進酒，顧其豪，撓以留犁徑路刀〔六〕。何用賜之？黃金犀毗，赤綈錦袍〔七〕。扶伏沮澤，曾不知天子神靈〔八〕。從今以往，但居光禄塞下，不願歸庭〔九〕。

【題解】

《遠如期》爲頌聖祝壽之作。《樂府詩集·鼓吹曲辭一》本篇題注云：『一曰《遠期》。《宋書·樂志》有《晚芝曲》，沈約言舊史云「詁不可解」，疑是漢《遠期曲》也。《古今樂録》曰：「漢太樂食舉曲有《遠期》，至魏省之。」』遠如期，聞一多謂『如』當讀爲『汝』，遠期即遠年（《詩選與校箋》），祝壽之意。其本事不詳，詳詩意似是因匈奴歸順、内遷，向皇帝表示祝賀。擬詩依詩意落實到甘露三年匈奴來歸之事加以歌頌，聯及明嘉靖年間蒙古韃靼等部屢屢侵擾之事，作者或别有所寄。

【注釋】

〔一〕『甘露』三句：《漢書·宣帝紀》載，甘露二年（前五二）冬十二月，『匈奴呼韓邪單于款五原塞，願奉國珍朝三年正月』。甘露三年正月，『匈奴呼韓邪單于稽侯狦來朝，贊謁稱藩臣而不名。……上登長平阪，詔單于毋謁。其左右當户之羣皆列觀，蠻夷君長王侯迎者數萬人，夾道陳。上登渭橋，咸稱萬歲。』稽（qǐ）首：頓首拜，叩頭至地，爲叩拜至敬之禮。

〔二〕北藩：此指匈奴。左右賢王：即屠耆王，爲匈奴單于之下的最高官職。冒頓（dú）單于時，匈奴分三部，中部單于自領，設左、右屠耆王分領東西二部，由單于子弟擔任。匈奴尚左，左屠耆王一般由單于繼承者擔任。屠耆，匈奴語，意爲『賢』，漢人因稱左、右屠耆王爲左、右賢王。謁者令：官名。春秋戰國時始置，秦、漢因之。漢郎中令屬官有謁者，少府屬官也置有中書謁者令。此指郎中令屬官，掌賓贊受事，及上章報聞，長官稱謁者僕射。引，導引。鄉，向。陳，列，陳列。

〔三〕橐佗：同『橐駝』，即駱駝。《漢書·匈奴傳》：『其奇畜則橐佗、驢、贏、駃騠、騊駼、驒奚。』拉沓：猶言遝遏，髀亂貌。就羽：大鷲之羽。就，通『鷲』，猛禽，鷹的一種。蒙戎：亂雜貌。也作『蒙茸』。《詩·邶風·旄丘》：『狐裘蒙戎，匪車不東。』

〔四〕酪酒：乳酪釀制的酒。閼氏（yān zhī）：匈奴對已嫁女子的稱呼，單于的正妻稱爲大閼氏。此指單于正妻。

〔五〕駃騠（jué tí）：駿馬之一。余吾：湖名。《漢書·武帝紀》『馬生余吾水中』應劭注：『在朔方北也。』

〔六〕撓：攪和。留犁：飯匙。徑路刀：匈奴寶刀名。《漢書·匈奴傳》：漢與匈奴盟誓，『單于以徑路刀金留犁撓酒，以老上單于所破月氏王頭爲飲器者共飲血盟』。

〔七〕犀毗：胡人皮帶之鈎。《漢書·匈奴傳》『黄金飭具帶一，黄金犀毗一』顔師古曰：『犀毗，胡帶之鈎也。亦曰鮮卑，亦謂師比，總一物也，語有輕重耳。』赤綈（tí）：紅色而滑澤的厚繒。《漢書·匈奴傳》：『赤綈，綠繒。』錦袍：繡花袍。

〔八〕扶伏：猶俯伏。沮澤：沼澤。曾：竟。

〔九〕光禄塞：邊塞名。漢武帝時，光禄勳徐自爲築，在今内蒙古自治區烏拉特旗境内。庭：龍庭，匈奴王庭。詳前《蹛林歌》注〔一〕。

石流

石流津以梁，無敢曳水，君安所薄〔一〕？秋風湯湯，東飛者鵠，北逝者河〔二〕。中有℈冥之白沙，遠道之人謂之何〔三〕？蘭以有香君不知，願言懷之遺所思〔四〕。

【題解】

《石流》，樂府古題本作《石留》，南朝宋何承天《石流篇》『留』作『流』。原詩難以解讀，擬詩寫送人遠行，含有道路艱難、懷戀難捨之意。

【注釋】

〔一〕津：渡口。梁：橋梁。無：不。曳：與「跇」通，逾越。安所薄：靠近哪里。薄，近。

〔二〕湯（shāng）湯：本謂大水疾流，此處形容風急。逝：流。

〔三〕冥冥：幽暗而渺遠。遠道之人：在遠行道之人，即外出之人。

〔四〕願言：思欲，想要。言，語助詞，無義。遺（wèi）所思：贈給所思念的人。遺，贈與。

五鳳曲

梧桐生高岡，鳳凰鳴中央。三百六十鳥，翁雜朝四方〔一〕。其東鳴青鶡，其西鳴鷫鸘〔二〕。鸑鷟鳴其陰，鶉雀鳴其陽〔三〕。

【題解】

漢樂府無此題。《樂府詩集·清商曲辭八》載有李白《鳳凰曲》，王琦注引《藝文類聚》「決疑」注云：「凡象鳳者有五：多赤色者鳳，多青色者鸞，多黃色者鵷雛，多紫色者鸑鷟，多白色者鵠。」李氏「五鳳」蓋取此義而自擬詩題。

【注釋】

〔一〕翁雜：羣飛紛然雜亂貌。翁，「翂」之異體。翂，飛貌。通作「紛」。

〔二〕青鶡：鳥名。《山海經·中山經》「其鳥多鶡」《注》：「似雉（野雞）而大，青色有毛，勇健鬭，死乃止。」鷫鸘（sù shuāng）：鳥名，也作鷫鷞。《楚辭·大招》：「鴻鵠代游，曼鷫鷞只。」宋洪興祖《補注》：「鷫鷞，長頸綠身，其形似雁。一曰鳳凰別名。』

〔三〕鸑鷟(yuè zhuó)：鳥名。鳳屬。《國語·周語上》：『周之興也，鸑鷟鳴於岐山。』《注》：『鸑鷟，鳳凰別名。』鶉雀：即鵪鶉，小鳥。

精列

欲何爲？雖有一介志〔一〕，慷慨非其時。慷慨非其時，言從我所好，混跡於鴟夷〔二〕。入宮無美女，名士常見持〔三〕。名士常見持，卞和乃衛足，白璧以終疑〔四〕。白璧以終疑，還君十五城〔五〕，抱之寧自奇。抱之寧自奇，周孔聖殂落〔六〕，世人莫我知。雖有一介志，慷慨非其時。

【題解】

本篇《樂府詩集》收入《相和歌辭·相和曲上》，辭爲魏武帝曹操所作。辭云：『厥初生，造化之陶物，莫不有終期。莫不有終期，聖賢不能免，何爲懷此憂。願螭龍之駕，思想昆侖居。思想昆侖居，見期於迂怪，志意在蓬萊。志意在蓬萊，周孔聖徂落，會稽以墳丘。會稽以墳丘，陶陶誰能度？君子以弗憂。年之暮奈何，時過時來微。』慨嘆人生有限，神仙虛無，充滿感傷。擬詩慨嘆徒有報國之志，而生不逢時，聯及李氏遭際，知其中寄慨良深。

【注釋】

〔一〕一介志：一介士之志。介，耿介，正直。《吳越春秋·句踐入臣外傳》：『王顧太宰嚭曰：「彼越王者，一節之人；范蠡，一介之士，雖在窮厄之地，不失君臣之禮，寡人傷之。」』

〔二〕混跡於鴟夷：猶言混跡於商旅。鴟夷，革囊。此指范蠡。《史記·越王句踐世家》載，越王句踐滅吳後，范蠡藉故隱退，『浮海出齊，變姓名，自謂鴟夷子皮，耕於海畔，苦身戮力。父子治產，居無幾何，致產數千萬』。

〔三〕入宮無美女：謂賢能之士易遭嫉妒。《漢書・鄒陽傳》載《獄中上梁王書》：『故女無美惡，入宮見妒；士無賢不肖，入朝見嫉。』見持：被挾持。持，挾持。《史記・酷吏列傳》：『持吏長短。』

〔四〕卞和乃衛足：卞和，春秋楚人。乃，寧。衛足，本蜀葵的別名，此謂保護其足。《左傳・成公十七年》：『秋七月壬寅，刖鮑牽而逐高無咎。……仲尼曰：「鮑莊子（即鮑牽）之知不如葵，葵猶能衛其足。」』據《韓非子・和氏》載，卞和在楚山中得玉璞，先後獻給楚厲王、武王，都被認爲是欺誑而遭受刖刑。文王即位，卞和抱璞哭于楚山之下，『三日三夜，泣盡繼之以血。王聞之，使人問其故……和曰：「吾非悲刖也，悲夫寶玉而題之以石，貞士而名之以誑，此吾所以悲也。」王乃使玉人理其璞，得寶玉焉，遂命曰「和氏之璧」』。

〔五〕還君十五城：指戰國時秦以十五城易和氏璧之事。《史記・廉頗藺相如列傳》載，趙惠文王得到和氏璧，秦昭王倚勢欲據爲己有，遂致書趙王，許以十五城易之。趙王深知秦言之詐，而又不敢拒絕。藺相如奉使赴秦，並最終完璧歸趙。此謂卞和抱璞痛哭而終使寶玉得見天日，藺相如完璧歸趙，都值得稱道。

〔六〕周孔聖殂落：周公、孔子這兩位聖人都已死去。殂，死亡。

東光

胡兒平，倭奴何不平〔一〕？倭奴利水戰，海塹船爲城〔二〕。諸軍彀騎士，馳射難縱橫〔三〕。

【題解】

《東光》爲樂府古題，《樂府詩集》收入《相和歌辭・相和曲中》。《古今樂錄》云：『張永《元嘉技錄》云：「《東光》舊但有弦無音，宋識造其聲。」』古辭云：『東光平，蒼梧何不平？蒼梧多腐粟，無益諸軍糧。諸軍游蕩子，早行多悲傷。』寫漢軍征途中艱苦。擬詩寫對倭患難平的憂慮，題材近似，也都有强烈的現實性。借取樂府古題，抒寫現實內容，是李氏這類詩歌的精華部分。

【注釋】

〔一〕胡兒：此指明代北方蒙古俺答、韃靼等部落。平：平定。倭奴：對日本海盜的蔑稱。明代中期，日本海盜屢屢侵擾我國東南沿海地區，而抗倭鬬爭卻由於朝政腐敗而屢屢失利。李攀龍與著名抗倭將領戚繼光、劉顯等頗有過從。

〔二〕『海塹』句：言倭寇用船構築海上作戰的營壘。塹，塹柵，圍濠的柵欄。《南齊書·魏虜傳》：『虜築圍塹柵三重，燒居民淨盡。』此指作戰營壘。

〔三〕彀騎士：持弓弩的騎兵。《史記·馮唐列傳》：『遣選車千三百乘，彀騎萬三千。』縱橫：自由隨意、不受約束的行動。

對酒

對酒歌《陽春》，含意未能申，請客聽其真〔一〕。男兒居世無依因，誠獨難自絕於要津〔二〕。視扶風，稱三輔，吏共理之〔三〕。臣奉職，亦何狀，盤桓磬折，關石和鈞〔四〕。爲績書以報諸大官，自公卿大夫士，咸領其人〔五〕。以君子經綸，是時賤玉而貴珉，獨蹙迫濩落非其倫〔六〕。素無跅弛之才，四載不遷，敢辭於積薪〔七〕！此道當何以具陳？彷徨所欲，歸潔其身。

【題解】

《對酒》今傳爲曹操所作，《樂府詩集》收入《相和歌辭·相和曲中》。《樂府解題》云：「魏樂奏武帝所賦《對酒歌》，太平其旨，言王者德澤廣被，政理人和，萬物咸遂。」擬詩則借樂府古題委婉曲折地詠寫自己歸隱之由。李攀龍於嘉靖三十二年（一五五三）至嘉靖三十五年間，出任順德知府，前後四年。其《與宗子相書》曾說：「仕宦四十，郡守頭顱，可知三年不調，意同於棄。」於嘉靖三十五年（一五五六）擢陝西按察司提學副使，嘉靖三十七年（一五五八）辭官東歸。對於李氏歸隱時人說法甚多，至其友人如王世貞都不理解。爲釋友人疑慮，又要避免當權者的猜疑，他曾在詩、文、書信之中多次做過解釋。

【注釋】

〔一〕《陽春》：樂曲名。《古文苑》載題宋玉《對楚王問》：「客有歌於郢中者……其爲《陽春》、《白雪》，國中屬而和者不過數十人。」

〔二〕依因：依靠。要津：要路津，喻指權位。津，渡口。

〔三〕視：視事。扶風：此謂右扶風，漢爲三輔之一。漢代長安以東爲京兆尹，長陵以北爲左馮翊，渭城以西爲右扶風，謂之「三輔」。其長官共治長安城中。吏：長吏。猶言長官。

〔四〕「盤桓」二句：言在官整日應酬，拜迎官長，徵收賦稅，以充府庫。盤桓磬折，謂應酬奉迎，侍奉上官。磬折，喻指彎腰拜揖。關石和鈞，謂徵收賦稅。關石，門關之征所用量名。《國語·周語下》：「《夏書》有之曰：『關石和鈞，王府則有。』」《注》：「關，門關之征也。石，今之斛也。言征賦關鈞，則王府常有也。」

〔五〕「爲績書」三句：言將自己的職事上報吏部，所有朝臣都贊許其人。天官，周代官名，六官之一，爲百官之長。見《周禮·天官·天官冢宰》。後因以尊稱吏部尚書。咸頷其人，全都贊許其人。咸，皆。頷，點頭，謂贊許。

〔六〕『以君子』三句：言君子富有治國之才，而那時卻賢愚不辨，所以君子窘迫困頓而難以爲伍。經綸，以治絲喻指治理政事。《易・屯》：『君子以經綸。』賤玉而貴珉，賤玉而貴石，喻是非不辨、賢愚不分。珉，似玉之美石。蹙迫，窘迫。濩落，同『瓠落』，空廓。《莊子・逍遥游》：『今子有五石之瓠，何不慮以爲大樽而浮乎江湖，而憂其瓠落無所容？』意謂巨瓠廓落無用，後引申爲不合時宜，或被當世所棄之意。

〔七〕『素無』三句：言素無超凡脱俗之才，四載不提拔，怎敢掩飾積薪之蔽？跅弛，放任自適，不事檢束。引申爲不遵禮法、超凡脱俗之意。《漢書・武帝紀》：『夫泛駕之馬，跅弛之士，亦在御之而已。』注引如淳説：『士行有卓異，不入俗檢而見跅逐者也。』跅弛卽跅弛。遷，升遷。積薪，堆積的柴草。《後漢書・黄瓊傳》：『因衆人之心，以救積薪之敝。』

烏生

黄口四五雀，羅坐秦氏桂樹間〔一〕。啄啄樹上蠹，母子相哺自言安〔二〕。唶我〔三〕！三河不知爲誰家〔四〕。有輕薄少年，臂坐一鷂子；鷂子小小如人拳，出入雀東西，一縱卽中兩黄口，毛羽摧頹，魂魄飛上蒼浪天〔五〕。鷂子下來還少年。阿母生黄口時，乃在高堂欂櫨間〔六〕。唶我！人民安知雀乳處〔七〕，窈窕紫深宫中安從通〔八〕？白兔乃在平原大澤中，羅者尚復得脯腊之。唶我！猛虎斑斑南山間，射工尚復得枕藉之〔九〕。明珠乃在合浦深淵中，後宫尚得剖以綴其襦〔一〇〕。唶我！人民生各有壽命，何須尚復計會賢愚！

【題解】

《烏生》爲漢樂府古辭，是一首寓言詩。《樂府詩集》收入《相和歌辭・相和曲下》，題注云：『一曰《烏生八九子》。《樂府解題》曰：「古辭云：『烏生八九子，端坐秦氏桂樹間。』」言烏母子本在南山巖石間，而來爲秦氏彈丸所殺。白鹿在苑中，人得以爲脯。黄鵠摩天，鯉在深淵，人得而烹煮之。則壽命各有定分，死生何歎前後也。』擬詩大致類比古辭，寫幼雀、鷂子、白兔、猛虎、明珠不論在什麼地方都難以逃避禍害，流露出作者人生有命、禍福無常的消極情緒。

【注釋】

〔一〕黄口：幼鳥。羅坐：排列而坐。

〔二〕『啄啄』二句：言這幾隻幼雀與母鳥啄食樹上的蟲子，母哺子、子依母彼此相安。蠹，樹蟲。

〔三〕啅（zhuò）我：此處狀鳥兒的哀鳴。啅，鳥鳴聲。我，語氣助詞，無義。

〔四〕三河：地名。此指三河縣，唐置，在今北京東。

〔五〕鷂（yào）子：鷙鳥名。《酉陽雜俎・續集・支諾皋上》：『元和初，上都東市惡少李和子……性忍，常攘狗及貓食之，爲坊市之患。常臂鷂立於衢，見二人紫衣……言冥司追公……和子驚懼，乃棄鷂子拜祈之。』

〔六〕欂櫨（bó lú）：柱上短木，即斗拱。

〔七〕雀乳處：雀生處。乳，鳥生子曰乳。《廣雅・釋古》：『乳，生也。』

〔八〕窈窕：路徑曲折婉轉。

〔九〕枕藉之：此謂以虎皮鋪墊枕臥之。枕藉，縱横相枕而臥。《文選》班固《西都賦》：『禽相鎮壓，獸相枕藉。』

〔一〇〕合浦：漢置郡名。治所在徐聞，即今廣東海康縣。以產珠著聞。蚌珠須剖蚌取珠。綴其襦：緣飾其襖服。

平陵東二首

太山陽，璆琳琅，有美一人坐明堂〔一〕。坐明堂，以王者德大，從羣臣，朝萬國。朝萬國，如曾同，願見白雲生封中〔二〕。生封中，禪梁父，今上皇帝聖神主〔三〕。

其二

陰山傍〔一〕，馬牛羊，不知何人城朔方〔四〕。城朔方，絕大荒，虜兩閼氏一賢王〔五〕。一賢王，戰失利，拔胡將軍顧驃騎〔六〕。顧驃騎，曰歸止，單于敢望漢天子〔七〕！

【校記】

〔一〕傍，明刻諸本並同，四庫本作『旁』。

【題解】

《平陵東》爲漢樂府古辭，《樂府詩集》收入《相和歌辭·相和曲下》。崔豹《古今注》謂『漢翟義門人所作』。《樂府解題》曰：『（翟）義，丞相方進少子，字文仲，爲東郡太守。以王莽方篡漢，舉兵誅之，不克，見害。門人作歌以怨之也。』古辭云：『平陵東，松柏桐，不知何人劫義公。劫義公，在高堂下，交錢百萬兩走馬。兩走馬，亦誠難，顧見追吏心中惻。心中惻，血出漉，歸告我家賣黃犢。』擬詩爲兩首，均爲頌聖之作。

【注釋】

〔一〕太山：即泰山。太、泰同。璆(qiú)琳琅：玉相擊聲。璆，同『球』，美玉。琳琅，玉聲。《楚辭·九歌·東皇太一》：『璆鏘鳴兮琳琅。』有美一人：指帝王。明堂：古代帝王舉行朝會、祭祀、慶賞、選士等大典的地方。

〔二〕會同：周制，諸侯拜謁天子謂之會同。《詩·小雅·車攻》：『赤芾金舄，會同有繹。』封中：封疆之中。

〔三〕梁父：泰山下小山，在今山東新泰市西。《史記·封禪書》：『管仲曰：「古者封泰山禪梁父者七十二家。」』

〔四〕陰山：山名。爲昆侖山支脈。詳前《躡林歌》注〔二〕。朔方：地名。漢置朔方郡，故地在今内蒙古自治區境内。

〔五〕絕大荒：絕遠之荒漠。閼氏：匈奴王妻妾的稱號。賢王：匈奴親王的封號。詳前《遠如期》注〔二〕。

〔六〕『拔胡』句：謂戰勝胡人的將軍只有驃騎。顧，只是。驃騎，漢將軍稱號。

〔七〕敢望：怎敢怨望。

陌上桑

日出東南隅，照我西北樓。樓上有好女，自名秦羅敷。羅敷貴家子，足不踰門樞。性頗喜蠶作，采桑南陌頭。上枝結籠係，下枝挂籠鈎。墮髻何繚繞，顔色以敷愉。湘綺爲下裙，紫綺爲上襦。行者見羅敷，下擔故綢繆；少年見羅敷，袒裼出臂韝〔一〕。樵者忘其薪，芻者忘其芻；來歸相怨怒，且復坐斯須〔二〕。一解

使君自南來，駐我五馬車〔三〕。遣吏前致問，爲是『誰家姝』？『羅敷小家女，秦氏有高樓。西鄰焦仲卿，蘭芝對道隅〔四〕。』『羅敷年幾何？』『十五爲人婦，嫁復一年餘。』『力桑以作苦，孰與使君

俱？』『使君復爲誰？蠶桑所自娯。小吏無所畏，使君一何迂！羅敷他人婦，使君他人大。』二解

『東方千餘騎，夫壻居上頭。左右三河長，負弩爲先驅〔五〕。何用識夫壻？飛蓋隨高車。象牙爲車軫，桂樹爲輪輿。白馬爲上襄，兩驂皆驪駒〔六〕。青絲爲馬靷，黄金爲轡頭〔七〕。腰中千金劍，自名爲鹿盧〔八〕。起家府小吏，拜爲朝大夫。稍遷郡太守，出入專城居。月朔朝京師，觀者盈路衢。爲人既白皙，鬑鬑有髭須。四十尚不足，三十頗有餘。座中數千人，皆言夫壻殊。』

【題解】

《陌上桑》，一名《日出東南隅行》，一作《豔歌行》，或作《豔歌羅敷行》，有漢樂府古辭。《樂府詩集》收入《相和歌辭·相和曲下》。崔豹《古今注》謂趙王家令王仁之妻秦氏貌美，趙王『見而悅之，因置酒欲奪焉』，羅敷『巧彈箏，乃作《陌上桑》之歌以自明，趙王乃止』。而吴兢《樂府解題》卻說『古辭言羅敷采桑，爲使君所邀，盛誇其夫爲侍中郎以拒之』。今人多從吴說。擬詩大致類比漢樂府《陌上桑》，而又雜湊《古詩爲焦仲卿妻作》的部分内容，非驢非馬，爲此類作品中的糟粕。

【注釋】

〔一〕袒裼（xī）出臂韝（gōu）：袒露雙臂，露出保護左臂的革套。袒裼，脱去外衣，露出裏衣，或脱去裏衣，露出臂膊。《禮記·内則》：『不有敬事，不敢袒裼。』臂韝，射箭或架鷹時，爲保護左臂而穿戴的皮革製作的套袖。《説文通訓定聲》：『韝。按：射臂沓也，著左臂，以朱韋爲之。』

〔二〕斯須：一小會兒。

〔三〕使君：漢代稱州郡長官爲使君，出行由五馬駕車，古時因稱太守爲五馬。漢樂府《陌上桑》：『使君從南來，五馬立踟躕。』

〔四〕『西鄰』二句：焦仲卿、蘭芝爲漢樂府《古詩爲焦仲卿妻作》中的人物。

〔五〕三河長：河南、河内、河東之長官。《史記·貨殖列傳》：『昔唐人都河東，殷人都河内，周人都河南。夫三河在天下之中，若鼎足，王者所更居也。』此極言其權勢之大。負弩爲先驅：背負弓箭在前面開路。

〔六〕上襄：猶言上駕。謂馬之最爲優良者。襄，駕。《詩·鄭風·大叔于田》：『兩服上襄，兩驂雁行。』兩驂：兩旁駕車之馬。驪駒：黑馬。

〔七〕馬靷（yǐn）：駕車服馬當胷之革。《左傳·僖公二十八年》『韅靷鞅靽』楊伯峻注：『靷音引，然此當作靳，字之誤也。靳，駕車服馬當胷之革，亦謂之游環，《詩·秦風·小戎》「游環脅驅」是也。古以四馬駕車，兩馬在中曰服馬。左右兩旁之馬曰驂馬。驂馬之首當服馬之胷，服馬當胷之革爲靳，靳上有環，謂之靳轘，亦卽游環，而驂馬之外轡貫之，則驂馬不得外出；服馬行，驂馬亦不得不行。』

〔八〕鹿盧：有鹿盧形玉飾之劍。《漢書·雋不疑傳》『帶櫑具劍』注引晉灼曰：『古長劍首以玉作井鹿盧形，上刻木作山形，如蓮花初生未敷時。』

王明君吟

我本良家子，承恩入漢宮〔一〕。光彩射綺羅，語笑生春風。君王希召幸，在遠誰爲通〔二〕！漢宮三十六，處處種梧桐。美女八千名，各各分當熊〔三〕。黄金買顏色，丹青多益工。寧知佳麗人，不出所圖中〔四〕！黄金猶糞土，丹青復何功？顏色非可恃，粉黛故難同。因念《長門賦》〔五〕，夙昔亦相蒙。君王寵自誤〔一〕，賤妾以和戎〔六〕。豈惜賤妾去，但惜長門空。涕泣顧長門，從此逐秋蓬〔七〕。

【校記】

〔一〕誤，四庫本作『娛』，形近而訛。

【題解】

《樂府詩集》載有《王明君》，收入《相和歌辭·吟歎曲》。此或爲其擬作。王明君，即王昭君。漢元帝宮人王嬙，字昭君，晉人爲避司馬昭名諱，改稱明君，後人亦稱明妃。漢南郡秭歸（今屬湖北）人。因其曾出塞和親，使漢匈和好數年，而爲後人稱賞。關於明君出塞和親的故事，初見於晉葛洪《西京雜記》卷二，後有許多傳說。自晉以降，歷代都有以明君出塞爲題材的詩歌。擬詩據傳說，以明君的口吻，述說其入漢宮受冷落、出塞和親，以及顧戀漢宮的經歷與哀怨之情。

【注釋】

〔一〕良家子：猶言清白人家。漢制，凡從軍不在七科謫（指犯罪的官吏、逃犯、贅壻、商人及祖上、父母爲商人戶籍而遣發邊地服役者）之内者，謂之良家子。

〔二〕希召幸：很少應召侍寢的機會。希，同『稀』。君王駕臨曰幸。

〔三〕分當熊：謂分當侍寢。《左傳·昭公七年》：『今夢黄熊入於寢門。』

〔四〕『黄金』四句：據《西京雜記》載，元帝後宮宮人衆多，他令畫工圖其形貌，每晚按圖召幸。宮人爲使召幸，紛紛賄賂畫工，惟王嬙不肯，因自入宮未曾見過元帝。

〔五〕《長門賦》：漢武帝的陳皇后失寵，謫居長門宮，遂以黄金百斤，請大賦家司馬相如爲其作賦，希望以此感動武帝，令其回心轉意。因居長門宮，賦名《長門》。

〔六〕『君王』二句：據《西京雜記》載，匈奴單于入京求親，元帝卽命昭君前往。『及去，召見，貌爲後宮第一，善應對，舉止閒雅，帝悔之，而名籍已定，帝重信外國，故不復更人』。

〔七〕顧： 回顧，眷戀難捨之意。逐秋蓬： 謂過逐水草而居的流浪生活。蓬，蓬草，當秋而枯，隨風飄轉。

安期生

安期生，參駕白鹿雲中行。參駕白鹿雲中行，下游來。安期生，白鹿皎皎，金爲羈，玉爲纓； 顧見蓬萊三山十二城〔一〕。安期生，自署其名。過謁四海五嶽〔二〕，後從麒麟赤鳳迎。禹湯文武不足令，令我今上應太平〔三〕。擁護左右賢公卿，稽首聖人大道成〔四〕。仙女羅坐吹笛笙，天神八面侍衛明。流烏銜符翔殿廷〔五〕，悲吟我主享萬年，皇帝求一得命延。

【題解】

安期生，秦琅琊（今山東臨沂）人，其事跡散見於《史記・封禪書》、《列仙傳》、《高士傳》等處。安期生從河上丈人受黃老之術（《史記・樂毅列傳》），『嘗干項羽，項羽不能用其策』（《史記・田儋列傳》），『賣藥於東海邊，時人皆呼千歲翁。秦始皇東游，請見，與語三日三夜，賜金璧度數十萬。出於阜鄉亭，皆置去。留書以赤玉舄一雙爲報，曰：「後數年，求我于蓬萊山。」始皇卽遣使者徐市、盧生等數百人入海，未至蓬萊山，輒逢風波而還』（《列仙傳》）。漢武帝時，李少君說他曾在海上遇見安期生，『食巨棗，大如瓜』，說他是仙人，『合則見人，不合則隱』（《史記・封禪書》）。漢樂府及魏晉樂府未見此題，此或爲作者自擬題。

【注釋】

〔一〕蓬萊三山： 傳說海中有三神山，卽蓬萊、瀛洲、方丈。見《史記・秦始皇本紀》。

〔二〕四海：指渤海、東海、黃海、南海。五嶽：指東嶽泰山、西嶽華山、北嶽恆山、南嶽衡山、中嶽嵩山。

〔三〕禹湯文武：指夏禹、商湯、周文王、周武王。今上：當今皇上。

〔四〕聖人：此指皇帝。大道：大道理，天地之理法。《禮記·禮運》：『大道之行也，天下爲公，選賢與能，講信修睦。』

〔五〕流烏銜符：飛鳥口銜符瑞，吉祥之兆。

長歌行三首

嗟我谷中蘭，猗猗復英英〔一〕。秋氣日夜至，鶗鴃乃先鳴〔二〕。百草不重芳，霜露浩縱横。栖栖就一役，慷慨非其情〔三〕。少壯復何爲，老大無成名！

其二

仙人攬紫芝，煜煜如芙蓉〔一〕。兩耳委其肩，短髮以蒙茸。侍從幾玉女，導我入雲中。奉我一丸藥，期我於空同〔四〕。服之生羽翼，婥約變形容。顧見雲中鹿，蜿蜒成白龍。

其三

纍纍城上星，河漢流清光。耿耿不能寐，寤言起彷徨。彷徨立中庭，遼遼夜未央〔五〕。白露塗我衣，北風吹我裳。還坐顧四壁，蘭燈一何明。緘書寄遠道，涕泣下縱橫。倦鳥無故林，游子無故鄉。驅車出門去，徒侶相扶將〔六〕。

【校記】

〔一〕煜煜，詩集本作『燁燁』，四庫本避諱改作『芳燦』。

【題解】

《長歌行》爲樂府古辭，《樂府詩集》收入《相和歌辭·四弦曲》，共三首。《樂府解題》云：『古辭云「青青園中葵，朝露待日晞」，言芳華不久，當努力爲樂，無至老大乃悲傷也。』崔豹《古今注》云：『長歌、短歌，言人壽命長短，各有定分，不可妄求。』《樂府詩集》本篇題注引曹丕《燕歌行》『短歌微吟不能長』，認爲所謂長歌、短歌，是就歌的長短而言，非關壽命，極是。擬詩仿照古辭爲三首，內容亦相近。

【注釋】

〔一〕猗猗：美盛貌。《詩·衛風·淇奧》：『瞻彼淇奧，綠竹猗猗。』英英：輕明之貌。《詩·小雅·白華》：『英英白雲，露彼菅茅。』《集傳》：『英英，輕明之貌。』

〔二〕鶗鴂(tí jué)：鳥名。即杜鵑，一名子規。屈原《離騷》：『恐鵜鴂之先鳴兮，使夫百草爲之不芳。』

〔三〕栖栖就一役：謂辛辛苦苦老於一官。栖栖，忙碌不安貌。《論語·憲問》：『丘何爲是栖栖者歟？毋乃爲佞乎？』慷慨：悲歎，失志貌。

〔四〕空同：山名，或作『崆峒』、『空桐』，亦名雞頭、笄頭等。在今甘肅平涼市西北，相傳黃帝曾登此山。秦漢以後成爲道教名山。

〔五〕夜未央：夜未盡。

〔六〕扶將：扶持。

短歌行

驅馬可縻〔一〕，去日難追；清酒載觴，短歌苦悲。遨當以游，何能坐愁！全身遺名，唯有莊周〔二〕。鳳凰于飛，覽彼九圍〔三〕；但爲君故，駕言旋歸〔四〕。杜門似鄙，離俗似驕〔五〕；彷徨所欲〔六〕，此一何勞！斑斑猛虎，其尾可履〔七〕；鬱鬱壯心，猝不可抵〔八〕。傾側勢利，還自相戕〔九〕；覆車不戒，躊躇鴈行〔一〇〕。秋風駪駪，轉蓬如輪〔一一〕；漂揚四野，莫知所臻〔一二〕。鳥不厭高，魚不厭深；爾其肆志，載浮載沈〔一三〕。

【題解】

《短歌行》爲漢樂府舊題，無古辭。《樂府詩集》收入《相和歌辭·四弦曲》。《古今樂錄》云：『王僧虔《技錄》云：「《短歌行》『仰瞻』一曲，魏氏遺令，使節朔奏樂，魏文製此辭，自同撫箏和歌。」』又引《樂府解題》云：『《短歌行》，魏武帝「對酒當歌，人生幾何」，晉陸機「置酒高堂，悲歌臨觴」，皆言當及時爲樂也。』擬詩仿魏武詩意，抒寫歸隱志趣，其中或含有作者自身遭際的感慨。

【注釋】

〔一〕縻：系，縛。

〔二〕莊周：戰國蒙（今山東東明）人，著名哲學家，與老子並爲道家學派的代表人物。莊周反對『人爲物役』及醜惡現實對人的本性的戕害，主張歸真反樸、避世全身。《史記·老子韓非列傳》附傳載：『周嘗爲漆園吏，與梁惠王、齊宣王同時。其學無所不窺，然其要本歸老子之言。故其著書十餘萬言，大抵率寓言也。』著有《莊子》。

〔三〕覽彼九圍：觀覽九州。圍，界。《詩・商頌・長發》：『帝命式于九圍。』《傳》：『九圍，九州。』

〔四〕罵言：發語詞，無義。

〔五〕『杜門』二句：謂避世隱居似樸野，離羣脱俗又似驕慢。杜門，閉門謝客，謂隱居。鄙，樸野。《莊子・胠篋》：『焚符破璽，而民樸鄙。』

〔六〕彷徨所欲：謂在所欲游樂之處留戀忘返。彷徨，徘徊不進。《戰國策・魏策二》：『楚王登强臺而望崩山，左江而右湖，以臨彷徨，其樂忘死。』

〔七〕『斑斑』二句：謂即便是斑斕猛虎，也可踩踏其尾而加鎮服。可履，可踏於足下。

〔八〕『鬱鬱』二句：言鬱勃壯志，是不可抵禦的。鬱鬱，氣盛貌。

〔九〕『傾側』二句：謂爲勢利所左右，不免互相殘殺。傾側，不平。

〔一〇〕『覆車』二句：謂如不記取教訓，也會遭遇同樣的命運。覆車，覆車的教訓。不戒，不以爲戒。鴈行，喻同行。

〔一一〕秋風駪（shēn）駪：秋風疾速。駪駪，馬眾多疾行貌。此謂風急。

〔一二〕臻：至。

〔一三〕『爾其』二句：謂放縱志意，與世沈浮。

當鰕䱇行

日月揚光華，雲漢垂文章〔一〕。五嶽高摩天，江海百谷王〔二〕。周孔聖有作，大雅豈淪亡〔三〕？曲士徒嗷嗷，此道非所詳〔四〕。嗟予滯末位，慷慨志四方〔五〕。左伏吴越波，右以荅中行〔六〕。立髮而虎視，厲馬撫干將〔七〕。吾謀適不用，駕言歸故鄉〔八〕。

【題解】

當，如。䱉(zū)，鱼名。鱓魚類。見《山海經·海外西經》『戚操魚䱉』注。䱉，或作『䱇』。《樂府詩集·相和歌辭·四弦曲》收有曹植《鰕篇》。《樂府解題》云：『曹植擬《長歌行》爲《鰕䱉篇》。』曹植詩取篇首二字爲題，寫對世俗之士惟求勢利，而壯士則爲『翼皇家』、『懷九州』而憂慮。擬詩取曹植詩意，抒發其振興正宗詩文、報效國家的慷慨志意。

【注釋】

〔一〕『日月』二句：謂文章本自天成。雲漢，銀河，俗謂天河。文章，文采。

〔二〕五嶽：古代五大名山的總稱。通常指東嶽泰山、南嶽衡山、西嶽華山、北嶽恆山、中嶽嵩山，見《史記·封禪書》。江海百谷王：江海爲百谷（水）之王。《老子》第六十六章：『江海之所以能爲百谷王者，以其善下之，故能爲百谷王。』

〔三〕周孔：周公、孔子。大雅：《詩經》有『大雅』，此處指正統詩文。

〔四〕『曲士』二句：謂對孤陋寡聞的鄉曲之士只不過是胡亂嚷嚷，他們並不瞭解其中深奧的道理。曲士，鄉曲之士。《莊子·秋水》：『曲士不可以語於道者，束於教也。』

〔五〕『嗟予』二句：言可嘆的是我滯留於如此低下的職位，卻壯懷激烈，有著報效國家的四方之志。

〔六〕『左伏』二句：謂爲國家安定而效力。左、右，猶言東、西。吴越，指今江浙地區。當時有倭寇騷擾。中行，猶中軍。春秋戰國時期諸侯置三軍，而晉爲避天子六軍之名，另增置三行，亦猶三軍。詳《左傳·僖公二十八年》『今復增置三行』杜預注。當時西北有韃靼等蒙古部族入侵。

〔七〕『立髮』二句：寫出戰敵寇時的威武氣勢。立髮，頭髮上指，憤怒之狀。虎視，虎視眈眈。厲馬，秣兵厲馬。撫，手按。干將，古代名劍。

〔八〕適：如。

董逃行

吾欲上謁從蓬萊，遨游三山戲九垓〔一〕。閶闔訣蕩開〔二〕。斑璘宮闕樓臺，流光倒影徘徊。但見織女弄杼往來，白榆纍纍，支機十二枚〔三〕。河流逶迤，但見丈夫牽牛飲其隈〔四〕。問爾凡吏，所爲客謝〔五〕：『主人樂哉！』教敕酌彼金罍〔六〕，織女長跪進酒，牽牛陪。桂樹一何摧頹？嫦娥端坐頷其頤；白兔抱杵，戛樹蝦蟆栽〔七〕。采取甘露一玉杯。服此露，壽以崔嵬〔八〕；服此甘露，顔色自好。陛下長生不老，坐享萬年有道。君臣歡如魚藻，陛下長與天相保。

【題解】

《董逃行》爲樂府古辭，《樂府詩集》收入《相和歌辭·清調曲》。崔豹《古今注》云：『《董逃歌》，後漢游童所作也。終有董卓作亂，卒以逃亡。後人習之爲歌章，樂府奏之以爲儆誡焉。』又引《樂府解題》云：『古詞云「吾欲上謁從高山，山頭危險大難言」，言五岳之上皆以黄金爲宫闕，而多靈獸仙草，可以求長生不死之術，令天神擁護君上以壽考也。』擬詩仿照古辭，亦取其意。

【注釋】

〔一〕三山：傳說渤海之中有蓬萊、方丈、瀛洲三神山，仙人居之。見《史記·秦始皇本紀》、《漢書·郊祀志》。九垓：也作『九陔』，謂九天之上。《淮南子·道應》：『吾與汗漫期於九垓之上。』

〔二〕閶闔：天門。詄(dié)蕩：廣遠、開闊貌。《漢書·禮樂志》載《郊祀歌·天門》：『天門開，詄蕩蕩。』

〔三〕織女：星名。織女三星屬天琴座，形如等邊三角形。位銀河北，與銀河南牽牛星相對。在神話傳説中，織女爲天帝孫（晉張華《博物志》）。後由織女、牽牛二星衍化出美麗的愛情故事，在民間廣爲流傳。《荊楚歲時記》云：『天河之東有織女，天帝之子也。年年織杼勞役，織成雲錦天衣。天帝憐其獨處，許嫁河西牽牛郎；嫁後遂廢織絍。天帝怒，責令歸河東，使其一年一度相會。』支機：相傳天河中有織女支機石。《集林》：『有人尋河源，見婦人浣紗。問之，曰：「此天河也。」乃與一石而歸。問嚴君平。君平曰：「此織女支機石也。」』

〔四〕丈夫：男子。

〔五〕凡吏：凡間即人間的官吏。爲客謝：對客人說明。

〔六〕酌彼金罍：語出《詩·周南·卷耳》。《集傳》：『罍，酒器，刻爲雲雷之象，以黃金飾之。』

〔七〕戛(jiá)樹：高樹。此指桂樹。蝦蟆：蛙和蟾蜍的統稱，此指蟾蜍。相傳嫦娥竊羿的不死之藥以奔月，『遂托身於月，是爲蟾蜍』(《後漢書·天文志》引劉昭注)。

〔八〕壽以崔嵬(wéi)：即壽比高山。崔嵬，山高貌。

塘上行

塘上雙鴛鴦，芙蓉翳其陰。不自行仁義，何能知妾心！青蠅一墮耳，琴瑟難爲音〔一〕。新人入宮時，意已無同衾〔二〕。君子在萬里，顔色安可任〔三〕？念妾平生時，豈謂有中路〔四〕？新人斷流黄，故人斷紈素；新人種蘭苕，故人種桂樹；新人操《陽春》，故人操《白露》；新人日以驩，故人日以悲〔五〕。浮雲顧我庭，北風動我帷。恩愛儻中還，皓首以爲期〔六〕。

【題解】

《塘上行》無古辭，撰者題魏武帝，《樂府詩集》收入《相和歌辭·清調曲》。關於詩的作者，迄無定説。詩共五解，寫婦人遭讒見棄，而對所愛眷戀難捨，希望他不要喜新厭舊，能修舊好。擬詩亦取此意。

【注釋】

〔一〕『青蠅』二句：謂因遭受讒言而夫妻難以和好。青蠅，喻指顛倒黑白、讒言害人的小人。《詩·小雅·青蠅》：『營營青蠅，止于樊。豈弟君子，無信讒言。』琴瑟，古代兩種弦樂器。琴，五弦或七弦；瑟二十五弦，都是彈奏樂器。琴瑟調和，喻指夫妻和美。《詩·周南·關雎》：『窈窕淑女，琴瑟友之。』

〔二〕同衾（qīn）：同牀共枕，謂做夫妻。

〔三〕『君子』二句：謂您身在外地，無以致獻殷勤。在萬里，謂遠在外地。顔色，容色。

〔四〕中路：中道，途中，半途。此謂夫妻恩愛中途發生變化。

〔五〕『新人』八句：謂故人與新人同樣操勞，有同樣的高尚情趣，也同樣愛戀於你，而卻遭際不同（被愛或遭遺棄），悲歡兩重天。流黄，黄繭之絲，即絹。古樂府《相逢行》：『大婦織綺羅，中婦織流黄。』紈素，細絹。古樂府《怨歌行》：『新裂齊紈素，皎潔如霜雪。』斷流黄、斷紈素，謂勞作相同。蘭苕，蘭花之莖，即蘭花。南朝宋鮑照《觀漏賦》：『結蘭苕以望楚，弄參差以歌越。』桂樹，香木。種蘭苕、種桂樹，謂均喜香潔。《陽春》，高尚的樂曲。戰國宋玉《對楚王問》：『客有歌於郢中者，其始曰《下里》、《巴人》，國中屬而和者數千人……其爲《陽春》、《白雪》，國中屬而和者不過數十人。』《白露》，歌曲名。見《襄陽耆舊傳》。操《陽春》或操《白露》，謂均愛好高尚的樂曲。

〔六〕『恩愛』二句：謂夫妻恩愛若能恢復，願與你白頭到老。

秋胡行四首

太行易驅，仕路難爲工〔一〕。太行易驅，仕路難爲工。諛佞喪志，磬折不衷〔二〕。自負者忌，自異者攻〔三〕。智力相御，莫知所終。歌以言之，仕路難爲工。

其二

河清可須，鍾期未易逢〔四〕。河清可須，鍾期未易逢。國士見知，非以先容；雖有骨肉，中懷莫從〔五〕。伯牙絕弦，甘此不恭。歌以言之，鍾期未易逢。

其三

闇妒相成，周客一何踈！闇妒相成，周客一何踈！維彼燕石，明月是居〔六〕。爰發深藏，庶用見譽。卽曰瓦甓，孰捄其初〔七〕？歌以言之，周客一何踈！

其四

好惡何常，顯者易爲名。好惡何常，顯者易爲名。一犬吠形，百犬吠聲；如草偃風，夜蟲附明。西子雖姣〔八〕，不屬于盲。歌以言之，顯者易爲名。

【題解】

《秋胡行》，《樂府詩集》收入《相和歌辭·清調曲》，題注引《西京雜記》、《列女傳》説明漢樂府古辭本事。謂魯人秋胡，娶妻不久而出游宦，三年後還家途中，遇其婦採桑於郊。胡不識其妻，見而悦之。胡乃以遺黄金挑之，妻不爲所動。至家，纔知向所挑者本是其妻。妻羞憤投河而死。《樂府解題》曰：「後人哀而賦之，爲《秋胡行》。」而今存較早的曹操父子三人所作《秋胡行》均與秋胡本事無關，曹操所作爲游仙詩，曹丕、曹植所作「但歌魏德」（《樂府解題》）。正始詩人嵇康所作《秋胡行》七首，寫人生憂患與游心玄默。擬詩蓋取嵇康詩意，寫仕途艱險、知己難遇。

【注釋】

〔一〕「太行」二句：　謂太行山雖艱險卻容易攀登，而好官卻難做。太行，山名。綿延于山西、河南與河北交界處。仕路，即仕途。工，擅長。

〔二〕「諛佞」二句：　謂阿諛曲從，令人喪失志操，而逢迎上司，又非出自本心。磬折，喻指禮拜逢迎，曲身如磬折。磬，古樂器，用玉、石或金屬製作，矩形。衷，心，本心。

〔三〕「自負」二句：　謂在官場過於自負則遭人嫉妒，如不與其同流合污則會受到排擠。自異，自異於人。

〔四〕「河清」二句：　謂政治清明之時尚可等待，而知己卻難以遇到。河清，黄河澄清，喻指太平盛世。黄河裹挾泥沙，渾濁不清，古人因以河清爲太平盛世的象徵。《易緯·乾鑿度》下：「天之將降嘉瑞應，河水清三日。」而河清或千年一遇，因而亦以河清喻時機難遇。鍾期，即鍾子期，春秋楚人，精於音律。伯牙，善鼓琴。伯牙鼓琴，志在高山流水，鍾期能領悟其音律所表達的意蘊。『鍾子期死，而伯牙絕弦破琴，知世莫賞也』（《淮南子·修務》）。其事亦見漢應劭《風俗通義·聲音》。

〔五〕『國士』四句：謂國士被重用，並非通過別人推薦；他所堅持的志向，即便是骨肉至親，也不能改變。國士，全國推重景仰之士。《戰國策·趙策》：『智伯以國士遇臣，臣故以國士報之。』先容，介紹或推薦時先爲之稱譽。見知，被人瞭解。此指被國家重用。中懷，心中所懷之志意。

〔六〕『闇妒』六句：謂周客不懂得愚昧與嫉妒互爲因果，就像愚蠢的宋人把石頭當作璞玉，而把別人的真話當作嫉妒，是爲了被人稱譽。《後漢書·應劭傳》注引《闕子》：『宋之愚人得燕石梧臺之東，歸而藏之，以爲大寶。周客聞而觀之，主人父齋七日，端冕之衣，釁之以特牲，革匱十重，緹巾十襲。客見之，俛而掩口，盧胡而笑曰：「此燕石也，與瓦甓不殊。」主人父怒曰：「商賈之言，豎匠之心。」藏之愈固，守之彌謹。』周客，周地的客人。一何，多麼。踈，粗疏。燕石，燕山所出之石。《山海經·北山經》：『北百二十里曰燕山，多嬰石。』注引郭璞曰：『言石似玉有符彩嬰帶，所謂燕石者。』明月，明月珠，一名夜光珠。

〔七〕『卽曰』二句：謂周客卽使辨認出磚瓦一樣的燕石，卻沒有人能挽救宋人的愚蠢。捄，同『救』。

〔八〕西子：指西施，春秋越國美女。姣：美好。

相逢行

相逢狹斜間，狹斜不容車。不知何年少，夾轂問君家〔一〕。君家誠易知，甲第城南隅〔二〕。黃金爲君堂，白玉爲門樞。坐客高堂上，擊鐘吹笙竽。將軍起行酒，何論馮子都〔三〕！兄弟兩三人，出入常相須〔四〕。大子侍中郎，中子中大夫。小子復何官？稍遷執金吾〔五〕。五日一來歸，觀者羅長衢。二弟爲鴈行，長兄上頭居。東方千餘騎，兄弟一何殊！入門游後園，銀牀纏轆轤〔六〕。梧桐十二樹，一鳳將九雛。梧桐自相值，鳳凰自相呼。音聲何啾啾，枝葉以扶疏。大婦董妖嬈，中婦秦羅敷；小婦邯鄲女，顔色世所無〔七〕。丈人且安坐，爲樂良未徂〔八〕。

【題解】

《相逢行》爲樂府古辭，又名《相逢狹路間行》、《長安有狹斜行》。《樂府詩集》收入《相和歌辭·清調曲》。《樂府解題》云：『古詞文意與《雞鳴曲》同。晉陸機《長安狹斜行》云：「伊、洛有歧路，歧路交朱輪。」則言世路險狹斜僻，正直之士無所措手足矣。』古辭寫富豪之家的聲勢氣派及其種種享樂，擬詩詞意仿照古辭原詩，了無新意。

【注釋】

〔一〕夾轂（gǔ）：猶言近車。夾，近。

〔二〕甲第：大宅，上等宅第。《史記·武帝本紀》『賜列侯甲第』《集解》：『有甲乙第次故曰第。』

〔三〕馮子都：名殷，漢昭帝時大司馬、大將軍霍光的監奴，驕橫跋扈，常倚勢欺負弱小。漢辛延年《羽林郎》：『昔有霍家奴，姓馮名子都。』

〔四〕須：待。《詩·邶風·匏有苦葉》：『卬須我友。』

〔五〕執金吾：官名。金吾本爲秦官中尉所執銅製棒形武器，漢武帝太初元年將中尉更名執金吾，負責衛戍京師。

〔六〕銀牀：銀色井口。庾信《九日侍宴樂游苑應令》：『玉醴吹巖菊，銀牀落井桐。』轆轤：井上汲水的器具。井上支架置軸，貫以長轂，其頂鉗以曲木做搖把，轂上纏繩索栓系汲器。

〔七〕顏色：容貌。

〔八〕丈人：古時對年高男子的尊稱。徂：過去。

燕歌行 二首

秋風蕭瑟吹我裳，蟋蟀寥寥啼我牀〔一〕。出門四顧非故鄉，誰能客游不斷腸？短歌微吟激繁霜，浮雲千里一彷徨。仰看明月流清光，二十八宿羅成行〔二〕。高臺飛閣遙相望（一），河漢縱横難爲梁〔三〕。胡馬北鳴雁南翔〔四〕，憂來不知從何方。慊慊伏枕聊自當，涕從中零安得防〔五〕？豈不懷歸道阻長！

其二

會日苦少別日多，爲君盛年行蹉跎。憂來援琴聊短歌，羽聲慷慨調不和〔六〕。悲風四起揚塵沙，浮雲摧頹互相加〔七〕。人生奄忽若春華〔八〕，誰能客游常無家？中曲不覺淚滂沱，攬衣出戶夜如何？衆星歷歷月低河〔九〕，鴻雁嗷嗷鳴相過，欲往從之畏罻羅（二）〔一〇〕。

【校記】

（一）飛，明刻諸本並同。四庫本作『非』，誤。

（二）罻，明刻諸本並同。四庫本作『蔚』，誤。

【題解】

《燕歌行》無古辭，今存最早撰者爲魏文帝曹丕，《樂府詩集》收入《相和歌辭·平調曲》。《樂府解題》云：『晉樂奏魏文帝「秋風」、「别日」二曲，言時序遷换，行役不歸，婦人怨曠無所訴也。』《樂府廣題》云：『燕，地名也，言良人從役於燕，而爲此曲。』擬詩詞意均大致仿照魏文帝曹丕所作《燕歌行》，了無新意。

【注釋】

〔一〕蕭瑟：風聲。寥寥：寂寥，寂寞。唐劉長卿《過鄭山人所居》：『寂寂孤鶯啼杏園，寥寥一犬吠桃源。』

〔二〕二十八宿：古代天文學家把太陽和月亮所經天區的恒星分爲二十八個星座，稱二十八宿，四方各有七星。《淮南子·天文訓》『五星，八風，二十八宿』《注》：『東方：角、亢、氐、房、心、尾、箕；北方：斗、牛、女、虚、危、室、壁；西方：奎、婁、胃、昴、畢、觜、參；南方：井、鬼、柳、星、張、翼、軫。』

〔三〕河漢：銀河，俗稱天河。梁：橋。

〔四〕胡馬：胡地所產之馬。古時統稱北方少數民族爲胡，因此胡地亦泛指北方。

〔五〕慊慊：憾恨、空虚之貌。中：心，内心。

〔六〕羽聲：羽爲古時五音之一，其聲舒緩、深沉。

〔七〕摧頹：浮動傾側貌。

〔八〕奄忽：倏忽，迅疾。

〔九〕歷歷：清晰可見貌。

〔一〇〕罻（yù）羅：捕鳥網。

善哉行二首

來日難期，少合多離；今日相樂，不醉何爲？寥寥北堂，哀竹苦絲〔一〕；短歌裂耳，慷慨以悲。白日云沒，秉燭繼之〔二〕。何晝何夜，迨我盛時。烹肥擊鮮，斗酒自隨。安知王喬，八公者誰〔三〕？促坐行觴，交屬所私〔四〕。百年如寄，當復何疑？慊慊惜費，智者所嗤〔五〕。計會有無，將以奚遺？

其二

巢父潔身，天下爲汙〔六〕；四岳九官，而無匹夫〔七〕。傅說築巖，維時商實；爰立作相，不俟終日〔八〕。尚避海濱，二老是麗；既載後車，三聖所師〔九〕。仲未伯齊，三逐何鄙！生有父母，知有鮑子〔一〇〕。伯陽猶龍，和光同塵；芻狗萬物，聖而不仁〔一一〕。丘明修辭，古之國工；縱横六經，化裁與同〔一二〕。干木偃息，大魏以藩；式則閉門，迫則踰垣〔一三〕。莊周非人，蓬累而行；逍遙弄世，乃稱達生〔一四〕。

【題解】

《善哉行》爲樂府古辭，《樂府詩集》收入《相和歌辭·瑟調曲》。善哉爲歎美之辭。《樂府解題》云：『古辭云：「來日大難，口燥脣乾。」言人命不可保，當見親友，且永長年術，與王喬八公游焉。又魏文帝辭云：「有美一人，婉如青揚。」言其妍麗，知音、識曲，善爲樂方，令人忘憂。此篇諸集所出，不入樂志。』或謂古辭爲『宴會時主客贈答之歌』（鄭文《漢詩選箋》）。擬詩第一首仿照古辭，第二首則類比曹操《善哉行》，殊無新意。

【注釋】

〔一〕哀竹苦絲：謂樂器奏出哀苦的聲調。竹，指管樂器，笙、笛、簫之類；絲，指琴瑟、琵琶之類。

〔二〕「白日」二句：謂夜以繼日。

〔三〕王喬：仙人王子喬。《文選》載《古詩十九首》之十六：「仙人王子喬，難可與等期。」《注》：「《列仙傳》曰：『王子喬者，太子晉也，道人浮丘公接以上嵩高山。』八公：漢淮南王劉安的門客，爲神仙方技一流人物。

〔四〕所私：所愛。

〔五〕慊慊：心不足之貌。《文選》魏文帝《燕歌行》：「慊慊思歸戀故鄉。」

〔六〕巢父：傳説爲上古堯帝時的隱士，山居不出，老而築巢樹上，因號巢父。堯讓天下於他，認爲受到玷污而不受。事詳《莊子·讓王》、晉皇甫謐《高士傳》。

〔七〕四岳：古時指分掌四時、方岳的官。《史記·五帝本紀》：「堯又曰：「嗟！四岳。」」《集解》：「鄭玄曰：「四岳，四時官，主方岳之事。」」九官：傳説虞舜置九官，即伯禹爲司空，弃爲后稷，契作司徒，皋陶作士，垂作共工，益作朕虞，伯夷作秩宗，夔爲典樂，龍爲納言。見《書·堯典》。

〔八〕傳説：殷商名相。《史記·殷本紀》：「帝武丁即位，思復興殷，而未得其佐。……武丁夜夢得聖人，名曰説。以夢所見視羣臣百吏，皆非也。於是迺使百工營求之野，得説于傅險中。是時説爲胥靡，築于傅險。見於武丁……與之語，果聖人，舉以爲相，殷國大治。故遂以傅險姓之，號曰傅説。」

〔九〕尚：指呂尚，姜姓，俗稱姜太公。《史記·齊太公世家》載，呂尚爲「東海上人」。「隱海濱。周西伯拘羑里，散宜生、閎夭素知而招呂尚。……三人者爲西伯求美女奇物，獻之於紂，以贖西伯。西伯得以出，反國。言呂尚所以事周雖異，然要之爲文武師』。又説呂尚窮困西游，遇文王，『與語大説』，並説『吾太公望子久矣』，『故號之曰「太公望」，載與俱歸，立爲師』。麗：附麗。三圣：指周文王、周武王、周公旦。

〔一〇〕『仲未』四句：謂管仲未使齊稱霸之前，遭人三次驅逐是何等的鄙賤，而當遇到鮑叔牙，方才建功立業。因此他説『生我者父母，知我者鮑子』。仲，指管仲，字夷吾，潁上（今屬安徽）人。經鮑叔牙推薦，輔佐齊桓公稱霸諸侯。伯，通『霸』。《史記·管晏列傳》：『（管仲）少時常與鮑叔牙游，鮑叔知其賢。管仲貧困，常欺鮑叔，鮑叔終善遇之，不以爲言。已而鮑叔事齊公子小白，管仲事公子糾。及小白立爲桓公，公子糾死，管仲囚焉。鮑叔遂進管仲。管仲既用，任政于齊，齊桓公以霸，九合諸侯，一匡天下，管仲之謀也。管仲曰：「……吾嘗三仕三見逐于君，鮑叔不以我爲不肖，知我不遭時也。吾嘗三戰三走，鮑叔不以我爲怯，知我有老母也。」』

〔一一〕『伯陽』四句：謂老子猶如龍一樣變化無端，與塵俗相合而不自立異，説『天地不仁，以萬物爲芻狗；聖人不仁，以百姓爲芻狗』。伯陽，即老子。《史記·老子韓非列傳》『老子者』《正義》：『老子……姓李，名耳，字伯陽，一名重耳，外字聃。』猶龍，孔子曾説『吾今日見老子，其猶龍邪！』（《史記·老子韓非列傳》）芻狗，《淮南子·齊俗訓》『譬若芻狗』高誘注：『芻狗，束芻爲狗，以謝過求福。』《老子》第五章：『天地不仁，以萬物爲芻狗；聖人不仁，以百姓爲芻狗。』

〔一二〕丘明：即左丘明，春秋末期魯國人，曾著《春秋左氏傳》（簡稱《左傳》）、《國語》。國工：一國之良工，猶言一國之宗工巨匠。六經：指《詩》、《書》、《禮》、《易》、《春秋》、《樂》。化裁：謂變化、裁制。《易·系辭上》：『化而裁之，謂之變。』

〔一三〕干木：即段干木，戰國魏人，隱居不仕，而受到魏文侯的禮敬，『客段干木，過其閭，未嘗不軾也』（《史記·魏世家》）。偃息：謂隱居。大魏：指魏國。藩：藩籬，屏障。據《呂氏春秋·期賢》載，秦欲興兵攻魏，司馬唐諫秦君曰：「段干木賢者也，而魏禮之，天下莫不聞。無乃不可加兵乎！秦君以爲然，乃按兵輟不敢攻之』。式：通『軾』。扶車前横木，表示禮敬。迫：逼迫。踰垣：跳過牆。據《史記·魏世家》『客段干木』《正義》云：『魏文侯欲見，造其門，干木踰牆避之。』

〔一四〕莊周：戰國蒙（今山東東明，一説安徽蒙城）人，著名哲學家。詳前《短歌行》注〔二〕。非人：非常人。蓬累而行：謂不得其時而若蓬草流轉而行。《史記·老子韓非列傳》『君子得其時則駕，不得其時則蓬累而行』《索隱》引劉氏：『蓬累猶扶持也。……説者云頭戴物，兩手扶之而行，謂之蓬累也。』《正義》：『蓬，沙磧上轉蓬也。累，轉行貌也。』莊子曾著《逍遥游》、《達生》，追求自由獨立的人格和放達無拘的生活。

西門行

出西門，步踟躕。相逢不作樂，當復何須〔一〕？但作樂，勿復問有無。安知家人生産，當復溷吾徒〔二〕。君擊筑〔三〕，我和歌，請爲燕市飲〔四〕，旁人當奈何！人生欲知己，結交不在多。豈無車馬客，富貴相經過。自非名卿鮑叔牙〔五〕，雖有國士誰當知？自非名卿鮑叔牙，雖有國士誰當知？與君重自愛，中道有别離。區區抱苦心〔六〕，可用不相疑。

【題解】

《西門行》爲樂府古辭，《樂府詩集》收入《相和歌辭·瑟調曲》。《樂府解題》云：『古辭云「出西門，步念之」。始言醇酒肥牛，及時爲樂，次言「人生不滿百，常懷千歲憂。晝短苦夜長，何不秉燭游」。終言貪財惜費，爲後世所嗤。』擬詩仿照古辭，而有所不同。謂及時行樂，是爲發泄懷才不遇的憤懣，詩意較古辭積極。

【注釋】

〔一〕須：待，等待。

〔二〕溷吾徒：混跡在吾輩之中。

〔三〕筑：古樂器，形如琴，有五、十二、廿一弦三説。

〔四〕燕市：春秋時期燕國國都。《史記·刺客列傳》：『荊軻嗜酒，日與狗屠及高漸離飲于燕市。』

〔五〕鮑叔牙：春秋齊國大臣，以知人著聞。見前《南山歌》注〔二〕。

〔六〕區區：平常，微不足道。

東門行二首

出東門，顧且望〔一〕。欲何歸？向洛陽。座下兩走馬，馬上結束千金裝。揮鞭酒家去，調笑邯鄲倡〔二〕。作使博徒數輩，擲錢百萬少年場。少年場，朝用廣平公故，暮爲琅琊大王〔三〕。男兒結交願得豪賢，君復自愛莫相忘。男兒結交願得豪賢，君復自愛莫相忘。恩仇分所當，翩翩輕薄殊未央〔四〕。

其二

出東門，不顧歸，來入門，愴欲悲。舍中無儋石儲〔五〕，還視身上衣參差〔六〕。慷慨出門去，兒女牽裙涕。『他家自願富貴，賤妾與君但餔糜〔七〕；但餔糜，上用穹窿天故〔八〕，下用甯匐小兒。時吏清廉，法不可干〔九〕，一旦緩急當告誰？行，吾望君歸。」嗟！少年莫輕非。

【題解】

《東門行》爲樂府古辭，《樂府詩集》收入《相和歌辭·瑟調曲》。古辭寫一城市貧民，爲飢寒所迫，不得已進行反抗，拔劍出門，妻兒牽衣苦留，真實反映了下層人民的苦難生活。擬詩第一首寫輕薄少年的狹斜游樂生活，第二首摹擬古辭，均無深意。

【注釋】

〔一〕顧且望：謂走出後一邊走，一邊回頭望。戀戀難捨之意。

〔二〕邯鄲倡：邯鄲藝妓。邯鄲，戰國時趙國的都城。倡，通「娼」。此指藝妓。趙女以美貌與善歌舞著稱。《樂府詩集·雜曲歌辭》載有南朝齊陸厥《邯鄲行》與南朝梁武帝《邯鄲歌》。

〔三〕廣平公：據《樂府詩集·横吹曲辭·琅琊王歌》有「誰能騎此馬，唯有廣平公」之句，題注謂指十六國後秦姚興之子姚弼，封廣平公。據《晉書·姚興載記》，姚弼智勇双全，與太子泓爲異母兄弟，恃寵自傲，常欲謀奪君位，終被殺。琅琊大王：未詳。乐府《琅琊王歌》有「琅琊复琅琊，琅琊大道王」之句，未詳所指。

〔四〕輕薄：輕佻浮薄，俗謂不厚道。

〔五〕儋石(dàn)：二石与一石，謂量少。儋，二石。石，一石。

〔六〕衣參差(cēn cī)：謂衣服破舊、散亂。

〔七〕餔糜：食粥。餔，同「哺」。糜，稀粥。

〔八〕穹窿天：猶言蒼天。《爾雅·釋天》「穹，蒼蒼天也」《注》：「天形穹隆，其色蒼蒼，因名云。」

〔九〕干：犯。

飲馬長城窟行

蕭蕭山上草〔一〕，悠悠山下道。長城一何長，遠望多悲傷。遠望不如歸，游子日依依。依依復纍纍，涕泣當爲誰？高臺知天風，鴻雁知天霜。欲媚復無人，欲去復彷徨。浮雲西北來，我馬顧之鳴。願附尺素書〔二〕，迢迢東南行。浮雲不可托，素書不可成。十年違室家，安知卽平生〔三〕？

【題解】

《飲馬長城窟行》爲古辭，《樂府詩集》收入《相和歌辭・瑟調曲》。《文選》卷二七《古樂府三首・飲馬長城窟行》題注云：『酈善長《水經》曰：「余至長城，其下往往有泉窟，可飲馬，古詩《飲馬長城窟行》信不虛也。」然長城蒙恬所築也。言征戍之客，至於長城而飲其馬，婦思之，故爲《長城窟行》。』行，曲。擬詩亦取古辭征夫與思婦相思詩意而以戍卒口吻出之。

【注釋】

〔一〕蕭蕭：蕭條。唐杜牧《懷吳中馮秀才》：『長洲苑外草蕭蕭，卻筭游程歲月遙。』

〔二〕尺素書：謂書簡。尺素，絹。古人寫信，書之於一尺左右的絹帛，後因作爲書信的代稱。《玉台新詠》卷一漢蔡邕《飲馬長城窟行》：『客從遠方來，遺我雙鯉魚。呼兒烹鯉魚，中有尺素書。』

〔三〕違室家：與妻子離別。違，別。平生：此生，一生。

上留田行

人生一何相懸〔一〕？哲士常見未然〔二〕，愚夫不覩目前，所較以千年〔三〕。今爾勿怨蒼天，非世淆亂，誰貴聖賢！

【題解】

《上留田行》無古辭，今存最早爲魏文帝曹丕之作，《樂府詩集》收入《相和歌辭・瑟调曲》。崔豹《古今注》云：「上留田，地名也。其地人有父母死兄不字其孤弟者，鄰人爲其弟作悲歌以諷其兄，故曰《上留田》。」擬詩取樂府舊題而自鑄新詞，含有牢騷、嘲諷的意味。

【注釋】

〔一〕相懸：彼此距離甚大。懸，懸殊。

〔二〕哲士：與下文「愚夫」相對，謂明白事理的人。

〔三〕較：差。金元好問《論詩絶句》：「無人説與天隨子，春草輸贏較幾多。」

孤兒行

孤兒生，孤兒生，命不如一抔土。父母在時，坐長筵，雷大鼓〔一〕。父母已去，兄嫂令我報府〔二〕。今年護羌，明年擊胡虜〔三〕。六月來歸，不得自言苦。目汁稠濁，頭面生瘡。大兄言「視飯」，大嫂言

『溉釜』〔四〕。上高堂，不見父與母；下堂，孤兒淚下如綆。使我朝行薪，暮不得束芻〔五〕。頊筐敝漏，緝之用茶〔六〕。鈎折無喙，鎌鈍無膚；舍鎌拔叢棘，棘斷行復趖〔七〕。刺傷我手，復裂我襦。自念猶人，誰使爲奴？兄嫂如此，爲不早去，下從地下，當復何須！高秋八九月，墮嚴霜，百草凋枯，牧豎絶糧。驅羊下山，逸入他羣，不辨所亡〔八〕。『願取我羔，莫攘我羊。』羊復戀子，華之不將〔九〕。棄華挽角，羊僵道傍。拽羊回家，兄與嫂睨〔一〇〕：『三年不乳，毛尾空長，作何校計？』亂曰〔一一〕：羊鳴一何芊芊〔一二〕！父母地下將書寄與兄嫂：『爾愛其羊，我愛其子。』

【題解】

《孤兒行》爲古辭，《樂府詩集》收入《相和歌辭·瑟調曲》。一名《孤子生行》，也名《放歌行》。清朱乾《樂府正義》云：『放歌者，不平之歌也。孤兒兄嫂惡薄，詩人傷之，所以爲放歌也。』擬詩形式及詞意均摹仿古辭。

【注釋】

〔一〕坐長筵，雷大鼓：謂吃筵席，聽音樂。雷，擊打，通作『擂』。大鼓，樂器。古時富貴人家吃飯奏樂，所謂『鐘鳴鼎食』。

〔二〕已去：謂已死。報府：即赴府。從下文看，此指服兵役。

〔三〕護羌：謂在護羌校尉手下服役。護羌，護羌校尉，漢置官，駐隴西令居縣以鎮撫諸羌。見《後漢書·西羌傳》。胡虜：指北方匈奴等少數民族軍事貴族入侵者。

〔四〕視飯：猶言辦飯。溉釜：洗滌鍋碗。溉，清洗。《詩·檜風·匪風》：『誰能亨魚，溉之釜。』

〔五〕行薪：即采薪，俗謂打柴。束芻：一束柴草。

〔六〕頊筐：傾仄不平之筐。《詩·周南·卷耳》：『采采卷耳，不盈頊筐。』緝之用茶：緝補用檝草。《詩·周頌·良耜》：『其鎛斯趙，以薅荼蓼。』

〔七〕『鈎折』四句：總謂勞動工具低劣。鈎折無喙，謂曲折如鈎的工具沒有尖。鎌鈍無膚，謂割荊棘用的鐮刀沒有刃。所以用手去拔，『棘斷行復甦』。

〔八〕『逸入』二句：謂逃到人家羊羣裏的羊，難以辨别。逸，逃逸。不辨所亡，分辨不出哪是自己逃逸的羊。

〔九〕『羊復』二句：謂羊又捨不得自己的孩子，鞭打也不走。箠（chuí），鞭打。不將，不行。將，行。見《廣雅·釋詁一》。

〔一〇〕睨（nì）：斜視，不正眼相看。

〔一一〕亂：樂曲尾聲。

〔一二〕芈（miē）芈：羊叫聲。

怨詩行

荊山何巖巖，白璧何齒齒；圭璋滿朝廷，爾胡獨在此〔一〕？千載抵塵沙，一抱即知己〔二〕。瓦礫生目中，衆人紛所指〔三〕。五都當一顧，三獻不得理〔四〕。一刖藏白虹，再刖涸沂水〔五〕。玉石苟不分，安用存吾趾！昭王遣使問，慷慨不可止〔六〕。一剖屬白虹，再剖折沂水。至今爲宗器〔七〕，天下稱其美。願以陵陽侯，還之樂正子〔八〕。

【題解】

《怨詩行》，即《怨歌行》，爲漢樂府古辭。《樂府詩集》收入《相和歌辭·楚調曲》，題爲漢班婕妤作。古辭以扇喻人，寫古代宮中女子憂懼失寵被棄的心理，頗具典型性。擬詩則取『怨詩』之『怨』，寫楚人卞和獻玉含冤而終得報償，歌頌其忠貞不渝的高貴品質。《韓非子·和氏》：『楚人和氏得玉璞楚山中，奉而獻之厲王。厲王使玉人相之。玉人曰：「石也。」王以和爲誑，而刖其左足。及厲王薨，武王即位，和又奉其璞而獻之武王。武王使玉人相之，又曰石也。王又以和爲誑，而刖其右足。武王薨，文王即位，和乃抱其璞，而哭于楚山之下。三日三夜，泣盡而繼之以血。王聞之，使人問其故，曰：「天下之刖者多矣，子奚哭之悲也？」和曰：「吾非悲刖也，悲夫寶玉而題之以石，貞士而名之以誑。此吾所以悲也！」王乃使玉人理其璞，而得寶焉，遂命曰「和氏之璧」。』

【注釋】

〔一〕『荊山』四句：謂白璧藏之深山，而不得稱譽人間。荊山，即楚山。巖巖，山高貌。齒齒，排列如齒貌。唐韓愈《柳州羅池廟碑》：『桂樹團團兮白石齒齒。』圭璋，玉器之名貴者。《禮記·聘義》『還圭璋』《疏》：『圭璋，玉中之貴也。諸侯朝王以圭，朝后以璋。』爾，你。指璞玉。胡，何。

〔二〕『千載』二句：謂埋沒千載，而卞和一抱使璞玉得以現身於天下。抵，當。塵沙，塵埃與沙土。一抱，此指卞和『抱其璞而哭于楚山之下』。

〔三〕『瓦礫』二句：謂將璞玉視同瓦礫，遭到人們紛紛指責。

〔四〕五都：所指不一。此泛指繁華之地。理：理會，俗謂答理。

〔五〕刖(yuè)：古代酷刑之一，斷人腳或腳趾。沂水：水名。源出山東省沂水縣，經江蘇北部，入泗水。又稱大沂河。

〔六〕昭王：楚國國君，名羋(mǐ)珍，公元前五一五—前四八九年在位。

〔七〕宗器：宗廟祭器，以及禮樂器物，如鐘磬之類。

〔八〕陵陽侯：指卞和。蔡邕《琴操》：「卞和者，楚野民，得玉璞以獻懷王。懷王使樂正子占之，言非玉，以爲欺慢，斬其一足。懷王死，子平王立。和復抱其璞而獻之。平王復以爲欺，斬其一足。平王死，子立爲荊王。和復欲獻之，恐復見害，乃抱其玉，而哭荊山之中，晝夜不止，涕盡繼之以血。荊王遣問之，於是和隨使獻王。王使剖之，中果有玉，乃封和爲陵陽侯。」樂正子：即樂克，戰國時人，仕魯。孟子說他「其爲人也好善」，重信用。見《孟子·告子下》。

白頭吟

青如雪中柏，鑿如水中石〔一〕。自君有兩意，事事非疇昔〔二〕。疇昔共綢繆，何嘗不膠漆〔三〕？今日不膠漆，明日即參商〔四〕。東西大道上，車馬遙相望。新人此一時，故人彼一時。難將故人意，持與新人知。非不結同心，人情中道還。白頭百年期，豈作斗酒間。雲漢何繩繩，星宿何纍纍〔五〕。意氣一以失，黄金不可爲〔六〕。決如潰防川，絕如蹶張弦〔七〕。有親相推與，無親私自憐〔八〕。

【題解】

《白頭吟》，《玉台新詠》題《皚如山上雪》，爲漢樂府古辭。《樂府詩集》收入《相和歌辭·楚調曲》。《西京雜記》謂爲卓文君爲拒絕司馬相如所作，不知所據。詩寫一女子向用情不專的丈夫表示決絕，期望得與「一心人」相守白頭。擬詩取古辭詩意，而辭氣稍有變化。

【注釋】

〔一〕鑿：鮮明貌。《詩·唐風·揚之水》：「揚之水，白石鑿鑿。」

〔二〕疇昔：往昔，昔日。

〔三〕綢繆：猶纏綿。膠漆：如膠似漆，謂密不可分，親密無間。

〔四〕參商：即參、商，二星名。參星居西方，商星居東方，出沒兩不相見，因喻人之不相遇。《文選》曹植《與吳季重書》：『面有過景之速，別有商參之闊。』

〔五〕繩繩：眾多貌。纍纍：不絕之貌。

〔六〕意氣：情誼，恩義。《漢書·司馬遷傳》載《報任安書》：『曩者辱賜書……意氣勤勤懇懇。』黃金不可爲：爲金錢買不到。

〔七〕絕如蹶張弦：斷絕如同張開的弓弦。蹶張，以腳踏弩，使之張開。《漢書·申屠嘉傳》：『以材官蹶張，從高帝擊項籍，遷爲隊率。』

〔八〕推與：推介稱道。憐：憐惜，愛惜。

卷之二

古樂府

豔歌何嘗行

何嘗快獨平生，但當被華轂，獵長纓〔一〕。起家爲二千石，四十以專城〔二〕。兄弟縱横要路，車馬絡繹，往來公卿顯者行〔三〕。但當在高堂置酒，快獨呼我所歡，五陵年少，任俠知名〔四〕。主人稱壽，以樂上賓；攬持綺麗，雜坐彈箏。觸抵安足諍〔五〕？歲月忽如流，願言重自愛。吾夙昔與君共綢繆，朝亦復苦愁，暮亦復苦愁。辟彼東逝之川，汎汎不繫之舟。浮雲轉薄心悠悠，有似客游難久留。

【題解】

《豔歌何嘗行》爲漢樂府古辭，一名《飛鵠行》，《宋書·樂志》題爲《白鵠豔歌何嘗》。《樂府詩集》收入《相和歌辭·瑟調曲》，寫恩愛夫妻生離死别之情。豔歌，指樂曲的序曲，多見於樂府大曲。擬詩仿其詩意寫友朋别離之情。

【注釋】

〔一〕華轂(hú)：華麗的紗衫。獵長纓：攬其冠纓。獵，攬取。《史記·日者列傳》：「宋忠、賈誼瞿然而悟，獵纓正襟危坐。』

〔二〕起家：言起之於家而致官位。二千石：漢代内自九卿郎將，外至郡守尉的俸禄都是二千石，後因稱郡守、知府爲二千石。專城：掌管一城之事，爲一城的地方長官。如太守、州牧之類。

〔三〕要路：重要路口。此喻指官居要職。

〔四〕五陵：指漢代皇帝的陵墓，卽長陵、安陵、陽陵、茂陵、平陵。漢代皇帝每立陵墓，都把富家豪族及外戚遷至陵墓附近，後因以五陵指豪門貴族聚居之地。唐李白《少年行》二首之二：『五陵年少金市東，銀鞍白馬度春風。』

〔五〕觸抵：觸犯罪過。《荀子·非十二子》：『貪利者也，觸抵者也。』楊倞《注》：『恃權勢而忤人。』

豔歌行三首

皎皎月中兔，羅網安得錯〔一〕？夫壻流宕子，翩翩長道路〔二〕。上堂事舅姑，下堂力蠶作〔三〕。日出行採桑，春風動紈素。不知何年少，踟躕西北顧。請君且莫顧，黄金徒自誤〔四〕。黄金道路傍，誰當見國卿〔五〕？

其二

童童河上柳〔六〕，朝榮暮來朽。人生天地間，何可日無酒！偃蹇誰當聞，慷慨誰當有〔七〕？賴得心所歡，嚼我以大斗。醉後唱高言，掩耳使一走〔八〕。語卿且勿走，不知舌在口。舌在難爲捫〔九〕，歎爾欲行恩。

其三

南海一何長，明珠一何光；　大珠抵明月，小珠燭中堂〔一〇〕。洛陽發中使〔一一〕，明珠竊白傷。汝海采是珠，珠淚以從橫。持作木蘭櫃，送至洛陽宮。後宮莫不歎，問珠從何方？誰能復市此？隋侯與孟嘗〔一二〕。用玉紹繚之，黄金錯其中〔一三〕。綴之用翡翠，薰用蘇合香〔一四〕。本自南海珠，今爲後宮璫〔一五〕。

【題解】

《豔歌行》爲漢樂府古辭，《樂府詩集》收入《相和歌辭·瑟調曲》。《古今樂錄》云：『《豔歌行》非一，有直云「豔歌」，卽《豔歌行》也。若《羅敷》、《何嘗》、《雙鴻》、《福鍾》等行，亦皆「豔歌」。』豔歌本爲正歌前的序曲，多見於樂府大曲。古辭二首，第一首寫流落他鄉之人，女主人爲其縫補破衣，而被丈夫猜疑，觸發其思鄉之情。第二首詠物，寄寓輕榮祿重自然之意。擬詩三首，其一寫思婦賢淑貞節，不受誘惑；　其二反用古辭第一首之意，寫人生苦短，當縱酒高歌；　其三詠物，寄寓明珠暗投、不得其用之意。

【注釋】

〔一〕月中兔：　傳說月中有白兔，詩文中稱『玉兔』。晉傅玄《擬天問》：『月中何有？玉兔搗藥。』錯：　通『措』，置，置放。

〔二〕流宕子：　卽流蕩子，指流蕩在外的男子。翩翩：　往來貌。

〔三〕舅姑：　公婆。《爾雅·釋親》：『婦稱夫之父曰舅，稱夫之母曰姑。』力蠶作：　從事養蠶的勞作。

〔四〕黄金徒自誤：謂夫壻行商贏利，徒勞自誤前程。
〔五〕國卿：國卿士，國之大臣。
〔六〕童童：樹蔭盛貌。《三國志·蜀書·先主傳》：『先主……舍東南角籬上有桑树五丈餘，遥望見童童如小車蓋。』
〔七〕偃蹇：失志貌。慷慨：不平貌。
〔八〕高言：大言，壯語。《古詩十九首》之四：『令德唱高言，識曲聽其真。』掩耳使一走：使聽者掩耳逃走。
〔九〕捫：持。此謂持其舌不使言也。《詩·大雅·抑》：『莫捫朕舌，言不可逝矣。』
〔一〇〕明月：明月珠。燭：照，照亮。
〔一一〕中使：宫中使節，也稱中使。
〔一二〕隋侯與孟嘗：隋爲周時姬姓國，在今湖北境内。《淮南子·覽冥》：『隋侯之珠，卞氏之璧，得之者富，失之者貧。』高誘注：『隋侯見大蛇，腸斷，以藥傅之。後蛇於江中銜大珠以報之，因曰隋侯之珠，蓋明月也。』孟嘗，即孟嘗君，齊人，戰國『四公子』之一。此謂孟嘗富有，可購得明月珠。
〔一三〕紹繚：纏繞。漢樂府《有所思》：『雙珠玳瑁簪，用玉紹繚之。』錯：措置。
〔一四〕蘇合香：樹名，由其樹皮採取樹脂，名蘇合香油。傳此香油出自蘇合國，故名。《後漢書·西域傳》：『合會諸香，煎其汁以爲蘇合。』
〔一五〕璫（dāng）：玉製耳飾。

滿歌行

得意良獨難，大帶如河，高弁如山〔一〕。功名侮予，心不遑安〔二〕。遥望故鄉，鬱鬱漫漫。憂來自中，不遜於顏〔三〕。鄙士患得失，達士多所宜〔四〕。智不鬭時，我斯蕩蕩，天下熙熙〔五〕。俛拾仰取，日競刀錐〔六〕。逝將掉臂，棄而違之〔七〕。東蹈滄海，寧居九夷。嶮巇可爲，念爲偃息〔八〕。乃在草萊，蹲而踰垣，塔焉鑿坯〔一〕〔九〕。流俗落落，豈無友生〔一〇〕？門一以杜，其可復開〔一一〕？蜉蝣之裳，視此末榮，寵辱者驚〔一二〕。寓言憤世，混迹躬耕。貧賤肆志，惰傲相成〔一三〕。徘徊千古，載濁載清〔一四〕。飲酒而已，誰知其它！卽有三公，相去幾何〔一五〕？百年如寄，孰少孰多！胡朝謀夕，自貽蹉跎。屹彼在位，經營四方。天道病愚，人道趨彊〔二〕〔一六〕。退而爲樂，遼遼未央。

【校記】

〔一〕塔，詩集本作『荅』，四庫本作『嗒』，荅、嗒通。坯，明刻諸本並同，四庫本作『坏』，非。

〔二〕彊，底本作『疆』，明刻諸本並同，據四庫本改。

【題解】

《滿歌行》爲漢樂府古辭，《樂府詩集》收入《相和歌辭·大曲》。《樂府解題》云：『古辭云：「爲樂未幾時，遭時嶮巇。」其始言逢此百罹，零丁荼毒，古人遜位躬耕，遂我所願。次言窮達天命，智者不憂。莊周遺名，名垂千載。終言命如磐石見火，宜自娛以頤養，保此百年也。』擬詩寫人生無常，隱居保生，看似消極，實寓憤慨。

【注釋】

〔一〕『得意』三句：謂高官太多，官場得意實在太難。大帶，卽紳帶，束腰之帶與下垂之紳。古代文官朝會或參加典禮時著用。《說文解字》：『紳，大帶也。』《論語·鄉黨》：『疾，君視之，東首，加朝服，拖紳。』高弁，高帽。弁，冠。《詩·齊風·甫田》：『未幾見兮，突而弁兮。』

〔二〕『功名』二句：謂科第玷污了自己的名聲。功名，科舉時代稱科第曰功名。

〔三〕不遜於顔：謂内心憂愁一點也不比顔面表現出來的少。

〔四〕鄙士：見識短淺、追逐名利之人。達士：淡泊名利、心胸曠達之人。

〔五〕「智不」二句：謂智者不與世俗之徒爭鬬，心胸坦蕩。斯，乃。「天下」句：謂天下之人皆爲名利而來。《史記·貨殖列傳》：「天下熙熙，皆爲利來。」熙熙，熙熙攘攘，衆多貌。

〔六〕俛拾仰取：謂輕易取得。刀錐：喻指微末之利。唐陳子昂《感遇》：「務光讓天下，商賈競刀錐。」

〔七〕掉臂：言揮手自去。《史記·孟嘗君列傳》：「日暮之後，過市朝者，掉臂而不顧。」《索隱》：「日暮物盡，故掉臂不顧也。」

〔八〕「東蹈」四句：謂蹈海隱居。東蹈滄海，謂至海上隱居。《史記·魯仲連列傳》：「魯仲連逃隱海上，曰：『吾與富貴而詘於人，寧貧賤而輕世肆志焉。』」九夷，謂蠻荒之地。《書·旅獒》：「遵通道於九夷八蠻。」嶮巇，顛危，傾倒。《文選》劉孝標（峻）《廣絶交論》：「世路嶮巇，一至於此。」偃息，止息，安息。《後漢書·李膺傳》：「願怡神無事，偃息衡門。」

〔九〕「念爲」三句：謂隱居鄉下，名聲遠播，聞聘只有設法逃遁。草萊，喻指鄉間農家。蹲而踰垣，謂家居而名聲遠播。蹲，居，虚坐。踰垣，越過垣牆，謂名聲遠播。塔焉，同「嗒然」。解體貌。亦作「嗒焉」。《莊子·齊物論》「荅焉似喪其耦」《釋文》：「荅，又作嗒。解體貌。」《疏》：「妙悟自然，離形去智，荅焉墮體，身心俱遺，物我雙忘，故若喪其耦。」鑿坯，亦作「鑿培」。培，屋後牆。《淮南子·齊俗》：「顔闔魯君欲相之而不肯，使人以幣先焉，鑿培而遁之。」

〔一〇〕落落：稀少貌。此謂親情淡薄。《文選》陸機《嘆逝賦》：「親落落而日稀，友靡靡而愈索。」友生：朋友。

〔一一〕杜：關閉。此謂杜門隱居。

〔一二〕『蜉蝣』三句：謂只顧眼前享樂者，以隱居無榮耀，而寵辱皆驚。《詩・曹風・蜉蝣》：『蜉蝣之羽，衣裳楚楚。』《集傳》：『蜉蝣，渠略也。似蛣蜣，身狹而長角，黃黑色，朝生暮死。……此詩蓋以時人有翫細娛而忘遠慮者，故以蜉蝣爲比而刺之。』末，通『無』，見《廣韻》。

〔一三〕『寓言』四句：謂隱居著述，寄託憤世情懷，雖貧賤而不可放縱自己的心志，疏懶與傲慢都與世俗相背。寓言，有所寄託之言辭。《史記・老子韓非列傳》附《莊子傳》：『莊子……故其著書十餘萬言，大抵率寓言也。』混迹，隱身其間。肆志，猶言縱意。《史記・魯仲連列傳》：『吾與富貴而詘於人，寧貧賤而輕世肆志焉。』惰傲相成，語本《文選》嵇叔夜（康）《與山巨源絶交書》：『又縱逸來久，情意傲散，簡與禮相背，懶與慢相成。』《注》引孔安國説：『《論語》注曰：簡，略也。言性簡略，與禮相背也。』

〔一四〕『徘徊』二句：謂古往今來，世道或濁或清。載，則。

〔一五〕三公：爲歷代最高行政長官，各代所指不同。明清僅爲大臣的最高榮銜，而無實職。

〔一六〕『天道』二句：謂以愚笨爲病是自然法則，而人的本性亦爭强好勝。天道，天之道，猶言自然法則。人道，人類特具之品行。此指人性，人之本性。

企喻歌 四首

男兒自言彊〔一〕，出門思故鄉。隴水流離下，淚落鐵裲襠〔二〕。

放馬大澤中，馬飽勿復驅。寧斷壯士肉，不斷駿馬芻〔三〕。

鷂子下狡兔，不顧黄雀羣。男兒飽百戰，少年笑殺人。

男兒重意氣，結伴不須錢。誰能無兄弟，千里不相憐？

【校記】

〔一〕彊，詩集本作『疆』，誤。

【題解】

《企喻歌》，《樂府詩集》收入《横吹曲辭·梁鼓角横吹曲》，共四首。《古今樂録》謂爲『燕魏之際鮮卑歌也』，歌辭内容反映北方少數民族風情。擬詩則寫北方戍卒思鄉、善戰、講義氣，與原辭不同。

【注釋】

〔一〕隴水：水名。今名甜水河，源出今寧夏回族自治區隆德縣東，與苦水會合。《水經注·渭水》：『渭水又東與新陽崖水合，卽隴水也。……其水亦出隴山，東南流歷瓦亭北，又西南合爲一水，謂之瓦亭川。』流離：猶『淋漓』，水由山頂四周淋漓流下。裲襠（liǎng dāng）：猶今之背心。《釋名·釋衣服》：『裲襠，其一當胷，其一當背也。』

〔二〕芻：草，草料。

琅琊王歌八首

陽春二三月，單衫繡裲襠。繫馬臨大道，值女行採桑。

炎天五六月，挈枕逐陰涼。絺服不掩體，喚女汲寒漿〔一〕。
初寒八九月，銀燭照高堂。端然坐不睡，看女織流黃。
盛冬十一月，調笑酒罏旁。玉壺出纖手，索女弄絲簧〔一〕。
主人但置酒，烹肥擊其鮮。男兒好還鄉，不願持一錢。
孤兒當門泣，門外霜皓皓。今年許裁襦，兄但視其嫂〔二〕。
駿馬似人長，金鞭五尺强。往來渭橋上，琅琊大道王〔三〕。
新買五尺刀，摩挲不離手〔四〕。但坐看此物，軍中誰更有？

【校記】

〔一〕簧，詩集本、隆慶本同，重刻本、萬曆本、張校本並作『篝』，誤。

【題解】

《琅琊王歌》，《樂府詩集》收入《横吹曲辭·梁鼓角横吹曲》，共八首。擬詩亦八首，大致仿原詩之意。

【注釋】

〔一〕絺（chī）服：葛布縫製的衣服。絺，細葛。寒漿：冷水。

〔二〕襦（rú）：夾襖。視其嫂：看嫂的眼色。

〔三〕渭橋：橋名。長安城有中、東、西三座渭橋，在今西安市古長安城西北、東北、西南三個方向。詳見《三輔黄圖》、《元和郡縣誌》。琅琊大道王：未詳。

〔四〕摩挲：用手撫摸，表示愛撫之意。

鉅鹿公主歌

邯鄲女兒年十五，能彈琵琶唱樂府〔一〕。
頭上明珠間翠羽，客與酒錢笑不數。
可憐誤嫁陽翟賈，遂使黄金暗如土〔二〕！

【題解】

《鉅鹿公主歌》，《樂府詩集》收入《横吹曲辭·梁鼓角横吹曲》，共三首，寫鉅鹿公主出游。題注引《唐書·樂志》曰：『梁有《鉅鹿公主歌》，似是姚萇時歌，其詞華音，與北歌不同。』擬詩寫邯鄲歌妓的生活遭際，與原詞頗不同。

【注釋】

〔一〕邯鄲女兒：先秦趙地以女子貌美善舞著稱，邯鄲爲趙國都城，詩文中常以邯鄲女指稱趙女。此指歌妓。唱樂府：演唱樂府歌曲。

〔二〕『可憐』二句：謂這位歌女誤嫁給了商人，就失去了她的自身價值。陽翟，地名。戰國時爲韓國都城，秦滅六國置陽翟縣，其後或廢或置，其故治在今河南禹縣境內。大商人呂不韋爲陽翟人（見《史記·呂不韋列傳》），後遂以『陽翟賈』指富商。賈，商人。

紫騮馬歌 四首

出入渭城中，少年獨妍雅〔一〕。不知是阿誰，但識紫騮馬。

紫馬從西來，道逢一驪駒〔二〕。兩人下馬揖，便入酒家胡（一）〔三〕。

問客復何爲？昨日發東平〔四〕。袖中出短書，心知自劉生〔五〕。

對客讀短書，慷慨不能止。拔劍出門去，報讎燕市裏〔六〕。

【校記】

（一）便入酒家胡，詩集本、隆慶本同，萬曆本奪『胡』字。

【題解】

《紫騮馬歌》，《樂府詩集》收入《横吹曲辭·梁鼓吹横吹曲》，共六首。其中四首爲割裂漢樂府《十五從軍征》古辭而成。擬詩只取『紫騮馬』部分，寫一任俠少年志意慷慨、復仇燕市，頗有新意。紫騮馬，黑栗毛的駿馬。

【注釋】

〔一〕渭城：地名。《水經注·渭水》：『太史公曰：長安，故咸陽也。高帝更名新城。武帝元鼎三年，别爲渭城。』妍雅：美貌而文雅。

〔二〕驪駒：黑馬。

〔三〕酒家胡：當壚賣酒的胡女。

〔四〕東平：地名。即今山東省東平縣。

〔五〕劉生：《樂府詩集·横吹曲辭》錄有《劉生》，引《樂府解題》云：『劉生不知何代人，齊梁已來爲《劉生》辭者，皆稱其任俠豪放，周游五陵三秦之地。或云抱劍專征，爲符節官，所未詳也。』《古今樂錄》謂『梁鼓角横吹曲有《東平劉生歌》』。

〔六〕燕市：燕國京城。《史記·荆軻列傳》：『荆軻嗜酒，日與狗屠及高漸離，飲於燕市。』

黄淡思歌二首

腸作轆轤轉，淚作素綆垂〔一〕。獨坐不能言，傍知思憶誰？

胡馬代州出，還騎出代州〔二〕。黃金裝馬勒，青絲絡馬頭。

【題解】

《黃淡思歌》，《樂府詩集》收入《横吹曲辭·梁鼓角横吹曲》，寫男女相思，共四首。擬詩取其詩意，一首寫戍卒將士思親，一首寫邊境地區胡族士卒出入代州時的情態。

【注釋】

〔一〕腸作轆轤轉：謂飢餓難耐。轆轤，舊時井上汲水工具，上繫繩索，手搖翻轉；落下急促，上搖繩索攪動有聲，因常説饑腸轆轤。淚作素綆垂：謂淚流不斷。素綆，白絲繩。三國魏王粲《詠史詩》：『臨穴呼蒼天，涕下如綆縻。』

〔二〕代州：春秋晉地，戰國趙置雁門郡，秦漢因之。隋開皇五年改爲代州，轄境在今山西代縣、繁峙、五臺、原平一帶。

地驅樂歌

蕭蕭條條，風雨漂搖。餓殺鷦鷯，撐殺鴟鴞〔一〕。
倦鳥不飛，非無羽翼；貧女不嫁，非無顏色。
枕郎右臂，郎側向左。看郎顏色，似不在我。
宛轉郎懷，坐郎左膝。郎有它人，不自今日。

【題解】

《地驅樂歌》，《樂府詩集》收入《橫吹曲辭·梁鼓角橫吹曲》，歌辭僅兩句。擬詩所擬實爲《地驅歌樂辭》。《地驅歌樂辭》共四首，寫老女思嫁及男女歡戀之情。擬詩將『老女』改爲『貧女』，並寫女子對所愛懷有二心的責怪。

【注釋】

〔一〕鷦鷯（jiāo liáo）：鳥名。俗名巧婦。體小褐色，身長僅三寸。鴟鴞：鳥名。俗名貓頭鷹。

雀勞利歌

稂莠驕驕雀勞利〔一〕，前有鷂子後老鴟〔二〕。
與郎十期九不果，郎有他人休誤我。

【題解】

《雀勞利歌》，爲詠物詩。《樂府詩集》收入《橫吹曲辭·梁鼓角橫吹曲》。勞利，勞苦之意。擬詩則由鳥起興，寫女子對男子失約的哀怨，頗有民歌風味。

【注釋】

〔一〕稂莠（láng yǒu）：謂害苗之草。

〔二〕鷂子：即鷂鷹，猛禽。老鴟：即鴟鴞。

捉搦歌四首

仕宦還須論知己，結交還須論君子。男兒失意誨人指，老女不嫁難爲理。

東家女兒大狡獪，屋裏燒香出牆外。供養世尊作佛會，願得百媚無菑害〔一〕。

邯鄲城南夜逆旅〔二〕，樓頭十五誰家女？可憐白馬空儃佇〔三〕，不見其人但聞語。

駿馬憑陵粟在口〔四〕，男兒精神錢在手。何不結伴日沽酒，出臂蒼鷹使黄狗〔五〕？

【題解】

《捉搦歌》，爲北方男女情人之間戲謔之歌，共四首。《樂府詩集》收入《横吹曲辭·梁鼓角横吹曲》。擬詩仿其詩意，寫女子懷春待嫁情事。其中第二首寫少女的嬌憨情態，逼真、細膩，是擬詩中較爲優秀的篇章。捉搦，猶言捉拿，蓋爲男女捉拿相戲。

【注釋】

〔一〕『東家』四句：謂東鄰少女爲求嬌媚悅人而偷偷做佛事，不料香飄牆外，還是被人曉得了。東家，此謂東鄰家。世尊，梵文意譯，音譯爲『薄伽梵』或『婆伽婆』。原爲婆羅門教對長者的稱呼，佛教用以尊稱釋迦牟尼。佛會，猶佛事。指供奉、祈禱等佛教儀式。百媚，無處不媚。

〔二〕邯鄲：地名。即今河北邯鄲市。古爲趙地，以女子貌美、善歌舞著名。逆旅：旅館。
〔三〕儃佇（chán zhù）：徘徊停留。
〔四〕憑陵：高峻。北周庾信《周大將軍襄城公鄭偉墓志銘》：「島嶼憑陵，波瀾衝激。」
〔五〕出臂蒼鷹使黃狗：謂出門打獵，臂架蒼鷹，手牽黃狗。

折楊柳歌五首

上馬折楊柳，楊柳鬱葳蕤。馬上吹長笛，愁殺虜家兒〔一〕。

不惜折楊柳，孟津楊柳西〔二〕。本是虜家女，嫁作漢兒妻。

放馬孟津岸，飲馬孟津河。雖是虜家兒，愛聽漢兒歌。

莫折楊柳枝，婆娑動郎意。自有珊瑚鞭，出入擐郎臂〔三〕。

上馬出門去，馬鞭持與郎。郎渡孟津水，何時還故鄉？

【題解】

《折楊柳歌》，寫老女思嫁，共五首。《樂府詩集》收入《横吹曲辭·梁鼓角横吹曲》。擬詩前兩首寫胡女嫁給漢人，並樂聽漢歌；後兩首寫胡女、漢兒相戀、相思，立意新穎。

【注釋】

〔一〕虜家兒：胡族青年。虜，胡虜，古時對北方少數民族的蔑稱。

〔二〕孟津：黄河渡口，在今河南孟津縣南。

〔三〕擐（xuān）：繫。見《集韻》。

幽州馬客吟歌五首

客從幽州來，百萬爲樗蒱〔一〕。錢自它人有，意氣良所無〔二〕。

今日但一擲，何言無所持？庭前兩走馬，千里任君騎。

自憐十指鐶，玉壺不離手。女兒行無賴〔三〕，故勸郎君酒。

南山固言高，上有北流泉。女兒固言好，須得郎自憐。

郎齎千金裝，結客行三秦〔四〕。那能論家計，少年喜作人。

【題解】

《幽州馬客吟歌》，《樂府詩集》收入《横吹曲辭·梁鼓角横吹曲》，共五首。寫北方風情。幽州，古九州之一。《爾雅·釋地》：「燕曰幽州。」燕指戰國燕地，即今北京市、河北北部及遼寧一帶。擬詩大致模仿原詩，無甚新意。

【注釋】

〔一〕樗蒱(chū pú)：一作「摴蒱」，古代博戲，以擲骰子賭輸贏。下文「一擲」即指擲骰。

〔二〕意氣：謂意志與勇氣。《呂氏春秋·情欲》：「意氣易動，蹻然不固。」

〔三〕無賴：狡獪。《史記·高祖本紀》「常以臣無賴，不能治産業」《集解》引晉灼說：「或曰江淮之間，謂小兒多詐狡獪爲『無賴』。」

〔四〕三秦：地名。項羽破秦入關，將秦關中之地分封給秦三降將，後遂以三秦泛指關中一帶地區。其地在今陝西省中部一帶。

慕容家自魯企由谷歌

鳥中有鷂子，人中有慕容。慕容家此谷，少年多相從。

【題解】

《慕容家自魯企由谷歌》，爲北方情歌。《樂府詩集》收入《横吹曲辭·梁鼓角横吹曲》。擬詩改爲頌揚慕容家之歌，了無情趣。

高陽樂人歌 二首

欲知馬上兒，但復看兒馬。結束殊輕薄，不在漢兒下〔一〕。

郎來但坐飲，百壺分自當。見郎行仁義，無錢何所妨！

【題解】

《高陽樂人歌》，《古今樂錄》曰：『魏高陽王樂人所作也，又有《白鼻騧》，蓋出於此。』《樂府詩集》收入《橫吹曲辭·梁鼓吹橫吹曲》，共二首。均寫北方人嗜酒及豪放性格。擬詩突破『夷夏之防』，寫胡族青年因行仁義受到漢人熱情接待，表現出較爲進步的民族觀念。

【注釋】

〔一〕結束殊輕薄：謂裝束華麗。輕薄，不敦厚、輕佻。此指不樸素，華麗炫目。漢兒：漢族青少年。

團扇郎

白團扇，明月入君懷。清光滿流眄，霜雪散炎天，是儂歌始變。合歡自一時，秋風歡不見。

【題解】

《團扇郎》，一名《團扇郎歌》，《樂府詩集》收入《清商曲辭·吳聲歌曲》，共六首。《古今樂錄》曰：『《團扇郎歌》

者，晉中書令王珉，捉白團扇與嫂婢謝芳姿有愛，情好甚篤。嫂捶撻婢過苦，王東亭聞而止之。芳姿素善歌，嫂令歌一曲當赦之。應聲歌曰：「白團扇，辛苦五流連，是郎眼所見。」珉聞，更問之：「汝歌何遺？」芳姿即改云：「白團扇，憔悴非昔容，羞與郎相見。」後人因而歌之。』擬詩一首，取謝芳姿詩意，而改爲詠扇詩，將女子在歡愛之中唯恐遭受遺棄的心情寄寓其中。

前溪歌七首

逍遙東武亭，下有獨桑路〔一〕。歡但宿儂家，前溪不可度〔二〕。

朝思出前溪，暮思出前溪。溪流亂漫下，誰見倚門啼？

女蘿著長松，蔓與長松長。雖非歲寒姿，願得被風霜。

黃葛生溪邊〔三〕，溪水東西流。枝枝自纏繞，葉葉自綢繆。

春容故易老，紅粉豈常鮮？郎歸定何日，憔悴復誰憐！憐亦異當年。

誰能采黃葛，逍遙獨桑頭？黃葛斷還生，春風不可留。爛熳使儂愁。

葵藿自有心〔四〕，蘭蕙自有香。黃瓜一小草，春風獨不忘。枝葉頓芬芳。

【題解】

《前溪歌》，《宋書·樂志》曰：「《前溪歌》者，晉車騎將軍沈玩所制。」原辭已佚，僅存殘句。或謂爲宋少帝劉義符續作，見宋樂史《太平寰宇記》。《樂府詩集》收入《清商曲辭·吳聲歌曲》，共七首。均爲寫男女戀情的情歌。擬詩亦七首，大致仿原詩詩意而作。

【注釋】

〔一〕「逍遥」二句：模擬晉代樂府《前溪歌》詩：「逍遥獨桑頭，北望東武亭。」東武亭，未詳。南朝宋置東武縣，在今江蘇省境內。獨桑，孤立之桑樹。

〔二〕歡：對所愛之人的昵稱。儂家：我家。儂，吳語，我。度：過，渡過。

〔三〕黃葛：葛之一種，生長在水邊，莖皮纖維可織葛布，或做造紙材料。

〔四〕葵藿：葵花和豆類植物。葵花花、葉向陽，豆類葉片亦向陽舒展。唐杜甫《自京赴奉先縣詠懷五百字》：「葵藿向太陽，物性固難奪。」

子夜歌十首

涉江種芙蓉，青荷幾時有？但使蓮心生，何慮不成偶〔一〕？

桑葉老欲盡，春蠶已就眠。那能不作繭，絲子自纏綿〔三〕？

彊言共寢食，十日九不俱。桐花夜夜落，梧子暗中疏〔三〕。

出亦陰憶汝，入亦陰憶汝〔四〕。石闕四面坐，悲來定何許〔五〕！

蕩舟芙蓉池，紅顏在池水。儂與芙蓉花，有何不相似？

宿昔結同心，絲髮與眉齊。轉動如春風，不離郎君懷。

相憐須及時，紅顏不難老。郎自行由豫〔六〕，他人已相保。

始欲識儂時，白頭誓相憐。一日三唐突，持底解千年〔七〕。

歡心楊柳花，春風爲顛倒。到頭有感化，不離浮萍草。

願因斗酒會，發歡桃花容。蹉跎自不飲，雙杯持勸儂。

【題解】

《子夜歌》，爲晉樂府曲辭，《樂府詩集》收入《清商曲辭・吳聲歌曲》，共四十二首。《舊唐書・禮樂志》云：『《子夜歌》者，晉曲也。晉有女子名子夜，造此聲，聲過哀苦。』《宋書・樂志》云：『晉孝武太元中，琅琊王軻之家有鬼歌《子夜》，殷允爲豫章，豫章僑人庾僧虔家亦有鬼歌《子夜》。』擬詩十首，命意取材，幾可以假亂真。

【注釋】

〔一〕『涉江』四句：以種荷取藕爲喻，謂只要彼此相愛就能成爲夫妻。青荷，諧『情合』。蓮，諧『憐』，愛。偶，諧『藕』，對。此謂成爲夫妻。

〔二〕藺：諧『見』。絲：諧『思』。

〔三〕梧子：諧『吾子』。

〔四〕陰憶汝：暗地裏懷念你。

〔五〕『石闕』二句：謂爲悲傷所籠罩。古代宮殿、廟觀及墓門所立雙柱，謂之闕。闕類如碑；碑與『悲』諧音雙關。

〔六〕由豫：即猶豫。

〔七〕『一日』二句：謂男方一日多次求愛，你憑什麼讓人明白能白頭到老？底，什麼。

四時子夜歌八首

春鳥既集渚，春花復著林〔一〕。高臺不可望，春色蕩儂心。

綺窗媚初月，羅帳褰春風。歡復自顧慮，崎嶇當奈儂。

三伏天雨火，郎但籠窗坐〔二〕。何處汲寒漿，金瓶井中墮。

婉伸華簟上，不下葳蕤鑰〔三〕。郎君已自前，羅衣那及著。

庭含明月光，蟋蟀入牀語。獨自理寒衣，秋風動砧杵〔四〕。

熒熒斜月輝，纍纍清露垂。中霄不還臥，徘徊獨爲誰？

郎從何處來，重袍那如水？酒無沙糖味，爲他沃寒爾〔五〕。

北風振枯林，嚴霜殺百草。歡不與時競，獨向相思老。

【題解】

《四時子夜歌》，即《子夜四時歌》，爲《子夜歌》的變曲。《樂府解題》曰：『後人更爲四時行樂之詞，謂之《子夜四時歌》。又有《大子夜歌》、《子夜警歌》、《子夜變歌》，皆曲之變也。』《樂府詩集》收入《清商曲辭·吳聲歌曲》，共十五首。寫少女懷春。擬詩八首，亦取《子夜四時歌》詩意及民歌格調。

【注釋】

〔一〕集渚：飛止在水中高地。集，止，停留。渚，水中洲。春花：春日之花。

〔二〕雨：落下。籠窗坐：坐在窗籠之前。

〔三〕華簟（diàn）：華麗的竹席之上。簟，竹席。不下葳蕤（wēi ruí）鑰：謂不關門。葳蕤鑰，即葳蕤鎖。唐韓翃《江南曲》：『春樓不閉葳蕤鎖，綠水回通宛轉橋。』

〔四〕砧杵：古時洗衣用具，砧爲墊石，杵（北方俗稱棒槌）用以捶衣。爲備寒衣，婦女在秋季在河濤洗衣。

〔五〕沃：澆，衝。此詩第二句『重袍那如水』，爲澆酒故。唐白居易《長齋月滿……》詩云：『病心湯沃寒灰活，老面花生朽木春。』

懊儂歌四首

五絲合歡被，還得五絲縫〔一〕。儂爲懊惱曲，還持懊惱儂。

布帆百餘幅，阿娜自生風〔二〕。江水滿如月，那得不愁儂？

夙昔幽閨性，冶游持自惑。旦夕三千里，不復作顏色〔三〕。

長江得春風，使帆如使馬。朝發牛渚磯，暮宿白門下〔四〕。

【題解】

《懊儂歌》，一作《懊惱歌》，爲晉樂府曲辭。《樂府詩集》收入《清商曲辭·吳聲歌曲》，共十四首。《古今樂錄》云：「《懊儂歌》者，晉石崇綠珠所作，惟『絲布澀難縫』一曲而已。後皆隆安初民間訛謠之曲。宋少帝更製新歌三十六曲。齊太祖常謂之《中朝曲》。梁天監十一年，武帝敕法雲改爲《相思曲》。」擬詩襲取原曲詩意，保持了民歌風味。

【注釋】

〔一〕五絲：諧「吾思」。合歡被：繡有合歡花圖案之被。

〔二〕阿娜：即婀娜，輕柔飄起之貌。

〔三〕不復作顏色：謂不再修飾打扮自己。

〔四〕「朝發」二句：爲思婦想像之詞，謂船乘風而下，應朝發夕至。牛渚磯即采石磯，在今安徽省馬鞍山市長江岸邊，爲牛渚山餘脈，故稱。白門下即白下。清齊周華《金陵述游》：『白下亭《志》稱在大東橋東畔，因江乘白石壘而名也，故唐名白下縣。李白詩云：「驛亭三楊樹，正當白門下。」故又稱白門。』

神弦歌

【題解】

據《古今樂錄》，《神弦歌》共十一曲，即《宿阿》、《道君》、《聖郎》、《嬌女》、《白石郎》、《青溪小姑》、《湖就姑》、《姑恩》、《采菱童》、《明下童》、《同生》。《樂府詩集》收入《清商曲辭·吳聲歌曲》。擬詩亦十一首，大致襲用原詩之意，無新意，惟《采菱童》作《采莲童曲》。爲閲讀方便，對組詩逐首校記、注釋。原書目録，將前三首列爲《神弦曲》，而將下八首分列詩題。爲便於閲讀，今統將後八首亦併列入《神弦歌》；目録亦相應調整。

宿阿曲

天門詄蕩蕩，地戶鬱沈沈〔一〕。真官下雲中，窈窕從蘇林〔二〕。

【注釋】

〔一〕天門：天帝所居之門。《漢書·禮樂志》載《郊祀歌·天門》：「天門開，詄蕩蕩。」地戶：與「天門」相對，謂大地之門。

〔二〕真官：仙人。蘇林：漢蘇仙之名。

道君曲

中庭有樹，其實詡詡。道君出入，先以風雨〔一〕。

【注釋】

〔一〕道君：道教稱三清九宫之僚屬，即所謂仙尊。先以風雨：以風雨爲先導。

聖郎曲

梧桐何翼翼，鳳凰何將將〔一〕。左坐青溪姑，右坐白石郎。姑自翳瑤草，郎自命椒漿〔二〕。

【注釋】

〔一〕將將：通「鏘鏘」，美盛貌。《管子·形勢》：「鴻鵠鏘鏘，唯民歌之。」

〔二〕自翳瑤草：用瑤草遮蔽自己。瑤草，香草。漢東方朔《與友人書》：「相期拾瑤草，吞日月之光華，共輕舉耳。」自命椒漿：謂自斟椒漿。椒漿，即椒酒，《楚辭·九歌·東皇太一》「奠桂酒兮椒漿」《集注》：「桂酒，切桂投酒中也。漿者，《周礼》四飲之一，此又以椒漬其中也。」

嬌女詩二首

朝游青溪南，暮游青溪北〔一〕。嬌女年十五，芙蓉比顔色。終日奏弦歌，小姑獨相識。

徘徊白石江，蹀躞赤山磯〔二〕。湘綺爲下裳，紫綺爲上衣〔三〕。自繡雙鴛鴦，十十五五飛。

【注釋】

〔一〕青溪：水名。在今江蘇省南京市東北，即三國吳所開掘的東渠，晉後文人或游樂於此。《太平寰宇記》：「溪泄玄武湖水，南入秦淮。」

〔二〕白石江：由後《白石郎曲》、《青溪小姑曲》「白石爲梁」，知在南京江邊。蹀躞(dié xiè)：往來徘徊。赤山磯：由後《湖就姑曲》「赤山湖」，可知此即湖旁磯石。在江蘇句容。

〔三〕湘綺：湘產細綾爲美，此借指上等綾子。紫綺：紫色絹。

白石郎曲二首

郎之徠，何紛員〔一〕，車以清風馬以雲，前有明姑後道君〔二〕。

石子如彈丸，纍纍江之渚。有郎獨自居，豔於十五女。

【注釋】

〔一〕徠：同『來』。何紛員：多麼紛亂。紛員，同『紛紜』。

〔二〕明姑：猶仙姑。明，神靈。

青溪小姑曲

青溪湯湯，白石爲梁〔一〕。小姑不嫁，誰謂無郎？

【注釋】

〔一〕湯（shāng）湯：水盛貌。

湖就姑曲

北游赤山湖，遙望中芙蓉，裁衣贈大姑〔一〕。
大姑舞白鳩，仲姑《淥水歌》，不共小姑愁〔二〕。

【注釋】

〔一〕赤山湖：湖名。在今江蘇省句容縣西南。

〔二〕舞白鳩：謂舞如白鳩。鳩，鳥名。古謂尸鳩，即布穀一類鳥。《淥水歌》：樂府琴曲歌辭名。《文選》馬融《長笛賦》：『上擬法於《韶箾》、《南籥》，中取度於《白雪》、《淥水》，下采制於《延露》、《巴人》。』

姑恩曲二首

明姑遵雲中，葳蕤六萌車〔一〕。前駕斑璘獸，後從朱鳥麟辟邪〔二〕。

諸姑亦道同，獨有明姑尊。桂酒黄金色，持以報姑恩〔一〕。

【校記】

〔一〕恩，詩集本、隆慶本、重刻本、張校本、四庫本並同。萬曆本作『思』，誤。

【注釋】

〔一〕六萌車：古代婦女乘坐的一種車子，在《樂府詩集·清商曲辭》中屢見。

〔二〕斑璘獸：謂毛色鮮美的獸類。斑璘，即璘斑，文采貌。朱鳥：鳳。麟：麒麟。辟邪：古代傳説中的神獸，似獅而有翼。

采蓮童曲二首

扣楫聲太苦，聽我采蓮歌〔一〕。且將盛年容，持比芙蓉花。

西湖采蓮舟，上有愁思婦〔一〕。不摘芙蓉花，何因出素手？

【校記】

〔一〕上，詩集本、隆慶本、萬曆本、張校本、四庫本並同。重刻本作『土』，誤。

【注釋】

〔一〕扣檝（jí）： 扣舷划槳。

明下童曲 二首

走馬上越橋，遺卻黃金鞭。 遙望射堂頭，徘徊驕不前。

赭白千里姿，斑騅八百餘〔一〕。 乘不獨自去，日與陸郎俱〔二〕。

【注釋】

〔一〕赭白： 駿馬名。《文選》顏延年《赭白馬賦》： 「乃有乘輿赭白，特稟逸異之姿。」斑騅： 毛色斑駁之駿馬。 騅，蒼黑雜毛之馬。

〔二〕陸郎： 泛稱陸姓少年郎。

同生曲 二首

盛時不再逢，百歲一何促！ 願以南山松，秉作夜游燭。

蟋蟀空局促，人命安可爲？ 但當飲美酒，醉卽《蒿里》歌〔一〕。

【注釋】

〔一〕《蒿里》： 漢樂府古辭，《樂府詩集》收入《相和歌辭·平調曲》，內容寫人生短促的悲哀。 蒿里，古指人死之後魂魄集聚之處。

石城曲 四首

可憐冶游郎，大馬高纏騣〔一〕。冶游石城下，聞名少年中。

珂峩同心髻，環插三子釵〔二〕。種種隨時變，懊惱郎君懷。

陽春二三月，花與郎同色。明知苦淹留，盛年不可得。

大艑十八艣，長篙如竹林〔三〕。張帆看風色，知是下江陵〔四〕。

【題解】

《石城曲》，即《石城樂》。《樂府詩集》收入《清商曲辭·西曲歌》，題注引《唐書·樂志》曰：『《石城樂》者，宋臧質所作也。石城在竟陵，質嘗爲竟陵郡，於城上眺矚，見羣少年歌謠通暢，因作此曲。』共五首。寫商人婦思夫念遠。擬詩大致仿原詩之意。

【注釋】

〔一〕騣（zōng）：同『鬃』。馬鬃。

〔二〕珂峩：高聳貌。同心髻：髮綰爲連環回文樣式，以寓同心相愛、堅貞不渝之意。髻，髮髻，綰髮於頭頂。三子釵：謂三個小釵。

〔三〕大艑（biàn）：一种大船。艑，吴船。《一切經音義》：「吴船曰艑。」

〔四〕江陵：地名。今湖北荆州市。

烏夜啼四首

石城諸少年，歌舞日相新〔一〕。劉生安東平，是郎得意人〔二〕。

長檣百幅帆，常著千里風。婀娜檣上隹，飛逐不成雙〔三〕。

大帆曳雲還，長檣柱天起。非是不相留，勢已無千里。

烏生秦氏家，不從秦氏栖。夜夜將九子，石城城上啼。

【題解】

《烏夜啼》，《新唐書·禮樂志》謂爲「宋臨川王義慶所作」。《樂府詩集》收入《清商曲辭·西曲歌》，共八首，寫商婦思戀之情。擬詩仿之，了無新意。

【注釋】

〔一〕石城：此或指石頭城，在今江蘇省南京市長江岸邊。

〔二〕劉生：漢樂府有《東平劉生歌》，詳見前《紫騮馬歌》注〔五〕。
〔三〕隹（zhuī）：烏。

烏棲曲四首

芙蓉如繡柳如織，浣紗渡頭日將匿。高髻雙珠玳瑁簪，采蓮一曲傾江南。

珠履錯落華燈光，長袖宛宛屬羽觴〔一〕。含笑一轉心相知，誰能不前復自持？

黄金匼匝葳蕤鑰，北斗闌干城上落〔二〕。美人空牀夜不眠，雙雙玉筯下燈前〔三〕。

江南女兒蹋蹀歌〔四〕，陽春窈窕出綺羅。黄金轡頭紫騮馬，長安少年事游冶。

【題解】

《烏棲曲》，《樂府詩集》收入《清商曲辭·西曲歌》，共四首。詩意大致與《烏夜啼》相同。擬詩爲情歌，少原詩的鮮活之氣。

【注釋】

〔一〕羽觴：酒器名。《漢書·外戚傳》「酌羽觴兮銷憂」注引孟康説：「羽觴，爵也，作生爵形，有頭尾羽翼。」
〔二〕匼匝：猶言周匝。葳蕤鑰：即葳蕤鎖。詳見《四時子夜歌》注〔三〕。闌干：縱横。

〔三〕玉筯：喻美人的眼淚。唐李白《閨情》：『玉筯日夜流，雙雙落朱顔。』
〔四〕蹋蹀：以足踏地爲節拍而歌。

估客樂二首

估客從揚州，大艑載何來〔一〕？有無郎寄書？但語莫徘徊。
估客廣州人，出入三江口〔二〕。一艑載三千，娘但日沽酒。

【題解】
《估客樂》，《古今樂録》謂爲齊武帝所作，『帝布衣時，嘗游樊、鄧。登祚以後，追憶往事而作歌』。《新唐書·禮樂志》曰：『梁改其名爲《商旅行》。』《樂府詩集》收入《清商曲辭·西曲歌》。擬詩改爲商婦思夫，意近《烏夜啼》。
【注釋】
〔一〕估客：商人。大艑：大船。
〔二〕三江口：在揚州附近，《讀史方輿紀要》卷二十三引《江防説》：『大江南岸，圌山北岸，三江口爲第一重門戶。』圌山，在今江蘇鎮江京口區。

莫愁樂四首

何來諸少年，石城迎莫愁〔一〕？莫愁石城西，門前江水流。

莫愁善西曲，曲曲變新聲〔二〕。含意嬌不發，春風感人情。

莫愁幽閨性，非但傾城色。石城諸少年，人人自相識。

何處尋莫愁，石城諸少年。可憐六萌車，不送莫愁還〔三〕。

【題解】

《莫愁樂》，《新唐書·禮樂志》謂「出於石城樂」，「石城有女子名莫愁，善歌謠，石城樂和中復有忘愁聲，因有此歌」。《樂府詩集》收入《清商曲辭·西曲歌》，共二首。爲詞意清新的情歌。擬詩四首，寫莫愁貌美善歌，了無新意。

【注釋】

〔一〕石城：即石頭城，也稱石首城、石城。故址在今江蘇南京市清涼山。

〔二〕西曲：樂府清商曲的一種。《樂府詩集·西曲歌上》：「《古今樂錄》曰：『《西曲歌》有《石城樂》、《烏夜啼》、《莫愁樂》、《估客樂》等三十四曲……出於荊、郢、樊、鄧之間，而其聲節送和與吳歌亦異，故因其方俗而謂之西曲云。』」

〔三〕六萌車：古代婦女乘坐的一種車子。

襄陽樂六首

朝上大隄頭，暮上大隄頭。大隄諸女兒，游冶不知愁。

女蘿復可縫，兔絲復可織。唯有菖蒲花，郎自不曾識〔一〕。

大隄諸女兒，歌舞日相逐。郎今定憐誰，夙昔誰家宿？

郎君但坐飲，聽我白雪弦〔二〕。十三工西曲，自不工數錢〔三〕。

楊州大估客，千金作一裝〔四〕。誰敢攀貴德，牽壞儂衣裳。

詫儂斷信使，還書亦不作。微薄自憐儂，歡豈自微薄？

【題解】

《襄陽樂》，本爲襄陽民衆歌頌劉道産政績的歌謠。《宋書·劉道産傳》説，劉道産爲襄陽太守，『百姓樂業，民户豐贍，由此有《襄陽樂歌》』。《古今樂録》謂爲『宋隨王誕之所作』。蓋誕將《襄陽樂歌》改製爲樂曲。

【注釋】

〔一〕女蘿、兔絲、菖蒲花：皆植物名。女蘿，即松蘿，附生松上。兔絲，蔓生草上，絲狀，金黄色。《古樂府》：『南山冪冪兔絲花，北陵青青女蘿樹。由來花葉同一心，今日枝條分兩處。』菖蒲花，菖蒲之花。菖蒲，生於沼澤、溪澗，有多種，一般指白菖蒲。有香氣，根可入藥。

〔二〕白雪弦：謂演奏《白雪》樂曲。白雪，樂曲名。古指高雅的樂曲。詳見戰國宋玉《對楚王問》。

〔三〕工：精通，善於。西曲：樂府清商曲辭之一種，屬西曲歌。

〔四〕大估客：大商人。

三洲歌三首

何處估客豪？楊州估客豪。象牙持作檣，鍮石持作篙〔一〕。

聞歡楊州去，大艑居上頭。一載五百萬，兩載千萬餘。

何來板橋灣，特底喚酤酒〔二〕。兩叢蒱鍜鐶，問儂取不取〔三〕？

【題解】

《三洲歌》，商賈之歌。《古今樂錄》謂「商客數游巴陵三江口往還，因共作此歌」。《樂府詩集》收入《清商曲辭·西曲歌》。共三首。擬詩去掉原詩中男女戀情，只寫「商情」，板滯無味。

【注釋】

〔一〕鍮（tōu）石：黃銅。

〔二〕板橋灣：地名。今江蘇省南京市原江寧縣西南有一板橋。《景定建康志》：「板橋在城南三十里。」特底：特地。

〔三〕蒱（pú）鍜（xiá）鐶：謂蒲葦編制的項圈。蒱，通作「蒲」，即蒲葦。鐶，項圈。

襄陽蹋銅蹄 四首

白馬蹋銅蹄，著地銅蹄鳴。往來大隄上，出入襄陽城。

大馬珂峩頭，一步三春鉏〔一〕。借問馬上兒，家在襄陽不？

白馬金絡頭，一步三駊騀〔一〕〔二〕。便是馬上郎，何嘗不婀娜！

陽春二三月，襄陽好徘徊。淥酒漢江色，與郎傳一杯。

【校記】

〔一〕騀，四库本缺。

【題解】

《襄陽蹋銅蹄》，《隋書·樂志》謂梁武帝曾鎮守襄陽，即位之後，『自爲之詞三曲』。《樂府詩集》收入《清商曲辭·西曲歌》。共三首，前二首寫思婦念遠。擬詩四首，從女性眼中寫襄陽青少年英俊風流及其傾慕之情。襄陽，古地名。東漢置郡，宋元置府、路，治所在今湖北襄樊市。

【注釋】

〔一〕春鉏（chú）：鳥名。《爾雅·釋鳥》『鷺，春鉏。』此謂馬行低昂之狀似鷺。

〔二〕駊(pǒ)駉：應作『駊騀』，馬搖頭狀。

青驄白馬

青驄躑躅八尺强〔一〕，黄金絡頭絲作韁。
可憐白馬如人長，著地徘徊自生光。
青驄白馬冶游郎，勞君下都看三陽〔二〕。
可憐白馬逐青驄，石橋柏梁五湖中〔三〕。
青驄白馬六萌車，可憐今夜宿誰家？
借問窈窕西曲娘，白馬青驄去無常〔四〕？
借問窈窕西曲女，石城莫愁憑寄語？
齊唱可憐淚沾裳，可憐三聲忘故鄉〔五〕！

【題解】

《青驄白馬》，寫女子懷念外出的情郎。《樂府詩集》收入《清商曲辭·西曲歌》。共八首。擬詩仿原詩，了無新意。

【注釋】

〔一〕躑躅：徘徊不前。此寫馬昂頭揚蹄之狀。

〔二〕下都看三陽：到都城看三陽宫。三陽，唐三宫殿名。《唐書·武后紀》：『久視元年，於神都作三陽宫。』

〔三〕五湖：湖名。所指不一。此謂太湖。《文選》郭璞《江賦》李善注引張勃《吳録》：『五湖者，太湖之別名也。』

〔四〕去無常：謂去無定期。

〔五〕可憐：可嘆。

夜度娘

儂來星始集，儂去月將夕。不是地上霜，無人見儂跡。

【題解】

《夜度娘》，寫藝伎的煩惱。《古今樂録》謂爲『倚歌』，即樂器全用鈴鼓，無弦有吹之歌。《樂府詩集》收入《清商曲辭·西曲歌》。擬詩仿原詩，了無痕跡。

長松標

落落南山松，長標一何拙！上棲萬里風，下覆千年雪。

【題解】

《長松標》，《古今樂録》亦謂爲『倚歌』，頌南山之風骨。擬詩仿之，尚可讀。

雙行纏

朱絲葳蕤繩，是儂雙行纏。繞腕結同心，傍人那得見！

【題解】

《雙行纏》，《古今樂錄》謂爲『倚歌』。《樂府詩集》收入《清商曲辭·西曲歌》。共二首。擬詩一首，爲情歌，語尚清新。雙行，並行。唐李白《君馬黃》：『共作游冶盤，雙行洛陽陌。』此謂絲繩兩股相纏結，喻兩情纏綿。

黄督

誰能見歌舞，不自愛陽春？少年雙淚落，知是他鄉人。

【題解】

《黄督》，《古今樂錄》亦謂『倚歌』。《樂府詩集》收入《清商曲辭·西曲歌》。共二首。一寫懷鄉，一寫故人之誼。擬詩一首，寫一流浪異鄉的少年思鄉之情，語意清新可讀。

作蠶絲二首

拾蠶蠶如指，出桑桑如掌。一日三箔眠，交儂那得往？

大繭大如卵，小繭垂其腴。三秋上織作，君看羅繻襦。

【題解】

《作蠶絲》，《古今樂錄》亦謂『倚歌』。《樂府詩集》收入《清商曲辭·西曲歌》。共四首。以『絲』諧『思』，寫戀情。

擬詩二首，模仿原詩，了無新意。

碣石篇 四首

碣石中怒，滄海北倚。元氣吐欱，若偃若起〔一〕。長風相薄，跳波千里〔二〕。懸流冒顛，天漢外紀〔三〕。地軸高標，轂轉白日〔四〕。與齊俱入，與汨偕出〔五〕。

其二

涼秋九月，塞外草衰。白日蕭條，北風苦悲。邊聲四起，胡馬成羣。爝火如星，列障如雲〔六〕。錢鎛既置，修我戈矛〔七〕。裹糧坐甲，唯敵是求。

其三

委蛇者河，千里一曲。方之舟之，匪芻伊粟〔八〕。太行詰屈，西北是經〔九〕。車轍馬迹，日不遑寧。

於鑠聖人，依其在京〔一〇〕。差次吏功，郡國以成〔一一〕。

其四

羽翼未就，鴻鵠徘徊。神龍失水，螻蟻所裁〔一二〕。珠不暗投，劍不倒持〔一三〕。能弗用利，勿處於疑〔一四〕。高才者妒，匪但在人。逃名避世，以保其身。

【題解】

《碣石篇》，《樂府詩集》收入《舞曲歌辭·雜舞》，載錄曹操所作辭。另，《相和歌辭·瑟調曲》所載《步出夏門行》亦載有《碣石篇》辭。共四首。《樂府解題》曰：『《碣石篇》，晉樂，奏魏武帝辭。』擬詩四首，其境界難與原詩相比。

【注釋】

〔一〕元氣：指天地未分之前的混沌之氣。《漢書·律曆志》：『太極元氣，函三爲一。』吐欱(hē)：吞吐。欱，啜。偃：臥，倒伏。

〔二〕相薄：相迫近。此謂風拂水面。

〔三〕天漢：銀河。

〔四〕地軸：古時傳說大地有軸。晉張華《博物志》：『地有三千六百軸，互相牽制。』後泛指大地。轂轉：喻指太陽升落像車輪一樣轉動。

〔五〕齊：水旋而深入。《莊子·達生》『與齊俱入』《釋文》：『齊，回水如磨齊也。』汩(gǔ)：水流貌。

〔六〕爝(jiào)火：炬火。《莊子·逍遙游》：『日月出矣，而爝火不息。』《釋文》引《字林》云：『爝，炬火也。』列障：排列之帳幕。障，通『帳』，帳幕。

〔七〕錢鎛（bó）：田器。曹操《碣石篇》：『錢鎛停置，農收積場。』置：棄置。修我戈矛：謂準備戰鬭。
〔八〕匪努伊粟：不是草料就是糧食。匪，通『非』。伊，是。
〔九〕太行：山名。綿延河北、山西、河南三省的大山脈。又名五行山、王母山。詰屈：曲折。
〔一〇〕於（wū）鑠：歎美之詞。猶云於美乎！《詩·商頌·酌》：『於鑠王師，遵養時晦。』《傳》：『鑠，美。』
〔一一〕差次吏功：差次順序以評定官吏的功績。成：品式。《周禮·天官·大冢宰》『五曰官成』《注》：『謂官府之成事品式也。』
〔一二〕『神龍』二句：謂龍如沒有水，就會爲螻蟻所制。喻指居高位者失勢，就任意被人欺辱。
〔一三〕『珠不』二句：謂明珠不能棄置暗處，寶劍不能倒提。喻指有才德者不能棄置不用。
〔一四〕『能弗』二句：謂可不用其長，但不能被疑忌。

白紵舞歌四首

華鐙參差月舒光，笛簫笙竽琴瑟張。館娃窈窕夜未央，西施起舞屬吳王〔一〕。《白紵》颯沓零繁霜，浮雲綽約凝且翔〔二〕。將絕復引歌爲長，迴身急入促管藏〔三〕。揚跗摩趹匝洞房，流風徘徊生繡裳〔四〕。答桴應節蹈鼓行，挺釵欲墮復不遑〔五〕。羅袖繚繞滿中堂，與志變化無恆常〔六〕。諸工競寫忽已忘，遷延就次進羽觴〔七〕。

其二

二八齊容羅象筵，《激楚》之結獨秀先〔八〕。《白紵》蕭索陽春前，迴風飛雪相流連。玉腕繚繞縈繁弦，朱脣宛轉含翩躚。將行復卻私自憐，願君躡歌及盛年〔九〕。

其三

春日荏苒花落英，吳姬起舞媚前楹〔一〇〕。迴身頓趾迅且輕，纖塵暗曖不及生。投袂一轉《激楚》成，徘徊復進爲新聲。二八斂手停鳴箏，中曲再變豪竹驚〔一一〕。如矜若怨意未明，餘姿逸態猶縱橫〔一二〕。妙技絕世色傾城，誰能顧眄感人情〔一三〕？

其四

雙袖徐起若有思，逸態一放橫難持。淫衍詰屈紛陸離，流紈曳縠風委迤〔一四〕。《縈塵》逗節利屣施，紆形赴曲影不知〔一五〕。纖腰欲結行綴移，衆變沓至生繁姿。躊躇中止人盡疑，浮騰絕跡稱神奇。游精蕩志君自治，大樂萬歲遠如期。

【題解】

《樂府詩集·舞曲歌辭·雜舞》載有《晉白紵舞歌詩》，蓋爲李氏擬詩所本。《宋書·樂志》謂《白紵舞》『紵本吳地所出，宜是吳舞也』。《樂府解題》云：『古詞盛讚舞者之美，宜及芳時爲樂。』擬詩蓋擬古詞，其讚美舞姿，有其獨到之處。

【注釋】

〔一〕館娃：吳人謂美女。春秋吳王夫差在硯石山（今江蘇蘇州靈岩山）爲越國美女西施建館，吳人謂美女爲娃，故稱館娃。《文選》左太沖（思）《吳都賦》：『幸乎館娃之宮，張女樂而娛羣臣。』西施：又稱西子。春秋越國苧蘿人。相傳越人敗於吳，越王遂在境内求得美女西施，命范蠡進獻吳王以求和。越王臥薪嘗膽，十年生聚，終於滅吳。范蠡攜西施泛游五湖。其事散見於《吳越春秋》、《越絕書》、《吳地記》等處。因西施以美著稱，後遂喻指絕色美女。

〔二〕『《白紵》』二句：謂舞起衣帶飄灑如同零落的霜雪，又像美麗的浮雲凝聚而飛動。

〔三〕將絕復引：形容歌聲斷斷續續，抑揚頓挫。迴身急入：旋轉身軀急劇收起，形容舞姿多變，舒放自如。

〔四〕揚跗摩趺：手舞足蹈。跗、趺，同。足背，引申爲足跡。洞房：深邃的内室。《楚辭》宋玉《招魂》：『姱容修態，絙洞房些。』《注》：『洞，深也。』流風徘徊：衣帶如風蕩漾。形容舞姿輕盈飄逸。

〔五〕答桴應節蹈鼓行：謂舞步隨鼓樂節奏而動。桴，鼓槌。不遑：無暇顧及。

〔六〕與志變化無恆常：謂舞步隨心情而變化，並無既定的規矩。志，心之所向。

〔七〕諸工：指畫工。寫：畫。遷延就次：按照次序等待向前進酒。羽觴：酒杯。

〔八〕二八：十六歲。此謂少女。齊容：排列。齊，列。象筵：豪華的筵席。南朝宋顔延之《皇太子釋奠會作》之七：『堂設象筵，庭宿金懸。』《激楚》：歌舞曲名。《漢書·司馬相如傳》：『鄢郢繽紛，《激楚》結風。』《注》引郭璞説：『激楚，歌曲名。』

〔九〕將行復卻：欲行又止，顧影自憐之狀。蹋歌：即踏歌。連手而歌，踏地以爲節。《資治通鑒·唐紀·聖曆元年》：『尚書位任非輕，乃爲虜蹋歌。』

〔一〇〕吳姬：泛指吳地歌女。

〔一一〕豪竹驚：謂管樂驟起。豪竹，大竹管所制樂器。唐杜甫《醉爲馬墜諸公攜酒相看》：『酒肉如山又一時，初筵哀絲動豪竹。』

〔一二〕如矜若怨：似矜持，又似哀怨。縱橫：謂縱其心意而舞。唐杜甫《戲爲六絶句》：『庾信文章老更成，淩雲健筆意縱横。』

〔一三〕人情：此謂人之情感。

〔一四〕淫衍詰屈：歌聲永長。淫衍，聲之永長。《文選》嵇康《琴賦》：『紛淋浪以流離，奐淫衍而優渥。』詰屈，屈曲，謂身段柔美。陸離：美好貌。流紈曳縠：謂衣裙飄動。紈、縠，細絹、縐紗。

〔一五〕《縈塵》：舞名。《海録碎事·音樂·歌舞》：『燕昭王時，廣延國來獻舞女二人……其舞一名縈塵。』紆形赴曲：謂身體與舞曲諧和。

霹靂引

平成天地剖九州〔一〕，羅列五嶽江河流〔二〕，明堂受計朝諸侯〔三〕。人馬辟易氣縱横，悲歌慷慨志不平〔四〕。

【題解】

《霹靂引》，爲詠物詩，今存最早爲梁簡文帝所作，《樂府詩集》收入《琴曲歌辭》。清謝希逸《琴論》謂爲夏禹所作，無可稽考。《樂府解題》謂爲『楚商梁游於雷澤，霹靂下，乃援琴而作之』，亦無確據。梁簡文帝詩爲五言，詠寫霹靂之狀。擬詩爲七言，寫國家强大，而志士不得其用。

【注釋】

〔一〕九州：我國古代域内分九州。見《書·禹貢》。

〔二〕五嶽：亦稱五鎮，指我國境內五座山峯。一般指東嶽泰山、西嶽華山、南嶽衡山、北嶽恆山、中嶽嵩山。

〔三〕明堂受計朝諸侯：謂皇帝在朝堂考核官吏，令諸侯來朝。明堂，明政教之堂。見《周禮·考工記·匠人》。此指皇帝聽政的殿堂。計，考核官吏。

〔四〕人馬辟易氣縱橫：謂具有令敵人退避的氣概。《史記·項羽本紀》：『是時，赤泉侯爲騎將，追項王，項王瞋目叱之，赤泉侯人馬俱驚，辟易數里。』《正義》：『言人馬俱驚，開張易舊處，乃至數里。』

天馬引

胡風雨駪駪，而空山有人〔一〕。

躑躅兮悲鳴，匝余室兮三行〔二〕。

【題解】

《天馬引》，《樂府詩集》收入《琴曲歌辭》，最早爲南朝陳傅縡所作。原詩讚頌天馬，擬詩寫天馬悲鳴，或別有所寄。

【注釋】

〔一〕駪（shēn）駪：眾多貌。雨駪駪，謂雨漣漣。

〔二〕躑躅：猶徘徊，徘徊不前。匝余室兮三行：三度圍繞我的居室轉圈。匝，周，周圍。三行，三度。

蜨蝶行

蜨蝶翻翻戲，游來東園苜蓿中。不知誰家涎涎乳子燕〔一〕，銜之我入窈窕紫深宮〔二〕。紫深宮，構櫨間〔二〕。高坐顑頷待哺兩黃口〔三〕，睨之阿母得食還。搖頭鼓翼，誰忍視？蜨蝶輕薄亦可憐！

【校記】

〔一〕涏涏，明刻諸本並同。四庫本作『涎涎』。

【題解】

《蜨蝶行》，有漢樂府古辭，爲詠物詩。《樂府詩集》收入《雜曲歌辭》。擬詩仿古辭，亦詠蜨蝶。蜨蝶，即蛺蝶、蝴蝶。

【注釋】

〔一〕涏(diàn)涏：美好貌。紫深宫：此謂燕子窩。『漢書·五行志』童謠：『燕燕尾涏涏，張公子時相見。』

〔二〕欂櫨(bó lú)：屋樑上的短木，即斗拱。

〔三〕顑頷(kǎn hàn)待哺：猶言嗷嗷待哺。顑頷，不飽面黃貌。黃口：乳燕。

悲歌

慷慨乃知故人，徘徊乃知故鄉。遠道多懷，久客自傷。欲駕車無輗，欲渡河無梁〔一〕。中夜顧形影，泣下沾衣裳。

【題解】

悲歌，悲傷吟詠。亦謂悲哀之歌。《列子·湯問》：『撫節悲歌。』漢樂府有《悲歌行》，《樂府詩集》收入《雜曲歌辭》，寫外出游子思鄉欲歸不得的悲哀。擬詩蓋擬《悲歌行》，而語意呆滯，缺乏古辭之真摯情意。

【注釋】

〔一〕輗（ní）：大車轅與衡木相接處，謂之關鍵。梁：橋。

猛虎行

飢且從漂母食，寒且從巢父棲〔一〕。石不爲周客笑，玉不爲楚王啼〔二〕。菅茅但塞路，桃李自成蹊〔三〕。

【題解】

《猛虎行》，《樂府詩集》收入《相和歌辭·平調曲》。漢樂府古辭寫游子山居野棲、貧賤不屈。擬詩反其意，寫士人應通權達變、高潔自保。

【注釋】

〔一〕漂母：洗衣老婦。《史記·淮陰侯列傳》載，韓信「始爲布衣時，貧無行，不得推擇爲吏，不能治生商賈，常從人寄食飲……信釣於城下，諸母漂。有一母，見信飢，飯信，竟漂數十日」。《集解》引韋昭說：「以水擊絮爲漂，故曰漂母。」巢父：傳爲堯時隱者。山居野棲，老以樹巢，故號巢父。堯曾以天下讓，不受。詳見漢王符《潛夫論·交際》、晉皇甫謐《高士傳》。

〔二〕「石不」二句：謂不爲外物所誘，保持自己高潔的品格。周客，周地客人，恥笑宋人不辨玉石。詳前《秋胡行》注〔六〕。楚王，指處置卞和獻玉的幾位楚王。據《韓非子·和氏》載，楚人卞和於楚山中得玉，首獻厲王，「以和爲誑，而刖其左足」，再獻武王，「又以爲誑，而刖其右足」，「文王卽位，和乃抱其璞，而哭於楚山之下，三日三夜，泣盡繼之以血』，終於感動了楚王，而剖石得玉。不爲楚王啼，謂抱璞自珍。

〔三〕『菅茅』二句：謂儘管姦邪擋住賢路，具有高尚品格的人仍然會受到人們的尊敬。菅茅，茅草。《詩·小雅·白華》：『英商白雲，露彼菅茅。』桃李自成蹊：古諺語，本作『桃李不言，下自成蹊』，謂桃李本不能言，而爲其花香果美所感，人們不期而往，下自成蹊徑。見《史記·李將軍列傳》。

枯魚過河泣

大魚啗小魚〔一〕，小魚啗鰕魱〔二〕，鰕魱啗沮洳〔三〕。啗多沮洳涸，請君肆中居〔四〕。

【題解】

《枯魚過河泣》，爲漢樂府古題，《樂府詩集》收入《雜曲歌辭》。擬詩與原詩相同，都是寓言詩，歷來有較高評價。清王鳴盛論及明人陳子龍選此詩時曾說：『若擬《枯魚過河泣》云……奇妙絕倫。音節與原詞不類，卻不妨。臥子（即陳子龍）選之，可云具眼矣。』嚴薇青先生說：『王氏這裏說李攀龍的擬詩「奇妙絕倫」，卻沒有指出它「奇妙」在什麼地方。我們認爲，擬詩前幾句，用的正是濟南人經常說的口語：「大魚吃小魚，小魚吃蝦米，蝦米吃滓泥。」這首詩的長處，就在於運用口語入詩，妥帖自然，不著痕跡，顯得活潑生動。』（《濟南掌故》）擬詩以俗語及寓言形式，隱含對貪官污吏之貪婪終致毀滅的嘲諷，生動、犀利而深刻。

【注釋】

〔一〕啗（dàn）：吃。

〔二〕鰕魱：鰕和魱。魱，魚名。鱓類，俗名泥鰍。

〔三〕沮洳（jù rù）：低濕之地。此指滓泥。
〔四〕肆中：集市上。

遠游篇

萬里末足步，過謁歷遐荒〔一〕。一舉駕黃鵠，再舉淩雲翔。澄氛隱北斗，河漢集爲梁〔二〕。山川自紆曲，天地自圜方。六鼇抃蓬萊，十日彈扶桑〔三〕。潮水怒相擊，崑崙出中央〔四〕。流覽臨九州，衆人何茫茫。絪緼造元氣，控揣成陰陽〔五〕。黔嬴秉大鈞，叢脞不可當〔六〕。道逢王子喬，揖我還故鄉〔七〕。

【題解】

《遠游篇》，出於《楚辭·遠游》。《樂府詩集》載曹植所作，收入《雜曲歌辭》。曹植所作爲游仙詩，擬詩仿之，無新意。

【注釋】

〔一〕歷遐荒：涉遍荒遠之地。
〔二〕澄氛隱北斗：謂空氣澄澈使北斗星隱匿。河漢：銀河。
〔三〕『六鼇』二句：謂六鼇激水撼動蓬萊山，太陽天天從扶桑彈出。鼇，同『鰲』，傳說海中的大龜。唐李沆《夢仙謠》：『銀蟾半墜恨流咽，六鼇批月撼蓬萊。』抃，搏擊。蓬萊，神話中三神山（蓬萊、瀛洲、方丈）之一。《文選》張平子（衡）《思玄賦》：『登蓬萊而容與兮，鼇雖抃而不傾。』十日，神話傳說中說天有十日。見《淮南子·本經訓》。彈扶桑，從扶桑彈出。扶桑，神話傳說中的日出處。《初學記》卷一引《淮南子》云：『日出於暘谷，浴於咸池，拂於扶桑，是謂晨明。」

〔四〕崑崙：山名。也作「昆侖」。古代神話中常爲神仙所居之地。

〔五〕「絪緼」二句：謂在絪緼之中造作元氣，引持之即形成陰陽。絪緼，天地元氣結合緊密之狀。一作「氤氳」。《易・系辭下》：「天地絪緼，萬物化醇，男女構精，萬物化生。」元氣，天地未分時混沌之氣。見前《碣石篇》注〔一〕。控揣，引持。揣，同「摶」。《史記・屈賈列傳》：「忽然爲人，何足控摶。」《漢書》作「揣」。陰陽，指天地間化生萬物之二氣。

〔六〕「黔嬴」二句：謂造化之神秉持自然萬物，屑小豈能抵擋。黔嬴，造化之神。《楚辭・遠游》：「召黔嬴而見之兮，爲余先乎平路。」大鈞，指天，謂造化，大自然。鈞，古代製作陶器的轉輪。自然萬物的形成有似鈞能製作各種陶器，故稱大鈞。叢脞(cuǒ)，瑣細。《書・益稷》：「元首叢脞哉！」

〔七〕王子喬：周靈王太子，名晉，字子喬。好吹笙，作鳳鳴。游於伊、洛之間，被道士浮丘生接上嵩山，成仙離去。事詳《逸周書》「太子晉」《注》、《列仙傳》等。揖，拜迎。

廣齊謳行

不勞歌楚豔，請爲罷《吳趨》〔一〕。上客但安坐，聽我奏齊謳。鷹揚表東土，賜履維青州〔二〕。沃壤既如膏，絲枲韌且柔〔三〕。魚鹽無儉歲，海王自春秋〔四〕。百二敵彊秦，八九吞徒州〔五〕。美哉一匡力，天下咸宗周。朝服西濟河，鞭箠使諸侯。至今臨淄途，誦義慕前修。桴鼓立軍門，意氣縱橫浮。舉袂成幃幙，攘臂赴仇讎〔六〕。先君務養士，奕世恢鴻猷。晏嬰以當路，結交魯孔丘。其人聘列國，終日無停輈。及聞《箾韶》音，若與唐虞游。三月忘寢食，栖栖此淹留〔七〕。季札本荊蠻，華夏多夷猶。泱泱歎大風，觀采不能休〔八〕。五伯桓稱首，四豪文其尤。擁篲爲賓師，鐵籠存主憂。闊達有遺俗，功利非所謀。馳騁一何雄，冠劍常相求〔九〕。蠲辭萬家邑，連謝千金酬〔一〇〕。卽論二布衣，豈復商賈流〔一一〕？

【題解】

《樂府詩集》載有《齊謳行》，屬《雜曲歌辭》。所載陸機《齊謳行》，備言齊地之美，及齊由盛而衰的歷史。擬詩亦從齊的繁盛，寫到齊地習俗及其對齊人精神風貌的影響。廣，拓展。謳，齊地歌謠。梁元帝蕭繹《纂要》謂『齊歌曰謳』。

【注釋】

〔一〕楚豔：楚之豔麗。宋葉廷珪《海錄碎事·帝王·奢侈》：『楚豔漢侈，流弊不還。』《吳趨》：歌曲名。吳人歌其土風。樂府有《吳趨行》、《吳趨曲》等，《樂府詩集》收入《雜曲歌辭》。

〔二〕『鷹揚』二句：謂呂尚封於東方，在古青州之地建國。鷹揚，謂武勇如鷹之飛揚。《詩·大雅·大明》：『維師尚父，時維鷹揚。』賜履，賜予封地。謂周天子所封之地。《左傳·僖公四年》：『賜我先君履，西至于河，南至于穆陵，北至于無棣。』

〔三〕『沃壤』二句：謂齊土地肥沃，盛產絲麻。枲（xǐ），麻。

〔四〕『魚鹽』二句：謂魚鹽年年豐收，齊國四時康泰。海王，具有海上權力者。此指齊國。《管子·海王》：『海王之國，謹正鹽筴。』

〔五〕『百二』二句：謂吞併各州，國土可比强秦。百二，謂秦之要害之地。《史記·高祖本紀》：『陛下得韓信，又治秦中。秦形勝之國，帶山河之險，縣隔千里，持戟百萬，秦得百二焉。』八九，八或九。《史記·司馬相如列傳》：『吞若雲夢者八九。』徒，眾。

〔六〕『美哉』十句：讚美齊桓公稱霸。《管子·小匡》：『（齊桓公）九合諸侯，一匡天下。』咸宗周，全都以周爲宗。宗周，周代首都。周爲天下所宗，故稱。朝服西濟河，謂疆土至於黄河以西。鞭箠使諸侯，謂駕馭、驅使諸侯各國。鞭，馬鞭。箠，棰，棰楚。刑具。臨淄，齊國國都，在今山東臨淄境内。前修，前賢。指齊桓公、管仲等。桴鼓，即枹鼓。桴，鼓槌。《史記·田叔列傳》載，『詔問……田仁對曰：「提桴鼓立軍門，使士大夫樂死戰鬬，仁不及任安」』。意氣，志意氣概。袂，衣袖。幃幙，帷屏、帐幕。攘臂，捋衣出臂，振奮之狀。

〔七〕『先君』十句：謂齊國君注重養護賢能的士人，連孔子、季札那樣的賢者都曾游齊。奕世，累世。恢，張大。鴻猷，鴻大的謀略。晏嬰（？—前五〇〇），字平仲，夷維（今山東高密）人。春秋齊大夫，歷仕靈公、莊公、景公三世，以廉潔奉公、盡心國事著名。在其任齊卿時，孔子游齊。據《史記·孔子世家》記載，孔子在齊景公時游齊，景公欲以尼谿之田封孔子，被晏嬰勸阻。在齊，孔子聞《韶樂》，沉浸其中，『三月不知肉味』。《箾韶》，即《簫韶》，傳爲虞舜時的樂曲，曲名取義於能紹繼光大堯的政治理想。《説文》：『韶，虞舜樂也。《書》曰：「簫韶九成，有鳳來儀。」』其人，指孔子。孔子曾周游列國。輈（zhōu），轅，車居中一木曲而朝上者。此指車。栖（xī）栖，忙碌不安貌。《論語·憲問》：『丘何爲栖栖者歟，毋乃爲佞乎？』淹留，滯留，停留。

〔八〕『季札』四句：寫著名賢者季札對齊的讚美。季札爲春秋吴王壽夢之子，封於延陵，又稱延陵季子。以讓國知禮而著名。據《史記·吴太伯世家》載，吴王餘祭四年（前五四四），季札奉命使魯，請觀周樂，『歌齊。曰：「泱泱乎大風也哉。表東海者，其太公乎？國未可量也」』。荊蠻，謂楚與吴越。《史記·吴太伯世家》：『太王欲立季歷及昌，於是太伯、仲雍二人乃奔荊蠻。』夷猶，遲疑不前。泱泱，弘大貌。觀采，觀樂采風。

〔九〕『五伯』八句：謂自桓公稱霸，齊風齊俗至今稱美。五伯即五霸。春秋五霸（齊桓公、晉文公、楚莊王、吴王闔閭、越王句踐，或謂齊桓公、宋襄公、晉文公、秦穆公、楚莊王），齊桓稱首。四豪，指戰國四公子，即齊孟嘗君、趙平原君、魏信陵君、楚春申君。《漢書・游俠傳序》：『列國公子，魏有信陵，趙有平原，齊有孟嘗，楚有春申……皆以取重諸侯，顯名天下。搤掔而游談者，以四豪爲稱首。』擁篲爲賓師，謂尊重賢者。擁篲，執帚，爲古人迎候賓客之禮，意謂掃除以待客。《史記・孟軻列傳》附《騶衍傳》：『是以騶子重於齊……如燕，昭王擁篲先驅，請列弟子之座而受業。』闊達，豁達不拘小節。《漢書・地理志》：『齊地……初太公治齊，修道術，尊賢智，賞有功，故至今其士多好經術，矜功名，舒緩闊達而足智。』一何，多麼。冠劍相求，謂習儒任俠。冠，儒冠。《漢書・酈食其傳》：『沛公不喜儒，諸客冠儒冠來者，沛公輒解其冠，溺其中。』

〔一〇〕蠋：指顏蠋。卽顏斶(chù)，戰國齊人。隱居不仕，見齊宣王，說以禮賢下士，爲所悅服，請受爲弟子。顏辭，願『晚食以當肉，安步以當車，無罪以當貴，清靜貞正以自娛』，『再拜而辭去』。詳見《戰國策・齊策四》。連，指魯仲連，戰國齊（今山東茌平）人。《史記・魯仲連列傳》載，秦圍困趙國，魏使客將軍新垣衍說趙尊秦爲帝，魯仲連適游趙，面斥新，『秦將聞之，爲卻軍五十里』。適會魏公子無忌奪晉鄙軍以救趙，擊秦軍，秦軍遂引而去。於是平原君欲封魯連，魯連辭讓者三，終不肯受。平原君乃置酒……以千金爲魯連壽。魯連笑曰：「所貴於天下之士者，爲人排患釋難解紛亂而無所取也。卽有取者，是商賈之事也，而連不忍爲也」』。

〔一一〕布衣：平民百姓。商賈：商人。

前緩聲行

海中之山必有天上之河，人知其一，莫知其他。自非意氣輕黃金，結交寧足多〔一〕！當復思東來之兔必有西去之烏，不舍晝夜，曾何愛於吾徒〔二〕？長笛不呼短笛呼，願君有酒卽飲無酒沽。

【題解】

《前緩聲行》，出於《前緩聲歌》，《樂府詩集》收入《雜曲歌辭》。《前緩聲歌》爲漢樂府古辭，擬詩仿之。緩聲，謂歌聲舒緩。

【注釋】

〔一〕意氣：情誼。《漢書·司馬遷傳》：『曩者辱賜書，教以慎於接物，推賢進士爲務，意氣勤勤懇懇。』寧：豈。

〔二〕東來之兔：指月亮。俗傳月中有兔，故別稱玉兔。晉傅咸《擬天問》：『月中何有？玉兔擣藥。』西去之烏：指太陽。神話中日有三足烏。《淮南子·精神》『日中有踆烏』漢高誘注：『踆猶蹲也。謂三足烏。』不舍晝夜：謂晝夜不息。語出《論語·子罕》。曾：竟。吾徒：吾輩。

結客少年場

翩翩白馬客，游冶長安城。自矜有俠骨，骯髒多交情〔一〕。羞倚將軍勢，詎借傍人名？利劍一在掌，四海皆弟兄。片言出肝膽，杯酒如平生。恩讎等白日，然諾千金輕。君看少年場，意氣誰縱橫〔二〕？罵座亦已麤，探丸非老成〔三〕。淺之爲丈夫，賢豪大所營。長兄推魯連，仲兄推虞卿〔四〕。小弟處囊中，黽勉荊楚行〔五〕。但令稱國士，不必取先鳴〔六〕。

【題解】

《結客少年場》，取題於漢樂府古題《結客少年場行》。《樂府解題》曰：『《結客少年場行》，言輕生重義，慷慨以立功名也。』擬詩取古辭詩意仿之。

【注釋】

〔一〕骯(kánɡ)髒：剛直不屈。唐李白《魯郡堯祠送張十四游河北》：『有如張公子，骯髒在風塵。』

〔二〕意氣：志意氣概。

〔三〕罵座：使酒罵座。《史記·魏其武安侯列傳》附《灌夫傳》載，灌夫爲人剛直使酒，曾在酒間辱罵權貴武安侯田蚡，田蚡『劾灌夫罵座不敬』，將其拘系。麤，粗俗。探丸，隨意探取一丸以定行止，如俗之拈鬮。《漢書·尹賞傳》：『長安閭里少年羣輩殺吏，受賕報仇。相與探丸爲彈，得赤丸者斫武吏，黑丸者斫文吏，白者主喪。』注：『爲彈丸作赤黑白三色，共探取之也。』

〔四〕魯連：即魯仲連。詳見前《廣齊謳行》注〔一〇〕。虞卿：戰國游說之士。據《史記·虞卿列傳》載，虞卿因進說趙孝成王而爲上卿，受相印，故稱虞卿。後爲救魏國魏齊，去趙赴魏，困於梁，窮愁著書，世傳《虞氏春秋》，今已佚。

〔五〕小弟處囊中：指趙國平原君門客毛遂。據《史記·平原君列傳》載，秦圍趙都邯鄲，趙使平原君向楚求救。平原君要約二十人一同前往，而只選出十九人，認爲門客中『餘無可取者』。門下毛遂自薦往使，平原君說，如其賢能，『譬若錐處囊中』，早就顯露出來了，不允。毛遂說：『臣乃今日請處囊中耳。使遂蚤得處囊中，乃脫穎而出。』遂往。至楚，楚王遲疑不決，隨行者均無計可施。毛遂在座間按劍而上，曉以利害，遂得與楚盟，解了趙國之圍。歸趙，毛遂被尊爲上客。黽勉：勤奮努力。

〔六〕國士：國中才能超衆的人。先鳴：謂先登而大呼。晉陸機《飲馬長城窟行》：『末德爭先鳴，兇器無兩全。』

東飛伯勞歌

東飛伯勞西飛鵠，黄金倉琅葳蕤鑰〔一〕。誰家女兒倚高樓，含嬌吐怨彈箜篌？明珠翠羽紅粉妝，單衫婀娜春風香。女兒年幾十五餘，開顔發豔玉不如。箜篌宛轉作新聲，可憐一曲傾人城！

【題解】

《東飛伯勞歌》，《樂府詩集》收入《雜曲歌辭》，謂爲漢樂府古辭，《文苑英華》謂爲梁武帝所作。寫少女嬌美情態。擬詩仿之，無新意。

【註釋】

〔一〕倉琅：大門鋪首銅鐶。

樂府

羣胡款朝那，請與漢家和〔一〕。紫貂黄羊白橐駝，單于閼氏乘六驘〔二〕。

【題解】

《樂府》，漢樂府舊題，古辭寫胡族使者所帶來的胡地特產，擬詩則寫胡族首領來議和時車乘穿戴。

【注釋】

〔一〕『羣胡』二句：謂北地少數民族來與漢家議和。款，和，議和。朝那，漢置縣名，屬安定郡。故址在今甘肅平涼西北。漢初，匈奴冒頓單于曾至朝那。見《史記·匈奴列傳》。漢家，漢朝。後泛指漢人所建中央政權。

〔二〕『紫貂』二句：寫匈奴單于來時的車乘穿戴。紫貂，美裘名。宋歐陽修《奉使契丹回出上京馬上作》：『紫貂裘暖朔風驚，潢水冰光射日明。』黄羊，蒙古地方野生羊的一種，以其腹部帶黄色而名。白橐(tuó)駝，即白駱駝。單于，匈奴部族首領。閼氏，單于正室。乘六贏，乘坐六匹騾子拉的車子。贏，同『騾』。

河中之水歌

河中之水流迢迢，洛陽女兒名嬌嬈。嬌嬈十三稱絶色，十四懷春未可挑。纔梳墮髻即殊衆，怕逐時人鬭小腰〔一〕。學成織錦機猶澁，解度新聲瑟嬾調〔二〕。日出採桑城東路，路傍桃李花飄姚〔三〕。左手提籠絲作繫，右手攀花折其條。國卿下裝不復顧，使君五馬徒相邀〔四〕。董家高樓一百尺，歸來誰見倚逍遥？

【題解】

《河中之水歌》，《藝文類聚》作古辭，《樂府詩集》署名爲梁武帝，收入《雜曲歌辭》。原辭寫洛陽少女嫁富家郎後的奢侈生活，擬詩則寫洛陽少女矜持自守，不嫁高官，頗有新意。

【注釋】

〔一〕墮髻：即墮馬髻，古代婦女的一種髮髻形式。《漢書·梁冀傳》載，其妻孫壽『色美而善爲妖態，作愁眉，啼妝，墮馬髻』。《注》引《風俗通》：『墮馬髻者，側在一邊。』或云髮髻鬆垂，猶如墮馬之狀。也叫墜馬髻。時人：當時之人。指追逐時尚風潮之人。小腰：即細腰。

〔二〕機猶澁：謂織布技術尚不熟練。澁，同『澀』。度：度曲，作曲。
〔三〕飄姚：即飄揚美好。姚，美好貌。
〔四〕國卿：國之卿相。《左傳·成公二年》：『國卿，君之貳也。』使君：漢時太守之稱。

三言

郡齋同元美賦得『陰』字

漳之潯，大陸陰〔一〕。天落落，日駸駸〔二〕。誰爲郡，此滯淫〔三〕？君在坐，倍蕭森〔四〕。嗟波及，邈陸沉〔五〕。酌我酒，聽長吟。秋無色，風雨深。山欲出，薜蘿侵〔六〕。淚相視，臥獨臨。滄海夢，白雲心〔七〕。來何處，別至今？重握手，一知音。孤城夜，楓樹林〔八〕。漂短髮，問抽簪〔九〕。

【題解】

三言詩，古詩的一種形式，《滄浪詩話》謂起於晉夏侯湛，而其今存詩中未見三言。《晉書·樂志》：『荀勖曰：「魏氏歌詩，或二言，或三言，或四言，或五言，與古詩不類。」』此蓋爲李氏官順德知府時所作。郡齋，即順德府衙內的書齋。元美，即王世貞（一五二六—一五九〇），字元美，一號鳳洲，太倉（今屬江蘇）人。嘉靖二十六年（一五四七）進士，試政大理寺，除刑部主事，歷官至刑部尚書。入仕之初，入李先芳詩社，並由其介紹，與李攀龍定交。第二年，入吳維嶽詩社。後擁戴李攀龍爲詩壇盟主，宣導文學復古。李攀龍去世後，操海內文柄近二十年。著有《弇州山人四部稿》等。

此下凡涉及王世貞行年，均據清錢大昕《弇州山人年譜》和鄭利華《王世貞年譜》，不再另行注明。嘉靖三十五年（一五五六）八月，王世貞察獄順德，與李攀龍盤桓數日，二人集中有這一期間所作的數首詩。賦得某字，即幾人共同賦詩時以某字爲韻。與和韻不同的是，在各自的詩中須出現所賦的那個字。李攀龍於嘉靖三十二年（一五五三）秋赴順德知府任，至元美察獄已三年有餘。三年不調，對於滿怀升迁希望的李攀龍來說，已很漫長，因而牢騷滿腹。

【注釋】

〔一〕漳之潯，大陸陰：謂所居在漳河岸邊，大陸澤之北。漳，漳河。此指由山西入河北之境的漳河。潯，水邊地。大陸，古湖泊名。又名廣阿、巨鹿，俗稱張家泊，亦名南泊。《書·禹貢》：『北過降水，至於大陸。』今已湮没，故址在今河北任縣東北。

〔二〕天落落，日駸（qīn）駸：謂天高懸，日疾馳。落落，高貌。《文選》孫綽《天台山賦》：『藉萋萋之纖草，蔭落落之長松。』駸駸，語出《詩·小雅·四牡》，本爲馬疾行貌，引申爲疾速，急迫。南朝梁簡文帝《納涼》：『斜日晚駸駸，池塘生平陰。』

〔三〕滯淫：長久停留。《國語·晉語四》：『底箸滯淫，誰能興之，盍速行乎？』《注》：『滯，廢也；淫，久也。』此爲李氏牢騷，謂久居知府，未得升遷。

〔四〕蕭森：幽寂衰颯。唐杜甫《秋興》之一：『玉露凋傷楓樹林，巫山巫峽氣蕭森。』此謂老友今雖在坐，不久將離去，令人倍感寂寥。

〔五〕遯陸沉：爲隱於官場而苦悶。遯，悶。陸沉，無水而沉，喻指隱於市朝。《史記·滑稽列傳》：『（東方朔）據地歌曰：「陸沉於俗，避世金馬門。」』

〔六〕薜蘿：薜荔、藤蘿，常綠蔓生植物，緣牆壁或山石而生。

〔七〕滄海夢，白雲心：謂期望隱居。滄海，大海。《論語·公冶長》：「道不行，乘桴浮于海。」白雲，白雲深處，謂山野，亦指仙鄉。《莊子·天地》：「乘彼白雲，至于帝鄉。」

〔八〕楓樹林：謂深秋。

〔九〕漂短髮：謂愁苦。唐杜甫《春望》：「白髮搔更短，渾欲不勝簪。」問抽簪：謂問棄官歸隱之期。《文選》張協《詠史詩》：「抽簪解朝衣，散髮歸海隅。」

四言

效阮公二首

太清孔陽，元氣絪緼〔一〕。靈曜懸鑒，列宿垂文〔二〕。威鳳振羽，神龍作鱗〔三〕。蕙蘭幽鬱，松桂輪囷〔四〕。

其二

日照月臨，天高氣清。金支秀華，羽林翠旌〔五〕。六駕龍秋，四牡鸞鳴〔六〕。濯纓雲漢，晞髮增城〔七〕。

【題解】

阮公，指正始詩人阮籍。今存阮籍《詠懷詩十三首》爲四言，有游仙的內容。此爲擬詩。

【注釋】

〔一〕『太清』二句：謂天道昌明，大氣混沌。太清，天道。《莊子·天道》：『行之以禮儀，建之以太清。』《疏》：『太清，天道也。』孔陽，大明。孔，大。元氣，天地未分之前的混沌之氣。見前《碣石篇》注〔一〕。絪緼，元氣交密之狀。一作氤氳。《易·系辭下》：『天地絪緼，萬物化醇。』

〔二〕『靈曜』二句：謂天如明鏡高懸，羣星燦爛垂下文章。靈曜，天。一說謂天地。《文選》蔡伯喈（邕）《陳太丘碑文》：『稟嶽瀆之精，苞靈曜之純。』懸鑒，懸鏡。列宿，羣星。

〔三〕威鳳：即鳳。以鳳有威儀，故稱。

〔四〕蕙蘭：蕙和蘭，均屬蘭類香草。《爾雅翼》：『一幹一花而香有餘者蘭，一幹數花而香不足者蕙。』幽鬱：幽香濃鬱。松桂：松樹和桂樹。輪囷（qūn）：高大。

〔五〕金支秀華：語出《漢書·禮樂志》。《注》引臣瓚說：『樂上眾飾，有流蘇、羽葆，以黃金爲支，其自敷散，若草木之華也。』支，枝。羽林：羽林軍。皇帝的禁衛軍。翠旌：翠色旌旗。

〔六〕『六駕』二句：言出行的威儀。六駕，即六轡。古代四馬之車有六轡。《詩·秦風·駟驖》：『駟驖孔阜，六轡在手。』《集傳》：『六轡者，兩服兩驂各兩轡，而驂馬兩轡，納之於觖，故惟六轡在手也。』龍秋，或即龍虬，喻指駿馬。四牡，駕車的四匹牡馬。《詩·衛風·碩人》：『四牡有驕，朱幩鑣鑣。』鸞鳴，鸞鈴響動。鸞，鳳一類鳥。此指鸞形車鈴。

〔七〕『濯纓』二句：謂至銀河洗滌帽纓，在九重天上曝乾其髮。晞（xī），乾。《楚辭·九歌·少司命》：『與女沐兮咸池，晞女髮兮增城。』增城，重城，高城。《楚辭·天問》：『增城九重，其窮幾里？』

卷之三

五言古詩

錄別十二首

悠悠念往路，離別從此長。何以酬明德，攜手歸故鄉〔一〕。良時不須臾，且復各盈觴。仰視日月馳，千載互相望。浮雲難獨留，游子暮彷徨。綢繆踰皓首，風波忽一方〔二〕。

其二

千秋一嘉遇，此別安可知？良時不努力，賤軀欲何爲？晨風野蕭條，浮雲西北馳。河梁臨往路，遠望令人悲！游子自有懷，悠悠當告誰？

其三

長思何益會，久留何益歸？行人悵明發，褰裳路徘徊〔三〕。嘉期能再至，安辭渴與飢？浮雲一相失，千里常依依。我欲往從之，送子東南飛。

其四

秋蘭懷芬芳，依依樹前庭。春華不再盛，枝葉皆已零。念昔二三子，俛仰如流星。羽翼一以乖，邈若隔平生〔四〕。徘徊顧四海，誰能喻中情？結交各有時，千載一濯纓〔五〕。離別不在遠，日月從此征。長當爲路人，獨無弟與兄。尊酒可自慰，願言崇令名。

其五

乖疑起恩愛，離別生歡娱。念子非一身，中懷難久俱。握手一相失，奄忽秦與胡〔六〕。新知自言樂，山海日以殊。行路方未央，出門思故廬。浮雲沒景光，北風悲有餘。褰裳復四顧，徘徊當路衢。結髮在戰場，皓首爲征夫。

其六

四海一黄鵠，千里命其儔。悲風厲胡馬，躑躅鳴相求。何況同袍友，從此遠行游！離別無慷慨，去去且復留。白日沒邊城，回首望中州。浮雲西北飛，河漢東南流。視夜常苦早，寒冬正悠悠。明月燭羅幃，嚴霜切綢繆。俛仰已自喻，誰能不懷憂！

其七

念當首往路，千里邈已臨。絲竹發高堂，聽我雙龍吟〔七〕。泠泠江漢流，浮雲寒以陰。長風激羽翼，嚴霜摧北林。慷慨有餘悲，新聲愴人心。游子失相視，征夫淚不任。中曲一俯仰，從此無知音。故鄉一尊酒，願言常酌斟。徘徊戀景光，忽爲辰與參〔八〕。來者自非昔，去者自非今。

其八

高樓耿長夜，攬衣歌且謠。秋風一何悲，游子不得驕。明月照空牀，羅幃自蕭蕭。三星既隅列，河漢東南朝。黃鵠正徘徊，翩翩顧其曹。故鄉邈千里，慷慨命同袍。浮雲日西北，安知心所勞？攜手在須臾，經時復漂搖。

其九

河漢何皎皎，衆星錯其間。攬衣立前庭，明月照苦顏。悲風中夜起，蕭蕭有餘寒。涕淚應聲零，四顧慘無歡。往路信可懷，爲樂及盛年。游子不自愛，故鄉豈難旋？

其十

黃鵠難爲羣，游子常苦辛。念當從此別，中懷日以新。清光皎明月，遠望不可親。高樓正蕭條，徘徊四無人。上有千里雲，其下起飆塵。各言還故鄉，握手道何因。

其十一

窮冬盛陰氣，白日西南微。征人常早寐，皎月照我扉。故鄉千餘里，中夜起懷歸。千星駕言邁〔九〕，嚴霜裂裳衣。獨行無儔匹，誰知渴與飢？穹廬多悲風，蕭蕭邊草衰。身在天一隅，何得不徘徊！

其十二

顏色無常好，春華一以零。悲風蔽地來，四顧何冥冥！寤言懷往路，攬衣從此興。殺氣拳毛髮〔一〕，涕泣斷爲冰〔二〕〔一〇〕。仰視河漢星，離如水中萍。景光不戀人，游子豈遑寧？夜依牛羊宿，日驅駑馬行。努力及明時，安能愛其情！

【校記】

〔一〕殺，《明詩別裁集》作『寒』。

〔二〕泣，《明詩別裁集》作『泗』。

【題解】

錄別，爲擬蘇李詩之作。南朝梁鍾嶸《詩品·總論》謂『逮漢李陵，始著五言之目』，李氏擬古當自蘇李始。關於蘇李詩的寫作時間，自唐宋以來卽聚訟紛紜，而認爲其爲敘別的典範作品則幾無異詞。擬詩大致抒發游子思鄉之情，低回纏綿，頗有《古詩十九首》的風致。其中，第十二首『顏色無常好』，清沈德潛選入《明詩別裁集》。

【注釋】

〔一〕明德：完美的德性。此以稱譽所別之人。

〔二〕綢繆踰皓首：謂交好至老。綢繆，情意深厚。

〔三〕褰（qiān）裳：撩起衣襟。

〔四〕乖：違，背離。邈：離。見《方言》。

〔五〕濯纓：洗濯冠纓，喻超越世俗之意。《文選》李少卿（陵）《與蘇武》之二：『臨河濯長纓，念子悵悠悠。』

〔六〕奄忽秦與胡：謂忽然遠隔，不得相見。《文選》蘇武《詩四首》之二：『昔者常相近，邈若胡與秦。』《注》：『《淮南子》曰：「肝膽胡越。」徐慎曰：「胡在北方，越居南方。」然胡秦之義，猶胡越也。』

〔七〕雙龍吟：謂吟誦彼此離別之情。雙龍，喻二位優秀人士。唐李白《玉真仙人詞》：『清晨鳴天鼓，飆欻騰雙龍。』

〔八〕辰與參：辰星與參星。《文選》蘇子卿（武）《詩四首》之一：『昔爲鴛與鴦，今爲參與辰。』注引宋衷曰：『辰，龍星也；參，虎星也，我不見龍虎俱見。』

〔九〕千星駕言邁：謂星夜趕往遙遠的家鄉。千星，猶眾星。此謂披星而行，即星夜急行。駕言，駕車。言，語助，無義。邁，遠。

〔一〇〕殺氣：肅殺之氣。拳：卷。

錄別又十一首

秋風既蕭蕭，浮雲亦依依。四顧但他鄉，游子一何微！駕言西北邁，中道正徘徊。客行無好懷，萬事不如歸。

其二

三星跂相視，新月拳素光〔一〕。兩宮高自出，雙闕遙相望〔二〕。雲霞絢河漢，機杼成文章〔三〕。羅幃彯四座，華燭搖中堂〔四〕。主人前進酒，彈瑟爲清商〔五〕。流猋激長夜，殺氣隕嚴霜。蕭蕭墮白髮，翩翩曳衣裳。男兒不憔悴，誰知在他鄉！

其三

北風著枯林，浮雲苦多陰。紅顏日就衰，他鄉日就深。別離起中夜，對酒不能斟。絲竹含妙伎，佳人懷好音。眄睞適君意，慷慨動君心。罷曲一俛仰，變爲游子吟。念當事行役，淚下難自禁！

其四

秋風西北來，蕭蕭動百草。蕩子無室家，悠悠在長道。紅顏能幾時，棄捐一何早！對客發素書，零涕復盈抱。上言故鄉好，下言故人老。

其五

冉冉年欲度，秋蘭采間萎。蕩滌千歲情，結束欲何爲〔六〕？美酒不誤人，紅顏多所宜。萬事自明日，行樂此一時。四座慘無言，游子中心知。浮雲動悠悠，故鄉難可期！

其六

悲風墮白日，天地何冥冥。招摇彈北户，河漢絛中庭〔七〕。征夫苦難夜，且復命新聲。芳言動君子，四座無不清。人生卽滿百，長此千載名。豈如飲美酒，趙女奏鳴箏！慷慨盡逸響，慰我飢渴情。惟念當離别，翩翩渺獨征。

其七

明月促曙光，衆星西北移。游子工早行，起問夜何其〔八〕。攬衣出門去，長當渴與飢。蒺藜穿我履，嚴霜薄我肌。别離矜盛年，老至不自知。努力事戰場，淚下復無時！

其八

浮雲滿天地，蕩子欲安之？努力事行役，棄置以爲期。少年盛意氣，慷慨生别離。熒熒無根蓬，翩翩林中雖〔九〕。馬上不得語，涕淚各纍纍。君但重自愛，遠道歸有時。

其九

秋風動千里，游子何翩翩。早行多所懷，慷慨私自憐。嚴霜覆四野，明星出高天。涕淚一以下，中道忽言旋。踟躕戀徒侶，不知身棄捐。客從遠方來，遺我繒綵牋。故人俱白頭，安得獨盛年！

其十

昭昭秋素景，明月涵金華。清酒照朱顏，中堂發高歌。游子在外單，結交常苦多。別離動白頭，人生復幾何？悲風搖枯林，嚴霜攜女蘿。新知雖云樂，不如早還家。

其十一

高樓出浮雲，零露綴綺疏〔一〇〕。明月照佳人，清光相有餘。紛何下涕淚，纖纖結素書。願持千里心，託此雙鯉魚。尊名不可處，白髮難久居。豈如及盛年，駕言歸故廬！

【題解】

組詩亦寫游子思鄉，語淺情深，頗得《古詩十九首》韻致。其四『秋風西北來』，清沈德潛選入《明詩別裁集》，謂此詩『淺淺語，道得情出』。

【注釋】

〔一〕三星：星名。所指說法不一，《詩·唐風·綢繆》『三星在天』《傳》：『三星，參星也。』《箋》：『三星謂心星也。』跂：通『企』，舉踵，提起足跟。拳：愛，愛惜。

〔二〕兩宮：星宮、月宮。闕：宮前臺觀。

〔三〕河漢：即銀河。機杼：織布機和梭，舊時織布的用具。此隱指織女星。《詩·小雅·大東》：『跂彼織女，終日七襄；雖則七襄，不成報章。』

〔四〕彯：通『飄』，飄搖。

〔五〕清商：五音之一。樂曲有清商三調，即平調、清調、瑟調，爲晉荀勖採漢樂府相和歌舊辭所改。詳見《唐書·樂志》。

〔六〕結束：整理裝束。

〔七〕北戶：北向窗戶。條：擺列。

〔八〕夜何其：夜之如何，夜之早晚。《詩·小雅·庭燎》：『夜如何其，夜未央。』

〔九〕鵻（zhuī）：鳥名。小鳩。

〔一〇〕綺疏：窗。《文選》孫興公（綽）《游天台山賦》『綺疏』注引『向曰：「綺疏，窗也。」』

錄別 又三首

眇眇遠行客，綿綿思故鄉。悲風繞車鳴，浮雲立馬傍。邊城苦多陰，秋風激繁霜。白日匿何時，四野一茫茫。落木委空庭，游響拂閒房。霏霏羅帷影，明月在我牀。起視河漢流，寥寥夜未央。出亦以徘徊，入亦以彷徨。

其二

大江多悲風，秋日澄清陰。浮雲無本根，天路難重尋。故人一失所，結交良苦心。游子易慷慨，撫劍吐哀吟。白髮行蕭蕭，繁霜悴我衿。登城望四野，明月照北林。悠悠委他鄉，中懷安可任！

其三

去日苦太易，游子無常家。別離在俯仰，素雪以朱華。驅車就頹景，明發泛黄河〔一〕。浮雲媵余征，流飆激其波〔二〕。顧眄當中原，慷慨爲悲歌。千里一蕭條，故鄉復如何！

【注釋】

〔一〕頹景：謂落日。

〔二〕媵（yìng）：送。

古意七首

秋風西北起，吹我游子裳。浮雲從何來，安知非故鄉？蕭蕭胡馬鳴，翩翩下枯桑。暮色入中原，飛蓬轉戰場。往路不可懷，行役自悲傷〔一〕！

其二

新人一何好，年頗十五餘。本自貴家子，秦氏有名姝。故人行采桑，值我城南隅。顏色各精妙，手爪亦相如。故人工紈素，新人工笙竽。笙竽未詎央，紈素色已渝。人生無新故，夫壻自言殊〔二〕。

其三

嶰陰有孤竹，常含千歲霜〔三〕。截爲雄鳴管，其音中清商〔四〕。豈不在人耳，世已無鳳凰。新聲自一時，豔曲亂高倡。安得日相御，並坐君子堂〔五〕？

其四

十五漳河女，出身邯鄲庭〔六〕。絲竹妙一世，纖手何泠泠。清商有餘悲，慷慨爲新聲。中曲若無人，含意已獨明。知音難再遇，紅妝日夜零。奮響發浮雲，擢耳不能聽〔七〕。

其五

英英天上雲，不照濁水泥。新婚日以親，賤妾日以攜。繁聲出皓齒，妙舞生春姿。縞綦難爲容，棄如秋草萎〔八〕。念當羽翼乖，依依卽路歧。良人無古歡，妾自心中知〔九〕。

其六

中天起雙闕，浮雲出兩宮。馳道挺其間，甲第羅西東〔一〇〕。胡姬正當壚，邀客過新豐。朱脣含綠酒，纖爪扣青銅。墮髻似無意，紹繞一何工？眄睞正愁人，流紈動春風。雙雙羽林郎，翩翩五色驄〔一一〕。挾瑟上高樓，調絲方未終。

其七

胡鷹一何勁，北風一何高！朔方士馬地，斗酒命同袍〔一二〕。窮冬蹙四野，犬獵出臨洮。盪石響深谷，烈火走平皋。邊聲中夜起，殺氣常蕭蕭。積陰生戰場，白日慘不消。草枯牛羊瘦，雪盛狐鼠驕。引領望交河，層冰正迢迢。

【題解】

古意，古詩題名。古意與『擬古』、『仿古』意同，多借詠前代事以寄意。其一『秋風西北起』，清沈德潛選入《明詩別裁集》，謂『「浮雲」十字，殊近真』。

【注釋】

〔一〕『秋風』十句：借詠古事暗喻防禦韃靼侵擾、兵士長期戍邊不得與家人團聚的憂傷。浮雲，古詩中常用以比喻游子漂泊無依。唐李白《送友人》：『浮雲游子意，落日故人情。』翩翩，接連不斷。飛蓬，即蓬草，當秋莖枯，隨風飛轉，喻漂泊無定或輾轉流徙。往路，猶言前程。行役，出外執行公務。此指服兵役。

〔二〕『新人』十四句：此詩雜取漢樂府《陌上桑》、《上山采蘼蕪》的詩意與句子湊泊成篇。新人，與被遺棄的前妻（故人）相對，稱新婚妻子。秦氏，漢樂府中習稱的美女姓氏。工紈素，善於織精細的生絹。笙竽，古代吹奏樂器。詎，止。渝，變易。

〔三〕嶰：谷名。也作『解』。《漢書・律曆志》上『黃帝使泠綸……取竹之解谷』注引孟康說：『一說昆侖之北谷名也。』

〔四〕雄鳴管：《呂氏春秋・古樂》：『昔黃帝令伶倫作爲律……取竹於嶰谿之谷，以生空竅厚鈞者，斷兩節間，其長三寸九分，而吹之以爲黃鐘之宮，吹曰舍少，次制十二筒，以之阮隃之下，聽鳳皇之鳴，以別十二律，其雄鳴爲六，雌鳴亦六，以比黃鐘之宮適合。』清商：古五音之一。

〔五〕日相御：天天侍奉左右。君子：謂賢聖。《易·革》：『君子豹變。』

〔六〕漳河女：即趙女，藝妓。漳河，水名。源于山西，流經河北。漳河流域古爲趙地，邯鄲爲趙國都城。趙女以美著稱，樂府詩中常以『邯鄲倡』喻指趙女。

〔七〕奮響：發出音響。《古詩十九首》：『彈箏奮逸響，新聲妙如神。』摧耳：猶言聒耳。

〔八〕縞綦（gǎo qí）：縞衣綦巾，周代貧女的服裝。《詩·鄭風·出其東門》：『縞衣綦巾，聊樂我員。』《集傳》：『縞，白色；綦，蒼艾色。縞衣綦巾，女服之貧陋者。』棄，遺棄。

〔九〕良人：古代女子稱丈夫爲良人，自稱妾。古：故，昔。

〔一〇〕馳道：本謂君主馳走車馬之道，即所謂御道。見《禮記·曲禮下》『馳道不除』《疏》。甲第：此指貴族豪門的宅第。

〔一一〕五色驄：雜毛青驄馬。

〔一二〕士馬：兵馬。南朝宋鮑照《蕪城賦》：『才力雄富，士馬精妍。』

詠古十六首

帝作《大唐歌》，八伯奏《卿雲》。鐘石與麓野，人聲一以論。日月發光華，爛然星具陳。沈璧十二渚，岱宗乃于禋。是時闢四門，穆穆咸所賓〔一〕。

其二

綏綏塗山狐，九尾不自多。我往求平定，念子無室家。明發興岳庭，乃身參洪波。宗疏事則裒，祝融揚英華。玉牒沐日月，素書出江河〔二〕。

其三

江水一何沛，薄大趣歸處。朝周過故墟，宮室生禾黍。傷彼西山士，採薇自相茹。千載睹軼詩，斯人乃高舉〔三〕。

其四

白雲出山陵，乃在天一方。東土既已洽，徂西聊徜徉。虎豹自爲羣，鳥鵲列成行。惟帝立嘉命，諸夏發其祥。願言顧見女，中心以翱翔。刊石樹弇茲，千載遙相望〔四〕。

其五

杲杲熾日羽，施施掩飆斿。我車既已寫，四馬亦孔柔。射夫率原隰，君子循方舟。楊柳橐其鮮，鹿豕填相求。多士自允異，燕樂成王猷。駕言徂東郊，出洛朝諸侯〔五〕。

其六

白石粲南山，赬鯉麗滄浪。單衣裁及骭，縕縷遠從商。夜中起飯牛，任車自所將。爝火辟列星，上客爛生光。疾歌一不聞，何謂伯與王〔六〕？

其七

菀彼中林烏〔一〕，拚飛不集枯。齒牙一爲猾，公子良見圖。矯矯上天龍，霧雨既已敷。子推獨耆乾，草莽空號呼。懸書下宮門，綿山聊與娱〔七〕。

其八

莊王構層臺〔二〕，乃與雲夢鄰。東延洞庭石，涔陽激清津。趙魏方幸禍，況此狼虎秦。諫者七十二，枕藉以前陳。時非一耕夫，三楚訖無人。因知沮溺流，用卽社稷臣〔八〕。

其九

駕言九皋澤，攬彼漸水臺。罘罝蔽荊岑〔三〕，絕流曲池隈。婉彼三楚士〔四〕，諫獵紓其才。大雨忽盈河，疾風西北來。洪潦起滔天，隕雹激以雷。商梁正綏立，僕夫行告哀。孤虛無妄設，熒惑諒爲災。帝德睠荒淫，欲去此徘徊〔九〕。

其十

文駟陳大庭，膰肉宿所脩。羣婢一以盛，君子乃見咻。孰謂彼婦口，於中可優游？蟪蛄遂盈耳，鳳兮當何求？斧柯不在手，龜山鬱綢繆。翱翔七十國，交轍奸諸侯。狄水衍其波，罔濟非無舟。駕言從吾好，還轅息我陬〔一〇〕。

其十一

忽忽歲已莫，大臺役方作。太上美遨游，禾黍未能穫。滯穗滿甫田，風雨殫零落。相國一沾襟，罷酒不爲樂〔一一〕。

其十二

貪吏常苦富，廉吏常苦貧。不見孫叔敖，其子行負薪？五霸相代興，主烈難爲臣。令名有遺封，餘財喜沒人。寢丘雖言惡，千載功無湮〔一二〕。

其十三

闔閭爲無道，厥欲如蛇豕。薦食視上國，乃政從楚起。昭王在草澤，羣臣不復紀。使者哭秦庭，七日未得理。入郢既已甚，丘壟行見箠。感茲告急言，誓彼同袍士。賢臣亦多術，存亡尤獨美〔一三〕。

其十四

吳王既棲越，出游包山湖。道逢一丈人，邀我洞庭隅。靈墟發深藏，中有神禹書。大文秘天地，乃傳百六初。金簡歊浮景，玉字回璇樞。科斗不可辨，鳥跡互盤紆。精華一以洩，厭氣直國廬。顧見二室顛，三石方扶疏〔一四〕。

其十五

薛公得馮驩，門下知者誰？十日居傳舍，乃問客所爲。先生惟一劍，彈鋏何其悲！授室締高國，驅車出中逵。主人意已厭，同列寧見推？田文既失位，傾身與持危。片言悟齊主，復相名益垂。奇士多侮世，藏用匪所窺〔一五〕。

其十六

中春陽和起，嘉觀臨四方。刻石頌功德，從臣紀攸長。上以獻泰成，下威六暴强。郡縣乃作始，經緯不踰行。薦號立大義，昭設咸有章。濯俗諒已美，刑名非恆常。鞭箠出頑夫，二世尋滅亡〔一六〕。

【校記】

〔一〕烏，重刻本同。詩集本、隆慶本、萬曆本、張校本並作『烏』。

〔二〕層，萬曆本、張校本並同。詩集本、隆慶本、重刻本、四庫本作『曾』。曾、層通。

(三)罝，明刻諸本並同，四庫本作『罳』。

(四)三，詩集本、隆慶本、萬曆本、張校本並同。重刻本作『二』，誤。

【題解】

詠古，吟詠古事，亦即詠史。組詩一事一詠，寓褒貶於敘事之中，亦詠史詩的傳統寫法。爲此，注釋採取一詩一注，以便閱讀。

【注釋】

〔一〕其一：帝，指帝堯。大唐歌，頌揚堯的歌。《尚書大傳·虞夏傳》：『維五祀，定鐘石，論人聲，乃及鳥獸，咸變於前。秋養耆而春食孤子，乃浡然招樂，興于大鹿之野，報事還歸。二年，談然乃作大唐之歌。』《注》：『大唐之歌，美堯之禪也。』八伯，堯時八州的官長。《尚書大傳·堯典》『惟元祀巡狩四岳八伯』《注》：『堯時得羲和，命爲六卿，主其春夏秋冬者，並掌方岳之事，是爲四岳，出則爲伯。其後稍死，驩兜、共工求代，乃分置八伯。八伯者，據畿外八州，畿內不置伯，鄉遂之吏主之。』《卿雲》，頌揚舜禪禹的歌。《尚書大傳·虞夏傳》：『惟十有五祀，卿雲聚，俊乂集，百工相和而歌《卿雲》。帝乃倡之曰：「卿雲爛兮，糺縵縵兮。日月光華，旦復旦兮。」』沈璧，謂沈璧於河以爲誓。《文選》王元長(融)《三月三日曲水詩序》『握河沈璧』注：『善曰：「《帝王世紀》曰：堯與羣臣沈璧於河，乃爲《握河記》，今《尚書候》也。」』岱宗，泰山的尊稱。宗爲尊長之義，謂泰山爲五嶽之長。禋(yīn)，享祭。

〔二〕其二：綏綏塗山狐，指夏禹塗山女之事。《吳越春秋·越王無余外傳》：『禹三十未娶，行到塗山，恐時之暮失其制，乃辭云：「吾娶也必有應矣。」乃有白狐九尾造于禹。禹曰：「白者吾之服也，其九尾者王之證也。」《塗山之歌》曰：「綏綏白狐，九尾痝痝。我家嘉夷，來賓爲王。成家成室，我造彼昌。天人之際，於茲則行。」明矣哉，禹因娶塗山，謂之女嬌。』明發，猶言明旦。天曉時光明開發，故云。《詩·小雅·小宛》：『明發不寐，有懷二人。』岳庭，謂四岳之庭。據《史記・夏本紀》載，舜諮詢四岳，命禹繼續其父鯀治理洪水。「禹傷先人父鯀功之不成受誅，乃勞身焦思，居外十三年，過家門不敢入」，使其疏遠宗族，而終於導水入河，使人們免受洪災之苦。裒（póu），聚。祝融，火神。《禮・月令》：「孟夏之月，其神祝融。」玉牒，典冊。《古詩源》載有《禹玉牒辭》：「祝融司方發其英，沐日浴月百寶生。」素書，古時書於絹帛，故稱。《書・洪範》「天乃錫禹洪範九疇」《傳》：「天與禹，洛出書，神龜負文而出。」

〔三〕其三：綜《史記》所載兩首詩而詠之。朝周過故墟，指周滅殷後，箕子朝周過殷故墟所作《麥秀歌》，見《殷本紀》。傷彼西山士，指伯夷、叔齊兄弟事。武王伐殷商，兄弟二人叩馬而諫，「武王已平殷亂，天下宗周，而伯夷、叔齊恥之，義不食周粟，隱于首陽山，采薇而食之，及餓且死，作歌」，即《采薇歌》。詳《史記・伯夷列傳》。

〔四〕其四：敍寫穆天子見西王母事。據《穆天子傳》載，穆天子至昆侖，山有白虎赤豹，白鳥青鵰，「天子觴西王母於瑤池之上，西王母爲天子謠，天子答之」，西王母歌《白雲謠》，穆天子歌《瑤池謠》，均見前《古樂府》。刊石，刻之於石。《穆天子傳》卷三：「紀跡於弇山之石，而樹之以槐，眉曰「西王母之山」。」弇茲，同「崦嵫」，山名。《穆天子傳》卷三：「升於弇山。」《注》：「弇，弇茲山，日如所也。」

〔五〕其五：所指未詳。杲杲，日出貌。施施，舒行貌。飆斿（yóu），謂風吹旗斿。斿，古代旌旗下的垂飾物。寫，解，脫。通「卸」。孔柔，甚爲柔和。射夫，射手，弓箭手。率，循，遵循。原隰，廣平低濕之地。橐，囊。填，病。《詩・小雅・小宛》「哀我填寡」《集傳》：「填，與「瘨」同，病也。」多士，衆士。見《書・大誥》。允異，誠信不同於常人。燕樂，燕享之樂。《周禮・春官・鐘師》：「凡祭祀享食，奏燕樂。」王猷，王天下之謀略。徂，往。洛，洛陽。

〔六〕其六：所詠爲甯戚事。詳見前《南山歌》題解。赬（chēng）鯉，紅色鯉魚。麗，美。骭，脛，小腿。縕縷，猶言縕袍。縕，亂麻。《文選》成公子安（綏）《嘯賦》注引甯戚《飯牛歌》曰：「出東門兮厲石班，上有松柏青且蘭。麤布衣兮縕縷，時不遇兮堯舜。牛兮努力食細草，大臣在爾側，吾當與爾適楚國。」爝（jiào）火，炬火。《莊子・逍遥游》「爝火」

成玄英疏：『爝火，猶炬火也，亦小火也。』上客，上等賓客。疾歌，怨歌。《淮南子·道應訓》載甯越（戚）飯牛故事，說甯越『飯牛車下，望見桓公而悲，擊牛角而疾商歌』。伯，通『霸』。

〔七〕其七：所詠爲春秋介子推的故事。據《左傳·僖公二十四年》載，介子推曾從晉文公重耳亡命在外，周游列國十餘年，重耳歸國即位，『賞從亡者，介子推不言祿，祿亦弗及。……遂隱而死。晉侯求之不得獲，以綿上爲之田，曰：「以志吾過，且旌善人」』。漢劉向《新序》則說文公（重耳）『求之不能得，以謂焚山宜出。及焚其山，遂不出而焚死』。菀，茂盛貌。拚（pān）飛，翻飛。集，止。齒牙一爲猾，謂進言者不誠實。齒牙，謂進言。猾，狡黠，奸詐。公子，此指晉文公重耳。矯矯，高舉貌。上天龍，喻指重耳。敷，布，廣布。從重耳亡命者十二人，均得封賞，惟遺介之推一人。耆乾，至空，謂被丟到空裏。耆，至。見《集韻》。乾，空。懸書，據載，文公曾命人懸書宮門，尋找介之推。綿山，山名。在今山西境內。

〔八〕其八：所詠爲楚莊王事。漢劉向《說苑·正諫》載，楚莊王築高臺，『延石千重，延壤百里』，『大臣諫者七十二人，皆死矣』，有一耕夫諸御巳，冒死進諫，以列國中不能尊賢用士的教訓說動莊王，使之『遂解層台而罷民，楚人歌之』。層台，高臺。雲夢，澤名。在今湖北境內。洞庭，湖名。在今湖南境內。涔（cén）陽，涔水之陽。涔水，源出湖南澧縣西北龍洞峪，俗名龍洞水，注澧水，爲九澧之一。見《水經注·涔水》。趙魏，指戰國時期的趙國、魏國。趙國都邯鄲（今屬河北），魏國都大梁（今河南開封）。枕藉，此謂相連接。三楚，說法不一，大致指楚國盛時所領有的疆域。沮溺，長沮、桀溺，春秋時期楚國隱者。見《論語·微子》。

〔九〕其九：所詠爲楚莊王事。漢劉向《說苑·君道》載，楚莊王好獵，大夫因其沉溺于樂而進諫。莊王說，他通過游獵來求士。並舉商湯在大旱時自責以祈雨，『言未已，而天大雨』。駕言，駕乘車。言，猶焉，語助詞。九皋澤，水澤深奧之處。《詩·小雅·鶴鳴》：『鶴鳴於九皋，聲聞於野。』漸水臺，即漸臺，在今湖北荊州市。罘罝（fú jū）：兔網。

荊岑，荊山。在今湖北荊州市境內。紆，屈曲。商梁，均星名。商，心宿。梁，大梁，昴。熒惑，星名。火星。睠（juàn），顧戀。

〔一〇〕其十：所詠孔子及與孔子有關的幾首詩歌。《史記·孔子世家》載，孔子於定公十四年（前四九六）「由大司寇攝行相事」，「齊人聞而懼」，於是就向魯國進女樂，「選齊國中女子好者八十人，皆衣而舞《康樂》，文馬三十駟，遺魯君」，使其「怠於政事」，以離間孔子與國君的關係。主政的桓子接受了齊國的女樂，「三日不聽政；郊，又不致膰俎乎大夫」，孔子很失望，遂離魯出行。《去魯歌》云：「彼婦之口，可以出走；彼婦之謁，可以死敗。蓋優哉游哉，維以卒歲！」孔子走後，「桓子喟然嘆曰：『夫子罪我以羣婢故也夫！』」咻（xiū），讙，喧嘩。引申爲攪擾。蟪蛄，蟬的一種。《古詩源》載有孔子《蟪蛄歌》：「違山十里，蟪蛄之聲，猶尚在耳。」《論語·微子》載「楚狂接輿歌而過孔子曰：『鳳兮鳳兮！何德之衰？往者不可諫，來者猶可追。已而，已而！今之從政者殆而！』」龜山，在今山東新泰，此指《龜山操》，《樂府詩集·琴曲歌辭·琴操》曰：「《龜山操》，孔子所作也。季桓子受齊女樂，孔子欲諫不得，退而望魯龜山，作此曲，以喻季氏，若龜山之蔽魯也。」其辭云：「予欲望魯兮，龜山蔽之。手無斧柯，奈龜山何！」狄水，水名。在今山西臨濟縣。《水經注·河水》謂「孔子適趙，臨河不濟，嘆而作歌」，其辭云：「狄水衍兮風揚波，舟楫顛倒更相加。歸來歸來胡爲斯？」陬（zōu），地名。陬邑，孔子出生地。在今山東曲阜市。

〔一一〕其十一：所詠晏子諫止起大臺及長庲之役。據《晏子春秋·内篇》載，晏子使魯期間，齊景公命國人起大臺之役，「歲寒不已，凍餒者鄉有焉」，國人希望晏子回國後諫止。晏子覆命，景公設宴，晏子說：「君若賜臣，臣請歌之。」歌曰：「庶民之言曰：凍水洗我，若之何！太上靡散我，若之何！」歌終，喟然嘆而流涕」，景公遂罷是役。景公爲長庲，想讓臣下頌揚，在宴飲時，風雨大作。「酒酣，晏子作歌曰：「穗乎不得穫，秋風至兮殫零落，風雨之拂殺也，太上之靡弊也！」歌終，顧而流涕，張躬而舞」，使景公「廢酒罷役」。莫，同「暮」。

〔一二〕其十二：所詠楚國孫叔敖事。《史記·滑稽列傳》載，楚相孫叔敖奉職守法，持廉至死，其子窮困負薪，無立錐之地。楚樂人優孟爲其鳴不平，對楚王歌曰：『山居耕田苦，難以得食。起而爲吏，身貪鄙者餘財，不顧恥辱。身死家室富，又恐受賕枉法，爲姦觸大罪，身死而家滅。貪吏安可爲也！念爲廉吏，奉法守職，竟死不敢爲非。廉吏安可爲也！楚相孫叔敖持廉至死，方今妻子窮困負薪而食，不足爲也！』於是，楚莊王召孫叔敖子，『封之寢丘四百戶，以奉其祀，後十世不絶』。《古詩源》所載《慷慨歌》采自《孫叔敖碑》，文字略有不同。五霸，指春秋時先後稱霸的五個諸侯，即齊桓公、晉文公、宋襄公、秦穆公、楚莊王。一說爲齊桓公、晉文公、楚莊王、吳王闔閭、越王句踐。

〔一三〕其十三：所詠爲楚申包胥哭求秦師之事。據《左傳·定公四年》載，吳伐楚，攻破楚都郢，楚昭王逃至隨，『申包胥如秦乞師，曰：「吳爲封豕、長蛇，以薦食上國，虐始于楚。寡君失守社稷，越在草莽，使下臣告急」，『秦伯使辭焉』，未肯出兵，申包胥『立，依於庭牆而哭，日夜不絶聲，勺飲不入口七日。秦哀公爲之賦《無衣》。九頓首而坐。秦師乃出』。《詩·秦風·無衣》有『豈曰無衣，與子同袍。王于興師，修我戈矛，與子同仇』之句。

〔一四〕其十四：吳王棲越事，見《吳越春秋·句踐無余外傳》。吳，吳國，都姑蘇（今江蘇蘇州）。越，越國，都會稽（今浙江紹興）。春秋時期吳越爭雄，吳王闔閭滅越。包山湖，即太湖。包山，山名。也作『苞山』，一名夫椒山。在今江蘇蘇州西南太湖中，即所謂洞庭西山。《文選》左太沖（思）《吳都賦》『指包山而爲期，集洞庭而淹留』《注》：『班固曰：「洞庭，澤名。」王逸曰：「太湖也。湖水中有包山，山中有如石室，俗謂洞庭。」』丈人，對老人的尊稱。靈墟，神靈之墟。墟，山根。神禹，對大禹的尊稱。秘，深藏。百六，厄運。此指洪水氾濫。傳百六初，謂傳自大禹治水之時。《漢書·律曆志》：『《易》九厄曰：「初入元，百六，陽九……凡四千六百一十七歲，與一元終。」』金簡，黃金所製之簡。湖南衡山有金簡峯，傳爲大禹得金簡玉字書之處。見《衡嶽志》。歊（xiāo），氣上出貌。景，影。玉宇，天帝所居之處。璇樞，星名。璇爲北斗第二星，樞爲北斗第一星。見《史記·天官書》。科斗、鳥跡，均指玉字書之字跡。科斗，我國古代文字之一體，卽科斗文字。上古以木蘸漆書寫，點畫率頭尾細，狀如蝌蚪，故名。鳥跡，卽鳥書。書體之一。《海錄碎事・文學・書札》：『文王因赤雁銜書，武王丹鳥入室，作鳥書。』厭，鎮，鎮壓。直，當。國廬，國之廬舍。

〔一五〕其十五：所詠齊國孟嘗君事，見《戰國策・齊策三》、《史記・孟嘗君列傳》。孟嘗君名文，姓田氏。其父田嬰封於薛，嬰卒，文代立於薛，稱薛公。田文爲齊相，善養士，有食客數千人。其中有一客名馮驩，甚貧，惟有一劍。初置傳舍，馮驩彈劍而歌曰：『長鋏歸來乎，食無魚。』田文將其遷入幸舍，供其魚。後復彈劍歌曰：『長鋏歸來乎，出無輿。』又遷之代舍，供其輿車。後又彈鋏，說『無家』，田文不悅。一年以後，田文派馮驩去薛收債，而馮驩卻以孟嘗君的名義將薛人的債券全部燒掉。當時孟嘗君很不高興，而當其被廢歸薛，則受到薛地人民的歡迎。當孟嘗君失勢，門客皆散去，惟馮驩爲之奔走，使其復相齊。

〔一六〕其十六：所詠秦朝統一全國及迅速滅亡事。中春，農曆二月，也作『仲春』。刻石頌功德，指秦始皇出巡所刻石碑。秦始皇統一中國後，於二十八年登泰山，爲頌揚其功績，由丞相李斯撰文，刻石於泰山，卽《封泰山碑》。秦二世又刻詔書於石背，爲李斯所書。刻石原在泰頂玉女池上，殘碑今存泰山岱廟。參閲清顧炎武《金石文字記・泰山石刻》。薦號，據《史記・秦始皇本紀》載，秦王在平定六國，統一天下之後，讓羣臣議帝號，羣臣『議曰：「古有天皇，有地皇，有泰皇，泰皇最貴。」……臣等昧死上尊號，王爲「泰皇」。命爲「制」，令爲「詔」，天子自稱曰「朕」。』秦王說：『去「泰」，著「皇」，采上古「帝」位號，號曰「皇帝」。他如議。』『朕爲始皇帝，後世以計數，二世三世至於萬世，傳之無窮』。濯俗，謂更新風俗。刑名，卽刑法。據《史記・秦始皇本紀》載，『始皇推終始五德之傳，以爲周得火德，秦代周德，從所不勝。方今水德之始，改年始，朝賀皆自十月朔。衣服旄旌節旗皆上黑。數以六爲紀，符、法冠皆六寸，而輿六尺，六尺爲步，乘六馬』。『剛毅戾深，事皆決於法』。『分天下爲三十六郡，郡置守、尉、監。更民名曰「黔首」』。

雜興十首

伯牙負高操，引曲輒入神。從師蹈東海，延頸四無人。洪波盪大壑，悲鳥方號羣。白日坐失色，山林忽不分。精氣一以變，此調得其真。世俗蔽聞見，千載遞相因。遺世伎始妙，絕弦多苦辛。自非鍾子期，古道難具陳〔一〕。

其二

離朱不逆景，師曠不逆風。所用一以失，化爲瞽與聾。轡策出大御，繩墨出巧工。顧眄卽千里，結構臨層穹。束手寧自甘，徇人道乃窮〔二〕。

其三

良材出大國，羣構集明堂。欂櫨相支持，榱桷碩且長。飛棟鬱雲興，高軒間重梁。眾人稱壯麗，輸子起彷徨。柱小亦已撓，朽蠹處中央。迨天方晦陰，室家羅四廂。行者苦無庥，居者歌慨慷。風雨一漂搖，不知僵路傍〔三〕。

其四

良馬躓路歧，善言躓嫌疑。稱樂自云早，日月寢已馳。黄金不可作，美酒多所宜。清風響高唱，令德含妙辭〔四〕。

其五

太玄秉經緯，天地自生成。陰陽遞消息，四時相虚盈。雷雨鼓神氣，日月宣華英。絪緼交二儀，周流列五行。至和液甘露，盛德厭欃槍。唐虞具法象，明良熙穆清。垂衣御三事，大治無常名〔五〕。

其六

翩何漢宫女，紅妝鬱熒熒。本自良家子，十五充後庭。是時得上意，寵至身逾輕。貴幸霸天下，妙麗傾人城。詔許領椒房，嬪御無不驚。脣如㲉丹飴，齒如鏘玉聲。一當萬乘主，常含中道情。絶色動千載，旦夕誰見明？美惡懸盛衰，棄置視合并。所以尹婕妤，顧眄失平生〔六〕。

其七

詭時苦難遇，直道苦不華。挈缾羸衆口，繩墨矯羣邪。所以上古人，工拙無常家。陸沉金馬門，醉卽據地歌。世久自相玩，爲德一何多！在羣既纍生，孤貴亦失和。首陽與柳下，一龍復一蛇。同流雖所願，跡邇心則遐〔七〕。

其八

鴻鵠一以舉，四海何悠悠！局促人間世，豈若遠行游？明時不重至，中懷難久留。遇合成佞倖，美女多所仇。英雄既失據，片語解綢繆。所以孔仲尼，舍車即于浮〔八〕。

其九

洞庭大張樂，千乘朝崑崙〔一〕。在昔有行幸，軒穆一何尊！樓船下河東，羽衛覽西垠。風起白雲飛，隴首望中原。簫鼓發哀情，長驰晻回轅。入罶妃女屑，出接詞客言〔九〕。

其十

名馬不受羈，足下有千里。黄鵠不受羅，羽翼就四海。貴賤自一身，出處無二軌。時利適愚夫，勢衰蹶智士。祛長不揠臂，屨縮不截趾。陸沉人間世，悠悠日復爾〔一〇〕。

【校記】

〔一〕崑崙，詩集本、萬曆本、張校本同，隆慶本、四庫本作「昆侖」；重刻本作「昆喻」，誤。

【題解】

雜興，即雜感。因各種事物引發，心有所感，即興吟詠。《雜興》两组詩，後一组《詩集》不載。从所發感慨，疑爲其棄官歸里後所作。爲便於讀者，循《詠古》例，一首一注。

【注釋】

〔一〕其一：慨叹知己难得。伯牙，古善鼓琴者。其事蹟散見於《荀子・勸學》、《韓詩外傳》、《列子・湯問》、《呂氏春秋・本味》、《淮南子・說山訓》、《說苑・尊賢》等處。負高操，具有高尚的節操。引曲，猶言鼓曲，彈奏曲子。延頸，伸長脖頸，謂抬頭張望。坐，因。因，因循。鍾子期，即鍾期，春秋楚人。《韓詩外傳》卷九：『伯牙鼓琴，鍾子期聽之。方鼓琴，志在太山。鍾子期曰：「善哉鼓琴，巍巍乎如太山！」莫景之間，志在流水。鍾子期曰：「善哉鼓琴，洋洋乎若江河！」鍾子期死，伯牙擗琴絕弦，終身不復鼓琴，以爲世無足與鼓琴也。』古人常以鍾子期知音，比喻知己。古道，古音之道。後亦謂守正不阿者爲古道。

〔二〕其二：以離朱、師曠爲喻，謂人各有志，不可盲目追隨別人。離朱，即離婁。相傳爲黄帝時人，視力超人，能在百步之外察見秋毫之末。其事蹟散見《孟子・離婁上》、《莊子・駢拇》、《慎子・內篇》、《淮南子・修務訓》等處。師曠，春秋晉平公的太師（樂官之長），古代著名音樂家。其事蹟散見於《禮記・檀弓》、《戰國策》、《墨子》諸書。《孟子・離婁上》：『孟子曰：「離婁之明，公輸子之巧，不以規矩，不能成方圓；師曠之聰，不以六律，不能正五音。」』逆，反向，迎。大御，善於駕車者。顧眄，回視環顧。層穹，高空。徇人，從人，追隨別人。

〔三〕其三：以明堂精構爲喻，謂表面富麗堂皇，而其中朽腐不堪，會令人身受其害。明堂，明政教之堂。《孟子・梁惠王下》：『明堂者，王者之堂也。』《淮南子・本經》『古者明堂之制』《注》：『明堂，王者布政之堂。上圓下方，堂四出，各有左右房，謂之个。凡十二所。王者月居其房，告朔朝歷，頒宣其令，謂之明堂。』欂櫨，梁上短木，即斗拱。《禮記・明堂位》『山節』《注》：『刻欂櫨爲山也。』榱桷（cuī jué），屋椽。輸子，即公輸子，名般（一作『班』），魯國人，因又叫『魯班』。春秋時期的工匠，被尊爲木匠的祖師。其事蹟散見於《禮記・檀弓》、《戰國策》、《墨子》等處。撓，曲，彎曲。麻，蔭，蔭蔽。

〔四〕其四：慨嘆才不爲用，言善被阻。躓(zhì)，止。寖，通『侵』，漸。

〔五〕其五：頌揚古聖賢王順應自然，垂衣而治。太玄，虛無恬淡之道。《文選》嵇叔夜（康）《贈秀才入軍》五首之四：『俯仰自得，游心泰玄。』消息，猶言榮枯盛衰。《易·豐》：『天地盈虛，與時消息。』《易·剝》『君子尚消息盈虛，天行也』《疏》：『君子通達物理，貴尚消息盈虛。道消之時，行道遙也；道息之時，行息道也；道盈之時，行盈道也；在虛之時，行虛道也。若值消虛之時，存身避害，危行言遜也；若值盈息之時，極言正諫，建事之功也。』絪緼，天地元氣交密的狀態。也作『氤氳』。《易·繫辭下》：『天地絪緼，萬物化醇；男女構精，萬物化生。』二儀，謂天地。五行，謂金、木水、火、土。《漢書·五行志上》『初一曰五行』《注》：『師古曰：謂之行者，言順天行氣。』至和，謂和之極致。《書·大禹謨》『至誠感神』《傳》：『誠，和也。至和感神。』此謂朝政平和天即降甘露。欃（chán）槍，彗星。《爾雅·釋天》：『彗星爲欃槍。』唐虞，唐堯、虞舜，傳説中的古代聖明君主。法象，可效法的榜樣。《漢書·禮樂志》：『今幸有前聖遺制之威儀，誠可法象而補備之，經紀可因緣而存者也。』明良，君明臣良。《書·益稷》：『元首明哉，股肱良哉！』垂衣，垂衣裳、垂裳，謂無爲而治。《易·繫辭下》：『黄帝堯舜垂衣裳而天下治，蓋取諸乾坤。』

〔六〕其六：以宫女爲喻，慨出身對個人前途的影響。翩，翩翩，輕盈貌。良家子，謂爲清白人家的女兒。後庭，即後宫。據《趙飛燕外傳》載，漢成帝皇后趙飛燕，『長而纖便輕細，舉止翩然，人謂之飛燕』，與其妹合德，『二人皆出世色』，貴傾後宫。尹婕妤，漢武帝嬪妃。據《史記·外戚世家》載，尹婕妤『非王侯有土之士女』，『與邢夫人同時並幸，有詔不得相見』，邢貌美，尹見後『低頭俛而泣，自痛其不如也』。

〔七〕其七：通過伯夷、叔齊、柳下、東方朔等遭遇，説明同爲隱遁而處世態度不同。詭時，詭異之時，謂政情險惡之時。漢東方朔《誡子詩》：『依隱玩世，詭時不逢。才盡身危，好名得華。』直道，正直處世之道。挈缾，小器，喻知識淺薄。《左傳・昭公七年》：『雖有挈缾之知，守不假器，禮也。』缾，同『瓶』。羸，病弱。繩墨，喻指規矩。陸沉金馬門，醉卽據地歌，指東方朔。《史記・滑稽列傳》載，朔行殿中，人或以其爲狂，『朔曰：「如朔等，所謂避世於朝廷間者也。古之人，乃避世于深山中。」時坐席中，酒酣，據地歌曰：「陸沉於俗，避世金馬門。宮殿中可以避世全身，何必深山之中，蒿廬之下。」金馬門者，宦者[署]門也，門傍有銅馬，故謂之「金馬門」』。玩，玩世，玩世不恭。首陽，指伯夷、叔齊。周初隱居于首陽山。詳前《詠古》注〔三〕。柳下，柳下惠，魯國賢者，本名展獲，字禽，又名展季。因居柳下以爲號；惠爲謚號，見《列女傳》。一龍復一蛇，龍爲飛黃騰達之象，伯夷、叔齊本爲孤竹國君之子；蛇爲潛身隱遁之象，柳下惠終身未仕。同爲隱遁，而隱遁的原因卻不同。伯夷、叔齊因反對武王伐紂，餓死不食周粟；柳下不逢其時，不被任用，所以『跡邇心則遐』。邇，近；遐，遠。

〔八〕其八：慨不遇其時卽隱居避世。以鴻鵠遠舉爲喻，謂君臣遇合甚難，聖人亦不免慨嘆。鴻鵠，大雁。人之遠大志向常喻爲『鴻鵠之志』。舉，騰飛。明時，政治清明之時。遇合，指君臣相得。佞倖，同『佞幸』。以諂媚得寵倖。漢時諺語曰：『美女入室，惡女之仇。』見《史記・外戚世家》。失據，失其所恃。解綢繆，能結交。解，能。綢繆，親密貌。孔仲尼，卽孔子。《論語・公冶長》：『道不行，乘桴浮于海。』

〔九〕其九：寫穆天子周游、朝崑崙的威武，而回朝卻重色輕士。洞庭，廣庭。《莊子・天下》『帝張咸池之樂於洞庭之野』唐成玄英疏：『洞庭之野，天地之間，非太湖之洞庭也。』軒穆，謂穆天子，卽周穆王姬滿。相傳他周游天下，西至崑崙會西王母。詳《穆天子傳》。河東，黃河流經山西省境爲南北向，故稱山西省境內黃河以東地區爲河東。羽衛，儀仗隊。隴首，隴山之頂。《漢書・禮樂志》：『朝隴首，覽西垠。』西垠，西部邊境。齧(niè)，咬，啃。詞客，詩人。

〔一〇〕其十：以名馬、黃鵠爲喻，謂賢能之士出處有原則，不爲世俗所束縛。羅，羅網。出處，出處進退。無二軌，沒有第二個原則。卽所謂達則兼濟天下，窮則獨善其身。時利，當前的利益。蹶，顛仆。袪(qū)，袖口。陸沉，喻人中隱者。譬如無水而沉。語見《史記·滑稽列傳》。

雜興又十一首

鴻鵠摩蒼天，萬里一翺翔。迴飆生羽翼，浮雲爲低昂。畢逋城上烏，黄口自成行。俛啄仰相嚇，徘徊腐鼠傍〔一〕。

其二

大魚鼓長鬐，捷若舉帆幢。夜軀蒼梧風，淩晨浮九江。怒擊胥山濤，洪波爲洶洶。本圖運南溟，中更不相容。何言一失水，湖海難再逢。寧如涸轍鮒，斗水得所鍾〔二〕！

其三

江南有佳人，桃李蓊朱顏。宕子行從軍，閒房重其關。明月一徘徊，形影自翩翩。秋氣響羅帷，蕭蕭難獨眠〔三〕。

其四

鳳棲十圍幹，龍翔九回流。圓景朝列宿，五嶽尊陵丘。聖人膺大命，多士自相求。稷契功不刊，唐虞德無儔。神明盛驅使，衣裳美優游。《詩》《書》監二代，孔氏乃宗周。在昔紂天經，羣后有綢繆。艱難戴王室，千載成咸休〔四〕。

其五

長離自鳳雛，玄馬乃龍子。文采成九苞，骨法本千里。箕潁出高人，巖穴有知己。抗跡唐虞庭，清風振薄鄙〔五〕。

其六

南山有奇鳥，朝陽曜其文。下來蘭池飲，羅網正紛員。雖復就長纓，徘徊懷不羣。枳棘無安步，哀鳴激青雲〔一〕〔六〕。

其七

翩翩西北風，蕭蕭枯桑林。登高使人望，秋氣悲我心。叢臺蔓寒草，易水清且深。當時燕趙士，慷慨有遺音〔七〕。

其八

駕出薊北門，東望元英宮。高臺造浮雲，碣石來悲風。客卿既裂地，戰士亦論功。稱系遷大呂，昭王氣何雄！汶篁一不植，千里生飛蓬〔八〕。

其九

逍遥臨蓬池，言陟梁王臺。還顧望大河，洪波渺悠哉。飛雪蔽中原，北風千里來。馳驅名利途，無駿不駑駘。精衛自微鳥，東海生塵埃〔九〕。

其十

古今一旦暮，俯仰成興衰。不見桑榆雲，千里相蔽虧？黄金苦易盡，紅顔安可爲。如何膏粱士，拂拭使人悲〔一〇〕？

其十一

萬事無不有，何言能自持？巢由乖世度，高行衆人疑。俯仰在當路，得喪未可期。湯火煎太和，傾側使神危。終身系羅網，失勢還相欺。念我平生歡，臨觴命妖姬〔一一〕。

【校記】

〔一〕青，明刻诸本、四库本并作『清』。

【注釋】

〔一〕其一：以鴻鵠與城上烏爲喻，謂人志各有不同。迴飆，迴旋狂風。畢逋，鳥尾擺動貌。《後漢書·五行志》：『桓帝之初，京都童謠曰：「城上烏，尾畢逋。公爲吏，子爲徒。」』黄口，謂雛鳥。『俛啄』二句，謂有人怕眼前尊貴被人搶去。《莊子·秋水》：『惠子相梁，莊子往見之。或謂惠子曰：「莊子來，欲代子相。」於是惠子恐，搜於國中三日三夜。莊子往見之，曰：「南方有鳥，其名爲鵷雛……發於南海，而飛於北海，非梧桐不止，非練食不食，非醴泉不飲。於是鴟得腐鼠，鵷雛過之，仰而視之曰：嚇！今子欲以子之梁國嚇我邪？」』

〔二〕其二：以大魚與鮒爲喻，謂依靠權貴而得勢，不如處窮而自保。蒼梧，漢置郡，治所在今廣西蒼梧縣。九江，府名。治所在今江西九江市。胥山，山名。在今江蘇蘇州市西南。《史記·伍子胥列傳》：『伍胥死，吴人憐之，爲立祠江上，命曰胥山。』運，海風運動。南溟，即南海。《莊子·逍遥游》：『是鳥也，海運將徙於南冥。』冥，同『溟』。涸轍鮒，處於車轍水乾的鮒魚。喻人處境窮困。《莊子·外物》：『莊周家貧，往貸粟於監河侯。監河侯曰：「諾。我將得邑金，將貸子三百金，可乎？」莊周忿然作色曰：「周昨來，有中道而呼者。周顧視車轍中，有鮒魚焉。周問之曰：鮒魚來，子何爲者邪？對曰：我東海之波臣也，君豈有斗升之水而活我哉？周曰：諾。我且南游吴越之王，邀西江之水而迎子，可乎？鮒魚忿然作色曰：吾失吾常與，我無所處，吾得斗升之水然活耳，君乃言此，曾不如早索我於枯魚之肆！」』鍾，當。

〔三〕其三：思婦詩。蓊，皴染。宕子，即游蕩子，在外游蕩之人。關，鎖鑰。

〔四〕其四：歷數聖賢，謂賢明君主受人擁戴。十圍，十抱。此處指十圍之幹。九回流，迴旋揚起的流水。唐楊巨源《登黎陽縣樓眺黄河》：『九回紆白浪，一半在青天。』圓景，即圓影。指月光，又謂月。膺大命，膺受天命。《書·太甲上》：『天監厥德，用集大命，撫綏四方。』稷契，稷與契。稷，即后稷。周族的始祖，名弃。曾在堯舜時代做農官，教民耕種。事蹟詳見《史記·周本紀》。契，商的始祖。助禹治水有功，舜任爲司徒，掌管教化。事蹟詳見《史記·殷本紀》。不刊，不可磨滅。刊，削除。唐虞，唐堯、虞舜。無儔，無與倫比。衣裳，垂衣裳而天下治。二代，指夏、商兩朝。

《論語・八佾》：『子曰：「周監於二代，鬱鬱乎文哉！吾從周。」』紆，紆曲，遠離。天經，天之常道。《莊子・在宥》：『鴻蒙曰：「亂天之經，逆物之情，玄天弗成。」』羣后，各位君主。后，君主。綢繆，緊纏密繞。此謂未雨綢繆，喻防患於未然。戴，擁戴。咸休，皆受其福。休，福祿。

〔五〕其五：頌揚隱士。長離，靈鳥名。即朱鳥。《後漢書・張衡傳》注謂爲鳳。常喻指君子。玄馬，唐玄宗之馬。《琅琊代醉編・玄馬昭猴》：『唐明皇時，教坊舞馬百匹。天寳之亂，流落人間，魏博田承嗣得之，初不識也。嘗宴賓僚，酒行樂作，馬忽起舞，承嗣以爲妖殺之。』馬爲龍之子，見前《天馬歌》注。九苞，鳳凰的九種羽毛。唐李嶠《鳳》：『九苞應靈瑞，五色成文章。』骨法，此謂馬的骨骼、形體。箕潁，指堯時隱士許由。相傳許由耕於箕山之下、潁水之陽，後遂以箕潁稱隱者居處。抗跡唐虞庭，相傳堯要把天下讓給他，不受，逃耕於箕山之下；堯又招爲九州長，許由認爲汙耳，遂至潁水之濱洗耳。詳見《莊子・逍遥游》、晉皇甫謐《高士傳》。

〔六〕其六：以奇鳥爲喻，謂世情險惡。蘭池，陂名。秦始皇引渭水修建。見《史記・秦始皇本紀》『始皇爲微行咸陽』《正義》引《括地志》。紛員，多貌。枳棘，枳與棘，均爲多刺之木，故稱惡木爲枳棘。

〔七〕其七：懷古。叢臺，臺名。戰國時期趙王築於宮中，在今河北邯鄲市。見《漢書・高帝紀》『趙王宮叢臺』顔師古注。蔓寒草，謂已荒蕪。易水，水名。源於河北易縣，其水有三，已大部分乾涸。今之易水爲南易水，稱漯河。戰國燕太子丹委派荊軻刺秦王，送行至易水上，場面極其壯烈。所謂『遺音』，蓋指荊軻所唱《易水歌》。詳《史記・刺客列傳》。

〔八〕其八：詠燕國史事。元英宮，春秋燕宮殿名。《新序・雜事三》：『大呂陳於元英。』高臺，即燕臺。也稱黃金臺、郭隗臺。故址在今河北易縣東南。戰國時，燕昭王爲雪國恥，築臺招賢。詳《戰國策・燕策一》。碣石，山名。其址說法不一。在渤海灣畔，時屬燕。客卿，戰國時期稱異國人爲卿者。裂地，分其地，謂封贈有功者土地。大呂，齊國大鐘名。《新序·雜事三》載，燕昭王任用樂毅伐齊，齊大潰敗，而昭王死後，樂毅遭讒去職，燕國大敗。惠王致信樂毅，請其返燕。樂毅復信，述當年情景，有云『齊王遁逃走莒，僅以身免。珠玉貨寶，車甲珍器，皆收入燕。大呂陳於元英，故鼎返於歷室，齊器設於寧臺，薊丘之植，植於汶篁，五伯以來，未有及先王者也』。

〔九〕其九：以梁王、精衛爲喻，謂人追逐名利則會喪失才智，而精誠所至則能實現其願望。蓬池，地名。在今河南尉氏縣東北。陟，登。梁王臺，即平臺，漢梁孝王劉武所築。劉武，文帝次子，深受寵愛。初封代王，後徙淮陽王。文帝十二年（前一六八），徙爲梁王。梁王築東苑，即兔園，方圓三百餘里，其離宮複道與平臺相連。梁王得寵，一度有望繼承帝位，而後失勢，鬱鬱而死。詳見《史記·梁孝王世家》。大河，指黄河。『馳驅』二句，謂追逐名利，會使人才變爲廢物。駿，駿馬，喻指俊才。駑駘（tái），笨馬。精衛，海邊小鳥。相傳爲炎帝女兒溺死所化，常銜木石以填海。詳《山海經·北海經》。《輟耕錄·貞烈》：『皇天如有知，定作血面請。願魂化精衛，填海使成嶺。』

〔一〇〕其十：慨嘆年華易逝，即有恩遇亦難久長。桑榆雲，謂晚霞。桑榆，日將落，在桑榆之間。《初學記·天部上》：『《淮南子》云：日西垂，景（影）在雲端，謂之桑榆。』膏梁士，此指處於高位者。拂拭，除去塵埃。此指恩遇。謂如器物將取用時，必先去其塵垢。唐李白《駕去溫泉宮後贈楊山人》：『一朝君王垂拂拭，剖心輸丹雪胷臆。』

〔一一〕其十一：言遭遇無以自解，只有自尋其樂。巢由，巢父、許由，古代隱士。當路，當權者。太和，太和湯，酒的別名。宋邵雍《無名公傳》：『性喜飲酒，嘗命之曰太和湯。』羅網，此喻指仕途。妖姬，美女。此指藝妓。

古詩後十九首并引

前有《十九首》，故『後』言之；猶稱『古』者，其文則《十九首》也。其文則《十九首》，而以屬辭辟之。制轡筴於埢中，恣意於馬，使不得旁出，而居然有一息千里之勢，斯王良造父所爲難爾〔一〕。

其一

行行萬餘里，依依夢故鄉。見君累長夜，攜手立彷徨。寤言心尚爾，忽在天一方。越鳥東南飛，胡馬鳴相望。眄睞人自好，棄捐人自老。徘徊亦何益，努力苦不早。思君度餐飯，歲月漫浩浩。慷慨卽別離，故鄉勿復道〔二〕。

其二

搖搖車馬客，依依燕趙女。沾沾倚箏立，交交夾窗語。盤盤高結出，飆飆中帶舉。浮雲忽自歸，蕩子漫無所。天寒錦衾薄，空牀難獨處〔三〕。

其三

白石何歷歷，松柏何離離。人生天地間，一日不可知。斗酒無常置，良會無常期。沉吟厚與薄，爲樂無乃遲？宛洛美游戲，冠帶自相隨。宮闕起雲中，第宅羅四垂。王侯負貴氣，佳客以盛衰。君但視車馬，攬策振其綏〔四〕。

其四

良會屬今日，彈箏倚新聲。唱苦令神傷，三變不可盈。中曲忽自置，躑躅一再行。欲因更促柱，難爲聽者情。人生局一世，悠悠終何成？要路多坎坷，先秋慘其榮。來者卒如此，焉知千歲名〔五〕！

其五

三五樓上女，徙倚當雙扉。紅妝妙一世，誰不攬容輝？弦歌入青雲，新聲亮所稀。千載爲一彈，含意有餘哀。知音難再得，且復立徘徊。終日不成曲，零涕沾裳衣。三歎令人老，游子何時歸〔六〕！

其六

燭燭芙蓉花，擢擢采蘭婦。懷袖忽已盈，馨香誰爲有？秋草一以萎，此物難獨久。馳情一水間，無因攜素手〔七〕。

其七

搖光加孟冬，北風何慘慄！寒至疏眾星，蟾兔亦早缺。四時既潛移，遺跡難獨列。不知空牀下，蟋蟀安從出？宛洛多故人，厚者如膠漆。及其據要路，負我道非一。織女無成章，牽牛策不發。且復守貧賤，振翮各有日〔八〕。

其八

浮雲何冉冉，亦在南山阿。千里遠徘徊，游子苦無家。昔我同門友，策馬驅高車。兩宫屬眄睞，冠帶日逶迤。致身及盛時，結附一何多。極宴累長夜，重闈發弦歌。白露忽以零，迫此蕙蘭花。芳草隨飆塵，誰能顧女蘿〔九〕！

其九

獨鵠西北逝，逸響一何哀！念當生别離，欲去復徘徊。不惜寒氣厲，但傷羽翼摧。我有鴛鴦綺，無衣誰爲裁〔一〇〕？

其十

眄眄織女星，當機理紈素。牽牛能幾許，常爲投杼誤。紈素欲遺誰？終日西北顧。負軛復何時，軒車歲云暮。攬衣卽河漢，躑躅不得度〔一一〕。

其十一

高樓出西北，下有故鄉道。浮雲蔽天起，回飆響秋草。四時更相至，人生自著老。傷彼游子顔，戚戚難獨好。攜手不須臾，棄捐一何早！努力以爲樂，泣涕復盈抱〔一二〕。

其十二

東城屬浮雲，阿閣百餘尺。歲暮多悲風，游子衣裳薄。四野何蕭條，所遇但遺跡。來者自爲今，去者自爲昔。盛年奄已衰，含意將安適？燕趙出名倡，紅顏照宛洛。結束隨時變，弦歌日相索。未彈理懷袖，若在遠行客。弄指一何妙，列柱一何迫！馳情視雙燕，飛入王侯宅〔一三〕。

其十三

磊磊丘與墳，鬱鬱郭北地。白日松柏陰，悲風四面至。誰能黃泉下，永含未伸意？悠悠即長夜，千載一以棄。漫漫待明發，迢迢正遙寐。身世非膠漆，豈得常相寄！此物無賢愚，萬歲更相致。神仙不可知，服食苦中置。美酒與佳人，攜手行游戲〔一四〕。

其十四

郭北一極望，徘徊安所如？新墳歷歷出，古墓附里閭。薪者躑躅歌，棄妾迴其車。白楊日夜疎，蕭蕭悲有餘。三歲去故鄉，一字無素書〔一五〕。

其十五

處世苦無見，孤生非所憂。高言唱同心，千載一相求。窮賤解膠漆，棄置衰交游。昔我同門友，上書哀王侯。明月皎夜光，躑躅不得投〔一六〕。

其十六

迢迢月既望，白露被庭中。越女前理音，燕服羅清宫。交游自遠方，文彩復無雙。駕言出廣陵，將以適曲江。聊慄此何氣，攬觀不可窮。帷車蔽日下，萬馬悲回風。水力率已至，神物難爲容。秉意屬南山，浩蕩惟所從。上客變其度，陳唱誰與同？極命以成章，娱樂良未終〔一七〕。

其十七

孟冬風已厲，攬衣有餘嘆。獨宿知夜長，遠客知天寒。河漢直雙闕，皎若素與紈。黄鵠從西南，孤飛正漫漫。一鳴緩中帶，再鳴霑玉顔。游子不可聽，令君中道還。所以生别離，慷慨亮爲難〔一八〕。

其十八

客從洛甫至，遺我合歡衾。中有長相思，緣以結同心。芙蓉發文彩，鴛鴦厲哀吟。游子正無衣，天氣復已陰。故人此屬意，徘徊獨至今〔一九〕。

其十九

皎皎羅帷月，攬之有餘輝。寤言守長夜，依依未能歸。故鄉無不可，道路亦何爲？客行各所懷，誰知我心悲！ 出門一以望，浩蕩霑裳衣〔二〇〉。

【題解】

詩前小引已說明組詩爲擬《古詩十九首》（此下簡稱『古詩』）而作，而文句則有所不同，即所謂『屬辭辟之』。正如他自己所說，擬而有新意，是十分困難的。猶如在山中縱馬，使不脫離軌道，又一息千里，即使最爲善御的王良、造父，也難以做到。《古詩》情至文生，而擬詩則爲無病呻吟，給讀者的感受自然不同。爲閲讀方便，循《雜興》例，詩一注。

【注釋】

〔一〕垤(dié)中：山中。垤，小山。王良，春秋時期的善御馬的人。見《孟子·滕文公下》。造父，周代善御馬的人。曾爲周穆王御馬，西巡狩，日馳千里，因功賜以趙城，由此爲趙氏始祖。見《史記·趙世家》。

〔二〕其一：《古詩》有『行行重行行』，爲婦女思念遠方親人之辭，此詩亦寫離别相思。行行，行行不已。越鳥、胡馬，謂相距之遠。《古詩》有『胡馬依北風，越鳥巢南枝』之句。此類變通，即所謂『屬辭辟之』。眄睞，眷顧。晉張華《永懷賦》：『美淑人之妖豔，因眄睞而傾城。』

〔三〕其二：此擬『青青河畔草』，亦寫娼女獨守空房的愁苦。沾沾，輕薄貌。交交，往來貌。此謂交互、交相。盤盤，婦女髮髻盤結之狀。

〔四〕其三：此擬『青青陵上柏』，亦寫人生苦短，及時行樂，感慨權貴窮極享樂，而以曠達自慰。歷歷，分明貌。離離，茂盛貌。宛洛，地名。指今河南南陽和洛陽。宛，宛縣。漢南陽郡治。綏，繩索。

〔五〕其四：此擬『今日良宴會』，亦感慨人生苦短而無所作爲，但較原詩更爲消極。促柱，令琴弦更加急促。要路，沖要之路，謂位居權要。

〔六〕其五：此擬『西北有高樓』，亦感慨知音難遇。三五，十五日。農曆每月十五爲月圓之時； 月圓人不圓，因托月以寄思念。

〔七〕其六：此擬『涉江采芙蓉』，亦爲懷念遠人之詩。燭燭，光采貌。《文選》蘇子卿（武）《詩四首》之四『燭燭晨明月』呂向注：『燭燭，月光也。』擢擢，纖手擺動貌。

〔八〕其七：此擬『明月皎夜光』，亦以時節變易，寄寓世態炎涼之意。搖光，也作『瑤光』，又名招遙。北斗七星之第七星。《漢書·司馬相如傳》『部署衆神於搖光』《注》：『張揖曰：「搖光，北斗柄頭第一星。」』北斗在同一夜間方位亦有變化，所以入夜時分看第一星，半夜看第五星，天明看第七星。孟冬，指冬季的第一月。搖光加孟冬，指孟冬的淩晨。蟾兔，指月亮。『織女』二句，織女不織布，牛郎不舉鞭，謂故人有名無實。振翮，振翅高飛。

〔九〕其八：此擬『冉冉孤竹生』，原詩寫新婚女子思夫，而擬詩則寫故交忘義。冉冉，漸漸飄逝之狀。同門，受業於同一老師的同學。蕙蘭，也單稱蕙，葉同蘭草而稍瘦長，暮春開花。女蘿，地衣類，蔓生，體生無數細枝。

〔一〇〕其九：此擬『庭中有奇樹』，原爲思婦詩，擬詩寫傷别。逸響，謂遠處即將消失的叫聲。鴛鴦綺，繡鴛鴦的細綾。綺，綾有花紋者。

〔一一〕其十：此擬『迢迢牽牛星』，亦寫情人思而不得相見。紈素，生絹之精者。杼，即梭，舊時織布用具，遺（wèi），贈與。負軛，謂拉車。軛，車上部件。套在牛馬脖頸上。軒車，大夫乘坐之車。

〔一二〕其十一：此擬『回車駕言邁』，亦寫人生易老，應及時努力。

〔一三〕其十二：此擬『東城高且長』，亦寫歲月遷逝，思欲與所愛如雙燕于飛。屬，連。阿閣，閣有四柱者曰阿閣。遺跡，前人遺留的舊跡。弄指，謂彈琴。列柱，即裂柱，謂琴聲驟起。柱，琴瑟系弦之木。

〔一四〕其十三：此擬『驅車上東門』，寫人死不可復生，服食求仙亦甚迷茫，不如及時行樂。此物，如此物故，這樣死去。

〔一五〕其十四：此擬『去者日以疎』，亦寫游子見新墳舊墓而思鄉。極望，極目而望。薪者，打柴的人。棄妾，被遺棄的婦人。回其車，謂不忍過。

〔一六〕其十五：此擬『生年不滿百』，原詩寫人生短促，應及時行樂，擬詩則寫世態炎涼。棄置，遺棄。哀，哀求。躑躅，猶徘徊、猶疑。

〔一七〕其十六：此擬『凜凜歲云暮』，原詩寫夢中因相思而墜入迷離恍惚的悵惘心情。擬詩寫月夜女子燕服出游，而难得知音，其意相近。

〔一八〕其十七：此擬『孟冬寒氣至』，亦寫寒冬長夜裏思婦的別恨離愁。緩中帶，腰帶變鬆，謂瘦下來。霑玉顔，淚沾臉頰，謂哭泣流淚。

〔一九〕其十八：此擬『客從遠方來』，亦寫同心而離居彼此思戀的深情。洛浦，洛水之濱。合歡衾，綉有合歡花的衾枕。

〔二〇〕其十九：此擬『明月何皎皎』，亦寫久客思歸。

君子行

君子美百行，維日服厥衷〔一〕。車奔不易度，火滅不改容。垢言一生口，盥漱難爲工。金多徒自穢，重名撓直躬〔二〕。幸勿少須臾，無替功乃崇〔三〕。九淵可浮游，所患溺愚蒙〔四〕。

【題解】

漢樂府《相和歌辭·平調曲》有《君子行》，古辭前半寫君子須避嫌疑，後半謂君子應謙和待下。擬詩前半寫君子心志專一，後半謂君子不應重金惜名。

【注釋】

〔一〕衷：衷心，所懷之志。

〔二〕撓直躬：使剛直之性改變。撓，彎曲。

〔三〕無替：不改變。崇：高。

〔四〕九淵：九重之淵，深淵。《莊子·列禦寇》：「必在九重之淵而驪龍頷下。」溺：沉溺，沉於其中不能自拔。

遠游篇

乘蹻萬里外，言造太微庭〔一〕。雲霞曜朱闕，日月夾丹櫺〔二〕。羣后儼金止，仙女紛玉亭〔三〕。隨風列以雨，出窈而入冥〔四〕。沆瀣飛素液，芝草不復零〔五〕。虹霓爲我帶，雜佩搖華星〔六〕。濯纓河漢流，清波正泠泠〔七〕。俯視世間人，汎汎如浮萍〔八〕。

【題解】

《遠游篇》屬樂府《雜曲歌辭四》，解題謂此題源於《楚辭·遠游》。《樂府詩集》所載爲曹植作，蓋爲游仙詩，此爲擬詩。

【注釋】

〔一〕蹻（qiāo）：蹻車。《海內十洲記》：「昔禹治洪水既畢，乃乘蹻車，度弱水，而到此山祠上帝於北阿。」太微：星名。《史記·天官書》「太微三光之廷」《正義》：「太微宮垣十星，在翼軫北，天子之宮廷，五帝之座，十二諸侯之府也。其外藩，九卿也。』

〔二〕朱闕：紅色宮闕。闕，臺觀。丹櫨：紅色的窗櫺。

〔三〕羣后：諸位帝王。儼：莊敬貌。亭：通『停』。

〔四〕出窈、入冥：謂出入深奧的蒼穹。

〔五〕沆瀣（xiè）：露氣，露水。《後漢書·張衡傳》『餐沆瀣以爲糧』《注》：『沆瀣，夕露也。』芝草：即靈芝。零：枯落。

〔六〕華星：明星。

〔七〕濯纓：洗滌冠纓。河漢：銀河。

〔八〕汎汎：同『泛泛』，流動貌。

太山篇

大東有神嶽，專名爲岱宗〔一〕。日精攝海氣，吳野控其峯〔二〕。明堂朝列后，金策紀元功〔三〕。維昔七十家，軒轅此登封〔四〕。雲霞自窈窕，石室何青蔥！仙人攬玉樹，鬢髮生清風。靈液飛潺湲，芝草如蒿蓬。唯帝擁靈符，千載一升中。願言與問道，乘龍舉太空。

【題解】

樂府詩中寫泰山的，有三國魏曹植的《泰山梁甫行》，晉陸機、南朝宋謝靈運的《泰山吟》。陸、謝之詩，大抵言人死精魂歸於泰山。此詩詠泰山之神聖，歷爲帝王登封之地，亦爲修仙飛升之勝境。太，同『泰』。

【注釋】

〔一〕大東：即東方。神嶽：神山。岱宗：泰山别稱岱，而被尊爲五嶽之宗，故稱。

〔二〕日精：太陽的精華。古人認爲日出於大海，故云『攝海氣』。吳野：指吳觀峯。漢馬第伯《封禪儀記》：『東山名日觀……秦觀者望見長安，吳觀者望見會稽，周觀者望見嵩山。』

〔三〕明堂：此指古代帝王封禪時在泰山下接見諸侯之處。列后：歷代帝王。金策：《漢書·武帝紀》『元封元年登封泰山』《注》引孟康説：『王者功成治定，告成功於天，刻石紀號，有金策石函金泥玉檢之封。』策，連編竹簡，用以刻文紀事。

〔四〕七十家：《史記·封禪書》：『管仲曰：「古者封泰山禪梁父者七十二家，而夷吾所記者十有二焉。」』軒轅：軒轅氏，指黄帝。

卷之四

五言古詩

建安體三首

轉蓬遇回風，千里一遨游。良時不自愛，汎汎亦何求〔一〕？西來既迂怪，周孔以墳丘〔二〕。患無紛葩名〔三〕，年往非所憂。烈士多壯心〔四〕，對酒苦難酬。枕石太華顛〔五〕，俯漱江海流。

其二

北風正徘徊，繁霜以霏霏。經過至朔方，惆悵我武威〔六〕。白骨何藉藉，鎧甲貫瘡痍。猛獸蹲高岡，狐兔失故蹊。伐薪缺斧斨，飲冰膠馬蹄〔七〕。遠行多苦寒，中路渴與飢。是時一介志，悠悠誰當知？

其三

河漢懸清光，三五正參差〔八〕。西北起浮雲，霏霏風入帷。白髮一何早，隱約當待誰？快獨飲美酒，登臺臨華池。趙女蕩奇舞，秦箏繁且悲〔九〕。憂來亦有方，安得常相隨？

【題解】

漢末建安時期，「三曹」（曹操、曹丕、曹植）與「七子」（孔融、王粲、劉楨、徐幹、陳琳、應瑒、阮瑀）之詩，嚴羽《滄浪詩話》將其體式、風格稱爲「建安體」，後世擬作甚多。李氏所擬三首，大抵抒發有志難酬的憤懣之情。

【注釋】

〔一〕汎汎：隨風飄浮之貌。

〔二〕西來：自西而來。指佛祖師達摩西來。周孔：周公、孔子。墳丘：三墳九丘，古書名。《左傳·昭公十二年》：「左史倚相趨過。王曰：『是良史也。子善視之，是能讀《三墳》、《五典》、《八索》、《九丘》。』」

〔三〕紛葩名：謂盛名。紛葩，猶言紛紛，盛多貌。《文選》馬季長（融）《長笛賦》：「紛葩爛漫，誠可喜也。」

〔四〕烈士：義烈之士。謂重義輕生、殺身成仁之士。

〔五〕太華：山名。即西嶽華山。

〔六〕朔方：地名。漢置郡、縣，在今內蒙古自治區鄂爾多斯境內。武威：地名。即今甘肅武威市。

〔七〕「伐薪」二句：謂空有報國之志而無力施展。斧斨（qiāng），伐木的工具。柄枘橢形者叫斧，方形者叫斨。

〔八〕三五：十五。

〔九〕趙女：趙地美女。趙，古國名。地當今山西中南部及河北、山東部分地區，都城邯鄲（今河北邯鄲市）。古時趙女以美貌著稱。秦箏：樂器名。古秦地（今陝西一帶）人善彈箏。《文選》曹子建（植）《箜篌引》：『秦箏何慷慨，齊瑟和且柔。』

代建安從軍公燕詩并引

魏三祖及子建諸子，間各臨戎，義有紀列，久當逸失，不獨王仲宣五篇。又《公燕》一章，應、阮侵不就次，與仲宣《從軍詩》過意諷婉，均之未盡所長，今各代作二首云〔一〕。

代文帝〔二〕

長驅下廣陵，觀兵東南疆。方舟被大海，萬騎紛縱横。旌旗隨波靡，組練遠茫茫。中流震金鼓，士馬何激揚！鎧甲生悲風，千里一鏘鏘。白羽所漂摇，浮雲自低昂。撫劍登高城，我軍正相望。零雨有遺篇，詠言難可忘。

代明帝〔三〕

太常靡回飆，旗幟何翩翩！屯吹彌故壘，列舟竟長川。登檣望四野，蕭條無人烟。高墉走狐兔，荊棘動參天。撫劍下中流，甲士羅東西。賦詩寫其懷，隨波以潺湲。從軍在萬里，惆悵私其憐。

代曹子建〔四〕

丈夫志萬里，慷慨事四方。我后振威靈，六軍乃激揚。分旗建東嶽，耀武臨江湘。鳴鏑控流飆，利劍捷秋霜。長驅下淮泗，人馬自生光。戈矛何參差，方舟正縱横。何言爲國讎，一舉披舊疆。解徒旆言入，歌舞旋許昌。離宫大饗士，勞賜以次行。君子念在御，賦詩垂華芳。

代王仲宣〔五〕

方舟何翩翩，素波亦蕭蕭。蒹葭澹餘映，長檣激流飆。撫劍登高防，人馬且逍遥。空城何所有，殺氣蔽旌旄。日夕見烟火，四野飛蓬蒿。邊聲起大江，誰知我心勞！從軍殊復樂，菲薄愧鉛刀！

代陳孔璋〔六〕

浮雲肅四野，流飆殷悲音。邊地一何苦，慷慨難爲心。飲馬長城下，水寒窟且深。白骨撑路出，殺氣駕重陰。將建大舉功，干戈日相尋。騁哉書檄馳，縱横正如林。身在記室中，慊慊匪自今。男兒念鐘鼎，誰能常滯淫？

代徐偉長〔七〕

自我出從軍，涉旬東南行。文學託後乘，顧瞻亦已深。中流萬艘集，陶陶層波生。淒風旗幟繁，秋日戈甲精。沈陰結戰氣，唯聞金鼓聲。壯士何飛揚，各願一先鳴。志已馳九關，豈但懷不庭。雖君在咫尺，搔首未遑寧。

代劉公幹〔八〕

我后赫斯怒，整駕東南征。六軍如飛集，列植龍陂城。皚皚霜風至，肅肅戈甲鳴。長飆轉砂礫，仰視白日冥。流波一何勁，金鼓悲且清。連鳶下青雲，毛血灑隰坰。發機入微妙，觀者無不驚。壯士以慷慨，各奮先登情。釋此薦嘉客，濡翰敘平生。篇章信綺麗，新詩雅以精。小臣在緹幕，起坐懷同聲。戎事諒非難，但恐沈痼嬰。

代應德璉〔九〕

鬱鬱西北雲，千里驅重陰。臨江大耀士，方舟載浮沉。連波響風雨，長緤紛悲吟。分曹命超距，逸氣不可禁。君子在行伍，常懷飢渴心。非不愧細微，良遇日以深。故山何時旋？徘徊中自任。

代阮元瑜〔一〇〕

高城苦多陰，秋日殊復悲。邊聲薄暮起，但見浮雲飛。霜氣勁且緊，河漢寒無暉。三星何躑躅，皎月正徘徊。流飆西北至，征馬鳴相依。自知從君樂，誰能常不歸？

公燕詩

文帝〔一一〕

置酒高臺觀，逍遥芙蓉池。兄弟夜行游，貴客鬱參差。明月照長筵，羅纓何霏霏。翩彼衆君子，展詩奏新辭。弦歌入微妙，慷慨使心悲。流塵蕩清響，綺麗有餘姿。吐握苦不悉，人生安可爲？在昔無樂方，彼此同一時。

明帝〔一二〕

三五明月滿，四七靈宿繁。清夜美行游，置酒西苑園。華池濫輕波，芙蓉一何鮮！飛蓋拂流景，隨風自潺湲。主人延貴客，竟席列豪賢。弦歌徹中堂，羽爵騰我前。微音喟有和，甘醪發芳顔。樂哉殊復樂，君豈不俱然？

子建〔一三〕

流飆起飛棟，羣星集櫺軒。月出芙蓉池，清光滿西園。侍者夜行觴，綺縞一何繁。玉顔可攬持，顧眄屬所歡。華鐙正徘徊，步障隨風還。弦歌蕩層臺，激響拂潺湲。公子多憂客，從横各成篇。主人自和氏，披褐將誰愆？絶纓紛陸離，墮釵復闌干。取樂此一時，嘉會良獨難。

仲宣〔一四〕

浮雲撤重陰，流猋四座來。西臨柏陽山，南望銅雀臺。回首出中原，曠然千里開。公子大置酒，弦管間行栝。華鐙吐清光，飛蓋自徘徊。古人一含情，于今安在哉？亂離常苦多，歡極令我哀！

孔璋〔一五〕

羈客心無娛，閒居日悠悠。駕言侍高會，公子招我游。凱風飄拂鬱，素暉蕩清流。中庭煥綺樹，芳蕤自沈浮。登臺遠顧望，高下見原疇。肅肅山谷悲，黯黯陰氣收。篇章時間作，羽觴不及投。逍遥何以立，功名爲相求。

偉長〔一六〕

高臺鬱峩峩，其下臨清池。黄鵠比翼游，淫魚戲漣漪。微風起水裔，朱華紛陸離。綺羅既生色，笑歌不自治。旨酒但相屬，羽觴隨波移。人生寄一世，歲月忽如馳。豈忘誦君恩，賤軀未可知。

公幹〔一七〕

月出西掖垣，雙闕鬱蒼蒼。白石爛素波，蘋藻概金塘。方舟轉清流，飛蓋紛翺翔。輕飆灑前庭，明鐙噭中堂。淥酒溢尊罍，嘉殽充圓方。公子多妙製，藻思何縱横！高談自寵珍，濡翰安能詳？嬰疾日沈痼，簿領非所長。願言貽令德，僶俛不可忘。

德璉〔一八〕

羣士諧佳會，置酒君子堂。清言解飢渴，四座生芬芳。雲雨濯高翼，沙石明夜光。連篇命音響，好合興文章。三臺開藝苑，愛客擅詞場。伸眉就存慰，千載以爲常。

元瑜〔一九〕

知己難再遇，攬衣及良辰。天衢飛高翼，清流濯纖鱗。搖落易爲感，孰能愛此身？恩義不潛暢，舉座皆異人。公子善養士，中外常所親。侍會此高堂，羽觴何紛員！翰墨風雨集，興文若浮雲。翩翩致足樂，願言守明真。

【題解】

如詩序所言，建安諸子從曹氏父子或臨戎賦詩，或宴游酬唱。今存有曹操、曹丕抒寫軍旅生活的詩，曹植、王粲、劉楨、應瑒、阮瑀等公讌詩，而從軍詩僅存王粲《從軍行五首》。李氏或擬原詩，或懸擬作者之意。

【注釋】

〔一〕魏三祖：　指魏武帝曹操、魏文帝曹丕、魏明帝曹叡。子建諸子：　指曹植（字子建）及『建安七子』即孔融（字文舉）、王粲（字仲宣）、劉楨（字公幹）、陳琳（字孔璋）、徐幹（字偉長）、應瑒（德璉）、阮瑀（字元瑜）。今存有曹植、王粲、劉楨、應瑒、阮瑀的《公燕詩》，除曹植、劉楨外，大抵爲頌揚曹氏父子的阿諛文字。李氏認爲應瑒、阮瑀『侵不就次』，謂其詩均爲阿諛之詞，難與其他人比並也。而謂王粲《從軍詩》『過意諷婉』，則如吳淇所云『合五詩觀之，首篇見小功之不足驕，後四篇，大兵不可輕動；此仲宣諷魏武微意，而爲萬世戒也』（《六朝選詩定論》）。

〔二〕《代文帝》：文帝，指曹丕（一八七—二二六），沛國譙（今安徽亳州）人，字子桓。曹操次子。自幼兼習文武，長隨父四方征戰，寫有《黎陽作》、《於譙作》、《孟津詩》、《至廣陵於馬上作》等反映軍旅生涯的詩與《浮淮賦》等文。李氏詩中『下廣陵（今江蘇揚州）』即指《至廣陵於馬上作》，而『零雨有遺篇』則指《黎陽作》。

〔三〕《代明帝》：明帝，指曹叡（二〇五—二三九），字元仲。曹丕長子。所作樂府詩《善哉行》、《苦寒行》、《櫂歌行》寫征吳與軍旅有關。太常，此指日月星辰、交龍之畫旗。《尚書·君牙》『紀於太常』《傳》：『其有成功，見記錄於王之太常，以表顯之。王之族旗，畫日月曰太常。』

〔四〕《代曹子建》：曹子建，即曹植（一九二—二三二），字子建。曹操第四子。詩人、散文家。他與其兄曹丕『生乎亂，長乎軍』，自幼即志在『戮力上國，流惠下民』，在政治上有所建樹，本不以詩文爲意。就是在屢遭貶謫之後，他仍一再上《求自試表》，並寫有《白馬篇》、《征蜀論》等詩文，表達自己的報國之志。我后，指曹操。后，君王。許昌，今河南許昌市。曹操曾挾漢獻帝遷都許昌。解徒，遣散徒衆。

〔五〕《代王仲宣》：王仲宣，即王粲（一七七—二一七），字仲宣，山陽高平（今山東金鄉）人。出身官僚世家，在『建安七子』中詩文成就最高，被劉勰譽稱『七子之冠冕』。先爲避亂依附劉表，後歸曹操，先後任丞相掾、軍謀祭酒等職。今存其《從軍行五首》，或頌揚曹操武功，或表達建功立業的强烈願望，或表達對安定生活的嚮往。王粲卒於隨曹操征孫權途中，而未至長江。擬詩或爲彌補仲宣之遺憾，代其寫大軍臨江的情景。蒹葭，蘆葦。菲薄愧鉛刀，謂力量微薄，無力盡責。鉛刀，不鋒利的刀，喻無用。

〔六〕《代陳孔璋》： 陳琳（一五六—二一七），字孔璋。初爲大將軍何進主簿，後歸袁紹，使典文章。袁紹敗，歸曹操，爲司空軍謀祭酒，管記室。有《飲馬長城窟行》，借樂府古題寫時事，以秦築長城民不聊生諷切當時軍閥混戰使人民如處水火的現實。擬詩綜陳琳《飲馬長城窟行》、《游覽二首》二詩之意而擬之，有會心之處。慊慊，不足貌。《游覽二首》之二有『建功不及時，鐘鼎何所銘』、『庶幾及君在，立德垂功名』之句。鐘鼎，古代銅器之總稱。《禮記·祭統》：『夫鼎有銘。』銘，鏤刻，記載。古人刻文於鐘鼎之上，稱頌功德，以示子孫，使傳於後世。滯淫，長期滯留下位。

〔七〕《代徐偉長》： 徐幹（一七一—二一八），字偉長。曾任司空軍謀祭酒掾屬，五官將文學。《三國志》徐幹本傳引《先賢行狀》：『幹清玄體道，六行修備，聰識洽聞，操翰成章，輕官忽祿，不耽世榮。建安中，太祖特加旌命，以疾休息。後除上艾長，又以疾不行。』今存徐詩未見從軍內容，擬詩中有其《答劉公幹》詩意。

〔八〕《代劉公幹》： 劉楨（？—二一七），字公幹。東平寧陽（今屬山東）人。初被曹操辟爲丞相掾屬，建安十三年（二〇八），曾從曹操南征。後轉爲五官中郎將文學，以不敬被刑，赦後署吏。今存劉詩，涉及行軍的只有零章斷句，擬詩所據未詳。

〔九〕《代應德璉》： 應瑒（？—二一七），字德璉，汝南南頓（今河南項城）人。曹操掾屬，曾預建安五年（二〇〇）官渡之戰。後又隨曹操平定冀州。建安十年，從征烏丸，作《撰征賦》。後曾從征劉表、孫權，西征馬超，作《西征賦》。擬詩綜其詩賦之意，寫曹氏軍旅威勢，及從征以報知遇與思鄉之情。

〔一〇〕《代阮元瑜》： 阮瑀（？—二一二），字元瑜，陳留尉氏（今屬河南）人。初爲曹操司空掾屬，曾從曹操平定冀州、東征烏丸、征劉表，預赤壁之戰，有《紀征賦》。後又從征馬超。今存《雜詩》二首，或謂爲從曹西征歸來時所作（郁賢皓《建安七子詩箋注》）。

〔一一〕《文帝》： 魏文帝曹丕居鄴下，常與建安諸子游宴賦詩，今存公讌詩《芙蓉池作》、《於玄武陂作》等。所擬蓋爲《芙蓉池作》。吐握，吐哺握髮。《史記・魯周公世家》載，周公告誡其子伯禽要勤於政事、求賢若渴，説：『我文王之子，武王之弟，成王之叔，我於天下亦不賤矣。然我一沐三捉髮，一飯三吐哺，起以待士，猶恐失天下之賢人。』

〔一二〕《明帝》：魏明帝曹叡今存爲樂府詩，此蓋代爲擬作。

〔一三〕《子建》：曹植有《公宴》、《侍太子坐》、《芙蓉池》等公讌詩，擬詩雜取諸詩而擬之。

〔一四〕《仲宣》：王粲歸附曹操後，常與鄴下文人詩賦唱和，多有所謂『憐風月，狎池苑，述恩榮，敘酣宴』（《文心雕龍・明詩篇》）之作，頗爲後人所詬病，今集中僅存《公讌詩》一首。此蓋爲擬作。柏陽山，在臨漳西，或屬太行山之小山。銅雀臺，曹操於建安十五年（二一〇）所築臺，故址在今河北臨漳縣。桮，同『杯』。

〔一五〕《孔璋》：陳琳今存《宴會》、《游覽二首》，或敘友情，或抒發懷才不遇的憂憤心情。此蓋擬《游覽》一詩。凱風，南風，和風。佛鬱，蘊積之傷痛。《楚辭・七諫》『心佛鬱而内傷』《注》：『心爲傷痛而佛鬱也。』

〔一六〕《偉長》：徐幹存詩未見有關詩歌，此蓋代爲擬作。

〔一七〕《公幹》：劉楨今存《公讌詩》一首，『通章只言游從之盛，景物之美，曾無一頌德語，又賢於仲宣『克符周公』遠矣。此應付詩中之有品者』（吳淇《六朝選詩定論》）。而擬詩雜有諛詞，格調卑下。西掖，中書省的別稱。見漢應劭《漢官儀上》。《文選》劉公幹（楨）《贈徐幹》『西掖垣』《注》：『洛陽故宮銘曰：洛陽宮有東掖門、西掖門。』嬰疾日沈痼，謂患有積久難愈之病。劉楨《贈五官中郎將四首》之二：『余嬰沈痼疾，竄身清漳濱。』簿領，簿籍錄寫。劉楨《雜詩》：『沈迷簿領書，回回自昏亂。』

〔一八〕《德璉》：應瑒今存有《公讌詩》、《侍五官中郎將建章臺集詩》，此擬《公讌詩》。三臺，魏鄴下有銅雀臺、冰井臺、金虎臺。此或爲泛指。《初學記》卷二四《臺》：『《五經通義》曰：「天子有三臺，靈臺以觀天文，時臺以觀四時施化，囿臺以觀鳥獸魚鱉。」』

〔一九〕《元瑜》：阮瑀今存《公讌詩》一首，所擬蓋雜取《雜詩》等內容。

效應璩《百一詩》

殽函命關谷，涇渭達黄河〔一〕。終南既面列，沃野開其阿〔二〕。帝王信佳麗，天府鬱嵯峩〔三〕。銅雀鳴雲中，員闕夾丹霞〔四〕。三秦盛西氣，《小戎》乃遺歌〔五〕。揚馬翼炎光，流風激頽波〔六〕。使臣典文字，執憲臨羣邪〔七〕。春秋大校士，與世陳四科〔八〕。祗役在末位，興言念皇家。筐筴有璽書，翩翩爲國華〔九〕。

【題解】

效，仿效。應璩（一九〇—二五二），字休璉，三國魏汝南南頓（今河南項城）人。『建安七子』應瑒之弟。博學，善屬文。曹丕代漢後，官散騎侍郎，後遷散騎常侍。齊王芳正始中，遷侍中。時大將軍曹爽與太傅司馬懿輔政，各樹黨羽，明爭暗鬬。應璩入曹府爲長史，對權勢顯赫的曹爽所潛伏的危機深感憂慮，乃作《百一詩》一百三十篇，加以譏切警戒。曹爽被殺後，復爲侍中，典著作，參與撰著《魏書》。卒贈衛尉。《隋書・經籍志》載錄應璩集十卷，已佚。明人張溥輯有《應休璉集》一卷，載入《漢魏六朝百三家集》。《文選》應休璉（璩）《百一詩》題解引述諸家對『百一』詩題的解釋，據應璩《百一詩序》『謂曹爽曰：「公今聞周公巍巍之稱，安知百慮有一失乎？」百一之名，蓋興於此也』。擬詩與所擬異趣，詠漢都關中，文臣盡心國事。

【注釋】

〔一〕殽函：殽山函谷關，爲中原通往關中的要道。在今河南靈寶市境內。涇渭，涇河、渭河，黄河支流。涇河發源於崆峒山，在陝西涇陽入渭河；渭河發源於甘肅渭源縣西北的鳥鼠山，東流至潼關入黃河。

〔二〕終南：山名。秦嶺山峯之一，又名南山。在今陝西西安市南。面列：對面而列。阿：山巒彎曲處。

〔三〕天府：謂富庶之地。此指關中。《史記·劉敬列傳》載，劉敬論漢應都長安，説：『且夫秦地被山帶河，四塞以爲固，卒然有急，百萬之衆可具也。因秦之故，資甚美膏腴之地，此所謂天府者也。』

〔四〕銅雀：謂銅鳳凰。《三輔黄圖·建章宫》：『古歌云：「長安城西有雙闕，上有雙銅雀，一鳴五穀成，再鳴五穀熟。」』按：銅雀即銅鳳凰也。

〔五〕三秦：地名。項羽滅秦後，曾將秦國舊地分封爲雍、塞、翟三國，故稱。此泛指今陝西一帶。《小戎》：《詩·秦風》中的一篇，宋朱熹《集傳》謂爲詠秦襄公率其國人討伐西戎。

〔六〕揚馬：指揚雄、司馬相如。生平詳《漢書》本傳。翼：輔佐。炎光：謂漢之威光。《文選》曹植《王仲宣誄》『炎光』《注》：『《典引》曰：「蓄炎上之烈精。」蔡邕曰：「謂大漢之盛德也。」』流風：流風餘韻。

〔七〕典：執掌。文字：指典章詔誥。執憲：執法。

〔八〕校士：考核士人。四科：指漢代舉士的四種科目，即質樸、敦厚、遜讓、有行。見《漢書·元帝紀》。

〔九〕祇役：奉上官之命的差役。《文選》謝靈運《鄰里相送方山》：『祇役出皇邑，相期憩甌越。』末位：職位卑下。筐筴：應作『筐篋』。用以藏書的竹筐。《漢書·賈誼傳》：『俗吏之所務，在於刀筆筐篋。』此謂位卑憂國，爲國之精華。

感懷八首

寥寥高秋氣，涼風激中庭。明星一何的，皓月復泠泠。清夜使心悲，幽人起屏營。羅帷徐動摇，丹鐙發寒榮。短歌易慷慨，伏枕通雞鳴。伴侶稍稍單，獨立非其情〔二〕。

其二

四海一流覽，爲樂遽何央？經傳有依因，大雅未淪亡。知名自前代，騁翰各專場。微音可通靈，新辭協宫商。綺麗漫星陳，江河鬱縱横。豈不多苦心？世士竟茫茫。中原二三子，春秋足翺翔。離別致倉卒，千載不相當〔二〕。

其三

明珠出大海，豫章擢青雲〔一〕。宗臣開國功，王佐難其羣。公朝日舉士，愚者甘不聞。披褐玩明時，騁翰流華芬。分適中自諧，知己俟其真。磬折難爲容，彈冠各有人。誰令君獨往，踟躕失要津〔三〕！

其四

明堂饗元祚，稱歲朝京師。侵晨宴鸞臺，日夕宿蘭池。翩翩佳公子，三五相追隨。十千平樂酒，羽爵何參差。長歌激清風，顧眄生光輝。秉我徑寸翰，興文一如飛。旁人徒嗷嗷，匹侶當自知。離別難預圖，樂往自成悲。仰觀素雪流，俯見朱華披。棄置安足陳，亡沒無還期。百年譬影響，倏忽誰能持〔四〕！

其五

在我游帝京，馮寵私自奇。當年值數子，無復新相知。中原一顧眄，淩厲有餘姿。用身常苦拙，此志安得施？浮沈託大道，四海一棲遲。時俗溺鄙議，長往不可追。願言反初服，白日日逶迤。酒中念故人，千載爲等期〔五〕。

其六

鴻鵠不噓侶，鷙鳥難爲儔。雙美無常玩，江漢故分流。堅芳喻蘭石，千載一綢繆。佳言盈耳哉，良時安可留？在昔誇中原，數子從我游〔六〕。

其七

孤行苦難立，耿介傷其躬。世路有姿態，悠悠安所終？美服光照人，言笑一何工！抱鼓苕蘧篨，磬折如轉蓬。輕薄不可視，妖蠱誰能窮？車馬從狹邪，棘生九衢中〔七〕。

其八

浮雲翳高城，回飆生戰場。金鼓使人悲，旗幟亦飛揚。千載一如此，丘壟遞相望。奈何轉蓬士，翩翩常道傍〔八〕？

【校記】

〔一〕青，明刻諸本、四庫本並作『清』。

【題解】

感懷，與前《雜興》，並爲雜詩一類。詩中有『幽人』、『伏枕』、『彈冠』、『反初服』等詞語，且所詠大都爲知己離散、有志難騁的感慨，組詩蓋爲棄官歸隱初期所作。爲閲讀方便，亦循例一詩一注。

【注釋】

〔一〕其一：因秋氣而感無友的寂寞。的，明。泠泠，清涼貌。幽人，幽居之人，謂隱居者。屏營，猶彷徨，驚懼不安之狀。丹鐙，猶丹燭，燈火。鐙，同『燈』。短歌，樂府詩題有『短歌行』。三國魏曹操《短歌行》有『慨當以慷，憂思難忘』之句。

〔二〕其二：因友人離散而感慨興復文統之志難酬。經傳，謂經與傳，孔孟等著作爲經，爲經作注疏者爲傳。《博物志》：『聖人製作曰經，賢者著述曰傳。』《大雅》，《詩經》以音樂分爲風、雅、頌三部分，雅詩又分爲大雅、小雅。雅爲周王畿内的樂調。大雅多爲周初作品。舊訓雅爲正，後世遂指聯繫現實、對政事有所補益的詩歌，卽所謂『正聲』。唐李白《古風》之一：『大雅久不作，吾衰竟誰陳？』李攀龍認爲他與友人發動的文學復古運動就是繼承中國詩歌傳統，亦卽『大雅』的傳統。騁翰，馳騁翰墨之場，謂寫作詩文。微音，亡國之音。《文選》阮嗣宗（籍）《詠懷詩》：『北里多奇舞，濮上有微音。』《史記·樂書》載，衛靈公『將之晉，至於濮水之上舍。夜半時聞鼓琴聲』，『乃召師涓曰：「吾聞鼓琴聲，問左右，皆不聞。其狀似鬼神，爲我聽而寫之」』。至晉令師涓援琴鼓之，『未終，師曠撫而止之曰：「此亡國之聲也，不可遂」』。綺麗，謂華美的詩文。唐李白《古風》其一：『自從建安來，綺麗不足珍。』江河，長江大河，此謂全國各地。

〔三〕其三：諸子雖因遭貶分散各地，其詩文將流芳後世，仍爲實現其志的知己。李攀龍《五子詩》有王世貞、吳國倫、宗臣、徐中行、梁有譽。此詩暗寓五子。梁有譽籍屬番禺，爲出明珠之地；吳國倫謫江西，宗臣官福建；王世貞官青州。豫章，漢置郡名。治所在今江西南昌市。青雲，喻指高位。宗臣，功高位尊，爲後世所景仰之臣。《史記·蕭何曹參傳贊》：『聲施後世，爲一代宗臣。』此蓋指『七子』中之宗臣。王佐，帝王之佐。此蓋指王世貞。披褐，身穿粗布衣服，不得高位。褐，褐衣，貧賤者所服。玩，玩世。謂藐視禮法，放蕩不羈。明時，政治清明之時。流華芬，謂流芳後世。分適，分別被貶謫。適，通『謫』。俟，俟望。磬折，謂身佝僂如磬，表示恭敬。語出《尚書大傳·周洛誥》。此謂拜迎官長。彈冠，謂欲出而爲官。語本《漢書·王吉傳》『王陽在位，貢公彈冠』。

〔四〕其四：因憶念七子在京詩酒相聚，而深感人生無常。明堂，此指朝見皇帝的殿堂。元祚，謂歲始，猶元旦。稱歲，猶言當歲之初。侵晨，淩晨。鸞臺，唐代門下省的別稱。見《唐書·職官志》。蘭池，漢宮名。此借指明宮。『十千』二句，三國魏曹植《名都篇》有『我歸宴平樂，美酒斗十千』的句子。平樂，觀名。漢明帝時建，在洛陽西門外。羽爵，鳥翼形狀的酒杯。朱華，紅花。

〔五〕其五：憶念在京諸友。馮（píng）寵，依靠皇帝的偏愛。此指被賜同進士出身。值，恰逢。『中原』二句，謂當年諸子居京在詩壇顧盼稱雄。此志，謂振興文運之志。浮沈，謂宦海或浮或沈。棲遲，游息。此謂隱居。《詩·陳風·衡門》：『衡門之下，可以棲遲。』反初服，謂穿上未做官時的服裝。

〔六〕其六：憶念當年桀傲不訓，而有衆多朋友。雙美，謂二者並美。《文選》陸士衡（機）《文賦》：『離之則雙美，合之則兩傷。』江漢，長江、漢水。

〔七〕其七：感慨世路艱難。籧篨（qú chú），有醜疾不能俯身之人。《詩·邶風·新臺》：『燕婉之求，籧篨不鮮。』《傳》：『籧篨，不能俯者。』磬折，如磬之折，喻指躬身迎送官長。妖蠱，以邪術或媚態蠱惑害人。狹邪，同『狹斜』。謂狹路曲巷。因狹斜爲妓女居處，故古詩文中的狹邪即狎妓。九衢，同『九逵』，九交道，卽交叉路口。

〔八〕其八：轉蓬，蓬草遇風卽拔，並隨風飄散。喻士子顛沛無定。

酬皇甫虞部

青陽一何麗，冉冉西南馳〔一〕。言念庭中樹，率已萎華滋。昔我同心友，懽宴及良時。攜手理清曲，各謂無人知。天衢多高足，冠蓋自相隨〔二〕。所願不與俱，朝親夕生疑。含意戀明世，皓首爲君期〔三〕。諒茲久識察，紅顏坐盛衰〔四〕。

【題解】

皇甫虞部，指皇甫汸。汸，字子循，與其兄沖、涍、弟濂並好學工詩，時稱『皇甫四傑』。長洲（今江蘇蘇州）人。嘉靖八年（一五二九）進士，曾任工部虞衡郎中。《明史·皇甫涍傳》附載，皇甫汸『七歲能詩。官工部主事，名動公卿，沾沾自喜，用是貶秩爲黃州推官，屢遷南京稽勳司郎中，再貶開州同知，量移處州同知，擢雲南僉事，以計論黜』，卒年八十。虞部，官名。掌山澤、苑囿、草木、薪炭、供頓軍事等，屬工部。明初改爲虞衡司。

【注釋】

〔一〕青陽：謂春日。《爾雅·釋天》：『春爲青陽，夏爲朱明。』

〔二〕天衢：謂帝都，京城北京。《漢書·敘傳》：『庸夫攀龍附鳳，並乘天衢。』高足：駿馬，喻指俊才。冠蓋：謂仕宦者的冠服車蓋，因指稱官員。

〔三〕明世：清明之世，太平盛世。

〔四〕紅顏：謂年少。坐：因。盛衰：由盛而衰。

寄許殿卿

西山匿冬日，北風悽以繁。念茲歲方晏，徘徊白雲垣〔一〕。俛首事尺牘，儋石聊自存〔二〕。悠悠塵中心，夙昔非所論。感彼碩人情，獨歌矢弗諼〔三〕。庶此涉時艱，遂用安丘園〔四〕。路傍磬折子，高足策華軒〔五〕。咄唶金蘭客，來當蹈斯言〔六〕。

【題解】

許殿卿，即許邦才（一五一四—一五八一），字殿卿，又字克石，號空石，歷城（今山東濟南市）人。嘉靖二十二年（一五四三）解元。曾官趙州令、永寧知州及德王府、周王府長史。詩人。攀龍好友。著有《瞻泰樓集》、《海右倡和集》等。從『徘徊白雲垣』，知此詩寫於攀龍居京任職刑部時。

【注釋】

〔一〕白雲垣：指刑部。黃帝時秋官名白雲，後因稱刑部爲白雲司。見《海錄碎事·臣職·刑部》。

〔二〕尺牘：此謂文牘案卷。儋石：二石與一石。謂少量。儋，二石。石，一石。

〔三〕碩人：語本《詩·邶風·簡兮》『碩人俁俁』，謂品節高尚、學問淵博之人。此指皇甫汸。矢弗諼（xuān）：矢志不忘。諼，忘。

〔四〕安丘園：安於丘園。喻隱居。

〔五〕磬折子：指善於逢迎諂媚之人。華軒：華麗的車子。

〔六〕金蘭客：謂摯友。金蘭，金蘭友，關係極親密之友人。金蘭喻交情其堅如金，其香如蘭。《文選》劉孝標（峻）《廣絕交論》：『把臂之交，金蘭之友。』

賦得何仲默

仲默自天秀，弱齡負遐矚〔一〕。十六游京邑，藝苑策高足。揮毫坐華觀，懷人理清曲。歸來放情志，日晏從所欲。結好玩遺芳，明德以相勖〔二〕。古道諒寡諧，遂令傷局促〔三〕。

【題解】

何仲默，即何景明（一四八三—一五二一），字仲默，號大復，信陽（今屬河南）人。弘治十一年（一四九八）十五歲舉於鄉，弘治十五年進士及第，授中書舍人。正德改元，宦官劉瑾擅權，上書吏部尚書，勸其秉政勿爲劉氏所屈，語極激烈，並託病歸，後被免官。劉瑾敗，起復，官至陝西提學副使。與李夢陽、徐禎卿、邊貢、康海、王廷相、王九思等宣導文學復古運動，史稱『前七子』。景明志操耿介，尚節義，鄙榮利，在『七子』中詩文創作成就也最高，與李夢陽並稱『何李』。著有《大復集》。

【注釋】

〔一〕弱齡：少年。遐矚：高遠的期待。

〔二〕遺芳：猶言遺墨。明德以相勖：以明德相互勸勉。

〔三〕古道：古昔之道。此謂守正不阿者。局促：窘迫。唐杜甫《夢李白》之二：『告歸常局促，苦道來不易。』

五子詩五首

王元美

元美何翩翩，夙昔秉靈異。京洛多冠蓋，操觚各自媚。所遇無此物，識曲聽其僞〔一〕。大雅久沉邈，時淆作者至。俛仰知音稀，含兹未伸意。但坐奮逸響，側身向天地。虚名喜誤人，依依千載事。浮雲相攬持，白日一高視。四顧命儔匹，中懷誰可致？淩厲子長氣，文章此未墜〔二〕。

吴明卿

吴生蕩滌士，明德復何早？高舉淩風翮，青雲漫浩浩。良時冠帶會，斗酒弄辭藻。一彈中清商，《下里》難爲好。知音率已稀，隱几存吾道。衆言紛盈庭，膠漆各自保。掩耳走淆亂，褰裳度潢潦。罵坐豈盡狂，流俗令人老。陸沉金馬門，懷袖諫書草。白日有棄捐，游子悲不造〔三〕。

宗子相

婉婉維揚士，早歲絶人識。結撰有至思，先民乃遺則。時俗徒嗷嗷，此物知者得。鬱鬱獨往心，百折江河力。披覩他自媚，我意安所測？念兹攜手驩，榮名與令德。浩蕩陰陽移，吾道相終極。語及千載事，愀愀動顔色。中懷誰可喻，文章亦經國。一爲麟鳳言，三嘆加餐食〔三〕。

徐子與

徐生一何俊，本自青雲姿。十年住天目，含意多素辭。既聞《風》《雅》音，三嘆文在兹。眄睞生榮名，徙倚卽前綏。念爲理清曲，高言倡者誰？躑躅流俗間，攜手不相疑。時髦滿要路，各謂中心私。世人豈同願，吾道欲委蛇。黄金買大藥，朱顔庶可持。物理率如此，和光難獨窺〔四〕。

梁公實

梁生起南海，負氣何倜儻！北交中原士，徘徊得吾黨。高名豈宿著，一朝奮鴻響。時俗既淆濁，振衣念獨往。禮法難爲工，局促向天壤。王喬可等期，服食理非枉。引領還羅浮，願言税塵鞅。俯視大河流，逶迤浮雲上。盛衰隨物化，世情自鹵莽。吾意當告誰，黄金妒偃仰〔五〕！

【校記】

（一）僞，詩集本、隆慶本、萬曆本、張校本並同。重刻本作『爲』。

【題解】

王世貞《藝苑卮言》卷七云：『已于鱗所善者布衣謝茂秦來，已同舍郎徐子與、梁公實來，吏部郎宗子相來……蓋彬彬稱同調云。而茂秦、公實復又解去，于鱗乃倡爲五子詩，用以紀一時交游之誼耳。又明年而余使事竣還北，于鱗守順德出。』李攀龍出守順德在嘉靖三十二年，因知此詩作於嘉靖三十一年（一五五二）。李攀龍倡導衆人和作，今存王世貞《弇州山人四部稿》、梁有譽《蘭汀存稿》、宗臣《宗子相集》均有唱和作品。據《宗子相集》詩部附錄，李攀龍作《五子詩》初爲《謝山人榛》、《徐比部中行》、《梁比部有譽》、《宗考功臣》、《王比部世貞》，後與謝榛不合，即重作《五子詩》，爲今集中所列諸篇，而將謝榛與盧枏合爲《二子詩》。組詩所寫，爲李攀龍對王、吳、宗、徐、梁等詩友的看法。

【注釋】

〔一〕《王元美》：此頌王世貞。王世貞（一五二六—一五九〇），字元美，號鳳洲，太倉（今屬江蘇）人。嘉靖二十六年（一五四七）進士，試政大理寺，除刑部主事，歷官至刑部尚書。入仕之初，入李先芳詩社，並經其介紹，與李攀龍定交。第二年入吳維嶽詩社。後擁戴李攀龍爲詩壇盟主，宣導文學復古。李攀龍去世後，操海內文柄近二十年。著有《弇州山人四部稿》等。生平詳《明史》本傳。攀龍引世貞爲知己，認爲他有漢代揚雄的氣概。操觚，猶言執簡，謂著作詩文。觚，方木，古人用來書寫，猶今之書簡。識曲，知音者。聽其僞，謂識別真假。大雅，《詩經》的一部分，後用以指所謂『正聲』，即正宗詩歌。時淆，時風淆亂。逸響，奔放之音。淩厲，奮迅無前。子長，指漢司馬遷，字子長。著名史學家、文學家。著有《史記》。司馬遷參酌古今，發凡起例，創作《史記》，爲我國正史之宗，亦爲傳記文學之典範。未墜，未曾斷絕。《史記·太史公自序》說其創作《史記》是爲接續自周公、孔子『紹明世，正《易傳》，繼《春秋》，本《詩》、《書》、《禮》、《樂》之際』。

〔二〕《吳明卿》：此頌吳國倫。吳國倫（一五二四—一五九三），字明卿，號川樓，亦號南嶽山人，湖廣興國州（今湖北陽新）人。嘉靖二十九年（一五五〇）進士，授中書舍人，遷兵科給事中，謫江西按察司知事，歷知建寧、邵武、高州，擢貴州提學副使、河南參政，罷官歸。『後七子』之一。著有《甔洞稿》。生平詳《明史·李攀龍傳》附傳。國倫狂放不羈，難爲世俗所容，其情其境有如漢代東方朔。蕩滌士，猶言不羈之士。《古詩十九首》之十二：『蕩滌放情志，何爲自結束。』蕩滌，沖洗，意爲清除煩惱。清商，曲調名。樂曲有《清商三調》，樂府有《清商曲辭》。《下里》，鄙俗歌謠。隱几，即憑几、倚几。吳國倫時任中書舍人，接近皇帝。《孟子·公孫丑下》：『有欲爲王留行者，坐而言。不應，隱几而臥。』膠漆，如膠似漆，謂親密至交。褰裳，提起下裙。潢潦，流於地上的雨水。罵坐，辱罵同坐的人。語出《史記·魏其武安侯列傳》。陸沉金馬門，謂被埋沒，不受朝廷重用。《史記·滑稽列傳》載東方朔對漢武帝屢屢諫言，而爲郎數載卻不得升遷。『朔行殿中，郎謂之曰：「人皆以先生爲狂。」朔曰：「如朔等，所謂避世於朝廷間者也。古之人，乃避世於深山中。」時坐席中，酒酣，據地歌曰：「陸沉於俗，避世金馬門，宮殿中可以避世全身，何必深山之中，蒿廬之下。」金馬門者，宦者署門也，門傍有銅馬，故謂之「金馬門」』。

〔三〕《宗子相》：此頌宗臣。宗臣（一五二五—一五六〇），字子相，號方城山人，揚州興化（今屬江蘇）人。嘉靖二十九年（一五五〇）進士，授刑部主事，改吏部考功，歷稽勳員外郎，出爲福建參議，遷提學副使。明『後七子』之一。著有《宗子相集》。生平詳《明史》本傳。宗臣少年知名，詩文古樸。時宗臣調吏部考功，身體病弱。維揚，即揚州。宗臣故家興化屬揚州。結撰，謂寫作詩文。遺則，遺留之法則。《楚辭·離騷》：『雖不周於今之人兮，願依彭咸之遺則。』愀（qiǎo）愀，悲傷。麟鳳言，喻聖賢之言。麟鳳，喻聖賢。

〔四〕《徐子與》：頌徐中行。徐中行（一五一七—一五七八），字子與，號龍灣，又號天目山人，長興（今屬浙江）人。嘉靖二十九年（一五五〇）進士，授刑部主事，歷汀州、瑞州知府，終官江西左布政使。明『後七子』之一。著有《天目先生集》等。生平詳《明史·李攀龍傳》附傳。中行時在刑部，躊躇滿志，詩文創作，追隨王、李。青雲姿，謂有居高位的風姿。天目，山名。在中行故家長興南。中行鄉試中舉十年進士及第。素辭，質樸的文辭。前綏，車前的繩子，上車時用以攀持。委蛇，同『逶迤』。大藥，謂煉丹藥。當時嘉靖皇帝服食丹藥，以求長生，士人中亦有不少服食者。朱顏，謂年少。和光，和光同塵，語本《老子》『和其光，同其塵』。謂包藏才智而不顯露，與塵俗相合而不立異。《古樂府·君子行》：『勞謙得其柄，和光甚獨難。』

〔五〕《梁公實》： 頌梁有譽。梁有譽（一五一九—一五五四），字公實，號蘭汀，番禺（今屬廣東）人。嘉靖二十九年（一五五〇）進士，授刑部主事。三年後，以念母移病告歸。『後七子』之一。著有《比部集》、《蘭汀類稿》等。生平詳《明史·李攀龍傳》附傳。時有譽乞歸，等待批復。有譽因朝政腐敗而思歸，無意仕途，服食求仙，情緒消極。王喬，即王子喬，傳說中的仙人。詳《列仙傳》。服食，服食丹藥，爲道家養生法。羅浮，山名。在今廣東省境，相傳東晉葛洪得仙術於此。稅，止。塵鞅，爲塵俗所羈絆。黄金，即金錢，此謂居官。偃仰，偃息游樂之意。《詩·小雅·北山》：『或棲遲偃仰，或王事鞅掌。』《集傳》：『深居安逸，不聞人聲也。』

二子詩二首

盧次楩

盧柟起河朔，本自千金子。蕩滌諸生間，銷骨於積毀。世無臨邛令，焉得心尚爾！深文類繆恭，罪罟中狙喜。乃繫黎陽獄，十年攻一技。既出《浮丘賦》，始知有株累。三嘆不同時，帝曰付諸理。寥寥相如後，誰能識察此〔一〕？

謝茂秦

謝榛吾黨彥，轗軻京華陌。黄金自不留，朱顏亦已擲。韋布豈盡愚，咄嗟名士籍。握手金閨人，中情多所適。冠蓋羅長衢，染翰日相索。遂令清廟音，乃在褐衣客。一出游燕篇，流俗忽復易。還顧望鹿門，矯矯青雲翮〔二〕。

【題解】

盧次楩，即盧柟，字少楩，一字子木，浚縣（今屬河南）人。據《明史·謝榛傳》附《盧柟傳》載，盧柟家富有資產，捐納爲太學生，博聞强記，『落筆數千言』。爲人跅弛，好使酒罵座』，因得罪縣令而被誣枉入獄，判死刑。謝榛爲其赴京奔走公卿間鳴冤，得昭雪免罪。後遂與王世貞、李攀龍等游處。

謝茂秦，即謝榛（一四九五—一五七五），字茂秦，號四溟山人，又號脱屣山人，臨清（今屬山東）人。明代著名詩人，『後七子』之一。《明史》本傳載，謝榛眇一目，少有詩才，西游彰德（今河北臨漳），爲趙康王所賓禮。後爲脱盧柟冤獄赴京奔走，名聲鵲起。在京與李攀龍、王世貞結識，並因詩歌主張相近而組成詩社，宣導文學復古運動，後因論文不合及其布衣身份，受到排擠。從今存詩文看，他與七子之間的聯繫及詩文往來並未中斷。謝榛大部分時間以彰德爲中心，周游大江南北，人稱『謝榛先生』。著有《四溟山人集》、《四溟詩話》（又名《詩家直説》）。

【注釋】

〔一〕《盧次楩》：敘盧柟的遭遇，贊其才幹。河朔，此指河，即黄河。《尚書·泰誓中》：『惟戊午，王次於河朔。』《傳》：『戊午渡河而誓，既誓而止於河之北。』浚縣在黄河北。蕩滌，此謂放蕩不羈。詳前《五子詩·吴明卿》注。銷骨於積毁，即積毁銷骨，謂受詆毁之深，難以自存。語出《漢書·鄒陽傳》載《獄中上梁王書》。臨邛令，指漢代臨邛令王吉。此以司馬相如遭遇與盧柟相比較。據《漢書·司馬相如傳》載，梁孝王死後，司馬相如回到臨邛，『家貧無以自業』。平素與王吉交好，王吉爲改善相如的生活境遇，就對他假裝特別恭敬（繆恭），天天去見相如，後來相如稱病不見，吉愈加恭謹。臨邛的富翁卓王孫聽説後，就請縣令和相如。相如以病辭，『臨邛令不敢嘗食，身自迎相如，相如爲不得已而强往，一坐盡傾』。由此機緣，相如得識卓王孫之女文君。『文君夜亡奔相如，相如與馳歸成都』。爲此，卓王孫不得已，『分與文君僮百人，錢百萬，及其嫁時衣被財物。文君乃與相如歸成都，買田宅，爲富人』。深文，謂用法苛深。繆恭，故作恭敬之態。深文繆恭，謂浚縣知縣對盧柟用法嚴酷，其作假有如當年臨邛令王吉對司馬相如的『繆恭』。黎陽，即浚縣。浚縣爲古黎陽縣地。據《明史》本傳載，盧柟在獄中『益讀所攜書，作《幽鞠》、《放招》二賦，詞旨沉鬱』。《浮丘賦》，描寫浮丘山的賦。浮丘，山名。在浚縣西南。株累，謂株連受累。三嘆不同時，據《漢書·司馬相如傳》載，漢武帝讀司馬相如《子虛賦》，感嘆不與其同時。

〔二〕《謝茂秦》：贊謝榛詩才。吾黨彦，謂爲詩社中的賢者。彦，才德出衆之人。轗軻，同『坎坷』。陌，道路。『黄金』二句，謂不爲榮利所留，大好年華也已逝去。韋布，韋帶布衣，謂寒素的服裝。《晉書·阮籍傳》：『夫布衣韋帶之士，孤居特立，王公大人所以禮下之者，爲道存也。』咄嗟，驚歎。金閨，漢宮有金馬門。詳前《五子詩·吴明卿》注。簡稱金門，也稱金閨。《文選》江淹《别賦》：『金閨之諸彦，蘭臺之羣英。』金閨人，指李、王諸子。染翰，謂寫作詩文。清廟音，《詩·周頌》有《清廟》篇，頌周文王，因謂正音。褐衣客，指謝榛。褐衣，粗布衣服，代指布衣之人。游燕篇，指謝榛周游燕地的詩篇。鹿門，山名。在今湖北襄樊市境。漢末龐德公入鹿門取藥不還，唐詩人孟浩然亦曾隱居於此。末二句指謝榛隱而待發。

酬元美二首

妾本秦宫女，少小揚蛾眉。早辱君王寵，朱顔驕自持。卷衣皆羅紈，明珠縱横垂。頭上翠琅玕，爵釵珊瑚枝〔一〕。盛年處深殿，容華天下知。一朝在里巷，遂爲生别離。此身託古歡，南山猶可移〔二〕。

東鄰蕩子婦，泥沙委路歧。中心指秋日，同穴乃所期〔三〕。

其二

有鳥名黃鵠，乃在琪樹柯〔四〕。下來太液飲，唼喋荇與荷〔五〕。周游視中土，少年多羅家。金衣菊爲裳，不受矰繳加〔六〕。一舉絕四海，離哉天可摩。毛羽未摧頹，鼎俎奈爾何〔七〕！

【題解】

元美，即王世貞。酬，答。此爲唱和之詩。其一，借女性對愛情忠貞不移，表達終生不渝的情誼。其二，以黃鵠高飛爲喻，謂其前程遠大。詩雜有古詩文句，應屬擬古一類。

【注釋】

〔一〕爵釵：　雀形釵。爵，通「雀」。

〔二〕古歡：　即故歡，最初的情郎。古、故，古今字。

〔三〕同穴：　猶言同死，所謂生則相依，死則同穴，表示此情生死不渝。

〔四〕琪樹：　玉樹，謂樹秀挺如玉。

〔五〕太液：　漢、唐宮中都有太液池。漢武帝曾在池南建建章宮，於池中築漸臺，刻石鯨，起三山作爲蓬萊三神山的象徵。昭帝時，黃鵠飛下池中，羣臣以爲祥瑞，向昭帝祝賀。見《三輔黃圖・池沼》。唐太液池，在大明宮含涼殿後。白居易《長恨歌》：「歸來池苑皆依舊，太液芙蓉未央柳。」唼喋（shà dié）：　水鳥吃食聲。

〔六〕矰繳（zéng zhuó）：　用絲系矢（箭）射鳥的用具。《史記・留侯世家》：「橫絕四海，當可奈何！　雖有矰繳，尚安所施？」

〔七〕鼎俎：烹調用鍋及割生肉所用砧板。

再答元美二首

盈盈猗蘭花，深谷何逶迤〔一〕！秋風凋奇樹，隕擇以葳蕤〔二〕。含英卽蔓草，不復揚華滋。豈無王者香，結根非其宜〔三〕。孤生感霜雪，采折中心知。幸君置懷袖，慰此長相思。亭亭西山柏，自茂淩寒姿。下流難久居，壯士多所悲〔四〕。

其二

采苓首陽巔，青蠅止於棘〔五〕。結髮奉歡宴，柏舟矢靡慝〔六〕。上堂理琴瑟，下堂視蠶織。昵若形與影，在遠復相憶。豈不防未然，萋斐成罔極〔七〕。愛深生百憂，棄捐衢路惻。賤妾抱區區，中道蒙察識。琴瑟聽其真，蠶織五文色。非君膠漆心，羣小志亦得。

【題解】

此詩與前《酬元美》用意及寫法均同。

【注釋】

〔一〕猗蘭：蘭之一種。《樂府詩集·琴曲歌辭·猗蘭操題解》引《古今樂録》云：『孔子自衛反魯，見香蘭而作此歌。……孔子歷聘諸侯，諸侯莫能任，自衛反魯，隱谷之中，見香蘭獨茂，喟然嘆曰：「蘭當爲王者香，今乃獨茂，與眾草爲伍，譬猶賢者不逢時，與鄙夫爲倫也。乃止車，援琴鼓之，自傷不逢時，託辭於香蘭云。」

〔二〕隕籜（tuò）：凋落。

〔三〕王者香：爲王者而香。

〔四〕下流：此謂品位居下。《論語・陽貨》：「惡居下流而訕上者。」

〔五〕首陽巔：首陽山頂。首陽，山名。在河南洛陽北。商周之際，孤竹君二子伯夷、叔齊隱居於此，采薇而食。詳《史記・伯夷列傳》。青蠅：即蒼蠅。《詩・小雅》有《青蠅》篇，以蒼蠅比作好進讒言的小人。青蠅停於荊棘之上，謂其難於安定。

〔六〕柏舟：柏木所造之舟，堅固耐用。《詩・鄘風》有《柏舟》篇，爲女子自誓之辭，有云：「汎彼柏舟，在彼河側。髧彼兩髦，實維我特。之死矢靡慝。」矢，矢志。靡，無，沒有。慝，邪。

〔七〕萋斐：同「萋菲」，讒言。《梁書・劉孝綽傳》：「與物多忤，交構是非，用成萋菲，日月昭罔，俯明枉直。」罔極：不正，不合正道。《詩・小雅・青蠅》：「讒人罔極，交亂四國。」

郡齋同元美賦

游子苦行役，驅車自溟渤〔一〕。依依平生親，斗酒日云沒。秋風亦已厲，蕭條眾芳歇。何以贈君子，徙倚攬明月〔二〕。燕婉當及時，霜雪變華髮。高足蔽天衢，浮雲望雙闕。令德一見疑，積毀能銷骨〔三〕。中懷不復喻，邈若胡與越〔四〕。綢繆有故人，知音無倉卒。常恐遠別離，含意向明發。

【題解】

郡齋，指順德府衙內的書齋。詩應作於王世貞察獄京輔期間。據李攀龍《送河南按察副使王公元美自大名之任浙江左參政序》載，嘉靖三十五年（一五五六），元美領「治獄使者」，察獄京畿地區，「乃從某三日而讞順德，又五日而讞廣平，又十日而讞大名。既告竣役，余乃從公大名，命盧柟攜謝榛交相勞也」。又據王世貞《弇州山人四部稿》載《八月抵魏中，恰計舊游之日滿一紀矣，爲之興歎》詩，知其在順德相聚在是年八月。

【注釋】

〔一〕行役：猶言出公差。溟渤：指渤海。元美察獄燕、趙地區，燕即今河北一帶，東濱渤海。

〔二〕徙倚：遷徙倚立。《文選》王仲宣（粲）《登樓賦》「步棲遲以徙倚兮」呂向注「言於樓上行步優游，遷徙倚立。」

〔三〕積毀能銷骨：即積毀銷骨，謂受讒言詆毀，難以自存。詳前《二子詩·盧次楩》詩注。

〔四〕中懷：心中。胡與越：胡指胡族，在塞北；越，指越（粵）族，在嶺南。言邈遠之極。

送元美二首

有鳳銜靈文，棲棲北海湄〔一〕。臨流理毛羽，五采以自奇。飛如摛羣星，擊若朝霞披。翱翔千仞岡，亦集梧桐枝。一鳴叶《清廟》，再鳴中《咸池》〔二〕。淒風振大野，青雲顧我悲。世無伶倫耳，誰爲度參差〔三〕？回首顧丹穴，摧藏不可持〔四〕。將止帝東園，恐令鶗鴂知〔五〕。阿閣在萬里，哀號乃見疑〔六〕。啁啾榆枋間，燕雀相追隨。清光蔽白日，何當復來儀？

其二

夙昔二三子，慷慨揚奇聲。文章淩先秦，詞賦無西京〔七〕。零落如流星，各懷飢渴情（一）。念爾策高足，北海日以清。顧眄當中原，冠蓋徒縱横。明發詠《蓼莪》，依依戀所生〔八〕。悲風薊門來，涕泣霑我纓（二）。解帶謝時人，驅車薄姑城〔九〕。千里見大河，躑躅浮雲征。罷酒不能别，蕭蕭駟馬鳴（三）。骨肉非一身，意氣乃合并。景光老自愛，率已識榮名。

【校記】

（一）各，諸本並同。學憲本作「多」。

（二）我，諸本並同。學憲本作「長」，非。

（三）駟，諸本並同。學憲本作「四」。

【題解】

此詩爲嘉靖三十五年（一五五六）十月，元美赴青州任，攀龍爲其送行之作。據《明實録》，是年八月攀龍有視學陝西的任命，十月，元美被任命爲山東按察司副使，兵備青州。攀龍赴任在冬初，元美赴任在歲暮。二人在接受任命、未赴任之前，或在北京會面。此時梁有譽已卒，宗臣病歸，吴國倫於是年三月貶爲江西按察司知事（見《明世宗實録》），謝榛與諸子有所疏離，一時「零落如流星」，「七子」在京「慷慨揚其聲」的局面不復存在，而相聚無日，前程未卜，與摯友離别，攀龍不免感傷。其一，以鳳凰作比，頌揚元美的才華，對其境遇深表同情。其二，回顧當初與諸子宣導詩文復古時的氣概，對今之零落更加傷心，依戀難捨之情溢於言表。

【注釋】

〔一〕靈文：猶美文。靈，善。見《廣雅・釋詁》。北海：青州漢時屬北海郡。湄，水邊。元美兵備青州，兼攝沿海軍務。以下六句以鳳鳥作比，所涉均與鳳鳥有關。五采，鳳鳥的羽毛。《山海經・大荒西經》：『有五采鳥三名：一曰皇鳥，一曰鸞鳥，一曰鳳鳥。』摛（chī），舒，舒張。擊，動。

〔二〕《清廟》：《詩・周頌》中的一篇。此謂清正之音。《咸池》：黄帝之樂。見《藝文類聚・樂部・論樂》引《樂緯》。

〔三〕伶倫：傳説黄帝時的樂官。度，作曲。參差，樂器。即簫。《説文解字》：『簫，參差管樂，象鳳之翼。』

〔四〕摧藏：心傷痛。《古詩焦仲卿妻》：『未至二三里，摧藏馬悲鳴。』

〔五〕鶗鴂（tí jué）：鳥名。即杜鵑。喻邪佞姦臣。《文選》阮嗣宗（籍）《詠懷詩》：『鳴雁飛南征，鶗鴂發哀音。』吕向注：『鶗鴂，喻邪臣讒佞。』

〔六〕阿閣：閣，同『閣』。閣有四柱者曰阿閣。《帝王世紀》：『黄帝時，鳳凰巢於阿閣。』

〔七〕『文章』二句：此二句爲『後七子』的詩文主張。淩，越。西京，指西漢京城長安，即今陝西西安市。此代指西汉。

〔八〕《蓼莪》：《詩・小雅》中的一篇，朱熹《集傳》謂『人民勞苦，孝子不得終養，而作此詩』。

〔九〕薄姑：古地名。周初封殷諸侯薄姑氏於此，其故地在今山東博興縣東北。

答寄俞仲蔚二首

太乙既漢德，名駒生渥窪〔一〕。赤汗霑青雲，長嘶振流沙。飢齕玉山芻，渴則飲其涯。翹尾以躑躅，騊駼相經過。不願游閶闔，況乃服鹽車。世豈無伯樂，垂耳奈我何〔二〕！天子發素書，使者出蹉跎〔三〕。駪駪十二閑，駑馬常苦多〔四〕。雖有千里姿，羈絆非所加。

其二

鬱鬱龍門山，下臨千仞谿〔五〕。孤桐生其間，幹與浮雲齊。湍水擊其隈，迴波蕩其涯。野火燔其東，飛雪塗其西。莫則止黃鵠，朝則啼鶤雞〔六〕。悲風從天來，清商以淒淒〔七〕。伯牙不能去，傾耳中自諧〔八〕。匠石空扼腕，運斤路何階〔九〕？琴瑟和神人，無乃非其懷。結根既已異，雨露難獨乖。願言俯大壑，往就常離棲〔一〇〕。

【題解】

俞仲蔚，名允文，字仲蔚。初名允執。昆山（今屬江蘇）人。諸生。工書。與『後七子』游處，爲『廣五子』之一。有《仲蔚先生集》，生平事蹟見顧章志《明處士俞仲蔚先生行狀》。此爲答俞所寄詩，其一以名貴的汗血馬爲喻，謂俞氏負才未仕而屈居民間，其二喻其爲山間孤桐，高峻挺拔，爲黃鵠棲止，風過樂作，知音者爲其吸引，欲傷害者無法可施。

【注釋】

〔一〕太乙：同『太一』，也作『泰一』，天帝別名。見《史記·天官書》『中宮天極星，其一明者，太一常居也』《正義》。貺：賜，賜予。名駒生渥窪：指汗血馬。渥窪，水名。以下八句，關於汗血馬事，詳前《天馬歌》及注釋。玉山：山名。在崑崙山西麓。《山海經·西山經》：『玉山是西王母所居。』騊駼（táo tú）：良馬。一說野馬。閶闔：天門。服：駕。

〔二〕伯樂：古代善相馬的人。馬垂耳，無精氣神。此謂即便遇到知其才能的人，他也不樂意顯露。

〔三〕素書：古人用絹帛書寫，此謂詔書。蹉跎：失時。此謂不應天子詔命，使者白白浪費時間。

〔四〕駪（shēn）駪：衆多貌。唐杜甫《贈汝陽郡王璡》：「羽旗動如一，萬馬肅駪駪。」

〔五〕龍門山：山名。在今陝西韓城市與山西河津市之間。見《書·禹貢》。

〔六〕莫：通「暮」。鵾雞：鳥名，見戰國宋玉《九辯》。也作「昆雞」。似鶴，黄白色。

〔七〕悲風：涼風，秋風。清商：古五音之一，商聲。亦指秋風。凄凄：寒涼。

〔八〕伯牙：春秋楚人，爲知音者。詳前《秋胡行》注〔四〕。

〔九〕「匠石」二句：謂想尋求他作爲知己亦難得路徑。《莊子·徐無鬼》：「郢人堊慢其鼻端若蠅翼，使匠石斲之，匠石運斤成風，聽而斲之，盡堊而鼻不傷，郢人立不失容。」斤，斧。

〔一〇〕往就長離棲：前往到彼長久離別之居處。

送李明府入奏

西北夏雲列，飛蓋亦相望。供帳被城隅，父老皆扶將〔一〕。天子秉百度，作新大朝堂〔二〕。榱桷曼且碩，掄才自南鄉〔三〕。山河俯壯麗，肅穆垂衣裳〔四〕。是時薰風至，五月開未央〔五〕。既奏解慍曲，或和《斯干》章〔六〕。聖顔慰飢渴，帝心簡四方〔七〕。冢宰上績書，召見伏明光〔八〕。用等課高第，視事稱維良〔九〕。小臣奉威靈，不得施其長。誰謂一邑輕，治行乃無疆。願言備侍從，珥筆述陶唐〔一〇〕。策勳諒有期，遺愛匪可忘〔一一〕。

【題解】

李明府，指歷城知縣李齊芳。李齊芳，字見甫，成安（今屬河北）人。嘉靖中進士，知歷城縣。爲官廉正，不阿附權貴。遷戶部主事，因得罪宦官，謫佐同州，終官漢中守。生平詳乾隆《歷城縣誌》。入奏，入朝奏事。從詩『作新大朝堂』看，李齊芳或爲祝賀朝堂建成而來。

【注釋】

〔一〕供帳：供設帷帳，送行所陳設的用具。扶將：扶持。

〔二〕百度：百事之節度。作新：此謂擴建。

〔三〕榱桷（cuī jué）：屋椽。曼：長。碩：大。掄：選拔。

〔四〕垂衣裳：稱頌帝王無爲而治。《易·系辭下》：『黄帝堯舜垂衣裳而天下治，蓋取諸乾坤。』

〔五〕薰風：南風。《孔子家語》載《南風歌》云：『舜彈五弦之琴，歌《南風》之詩。其詩曰：「南風之薰兮，可以解吾民之慍兮；南風之時兮，可以阜吾民之財兮。」』未央：漢宮名。唐王昌齡《春宮曲》：『昨夜風開露井桃，未央前殿月輪高。』

〔六〕解慍曲：指《南風歌》。《斯干》：《詩·小雅》中的一篇，朱熹《集傳》謂『此築室既成，而燕飲以落之，因歌其事。』

〔七〕簡：存。《論語·堯曰》：『帝臣不蔽，簡在帝心。』

〔八〕冢宰：宰相。績書：敘寫業績之書。明光：漢宮名。此指明宮。

〔九〕課：考核。視事：莅官治事。

〔一〇〕珥筆：載筆。古時史官入朝，常插筆於冠側，以便取之記錄，謂之珥筆。《文選》曹子建（植）《求通親親表》『執鞭珥筆』李善注『珥筆，載筆也。』劉良注：『珥，耳也。插筆，謂侍中職。』陶唐：傳說中的聖王堯爲陶唐氏。此謂記述當今皇帝的堯舜之治。

〔一一〕策勳：謂記其功勳於簡策而定其位次。此謂職位的提升。遺愛：謂仁愛之德遺留於後。

許殿卿、郭子坤見枉林園二首

明時再嬰疾，隳官此悠悠〔一〕。永言命沮溺，二子乃從游〔二〕。田家何所有，樽酒結綢繆〔三〕。散髮坐園中（一），轆轤牽寒流〔四〕。擊我青門瓜，聊且克庶羞〔五〕。雨氣蕩暄濁，披襟御南樓〔六〕。開軒納山色，餘映一以收〔七〕。雲霞羅四隅，烟火蔽林丘。伏陰秀禾黍，餉婦媚原疇〔八〕。西望華陽宮，若見清河舟〔九〕。登臨信亦美，曠然銷人愁。願君愛景光，多暇還相求。

其二

佳客卽良夜，此會安可期？結髮爲兄弟，晤言今在茲。層臺挺浮雲，河漢宛其垂〔一〇〕。積陰濯列宿，三五正參差〔一一〕。前山殿影亂，雨勢坐已移。皎月出平陵，徘徊當照誰〔一二〕？清光滑暑氣，颯若撤長帷。潦水明樹間，流飆澹華榱〔一三〕。零露響空林，蟪蛄以鳴悲。世路良獨難，斗酒多所宜。達人忌榮名，千載同一時。

【校記】

〔一〕園中，諸本並同。學憲本作『中園』。

【題解】

許殿卿，即許邦才。郭子坤，濟南人，攀龍幼年好友，許邦才、殷士儋、襲勖爲諸生時的同學。見本集《送襲茂卿序》、《殷母太孺人序》。本集中有《送郭子坤別駕之廬州》，知其後來曾任廬州別駕。見枉，枉駕惠顧。枉，枉駕，稱人來訪的敬辭。林園，猶園宅。此詩應作於歸隱之初，林園蓋指李攀龍歷城韓倉舊居。

【注釋】

〔一〕明時：聖明之時。再嬰疾：攀龍因病辭官，而據《明史》本傳載，在其出仕的第二年，即嘉靖二十四年（一五四五）曾因病家居一年。隳（huī）官：棄官。隳，廢棄。悠悠：安閒自得貌。

〔二〕永言命沮溺：謂像沮溺一樣永遠做隱士，不與世人來往。永言，永久。言，語助詞，無義。命，名。沮溺，長沮、桀溺，春秋時期楚國的兩位隱士。見《論語·微子》。乃：竟。

〔三〕樽酒：一杯酒。樽，酒杯。結綢繆：結成親密的友誼。綢繆，親密貌。

〔四〕散髪：頭髪披散。古時官員必須束髪加冠，注重威儀；髪不束整，放浪形骸，是隱者常態。《後漢書·袁安傳》附《袁閎傳》：『延熹末，黨事將作，閎遂散髪絕世，欲投跡山林。』轆轤：舊時井上汲水的用具。牽寒流：此謂轆轤汲上清涼的水。

〔五〕青門瓜：也稱東陵瓜。《三輔黄圖·都城十二門》：『長安城東南頭第一門曰霸城門，民見門色青，名曰青城門，或曰青門。門外出佳瓜。廣陵人邵平，爲秦東陵侯，秦破爲布衣，種瓜青門外，瓜美，故時人謂之「東陵瓜」。』此爲作者自稱其所種之瓜。聊且：姑且。克：勝。庶羞：多種佳餚。

〔六〕南樓：此指其在故居所建白雪樓。

〔七〕餘映：落日餘輝。

〔八〕餉婦媚原疇：謂年輕農婦把飯送到地頭，使田野更增加幾分嫵媚。餉婦，田中送飯的農婦。原疇，田野。

〔九〕華陽宮：華不注山下的宮觀，始建年代不詳。華不注山，在韓倉以西。清河：此指小清河。

〔一〇〕河漢宛其垂：銀河就像垂下來一樣。宛，宛然。

〔一一〕三五：農曆月中十五日。

〔一二〕平陵：地名。在今濟南章丘境內，韓倉以東。

〔一三〕華榱：華麗的屋椽。

杪秋同右史南山眺望

南山有幽意，駕言此徘徊〔一〕。湖波蕩寒城，四座清光開。金天澄素景，秋氣何悲哉！繁陰遞白日，浮雲間往來。落木颯中林，流猋激巖隈〔一〕〔二〕。朝昏上烟火，原隰被樓臺。故鄉無滯淫，世路多塵埃〔三〕。念我平生歡，離思壯難裁。

【校記】

〔一〕猋，明刻諸本同。四庫本作『飆』。

【題解】

杪秋，秋末。右史，指許邦才，時任德王府長史。南山，此指千佛山。山半有興國禪寺，始建於唐貞觀年間（六二七—六四九），寺周山崖有諸多佛龕，龕中有佛造像，故名。因古有『舜耕歷山』的傳説，而曾鞏等又論證千佛山爲歷山，故又名歷山、舜耕山或舜山。山雖不高，卻是登臨遠眺的好去處。山頂眺望，境界開闊，北可俯瞰濟南全景：大明湖懸如明鏡，黄河、小清河蜿蜒東向，飄忽如帶；『齊烟九點』（市區九個山頭），烟雲氤氲中若隱若現。南望丘陵連綿，雲氣蒼茫，遥與泰岱相接。詳詩意，此詩作於歸隱之後。本集卷九七律中，有一同題詩作，或爲同時所作。

【注釋】

〔一〕幽意：幽思，幽懷。南朝梁江淹《青苔賦》：『必居閑而就寂，以幽意之深傷。』駕言：謂出游。言，語助詞，無義。

〔二〕流猋：大風。猋，通『飆』。

〔三〕滯淫：留滯，廢頓。三國魏王粲《登樓賦》：『荊蠻非吾鄉，何爲久滯淫？』塵埃：謂世俗之塵埃，污穢。《楚辭·漁父》：『安能以皓皓之白，蒙世俗之塵埃乎？』

九日集殿卿池亭分賦二首

卜幽命詞客，冠蓋至如麇〔一〕。白雲澹蕭晨，黄花媚新醞〔二〕。灑翰湖山清，開樽魚鳥近〔三〕。零露偃池荷，淒風擶籬槿〔四〕。徑回片橋出，林冥寒城隱。臨流濯長纓，飄然袪塵坋〔五〕。

其二

寒空鵲嶺秀，霽野湖水闊〔六〕。墟落散城隅，池亭入幽豁。雲陰出水鮮，石色含霜活。白鳥下烟際，歸鴻起天末。返照款長林，羣流亂相聒。紫蟹壯可持，濁醪美堪掇〔七〕。秋高吹臺興，老劇文園渴〔八〕。佳節有獨醒，吾生豈云達？

【題解】

九日，即農曆九月九日重陽節。殿卿，即許邦才。分賦，詩人會集，分韻而賦詩。

【注釋】

〔一〕卜幽：選擇幽靜之處。至如麇：即麇至，羣來。《左傳·昭公五年》『求諸侯而麇至』《注》：『麇，羣也。』

〔二〕黄花：即菊花。新醞：新釀制的酒。此指菊花酒。

〔三〕灑翰：謂作詩。

〔四〕『零露』二句：謂露珠壓低池中的荷花，秋風吹動籬笆上的木槿。

〔五〕坋（fèn）：塵埃。

〔六〕鵲嶺：指濟南北郊鵲山。湖水：指濟南舊城内的大明湖。許邦才故居在大明湖附近。

〔七〕掇：取。

〔八〕文園：指漢賦家司馬相如，字文園。此作者自喻。

集張使君別業

清河迅寒流，金輿杳空翠〔一〕。秋氣下高原，蒼然西北至。返照散疎林，蕭條烟景異。零落復佳期，茅茨況幽致〔二〕。握手平生人，笑談出往事。舊游數子盡，風流吾黨備。千金抵白髮，一醉滿君意。

【題解】

集，會集。張使君，指歷城縣令張淑勵。張淑勵，字自勉，太原盂縣（今屬山西）人。嘉靖二十年（一五四一）進士，二十二年知歷城縣，二十五年擢御史（《歷城縣誌》作『三十五年』）。在歷城多有惠政，李攀龍有《歷城尹張公德政碑記》，乾隆《歷城縣誌·人物志》有傳。攀龍於嘉靖二十三年賜同進士出身，試政吏部文選司，二十四年以疾告歸，翌年返京任職，由此知其與張氏交往當在嘉靖二十四年。而詳詩意，似爲其歸隱之後所作，則張氏或別有所指。別業，別墅。

【注釋】

〔一〕清河：此指小清河。金輿：山名。即華不注山，俗稱華山。在濟南市東北郊，爲『齊烟九點』之一。北魏酈道元形容其『青崖翠發，望如點黛』（《水經注·濟水》），唐李白《古風》（昔我游齊都）謂『綠翠如芙蓉』。

〔二〕茅茨況幽致：謂居住簡陋而有幽雅的情致。茅茨，茅草房。

秋夜白雪樓同許右史、襲茂才分韻二首

林烟既曳綃，湖霞亦披絳〔一〕。雞犬靜荒村，蓬蒿翳深巷。燒微見月出，鐘清識霜降〔二〕。各稱浮白樂，未覺呼盧戇〔三〕。更賦梁園雪，如流華渚虹〔四〕。預愁還城邑，車馬紛相撞。

其二

返照入平陵，白雲出西隴〔五〕。天清鴈影澹，山空嵐氣重。三徑何蕭條，高人乃接踵〔六〕。諸生稷

下秀，詞客梁園寵〔七〕。松菊有佳色，琴樽亦慫慂。但醉不須眠，寒燈坐相擁。

【題解】

白雪樓，也稱鮑山樓。此指歸隱之初，在故居韓倉所建的白雪樓。詳見本集卷九《白雪樓》題解。許右史，即許邦才。龔茂才，指龔勖。生平詳見本集卷十二《寄龔勖》。茂才，即秀才，諸生的俗稱。分韻，分韻賦詩。

【注釋】

〔一〕林烟曳綃：謂彌漫在林間的烟霧如同美女拖曳的霧綃輕裾。綃，霧綃。三國魏曹植《洛神賦》：『踐遠游之文履，曳霧綃之輕裾。』湖霞披絳：謂湖上朝霞如同飄散的絳帛。披，散。絳，紅綢。

〔二〕燒微：晚霞散去。燒，夕照雲霞映紅。鐘清：寺廟中清脆的鐘聲。

〔三〕浮白：罰酒飲畢，舉杯以告人。此謂飲酒。呼盧戇（gàng）：笑得發狂。呼盧，同『胡盧』，笑聲。戇，戇狂。

〔四〕梁園：漢梁孝王所築園，也稱梁苑、兔園，在今河南商丘一帶。許邦才時爲周王府長史，梁園在周王封地之內。華渚：華不注山下水邊。

〔五〕平陵：地名。在今濟南市章丘境內。西隴：西边田野。隴，隴畝。

〔六〕三徑：指隱居處。《初學記·交友》引《三輔決錄》：『蔣詡字元卿，舍中三徑，惟羊仲、裘仲從之游。二仲皆推廉逃名。』

〔七〕稷下：原指戰國時期齊都臨淄稷門之下，爲稷下學宮所在地。見《史記·田敬完世家》。唐天寶元年（七四二），曾改齊州爲臨淄郡，後亦以稷下指稱濟南。詞客：此指許邦才。

送許史得『弟』字

秋風一蕭條，白雲自相綴。翩翩爾曳裾，慘慘吾分袂〔一〕。鼓楫大河流，揚帆下衡衛〔二〕。平臺壯登眺，鄒枚儼兄弟〔三〕。既出《兔園》篇，頗兼《子虛》製〔四〕。詞賦有知遇，王門卽恩惠。

【題解】

許史，卽許右史邦才。許邦才時在周王府任長史。得『弟』字，卽得『弟』字爲韻。

【注釋】

〔一〕曳裾：曳裾王門。謂寄食王侯之門。《漢書·鄒陽傳》載《獄中上梁王書》：『飾固陋之心，則何王門不可曳長裾乎？』分袂：猶言分手。袂，衣袖。

〔二〕衡衛：指衡雍，春秋時期鄭國之地。《左傳·僖公二十八年》：『晉侯敗楚師於城濮，還至於衡雍。』《注》：『衡雍，鄭地，今滎陽卷縣。』衛，本爲明時軍隊編制，後相沿爲地方稱謂。見《續文獻通考·兵考·兵制》。

〔三〕平臺：臺名。在今河南商丘東北，爲漢梁王所築，在梁園內。見《史記·梁孝王世家》。鄒枚：鄒陽、枚乘。鄒陽（生卒年未詳），齊（今山東臨淄）人，西漢前期散文家，代表作爲《獄中上梁王書》。曾與枚乘爲吳國賓客，發現吳王劉濞蓄意謀反，勸諫不聽，遂一同離吳奔梁。枚乘（？—前一四〇），字叔，淮陰（今屬江蘇）人。辭賦家，代表作爲《七發》。此喻自己與許邦才。

〔四〕《兔園》篇：兔園，卽梁園。枚乘有《梁王菟園賦》，載《藝文類聚》卷六五，南朝梁江淹有《學梁王兔園賦》，載《江淹集》。《子虛》製：卽《子虛賦》，西漢賦家司馬相如的代表作，載《漢書》本傳。此以喻指許邦才作品。

集開元寺

流陰拂層岑，返照翳深谷〔一〕。古寺入蕭條，迴巖抱幽獨〔二〕。梵影淨香臺，鐘聲殷石屋〔三〕。絕壁棲禪誦，懸厓下樵牧〔四〕。秋花雨還瘦，老樹霜逾秃。寒泉可瑩心，白雲況極目。登臨客白佳，搖落時何速〔五〕？蔬色蕩腥羶，苔光清簡牘〔六〕。新詩發神秀，舊游耿初服〔七〕。歸來杖屨便，老去烟霞伏〔八〕。高城出睥睨，燈火通林麓〔九〕。言旋轉多興，後期此同宿。

【題解】

集，詩友會集。開元寺，原名佛慧山寺，也稱開化寺，在濟南舊城東南（今濟南市區南郊）佛慧山（又稱檞山、角山）文壁峯（又稱文筆峯）下。即山建寺，境界清幽，有一盤山小路與外界相通。寺南壁下有秋棠泉，泉上有秋棠亭。寺側崖壁間多秋海棠，當其盛開之時，花映泉中，賞花品泉，別有況味。寺始建於唐代，今已廢圮。作者少年時代曾在寺中讀書，所謂『三十年前住此峯，白雲流水見相從』（《宿開元寺示諸子》），因對開元寺有著特別深厚的感情。《滄溟集》中寫開元寺的詩共四首，此詩寫深山古寺的荒涼、幽深景象及詩人歸隱後故地重游時留連徘徊的心境，爲其中較好的一篇。

【注釋】

〔一〕流陰：浮動的雲影。拂：飄過。翳：遮蔽。

〔二〕抱幽獨：謂擁有一種幽靜孤寂的心境。

〔三〕梵影：佛影。梵，佛名。《俱舍論二十四》：『佛與無上梵德相應，是故世尊猶應名梵。』香臺：佛教用語，謂佛殿。殷：震動。石屋：指鐘樓。

〔四〕棲禪誦：住著誦經的僧人。居處山上曰棲。禪誦，僧人誦經。此指誦經的僧人。樵牧：打柴、放牧。

〔五〕搖落：花草樹木葉落凋零。語出戰國宋玉《九辯》。

〔六〕『蔬色』二句：謂此處吃齋素食，沒有葷腥氣味；與世隔絕，少有世俗雜務的煩擾。蔬色，各種蔬菜。蕩，蕩滌，清除。腥羶，泛指肉類。苔光，青苔泛起的光澤。苔，苔蘚一類植物。簡牘，官府文書之類。

〔七〕舊游：老朋友。初服：謂仕宦前的服裝，即便服民裝。語出《楚辭·離騷》。

〔八〕歸來：指辭官家居。杖屨：扶杖漫步。烟霞伏：爲雲霞變幻的景色所傾倒。《新唐書·田游巖傳》：『田游巖頻召不出，高宗幸嵩山，親至其門，游巖野服出拜，儀止謹樸。帝問：「先生比佳否？」游巖對曰：「所謂泉石膏肓，烟霞痼疾。」』

〔九〕睥睨：也作『埤堄』，城上女牆（短牆）。燈火：燈光。

答張秀才問疾

青陽蕩積晦，素雪亦云熙〔一〕。仲月陶嘉樹，閒庭曖流滋〔二〕。微風中夜興，清光動遙帷。殘燈出四壁，鐘鼓一何癡？閉關抵百役，內熱耿於罹〔三〕。養痾終年歲，人生能幾時！服散代晨餐，匕箸厭相持〔四〕。哲夫秉大觀，一往不復疑〔五〕。所愧乏明德，盈縮無常期〔六〕。

【題解】

張秀才，指張子含。據李攀龍《明故奉政大夫涇王府左長史張公合葬墓誌銘》，張子含，名暐，字子含，太學生，歷城（今屬山東濟南市）人。其祖父鼒，官至右都御史；其父齊，官至涇王府長史。

【注釋】

〔一〕『青陽』二句：謂春日晴明，積雪亦消。青陽，謂春天。《爾雅·釋天》：『春爲青陽，夏爲朱明。』積晦，久陰。熙，乾燥。

〔二〕仲月：早春二月。陶：養。

〔三〕閉關：謂閉門謝絶人事來往。內熱耿於罹：所傷罹患內熱。病名。《素問·調經論》：『陰虛生內熱。』耿，悲，悲傷。

〔四〕服散：此謂服藥。散，藥石屑曰散。匕箸：湯匕、筷子。

〔五〕哲夫：哲人，曠達之人。大觀：謂自全局以觀察事物。語出《莊子·天下》。《文選》賈誼《鵩鳥賦》：『達人大觀兮，物無不可。』一往：一往直前。

〔六〕盈縮：謂成敗、禍福、升降、進退等。曹操《步出夏門行》：『盈縮之期，不但在天；養怡之福，可得永年。』

寄題離賁園二首

芙蓉美昭質，初服一何好〔一〕！繁霜日夜零，悲風起中道。鶗鴂既已鳴，所遇無芳草〔二〕。馳騖終年歲，紅顏足用老〔三〕。美人怨遲暮，迴車自不早〔四〕。蕪穢沫榮名，同心以相保〔五〕。

其二

蘭生有幽性，零露峻其姿〔六〕。含芳在空谷，清風來御之。孤根亦何傷，衆草故難爲。萎絶同糞壤，中情君豈知。願言置懷袖，延佇及良時。荃茅一以化，奈此菉與施〔七〕！

【題解】

離賁園，王世貞室名。據鄭利華《王世貞年譜》，園於嘉靖四十二年（一五六三）築成，其《離賁園記》謂園名得自屈原《離騷》，取『夫蕢葹所謂草之惡者也，屈氏離而弗服』之意（《弇州山人集續集》卷六〇）。嘉靖三十九年十月，王忬論死，王世貞兄弟扶櫬離京，十一月末抵家，自此世貞在家守制，屏居田里，至四十二年服除。詩應作於離薋園築成之時，即嘉靖四十二年秋。朝政腐敗，王忬被權姦嚴嵩構陷而死，世貞辭官家居。嘉靖三十九年，其妹亡故，四十二年二月下葬。世貞祭文《哭亡妹王氏文》云：『吾兄弟生爲天地大罪人，厭厭之息猶盡也；汝死則死耳，吾生猶死，寧若汝也！……吾兄弟生不肖，不能出先君子於阱，而又不能醫藥汝以死，吾猶其具眉目，偷食飲，稱人於天地之內，其亦可羞也！』可知其時之心情。攀龍寄詩多用《離騷》詞語，對此亦有深切體會。

【注釋】

〔一〕昭質：明潔之本質。《楚辭・離騷》：『芳與澤其雜糅兮，唯昭質其猶未虧。』初服：未仕所服，平民的服裝。《楚辭・離騷》：『進不入以離尤兮，退將復修吾初服。』

〔二〕鶗鴂（tí jué）：同『鵜鴂』，一名子規，一名杜鵑，秋分鳴則衆草衰。《楚辭・離騷》：『恐鵜鴂之先鳴兮，使夫百草爲之不芳。』

〔三〕用：因。

〔四〕美人：美好之人。《楚辭・離騷》：『惟草木之零落兮，恐美人之遲暮。』迴車：駕車而迴，避姦邪。

〔五〕沬：終止，竭盡。

〔六〕幽性：寧靜的心性。

〔七〕『荃茅』二句：謂世間已香臭不分，對如惡草之姦人又能如何！荃爲香草，茅爲賤草。一以化，化而爲一。《楚辭・離騷》：『蘭芷變而不芳兮，荃化而爲茅。』蕢，惡草。王芻，亦名蕢竹。似竹，高五六尺，莖葉可做黃色染料。施，同『葹』，惡草。枲耳。《離騷》：『蘭芷變而不芳兮，荃化而爲茅。』

贈元美兄弟

唯帝饗金石，拊髀封疆臣〔一〕。二子越枕戈，避讎棲海濱〔二〕。及時列冤狀，含意遂俱申〔三〕。乃望漁陽戍，北風飄沙塵〔四〕。若見姑蔑旗，陰雨施威神〔五〕。吳門有丘隴，舊與要離鄰。陳屍赫中寢，國命委荊榛〔六〕。楚王黜費氏，棠君紀人倫〔七〕。何如上公服，寵光襚所親〔八〕？顧無廢前勞，報恩致其身。

【題解】

明穆宗隆慶二年（一五六八）四月，經言官推薦，詔元美起復爲河南按察副使，整飭大名等處兵備，其弟敬美也起爲南京禮部主事。五月，元美上書以病辭，未準。六月，因吏部催促，即動身赴任，至徐州又上《中途患病日深不能赴任乞恩放歸里疏》。友人或寫信，或寄詩，勸其赴任。攀龍寫有《元美起家按察河南，寄促之官》一詩，蓋與此詩寫於同時。

【注釋】

〔一〕『唯帝』二句：憶述當年嘉靖皇帝重用封贈功臣，乃父亦在其中。饗金石，封贈功臣。金石，頌功紀事的鐘鼎、碑碣。拊髀（bì），手拍大腿，興奮之狀。疆臣，戍守封疆的大臣。此指王忬。據李攀龍《總督薊遼右都御史兼兵部左侍郎王公傳》（下凡引此文，簡稱《王公傳》），王忬屢以軍功受賞，由嘉靖皇帝親自提名由兵部右侍郎進左侍郎兼右都御史，並曾欲用爲兵部侍郎，因嚴嵩阻撓作罷。

〔二〕『二子』二句：謂元美兄弟二人志在復仇，爲避迫害隱居於海濱。二子，指元美兄弟。越，與。枕戈，枕戈而寢，謂復父母之仇，至爲殷切。南朝陳徐陵《冊陳王文》：『枕戈嘗膽，提劍折心。』讎，仇敵。棲，棲息。此謂隱居。元美家鄉太倉近海。

〔三〕『及時』二句：謂其及時爲父申冤，冤情得以昭雪。及時，謂及嚴嵩父子被懲治、隆慶改元之時。隆慶元年（一五六七）春，元美兄弟赴京伏闕上《懇乞天恩俯念先臣微功極冤銜賜昭雪以明德音以申公論疏》，爲其父辨冤，請求昭雪。含意，猶含情，所懷有的冤情。申，申冤。指王忬冤獄得以昭雪，官復原職。

〔四〕漁陽戍：戍守漁陽。漁陽，郡名。戰國燕置。秦漢治所在漁陽（今北京密雲區西南）。此指河北一帶。元美起爲河南按察副使，整飭大名兵備。大名，明府名。在今河北南部。

〔五〕『若見』二句：與此下六句，均舉古代報仇事例，說明只思謀報仇並非人生正確取向。此舉彌庸爲父報仇而被俘的事例，勸說元美兄弟不應只爲報仇活著。姑蔑，春秋越地，又作姑末，故城在今浙江金華市龍游之北。《左傳·哀公十三年》：『六月丙子，越子伐吳……吳大（太）子友、王子地、王孫彌庸、壽于桃自泓上觀之。彌庸見姑蔑之旗，曰：「吾父之旗也。不可以見讎而弗殺也。」』而結果太子友、王孫彌庸、壽于桃被俘。

〔六〕『吳門』四句：此舉楚人伍子胥爲父報仇事例，勸說元美兄弟不要因爲父報仇而置國事不顧。吳門，即今江蘇蘇州市。丘隴，指墳墓。此指伍子胥。伍子胥（？—前四八一），名員，春秋楚國人。父兄皆遭讒毀而被楚平王殺害。子胥奔吳，立志復仇。後佐吳王伐楚，攻入楚都郢，掘平王墓，鞭其屍。楚得秦國的支援，擊退吳軍。其後吳越交戰，越敗求和。子胥力主滅越，吳王聽信佞臣嚭（pǐ）與越講和，並從此疏遠子胥。後遭太宰嚭的讒害，被逼自殺。事詳《史記·伍子胥列傳》。要離，春秋吳人，刺客。據《呂氏春秋·忠廉》載，吳公子光（卽吳王闔閭）殺王僚自立爲王，而懼怕僚子慶忌，卽命要離前往刺殺。要離騙得慶忌信任，謀刺未成，卻被慶忌釋令還國。要離復命後卽伏劍自刎而死。伍子胥、要離同事吳公子光，伍子胥佐其殺王僚，要離爲其殺慶忌，二人又都死於吳門。陳屍，猶言暴屍。赫，赫然，不加掩飾。中寢，內寢。此指楚王陵寢。國命，國家政令。委荊榛，棄之於地。此謂當伍子胥破郢鞭屍之時，是以滅亡自己的祖國爲代價的。

〔七〕『楚王』二句：謂作惡者終獲惡報，棠君遵父命亦獲令譽。楚王，指楚昭王。費氏，指楚佞臣費無忌。費無忌與伍子胥之父伍奢同事楚太子建，而諂媚楚平王。平王派無忌爲太子到秦迎娶新婦，無忌見秦女美就慫恿平王自娶，並由此改事平王。無忌恐太子當政後害己，在平王面前百般詆毀太子，終使太子建出奔，伍奢被害。後他終因播弄是非，爲令尹囊瓦所殺。棠君，指伍子胥之兄尚。伍尚爲棠令。平王逼令伍奢召其二子，企圖一併殺害，被子胥識破，勸其兄一同出逃。伍尚要遵父命前往，而讓子胥出逃爲父報仇。紀人倫，指伍尚遵父命赴死，而令弟出逃爲父報仇。

〔八〕『何如』二句：謂只記住仇恨，哪里比得上獲得高爵，光及泉下的親人呢。上公，公爵的尊稱。服，服色。寵光，受到皇帝寵倖的光榮。襚（suì），贈給死者的衣服。

虎跑寺泉

大士始結構，鑿空偏此丘〔一〕。二虎自南嶽，掉尾從師游。神威攫地脈，佛力驅陽侯。枯火迸石罅，松根解綢繆。勢寧決躍去，揮錫怒不休。至今噴巖竇，水猶咆哮流〔二〕。酌言生北心，一嘯風颼颼〔三〕。海眼在其下，潮汐故可求〔四〕。不然胡僧呪，爭使波瀾浮〔五〕？穿壁吐長澗，夾寺瀦龍湫〔六〕。疑作故山雨，片雲駐岣嶁〔七〕。歸應出東林，無爲惠遠留〔八〕。

【題解】

詩作於按察浙江期間。虎跑寺，原名大慈寺，在浙江杭州西湖南虎跑山上。寺内有虎跑泉，以泉水甘洌著聞。相傳唐元和年間（八〇六—八二〇）釋性空住寺，正苦於無水，忽見二虎跑地，泉水湧出，故名。詳見釋道宣《續高僧傳》。

詩融進神話傳說，描寫眼前景物，將寺中泉水怒湧及積水成瀑，及其夾繞佛寺的情形，生動地展現在讀者面前。

【注釋】

〔一〕大士：菩薩的通稱。此指性空。鑿空：開通，鑿山以通道。謂此山本無道路，爲性空所開闢。

〔二〕『二虎』十句：寫虎借神佛之力，跑地湧泉，至今咆哮怒湧不息。南嶽，指衡山，在今湖南衡山縣。相傳二虎來前，有神人對性空說：『南嶽童子泉，當遣二虎移來。』掉尾，搖尾。攫，用爪抓取。地脈，指地下水。水行地中，猶人之血脈，故稱。陽侯，神話中的波神。《淮南子·覽冥》：『武王伐紂，渡於孟津，陽侯之波，逆流而擊。』《注》：『陽侯，陵陽國侯也。其國近水，溺水而死，其神能大波，有所傷害，因謂之陽侯波。』石罅（xià），石間縫隙。綢繆，繁密貌。勢，趨向。寧，寧願。決蹯（fán），斷爪。蹯，獸足。揮錫，抖動身上的毛髮。錫，通『鬄（tì）』，毛髮。

〔三〕酌言：飲用泉水。言，語助詞，無義。一嘯：一聲長鳴。嘯，悠長的音聲。此指泉水發出的聲響。

〔四〕海眼：此指泉水湧出之處。古人認爲泉水潛流地中，遠通大海。潮汐：海水晝漲曰潮，夜漲稱汐。此謂泉水遠通大海，早晚都能喝到泉水。

〔五〕胡僧：胡人出家爲僧的人。呪：呪語。據說念動佛經中的呪語可除災祈福。爭：怎。胡僧念動呪語使波浪浮動，未詳所據。

〔六〕穿壁：穿透崖壁。夾寺：環繞寺廟。瀦龍湫（qiū）：匯瀦而瀉爲瀑布。瀦，水停聚。龍湫，瀑布。

〔七〕故山：故鄉，家鄉。岣嶁（gǒu lǒu）：山頂。

〔八〕『歸應』二句：泉水終歸會流出寺院，不會獨獨爲此寺高僧停留的。東林，佛教名刹，在今江西廬山。晉時江州刺史桓伊爲釋慧遠所建，見南朝梁釋慧皎《高僧傳》。惠遠，即慧遠（三三四—四一六），本姓賈，雁門樓煩（今山西原平）人。東晉高僧，居廬山三十餘年，爲南方佛教領袖。初到廬山住西林寺，由於弟子不斷增加，江州刺史桓伊爲其別建東林寺，此後慧遠至老死未離開東林寺。此借指住持僧人。

求志園

吳門有奇士，二弟偕好脩〔一〕。鞍馬照紅顔，往來長者游〔二〕。帶劍何良綺，垂纓亦綢繆。豈不攬豪賢，我志非所求。駕言旋北郭，灌園依一丘。白雲蕩虛壑，餘暎翻寒流〔三〕。置酒臨高臺，邈焉懷其儔〔四〕。鴻鵠既云舉，千里常悠悠。清風動帷幕，皎月光沉浮。讀書見古人，鳴琴調逾幽〔五〕。無取廣川觀，昔在漢陰叟〔六〕。天子御飛軒，龍螻時乃瘳〔七〕。回首望中原，壯心未可收。

【題解】

求志園，爲張鳳翼家園。張鳳翼（一五二七—一六一三），字伯起，號靈虛，別署靈虛先生、泠然居士，南直隸蘇州府長洲（今江蘇蘇州）人。爲人狂誕，善填詞，著有《紅拂記》等傳奇。又有《處實堂集》、《古夢類考》、《文選纂注》、《海內名家工畫能事》等書。與弟燕翼、獻翼並有才名，時人號爲『三張』。生平事蹟詳《明史》本傳。嘉靖四十三年（一五六四），與弟燕翼鄉試中舉。是年夏四月，錢谷曾爲其繪製《求是園圖》，圖後有王世貞《求是園記》，及李攀龍、皇甫汸等的題跋。據題識，王世貞所作記爲隆慶戊辰（一五六八）三月，知攀龍詩亦應作於嘉靖末年或隆慶初年。

【注釋】

〔一〕吳門：蘇州的通稱，也稱吳閶門。唐張繼《閶門即事》：『試上吳門看郡郭，清明幾處有清烟。』偕好脩：共同愛好脩養自身。脩，脩己。

〔二〕長者：年長而有德者。

〔三〕餘暎：太陽餘光，即晚霞。

〔四〕懷其儔：懷念他志同道合之人。儔，同類。

〔五〕讀書見古人：謂讀書得見古人的高尚品格。幽：深，深沉。

〔六〕『無取』二句：《莊子·天地》記漢陰丈人爲園畦，鑿隧入井，抱甕出灌，不用桔橰之械，陶然忘機。此上句本此意而言不取大水，知足而已。

〔七〕龍蠖：龍與蠖。《易·系辭下》：『尺蠖之屈，以求信也；龍蛇之蟄，以存身也。』唐李白《金門答蘇秀才》：『栖巖君寂滅，處世余龍蠖。』瘳（chōu）：病愈。

子與至武林

良時能自至，嘉會無常期。長飆吹浮雲，奄忽東南馳。依依曳景光，泠泠發餘悲。非君命儔匹，游子安可爲〔一〕？大江折其流，武林愴以摧〔二〕。念今在往路，執手野徘徊。何必同一身，中懷貴不疑。彈冠有逸響，駕言即前綏〔三〕。

【題解】

子與，即徐中行。武林，杭州別稱。浙江杭州市西有武林山，因爲杭州別稱。此詩蓋爲攀龍官浙江時所作。隆慶元年（一五六七），李攀龍起復爲浙江按察副使。與子與相會在翌年四月。本集《與余德甫》五首之五：『歲十二月乃渡江，與元美兄弟者雄飲姑蘇三日夜。逼除以抵任……三月，至自攝海，四月，以子與盤桓西湖之上，凡再浹旬而別。』時子與爲母服喪期滿，即將赴京謁選。見本集卷三〇《與徐子與書》。

【注釋】

〔一〕游子：作者自指。

〔二〕大江：此指錢塘江。

〔三〕彈冠：謂子與卽將出而爲官。《漢書·王吉傳》「彈冠」顏師古注：「彈冠者，且入仕也。」前綏：車前之繩，北方稱撇繩，上車時抓持。

古意寄德甫三首

悠悠我行役，往路殊未央。春華不須臾，奄忽踐嚴霜。安知疑與喻，風波起褰裳〔一〕？浮雲邈無所，游子依故鄉。長當遠離別，何必復彷徨？鴛鴦自踟躕，黃鵠已翱翔。

其二

嘉會在俛仰，良時不可留〔二〕。悲風自遠至，大江以悠悠。中懷有白璧，千載爲一投。飛龍雙欲乖，胡馬羣相求。徘徊視四海，含意各未酬。念此平生親，從彼浮雲游。

其三

明月照我牀，清風感重闈。遺書發懷袖，仿佛見容輝。古歡匪自今，游子當何依〔三〕？千秋一高唱，豈獨知音稀！莫言苦行役，極宴不如歸。努力兩黃鵠，爲爾故鄉飛。

【題解】

古意，猶擬古。德甫，指季德甫，字仲修，太倉（今屬江蘇）人。嘉靖二十三年（一五四四）進士，與李攀龍爲同年。遷守袁州，累遷按察使。生平事蹟詳光緒《壬癸志稿·人物》。

【注釋】

〔一〕『安知』二句：謂哪知諫諍引起的猜疑，令思爲王事者遭殃。喻，諫。德甫或向朝廷提出某項建議觸犯忌諱而被外放。褰裳，提裳，撩起下襬。《詩·鄭風》篇名。《序》云：『思見王也。狂童恣行，國人思大國之正己也。』

〔二〕俛仰：即俯仰。俛，同『俯』。俯仰之間，謂時間短暫。

〔三〕古歡：老朋友。古，通『故』。

贈德甫

豫章生庭中，結根西山隈〔一〕。江流一蕩潏（一），悲風千里來。絲蘿謝依托，冰雪抱崔嵬。非不曼且碩，時無柏梁災〔二〕。截爲玉女瑟，絕勝龍門材〔三〕。展我《清商曲》，彈作《臨高臺》〔四〕。洪厓頷頤坐，五鳳鬱徘徊〔五〕。

【校記】

（一）潏，重刻本作『滴』，誤。

【題解】

德甫，即季德甫。此以豫章爲喻，謂其才非所用。

【注釋】

〔一〕豫章：木名，樟類。《新語・資質》：『夫楩楠豫章，天下之名木也。』隈：山林深處。

〔二〕柏梁災：《三輔黄圖・臺榭》：『柏梁臺，武帝元鼎二年春起。此臺在長安城中北闕内。《三輔舊事》云：「以香柏爲梁也，帝嘗置酒其上，詔羣臣和詩，能七言詩者乃得上。太初中，臺災。」』

〔三〕玉女瑟：美女所用之瑟。玉女，美女。龍門材：龍門山所産之木材。龍門，山名。在今山西河津市與陝西韓城市之間。

〔四〕《清商曲》：即《清商樂》，起源於民間的歌曲，包括相和三調，以及漢魏以來舊曲。《樂府詩集・清商曲辭》解題謂『後魏孝文帝討淮漢，宣武定壽春，收其聲伎，得江左所傳中原舊曲，《明君》、《聖主》、《公莫》、《白鳩》之屬，及江南吴歌、荊楚西聲，總謂之清商樂』。《臨高臺》：漢樂府古辭，爲臣下頌聖之作，《樂府詩集》收入《鼓吹曲辭》。

〔五〕洪厓：即洪崖，也作『洪涯』。傳説中的仙人，即黄帝臣伶倫，仙號洪崖。《文選》蔡伯喈（邕）《郭有道碑》：『將蹈洪涯之遐跡，紹巢許之絕軌。』頷頤坐：猶言低頭坐。頷，首略俯下。五鳳：謂五種鳳凰，即赤鳳、黄鵷雛、青鸞、紫鸑鷟、白鵠。唐李頎《王母歌》：『紅霞白日儼不動，七龍五鳳紛相迎。』

灌甫東陂宴

王孫古城隅，東陂託偃仰〔一〕。回薄始蓊雜，高臺忽峻敞〔二〕。風波一以交，淪漪恣遐放。列雉翳中流，返照幕魚網〔三〕。曲磴盤層陰，清房殷清響〔四〕。並逸金谷韻，兼詣濮陽賞〔五〕。恢台戒隆曦，披髮命吾黨〔六〕。美酒滌煩囂，泠言發神爽〔七〕。至今河朔人，垂聲得倜儻〔八〕。直置病游梁，爲心任獨往〔九〕。

【題解】

灌甫，指朱睦㮮（一五一七—一五八六），字灌甫，號西亭，人稱西亭先生。明太祖朱元璋第五子橚之六世孫，封鎮國中尉。萬曆五年（一五七七）爲周王府宗正，領宗學。自幼向儒，精於經學，尤深於《易》、《春秋》，亦爲著名藏書家。著有《五經稽疑》、《授經圖傳》、《陂上集》等。事蹟附見《明史·周王橚傳》。東陂，未詳其處。據詩中提及『金谷』、『濮陽』、『河朔』等地名及『游梁』事，知此詩作於其河南任內。

【注釋】

〔一〕王孫：指灌甫。偃仰：謂深居閑逸，不聞世事。《詩·小雅·北山》：『或棲遲偃仰，或王事鞅掌。』

〔二〕回薄始蓊雜：東陂初始草木蓊鬱叢雜，需迂迴繞行。峻敞：高闊。

〔三〕列雉：謂周圍之城牆。幕：遮蔽。

〔四〕殷：震動。

〔五〕金谷：也稱金谷澗。在今河南洛陽市西北。晉太康年間，石崇築園於此，即所謂金谷園。石崇《金谷詩序》謂與友人晝夜在此游宴，遂各賦詩，以敘中懷，或不能者罰酒三斗。見《世說新語·品藻》。金谷韻，即指飲宴賦詩的情趣。濮陽：地名。漢屬東郡。漢名臣汲黯爲濮陽人。汲黯正直敢諫，屢忤漢武帝，後外放爲淮陽太守，在郡十年，政治清廉。生平事蹟詳《漢書》本傳。淮陽郡治故地在今河南周口市淮陽區西南。

〔六〕恢臺戒隆曦：謂晨曦首先映照大臺。恢，大。戒，告。隆曦，晨曦升起。隆，高。披髮：猶言散髮。謂不拘形跡。

〔七〕泠言：通達之言。泠，了，了然解悟之意。

〔八〕『至今』二句：謂至今河朔人傳揚著倜儻的名聲。河朔，謂黃河以北之地。

〔九〕梁：大梁，地名。指今河南開封市。

卷之五

七言古詩

送靳潁州子魯

華陽館前桑葉飛，荊軻臺上送將歸〔一〕。爲言擊筑悲歌者，當時酒人今是非〔二〕。太守寧帷薊北來，燕山忽斷楚天開〔三〕。郡中曉月雩婁出〔四〕，霧裏秋濤桐柏迴〔五〕。黄金璽書發明光，東走潁州西豫章。君家兄弟二千石，承恩不數尚書郎〔六〕。朱幡雙出領專城〔七〕，五馬踟躇五馬行。漢主乘春徵計吏，小馮何讓大馮名〔八〕。

【題解】

靳潁州子魯，指潁州知府靳學曾。靳學曾（一五一六—一五六四），字子魯，濟寧（今屬山東）人，嘉靖二十三年進士，歷官至山西副使。據《明史·靳學顔傳》，其兄學顔爲嘉靖十四年（一五三五）進士，曾任吉安知府，歷官至吏部左侍郎。學曾在潁州時，學顔在吉安，所以詩中説『君家兄弟二千石』。李攀龍《送靳子魯出守潁州序》云『子魯第進士者五年不調』，知守潁州在嘉靖二十七年（一五四八）。此詩作於此年，任試吏部文選司時。

【注釋】

〔一〕『華陽』二句：言春初在京城荊軻臺前送你赴任。華陽館，《史記索隱》：燕太子丹與樊將軍置酒華陽館。桑葉飛，謂春天。荊軻臺，卽荊軻館，在今河北易縣西。

〔二〕『爲言』二句：言當年高漸離在這裏擊筑爲荊軻送行，而今我以詩酒爲你餞行。擊筑悲歌者，指高漸離。據《史記·刺客列傳》載，衛國人荊軻，祖籍齊國。游歷燕國，與狗屠及善擊筑者高漸離爲友。後荊軻爲燕太子丹赴秦謀刺秦王，燕太子丹等送至易水，『高漸離擊筑，荊軻和而歌』。當時酒人，卽高漸離。此喻知己。今是非，今所是者，都是知己朋友，而所非者，今人非昔人。

〔三〕『太守』二句：謂自京都赴楚地。褰帷，謂赴任。語出《漢書·賈琮傳》。薊北，指京城北京。燕山，橫亙連綿於北京、天津間的山脈。楚天，潁州古屬楚國，故云。

〔四〕雩(yú)婁：古地名。故址在今河南商城縣東北。

〔五〕桐柏：山名。在今河南桐柏縣西南，爲淮河發源地。

〔六〕『黃金』四句：贊子魯兄弟同時出任知府，謂其承受的皇恩比尚書郎都大。黃金璽書，卽黃金印，官印。明光，漢宮名。此指明代宮殿。西豫章，指其兄學顏，時任吉安知府。吉安，漢爲豫章郡地，今屬江西。二千石(dàn)，據《漢書·百官公卿表》，郡守秩(俸祿)二千石。明知府與漢郡守職級大體相當。尚書郎，官名。明代中央各部侍郎、郎中，通稱尚書郎。

〔七〕朱幡雙出：謂子魯兄弟雙雙出任知府。朱幡，紅色旗幟。專城：謂爲一城之主，古代指稱州郡長官。下文『五馬』，漢代指稱太守。漢樂府《陌上桑》：『使君從南來，五馬立踟躕。』

〔八〕『漢主』二句：謂明春皇帝派員考察，你也會與乃兄獲得同樣的好評。漢主，此指明朝皇帝。下凡重出，不再注明。計吏，考察官吏的官員。小馮，漢代馮立的綽號。據《漢書・馮奉世傳》附傳，馮奉世的兩個兒子馮野王、馮立都曾任職地方，馮立曾任五原、西河、上郡太守，馮野王曾任隴西、左馮翊太守，均以治行著聞。吏民歌之曰：『大馮君，小馮君，兄弟繼踵相因循，聰明賢智惠吏民，政如魯、衛德化均，周公、康叔猶二君。』

送新喻李明府伯承

爾昔紅顏客薊門，獻書不報哀王孫〔一〕。一朝致身青雲裏，座上還開北海樽〔二〕。余亦題詩郭隗臺〔三〕，燕山秋色對銜杯。論交共惜黃金盡，此處空悲駿馬來〔四〕。可憐郢曲今亡久，《下里》之歌吾何有？文章稍近五千言，《雅》《頌》以還《十九首》〔五〕。才子新傳《白雪》篇，江城忽借使君賢〔六〕。那堪西署爲郎者，多病離居卧日邊〔七〕。

【題解】

李伯承，名先芳，濮州（今山東鄄城）人，嘉靖二十六年（一五四七）進士，翌年除新喻知縣，見《四庫全書總目・集部・江右詩稿》。歷官至少卿，終官寧國府同知。在其未第時，詩名已噪齊魯。進士及第後，在京首倡詩社，李攀龍、王世貞先後入社，並經其介紹相識、定交，後被擯斥於『七子』之外，爲『廣五子』之一。有《東岱山房詩錄》。生平詳見明邢侗《來禽館集》卷一九《奉訓大夫尚寶司少卿北山先生濮陽李公行狀》、清錢謙益《列朝詩集小傳》丁集上《李同知先芳》。伯承赴任，攀龍送行，寫與伯承的交往及友情，文筆渾浩流轉，氣勢恢弘，狂傲不羈，睥睨當世的情態可見，爲李攀龍歌行體代表性詩作之一。此詩作於嘉靖二十七年（一五四八）。

伯承。

【注釋】

〔一〕『爾昔』二句：言其少時曾被列入遴選駙馬的名冊而未被選中。爾，你。指伯承。紅顏，謂少年時。客薊門，客居京都。薊門，古地名。在今北京德勝門西北。李攀龍詩中常以薊門代指北京。獻書不報，致書皇帝而未得到回復。據《列朝詩集小傳》載，伯承年十六，美如冠玉，皇室招選駙馬，曾被列入名冊，但卻落選。王孫，猶公子。此指伯承。

〔二〕致身青雲：喻指中進士授官。北海樽：喻主人好客。孔融（一五三—二〇八），字文舉，漢末曲阜人，孔子二十代孫，官至少府。據《後漢書》本傳載，孔融好結交名士，賓客日盈其門，嘗自歎說：『坐上客常滿，尊中酒不空，吾無憂矣。』因曾任北海相，世稱『孔北海』。

〔三〕郭隗臺：也稱燕臺，即黃金臺，故址在今河北易縣東南，戰國時期燕王爲招納賢士而築，又稱招賢臺。據《戰國策·燕策一》載，燕昭王即位後，爲强國雪恥，招納天下賢能，燕人郭隗獻計，讓燕王招賢先從他開始，那些比他有才的人就會聞訊而至。燕王從其計，爲他『築臺而師事之』，於是樂毅、鄒衍、劇辛等紛紛前來，終使燕國强大起來。此指伯承倡起詩社，接納京都文學之士。

〔四〕論交：結交。黃金盡：謂將別離。唐張謂《題長安主人壁》：『世人結交須黃金，黃金不多交不深。』駿馬：喻指俊才。此譬伯承。

〔五〕『可憐』四句：言可歎高雅的歌曲久已不傳，而吾輩對庸劣之作又不屑一顧，您高古典雅的詩歌實在值得讚美。可憐，可惜，可歎。郢曲，高雅的樂曲。喻指高雅的詩文。語本戰國宋玉《對楚王問》。五千言，指《老子》。《雅》《頌》，指《詩經》中的雅詩和頌詩；《十九首》，即《古詩十九首》，漢末文人五言詩，都一向被文人視爲高雅詩歌的典範。贊伯承的詩作追攀《老子》、《詩經》，不免溢美。

〔六〕《白雪》篇：譬稱伯承之詩。宋玉《對楚王問》中稱《陽春》、《白雪》爲最高雅的歌曲。江城：指江西新喻，因在袁水之畔，故稱。使君：本爲漢對刺史、太守的尊稱，後也用以稱州郡等地方長官。

〔七〕『那堪』二句：自謂難以忍受淹滯郎署，臥病索居。堪，忍受。西署，指刑部。唐刑部別稱西臺。時李攀龍任職刑部。臥日邊，謂在天子身邊，即在京城任職。《宋書·符瑞志上》載，伊摯（伊尹）『將應湯命，夢乘舟過日月之傍』。唐李白《行路難》其一：『閒來垂釣碧溪上，忽復乘舟夢日邊。』

贈張子含茂才

憶昔中丞全盛時〔一〕，少年裘馬相追隨。忽逢世變夙心違，逆旅荒涼舊識稀〔二〕。古來萬事皆如此，何用空悲昨是非。流水無情白日速，紅顏猶在黃金微。飲君莫辭燕市酒，欲行不行重攜手〔一〕。青雲今有故人存，好贈綈袍哀王孫〔三〕。

【校記】

〔一〕重，詩集本、重刻本、萬曆本、張校本並同。隆慶本、四庫本作『且』。

【題解】

張子含，名暐，詳見前《答張秀才問疾》題解。

【註釋】

〔一〕中丞：漢置官名。《漢書·百官公卿表》：『御史有兩丞，一曰中丞，在殿中蘭臺，掌圖籍，外督部刺史，內領侍御史，受公卿奏事。』明代巡撫亦稱中丞。此指張子含曾官右都御史的祖父張鼒。

〔二〕逆旅：客舍。

〔三〕贈綈袍：謂施恩於故人。語出《史記·范雎列傳》。詳前古樂府《鐃歌·遠如期》注〔七〕。

刁斗篇

陰山戰合胡天黑，漢兵大呼單于北〔一〕。邊秋日落五原屯，磧火夜連千竈食〔二〕。驃騎横戈拂鐵衣，悲風黄草白榆飛〔三〕。渡河鳥陣旌旗伏，臥壁龍沙鼓角希〔四〕。征人馬上援枯骨，滿地清霜刁斗發。朔氣遥傳瀚海雲，寒聲亂動輪臺月〔五〕。掩笳驕虜聽垂泣，按劍材官怒指髮〔六〕。宮女琵琶咽逝波，使臣旄節彫幽窟。誰能絕漠掃妖氛，哀響如今不可聞。六郡少年思轉鬬，摐金猶憶李將軍〔七〕。

【題解】

刁斗，古代行軍用具；晝用以爲炊，夜擊之警眾報時。本篇寫邊地胡漢之戰，哀時無消除邊患之人，隱含對當時北部邊患的憂慮。

【注釋】

〔一〕陰山：山名。崑崙山支脈。見前《蹛林歌》注〔一〕。漢兵：此指明代士兵。

〔二〕五原：地名。此指漢置五原郡之榆柳塞，在今内蒙古自治區五原縣。磧(qì)火：沙漠燈光。磧，沙漠。唐杜甫《送人從軍》：「今君渡沙磧，累月斷人烟。」

〔三〕驃騎(jì)：古代將軍名號。漢時秩同大將軍，位在三公下。明時爲武散官，秩位低下。此以漢驃騎指稱明將軍。

〔四〕鳥陣： 即鳥陳，謂像鳥羣一樣有秩序地列伏。《墨子·明鬼》：『湯以車九輛，鳥陣雁行。』龍沙： 地名。在西北塞外。唐李白《塞下曲》：『將軍分虎竹，戰士臥龍沙。』希： 同『稀』。

〔五〕輪臺： 地名。土名玉古爾，或作布古爾。治所在今新疆米泉縣。

〔六〕笳： 即胡笳。胡地樂器。掩笳，謂將笳收起。材官： 此指武卒。《史記·申屠嘉列傳》：『以材官蹶張，從高帝。』

〔七〕六郡： 此指漢代西北邊境的隴西、天水、安定、北地、上郡、西河六郡。見《漢書·趙充國傳》注。摐（chuāng）金： 擊鼓鳴金，節制軍隊： 擊鼓進軍，鳴金收兵。摐，撞擊。李將軍： 指漢守邊名將軍李廣。生平詳見《史記·李將軍列傳》。

送張子參募兵真定諸郡

薊門昔在胡塵中，匈奴火照西山紅〔一〕。氈廬相望赤縣隘，腥膻未厭神畿空〔一〕〔二〕。君王拊髀過郎署，侍臣扼腕談邊功〔三〕。每飯不忘鉅鹿戰，千金先發華陽宮〔四〕。邯鄲少年游俠子，腰間匕首懸秋水。出身願屬羽林兒，橫行誓奪單于壘〔五〕。騰裝夜別縱博場，貰酒朝辭挾瑟伎。馬上風雲八陣成，帳前鼓角三軍起〔六〕。故人新貴寵軒墀，亂後高名衆始知〔七〕。國士漸看投筆至，主恩況許請纓爲〔八〕。天寒恒嶽倚長劍，雪滿滹沱擁大旗〔九〕。歸來漢苑生春草，見爾論兵散幕遲〔一〇〕。

【校記】

（一）腥膻，四庫本作『梟騎』，蓋爲四庫臣避諱而改。

【題解】

張子參，生平未詳。募兵，招募兵勇。真定郡，即真定府，治所在今河北正定縣。詳詩意，張子參募兵應在嘉靖二十九年（一五五〇）韃靼入侵京畿地區之後不久。詩作於此時，從張氏募兵禦敵，寫到對其爲國立功的熱切期待，不落送行俗套，行文如注，氣勢沛然。

【注釋】

〔一〕「薊門」二句：據《明史·世宗紀》載，嘉靖二十九年秋八月，韃靼俺答部大舉入侵，攻佔古北口，掠通州，焚掠京畿州縣八日而去。匈奴，古代生活在我國北部的一個部族，此指韃靼。

〔二〕「氈廬」二句：言京畿各州縣氈廬相望，被俺答洗劫一空。氈廬，即用氈搭建的帳篷，爲韃靼臨時駐紮之處。赤縣，指京畿各州縣。腥膻，牛羊所散發的氣味。俺答以食牛羊肉爲主，故用以指稱。厭，滿足。神畿，即京畿。

〔三〕拊髀（bì）：手拍大腿，悲憤慷慨之狀。扼腕：以手握腕，振奮之狀。郎署：指中央各部司衙門。

〔四〕「每飯」二句：言全國上下同仇敵愾，欲與入侵者決戰，所以朝廷纔不惜千金招募武勇。每飯不忘，謂時時刻刻想著。鉅鹿戰，指秦末在鉅鹿（今河北平鄉）的秦楚之戰。時秦軍主力集中於此，氣焰囂張，項羽率軍渡河，破釜沉舟，打破秦軍，從根本上動搖了秦朝的統治。詳《史記·項羽本紀》。華陽宫，唐華山之陽的宫殿。此指明宫廷。

〔五〕「邯鄲」四句：言真定應募少年，都願成爲保衛京都的羽林軍，發誓要搗毁韃靼營壘。邯鄲，今屬河北，古爲趙國都城。真定古爲趙地。游俠，本指重義輕死、尚武剽悍的青少年。三國魏曹植《白馬篇》寫游俠兒爲保衛邊疆，視死如歸。秋水，劍名。羽林兒，即羽林軍，保衛京都的禁衛軍。

〔六〕「騰裝」四句：言應募少年告别安逸的生活，整裝待發，隨時聽從進軍號令。騰裝，整理行裝。縱博場，縱情博弈的場所。貰（shì）酒，賒酒。挾瑟伎，藝妓。縱博、賒酒、挾伎，都是游俠兒平素的生活。明時羽林軍一般從官宦或富家子弟中選出。風雲，軍陣名。有天、地、風、雲、龍、虎、鳥、蛇八陣。三軍，猶言全軍。

〔七〕『故人』二句：言張氏在抵禦韃靼之後受到皇帝的寵倖，並爲世人所知。故人新貴，指張子參。軒墀，宮殿臺階。此指朝廷。

〔八〕『國士』二句：謂張氏所募有投筆從戎的文人，也有請纓殺敵的壯士。國士，指稱國内傑出人物。此譽稱張子參。投筆，投筆從戎。指文人從軍。請纓，自請報國殺敵。語出《漢書·終軍傳》。

〔九〕恆嶽：即恆山，爲五嶽中的北嶽，故稱。倚長劍：『倚天長劍』之省。語出戰國宋玉《大言賦》。唐李白《發白馬》：『倚劍登燕然，邊烽列嵯峨。』滹沱：河名。源於山西，流入河北。

〔一〇〕漢苑：漢朝宮苑。此爲借指。幕：幕府。臨時將軍治事的府署。

齊俠行

簡書八道發明光，詔徙羣豪赴朔方〔一〕。神武臨軒眈虎視，將軍秉鉞鬱鷹揚〔二〕。山東十一諸侯國，海濱五百義士鄉〔三〕。厭亂齊臣思定伯，殷憂漢使出勤王〔四〕。敵驕擬縱田單火，客憤能飛騶衍霜〔五〕。彀騎人人白羽箭，民兵處處綠沈槍〔六〕。九河寒色旌旗動，岱嶽秋陰鼓角長〔七〕。各倚少年輕燕頷，曾經遣戍守漁陽〔八〕。被髮左衽豈受賜，排難解紛不可當〔九〕。往歲潢池先陷陣，三時大戰銀冶場〔一〇〕。功名未致有莊賈，肝膽欲傾無孟嘗〔一一〕。天子只今顧西北，男兒俠骨埋邊疆。

【題解】

齊俠行，爲作者自擬歌行題。齊指齊地，即今山東。詩寫齊地『羣豪』應詔赴邊，守衛疆土。他們有著勇武任俠的傳統，輕財重義、忠君愛國，有視死如歸、爲國捐軀的精神。

【注釋】

〔一〕簡書：此謂詔書。明光：皇宫。謂朝廷。羣豪：謂大族。秦始皇曾『徙天下豪富於咸陽十二萬戶』（《史記·秦始皇本紀》）。漢初，劉邦採納劉敬的建議，『徙齊諸田……及豪傑名家居關中』（《史記·劉敬列傳》）。朔方：地名。漢武帝元朔二年（前一二七）以黄河南之地置朔方郡，其地在今内蒙古自治區境内。

〔二〕神武：謂禁衛軍。唐代皇帝禁軍北衙軍的一部。見《新唐書·兵志》。眈虎視：即虎視眈眈。秉鉞：手持斧鉞。鉞，古兵器。狀如大斧。《書·牧誓》：『王左仗黄鉞，右秉白旄以麾。』鷹揚：鷹之奮揚，喻威武。

〔三〕『山東』二句：謂山東各地，包括齊地輕生重義的人們。山東，此指崤山以東地區。十二諸侯國，指春秋戰國時期除秦以外的齊、魯、晉（韓、趙、魏）、楚、宋、陳、曹、鄭、燕等。海濱五百義士鄉，指齊國，在今山東省。秦末，戰國齊田氏後裔田儋自立爲齊王，其從弟田横爲相國，韓信破齊，横自立爲齊王，率領從屬五百人逃往海島。劉邦稱帝，派遣使者招降。横在前往洛陽的途中，因羞爲漢臣而自殺，留守海島的五百人，聞訊亦皆自殺。詳《史記·田儋列傳》附傳。

〔四〕厭亂齊臣：指管仲（？—前六四五），字夷吾，又字敬仲，潁上（今屬安徽）人。齊桓公任以爲相，『管仲既用，任政於齊，齊桓公以霸。九合諸侯，一匡天下』，使齊國成爲春秋五霸之首。伯，通『霸』。殷憂漢使：指終軍（？—前一一二），字子雲，漢濟南（今屬山東）人。曾爲使南越趙佗歸附漢朝，自請往使，逢其内亂被殺，時僅二十餘歲。生平事蹟詳《漢書》本傳。勤王，謂盡心王事。

〔五〕田單：戰國臨淄（今屬山東）人。燕將樂毅破齊，單爲齊將堅守即墨，後用火牛陣擊敗燕軍，收復齊七十餘城，迎齊襄王歸臨淄，封安平君。詳《史記·田單列傳》。騶衍（約前三〇五—前二四〇），戰國齊臨淄（今屬山東）人。

陰陽家的代表人物。生平詳《史記・孟子荀卿列傳》附傳。騶衍至燕，昭王師事之，爲其築碣石宮。昭王死後，惠王聽信讒言，將其下獄，夏日而霜降。參見《列子・湯問》、《韓非子・飾邪》等處。

〔六〕彀騎（jì）：持弓的騎兵。民兵：指鄉兵。宋以來以健壯的農民列入兵籍，平時務農，戰時卽徵召入伍。參見《明史・兵志・民壯土兵》。綠沈槍：濃綠色的槍。凡弓、槍、衣甲等器物飾以綠漆或爲綠色的，都可冠以『綠沈』。

〔七〕九河：指黃河流經齊地的支流。據《爾雅・釋地》，黃河的九條支流指徒駭、太史、馬頰、覆釜、胡蘇、簡、絜、鉤盤、鬲津。岱嶽：卽泰山。

〔八〕燕頷：卽燕頷虎頸，舊時形容王侯之相。輕燕頷，卽輕王侯，謂不慕榮利。漁陽，漢置郡。治在今北京密雲。

〔九〕被髮左衽：披散頭髮，衣襟向左邊開，爲古代少數民族（卽所謂夷狄）的風俗。《論語・憲問》：『微管仲，吾其被髮左衽矣。』排難解紛：排除困境與糾紛。戰國時期齊人魯仲連爲趙國解除秦的圍困，爲田單說燕將解除聊城之圍，均不受賞賜，他說：『所貴於天下之士者，爲人排患釋難解紛亂而無取也。』見《史記・魯仲連列傳》。

〔一〇〕潢池：池塘。銀冶：冶煉銀的場所。

〔一一〕莊賈：春秋齊景公所寵信的大夫。司馬穰苴爲將軍，景公命其監軍，而違約遲到，穰苴斬莊賈以徇三軍。詳《史記・司馬穰苴列傳》。孟嘗：卽孟嘗君。『戰國四公子』之一。姓田，名文，田齊貴族，襲封於薛，屢爲齊相。詳《史記・孟嘗君列傳》。

賦得金谷園障子

誰將金谷傳毫素〔一〕，座上無人不回顧。乍展旋驚㵎水流，纔開已識河陽路〔二〕。四壁真看片錦園，中庭如見雙鬟度。移席休臨墜妓樓，解衣欲挂沙棠樹〔三〕。彷彿明妃出塞吟，聽來未必梁塵誤〔四〕。詩成酌我我豈辭，便過三斗無論數。綠珠安在恰當壚，似留且往勢可呼。意慘崑崙紫窅篠，色寒滄海紅珊瑚〔五〕。君家富貴合如此，此時那知有障子？縱然客散掩空堂，猶聞夜夜春風起。

【題解】

金谷，山谷名。在今河南洛陽西北。西晉石崇曾築園於此。詳前《贈德甫》注〔五〕。據《晉書》石崇本傳載，石崇居高官而『任俠無行檢』，『財產豐積，室宇富麗』。『有妓名綠珠，美而豔，善吹笛』，權臣孫秀求之，未許，秀遂矯詔殺崇等，綠珠自殺以殉。賦，吟誦。障，步障。古代顯貴出行所設遮罩風寒、灰塵的帷幕。《晉書》石崇本傳載，崇『與貴戚王愷、羊琇之徒奢靡相尚……愷作紫絲布步障四十里，崇作錦步障五十里以敵之』。

【注釋】

〔一〕毫素：毛筆。此謂賦詩。

〔二〕澗水：金水發源於鐵門縣，東南流經金谷，故金谷亦稱金谷澗。澗水，即指金水。河陽：漢置縣。春秋晉之河陽邑，在今河南孟縣西。西晉詩人潘岳曾任河陽令。

〔三〕墜妓樓：指綠珠跳樓自殺處。沙棠樹：爲金谷園中所植樹。晉潘岳《金谷》：『前庭樹沙棠，後園植烏椑。』

〔四〕明妃：即昭君。漢元帝宮人，名王嬙，字昭君。晉人爲避文帝司馬昭名諱，改稱明君，後人又稱明妃。漢南秭歸（今屬湖北）人。關於昭君出塞的故事，初見於晉葛洪《西京雜記》卷二，後來附會有許多傳說。相傳昭君出塞，戎服乘馬，懷抱琵琶，哀哀彈奏。梁塵：梁上之塵。《文選》陸士衡（機）《擬古詩》：『一唱萬夫歎，再唱梁塵飛。』謂所唱餘音繞梁，使梁上塵土飛動，極言音韻之美。

〔五〕『意慘』二句：誇張形容醉酒之態，謂嘴脣發紫，臉頰泛紅。窅窱（jiào tiáo），深遠貌。

送申職方謫萊州推官

嫖姚三疏奏明光，九月王師掃大荒。不求十萬羽林騎，從軍但請尚書郎〔一〕。看君未是侯門客，草檄論兵一當百。片言不合徑拂衣，坐使元戎氣蕭索〔二〕。漢主臨軒送逐臣，褰帷海上及行春。正逢匹婦銜冤雨，一灑浮塵不污人〔三〕。游燕曾攜短匕首，袖裏虹蜺今在否〔四〕？出關若見棄繻生，爲余持贈單于走〔五〕。

【題解】

李攀龍有關申職方的詩凡三首，可見詩人與申氏之關係。申職方，指申檖，字儀卿，魏縣（今屬河北）人。據《萊州府志·職官志》載，嘉靖三十年（一五五一）任萊州推官。詩作於其時。職方，明代兵部設職方清吏司，掌輿圖、車制、城隍、鎮戍、簡練、征討之事。申氏蓋爲職方清吏司郎中。萊州，明代山東府名。轄掖縣（今萊州）、濰縣（今濰坊市濰坊區）、昌邑三縣及平度州（今青島市平度）。推官，唐置官，宋因之。明代於各府置推官，掌理刑獄。申氏由郎中降任推官，故云『謫』。

【注釋】

〔一〕『嫖姚』四句：言守邊將軍屢屢上疏，並非要求增派軍隊，而是請求委派郎官申某。嫖姚，勁疾貌。漢官有嫖姚校尉。見《史記·武帝本紀》。疏，奏疏。明光，漢宮殿名。羽林騎，皇帝近衛軍中的騎兵。尚書郎，官名。漢以來，尚書分曹治事，在曹任事者爲郎。此指申職方。請其隨軍的將軍爲誰，未詳。

〔二〕『看君』四句：言申某論兵不合上意，遂辭官歸里，因使將軍十分氣餒。侯門客，侯門幕僚。草檄論兵，起草論兵的文章。拂衣，拂衣而歸，謂辭官。

〔三〕漢主：此指嘉靖帝。所言爲申某送行、『行春』以及寃婦得雪事，均不詳。逐臣：指申某。褰帷：揭起帷帳。此謂初上任。《後漢書·賈琮傳》載，賈琮被委派爲冀州刺史，刺史到任依例『停車駿駕，垂赤帷裳，迎於州界』，而賈琮赴任卻讓將車帷揭起，令冀州各地長官聞風震悚，那些貪污聚斂者則『望風解印綬去』，於是『州界肅然』。行春：漢制，春日太守巡縣勸農桑。此謂巡行海上，兼勸農桑。

〔四〕虹蜺：即虹霓。此謂虹霓絲，喻豪邁之氣。宋趙令畤《侯鯖録》卷六載，李白開元中謁宰相，刻一板，上題曰『海上釣鼇客李白』。宰相問：『先生臨滄海釣巨鼇，以何物爲釣線？』白曰：『以風浪逸其情，乾坤縱其志，以虹蜺爲絲，明月爲鈎。』又曰：『何物爲餌？』曰：『以天下無義氣丈夫爲餌。』時相悚然。

〔五〕棄繻（rú）生：漢終軍入關棄繻事，詳《漢書·終軍傳》。此謂報國志意決絶者。繻，帛邊。漢制，以爲關門符信。棄繻，意謂不再回頭。持贈，持所棄之繻贈之。走，跑，逃跑。

送趙員外行邊

狐白之裘紫騮馬，鳴邊東走漁陽野〔一〕。自言天子授長纓，明光殿前三使者〔二〕。飛檄遠度桃花山，昨日遼西校戰還〔三〕。吹律春風回黍谷，揚旌暮雪灑榆關〔四〕。關門一望烟塵色，抵掌志馳伊吾北〔五〕。豈獨秦人重繞朝，誓令羌虜避充國〔六〕。此行不按督亢圖〔七〕，欲畫地形取匈奴。指揮千障鐵如意，出入雙鞬金僕姑〔八〕。驃騎將軍綠沈甲，鵕鳩大夫黃石法〔九〕。磧裏兵屯種玉田，雲邊燧起彈琴峽〔一〇〕。元戎幕府贈吳鈎，太守離歌岐麥秋〔一一〕。看君歸奏稱上意，何足道哉萬戶侯！

【題解】

趙員外，生平里籍未詳。員外，本謂正員外之官。晉始置，隋開皇三年（五八三）於尚書省二十四司各置員外郎一人，唐因之。各部員外郎爲正官，位次郎中。行邊，巡行邊地。詩人一向關心邊事，對於守邊禦侮寄予厚望。

【注釋】

〔一〕漁陽：地名。隋置縣，治在今天津市薊州區。

〔二〕長纓：冠上的長纓飾。《漢書·終軍傳》：「願受長纓，必羈南越王而致之闕下。」明光殿：宮殿名。

〔三〕桃花山：即桃山。在今北京順義區西北，山有五峯，如桃花瓣。遼西：郡名。秦置，晉廢，故地在今內蒙古自治區土默特左旗一帶。

〔四〕黍谷：山名。在今北京市密雲區西南。亦名燕谷山，或謂寒谷。《清一統志》：「劉向《別錄》：燕有黍谷，地美而寒，不生五穀，鄒子居之，吹律而溫氣生。……舊志亦名燕谷山，亦謂之寒谷。」榆關：即山海關。

〔五〕伊吾：地名。即伊吾盧。西漢時屬匈奴，東漢曾攻取以通西域，後復爲匈奴所得。隋取之於漢故城東築城，號新伊吾。唐稱伊州伊吾郡兼置伊吾縣，五代時號胡盧磧，明爲哈密衛。在今新疆哈密市。

〔六〕充國：指漢代名將趙充國。充國，字翁孫，隴西上邽（今甘肅天水西南）人。武帝時，以假司馬從貳師將軍擊匈奴，潰圍陷陣，以武勇受到武帝歎賞，拜中郎，遷車騎將軍長史。昭帝時，曾以大將軍、護軍都尉平定氐人叛亂。後守邊鎮撫氐羌諸部，成爲名將。生平詳見《漢書》本傳。

〔七〕督亢圖：督亢地圖。督亢，古地名。戰國時爲燕國膏腴之地。一說督亢非地名，爲首尾之意；督亢地圖，謂燕全境之地。此取後說。語出《史記·刺客列傳》。

〔八〕鐵如意：以鐵製作的如意棒。金僕姑：矢名。見《左傳·莊公十一年》。唐盧綸《和張僕射塞下曲》：『鷲翎金僕姑，燕尾繡蝥弧。』

〔九〕綠沈甲：精煉之鐵甲。唐杜甫《重過何氏》『綠沈』集注：『師曰：薛夢符云：綠沈，精鐵也。』鶡鳩大夫：謂刑部官員。相傳鶡鳩爲少昊司寇，見《左傳·昭公十七年》。據此，趙員外蓋爲刑部員外郎。黄石法：黄石公之法。黄石，黄石公。秦隱士，相傳曾授兵法於張良，使其助漢高祖平定天下。詳見《史記·留侯世家》。

〔一〇〕磧(qì)裏：沙漠裏。種玉田：指今新疆和闐。燧：烽火。

〔一一〕吴鈎：刀劍名，頭稍曲，故名。離歌：即驪歌，送行之歌。唐李頎《送魏萬之京》：『朝聞游子唱離歌，昨夜微霜初度河。』

賦得狼居胥山送李侍御

材官十萬絶大幕，踰河一戰胡兒卻〔一〕。夜縱翼兵襲章渠，繫以往封狼居胥〔二〕。姑衍山頭列旗鼓，中壇擁纛陳首虜〔三〕。帳前面縛三當戶〔四〕，驃騎將軍醉歌舞。北風千里雲摧頹，瀚海波濤蹴日迴。漢家天子雄才哉，捷書親發柏梁臺〔五〕。君持繡斧五原郡〔六〕，牧馬單于不敢問。黄沙白草寒冥冥，今年爲王犁二庭〔七〕。

【題解】

賦得狼居胥山，即以狼居胥山爲題賦詩。狼居胥山，其址說法不一。《漢書·霍去病傳》：『元狩四年，封狼居胥山，禪于姑衍，登臨瀚海而還。』王先謙補注：『沈欽韓曰：「《魏書·高車傳》：後徙鹿渾海。太祖度弱洛水西行，襲破之，復討其餘種於狼山，大破之。狼山，蓋卽狼居胥也。」』姑衍，山名。李侍御，未詳。侍御，官名。本謂天子左右侍從車御之官，此爲對御史的敬稱。

【注釋】

〔一〕材官：　此指武卒。見前《刁斗篇》注〔六〕。

〔二〕翼兵：　左右兩翼之兵。軍隊分開者曰翼。《史記·李牧列傳》：『多爲變陣，張左右翼。』章渠：《漢書·衛青霍去病傳》霍去病『絕大幕，涉獲單于章渠』，此代指匈奴首領。。封狼居胥：　在狼居胥築壇祭天，立疆界標誌。《後漢書·祭祀志論》：『封者，謂封土爲壇，柴祭告天代興成功也。』下四句卽寫柴祭告天之盛況。

〔三〕中壇：　中央之壇。《漢書·郊祭志》：『帝臨中壇，四方承宇。』

〔四〕當戶：　漢代匈奴官名。見《史記·匈奴列傳》。

〔五〕柏梁臺：　臺名。汉武帝時建，在長安城中。詳前《贈德甫》注〔二〕。此謂宮內，卽發自皇帝。

〔六〕繡斧：　謂穿繡衣，杖斧，卽今所謂執法者。漢武帝置繡衣直指，負責執法。《漢書·百官公卿表》：『侍御史有繡衣直指，出討姦猾，治大獄。』

〔七〕犁二庭：　謂掃平匈奴。《漢書·匈奴傳》：『固已犁其庭，掃其閭，郡縣而置之，雲徹席捲，後無餘災。』

送徐汝思郎中入蜀

岷江東流何渺茫，仙舟西去指華陽〔一〕。峽深當晝暗雷雨〔一〕，白帝青天豁大荒〔二〕。一望峩眉山上月，風吹寒影墮瀟湘〔三〕。益州部裏占星使，草色春時接夜郎〔四〕。客將河漢支機石，歸自乘槎歷七襄〔五〕。萇弘碧血埋難化，杜宇啼魂怨未忘〔六〕。胡不爲我排閶闔〔七〕，願君致之北斗傍。即今叱馭九折坂，金精元氣參翱翔〔八〕。雪峯突兀三飛梁，中挂鳥道通蠻方〔九〕。司馬長卿《子虛賦》，其文可以淩太蒼。臨邛小監楊得意，亟薦詞臣謁建章〔一〇〕。後來此事益寂寞，烟塵萬里遥相望。

【校記】

（一）晝，明刊諸本並同，四庫本作『畫』，誤。

【題解】

徐汝思，名文通，永康（今屬浙江）人。嘉靖二十三年（一五四四）進士，歷官至山東按察副使。郎中，秦置官，隋唐以後爲六部各司長官。汝思赴蜀，或爲巡視地方。

【注釋】

〔一〕岷江：又名都江、外水、汶江。源出岷山北部的羊膊嶺，至宜賓併入長江。華陽：縣名。唐分成都縣地置蜀縣。安史之亂，玄宗入蜀，改爲華陽縣。明代屬成都府。在今四川成都市雙流區。

〔二〕白帝：即白帝城，在今重慶市奉節縣。

〔三〕峩眉：山名。在今四川樂山境內。瀟湘：瀟水、湘水，在今湖南境內。唐李白《峩眉山月歌》：『峩眉山月半輪秋，影入平羌江水流。』

〔四〕益州：漢在古蜀國地置益州，在今四川省。占星使：占星使者，指漢嚴遵。據《高士傳》載，嚴遵，字君平，蜀人，隱居不仕，常賣卜於成都市，日得百錢以自給。卜迄，即閉肆下簾，以著書爲務。揚雄少時曾與游處，對其非常推崇。夜郎：古國名。在今貴州西境。內屬之後，漢於其地置縣，故治在今貴州桐梓縣東。後或設郡，治所屢有變化。

〔五〕河漢支機石：相傳爲織女之石。傳說有人尋天河之源，見一婦人浣紗。問之，曰此天河也。乃予一石而歸。

問嚴君平，他説是織女支機石。唐宋之問《明河篇》：『更將織女支機石，還問成都賣卜人。』乘槎歷七襄：據晉張華《博物志》載，舊説天河與海相通。有居海中島者，年年八月乘槎往來其間。曾至一處，『遥望宫中多織女，見一丈夫牽牛渚次飲之』，問此是何處，答曰可問蜀郡嚴君平。後至蜀，問君平，所答即其至天河時。七襄，晝共七個時辰（自卯至酉），每辰更易一次，因稱七襄。襄，駕，指移動。詳《詩經・小雅・大東》『跂彼織女，終日七襄』《集傳》。

〔六〕萇弘：周時方士。《莊子・外物》：『萇弘死于蜀，藏其血，三年而化爲碧。』碧，石之青美者。杜宇：鳥名。相傳周末，蜀主望帝死後化爲鳥，因名杜宇。又稱杜鵑、子規、杜魂、蜀魂。事詳《華陽國志・蜀志》、《太平寰宇記》等有關記載。《文選》左太沖（思）《蜀都賦》：『碧出萇弘之血，鳥生杜宇之魂。』

〔七〕閶闔：天門。

〔八〕九折坂：地名。在今四川滎經縣西。邛崍山回曲九折，極爲艱險。《漢書・王尊傳》載，王吉爲益州刺史，『行部至邛崍九折坂，歎曰：「奉先人遺體，奈何數乘此險！」』金精元氣：謂秋氣，秋風。北周庾信《小園賦》：『雲氣蔭於叢蓍，金精養於秋菊。』汝思赴蜀，蓋在秋季。

〔九〕鳥道：只有鳥纔能飛過的道路，極言道路之艱險。唐李白《蜀道難》：『西當太白有鳥道，可以横絶峨眉巔。』

〔一〇〕『司馬』四句：司馬長卿即漢代賦家司馬相如（？—前一一八），《子虚賦》爲其代表作。《史記・司馬相如列傳》載，相如曾事景帝、梁孝王，皆不如意。蜀人楊得意爲狗監，看到武帝讀《子虚賦》而加以稱賞，乘機將同鄉司馬相如推薦給武帝。相如奏上《大人賦》，『天子大説，飄飄有陵雲氣游天地之閒意』。建章，漢宫殿名。

葉舍人

舍人家世稱儒素，供奉班聯起居注〔一〕。仙郎盡識鳳凰毛，父老相傳驄馬步〔二〕。當日蘭臺抗疏還，讀書高臥柳亭山〔三〕。至今猶憶張文紀，年少官微犯帝顏〔四〕。聞君夜入蓬萊直〔五〕，歸夢時時動秋色。翰染金莖彩露寒，廬開玉樹青天逼。回首南雲春事繁，浮丘峯下小桃源。他時搖艇新安水，坐把江花醉故園。

【題解】

葉舍人，生平未詳。由『讀書高臥柳亭山』、『他時搖艇新安水』，知爲歙縣人。舍人，官名。明設中書舍人。

【注釋】

〔一〕儒素：儒者的操行。《晉書・王隱傳》：『隱以儒素自守，不交聲援。』起居注：官名。掌侍皇帝起居，並記述其言行，其所記述之文稱『起居注』。明初設有此官，後省入翰林院，以翰林及詹事任其職。葉氏蓋曾供職翰林院，故云『供奉班聯起居注』。

〔二〕仙郎：唐時稱尚書省諸曹郎爲仙郎，見《白孔六帖》。鳳凰毛：喻文采俊秀。驄馬：青驄馬。東漢桓典爲侍御史，常乘驄馬，因稱其爲驄馬御史。後因忤宦官，七年不調。此謂葉氏有桓典之風儀。

〔三〕蘭臺：官署名。漢代宮中藏書之處，由御史中丞掌管。後置蘭臺令史，使典校圖籍秘書。御史中丞隸屬御史大夫，居殿中蘭臺，兼司糾察。東漢設立御史臺，亦稱蘭臺。抗疏：上書直言。柳亭山：葉氏家鄉歙縣南之山。

〔四〕張文紀：張綱，字文紀，東漢犍爲人，漢安元年（一四二）受詔巡行各州郡。時綱年少官微，埋車輪於洛陽都亭曰：『豺狼當道，安問狐狸？』乃劾梁后兄大將軍梁冀、弟河南尹梁不疑，列罪行十五條。順帝方寵梁后，不用綱。見《後漢書》本傳。犯帝顏：犯顏直諫。

〔五〕蓬萊：唐宮殿名。在今陝西西安市附近。此爲借指。直：當值，值班。

送謝茂秦

孝宗以來多大雅，布衣往往稱作者〔一〕。謝家玉樹操郢音，其曲彌高和彌寡〔二〕。寓梁曾曳王門裾，游燕欲薦中涓馬〔三〕。豈無冠蓋映當時，滿眼悠悠世上兒〔四〕。文章千載一知己，交結何須鍾子期〔五〕。此物有神兼有分，富貴浮雲不與之。盧柟坐銜越石恩，醉後感激肝膽言〔六〕。蒼鷹睚眥《鸚鵡賦》，身挂羅網何由飜〔七〕。殷憂楚奏秦庭哭，遂雪黎陽國士冤〔八〕。歸去東將釣滄海，安能貧賤常丘樊〔九〕！早借江鴻報消息，或臥春雲且故園〔一〇〕。

【題解】

謝茂秦，即謝榛，早有詩名，其爲盧柟冤獄赴京奔走，又贏得士人的贊許，因此受到李攀龍、王世貞等的推重。謝氏初與李攀龍、王世貞等結詩社，論初盛唐十四家詩，謂『當選其諸集中最佳者錄成一帙，熟讀之以奪其神氣，歌詠之以求聲調，玩味之以裒精華。得此三要，則造乎渾淪，不必塑謫仙而畫少陵也』，『諸君笑而然之』。此詩贊許其詩才、品格，感情激揚，沛然而下，爲李氏七言古體詩歌的佳作之一。據王世貞《周一之墓誌銘》載『大將軍鸞北伐敵，不知何所得君名，以爲賢而檄之入幕。余與攀龍、榛各爲長歌贈君，謂大將軍有揖客，不益重耶』。下一首即李攀龍送周一之從軍詩，時謝榛亦在京，亦有送詩，見《四溟集》卷二《送周一之從大將軍出塞》。時在嘉靖三十一年（一五五二）三月。

【注釋】

〔一〕『孝宗』二句：謂明自弘治以來詩風漸趨雅正，出現了不少布衣詩人。孝宗，明弘治帝（一四八八—一五〇五年在位）的廟號。弘治、嘉靖間，前後七子宣導文學復古，力圖恢復古代詩歌聯繫現實的優良傳統。『大雅』本爲《詩經》的一部分，後指聯繫現實、對政事有所補益的詩歌，即所謂『正聲』。布衣，平民百姓。作者，創作詩文的人。此指詩人。

〔二〕謝家玉樹：據《晉書·謝玄傳》載，玄與從兄朗爲叔父謝安所器重。安曾戒約子姪，爲更好地成長，不要過早地介入政事。『諸人莫有言者。玄答曰：「譬如芝蘭玉樹，欲使其生於庭階耳。」安悅』。因謝榛姓謝，故聯及以爲讚語。郢音：即郢曲。其曲彌高和彌寡，出自戰國宋玉《對楚王問》。此處用來讚美謝詩格調高雅。

〔三〕『寓梁』二句：言您寓居梁地爲王門貴客，來京又欲薦拔我們這些新進人士。梁，戰國時魏國所轄地域，大致在今河南北部、河北南部。謝榛時爲趙康王朱厚煜所賓禮，寓居彰德（今河北臨漳）。曳裾王門，謂爲王府門客。《漢書·鄒陽傳》：『飾固陋之心，則何王門不可曳長裾乎？』曳裾，長裾拖地。裾，衣袖。燕，燕京。指北京。中涓，侍從皇帝的官員。《漢書·高惠高后文功臣表》顔師古注：『中涓，親近之臣，若謁者、舍人之類也。』李攀龍、王世貞等當時任職刑部，故用以自指。

〔四〕冠蓋：官吏的服飾與車乘。此指達官顯貴。悠悠：衆多。世上兒：謂世俗之徒。

〔五〕鍾子期：即鍾期，春秋時楚國人。喻指知音、知己。詳前《秋胡行》注〔四〕。

〔六〕盧柟：字少楩，一字子木，浚縣（今屬河南）人。詳前《二子詩·盧次楩》題解。曾受誣枉入獄論死，謝榛赴京奔走公卿間爲其鳴冤，得免罪。盧柟自是感激不已，而士人亦因此而推重謝榛。越石，指春秋時期的齊國賢人越石父。石父繫獄，齊相晏嬰解其左驂將其贖出，並薦爲上客。事詳《史記·管晏列傳》。坐：因。

〔七〕蒼鷹睚眥《鸚鵡賦》：謂如同當年禰衡因睚眥之怨而慘遭不幸。蒼鷹，喻酷吏。《漢書·酷吏傳》載，中尉郅都『獨先嚴酷，致行法不避貴戚，列侯宗室見都側目而視，號曰「蒼鷹」』。《鸚鵡賦》，禰衡的代表作。禰衡（一七三—一九八），字正平，東漢末年平原般（今山東臨邑）人，少有才辯，而恃才傲物，惟與孔融友善。孔融將其薦於曹操，因其狂傲，曹操令其使於劉表，復因侮慢而被送至江夏太守黄祖處。衡與黄祖之子射游處，射大會賓客，有獻鸚鵡者，令衡爲賦。衡揮筆而就，文不加點，辭采富麗。後終因侮慢爲黄祖所殺。此以禰衡喻指盧柟。飜：同「翻」，飛，自由飛翔。

〔八〕「殷憂」二句：謂謝榛赴京奔走呼號，使盧柟冤獄得以昭雪。殷憂，深憂。也作「隱憂」。楚奏，彈奏楚國樂曲。三國魏王粲《登樓賦》：「鍾儀幽而楚奏兮，莊舄顯而越吟。」鍾儀，春秋時楚人，幽囚於晉國，晉命操琴，而爲南音。事詳《左傳・成公九年》。後以鍾儀楚奏喻不忘舊。秦庭哭，春秋時吴國攻破楚都郢，申包胥赴秦求救，秦不答應，包胥「立，依于秦庭而哭，日夜不絕聲，勺飲不入口七日……秦師乃出」（《左傳・定公四年》）。此處借指謝榛以一布衣哀求公卿爲盧柟伸冤事。黎陽國士，指盧柟。浚縣爲古黎陽縣治。國士，全國推重景仰之士。

〔九〕丘樊：山林，多指隱居之處。語出《南史・隱逸傳論》。唐白居易《中隱》：「大隱住朝市，小隱入丘樊。」

〔一〇〕臥春雲：喻指隱居不仕。

送太醫令周一之從大將軍出塞

武皇按劍明光宫，夜發材官六郡雄〔一〕。臨軒親遣上將軍，誓掃匈奴成大功。白羽九邊傳漢月，霜戈千里排胡空〔二〕。轅門豈聞天子詔，帷幄寧多策士風〔三〕？書記翩翩爾其選，志勒燕然禪姑衍〔四〕。業許原嘗念已深，情憂平勃交仍淺〔五〕。藥囊每擬提荊軻，驄馬何曾避桓典〔六〕？淮陰惡少舊相輕，朔方健兒知姓名〔七〕。身爲揖客元戎府，意氣秋高出塞行〔八〕。二百年來無一戰，今日王師遂北征。便當滅虜始朝食，不繫單于不解兵〔九〕。

【題解】

周一之，名同，吳郡（今江蘇蘇州）人。科試不利，棄儒學醫，授太醫院醫士。善詩，爲李攀龍、謝榛等的詩友。生平詳王世貞《弇州山人四部稿》卷九一《周一之墓誌銘》，知其從大將軍仇鸞率師赴大同。時在嘉靖三十一年三月。詩作於其時。太醫令，古代宮中掌醫藥之官。《後漢書·百官志》：「太醫令一人，六百石，掌諸醫藥。」大將軍，古代將軍名號，位極尊崇，戰國至明均曾設置。

【注釋】

〔一〕武皇：漢武帝。明光宮：漢宮名。李氏常以漢唐說事，而均實指當今。材官：此指武卒。六郡：漢西北邊境諸郡。詳見前《刁斗篇》注〔七〕。

〔二〕白羽：謂箭，以白羽爲衛。見《國語·吳語》「白羽之矰」《注》。九邊：明代北部邊境分九區，令大將統兵鎮之，謂之九邊。霜戈：即戈，戈鋒如霜，喻其鋭利。

〔三〕轅門：古代帝王出巡或田獵，臨時以車作屏障的止宿之處。出入處以兩車仰而相向，故稱轅門。此指以木柵圍護的軍帳。策士：此指將軍幕中的謀士。

〔四〕書記：謂掌書牘紀錄的人員。唐宋時期於軍事將帥府置掌書記，簡稱書記。唐白居易《送令狐相公赴太原》：「青衫書記何年去，紅旆將軍昨日歸。」勒燕然：謂刻石紀功。燕然，山名。即今蒙古人民共和國内的杭愛山。東漢永元元年（八九），漢將竇憲大破北單于，登燕然山，勒銘紀其事。詳《後漢書·竇憲傳》。姑衍，山名。在漠北。漢驃騎將軍霍去病破匈奴，封於狼居胥山，禪姑衍，登臨瀚海而還。詳《史記·匈奴列傳》。

〔五〕原嘗：指平原君、孟嘗君。唐李白《扶風豪士歌》：「原嘗春陵六國時，開心寫意君所知。」平勃：陳平、周勃，漢初將相。陳平（？—前一七八），漢陽武（今河南原武）人。秦末參加農民起義，初從項羽，後歸劉邦。足智多謀，積功封曲逆侯。惠帝時爲左丞相，呂后徙爲右丞相。後與周勃聯合，盡誅諸呂，迎立文帝。事詳《史記·陳丞相世家》。周勃（？—前一六九），漢沛（今江蘇沛縣）人。從劉邦起義，以功爲將軍，封絳侯。惠帝時爲太尉。呂后時諸呂執掌軍權，勃徒具虛名。呂后死，與陳平聯合誅諸呂。事詳《史記·絳侯周勃世家》。

〔六〕荊軻（？—前二二七）：戰國衛國人。據《史記·刺客列傳》載，荊軻奉燕太子丹之命，謀刺秦王。在向秦王獻督亢地圖時，抽出匕首刺向秦王，未中；秦王惶急無措，「是時侍醫夏無且以其所奉藥囊提荊軻」。此謂隨時準備維護大將軍。桓典，東漢侍御史。詳前《葉舍人》注〔二〕。

〔七〕淮陰：地名。今屬江蘇。漢大將韓信爲平民時，貧而無行，曾遭淮陰惡少胯下之辱。詳見《史記·淮陰侯列傳》。此謂出身微賤。

〔八〕揖客：謂與主人亢禮、長揖不拜之客，即被主人尊重的客人。語出《史記·汲黯列傳》。

〔九〕滅虜始朝食：謂速戰勝敵。《左傳·成公二年》載，晉師伐齊，陳兵於鞌（今山東濟南近郊），「齊侯曰：「余姑滅此而朝食。」不介馬而馳之」。縶：拘縶。

南溪老樹行

老樹橫溪十畝陰，下有跳波三百頃〔一〕。酒罷捫蘿坐其上，白眼青天何不逞〔二〕！斗牛之間見浮槎，蒼茫宇宙成漂梗。念我平生湖海客，衣裳泠泠風馭冷〔三〕。文章八代俱望洋，心事幾人同《哀郢》〔四〕！醉裏誰堪此陸沈，俠來氣與千濤猛〔五〕。洛浦明珠舊寂寥，渥窪神駿空馳騁。飜然大叫觀者摧，那知世路滄洲永〔六〕！投足還探河伯宮，俯身欲拾中流影。驪龍蜿蜒垂霧雨，虹霓繚繞含光景〔七〕。須臾力疲神亦眩，乾坤低昂發深省〔八〕。最奇披髮泗呂梁，願言洗耳臨箕潁〔九〕。初看長駕出黿鼉，豈云吾道終蛙黽〔一〇〕！王郎驅石到渤澥，徐子招招迴舴艋〔一一〕。此時共濟失狂瀾，卻悲胥溺情難整〔一二〕。泥塗詎可困豪俊，男兒相逢誇項領〔一三〕。遂憶鳴鞭昨夜歸，湘娥漢女猶延頸〔一四〕。羣靈至今未敢散，寒江颯颯開塵境。

【題解】

南溪爲『七子』在京常往游聚之處。此次游南溪，當作於嘉靖三十一年，詩寫七子效力于改革文風的詩文革新運動之難，其心情之痛苦可知。此詩蓋爲當時心境之真實寫照，筆意縱橫，慷慨淋漓，爲李攀龍古體詩中較好的一篇。

【注釋】

〔一〕跳波：跳動的波浪。

〔二〕白眼青天：謂傲視蒼茫太空。白眼，傲視的樣子。逞：快意。

〔三〕『斗牛』四句：謂傳說中能到達天河的浮槎，在蒼茫宇宙之中也不過如同漂梗而已；像我這樣不以富貴顯達爲意的人，有件衣服禦寒就足夠了。斗牛，二十八宿中的斗宿與牛宿。浮槎，浮游於天河中的木筏。傳說天河與海相通，有一海邊的人每年八月乘槎往來於河海之間。見晉張華《博物志·雜説下》。漂梗，漂浮在水中的木棒。湖海客，懷有湖海之志的人。湖海之志，即隱逸之志，謂心在湖海，不以宦達爲意。泠泠，風聲。馭冷，猶言禦寒。馭，通『禦』。

〔四〕『文章』二句：謂如今對爲文起衰救敝的事業只能望洋興嘆，此時又有誰理解我宣導文學復古的苦心呢！文章八代，爲『文起八代之衰』的略語。八代，指東漢、魏、晉、宋、齊、梁、陳、隋。宋蘇軾《潮州韓文公廟碑》贊韓愈『文起八代之衰，道濟天下之溺』。望洋，望洋興嘆的省語。《哀郢》，屈原《楚辭·九章》中的篇名。屈原雖遭放逐，而心繫楚國，文以《哀郢》名篇，既有對危亡中祖國的憂念，也交織著個人沉淪遷謫的傷感。攀龍視朝廷讓其出任順德知府爲『情同於棄』（《與宗子相書》），其心事在於通過改革文風而振興國運，自認爲與屈原作品中表達的思想有相通之處。

〔五〕陸沈：喻指世事混亂。謂大陸沉淪，不是洪水淹沒，而是人爲所致。《世說新語・輕詆》：『桓公入洛，過淮泗，踐北境，與諸僚屬登平乘樓，眺矚中原，慨然曰：「遂使神州陸沈，百年丘墟。王夷甫諸人不得不任其責！」』俠：俠氣，勇敢無畏的氣魄。

〔六〕『洛浦』四句：以洛浦明珠、渥窪神駿爲喻，謂世無知己，有才而不得施展，稍一表露卽被認爲驚世駭俗，哪知有人爲實現理想而不惜辭官隱居呢。洛浦明珠，指洛水女神宓妃。三國魏曹植《洛神賦》：『於是洛靈感焉，徙倚彷徨。……或采明珠，或拾翠羽。從南湘之二妃，攜漢濱之游女。歎匏瓜之無匹兮，詠牽牛之獨處。』舊，昔，從前。寂寥，寂寞。渥窪神駿，漢武帝時渥窪（渥窪川，在今甘肅境）所產駿馬。見《史記・樂書》。空，徒然。觀者，旁觀者。摧，散。滄洲，水濱。指隱者所居之地。永，長。

〔七〕『投足』四句：以探河取珠爲喻，謂爲實現自己的抱負，不惜捨身一試。河伯，黃河神。拾中流影，謂將不可求之事求之。中流，河中心的流水，謂急流。驪龍，黑色龍，居於深水之下。《莊子・列禦寇》：『千金之珠，必在九泉之淵，而驪龍頷下。』虹霓，雨後現於天際的彩虹，內環曰虹，外環曰霓。繚綟（lì），環邊泛綠。綟，蒼艾色，綠色。景，『影』本字。

〔八〕乾坤低昂：謂俯仰天地。

〔九〕『最奇』二句：謂最令人驚異的特立獨行是披髮泗渡呂梁和潁川洗耳。泗渡呂梁，謂安習成性。《莊子・達生》：『孔子觀于呂梁，縣（懸）水三十仞，流沫四十里，黿鼉魚鱉之所不能游也。見一丈夫游之，以爲有苦而欲死也，使弟子並流而拯之。數百步而出，被髮行歌而游於塘下。』洗耳事，詳見晉皇甫謐《高士傳》。傳說堯時隱士許由，聽到堯要讓天下於他，就逃到箕山之下、潁水之北；又召爲九州長，他認爲聽到這類消息就是對自己的污辱，便跑到潁水之濱洗耳。

〔一〇〕『初看』二句：謂所宣導的文學事業初看似黿鼉出行，驚世駭俗，難道最終落得像蛙鳴聒噪而已！長駕，遠行。黿（yuán），龜類。鼉（tuó），鱷魚的一種，俗稱豬婆龍。《竹書紀年》：『周穆王大起九師，東至九江，駕黿鼉以爲梁。』吾道，我們的主張。指宣導文學復古。蛙黽（mǐn），即蛙，雨蛙。唐高適《東平路中遇大水》：『室居相枕藉，蛙黽聲啾啾。』

〔一一〕王郎：指王世貞。驅石到渤澥：與上下句俱形容文章之氣勢。石，矢石，箭鏑。渤澥，即渤海。《書·禹貢》：『海、岱惟青州。』徐子：指徐中行。招招：以手示意使來的樣子。《詩·邶風·匏有苦葉》：『招招舟子，人涉卬否。』舴艋（zé měng）：小船。

〔一二〕『此時』二句：謂此時風浪來勢太猛，諸子彼此難以相互協助，而可悲的是大家或貶謫外放，或官位低微，盡皆沉淪。共濟，同舟共濟的省語。胥溺，盡皆沉淪。整，平。

〔一三〕『泥塗』二句：謂仕途艱難豈能束縛住我們，再見時彼此誇讚不向惡勢力低頭的精神。泥塗，泥濘的道路，喻指官位卑微，仕途艱難。塗，通『途』。《左傳·襄公三十年》：『使吾子辱在泥塗久矣，武之罪也。』詎，豈。男兒，猶言大丈夫。誇項領，稱讚硬骨頭，不向惡勢力低頭。項領，語出《詩·小雅·節南山》。此謂頸項。《後漢書·董宣傳》載，東漢董宣爲洛陽令，以法殺湖陽公主的蒼頭（僕人），光武帝大怒，命小黃門挾持董宣向公主謝罪，他兩手據地，終不肯俯首。光武帝『因敕强項令出』。

〔一四〕鳴鞭：古代官員儀仗所用器物，振動發聲，以使行人靜肅。又名靜鞭。湘娥：湘水女神。相傳堯將娥皇、女英兩個女兒嫁給舜。舜南巡死於蒼梧，二女追至洞庭，聞舜已死，遂投湘水而爲神。漢女：傳說中漢水女神。

湘娥漢女俱以美麗多情著聞。此借指南溪女神。延頸：伸長脖頸，企盼之狀。

送公實還南海

梁生偃蹇誰與倫，梁生偃蹇無與倫〔一〕！爲郎十月不厭意，上書乞歸南海濱〔二〕。文章往往迕時好，富貴安得嬰其身〔三〕！獨存肝膽論交者，一一淩雲作賦人〔四〕。憶昨擊筑飲燕市，酒酣以往氣益振〔五〕。黄金之臺空嶙峋，華陽之館摧爲薪〔六〕。騊駼騄耳俱良馬，劍客博徒皆俊民〔七〕。梁生徐生情最親，宗生王生詩更新。經過但坐歌《白雪》，罷曲彷徨若有神〔八〕。揮毫夜夜搖星辰，襟期矯矯何能馴？梁生此事成萬古，欲別牽裳遂具陳。羅浮之山何崔嵬，下臨莽蒼波濤開〔九〕。維舟跋浪長鯨出，倚杖垂天大鳥來，北望中原寥廓哉！飛厓坐攬百粤色，羣峯黝渺行風雷〔一〇〕。梁生之廬構烟霧，千尋薜荔青摧頹。有時高咏《反招隱》，巖壑無人秋雨哀〔一一〕。尉佗椎結本趙俠，陸賈縱横亦漢才〔一二〕。丈夫有道在龍蠖，還能與世相裴徊〔一三〕。梁生何爲終蒿萊，梁生慎勿終蒿萊〔一四〕！

【題解】

公實，即梁有譽。《明史·文苑傳》云，梁有譽『除刑部主事，居三年，以念母告歸。杜門讀書，大吏至，辭不見』。有譽於嘉靖二十九年（一五五〇）春進士及第（見《明清進士題名碑錄索引》），三十一年夏謝病歸南海。詩作於其時。南海，郡名。秦置。三國吴在此置廣州，晉宋之後因之，治番禺，即今廣州市。有譽爲番禺人。本書卷六有《夏日同元美、子與、子相天寧寺送別公實二首》可證。說是『念母』，實則不滿朝政腐敗。送別難捨，惋惜而無奈。此詩感情激揚，渾浩流轉，爲歌行體中較好的一篇。

【注釋】

〔一〕偃蹇（jiǎn）：高傲。《左傳・哀公六年》：「彼皆偃蹇，將棄子之命。」

〔二〕不厭意：不滿意。厭，滿足。

〔三〕迕時好：與時尚相違背。嬰：相纏繞。意謂束縛。

〔四〕「獨存」二句：謂只記挂肝膽相照的友人，他們都是立志高遠的文人。存，存念。

〔五〕「憶昨」二句：應指與攀龍、世貞、宗臣集天寧寺送別子與的聚會。王世貞有《天寧寺同諸子餞別公實》（《弇州山人四部稿》卷二三），宗臣有《天寧寺同于鱗、子與、元美餞別公實各賦二首》（《宗子相集》卷六），有譽有《喜歸述懷，留別李于鱗、徐子與、宗子相、王元美四子一百韻》（《蘭汀存稿》卷三）。擊筑燕市，謂慷慨悲歌，壯懷激烈。《史記・刺客列傳》載，衛人荊軻至燕，「愛燕之狗屠及善擊筑者高漸離。荊軻嗜酒，日與狗屠及高漸離飲於燕市，酒酣以往，高漸離擊筑，荊軻和而歌於市，相樂也。已而相泣，旁若無人者」。

〔六〕「黄金」二句：謂從今京城求賢館舍虛設，歸家所居亦破敗不堪。黄金臺，戰國燕王求賢臺。詳前《送新喻李明府伯承》注〔三〕。華陽之館，詳本卷首篇《送靳潁州子魯注》注〔一〕。

〔七〕騊駼（táo tú）、騄耳：均駿馬名。俊民：謂優秀人才。《書・洪范》：「俊民用章，家用平康。」

〔八〕《白雪》：高雅的樂曲。詳前《送新喻李明府伯承》注〔六〕。罷曲：曲罷，吟後。

〔九〕羅浮之山：即羅浮山，在番禺境內，濱海。詳前《五子詩》注〔五〕。

〔一〇〕百粵：或作「百越」，地名。古代因江浙閩越之地爲越族所居，所建小國亦多，故名百越。詳《文獻通考・輿地考》。

〔一一〕《反招隱》：晉王康琚詩，見《文選》卷二二。

〔一二〕尉佗：即趙佗（？—前一三七），漢真定（今河北正定）人。秦始皇時爲龍川令。二世時，南海尉任囂死，佗攝行尉事，因亦稱尉佗。秦亡，佗擊并桂林、象郡，自立爲南越武王。漢高帝劉邦已定天下，遣陸賈立爲南越王。生平詳《史記·南越尉佗列傳》。椎結：髮髻形狀如椎，一作椎髻。爲少數民族的結髮形式。《漢書·李陵傳》：『兩人皆胡服椎結。』真定在戰國時屬趙國。陸賈：漢初從高帝平定天下，有口辯，隨侍左右。曾出使南越，説服尉佗稱臣奉漢約法，歸爲太中大夫。時時在高帝前説《詩》、《書》，高帝乃使著書論説秦所以失天下、漢所以得天下之故，著十二篇，名曰《新語》。另有《楚漢春秋》九篇。生平詳《史記》本傳。

〔一三〕龍蠖（huò）：龍與蠖。《易·繫辭下》：『尺蠖之屈，以求信也；龍蛇之蟄，以存身也。』此謂處世能屈能伸。唐李白《答蘇秀才》：『棲巖君寂滅，處世余龍蠖。』

〔一四〕蒿萊：田野間。謂隱居。

擊鹿行并序

余往與王生過子與〔一〕，見伏鹿於庭，戲相謂曰：『余將攜徐夫人匕首刺此鹿麋〔二〕，腊之也〔三〕，生豈不願爲我犄角之哉〔四〕？』又與王生過子與，則子與刺殺此鹿食王生，既而宗生亦至，相與批脯飲也，亦大豪舉哉！乃各賦《擊鹿行》壯之矣。

徐卿意氣殊不偶，買鹿百金求其牡。華堂燕客忽自放，醉把邯鄲鐵匕首。須擬麟從帝藪游，未聞鹿觸匈奴走〔五〕。高材吾黨復誰過？文章矯矯驅羣醜。失日難將四海求，逐來定死諸公手。毛灑旋疑霜雪寒，角摧更見珊瑚朽。王郎大叫奉銅盤〔一〕，接飲其血歃以酒。顧我前呼歷下生，與君相愛爲君壽。舊時疾足今能否，安得新詩滿人口？須臾碧眼胡兒至，落碪脯腊無不有〔六〕。下箸已畏翠釜空，纖羹更出青閨婦。衆看杌上肉如陵，覆蕉尚在隍中守。嗟乎曲士夢何久，徐卿獨醒可與友〔七〕？

【校記】

〔一〕奉，四庫本作『捧』。

【題解】

詩作原由，序文已有説明。《列子·周穆王》：『鄭人有薪於野者，遇駭鹿，御而擊之，斃之。恐人見之也，遽而藏諸隍中，覆之以蕉。不胜其喜。俄而遺其所藏之處，遂以爲夢焉。』這則故事謂人生得失如夢，作者借由徐中行（子與）殺鹿饗客，聯及蕉鹿所含人生得失之意加以發揮，興會淋漓，文字流走飛揚，體現出李氏此類詩歌的豪放風格。詩作於嘉靖三十一年（一五五二）。

【注釋】

〔一〕王生：指王世貞。下文『宗生』，指宗臣；歷下生，指李攀龍。

〔二〕徐夫人匕首：徐氏所制匕首。《北堂書鈔》載曹丕《典論·劍銘》：『昔者，周魯寶赤刀孟勞，雍狐之戟，屈盧之矛，孤父之戈，楚越太阿純鈎，徐氏匕首，凡斯皆世上名器。』

〔三〕腊之：做成乾肉。腊，乾肉。

〔四〕犄角：卽掎角，偏持其足。見《漢書·敘傳上》『逐而掎之』顔師古注。

〔五〕『須擬』二句：謂擊鹿只可供游樂，對於解除邊患毫無用處。麟，大牡鹿。帝藪，天子林苑。

〔六〕碧眼胡兒：序言『既而宗生亦至』，則此應指宗臣。碪（zhēn）：同『砧』，砧板。

〔七〕曲士：鄉曲之士。《莊子·秋水》：『曲士不可語以道者，束於教也。』

送元美

王生二十趨明光，是時作者不可當〔一〕。世上之名他自誤，須君千載垂文章。夙昔陸沈秋憲府，風塵慘淡尚書郎〔二〕。心知此物難再遇，片語論交燕市傍〔三〕。攜手七陵朔漠色，悲風九月吹白楊〔四〕。居然宇宙見雄俊，睥睨今古神飛揚。流俗紛紛失肝膽，那能結客聲利場！近日操觚滿京洛，江河決注非其長〔五〕。家握靈珠戶和璧，及逢周客皆深藏〔六〕。高才楩楠與杞梓，吾道麒麟或鳳凰〔七〕。清廟遺音壯昭代，天庭火藻懸衣裳〔八〕。生也經綸斯濫觴，混塵安取金躍冶，養鋭更羞錐處囊〔九〕。伊周屈宋儻易地，鈞衡藝苑俱稱良〔一〇〕。生也爲情誠彷徉，但願右挹擊筑之荊卿，左拍接輿之楚狂〔一一〕。二豪侍側乃蜾蠃，四子講德如蜩螗〔一二〕。舉觴白眼天茫茫，秋風胡爲歸故鄉？亦欲送生從此去，留生不住悲河梁。彩虹千尺挂碣石，贈生千里爲帆檣〔一三〕。

【題解】

嘉靖三十一年（一五五二）九月，王世貞返故鄉蘇州太倉處理家務，李攀龍、吳國倫、宗臣等作詩送之。李攀龍作有《送元美》、《席上鼓飲歌送元美》二首。詩敘寫二人結識交往以及詩文抱負，志意昂揚，傾情如注。

【注釋】

〔一〕趨明光：謂參與會試，進士及第。明光，漢宮殿名。此借指明宮。作者：創作詩文者。

〔二〕「夙昔」二句：謂往昔沉淪在刑部爲員外郎。陸沈，朝中之隱者。《史記·滑稽·東方朔列傳》：「據地歌曰：『陸沈於俗，避世金馬門。』」秋憲府，指刑部。《通典·職官·尚書下·刑部尚書》：「後周有秋官……其屬官有刑部中大夫，掌五刑之法。武太后改刑部爲秋官，神龍初復舊。」

〔三〕「心知」句至「四子」句：暢言與元美交往經過及雄視文壇的盛況。此物，此類，猶言此輩。《左傳·桓公六年》：「是其生也，與吾同物。」

〔四〕七陵：指明帝陵墓。今北京十三陵處。朔漠：朔北大漠。

〔五〕操觚（gū）：謂爲文。觚，方木，古人用以書寫。晉陸機《文賦》：「或操觚以率爾，或含毫而邈然。」

〔六〕周客：周地的客人。能識別珍寶的真假。事詳前《秋胡行》注〔六〕。

〔七〕楩楠（pián nán）與杞梓：均爲供建築用的材木。

〔八〕「清廟」二句：謂其詩遠紹《詩經》而名高當代，並受到帝王的賞識。清廟遺音，謂雅音、雅詩。《詩·周頌·清廟序》：「清廟，祀文王也。周公既成洛邑，朝諸侯，率以祀文王焉。」昭代，清明時代。古人常用以稱本朝。天庭，謂帝王之庭。此指明朝廷。《文選》左太沖（思）《蜀都賦》「摛藻掞天庭」注：「劉曰：班固述雄傳曰：初擬相如獻賦黄門，故曰『摛藻掞天庭』。」

〔九〕「生也」三句：謂王世貞具有經國治世之才，不必聽命於天，將來必能脫穎而出。經綸，經國濟世。混塵，混風塵。謂混跡於官場。金躍，金踴躍，喻不從天命。《莊子·大宗師》：「今大冶鑄金，金踴躍曰『我且必爲鏌鋣』，大冶必以爲不祥之金。」錐處囊，喻指才能未被人識。語本《史記·平原君列傳》毛遂自薦的故事。

〔一〇〕「伊周」二句：謂世貞不論政事還是詩文，他都是優秀者。伊，伊尹。商初賢相。周，周公。周初大臣，輔佐武、成兩代，制禮作樂，爲周制定了一套維繫統治的典章制度。屈，屈原。偉大詩人。宋，宋玉。戰國末楚國著名辭賦家。

〔一一〕彷徉：猶徘徊。擊筑之荊卿：即荊軻。詳前《送靳潁州子魯》注〔一二〕。此喻指知己。接輿：楚狂接輿，春秋楚國隱者。見《論語·微子》。

〔一二〕蜾蠃：蟲名。一種青黑色細腰蜂。又名蒲盧。寄生於螟蛉體內，其幼蟲亦從螟蛉體內孵出。古人誤以爲蜾蠃養螟蛉爲子。《詩·小雅·小宛》：『螟蛉有子，蜾蠃負之。』蜩螗：蟬屬。《詩·大雅·蕩》：『如蜩如螗，如沸如羹。』

〔一三〕碣石：山名。在渤海之濱。此借指北方。帆檣：船上風帆與桅杆。

楊山人四首

苕溪之水何泠泠，吴山一峯天目青，千林萬壑子雲亭〔一〕。從他世人還解事，白頭不厭《太玄經》〔二〕。

其二

吴門市卒能逃名，長安貴人非其情，南山薄田春自耕〔三〕。盛世爲農亦足老，少年何用隨諸生！

其三

千篚湖綿白雪開，滿江稻色黄雲來，山中客醉頷其頦〔一〕〔四〕。自言七十巖耕者，帝於我有何力哉〔五〕！

其四

長裾不爲王門賓，千金盡散江湖人，菰城一臥三十春〔六〕。看爾紅顔逐燕雀，終然白髮行風塵。

【校記】

〔一〕頮，詩集本作『頣』。

【題解】

楊山人，生平未詳。山人，隱者。從詩得知，楊山人爲浙江吳興人。

【注釋】

〔一〕苕溪：一名苕水。水有兩個源頭，均出自浙江天目山，匯而北入太湖。吳山：此指浙江吳興南之吳山。子雲亭：楊山人與漢楊雄同姓，楊雄字子雲，故以稱其所築之山亭。

〔二〕《太玄經》：漢楊雄所著，也稱《楊子太玄經》。據《漢書》楊雄本傳載，哀帝時，『丁、傅、董賢用事，諸附離之者或起家二千石。時，雄方草《太玄》，有以自守，泊如也』。此取『泊如』之意。

〔三〕吳門：蘇州（今屬江蘇）之通稱。南山：指吳山。

〔四〕篚：圓形竹器。頮其頮：謂垂頭。

〔五〕巖耕者：隱居務農者。古稱隱逸爲巖穴之士，見《史記·伯夷列傳》。

〔六〕菰城：戰國楚縣名。在今浙江湖州市吳興區南。見《太平寰宇記》。

送子相

自作白雲郎，未厭滄洲意〔一〕。偶然薄祿混風塵，論交千里賢豪至〔二〕。元美翩翩多奇氣，南越梁生亦雄視〔三〕。二子招攜從此逝，爾今臥病緣何事？綠鬢還鄉已壯游，錦帆十月下揚州〔四〕。移家好住昭明樓，種瓜莫羨東陵侯〔五〕。文章萬古垂大業，富貴浮雲非所求。知君林壑百不憂，圖書四壁高枕秋。世人那識淮海士，須行便爲名山留〔六〕。丈夫義豈辱顔色，使我摧眉去卽休〔七〕。安能呰呢向權勢，咄嗟空令達者羞〔八〕。夙昔竟寥闊，後來復泱莽〔九〕。相看一別雨墜天，他時神劍來精爽〔一〇〕。旣言郊藪走麟鳳，朝廷寧得無吾黨！卿也抽簪且偃仰〔一一〕。漁陽日影黯如黶，薊門雪花大於掌。馬上燕歌變徵聲，壺中酒盡君當往〔一二〕。

【題解】

子相，卽宗臣。據《明史·文苑·宗臣傳》載，嘉靖三十年（一五五一）秋，由刑部郎中調任吏部考功俊，曾謝病歸廣陵故家，攀龍以詩相送。詩當作於嘉靖三十一年十月。同時，卷十二還有絶句《送子相歸廣陵七首》。宗臣在刑部與攀龍爲同僚，並贊同其詩歌主張，彼此氣味相投，乍聚相別，自别有一番滋味。惜别，祝願，期望重聚。

【注釋】

〔一〕白雲郎：指刑部郎中。傳説中黄帝時秋官名白雲。見《漢書·百官公卿表》注。而周官六部，秋官主刑罰，後因指稱刑部。滄洲意：隱居之意。滄洲，謂水濱，古稱隱居之地。《文選》謝玄暉（朓）《之宣城出新林浦向板橋》：「旣歡懷祿情，復協滄洲趣。」

〔二〕混風塵：謂混官場。論交：結交。

〔三〕南越梁生：指梁有譽。

〔四〕綠鬢：少年髮黑曰綠鬢。黑髮有光彩似濃綠，故云。南朝梁吴均《和蕭洗馬子顯古意》六首之三：『綠鬢愁中改，紅顔啼裏滅。』

〔五〕昭明樓：昭明太子在揚州有編《文選》時所住樓。東陵侯：指召（邵）平。召平爲秦東陵侯，秦亡爲民，在長安東門種瓜。事詳《三輔黄圖·都城十二門》。

〔六〕淮海士：即揚州士，揚州名士。淮海，淮河與海之間。《書·禹貢》：『淮海惟揚州。』宗臣故里興化屬揚州。

〔七〕摧眉：謂低眉順眼，媚事權貴。唐李白《夢游天姥吟留别》：『安能折腰事權貴，使我不得開心顔。』

〔八〕訾呰（zǐ zú）：阿諛奉迎。咄唶（duō jiè）：嘆息。達者：通達事理之人。

〔九〕寥闊：遠隔。唐杜甫《秦州見勅目除薛畢遷官》：『大雅何寥闊，斯人尚典刑。』泱莽：廣大貌。

〔一〇〕『相看』二句：謂今爲一别而痛苦，他時相會就更加令人振奮。一别雨墜天，即一别如雨。三國魏王粲《贈蔡子篤》：『風流雲散，一别如雨。』神劍：謂劍分而復合。晋雷次宗曾在豫章豐城掘得二劍，自留其一，一送張華。後張華遇害，所藏之劍飛入襄城水中。雷死後，其子佩劍經淺瀨，劍忽躍入水中，即見二龍相隨游去。詳《藝文類聚》卷六〇引雷次宗《豫章記》。

〔一一〕抽簪：棄官歸隱。《文選》張景陽（協）《詠史詩》：『抽簪解朝衣，散髮歸海隅。』

〔一二〕燕歌：燕地之歌。北周庾信《哀江南賦》：『燕歌遠别，悲不自勝。楚老相逢，泣將何及！』

俠客行爲子與贈吳生

本自吳越冶游郎，結交燕薊少年場〔一〕。長裾不曳朱門裏，摴蒱大叫青樓旁〔二〕。被酒目攝羽林騎，擁金作使邯鄲倡〔三〕。弟畜灌夫，師事田光〔四〕。得意一言，失意一言；相怨一方，相慕一方。男兒過逢好驚座，世事齷齪寧陸梁〔五〕！姓名何惜借輕薄，出處未須論侯王〔六〕。親知猶向隅，有錢徒充囊〔七〕；讎家猶戴天，有客徒滿堂〔八〕。猛虎可值，俗子莫當〔九〕。平生片心照秋水，明日報恩還故鄉。

【題解】

俠客行，樂府歌行。《樂府詩集・雜曲歌辭》載有李白《俠客行》，頌揚朱亥、侯嬴等的俠義品格。此詩爲徐中行（子與）贈吳國倫所作。據《明史》本傳，「國倫才氣橫放，好客輕財」，頗具俠義風骨。

【注釋】

〔一〕吳越冶游郎：子與籍屬浙江，爲吳越舊地。冶游，挾伎游樂。燕薊：指京城，即今北京市。

〔二〕「長裾」二句：謂不依附權貴，卻經常出入游樂場所。長裾不曳，謂不出入權貴之門。《漢書・鄒陽傳》：「飾固陋之心，則何王之門不可曳長裾乎？」長裾，衣襟之長者。摴蒱（chū pú），博戲。青樓，妓院。

〔三〕「被酒」二句：謂酒後不把禁軍放在眼裏，有了錢就去冶游取樂。被酒，猶言沾酒，喝了酒。目攝，以目視之。《史記・刺客列傳》：「蓋聶曰：『固去也，吾曩者目攝之！』」邯鄲倡，邯鄲藝妓。南朝梁陸厥《邯鄲行》：「兼金輕一顧，有美獨臨風。」

〔四〕弟畜灌夫：把灌夫視作弟弟。灌夫，漢潁陰（今河南許昌）人。武帝時，爲燕相，後坐法去官，居長安。『灌夫爲人剛直使酒，不好面諛。貴戚諸有勢在己之右，不欲加以禮，必陵之；諸士在己之左，愈貧賤，尤益敬』，『好任俠，已然諾。諸所與交通，無非豪傑大猾』（《史記·魏其武安侯列傳》）。田光：戰國燕（今北京）人。爲人智深而勇沉。燕太子丹與謀刺秦王，光辭以老，向其推薦荊軻。太子囑其勿泄，光答應後嘆曰：『夫爲行而使人疑之，非節俠也！』遂自刎而死。事詳《史記·刺客列傳》。

〔五〕驚座：謂坐中全都震驚。《漢書·游俠傳》載，杜陵（今陝西西安）人陳遵，字孟公，『長八尺餘，長頭大鼻，容貌甚偉。……所到，衣冠懷之，惟恐在後。時列侯有與遵同姓字者，每至人門，曰「陳孟公」，坐中莫不震動。既至而非，因號其人曰「陳驚座」云』。陸梁：囂張，猖獗。

〔六〕『姓名』二句：謂借薄幸留名，身份貴賤都無所謂。輕薄，輕佻、浮薄。《顏氏家訓·文章》：『自古文人，多陷輕薄。』唐杜牧《遣懷》：『十年一覺揚州夢，贏得青樓薄幸名。』出處，猶言出身。

〔七〕向隅：面向室之角落。謂孤獨、痛苦。《文選》潘安仁（岳）《笙賦》：『衆滿堂而飲酒，獨向隅以掩淚。』

〔八〕戴天：被同一個天覆蓋，讎人仍活在世間。《禮·曲禮》上：『父之讎，弗與共戴天』。徒，徒然。

〔九〕值：逢，遇到。俗子：庸俗之人。

留別子與

從君幾醉燕京酒，舊游花月回白首。相看零落眼中人，二子河梁重攜手〔一〕。憶昨青山坐西署，於今此事成不朽〔二〕。交態蕭條爾自諳，浮名慘淡吾何有！爭道賢豪擁上林，華陽臺館盡黃金。長卿詞賦徒壁立，曼倩佯狂合陸沈〔三〕。平生得意向知己，常將顏色當同心。北望諸陵一拊髀，悲風千里來寒陰。春草如雲覆四野，我行逶遲五其馬。十載爲郎願已違，出門況復悠悠者。漢臣猶未老馮唐，每飯豈忘鉅鹿下〔四〕。歲晚江湖夢獨遙，秋深鴻鴈書堪把。

【題解】

李攀龍於嘉靖三十二年（一五五三）春出爲順德知府，徐中行（子與）有《送李于鱗守順德》（載《天目山人集》卷二）、《送于鱗之邢州三首》（上書卷三）詩。此詩蓋爲李氏離京與子與告別之作。

【注釋】

〔一〕『相看』二句：李氏離京前一年，謝榛離京，梁有譽謝病歸，王世貞因公南下，張佳胤出知滑縣。從此『七子』星散各地，因此說『相看零落眼中人』。河梁，謂送別之地。《漢書·李陵傳》載，昭帝立，漢匈和親，蘇武將歸漢，『陵以詩贈別曰：「攜手上河梁，游子暮何之？徘徊蹊路側，悢悢不得辭。」』

〔二〕西署：刑部衙署。刑部別稱西臺，見《稱謂錄·刑部·西臺》。

〔三〕『爭道』四句：借史諷朝廷求賢有名無實。爭道，怎說。上林即上林苑，漢武帝游獵之處。華陽臺館，詳見本卷首篇《送靳潁州子魯》注〔一〕。長卿即司馬相如，西漢著名辭賦家。據《史記》本傳載，司馬相如客游梁，受到梁孝王的賞識，孝王卒，歸『而家貧，無以自業』，與卓文君歸成都，『家居徒四壁立』。曼倩即東方朔，西漢著名文學家。博學多才，一生不得志。據《史記·滑稽列傳》本傳載，一次酒酣，據地而歌：『陸沈於俗，避世金馬門。宮殿中可以避世全身，何必深山之中，蒿廬之下。』陸沈，喻沉淪下位。

〔四〕馮唐：漢安陵（今陝西咸陽）人。爲中郎署長，事文帝。老而未得重用。直言敢諫，向文帝推薦受處罰的雲中守魏尚，使其官復原職。『武帝立，求賢良，舉馮唐。唐時年九十餘，不能復爲官』（《史記·馮唐列傳》）。每飯不忘鉅鹿下：謂衛邊，與入侵者決戰。鉅鹿下，指秦楚鉅鹿決戰。詳前《送張子參募兵真定諸郡》注〔四〕。

題申職方《五嶽圖》

誰將五拳石〔一〕，錯落余之堂？坐看素壁纏雲霧，安得羣峯挂屋梁！更愁深林暝難入，嵐影明滅侵衣裳。左眄欲生滄海日，右臨少昊凝青霜〔一〕〔二〕。掃練白沙走朔漠，回毫紫蓋垂炎荒。須臾二室峻嶒出，杳然置我烟霞傍。不聞吹笙控飛鶴，浮丘子晉俱冥茫〔三〕。良工拓筆天爲開，長風西逐層陰來。中庭無人數移席，巔厓乍墮松杉摧。眼前突兀太古色，九州慘淡如浮埃。宓犧神農未誕降，元氣始判洪濛哉〔四〕。大江浩浩黄河流，巨野相望懸莫秋〔五〕。異代猶探秦漢策，真形或結金銀樓〔六〕。憑軒忽驚去千里，青鞵竹杖胡在此〔七〕？復疑窈窕迷歸路，何當税駕聊徙倚。卷簾逾添空翠寒，張鐙更愛夕陽紫。邢襄小吏困時名，知君雅意憐泥滓〔八〕。

【校記】

〔一〕青，萬曆本、張校本並同。隆慶本、重刻本、四庫本並作『清』。

【題解】

申職方，生平未詳。職方，明代在兵部設職方清吏司，職掌輿圖、軍制、城隍、鎮戍、簡練、征討之事。申氏蓋爲職方清吏司郎中。後謫任萊州推官。這是一首題畫詩，將平面圖畫立體展現，令人如臨其境，表現出高超的藝術技巧。

【注釋】

〔一〕拳石：如拳大之石。《資治通鑒·唐紀》：『何異睹拳石而輕泰山乎？』

〔二〕少昊：傳說中的古帝名，亦作『少皞』，名摯，一說號金天氏。按照五行學說，西方屬金，四季屬秋。凝青霜：謂秋氣。

〔三〕浮丘子晉：傳說中的兩位仙人。浮丘卽浮丘公。或曰卽浮丘伯，曾授《詩》於楚元王。《太平府志》則謂周靈王時人，曾與王子晉吹笙騎鶴游嵩山。子晉卽王子晉、王子喬，周靈王太子，『好吹笙作鳳鳴，游伊、洛之間，道士浮丘公接以上嵩高山』（《列仙傳》卷上）。

〔四〕宓犧神農未誕降：此謂畫面混沌渺茫。宓犧神農，均屬傳說中的『三皇』。宓犧，卽伏羲，風姓，相傳始作八卦，造書契，教民佃漁畜牧。見《白虎通·三皇》、唐司馬貞《史記索隱》補《三皇紀》。神農，《史記集解》引班固說，『教民耕種，故號神農』。詳見《帝王世紀》。元氣，指宇宙未分之前的鴻蒙狀態。

〔五〕巨野：巨野大澤。在今山東西南部。莫秋卽暮秋。莫，通『暮』。

〔六〕秦漢策：秦漢封禪時的神策。《史記·封禪書》：『黃帝得寶鼎神策，於是迎日推策。』真形或結金銀樓：謂肉體飛升成仙。金銀樓卽金銀臺。《文選》郭璞《游仙詩》：『神仙排雲出，但見金銀臺。』

〔七〕青鞵（xié）：草鞋。鞵，同『鞋』。胡：何。

〔八〕邢襄小吏：作者自指。順德屬邢襄地區。泥滓：處泥滓之中，卽困於泥塗，謂滯留未得升遷。

送永寧許使君二首

邢州十月凋白楊，城頭出雲垂太行〔一〕。把酒相看日欲墮，五馬踟躕大道傍。問君胡爲萬里去？小臣罪合投窮荒。我聞西南羅施國，風氣鬱塞殊陰陽〔二〕。長官椎髻見朝吏，海蠻醉鼓槖中裝〔三〕。

男兒貴至二千石，何地不可稱龔黄〔四〕？壯游須令百粤盡，探奇更得浮沅湘〔五〕。永寧自惡無瘴癘，明年雨露生還鄉〔六〕。

其二

使君落魄高陽徒，結交李生仍狂夫〔七〕。醉後裂眥一相視，怒髮上指浮雲徂〔八〕。白日並堪出肝膽，黄金誰爲收泥塗？長安少年太巧宦，依倚權門何事無！失策始就公府辟，得意豈領蠻夷符〔九〕。爾今折腰揖下吏，我更掩泣臨窮途。奇數能令遇合變，美才常被功名愚。武溪毒淫須自愛，九重沈深不可呼〔一〇〕。憶昔終軍繫南越，鄉里小兒何其麤〔一一〕！荒服盡霑大漢德，單車入郡歌來蘇〔一二〕。固知永寧之州纔如斗，天子求賢三輔圖〔一三〕。儻有徵書到遷客，五馬好過秦羅敷〔一四〕。

【題解】

許永寧，指許邦才。詳見前《許殿卿、郭子坤見枉林園》題解。永寧，州名。元置，明因之。故治在今貴州關嶺縣境内。攀龍在順德時，許氏赴永寧知州任，過順德與之告别，遂以《送永寧許使君二首》、《重送許永寧二首》詩送之。使君，漢代稱州郡長官爲使君，後世襲用以爲敬稱。攀龍出任順德知府，自認爲是遭貶外放，今好友又委派爲荒蠻之地任知州，不免牢騷滿腹，但仍對朝廷充滿期待。

【注釋】

〔一〕邢州：即順德，今河北邢臺。太行：綿延於今山西、河南、河北三省境内的山脈。

〔二〕羅施國：蓋指古羅國。羅爲周時侯國，熊姓，爲楚所滅。故城在今湖北宜城縣東北。《左傳·桓公十二年》『羅人』注：『羅，熊姓國，在宜城縣西山中，後徙南郡枝江縣。』明曾於湖北恩施縣置施州，兼置施州衛。鬱塞：氣抑鬱滯塞。

〔三〕椎髻：髻形如椎，爲古南方蠻族的髮型。醉鼓：古代以擊鼓助酒興，故稱。宋汪莘《擊鼓行》：『酒闌好擊鼓。』

〔四〕龔黄：漢循吏龔遂、黄霸。唐白居易《郡齋暇日憶廬山草堂》：『有期追永遠，無政徵龔黄。』龔遂，字少卿，南平陽（今山東鄒城）人。初爲昌邑王郎中令，後爲渤海太守，制服海盜賊寇，勸民務農桑，治績顯著，徵爲水衡都尉，卒官。生平詳《漢書》本傳。黄霸，字次公，陽夏（今河南太康）人。武帝末授侍郎謁者，歷河南太守丞、潁川太守，位至丞相，封建成侯。漢代稱治民之吏，以霸爲首。生平詳《漢書》本傳。

〔五〕百粤：也作『百越』。詳前《送公實還南海》注〔一〇〕。永寧屬百粤之地。沅湘：沅水、湘水。唐劉禹錫謂屈原居沅湘間作《九歌》（《唐書·劉禹錫傳》），那裏充滿神秘色彩。

〔六〕瘴癘：發生在南方濕熱之地的疾病。《南史·任昉傳》：『流露大海之南，寄命瘴癘之地。』

〔七〕高陽徒：謂酒徒。語出《史記·酈生陸賈列傳》。李生：此爲作者自指。

〔八〕裂眥：眥裂。喻怒甚。《淮南子·泰族訓》：『荊軻西刺秦王，高漸離、宋意擊筑于易水上。聞者莫不瞋目裂眥，髮指穿冠。』

〔九〕公府辟：被公府徵辟。辟，徵辟，朝廷徵聘布衣而授之官。科舉時代，被朝廷徵辟是一種榮譽。蠻夷符：蠻夷之地的符節，謂到蠻夷之地爲官。

〔一〇〕武溪：一名武水，又名瀘溪。源出湖南，會沱江入沅水。《後漢書·南蠻傳》：『建武十二年……武威將軍劉尚發南郡、長沙、武陵兵萬餘人，乘船溯沅水，入武溪擊之。』九重：指天子所居。王城之門有九重，故稱。《楚辭·九辯》：『豈不鬱陶而思君兮，君之門以九重。』

〔一一〕終軍繫南越：終軍，漢濟南（今屬山東）人。漢遣使南越，説服其『比内諸侯』，軍自請往使，説：『願受長纓，必羈南越王而致之闕下。』事詳《漢書》本傳。

〔一二〕歌來蘇：謂因其官永寧，那裏的人們便可從疾苦中獲得新生。來蘇，從疾苦中獲得新生。《書·仲虺之誥》：『徯予后，后來其蘇。』

〔一三〕天子求賢三輔圖：聯及上句，謂天子讓其官蠻夷之地，是爲將來調任來京重用。三輔，漢代長安以東爲京兆尹，長陵以北爲左馮翊，渭城以西爲右扶風，謂之『三輔』。詳《漢書·景帝紀》『官屬三輔』注引應劭説。

〔一四〕『儻有』二句：謂如朝廷徵召入京，請從此經過。徵書，朝廷徵召的文書。遷客，遷謫之人。此指許邦才。

送王給事使潞

憶昔胡塵暗薊門，六軍如雲集闕下〔一〕。天子授鉞臨軒檻，宜陽王公其人者〔二〕。風流舊出城朔方，簡在新除大司馬〔三〕。是時將帥實跋扈，傾耳履聲入北斗〔四〕。引經答詔動稱意，草檄提兵常在手〔五〕。帝力自堪制閫外，股肱佐命吾何有〔六〕？一從誅亂朝廷清，四海亦重尚書名。看君少年青瑣客，漢家今得韋玄成〔七〕。袖裏彈章百不避，囊中諫疏垂欲行〔八〕。主恩三晉持節使，上黨諸侯帶礪功〔九〕。泛槎春度濁漳水，設醴夜宴虒祁宮〔一〇〕。歸來煉石補造化，論思庭諍才何雄〔一一〕！

【題解】

王給事，王正國（一五二二—一六〇一），字佐之，河南宜陽縣人，王邦瑞之子。嘉靖庚戌年科進士，嘉靖三十二年（一五五三），由行人司行人，升禮科給事中。三十三年，由禮科給事中，改禮科右給事中（《明世宗肅皇帝實録》卷四一二）。三十四年，改工科給事中。三十五年，由工科給事中，升工科都給事中（《明世宗肅皇帝實錄》卷四三四）。尋又改戶科都給事中。三十九年，由戶科都給事中，升任通政使司右參議（《明世宗肅皇帝實錄》卷四八八）。隆慶三年，改任大理寺左少卿。四年，由大理寺左少卿，升任通政使司通政使（《明穆宗莊皇帝實錄》卷四）。隆慶六年，轉南京刑部侍郎。禮部奏稱『立朝不阿權貴』（《明神宗顯皇帝實錄》卷三六一），與此詩『袖裏彈章百不避，囊中諫疏垂欲行』相合。詩中『宜陽王公』、『除大司馬』，指其父王邦瑞（一四九六—一五六一），字惟賢，號鳳泉，河南宜陽縣蓮莊人，祖籍山西夏縣，曾任兵部尚書，《明史》卷一百九十九有傳。據下首作於嘉靖三十五年八月，則此詩當作於嘉靖三十一年至三十五年間。給事，官名。明初屬通政司，後遂自爲一曹，分吏、戶、禮、兵、刑、工六科，掌侍從規諫、補闕拾遺、稽察六部百司之職。使，出使。潞，潞王封地。在今山西潞縣。

【注釋】

〔一〕『憶昔』二句：據《明史·世宗紀》載，嘉靖二十九年（一五五〇）八月，俺答大舉入寇，攻入古北口，襲擾通州，分兵擄掠京畿州縣，後自行撤退，史稱『庚戌之變』。闕下，天子宮闕之下。

〔二〕授鉞：授予兵權。宜陽：縣名。今屬河南。

〔三〕城朔方：築朔方城。朔方，城名。在今陝西榆林橫山區西。漢驃騎將軍衛青始築。見《史記·衛將軍驃騎列傳》。簡：選拔。新除大司馬：新任命的刑部尚書。新除，除舊官任新官，謂拜官授職。大司馬，官名。明代爲兵部尚書的別稱。

〔四〕跋扈：強梁。傾耳履聲入北斗：謂聽到尚書入見的腳步聲。傾耳，側耳而聽。《漢書·鄭崇傳》：『鄭崇爲尚書僕射，每見曳革履。上笑曰：「我識鄭尚書履聲。」』北斗：北斗之尊，喻指地位的尊貴。

〔五〕稱意：稱上意，符合天子的心意。草檄：起草討敵檄文。

〔六〕閫外：城外，邊外。《史記·馮唐列傳》：『臣聞：上古王者之遣將也，跪而推轂曰：「閫以内者寡人制之，閫以外者將軍制之。」』股肱：手足，引申爲輔佐之臣。《尚書·益稷》：『帝曰：「臣作股肱耳目。」』

〔七〕青瑣：漢代門名。門鏤爲連瑣亮隔，裹以青畫。漢制，給事黄門者，日暮入對青瑣門，名曰夕郎。見元黄公紹《古今韻會》。韋玄成（？—前三五）：字少翁，西漢魯國鄒（今山東鄒城）人。少年成名，以明經爲諫大夫，遷大河都尉，歷官至丞相，曾作詩以戒子孫。

〔八〕彈章：彈劾不法官吏的奏章。諫疏：批評朝政的奏疏。

〔九〕三晉：地名。指今山西一帶地區。戰國時期，韓、趙、魏三家分晉，其地域主要在今山西一帶。上黨：郡名。秦置。在今山西西南部，治所在今山西長子縣境。帶礪：亦作『帶厲』。河如帶，山如礪，謂國家穩固。語出《三國志·吳志·周瑜傳》。

〔一〇〕濁漳水：亦稱潞水，爲漳河上游。濁漳水三個源頭，均在今山西西南部。三源之水匯爲漳河，入河北境。參見《讀史方輿紀要·潞安府·長子縣》。虒（sī）祁宫：宫殿名。春秋時期晉平公所建。故址在今山西曲沃縣西南。見《左傳·昭公八年》。

〔一一〕煉石補造化：猶言煉石補天。語本《淮南子·覽冥訓》女媧煉石補天的故事。造化，自然。此謂補正朝政缺失。庭諍：當庭直諫。

郡齋同元美賦

夙昔紅顔一大夫，乘軺河朔何爲乎〔一〕？除書歲下不得調，鼓其刀筆寧壯圖〔二〕！帝恩初欲存折檻，謂爾祝網從皇都〔三〕。相逢但飲邢州酒，太守況卽高陽徒〔四〕。庭前秋色正慘淡，囊裏新詩復有無？醉歌出塞雲中曲，朔氣颯沓來飛狐〔五〕。路傍小臣久汩沒，安得座上開江湖？眼前大雅竟誰是，作者如山道各殊。更須一日論萬古，揮毫振臂羣雄呼。維時海內稱二子，高名自喜王生俱。白雪青天動蕭瑟，臺郎郡吏同崎嶇〔六〕。楚璧照鄰不敢獻，蛾眉在宮還自塗〔七〕。王生仰視浮雲徂，矯手捋我頷下鬚〔八〕。與君周旋在今日，還能百萬來長驅。忽然神氣回莽蒼，孤城搖落相踟躕〔九〕。

【題解】

嘉靖三十五年（一五五六）八月，王世貞察獄順德，與攀龍盤桓數日，同賦詩歌數首。郡齋，指順德府衙內的書房。元美、攀龍二人分處兩地，其餘諸子星散各地，官位不得升遷，詩文抱負無由施展，相見傾訴，其憤懣之情可以概見。

【注釋】

〔一〕乘軺（yáo）：乘坐軺車。軺，軺車。古代軍車。見《晉書·輿服志》。王世貞奉旨到順德、大名、廣平等地察獄，均屬黃河以北（河朔）地區。

〔二〕除書：任官的文書，委任狀。刀筆：寫字的工具。

〔三〕存折檻：謂皇帝初曾欲慰留世貞這樣的直臣。《漢書·朱雲傳》載，朱雲當成帝面怒斥權臣張禹，成帝大怒，賜死，『御史將雲下，雲攀殿檻，檻折。雲呼曰：「臣得從龍逢、比干游於地下，足矣！未知聖朝何如耳？」……及後當治檻，上曰：「勿易！因而輯之，以旌直臣」』。祝網：舊謂商湯至德，澤及禽獸，郊外見野張網四面，並祈所有野獸皆入其網，遂去其三面。詳見《史記·殷本紀》。此謂因皇帝寬大爲懷纔得留任京城。

〔四〕高陽徒：語出《史記·酈生列傳》，謂酒徒。

〔五〕雲中、飛狐：皆地名。雲中，秦置郡，漢因之。轄今山西境內、長城以外一帶地區。飛狐，關隘名。在今河北淶源縣北，北跨蔚縣界，爲太行八陘之一，謂之飛狐陘。

〔六〕臺郎：指王世貞。郡吏：作者自指。

〔七〕楚璧照鄰：懷有碧玉因鄰人嫉妒而不敢獻出，意卽恐因才遭嫉而不敢表露。楚璧卽和氏璧。蛾眉：蠶蛾觸鬚細長似眉，因喻指美女。在宫自塗：謂恐遭衆人嫉妒而自塗其面。

〔八〕『王生』二句：謂世貞心胸坦蕩前行，同時也掖拽著我不得停步。仰視浮雲徂，謂傲視屑小，坦蕩前行。宋文天祥《正氣歌》：『顧此耿耿在，仰視浮雲白。』浮雲，此喻指小人。唐李白《登金陵鳳凰台》：『總爲浮雲能蔽日，長安不見使人愁。』矯手，舉手，抬手。

〔九〕孤城：此指順德府城。搖落：凋謝，零落。戰國宋玉《九辯》：『悲哉，秋之爲氣也。蕭瑟兮，草木搖落而變衰。』

跳梁行寄慰明卿

武昌季子吳國倫，左遷三載匡廬春〔一〕。紅顏便著風雲色，白眼豈是功名人〔二〕！邢州太守昔入計〔一〕，猶自金閨侍從臣〔三〕。顧問片言搖日月，彈章一字動星辰〔四〕。雖然舊屬平津吏，常苦跳梁不可致〔五〕。調笑縱橫倒四筵，交驩往往非其意〔六〕。世間那得郢中歌〔七〕，君但論詩吾且睡。何須更比謝生肩，但應獨把王郎臂〔八〕。蕭條頗似東方生，南康郡裏憶承明〔九〕。文彩縱然傾漢主，恢諧難以取公卿。畫眉石鏡二女倮，濯足長江九派清〔一〇〕。此兒尋常未易識，偷桃賣藥行妖精〔一一〕。近來猶尚憑陵否？俯仰浮沈無不有。朝讀司空城旦書，夜沽茂宰柴桑酒〔一二〕。成敗寧關達士心，卷舒終在朝廷手〔一三〕。隨他肉食作雄飛，饒我褐衣稱下走〔一四〕。黨禁重開祝網年，一時逐客寵光偏〔一五〕。晚收已抱泥塗恨，更謫如何不可憐〔一六〕！事急誰能馳叩闕，家貧未擬罷歸田〔一七〕。再來地僻逾高枕，就使荒涼給俸錢〔一八〕。壯游萬里君須見，青瑣鳳池元不賤〔一九〕。使氣能令魑魅藏，出身曾厭欃槍變〔二〇〕。楚狂豈止接輿賢，秦孽猶堪背城戰〔二一〕。回首畏途真自知，一官不絕纔如線〔二二〕。難將此物鬭翱翔，妒口含沙未可當〔二三〕。四海弟兄堪並起，中原我輩正相望。總看棄置風塵裏，不作踟躕道路傍〔二四〕。鼓枻更逢漁父笑，豈應憔悴老滄浪〔二五〕！

【校記】

〔一〕計，詩集本、隆慶本、萬曆本、張校本、四庫本並同。重刻本作『討』，誤。

【題解】

《明史·李攀龍傳》附傳，吳國倫『由中書舍人擢兵科給事中。楊繼盛死，倡衆賻送，忤嚴嵩，假他事，謫江西按察司知事，量移南康推官』。據王世貞《弇州四部稿》卷一二一、同治《南康府志》卷十二，吳國倫（字明卿）量移南康推官在嘉靖三十六年。詩云『左遷三載』，則此詩應作於嘉靖三十八年（一五五九）春。此時攀龍已辭官家居，對吳氏再度謫調寄予深切同情。跳梁行，爲李氏自擬歌行詩題。跳梁，跳躍。《莊子·逍遥游》：『子獨不見狸狌乎？卑身而伏，以候敖者；東西跳梁，不辟高下；中於機辟，死於罔罟。』

【注釋】

〔一〕武昌季子：吳國倫爲武昌（今湖北武漢市）人，兄弟排行老二。左遷：爲貶職位，降俸祿。匡廬：廬山的別稱。在今江西北部。南康府治星子縣，在廬山南。

〔二〕『紅顔』二句：謂你年少就遭遇到如此險惡的世情，又不能隨同流俗，豈能在官場中得意。紅顔，喻年少。

風雲，喻世事險惡、混亂。白眼，白眼看人，謂傲視世俗。

〔三〕邢州太守：即順德知府，作者自指。入計：述職，接受考核。李攀龍上計在嘉靖三十五年（一五五六）冬，時國倫爲中書舍人，任職内閣中書科。官職不高，而能接近皇帝。金閨：猶言皇宫以内。

〔四〕『顧問』二句：謂皇帝下問，你的隻言片語，或是彈劾官吏的奏章，都能受到皇帝的重視。顧問，皇帝諮詢、詢問。摇日月、動星辰，謂能説動皇帝。日月，喻指皇帝。

〔五〕平津吏：謂内閣官吏。平津，地名。漢爲平津邑，在今河北鹽山境内。漢公孫弘爲丞相，封平津侯。見《漢書・公孫弘傳》。明内閣首輔，位階相當丞相，中書舍人屬内閣中書科，爲内閣屬吏。跳梁：此謂提升。

〔六〕『調笑』二句：謂曾違背自己心志逢場作戲，與當權者交歡。縱横，隨意，恣意。倒四筵，使人絶倒。交驩，交相歡樂。驩，同『歡』。

〔七〕郢中歌：即郢曲，《陽春》、《白雪》之類高雅的樂曲。詳前《送新喻李明府伯承》注〔六〕。

〔八〕謝生：指謝榛。王郎：指王世貞。

〔九〕蕭條：寂寥，景況冷落。東方生：即漢東方朔。據《漢書》本傳載，東方朔爲漢武帝近侍，詼諧調笑，對朝廷政事多所諫正，但終生未得重用。憶承明：謂憶念在京城居官的日子。承明，承明門。據《文選》應璩《百一詩》李善注引陸機《洛陽記》載，三國魏文帝起建始殿，朝會皆從承明門進。亦爲宫殿名。曹植《贈白馬王彪》：『謁帝承明廬，逝將歸舊疆。』

〔一〇〕『畫眉』二句：吴國倫的家鄉武昌與其任職的江西以長江相連，言及那裏奇特物產及神話傳説，説明其不同凡常的性格其來有自。畫眉，石墨的别名。明尹直《瑣綴録》：『畫眉石，武昌有之，生於樊湖，可代七香園。』石鏡，北魏酈道元《水經注・廬水》：『（廬）山東有石鏡，照水之所出，有一圓石，懸崖明淨，照見人形，晨光初曜，則延曜入石，豪細必察，故名石鏡焉。』二女，蓋指鯉魚精。據晉干寶《搜神記》卷四載，宮亭湖（即彭澤湖）孤石廟，『嘗有估客至都，市好絲履，並箱盛之。自市書刀，亦納箱中。既還，以箱及香，置廟中而去，忘取書刀。至河中流，忽有鯉魚跳入船內。破魚腹，得書刀焉』。九派，指長江的九條支流。《漢書·地理志》注引應劭說，長江至九江分爲九。

〔一一〕『此兒』二句：謂人們不易辨識吳國倫的真實面目，他既像有點仙氣的東方朔，又像落拓處貧的賢士。此兒，猶言這位少年。指吳國倫。偷桃，《漢武故事》載，東都（洛陽）獻短人，指東方朔說：『王母種桃，三千歲一結子，此兒不良，已三偷之矣。』賣藥，謂窮苦至賣藥爲生。《後漢書·張霸傳》：『家貧，賣藥給食。』妖精，精靈妖怪。唐柳宗元《摘櫻桃贈元居士，時在望仙亭南樓與朱道士同處》：『海上朱櫻贈所思，樓居況是望仙時。蓬萊羽客如相訪，不是偷桃一小兒。』

〔一二〕『近來』四句：謂不知近來是否還盛氣淩人？官職升降及人事變遷，什麼情況都可能發生，就像你早晨剛剛下達懲罰的文書，晚上就到了江西任上。憑陵，進逼。唐李白《大鵬賦》：『燀赫乎宇宙，憑陵乎崑崙。』俯仰浮沈，猶言上下升降。司空，古代官名。明時爲工部尚書的別稱。城旦書，刑書。城旦，秦、漢時的刑名。四歲刑。《史記·秦始皇本紀》『黥爲城旦』《集解》引如淳說：『律説「論決爲髡鉗，輸邊築長城，晝日伺寇虜，夜暮築長城。」』茂宰，春秋時期縣邑之長稱宰。漢卓茂爲密令，有治績，後遂稱縣令爲茂宰。見《事物異名錄》。唐李白《贈從孫義興宰銘》：『天子思茂宰，天枝得英才。』此指陶淵明。陶氏退隱時爲彭澤令，其一處田園在江西星子縣。柴桑，古縣名。陶淵明故居所在地。故址在今江西九江市。

〔一三〕達士：謂識見高超、不同凡俗的人。卷舒：此謂令你卷（屈）、令你舒（伸），即令你沉淪下僚，還是升遷騰達。

〔一四〕肉食：肉食者。謂在上位的人。語本《左傳·莊公十年》曹劌語。雄飛：相對雌伏而言，喻志意飛揚。

饒： 任憑。褐衣： 平民所穿粗布衣服。下走： 走卒、僕人。《漢書・蕭望之傳》「下走」注：「下走者，自謙言趨走之役也。」

〔一五〕「黨禁」二句： 謂你總可逢重開黨禁的時候，那時遭受貶謫的都會得到皇帝的恩寵。黨禁，禁錮黨人。東漢末年，桓帝、靈帝之間，宦官專權，「士子羞與爲伍，故匹夫抗憤，處士横議，遂乃激揚名聲，互相題拂，品核公卿，裁量執政」，形成抨擊朝政的一個羣體，被稱爲「黨人」； 朝廷以「訕謗朝廷」的罪名，拘繫於獄，後「赦歸田里，禁錮終身」（《後漢書・黨錮傳》），史稱「黨錮之禍」。此喻指嚴嵩專權，排斥異己，貶逐、殺戮正直大臣。祝網，對羅網而祈禱。本謂商湯德及禽獸，詳前《郡齋同元美賦》注〔三〕。此謂朝廷網開一面。寵光，皇帝寵愛之榮耀，恩惠。

〔一六〕晚收： 猶言晚成，大器晚成。語出《後漢書・馬援傳》。泥塗： 喻指地位低下。見《左傳・襄公三十年》。更謫： 再次貶謫。指國倫從江西按察司知事再貶爲南康府推官。

〔一七〕事急： 指再貶南康之事。叩闕： 叩見皇帝，請求寬免。擬： 打算。

〔一八〕高枕： 高枕而臥，謂安閒。就使： 即使。荒涼： 荒涼之地。唐韓愈《與衛中行書》：「窮居荒涼，草樹茂密，出無驢馬，因與人絶，一室之内，有以自娱； 足下喜吾復脱禍亂，不當安安而居，遲遲而來也！」

〔一九〕青瑣： 青瑣門。漢代宫門。詳前《送王給事使潞》注〔七〕。鳳池： 禁中池名，即鳳凰池。轉謂中書省或宰相。《文選》載南朝梁范彦龍（雲）《古意贈梁中書》：「攝官青瑣闥，遥望鳳凰池。」元： 本來。吴國倫曾任職中書舍人，古屬中書省，明屬内閣。

〔二〇〕「使氣」二句： 謂感情奮發能嚇退鬼魅，初入仕特厭惡志意多變。使氣，任心意所之。南朝梁劉勰《文心雕龍・才略》：「嵇康師心以遺論，阮籍使氣以命詩。」魑魅，物精木怪。出身，明代指經科舉考試選錄的人。欃槍，彗星。見《爾雅・釋天》。彗星多變，轉瞬即逝。

〔二一〕『楚狂』二句：謂楚地狂士不止接輿（言外還有你吳國倫），敗於秦的將官猶能與敵決戰（言外你爲什麼畏縮呢）。楚狂接輿，楚國隱士。見《論語·微子》。秦孽，謂敗於秦之將官。《戰國策·楚策四》：『更贏與魏王處京臺之下，仰見飛鳥。更贏謂魏王曰：「臣爲王引弓虛發而下鳥。」……有間，雁從東方來，更贏以虛發而下之。魏王曰：「然則射可至此乎？」更贏曰：「此孽也。」……今臨武君，嘗爲秦孽，不可爲拒秦之將也。』此謂敗軍之將。背城戰，背靠自己的城池，與敵人決一死戰，語本《左傳·成公二年》。此用以慰安、鼓勵被貶官的明卿，不要因一次失利而洩氣。

〔二二〕一官：指現任之官。謂現在接受此官，不過使宦途延續不斷而已。

〔二三〕『難將』二句：謂你目前處境難以與當權者比鬭，嫉妒你的讒言從陰暗處放出，使人無法防備。此物，此職。《左傳·哀公元年》：『祀夏配天，不失舊物。』賈逵注：『物，職也。』翱翔，鳥高飛貌。此喻指在高位者。妒口含沙，謂妒忌之口含沙射影，如同鬼蜮。

〔二四〕總：縱使，雖。棄置：不被任用。唐王維《老將行》：『自從棄置便衰朽，世事蹉跎成白首。』風塵：喻指宦途。躊躇道路：謂逡巡不進。

〔二五〕『鼓枻』二句：謂不隨同流俗，保持獨立品格，儘管受到漁夫一類人的嘲笑，卻不應像屈原那樣老死滄浪水邊。鼓枻，划船。漁父，打魚人。滄浪，漢水支流。《孟子·離婁上》『滄浪之水』焦循《正義》謂指漢水支流，即《楚辭·漁父》中屈原『行吟澤畔，顏色憔悴』之『澤』。漁父勸屈原隨同流俗，不爲採納，『莞爾而笑，鼓枻而去』，只唱《滄浪之水歌》，不再說什麼。

此兒行重寄明卿

我聞南康大如斗，明卿佐理常什九。昨日中丞抗疏薦，賢聲輒滿朝廷口〔一〕。豫章計吏入圖事，愛君未敢援以手〔二〕。小臣憐才上白狀，相公良久疾其首〔三〕。量移亦已從浩蕩，不然徑逐此兒走。誰知片言觸忌諱，畢竟功名成掣肘〔四〕。丈夫失意分自當，窮來傍人人避藏。苦我折腰骨太勁，看他伏謁項能强〔五〕？縱令慢世無不可，似爾干時豈所長〔六〕！莫作拂衣少年態，宦游須使及春陽〔七〕。大舒楚歌小舒舞，是處江山好斷腸〔八〕。王郎至今棲北海，帳前萬騎綠沈槍〔九〕。

【題解】

此兒行，作者自擬樂府歌行題。此兒，這位少年。據詩中『王郎至今棲北海』知此詩應作於嘉靖三十八年（一五五九）七月前。王世貞於嘉靖三十五年十二月出任青州兵備副使，三十八年七月因其父被誣繫獄，世貞自劾免職赴京侍父，而明卿亦於是年前量移南康推官。事詳《明史》本傳。

【注釋】

〔一〕中丞：疑指世貞之父王忬。王忬時任兵部左侍郎。抗疏：上書直言。滿朝廷口：朝廷全是讚譽之聲。

〔二〕豫章：漢置郡名。明爲南昌府，治今江西南昌市。計吏：上計官吏。計，上計，向朝廷述職，接受考評。

〔三〕白狀：自白罪狀之文。《漢書·丙吉傳》：『遽歸府，見吉白狀。』相公：丞相。此指嚴嵩。疾其首：皺眉頭，爲難狀。下兩句即相公之意。量移，唐制，官吏因罪降調，改任邊遠地方，遇赦即酌量移至近處，謂之量移。唐白居易《自題》：『一旦失恩先左降，三年隨例未量移。』浩蕩，皇恩浩蕩，古時稱頌皇帝的慣用語。

〔四〕掣肘：爲事所牽掣。此謂爲功名所累。

〔五〕『苦我』二句：謂恨我不能折腰事權貴。苦，恨。伏謁，晉見皇帝。項能强，謂强項。至死不向惡勢力低頭。詳《後漢書·董宣傳》。

〔六〕干時：求合於時俗，討好時俗。干，求。

〔七〕拂衣：拂袖。《後漢書・楊震傳》附《楊彪傳》：『孔融魯國男子，明日便當拂衣而去，不復朝矣。』此謂辭官。

〔八〕舒：舒卷，與時舒卷。《晉書・宣帝紀》：『和光同塵，與時舒卷。』斷腸：極度傷心。

〔九〕綠沈槍：以濃綠色爲飾的槍。

拂衣行答元美

五原驅車興殊淺，三秦臥病秋雲高〔一〕。束帶那能見長吏，談經何以隨兒曹〔二〕！上書一日報明主，願乞骸骨歸蓬蒿〔三〕。小臣采薪業不佞，聞道巢由亦已逃〔四〕。拂衣中原風雨來，羣公祖帳青門開〔五〕。二疏一去三千載，大夫未老寧賢哉〔六〕。新鄉城西重回首，當時叱馭其人走。路傍伏謁莫敢動，囊裏俸錢君但取。此輩交情雖可見，吾徒大名終在口〔七〕。于今偃息南山陲，閉戶不令二仲知〔八〕。負海少年大跋扈，遣使問我抽簪期。百爾不分一狂客，余髮種種何能爲〔九〕！《玄經》半卷常自誦，濁酒千鍾醉不疑〔一〇〕。五子江湖正漂泊，黃鵠摩天慕者誰〔一一〕？

【題解】

此詩作於歸隱之初，約在嘉靖三十七年（一五五八）末。拂衣，拂袖，表示離去的決絕之意。詳前《此兒行重寄明卿》注〔七〕。李攀龍辭官，未經吏部批準即憤而挂印東歸。爲此，王世貞作有《李于鱗罷官歌》（見《弇州山人四部稿》卷一八）。此爲答詩。王詩云：『人間奇事竟何限，李生掉頭西出關。金魚紫衫擲中道，曳來長耕歷下山。……鳳凰城頭失傲吏，餘子散作中原別。已許骯髒驕青雲，復將飄零鬪白雪。雖其遠游足暢意，五斗往往摧余舌。嗚呼李生太奇絕，贈生兩丸弄千秋，騎一黃鵠覽九州。君不見古來豪傑多自量，屈宋焉敢兼巢由！』對其驟然辭官歸隱表示不解。攀龍說明自己歸隱有由，辭意激揚，氣勢酣暢，爲七言歌行中佳什。

【注釋】

〔一〕『五原』二句：　謂在陝西奔走四境，興致本來不高，而今秋又臥病在牀，更增憂煩。五原，地名。此指漢置五原郡之榆柳塞，明屬陝西，在今內蒙古自治區巴彥淖爾盟五原縣。三秦，地名。指關中地區。詳前《幽州馬客吟歌》注〔四〕。臥病，病重不起，李攀龍《乞歸公移》云：『到任以來，所歷西、延、平、慶等處，往還四千餘里，考過府衛州縣生童六十餘處。自夏徂秋，忽成瀉痢，以致瘻瘡頓發，肛門突腫，坐臥俱防；下血既多，元氣日損。』

〔二〕『束帶』二句：　謂我哪能整日迎送長官，作爲學官談經論道憑什麼隨同庸俗之輩！束帶，本謂穿著整齊的禮服，見《論語·公治長》。此謂冠帶整齊。長吏，上級官長。《晉書·陶潛傳》：『郡遣督郵至縣，吏曰應束帶見之。潛嘆曰：「吾不能爲五斗米折腰，拳拳事鄉里小人邪！」義熙二年，解印綬去，乃賦《歸去來》。』談經，談論儒家經典。此指做學官。兒曹，兒輩。蔑稱世俗之徒。據《明史》本傳載，攀龍到任，『鄉人殷學爲巡撫，檄令屬文。攀龍怫然曰：「文可檄而致邪！」拒不應。會其地數震，攀龍心悸，念母思歸，遂謝病』。

〔三〕『上書』二句：　謂上書皇帝，請求辭官家居。上書，指其所寫《乞歸公移》一文，見本集卷二五。乞骸骨，請求老死故里，爲古代官吏老病請求退職的委婉說法。蓬蒿，草野。指鄉間隱居處。

〔四〕采薪：　采擇柴草。古人謙稱有病爲采薪之憂，謂病不能采薪。業：　已。不佞：　自謙不才。巢由：　巢父、許由，傳說中帝堯時代的兩位隱士。帝堯要讓天下於他們，均加拒絕。事詳晉皇甫謐《高士傳》。逃，逃祿，即逃官不受。

〔五〕羣公祖帳：　指陝西按察司官員設帳餞行。青門：　即漢長安城東南門。本名霸城門，『民見門青色，名曰青城門，或曰青門」（《三輔黃圖・都城十二門》）。

〔六〕二疏：　指西漢大臣疏廣、疏受。《漢書・疏廣傳》載，疏廣爲太傅，其姪疏受爲少傅，共同輔佐太子，深得皇帝寵信。而疏廣認爲宦成名立，應及時退隱，於是叔姪二人同時辭官，「公卿大夫故人邑子設祖道，供張東都門外，送者車數百兩，辭決而去。及道路觀者皆曰：「賢哉二大夫！」或嘆息爲之泣下」。大夫，作者自指。

〔七〕「新鄉」六句：　寫途經新鄉時受到當地人迎謁情景。新鄉，縣名。明時屬開封府。即今河南新鄉市。重回首，攀龍赴陝時曾路經此地，友人謝榛等曾在此送行，有謝榛《新鄉城西，昔送李學憲于鱗至此，感懷六首》爲證。叱馭，漢代王尊赴益州刺史任，行至險惡的蜀道，叱馭向前，後遂喻指因公忘險，奮不顧身。詳見《漢書・王尊傳》。伏謁，叩伏請求接見。此輩，指路旁伏謁者。吾徒，猶吾輩。

〔八〕「于今」二句：　謂隱居南山，閉門謝客，不與外界來往。偃息，安臥。謂隱居。南山，指隱居地。晉陶淵明《歸園田居》五首之三：「種豆南山下，草盛豆苗稀。」二仲，指漢代隱士羊仲、裘仲。《初學記》卷一八《交友》引趙岐《三輔決錄》：「蔣詡字元卿，舍中三徑，惟羊仲、裘仲從之游。二仲皆推廉逃名。」

〔九〕負海少年：　指王世貞。世貞比攀龍小十二歲，故以戲稱。負海，負海之地。指今山東半島。語本《史記・平津侯主父列傳》「負海之郡」。世貞時任青州兵備副使，負責海防。跋扈，驕橫恣肆。此謂自以爲是。說他「百爾不分」，即不分青紅皂白，批評其歸隱。抽簪，謂棄官歸隱。簪用以連冠於髮，仕宦者所用，故棄官隱退稱投簪、抽簪。種種，短貌。《左傳・昭公三年》：「余髮如此種種，余奚能爲？」

〔一〇〕《玄經》：　指《太玄經》。詳前《楊山人》注〔二〕。漢桓譚《新論》說揚雄著《太玄經》「以紀天地人之道」。濁酒：　劣質酒。

〔一一〕五子：　指「七子」除李、王外的五子，即徐中行、梁有譽、吳國倫、宗臣、謝榛。此蓋約略言之，其時梁有譽已病逝於廣東，謝榛亦與之較少來往。江湖，五湖四海，猶言全國各地。當時徐中行官汝南，吴國倫在江西，宗臣貶福建，謝榛四處游走。黄鵠摩天：喻自由翱翔。黄鵠，即天鵝。摩，迫近之意。

答許右史二首

黄鬚芃芃田舍翁，傾身坐向錢孔中〔一〕。長頰便便美少年，行步顧影私自憐〔二〕。誰知腐鼠能爲祟，縱是神仙有播遷〔三〕。使君似識浮雲意，蹉跎實爲功名利〔四〕。已拚酒隱當吾世，潦倒佯狂百無忌〔五〕。濁醪恰供十日飲，酣法須與常時異〔六〕。五斗乍可調燥吻，飛觴二子雄相視〔七〕。醉殺不作傲杯人，邇來那得獨醒事〔八〕！魏文大白滿如月，曾托屬車稱國器〔九〕。若言此物非其任，爾家破瓢亦應棄〔一〇〕。

其二

王門隱者身坎坷，老曳長裾裾婀娜〔一一〕。自言能料一生事，及至干時計常左〔一二〕。從它慘淡復爲誰，即得新詩題向我。雨雪蓬蒿共三徑，春色儜伶餘藥裹〔一三〕。濁醪但熟貧亦足，微官纔罷病輒妥。胷中壘塊故須澆，乘興往來無不可。白眼生成薄禄相，青山合就漁樵夥〔一四〕。趙壹疾邪衆所擯，鄒陽暗投才應坐〔一五〕。羨爾悠悠世上情，回頭數子殊么麼〔一六〕。

【題解】

此詩約作於嘉靖末年。許右史即許邦才。約在嘉靖末年由永寧知州遷德王長史，初任右史；隆慶初，任職周王府。從詩稱其『使君』來看，此詩應作於其剛到王府之時。攀龍家居近十年，心志未泯，只是鄙棄功名、縱酒任放的生活態度如初，失志不平的憤慨依舊，所以詩寫來感情激越，氣勢奔放，如洪水傾瀉，沛然而下。

【注釋】

〔一〕黄鬚芃（péng）芃：謂老來鬚髮散亂。黄鬚，鬚髮由黑變黄，謂年老。田舍翁：農民，老農。作者自指。錢：通『盞』。酒杯。傾身錢眼，謂泡在酒中。

〔二〕長頰便（pián）便美少年：指許邦才。長頰，面部修長。便便，肚腹肥滿貌。邦才比攀龍小，故戲稱其爲『少年』。顧影自憐：走路看影，自我欣賞。

〔三〕『誰知』二句：謂處於腐鼠爲祟（禍害）的今天，即使神仙也難免播遷的命運。腐鼠，腐爛的老鼠。《莊子·秋水》：『夫鵷雛發於南海，而飛於北海，非梧桐不止，非練實不食，非醴泉不飲，於是鴟得腐鼠，鵷雛過之，仰而視之，曰：「嚇！」』後遂以喻指庸俗之輩所珍愛的輕賤之物。唐李商隱《安定城樓》：『不知腐鼠成滋味，猜意鵷鶵意未休！』播遷，流離遷徙。《列子·湯問》：『仙聖之播遷，巨億計。』

〔四〕『使君』二句：謂你似乎明白富貴浮雲之意，而詩中失意的感慨卻說明仍在追求功名利。浮雲意，謂不以富貴爲意。《論語·述而》：『不義而富且貴，於我如浮雲。』蹉跎，失志。

〔五〕『已拚（pàn）』二句：謂我已拼命混跡酒徒，潦倒佯狂什麽也不顧忌了。拚，拼命。酒隱，隱於酒徒之中。潦倒，慵懶不振。《文選》嵇叔夜（康）《與山巨源絶交書》：『足下舊知吾潦倒粗疏，不切事情，自惟亦皆不如今日之賢能也。』佯狂，詐爲病狂。

〔六〕濁醪（láo）：薄酒。酣法：能使飲酒快樂的辦法。

〔七〕斗：有柄的酒器。乍：剛，剛好。調燥吻：謂濕潤一下乾裂的嘴脣。調，調節。雄相視：相視爲傑出人物。

〔八〕傲杯：傲對酒杯，謂不舉杯喝酒。獨醒：獨自清醒。《楚辭・漁父》：『屈原曰：「舉世皆濁我獨清，衆人皆醉我獨醒，是以見放！」』

〔九〕『魏文』二句：以現實中物不稱其用，喻人不得其任。魏文，魏文侯，戰國時期魏國君主。漢劉向《說苑・善說》：『魏文侯與大夫飲酒，使公乘不仁爲觴政，曰：「飲不釂者，浮以大白。」』大白，大酒杯。屬車，君王侍從之車，又稱副車、佐車、貳車。國器，國家的寶器。喻指具有治國才能的人。《史記・晉世家》：『晉公子賢而困於外久，從者皆國器。』魏文侯以尊賢著聞，而其先人卻曾將國器當做隨從。

〔一〇〕此物：指大白，即酒杯。破瓢：破酒器。瓢，瓢壺，盛酒器。唐李白《春日陪楊江寧及諸官宴北湖感古作》：『感此勸一觴，願君覆瓢壺。』

〔一一〕王門隱者：隱於王府之人，指許邦才。漢東方朔曾說『大隱隱於朝』（《漢書・東方朔傳》）。老曳長裾：謂老了仍趨事藩王。長裾，衣裾之長者。見前《俠客行爲子與贈吳生》注〔一二〕。

〔一二〕干時：求合於當時。干，求。

〔一三〕共三徑：謂共同隱居。三徑，指隱居處。詳前《拂衣行答元美》注〔八〕。俜（pīng）伶：優美之意。

〔一四〕白眼：白眼看人，謂傲視世俗。薄祿相：謂命中注定沒有官運。青山合就漁樵夥：意即居青山之中，與漁民、農夫爲伍。

〔一五〕趙壹：字元叔，漢陽西縣（今甘肅天水）人。恃才傲物，爲鄉里所擯斥，乃作《解擯》。後屢犯罪，幾死，爲友人解救得免，貽書謝恩，作《窮鳥賦》。又作《刺世疾邪賦》，抒其怨憤。靈帝光和元年（一七八），爲郡上計吏赴京，覆命後屢辟不起，卒於家。生平詳《後漢書》本傳。鄒陽：漢初齊（今山東臨淄）人。初仕吴，以文辯著稱。吴王濞謀奪帝位，諫而不聽，遂去吴之梁。在梁因慷慨不苟合，受誣入獄。在《獄中上梁王書》中有『臣聞明月之珠，夜光之璧，以暗投於道，衆莫不按劍相眄者』之句。暗投，暗中投擲，投於暗處。坐，入罪。

〔一六〕么麽：細小。此指小人。《鶡冠子·道端》：『無道之君，任用么麽，動則煩濁。』

送萊蕪蕭簿

蕭生業本儒術起，稍因讀法得其指〔一〕。棲息十年白鹿洞，擔囊一卷《青烏子》〔二〕。岱宗雄蟠大海濱，衣冠氣王中有人。我家松檟三千樹，鞍山東望華不注〔三〕。爲説干時常轗軻〔四〕，獨憐明主能知遇。萊蕪作簿更誰羣，但恨無過范史雲〔五〕。釜裏蠹魚堪自見，鞭下蟲蛆詎忍聞？看君才豈催科拙，請謁公門非所屑〔六〕。藩臣答詔誤承恩，黜然遂就遷官列。匹馬悠悠復路岐，即今失意欲何之？同鄉冢宰諳名姓，府掾郎曹佇可期〔七〕？

【題解】

萊蕪蕭簿，指蕭隆祐。江西太和人。嘉靖三十七年（一五四八）出任萊蕪（今屬山東）主簿。康熙《萊蕪縣誌·人物志》謂其『有守有爲，善詩文』。詳詩意，蕭氏原爲『藩臣』，而被降職爲縣主簿。時李攀龍在京，宣導文學復古，蕭氏或與其臭味相投。

【注釋】

〔一〕業本儒術：據康熙《萊蕪縣誌》載，蕭曾師事著名學者羅洪先。指：通「旨」。

〔二〕白鹿洞：洞在今江西星子縣北廬山五老峯下，南唐於此建學，宋朱熹知南康軍，講學其中，明代亦置書院於此。詳《廬山通志》。《青烏子》：即《青烏子葬經》。青烏子，漢人，精於堪輿之術，著有《葬經》。見唐柳宗元《伯祖妣趙郡李夫人墓誌銘》。蕭簿蓋精於堪輿，故云。

〔三〕松檟：松樹、楸樹。鞍山：又名馬鞍山，在濟南舊城西南。華不注：也名華山，在濟南舊城東北。李攀龍家韓倉在華山南。

〔四〕干時：求合於時。轗軻：同「坎坷」。此謂仕途蹭蹬，不順利。

〔五〕范史雲：漢范冉（？—一八五），一作范丹，字史雲，陳留外黃（今河南民權西北）人。桓帝時爲萊蕪長，以母喪未到官。『後辟太尉府，議者欲以爲侍御史，因遁身逃命於梁沛間。徒行敝服，賣卜於市。黨錮之禍起，流寓各地。門居簡陋，有時絕糧，窮居自若。閭里歌之曰：「甑中生塵范史雲，釜中生魚范萊蕪」』。生平詳《後漢書・獨行列傳》。

〔六〕催科：催繳租稅。租稅有科則，故云。請謁：謂求官。謁，干謁。

〔七〕府掾郎曹：知府掾屬、各部郎官。

歲杪放歌

終年著書一字無，中歲學道仍狂夫〔一〕。勸君高枕且自愛，勸君濁醪且自沽〔二〕。何人不說宦游樂，如君棄官復不惡。何處不說有炎涼，如君杜門復不妨〔三〕。縱然疎拙非時調，便是悠悠亦所長〔四〕。

【題解】

此詩作於嘉靖三十七年（一五五八）歲末。歲杪，歲末。李攀龍辭官歸隱，心情尚未平靜下來。自怨自艾，自慰自嘆；語似曠達，心實酸苦。這是他歸家之初心境的真實寫照。

【注釋】

〔一〕中歲：中年。學道：學習道家經典。此謂以道家思想來撫平傷痛，安心隱居，但仍難以按捺狂傲的心志。

〔二〕高枕：本謂安閒無憂。《戰國策·齊策四》：『三窟已就，君姑高枕爲樂矣。』此謂隱居。濁醪：劣質酒，薄酒。

〔三〕杜門：閉門謝客。

〔四〕疏拙：疏狂、樸拙。時調：時尚流行的曲調。喻指社會風氣。悠悠：安閒適意貌。

贈殿卿

前年賜環承主恩，去年解裾辭王門〔一〕。身經畏途色不動，心知世事口不論〔二〕。自顧平生爲人淺，羨君逃名我不免〔三〕。自憐垂老尚憑陵，羨君混俗我不能〔四〕。有酒便呼桃葉妓，得錢卽飯蓮花僧〔五〕。

【題解】

此詩與《歲杪放歌》爲同時作品。許邦才《歲暮贈于鱗》云：『長卿慕人千載前，何以與君俱少年？子雲期人千載後，何以與君共白首？君有仙才自不知，顧我逃禪眾所嗤。擁褐閉關恣偃蹇，買山百里猶嫌淺。終年藥裏清羸疾，深夜高吟獨把膝。興來攝客登華顛，醉去尋客談劍術。』此蓋爲和詩。

【注釋】

〔一〕『前年』二句：前年即嘉靖三十六年（一五五七），李攀龍返京述職；去年即嘉靖三十七年，辭官歸隱。賜環，謂遭放逐之後被召回。《荀子·大略》：『絕人以玦，反絕以環。』唐楊倞注：『玦如環而缺，肉好若一謂之環。古者臣有罪，待放於境，三年不敢去，與之環則還，與之玦則絕，皆所以見意也。』攀龍出守順德，爲京官外放，自認爲情同貶謫，故常以逐臣自居。經大計（考核）之後，滿以爲受到重用，卻又遠放陝西。解裾，脱去官服。

〔二〕畏途：語出《莊子·達生》，本謂艱險難行的道路，此指仕途。色：音容。世事：當世之事，時政國事。

〔三〕淺：淺薄。逃名：謂隱居避世，不求世人讚譽。

〔四〕垂老：將老。憑陵：侵淩，逼迫。此謂貧病交加之苦。混俗：混同流俗。謂不辨是非，隨俗俯仰。

〔五〕桃葉妓：東晉王獻之有一愛妾名桃葉，獻之曾爲其作《桃葉歌》，見《樂府詩集·清商曲辭》。此指所愛姬妾。飯蓮花僧：向僧人施捨。蓮花僧，即僧人，俗稱和尚。因諸佛塑像都以蓮花爲座，故稱。

金吾行贈戴將軍

先皇諸將何其雄，君家大人國士風〔一〕。賜錢留起嫖姚第，詔宴數入蘭臺宮〔二〕。五雲忽變石城氣，七校親隨萬乘東〔三〕。當年帶礪山河在，四海車書日月通〔四〕。侍從敢聞潛邸事，朝廷竟錄代來功〔五〕。此時十歲羽林孤，躍馬能彎兩石弧〔六〕。漢主臨軒求故劍，承恩一拜執金吾〔七〕。生成燕頷寧辭武，得奉龍顏不羨儒〔八〕。三提鹵簿陪陵寢，再護樓船下郢都〔九〕。禁中自失張安世，天上還看周亞夫〔一〇〕。

【題解】

金吾卽中尉，秦置官。掌徼巡京師。漢武帝太初元年（前一〇四），更名執金吾。詩中『君家大人』、『起嫖姚第』，當是戴隆（一四八八—一五六七）。戴將軍當是其子戴希舜，任京師神機營副將，都督同知，爲從一品武官。戴隆墓誌，隆慶四年（一五七〇）六月二十四日立石，萬浩撰，殷士儋書。一九九八年五月三十一日出土於陝西榆林市南郊第六小學院內。今藏榆林地區文物管理委員會辦公室。其中云：『翁諱隆，字世威，別號紅山，陝西延安衛今奉旨改榆林衛人，生於弘治元年十二月二十三日，卒於隆慶元年八月二十四日，享年七十有九。以初服，覃恩贈驃騎將軍，中軍都督府都督僉事』，『翁雖起家戎武，能以儒道訓家，故內外雍肅，子姓秩秩，咸知尚禮謹法，脫於紈綺之態。都督歷官二十餘年，清白持身，惠愛撫士，敬慎事上，屢建軍功』。『都督爲世虎臣，內壯國威，外靖虜塵，駕馭豪雄，天子聖神，謂忠本孝，移貴贈親，岔川之東，靈秀攸鍾』。

【注釋】

〔一〕先皇：指明武宗朱厚照。國士：國內傑出人士。

〔二〕嫖姚：將軍名號。見前《送申職方謫萊蕪推官》注〔一〕。蘭臺宮：宮殿名。見《文選》宋玉《風賦》。

〔三〕七校：漢代置中壘、屯騎、步兵、越騎、長水、射聲、虎賁七校尉，簡稱『七校』。見《漢書·刑法志》『七校』注引晉灼說。萬乘：指皇帝。

〔四〕帶礪山河：河如帶，山如礪，謂山河永在。詳前《送王給事使潞》注〔九〕。四海車書：謂國家統一。《禮·中庸》：「今天下車同軌，書同文。」

〔五〕潛邸：天子未即位前的住所。代來：城名。一名悅跋城。東晉建置。在今內蒙古自治區鄂爾多斯左翼界內。見《晉書·赫連勃勃載記》。

〔六〕羽林孤：羽林軍之子。孤，孤兒。無父曰孤。此指戴將軍。弧：木造之弓。

〔七〕故劍：喻指已故妻子。語本《漢書·外戚傳》。戴氏蓋因皇親而非軍功得官執金吾，故云「承恩」。

〔八〕生成燕頷：謂生就的威武封侯相。燕頷，如燕之頷。《後漢書·班超傳》：『超問其狀，相者指曰：「生燕頷虎頸，飛而食肉，此萬里侯相也。」』奉龍顏：奉侍皇帝。

〔九〕三提鹵簿：多次率領儀仗隊伍。提，提引，率領。鹵簿，天子出行時的儀仗。樓船：大船。郢都：古楚國都城，在今湖北荊州江陵區。

〔一〇〕張安世（？—前六二）：字子孺，杜陵（今陝西西安東南）人。御史大夫張湯之子。昭帝時，任右將軍、光祿勳，封富平侯。昭帝死，與大將軍霍光策立宣帝，爲大司馬。生平詳《漢書》本傳。周亞夫（？—前一四三）：絳侯周勃之子，初封條侯。文帝時，以擊匈奴功，拜車騎將軍。景帝時，任太尉，平定吳楚七國之亂，遷丞相。生平詳《史記·絳侯世家》。

逼除過右史水村江山人同賦

夜來北渚北風急，打頭雪花大如笠〔一〕。片紙東飛右史書，詰朝小作湖中集〔二〕。到門白鳥出高巢，繫馬南山迸人入〔三〕。使君亭午未解酲，肅客登筵一長揖〔四〕。地僻兼無俗子妨，樽空況有鄰家給〔五〕。意氣還須我輩看，功名但任兒曹立〔六〕。瞥眼旋驚青歲徂，沾脣莫放金杯澀〔七〕。世上悠悠已自諳，即今不飲嗟何及〔八〕。醉聽楚調起寒雲，綵筆憑陵朱絲濕〔九〕。平生多少伯牙心〔一〇〕，此日因之寄篇什。

【題解】

逼除，臨近除夕。右史，指許邦才。邦才家水村，在濟南大明湖附近，疑即今北園水屯。江山人，未詳。邦才有《于鱗宅送江山人》一詩，應作於同時。關於此詩，王世貞《藝苑卮言》曾云：『于鱗歸，杜門，自兩台監司以下，請見不得；去，亦無所報謝，以是得簡倨聲。又嘗爲詩，有云「意氣還從我輩生，功名且付兒曹立」，諸公聞之，有欲甘心者矣。』據年譜，王氏《藝苑卮言》初稿完成於嘉靖三十七年六月，而此時攀龍尚未辭官。二人相聚，談論詩文，是在嘉靖三十八年初。王氏這段話，應是追敘往事，在修訂時加入的。據此知此詩作於嘉靖三十七年（一五五八）冬末。

【注釋】

〔一〕北渚：指大明湖北岸。笠：笠帽，竹編，遮蔽風雨、陽光。

〔二〕詰朝：淩晨，一大早。

〔三〕繫馬南山：歸隱，此指江山人。迸人入：屏退從人而進。迸，通『屏（bǐng）』。

〔四〕使君：指許邦才。亭午：正午，中午。未解酲：未解酒，謂還醉著。酲，病酒。肅客：進客，恭敬地引導客人進門。肅，進。

〔五〕俗子：對混跡官場的世俗小人的卑稱。給：供給。

〔六〕意氣：志趣。唐杜甫《贈王二十四侍御契四十韻》：『由來意氣合，直取性情真。』兒曹：兒輩。

〔七〕『瞥眼』二句：謂令人驚懼的是，少壯時期轉眼卽逝，當前只有痛飲杯中苦酒求醉。瞥眼，轉瞬之間。旋，旋卽。青歲，謂少壯時期。徂，往。澀，苦澀，指酒。

〔八〕悠悠：指歲月悠悠，與上句呼應。諳：熟悉。嗟：慨嘆。

〔九〕『醉聽』二句：言醉後聽人彈起哀怨的楚調，心中驟感悲涼；揮筆寫詩，眼淚伴隨著琴聲飛濺。楚調，失志不平的曲調。樂府相和歌辭中有楚調曲。《古今樂錄》引南朝齊王僧虔《技錄》：『楚調曲有《白頭吟行》、《泰山吟行》、《梁甫吟行》、《東武琵琶吟行》、《怨歌行》。』起寒雲，謂心情爲悲涼的情緒所籠罩。綵筆，謂詩筆。憑陵，侵淩，進逼。朱絲，琴弦。

〔一〇〕伯牙心：謂期盼知音之心。伯牙，俞伯牙。詳前《送謝茂秦》注〔五〕。

賦得鴈池送許右史游梁，分『奈』字

漢家藩國稱冠帶，鴈池多暇爲高會〔一〕。賓序同推枚叟尊，星潢共指梁王大〔二〕。賦成錦字映長流，酒酣飛羽傳寒瀨〔三〕。藻翰常生授簡中，潺湲不散鳴箏外〔四〕。清影朝含竹苑霜，悲聲夜雜吹臺籟〔五〕。白首君恩豈稻粱，朱門旅跡非蕭艾〔六〕。極知慕侶倦游人，秋來肺病誰能奈？

【題解】

許邦才於隆慶初年由永寧知州遷周王府長史，任職河南開封，時攀龍尚未起復。邦才上任前，二人曾在家鄉盤桓數日。此爲攀龍送邦才赴任時作。游梁，宦游梁地。梁，指漢梁國，明爲周王封地。分『奈』字，分韻作詩，分得『奈』字韻。

【注釋】

〔一〕冠帶：冠帶之國，卽禮儀之國。此指周王封地。《韓非子・有度》：『兵四布於天下，威行冠帶之國。』鴈池：池名。據《三輔黄圖》卷三載，漢梁孝王作曜華宫，築兔園，園中有鴈池，池間有鶴洲、鳧渚，王日與賓客釣弋其中。明周王封地，大致爲漢梁國範圍。

〔二〕枚叟：指枚乘（？—前一四〇），字叔，淮陰（今屬江蘇）人。西漢辭賦家。詳前《送許史得『弟』字》注〔三〕。此以枚乘喻指許邦才。星潢：謂王族。潢，星名。

〔三〕錦字：錦字詩，卽回文詩。詩中字回環往復，怎樣都可讀通，如水之長流不斷。相傳前秦竇滔之妻蘇氏織錦題回文詩，以及曹植《鏡銘》等爲此類詩體之濫觴。詳《文心雕龍・明詩》梅慶生音注。飛羽：卽飛觴，舉杯。羽，羽觴。李白《春夜宴桃李園序》：『開瓊筵以坐花，飛羽觴而醉月。』

〔四〕『藻翰』二句：謂華美詩文常在您賜予的書簡之中，潺湲池水與樂奏諧和悅耳。授簡，賜予的書信。箏，古樂器。

〔五〕吹臺：今名古吹臺，在今河南開封市東南禹王臺公園内。相傳爲春秋時期師曠吹樂之臺，漢梁孝王增築爲吹臺。見《水經注・渠水》。

〔六〕『白首』二句：謂您老來承恩王府赴任並非爲謀衣食，宦游王府亦非與醜惡之人爲伍。稻粱，稻粱謀，謂謀生。唐韓愈《雁》：『天長地久棲鳥稀，風霜酸苦稻粱微。』蕭艾，臭草。《楚辭・離騷》：『何昔日之芳草兮，直爲此蕭艾也。』

道逢郭子坤擁妾戲柬

城東桃花噴路光，春風吹送孝廉郎〔一〕。自擁佳人馱細馬〔二〕，時臨緑水照紅妝。羅裙已奪石榴色，禿袖單衫杏子黃。躡鐙微籠雙玉趾，揚鞭笑起兩鴛鴦。同棲孔雀言猶妒，並蔕芙蓉願始償。爲謝使君休借問，郭家少婦身姓王。二八盛年真擅寵，只今三十尚專房。持齋能苦頭陀行，發誓曾燒頂廟香〔三〕。浩劫自知仙女分，他生常在世尊傍〔四〕。每脩好事辭書舍，但有佳期入道場。纔著霓裳顏更少，但盤雲髻壻先狂〔五〕。假令不信吹簫侶，試向秦臺看鳳凰〔六〕。

【題解】

郭子坤，濟南人，攀龍幼年好友。本集中有《送郭子坤下第還濟南》、《送郭子坤別駕之廬州》等，知郭氏曾任廬州通判。此詩爲游戲文字，內多豔詞。

【注釋】

〔一〕孝廉郎：指郭子坤。孝廉爲漢代選拔官吏的科目之一，明代用以稱呼舉人。

〔二〕細馬：良馬。見《唐書·百官志》、《唐六典》。

〔三〕頭陀行：頭陀，梵文音譯，意爲『抖擻』，卽去掉塵垢煩惱之意。佛教苦行之一。據《十二頭陀經》、《大乘義章》卷一五載，共有十二種修行規定，稱『頭陀行』。

〔四〕浩劫：本謂天災人禍，此戲謂這位像仙女一樣的女子爲郭子坤所劫持。世尊：梵語意譯，音譯『薄伽梵』，或『婆伽婆』。原爲婆羅門教對長者的尊稱，佛教徒用以尊稱釋迦牟尼。見《大乘義章》卷二〇。

〔五〕霓裳：以虹霓製作的衣裳，本指仙人所服，見《楚辭·九歌·東君》。此喻指郭子坤妾衣飾輕飄華美。雲髻：古代婦女如雲滃起的一種髮式。

〔六〕『假令』二句：以簫史和弄玉的愛情故事比喻郭子坤與其妾的親密關係。《列仙傳·簫史》載，秦穆公時，簫史善吹簫，與穆公的女兒弄玉相愛，『日教弄玉作鳳鳴，居數年，吹似鳳鳴，鳳凰來止其屋，公爲作鳳臺，夫婦止其上，不下數年。一日，皆隨鳳凰飛去』。

和許長史《箏伎篇》

君不聞秦箏多慢聲，平臺女兒新長成〔一〕。家本邯鄲行步好，生年十三指爪清〔二〕。安得此雙弦索手，那能獨酌高陽酒〔三〕。正值傾囊無俸錢，將來換馬還肯否？自從解贈同心結〔四〕，不惜樽前香腕折。幾回玉柱鴈池飛，春愁散作梁園雪〔五〕。合就羅敷《陌上桑》，含顰一囀發中堂〔六〕。遥知華髮王門客，縱是風流也斷腸〔七〕。

【題解】

許長史，即許邦才。許氏時爲周王府長史。箏伎，彈箏的藝妓。

【注釋】

〔一〕秦箏：古秦人的樂器。曹丕《善哉行》：『齊倡發東舞，秦箏奏西音。』慢聲：謂引長之聲。慢，通『曼』，引，拉長。《列子·湯問》載，韓娥前往東方齊國，途中絶糧，賣唱借食，餘音繞梁，三日不絶。後被迫『復爲曼聲長歌，一里老幼，喜躍忭舞，弗能自禁』。平臺：漢梁孝王所築臺，在梁園内。見《史記·梁孝王世家》。故址在今河南商丘東北。

〔二〕邯鄲：地名。戰國時期趙國都城，以出美女著稱。指爪清：手指光鮮細嫩。

〔三〕高陽酒：高陽里之酒。高陽，高陽里。東漢荀淑故里。在今河南許昌市。唐韋應物《答裴處士》：『來署高陽里，不遇白衣還。』

〔四〕同心結：古代以錦帶綰爲連環回文式，以寓相愛同心之意，美其名曰『同心結』。

〔五〕玉柱：箏上所附玉質柱。《文選》江文通（淹）《別賦》：『掩金觴而誰御，橫玉柱而霑軾。』鴈池、梁園均爲漢梁孝王園囿中所築建，見前《賦得鴈池送許右史游梁，分『奈』字》注〔一〕。

〔六〕《陌上桑》：漢樂府詩題，詩中有『秦氏有好女，自名爲羅敷』之句。此以『羅敷』喻指箏伎。含顰一囀：含笑將箏聲一轉。囀，聲轉，聲變。

〔七〕王門客：指許邦才。斷腸：傷心，傷情。

答寄殿卿見夢之作

憶昔紅顔日攜手〔一〕，一別三年非不久。縱使天台記阮郎，也應梁苑稱枚叟〔二〕。故人多病臥青春，華髮如蓬自看醜。漫爾風流更旁《騷》，從他憔悴仍耽酒〔三〕。悠悠世上竟須疑，夢裏相逢知是否？

【題解】

隆慶元年（一五六七），攀龍起復爲浙江按察副使。從『天台記阮郎』，知此詩應作於浙江任內。殿卿，即許邦才。見夢，被夢見，在夢中相見。

【注釋】

〔一〕紅顔：謂少壯之時。

〔二〕天台：山名。在今浙江天台縣北，爲仙霞嶺支脈。《太平御覽》四一《天台山》引《幽明記》載有漢劉晨、阮肇入山成仙的故事。阮郎即阮肇。枚叟：即枚乘。見前注。此借指許邦才。

〔三〕旁《騷》：旁及《楚辭》所表達的不平與憤懣。《騷》，《離騷》，屈原的代表作品。此處泛指《楚辭》。

和殿卿《春日梁園即事》

梁園高會花開起〔一〕，直至落花猶未已，春花著酒酒自美。丈人但飲醉即休〔二〕，纔到花前無白頭，紅顏相勸若爲留〔三〕。春風何處不花開，何處花開不看來，看花何處好空回！

【題解】

李攀龍於隆慶三年（一五六九）遷河南按察使，第二年四月赴任。本集中有《將至梁園寄殿卿》一詩。二人相聚，應在攀龍赴任之後，亦即隆慶四年春日。老友相聚，詩酒唱和。此詩格調清新，頗有民歌風韻。清沈德潛云：『三句一韻，末三句纏聯而下，格調甚新。』（《明詩別裁集》）

【注釋】

〔一〕高會：高雅的聚會。

〔二〕丈人：長者。作者自謂。

〔三〕紅顏：少女。此指藝妓。

答寄子威

劉生家本安東子，不爾高名那如此〔一〕。十載論交少聞問，君胡尺書數千里？蒼頭大奴前置辭，主人束髮重知己〔二〕。家本闔閭城下兒，清風獨爲延陵起〔三〕。便從出刺三河還，攬轡爭誇按百蠻〔四〕。早歲升公趨漢署，只今謝客臥江關〔五〕。雖言萬事歸來好，乍可論交到誰老。猶作鳳凰池上看，窮途殺更耽文藻〔六〕。中間跌蕩復王郎，伏臘扁舟發太倉〔七〕。但語卽翁常在口，彼時多士儼成行〔八〕。宦情漸覺綈袍勝，秋興飄隨綵筆强〔九〕。魏倩一珠纔照乘，主人雙璧竟登場〔一〇〕。倡余和汝篇相及，日居月諸業以集〔一一〕。共道提戈虎穴迴，儻容投謁龍門入〔一二〕。開械寒色散陽湖，白雪樓空嶽影孤〔一三〕。不盡雄才推二妙，止如古調已吾徒〔一四〕。一當單于則豈敢〔一五〕，相遇中原尚足圖。但語主人須自愛，一時長句似君無。

【題解】

劉鳳，字子威，吳縣人，嘉靖甲辰（一五四四）科進士，拜中書舍人，選爲侍御史，著聲南台三輔，讁理興化，移倅吳興（皇甫汸《皇甫司勳集》卷三十七《劉侍御集序》），後來任河南按察僉事。《千頃堂書目》卷二十三著錄《劉子威文集》三十二卷，《澹思集》五十二卷，《客建集》、《越覽篇》、《太霞草》、《禪悅小草》。又編有《續吳先賢贊》、《燕語》、《吳釋傳》等。《四庫全書總目提要》卷六十一評『鳳所撰述，刻意奧僻。或至於餖飣堆積，晦昧詰屈，不可句讀』。劉鳳勤學博記，有藏書樓曰『厞載閣』、『清舉樓』。徐顯卿《劉子威禪悅三草序》：『老刘大夫子威者年垂八十耄矣，而力學不衰。』《滄溟集》卷二十六有《報劉子威》。

【注釋】

〔一〕安東：縣名。屬淮安府，治今江蘇省漣水縣。不爾：不然。

〔二〕蒼頭：奴僕。《漢書·鮑宣傳》『蒼頭』注引孟康說：『漢名奴爲蒼頭。』束髮：古代男童結髮爲飾，因以爲成童之稱。《大戴禮·保傅》：『束髮而就大學，履大節焉。』

〔三〕闔閭城：指春秋吳國都城，在今江蘇蘇州市。闔閭（？—前四九六），名光，春秋吳國國君，公元前五一四—前四九六年在位。清風：清廉之風。延陵：延陵季子，即季札，又稱公子札。春秋吳王諸樊之弟，封於延陵（今江蘇常州），因稱延陵季子。屢辭君位，以賢德著聞。

〔四〕出刺：出巡，奉命外出巡察。三河：河東、河内、河南。按，按察。百蠻：古時相對中原華夏族而言，周邊少數民族統稱蠻族。《詩·大雅·韓奕》：『先祖受命，因時百蠻。』

〔五〕趨漢署：奔走於各部衙署。臥江關：謂歸隱。

〔六〕鳳凰池：古代皇宫中的池名。《晉書·荀勖傳》：『勖元在中書，專管機事，反爲尚書，甚惘惘悵悵。或有賀之者，勖曰：「奪我鳳凰池，諸君賀我邪！」』殺：漸。

〔七〕王郎：指王世貞。世貞爲太倉（今屬江蘇）人。

〔八〕卽翁：乃翁。多士：眾士。

〔九〕綈（tí）袍：綈袍情，喻指故人情誼。詳前《贈張子含茂才》注〔三〕。秋興：秋日之感慨。見晉潘岳《秋興賦序》。

〔一〇〕魏倩一珠：謂魏王借助一珠。據《史記·田敬完世家》載，魏王與齊王會獵，魏王説像他這樣的小國，尚有徑寸之珠照車前後各十二乘者十枚。倩，借助。珠，卽照乘珠。

〔一一〕日居月諸：謂日月遞嬗。居、諸，皆語助詞，無義。《詩·邶風·柏舟》：『日居月諸，胡迭而微？』

〔一二〕龍門：謂聲望極高之人。《後漢書·李膺傳》：『膺獨持風裁，以聲名自高，士有被其容接者，名爲登龍門。』

〔一三〕開椷（jiān）：打開信函。陽湖：地名。在今江蘇武進縣。白雪樓：攀龍居處。

〔一四〕二妙：稱同時以才華著聞的二人。晉衛瓘與索靖都擅草書，時稱「一臺二妙」，見《晉書·衛瓘傳》。古調：古詩格調。

〔一五〕一當單于：語出《史記·李將軍列傳》。謂能有一次與匈奴單于正面對陣的機會。此謂率軍禦邊。圖：打算。

酬李東昌寫寄《白雪樓圖》并序

樓在濟南郡東三十里許鮑城〔一〕。前望太麓〔二〕，西北眺華不注諸山〔三〕，大小清河交絡其下〔四〕，左瞰長白、平陵之野〔五〕，海氣所際，每一登臨，鬱爲勝觀。東昌李使君子朱，以讀《白雪樓集》於廣川馬中丞家〔六〕，咄然壯之〔七〕，歸爲圖以寄，而攀龍贈焉如此。

詩名東郡沈隱侯，那復擅奇顧虎頭〔八〕！江湖槃薄有能事，畫我山中白雪樓〔九〕。推毫已驚海色至，無乃兼驅蛟蜃游〔一〇〕。須臾百里岱陰合，咫尺疑聞清河流〔一一〕。華不注山得非雨？平陵以西胡獨秋〔一二〕？松風似欲卷綃起，良久看雲失去留〔一三〕。丹青快意癡如此，丘壑過人老即休〔一四〕。使君實解郢中調，爲爾深知宋玉愁〔一五〕。

【題解】

李東昌，指東昌知府李孔陽。孔陽，字子朱，武邑（今屬河北）人。嘉靖十四年（一五三五）進士，嘉靖二十八年至三十年任東昌知府。生平詳同治《武邑縣誌·人物志》。他曾在嘉靖二十八年（一五四九）秋，與世貞、攀龍、謝榛在京賞月論詩。見《四溟山人集》卷二三《詩家直說》七五條。

此爲題畫詩。既爲題畫，自然要讚揚畫家的技法。而此詩的別致處，在於將靜態的畫面予以立體的展現，並深入揭示出畫家構思佈局的意蘊，使人如臨如睹，表現出深厚的藝術功力。《白雪樓詩集》刻於嘉靖四十二年（一五六三），則此詩必作於此時之後。

【注釋】

〔一〕濟南郡：秦置，歷代相沿，隋廢。明設濟南府，治所在今山東濟南市。李攀龍常以郡稱府。許：約略之詞。鮑城：相傳爲春秋時期齊大夫鮑叔牙的封邑，在今濟南東郊鮑山附近，山因城而名。

〔二〕太麓：泰山北麓。太，太山，即泰山。

〔三〕華不注諸山：指濟南西北、黄河南岸華不注、鵲山、匡山、粟山等幾個小山頭。

〔四〕大小清河：大清河，本汶河下游的支流，源於山東萊蕪原山（又名岳陽山），注入東平湖。後入濟水，又爲黄河所奪，今東平湖下黄河即其故道。黄河經濟南城北，蜿蜒入海。小清河，源出原歷城縣西，東經章丘、鄒平、高青、博興等地東北入海。

〔五〕長白：長白山，也名白雲山，在今山東鄒平與濟南章丘交界處。平陵：平陵城。古縣名。在今濟南章丘境内。

〔六〕《白雪樓集》：即《白雪樓詩集》，李攀龍最早印行的詩集，由濟南知府魏裳刊刻於嘉靖四十二年（一五六三），有魏裳、許邦才序。廣川：漢代郡國名。治所在今河北景縣廣川鎮。中丞：漢代官名。明代都察院副都御使的職掌與之略同，故以稱之。馬中丞：明朝把『大中丞』用作對巡撫的別稱、尊稱。都察院副都御史的職位相當於『御史中丞』，常用作巡撫的加銜。嘉靖德州（部分舊屬廣川郡）有兩馬中丞：一是馬佩，字鳴震，嘉靖甲午科（一五三四）舉人，嘉靖辛丑科（一五四一）進士，嘉靖三十六年（一五五七）九月由山西按察司副使升都察院右僉都御史，巡撫順天

(《明世宗肅皇帝實録》卷四百五十一)。一是馬九德,字小東,嘉靖辛卯(一五三一)舉人,嘉靖十四年(一五三五)進士,嘉靖三十五年三月,由山西按察使升都察院右僉都御史,整飭薊州邊備,兼巡撫順天(《明世宗肅皇帝實録》卷四百三十三)。李攀龍詩序所謂『廣川馬中丞』,當是其中之一。

〔七〕咄然壯之:驚歎而壯美之。

〔八〕『詩名』二句:謂李詩名有東昌沈隱侯之稱,繪畫可與顧虎頭媲美。東郡,秦置郡,治所在今河南濮陽西南,漢時領有今山東西部及河南部分地區,隋開皇九年(五九八)廢。明東昌府轄境爲秦漢東郡故地。沈隱侯即南朝梁著名詩人、文學家沈約。沈約(四四一—五一三),字休文,吴興武康(今浙江湖州)人。一生跨宋、齊、梁三代,爲齊梁文壇領袖,與謝朓、王融等創制永明體,爲古體詩向近體詩過渡做出積極貢獻。梁時官至尚書令,領太子少傅,卒謚隱侯。此謂李東昌爲當地詩人的領袖。擅奇,擅有奇特的畫技。顧虎頭即顧愷之,東晉著名畫家。字長康,小字虎頭。其畫傳神,有畫龍點睛的傳説。生平詳《晉書·文苑傳》本傳。

〔九〕『江湖』二句:謂李東昌以睥睨當世的畫才,爲其繪製白雪樓圖。江湖,謂世間。晉陶淵明《與殷晉安别》:『良才不隱世,江湖多賤貧。』槃薄,同『槃礴』,箕踞。宋王安石《虎圖》:『想當槃礴欲畫時,睥睨衆史如庸奴。』山中,鮑山之中。

〔一〇〕『推毫』二句:形容畫筆生動,謂揮筆即展現大海之壯麗,令人如見蛟龍、大蛤蠣的游動。推毫,猶言揮筆。毫,畫筆。無乃,得無。莫非,莫不是。蛟蜃,蛟龍、大蛤蠣。

〔一一〕『須臾』二句:謂轉眼間樓隱於泰山北麓,俯身似能聽到清河流動的聲音。岱陰,泰山北麓。華不注、鮑山均爲泰山北麓餘脈。咫尺,極言其近。

〔一二〕『華不注』二句:謂所畫華不注山雨蒼茫,白雪樓皴染在一片秋色之中。得非,豈不是。平陵以西,指白雪樓。胡，何。

〔一三〕『松風』二句：謂畫面上風吹松樹像是卷起絲綢，雲朵飄忽，似有若無。綃，白色絲織品。

〔一四〕『丹青』二句：謂畫卷活靈活現，快情適意，其構圖過人才思，令我歎爲觀止。丹青，古時繪畫顏料，代指繪畫。癡，發癡。此謂令人入迷。丘壑，胷中有丘壑，指畫家的構思佈局。宋黄庭堅《題子瞻枯木》：『胷中元自有丘壑，故作老木蟠風霜。』

〔一五〕『使君』二句：謂李東昌的確理解其不同流俗的情懷，深知其失志不平的悲苦。郢中調，指古代楚地高雅的樂曲《陽春》、《白雪》。詳前《送新喻李明府伯承》注〔六〕。宋玉愁，懷才不遇的愁苦。宋玉，戰國末期楚國辭賦家。在其代表作《九辯》中，他曾抒發其失志不平的哀嘆。

送鄭生游大梁詩序

鄭生者名文賢，楚之雲夢人也。少慕魏伯陽之術〔一〕，往往談長生。自雲夢來關中三千里〔二〕，持一囊藥耳。所至逆旅，醫小兒卽食其嫗，醫老卽食其子弟，醫婦女卽食其夫，度三千里如在里巷中矣，然不爲糈也〔三〕。其來關中，庶幾望見能爲長生者焉。余蓋苦多病，三十年於此言醫也，卽未嘗見醫視脈如生者，豈其診書異有它禁方邪〔四〕？生又自言醫且五十年於此，手指之附人脈多於握匕箸，咀吹如丘陵〔五〕，卽未嘗不精神與病者通。長桑君豈實視見垣一方人哉〔六〕？不察見脈而治病，其礙豈啻垣一方！關中故多賢豪人，卽如大中丞何公，博物君子也〔七〕，亦言生矣。余又言秦越人來長安游時事〔八〕，生未嘗不輒苦其術，而隱之不得。屬余在告將歸〔九〕，生亦欲游大梁，則關中自大中丞許公、大司徒劉公以下〔一〇〕，皆賦詩贈之，而余序其右方云。

君不見，黃鵠高飛未可羅，榆枋之雀奈我何〔一一〕？拂衣春色爲黯淡，故山高臥白雲多。風塵誰識大梁行，夷門輕薄笑侯生〔一二〕。虛左莫言公子事，今日邯鄲已罷兵。金丹初出照人寒，瑤草千年老鶡冠〔一三〕。更欲清秋觀渤海，那能渴病滯長安〔一四〕！

【題解】

作詩之由，詩序已詳爲説明。由詩中『在告將歸』，知此詩作於攀龍即將辭官歸里前夕，即嘉靖三十七年（一五五八）秋。鄭生，詩中説名文賢，楚之雲夢（在今湖北應城、安陸之間）人，崇尚命相而善醫術，行醫關中，頗爲人所稱道。大梁，即今河南開封市。

【注釋】

〔一〕魏伯陽：漢吳（今江蘇蘇州）人。性好道術，著有《參同契》、《五行相類》等書，其説似《周易》，而實借爻象以論作丹之意。生平詳《神仙傳》、《尚友錄》卷一七。

〔二〕關中：地名。指今陝西中部地區。東爲函谷關，西爲散關，南爲武關，北爲蕭關，位居四關之中，故名。

〔三〕『所至』六句：謂途中停宿之處，給誰看病即吃住其家，雖路途遙遠也像在家鄉一樣，不用準備米糧。逆旅，旅館。此指停宿之處。食其嫗，即由其嫗供食。不爲糈（xǔ），不用爲食糧犯愁。糈，凡糧皆曰糈。

〔四〕禁方：謂秘密醫方。《史記·孝武本紀》：『自言有禁方能神仙矣。』

〔五〕咀㕮（fǔ）：饮药。㕮，同『哺』。

〔六〕長桑君：古代良醫。名醫扁鵲之師。《史記·扁鵲列傳》載，長桑君將禁方傳於扁鵲，『扁鵲以其言飲藥三十日，視見垣一方人。以此視病，盡見五臟癥結，特以診脈爲名耳』。方，邊。見垣一方人，言能隔牆見那邊的人。

〔七〕大中丞何公：何棟（一四九〇—一五七三），字伯直，號太華，陝西長安縣（今西安市長安區）人，祖籍安徽巢縣，正德十六年（一五二一）進士，選授河南道監察御史。坐失朝儀，貶官宜興知縣。嘉靖五年（一五二六），得楊一清推薦，升任順天府通判。七年（一五二八），命修通惠河，升任工部都水司郎中。歷任通政使司右通政。十年（一五三一），升任太僕寺卿。奉命出使河南，冊封周王府。十一年（一五三二），升任都察院左僉都御史、大同巡撫。貶官四川左參議。居家十八年。二十九年（一五五〇），得徐階推薦，起任右副都御史，開府薊州，提督軍務。三十年（一五五一），升任兵部右侍郎兼右僉都御史、薊遼總督。升任兵部左侍郎，蔭一子錦衣衛正千戶。三十三年（一五五四），升任右都御史兼兵部左侍郎，休致。三十六年（一五五七），吳侍郎因台臣論列辯疏涉及何棟，奉旨閑住。隆慶二年（一五六八），致仕，進階資德大夫。明神宗即位，奉詔問勞，何棟望闕稽首，感極泣下。秦王尊重何棟，親自慰問。萬曆元年（一五七三）五月十一日，病逝。王用賓（官至禮部尚書、南京吏部尚書）評價何棟：『博綜羣籍，篤嗜數學，商確古今，如指掌上。臨機應變，算無遺策，議者嘗欲起公總持國計不果，識者惜之。』（《國朝獻徵錄》卷五十八）與此句『博物君子也』合。中丞，漢爲御史大夫的屬官，後爲御史臺之長。明代改御史臺爲都察院，都察院副都御史職與御史中丞略同，故以指稱副都御史。明巡撫例兼副都御史，何公或是陝西巡撫。

〔八〕秦越人：戰國名醫，即扁鵲。姓秦，名越人，勃海郡鄚（今河北任丘）人。因家於盧（在今山東濟南市長清區境內），又稱『盧醫』。據《史記》本傳載，扁鵲曾到咸陽，『聞秦人愛小兒，即爲小兒醫，隨俗爲變』。

〔九〕在告將歸：時李攀龍已上書請辭，故云。

〔一〇〕大中丞許公：許宗魯（一四九〇—一五六九），字伯誠，一字東侯，號少華山人，關中人也。正德十二年（一五一七）舉進士，改翰林庶吉士，授監察御史，擢按察僉事，視湖廣學，久之進副使。入爲太僕少卿，改大理少卿，進右僉都御史，撫定，罷歸凡二十年。起經略昌平，遷副都御史，撫遼左。見王世貞《明詩評》卷四。謝榛《四溟集》卷七有《送中丞許公伯誠出鎮昌平》，作於嘉靖三十年。大司徒劉公：劉儲秀（一四八三—一五五八），字士奇，號西陂，咸寧（今陝西西安）人。弘治十七年（一五〇四）甲子科舉人，正德九年（一五一四）甲戌進士，嘉靖三年（一五二四）出爲鎮江府知府，七年升山西按察司提學副使，八年九月升河南布政司左參政，十年四月因前提學山西時建敬一箴碑亭事被下旨逮問，革職閑住。十四年九月被舉薦起補湖廣布政使司右參政，十六年十一月升江西按察使，十七年七月升浙江右布政使，歷官湖廣左布政使，十八年九月升都察院右副都御史、巡撫遼東，二十年七月升戶部右侍郎。二十五年正月改任兵部右侍郎，十月改任吏部，二十六年五月升吏部左侍郎，閏九月升至戶部尚書、總督倉場督理西苑農事。二十七年正月，改任兵部尚書，因忤旨罷官。與張治道、薛蕙等俱以詩名，有西翰林之稱，與王九思、康海、李夢陽等都有密切交往。有《劉西陂集》四卷（《四庫未收書輯刊》）。大司徒，漢置官。明代作爲刑部尚書的別稱。

〔一一〕榆枋之雀：謂飛不高的鳥雀。《莊子·逍遥游》：『蜩與學鳩笑之曰：「我決起而飛，搶榆枋而止，時則不至而控於地而已矣，奚以之九萬里而南爲？」』。

〔一二〕侯生：指戰國魏人侯嬴。據《史記·魏公子列傳》載，侯嬴爲魏隱士，年七十，家貧，在魏都大梁監守夷門。魏公子無忌『往請，欲厚遺之。不肯受。……公子於是乃置酒大會賓客。坐定，公子從車騎，虛左，自迎夷門侯生。……至家，公子引侯生上坐，遍贊賓客，賓客皆驚』。後秦圍攻趙都邯鄲，向魏求救，魏派大將晉鄙將十萬軍往救，而因畏秦逗留不進。魏公子得侯生指點，使魏王所寵如姬竊得虎符，令其友朱亥與俱，遂破秦軍而解救了邯鄲之圍。虛左，空出上位。

〔一三〕鶡冠：鶡冠子，周時楚人，姓氏不詳。隱居深山，以鶡羽爲冠，因以爲號。曾著書十九篇，名曰《鶡冠子》，已散佚。

〔一四〕渴病：即消渴病，今稱糖尿病。漢司馬相如患此病，李攀龍亦常稱病消渴，而實以司馬相如自喻。

代香山寺老僧答

老僧何處來迎客，身無袈裟足無舄〔一〕。雖有弟子今流離，獨向空山種麻麥。先時長者布黃金，大師說法如來席〔二〕。浮圖中霄天樂下，禪臺雨花坐盈尺〔三〕。共道當朝少游幸，唯此祇園有恩澤〔四〕。綵仗晴連鸚鵡林，宮娥晚傍蟾蜍石〔五〕。侍從求看貝葉編，焚香再拜開琳碧〔六〕。我往能言西域文，珠函爲取《華嚴》譯〔七〕。自復懸燈香爐峯，君其問臘庭中柏〔八〕？何曾馬繞招提鳴，未見沙門畜四兵〔九〕。羯虜公然馳赤縣，湖外秋風笳吹聲。猶疑窮谷豈遽至，已聞野哭尸縱横。裹創被血竄榛棘，問之不答慘且驚。須臾牛羊蔽陵壑，三騎五騎擐長纓。抨弓北嶺飲南澗，驕氣直欲淩欃槍。一騎常驅百漢人，一人常聯二騎行。翻身仰射罘罳落，束茅縱火燒朱甍。豈無卓錫笞其背，佛力不祐人心傾。西堂北丘緣業惡，寺前荒冢遂崢嶸〔一〇〕。亦是官軍入援急，匈奴颺去歸其營〔一一〕。匍匐漸從草莽出，晝伏夜走同狐鼪〔一二〕。衣缽蕩盡微軀在〔一三〕，性命真如飛鳥輕。丈人豈願聞喪亂〔一四〕，神州豈宜有戰爭！故人更邀住廬嶽，萬乘垂衣右北平〔一五〕。燕中耆舊寄書說，早晚單于和議成。語罷空林轉蕭瑟，茫茫天地終何情！

【題解】

香山寺，佛教寺院，在今北京市西郊香山公園内。山原有道場曰香山，山因寺而名。嘉靖二十九年（一五五〇）八月，俺答入寇，焚掠京畿地區，香山寺亦遭劫難。詩云『共道當朝少游幸，唯此祇園有恩澤』，則嘉靖帝曾游香山寺。作者代答者，答游客也。所答乃寺院慘遭破壞的景象，實爲對朝廷腐敗無能的控訴。

【注釋】

〔一〕袈裟：梵語音譯。佛教法衣。舄(xì)：鞋。單底爲履，複底而著木者爲舄。

〔二〕如來：梵語音譯。佛的十號之一。『如』亦名『如實』，即『真如』。《成實論》卷一：『如來者，乘如實道來成正覺，故曰如來。』

〔三〕『浮圖』二句：謂高妙的佛教音樂從半空飄下，大師說法時天花散落滿地。浮圖，亦作『浮屠』、『佛圖』。梵語音譯的訛誤、簡略。即佛塔。中霄，半空。天樂，謂音樂高妙，如來自天上。此指佛寺中的音樂。禪臺，大師說法所坐之臺。雨，下，落。

〔四〕『共道』二句：謂都說當朝皇帝很少出外游歷，只有這座寺院獲得皇帝臨幸的恩澤。祇園，梵語音譯。全稱『祇樹給孤獨園』或『勝林給孤獨園』，簡稱『祇園精舍』。此指香山寺。

〔五〕綵仗：此指皇帝的儀仗。鸚鵡林、蟾蜍石：均爲香山名勝。蟾蜍石，像蟾蜍形狀的石頭。

〔六〕貝葉編：即貝葉經。用鐵筆在貝多羅(梵語音譯)樹葉上所刻寫的佛教經文。此指佛經。琳碧：玉石名。《文選》張平子(衡)《西京賦》：『珊瑚琳碧，瓀瑉璘彬。』

〔七〕西域文：西域語言。西域，漢始稱我國西部及中亞、南亞諸國爲西域。詳見《漢書·西域傳》。珠函：以珠爲飾的篋盒。《華嚴》：《華嚴經》。全稱《大方廣佛華嚴經》。佛教華嚴宗據以立宗的重要經典。

〔八〕香爐峯：香山峯名。又名鬼見愁，在香山西部。臘：僧侶受戒後，至九旬之安居，事畢名爲臘。每歲安居一次，即每一歲爲一臘。問臘，即詢問受戒的年歲。

〔九〕招提：梵語。四方之意。四方之僧爲招提僧，住處爲招提僧坊。北魏初年以伽藍爲招提，招提遂爲寺院的異名。沙門：梵語。『沙門那』之略稱。指佛教僧侶。見《俱舍論》卷一五。

〔一〇〕『羯虜』十八句：寫嘉靖二十九年（一五五〇）八月，俺答入寇，焚掠京畿，毀壞寺廟的慘烈景象。羯虜，指入寇的俺答部落。羯爲匈奴族的一支，晉時入居羯室（今山西榆社），故稱。赤縣，赤縣神州的略稱，簡稱『赤縣』或『神州』，指中國。《史記·孟子荀卿列傳》附《鄒衍》：『中國名曰赤縣神州。』笳，胡笳。笛的一種。抨，彈。欃槍，彗星，即孛星。見《爾雅·釋天》。《文選》張平子（衡）《西京賦》：『欃槍旬始，羣凶靡餘。』罘罳（fú sī），門外之屏。見《釋名·釋宮室》。朱甍（méng），廟上紅色瓦脊。卓錫，僧人行蹤所止。卓，植立。錫，錫杖，僧人出行必攜。此指錫杖。業，梵語意譯，音譯『羯磨』。意爲造作，泛指一切身心活動，包括行動、語言、思想意識三個方面，分別稱身業、口業、意業。佛教謂在六道生死輪回，是由業決定的。業有善有惡，一般偏指惡業。引申爲罪孽。

〔一一〕匈奴：古代民族名。此指入侵的蒙古俺答部落。颺：高飛。《晉書·慕容垂載記》：『且垂猶鷹也，飢則附人，飽便高颺。』

〔一二〕狐鼪（shēng）：狐狸和黃鼬。

〔一三〕衣鉢：佛教用語。衣指袈裟，鉢指食器，代表僧尼的所有物什。僧尼受足戒和到寺院挂單，必以衣鉢齊備爲條件。佛教禪宗師徒間道法授受，常付衣鉢爲信，稱爲『衣鉢相傳』。

〔一四〕丈人：長者。

〔一五〕廬嶽：即廬山。在今江西北部。萬乘：指皇帝。垂衣：垂衣而治。右：保佑。北平：在今北京市。

卷之六

五言律詩

酬皇甫虞部《寒夜書懷》見寄

兄弟播清徽，詞林振羽飛〔一〕。再來郎署重，何謂宦情違？夜雪留沽酒，寒燈坐掩扉。共嗟羈物役，歲晏此依依〔二〕。

【題解】

皇甫虞部，指皇甫汸。詳前《酬皇甫虞部》題解。

【注釋】

〔一〕清徽：清音，謂美好的談吐。此指所作詩文。詞林：猶言詩壇。

〔二〕羈物役：爲官身所羈絆。物役，爲外物所役使。晏：晚。

圓硯效徐庾體

片石分雲出，良工向月刪〔一〕。自疑臨璧水，誰爲縮壺山〔二〕？洗墨沈金鏡，呵冰斷玉環。畫眉京兆婦，纖指曲池間〔三〕。

【題解】

詩題謂寫圓硯仿效徐庾體。徐庾體，指南朝梁徐摛、徐陵父子與庾肩吾、庾信父子所宣導的一種綺豔詩體。《周書·庾信傳》：『父肩吾爲梁太子中庶子掌書記，東海徐摛爲左衛率。摛子陵及信並爲抄撰學士，父子在東宮，出入禁闥，恩禮莫與比隆，既有盛才，文並綺豔，故世號徐庾體焉。』此爲詠物詩，將靜物寫得飛動，亦藝術功力之表現。

【注釋】

〔一〕『片石』二句：謂硯體刻有雲狀物，凹處呈半月形。

〔二〕璧水：即泮水。泮宮（學宮）東西門以南之水。《詩·魯頌·泮水》：『思樂泮水，薄采其芹。』壺山：山名。在今山東莒縣北，浯水發源地。見《漢書·地理志上》。

〔三〕畫眉京兆婦：指西漢張敞之妻。據《漢書》本傳載，張敞在宣帝時任太中大夫，後爲京兆尹，其爲妻畫眉事，傳爲美談。曲池：回折的水池。此指硯臺。

秋扇

自從團扇棄，空復掩梁塵〔一〕。寒影收雲葉，清光暗月輪〔二〕。誰憐班氏女，薄命漢宮人〔三〕？但使緘蘭笥，君情會更新〔四〕。

【題解】

本詩詠扇，實以扇喻人。扇遭遺棄，人失寵也；蘭笥重啓，寵愛亦更新矣。雖不出古詩窠臼，亦深得其情致。

【注釋】

〔一〕團扇：圓形絲扇。梁塵：置屋梁之上而爲塵土所掩蓋。

〔二〕『寒影』二句：謂扇子秋來棄置不用。

〔三〕班氏女：指班婕妤。李善注《文選》引《歌録》謂《怨歌行》爲古辭，而梁陳以來，均謂班氏所作。班婕妤（前四八？—前六？），樓煩（今山西朔縣）人，名字不詳，婕妤爲宫人封號。漢成帝時選入宫中，始受寵愛，後失寵，曾作賦自悼（見《漢書·外戚傳》）。《怨歌行》以扇喻人，悲惋色衰被棄，『辭旨清捷，怨深文綺』（《詩品》），爲詠扇珍品。

〔四〕蘭笥：箱籠的美稱。

同皇甫繕部寒夜城南詠月

片月挂遥岑，層城曳素陰〔一〕。寒分宫樹淨，影落御溝深〔二〕。結冷悲征笛，勻霜上擣砧〔三〕。西園芳宴後，《白雪》復誰吟？

【題解】

皇甫繕部，指皇甫汸。詳前《酬皇甫虞部》題解。繕部，即虞部。《周禮·夏官》屬官有『繕人』，掌工所用弓弩矢服等器物，與虞部職掌相類，故以稱之。

【注釋】

〔一〕遙岑：遠處的山峯。層城：指京城城闕。《文選》陸士衡（機）《贈尚書郎顧彦先詩》之二：『朝游游層城，夕息旋直廬。』

〔二〕宫樹：宫中之樹。御溝：此指紫禁城護城河。

〔三〕征笛：謂邊塞笛聲，清婉哀怨。擣砧：擣衣之砧。砧，洗衣石。

元夜

公子聯鑣語，佳人把袂歡〔一〕。星橋雲外出，火樹雪中看〔二〕。夜色開清禁，春酺許從官〔三〕。仍聞祠太乙，達曙禮仙壇〔四〕。

【題解】

元夜，上元，即農曆正月十五日夜，亦稱元夕、元宵。

【注釋】

〔一〕公子：少年王公。此指貴族子弟。聯鑣（biāo）：猶言聯轡、聯騎，並馬而行。鑣，馬勒。語：交談。把袂：牽手相挽。

〔二〕星橋：銀河之橋，喻城中之橋。北周庾信《望月》：『天漢看珠蚌，星橋視桂花。』火樹：喻指元夜燈火繁盛。唐蘇味道《正月十五日夜》：『火樹銀花合，星橋鐵索開。』

〔三〕清禁：即宫禁。宫禁中清靜整肅，故曰清禁。春酺（pú）：春日聚飲作樂。酺，會聚飲酒。

〔四〕太乙：　即太一，最高貴的天神。見《史記·天官書》『太一』《正義》。

登省中樓望西山晴雪

忽見西山雪，高樓重倚闌。數峯城上出，落日署中寒。佳色繁天仗，清光切露盤〔一〕。小臣操郢曲，願獻聖人看〔二〕。

【題解】

省中，此指刑部衙署，即詩中所謂『署中』。《漢書·昭帝紀》『省中』王先謙《補注》引荀欣說：『漢制，王所居曰「禁中」，諸公所居曰「省中」。』西山，山名。在今北京西郊，爲著名風景名勝之一。晴雪，晴日雪景。

【注釋】

〔一〕天仗：　天子近衛。《宋史·樂志》：『天仗回峣闕，皇輿入應門。』露盤：　即承露盤。漢武帝在長安建章宮作承露盤，銅質，上有仙人掌，所接之露和玉屑飲之。此蓋指皇宮。見《三輔黃圖·建章宮》。

〔二〕聖人：　此指皇帝。

憶弟

新醪楊柳色，不醉欲何如？薊北三春鴈，山東二弟書。宦情閒遂淺，人事病全疎。未擬酬恩去，空令憶舊廬。

【題解】

據殷士儋《明故嘉議大夫河南按察使司按察使李公墓誌銘》（此下簡稱《李公墓誌銘》），李攀龍兄弟三人。《辭太恭人》一文云：『季誕逾月，仲癖且廢。』知其二弟病廢。此詩專思二弟，可見其手足情深。

初夏趙氏園亭

獨值春風後，幽期此重過〔一〕。開罇黄鳥至，高枕緑陰多〔二〕。簪紱殊閒事，乾坤一放歌〔三〕。淹留君莫厭，吾道本巖阿〔四〕。

【題解】

趙氏園亭，未詳。趙氏，疑指趙貞吉。趙貞吉（一五〇八—一五七六），字孟靜，號大洲，内江（今屬四川）人。嘉靖十四年（一五三五）進士，授編修，遷中允，掌司業事。俺答逼近京城，貞吉反對訂城下之盟，主張力戰，擢左諭德，兼監察御史，奉旨宣諭諸軍。因輕慢嚴嵩，廷杖謫官。嘉靖四十年（一五六一）遷戶部右侍郎，復忤嚴嵩，奪官。隆慶初，起官禮部左侍郎，掌詹事府，充日講官，官至文淵閣大學士。休歸，卒於家。謚文肅。生平詳《明史》本傳。此詩蓋作於李攀龍離京之前，即嘉靖三十二年（一五五三）前，趙氏謫居家中之時。趙氏與攀龍同氣相求，過往表達慰問之意。

【注釋】

〔一〕幽期：謂幽隱之期約。《文選》謝靈運《撰征賦》：『平生協幽期，淪躓因微弱。』

〔二〕罇：同『樽』，酒杯。黄鳥：黄鸝。或稱黄雀、黄鶯。高枕：語意雙關，既說休夏，又謂隱居。

〔三〕簪紱（fú）：猶簪笏。簪與纓紱，仕宦者所用，因以指仕宦。乾坤：天地之間。

〔四〕吾道本巖阿：謂我所追求的本就是山林隱居。

送孟得之

十載薊門客，秋風見長年。思家明月夜，驅馬白雲天。來鴈授衣後，黄花落帽前〔一〕。何人過攜酒，共醉黎陽川？

【題解】

孟得之，生平未詳。據詩知孟氏居京十載，當秋要返回故鄉黎陽。黎陽，漢置縣。元廢。故城在今河南浚縣東北。

【注釋】

〔一〕『來鴈』二句：謂孟氏離京在秋日。授衣，秋來更服棉衣。《詩·豳風·七月》：『七月流火，九月授衣。』《傳》：『九月霜始降，婦功成，可以授冬衣矣。』黄花，菊花。

登省中樓

蕭瑟賦悲哉，西山爽氣開〔一〕。白雲海色斷，落日秋陰來。砧高長樂苑，鴈下華陽臺〔二〕。如何此時望，客思轉難裁？

【題解】

省中，即署中，刑部衙署。攀龍居刑部，自謂『久淹郎署』，不得升遷，心情鬱悶不暢，此詩應是居刑部晚期所作。

【注釋】

〔一〕蕭瑟賦悲哉：謂感秋而賦。戰國宋玉《九辯》：『悲哉，秋之爲氣也！蕭瑟兮，草木搖落而變衰。』爽氣：涼氣，秋氣。

〔二〕長樂苑：即長樂宮。在今西安市長安區西北。原爲秦興樂宫，漢高祖五年修繕，改名長樂。華陽臺：華陽宮。唐代華山之陽的宫殿。長樂、華陽，皆以漢唐都城借指明都城宫苑。

酬徐員外舟中新詠見示

何處逢搖落，秋風又別家〔一〕。天清鴻鴈影，江滿荻蘆花。明月留仙珮，寒星犯客槎〔二〕。到來開篋笥，新句動京華〔三〕。

【題解】

徐員外，指徐文通，字汝思。詳前《送徐汝思郎中入蜀》題解。

【注釋】

〔一〕搖落：謂秋季。語出戰國宋玉《九辯》。

〔二〕『明月』二句：上句謂月圓，下句謂銀河映天。客槎，外來的木筏。此謂客在银河边犯牵牛星。詳晉張華《博物志》卷十《雜説下》。

〔三〕新句：新作的詩句。

送諸光祿還於越

幾年東省月，坐憶故園游〔一〕。忽有緘書至，蘭亭禊事修〔二〕。芙蓉天鏡曉，風雨石帆秋〔三〕。到夜應逢雪，門多乘興舟〔四〕。

【題解】

諸光祿，名字、生平未詳。光祿，官名。明代設光祿寺，有寺卿、少卿、寺丞。主掌祭享、皇室膳食、帷帳等。於越，即今浙江省。由詩關涉的地名、典實知諸氏蓋爲浙江紹興人。

【注釋】

〔一〕東省：光祿寺的別稱。坐：因。

〔二〕緘書：封書。蘭亭禊事：謂舉行詩會。據《晉書·王羲之傳》載，晉穆帝永和九年（三五三）暮春三月，羲之曾與幾位志同道合的朋友宴集於會稽山陰之蘭亭，與會者皆有詩作，彙集一冊，由王羲之作序。

〔三〕芙蓉天鏡：即芙蓉鏡，喻指柔美而平靜的湖水。石帆：山名。在浙江紹興東。見《水經注·浙江水》。宋陸游《病後往來湖山閑戲書》：「結茅所幸得經處，石帆天鏡無纖塵。」

〔四〕乘興舟：謂乘興而來的舟船。《世說新語·任誕》載，王子猷居山陰，夜大雪，忽憶戴安道，即乘小舟往訪，經宿方至，至門而返，人問其故，王曰：「吾本乘興而行，興盡而返，何必見戴！」

長陵

明禋趨歲序，陟降儼昭回〔一〕。容物中原在，乾坤北極開〔二〕。松楸千騎入，風雨百靈來〔三〕。共話犁庭役，遺弓重可哀〔四〕。

【題解】

長陵，明成祖朱棣陵。明帝諸陵，於成祖永樂七年（一四〇九）五月營建，在今北京昌平區北天壽山下，即今北京十三陵。陵分十三區，第一區爲成祖長陵，在中峯筆下山下。

【注釋】

〔一〕明禋：潔淨。此謂潔齋以祀。《書·洛誥》：『曰明禋，拜手稽首休享。』昭回：謂光耀回轉。《詩·大雅·雲漢》：『倬彼雲漢，昭回于天。』

〔二〕容物：陵廟之容與所見御之物。《文選》顏延之《拜陵廟作》：『皇心憑容物，民思被歌聲。』注引呂周翰說：『憑視陵廟之容見御之物。』北極：北極星，一名北辰。此處喻指明朝廷。唐杜甫《登樓》：『北極朝廷終不改，西山寇盜莫相侵。』

〔三〕松楸：松樹、楸樹。百靈：諸位神靈。

〔四〕犁庭役：攻滅鞑靼之役。犁庭，謂犁平其庭以爲田，喻滅亡其國。《漢書·匈奴傳》：『固已犁其庭，掃其閭，郡縣而置之。』遺弓：《史記·封禪書》載，傳説黄帝騎龍升天時，『墮黄帝之弓』。後以『遺弓』爲帝王死亡的委婉語。

朝陵夜作

上陵無不美，秋杪更宜看。風雨朝佳氣，旌旗擁漢官。星流千嶂過，月出萬松寒。倚馬清鐘外，新霜滿玉鞍。

【題解】

朝陵，朝拜先皇陵寢。詩云『秋杪』，當指皇陵秋祭。

白雲樓

諸郎難得意，非是敢沈冥〔一〕。拙宦無同病，清時有獨醒〔二〕。千家寒雨白，雙闕曉烟青〔三〕。又值高樓鴈，寥寥不可聽〔四〕。

【題解】

李攀龍久居刑部，不得升遷，心情鬱鬱，當秋思鄉。詩應作於其居刑部晚期。

【注釋】

〔一〕諸郎：指刑部諸位郎官。沈冥：沈寂無欲。南朝宋謝靈運《登石門最高頂》：『沈冥豈別理，守道自不攜。』

〔二〕拙宦：拙於爲官。謂不善鑽營求取。清時：政治清明之時。獨醒：謂對朝政獨有清醒的認識。語本《楚辭·漁父》。

〔三〕雙闕：指宫殿門前所立的雙柱。

〔四〕寥寥：淒涼空虚。南朝梁江淹《雜詩·謝僕射游覽》：『淒淒節序高，寥寥心悟永。』

送楊子正還濟南

我家白雲渚，落日掩孤城〔一〕。讀書草堂上，濯纓湖水清〔二〕。古來失意事，不獨名未成。北風敝裘雪，誰見棄繻情（一）〔三〕！

【校記】

（一）繻，四庫本作『濡』，誤。

【題解】

楊子正，即楊宗氣，字子正，號活水，浙江歸安（今浙江吴興）人。嘉靖二十年（一五四一）進士，授工科給事中，後出任山東參政。時楊子正由山東赴京述職求遷未得，怏怏返回濟南，攀龍爲其送行並加安慰。詩作於居京期間。

【注釋】

〔一〕白雲渚：白雲湖畔。白雲湖在今山東濟南章丘西境，李攀龍的家鄉韓倉在歷城東境。落日：語意雙關，落日在西，言歷城的方位，又寓有送别之意。唐李白《送友人》：『浮雲游子意，落日故人情。』孤城：孤立之城。此指歷城。唐杜甫《送遠》：『親朋盡一哭，鞍馬去孤城。』

〔二〕『讀書』二句：謂自己也曾在家鄉苦讀，等待出仕有所作爲。攀龍入仕第二年即以病爲由，歸家『發憤勵志，陳百家言，附而讀之』（殷士儋《李公墓誌銘》）。濯纓湖，湖名。本名灰泉，一名百花池。明時在德王府内，卽今山東濟南市珍珠泉北，大明湖南偏。周廣數畝，諸泉匯流於此，北流入大明湖。『濯纓』在此語意雙關。《孟子・離婁上》：『滄浪之水清兮，可以濯我纓。』謂等待明時可以出而有爲。

〔三〕棄繻情：謂矢志報國之情。繻，帛裂而分之，持其一半以爲關門符信。《漢書・終軍傳》載，終軍懷有報國之志，從家鄉濟南出發，前往長安。進函谷關時，關吏給他繻符，以便回程驗證。終軍說：『大丈夫西游，終不復傳還！』棄繻而去。

重送楊生

十年湖上別，風雪此相親。把酒論時事，霑衣向故人。浮名青歲換，生計白雲貧〔一〕。但去臥芳草，山中鴻鴈春。

【題解】

楊生，卽楊子正，見前《送楊子正還濟南》題解。

【注釋】

〔一〕『浮名』二句：謂逝去的青春贏得今日名聲，而今日卻因官刑部生計艱難。青歲，猶青春。白雲，黃帝時秋官之名。此指刑部。

殿卿至

駿馬何當出，金高郭隗臺〔一〕。雪中春酒熟，書後故人來。白首文章事，青雲王伯才〔二〕。誰爲一知己，念子正悠哉。

【題解】

殿卿，即許邦才。由「青雲王伯才」詩句，知爲邦才在德王府任長史時所作。

【注釋】

〔一〕郭隗臺：即黄金臺，也稱燕臺。故址在今河北易縣東南。詳前《送新喻李明府伯承》注〔三〕。

〔二〕王伯才：輔佐王霸之才。伯，同「霸」。

送殿卿

嗟君復失意，吾道轉堪疑。白雪論先達，青雲合後時〔一〕。落花寒食過，載酒故山期〔二〕。莫以楊朱淚，春風灑路岐〔三〕。

【題解】

殿卿，即許邦才。邦才初知趙州，不久，調知永寧，而永寧爲偏遠之地。從「嗟君復失意」句，知此詩作於邦才調知永寧之時。

【注釋】

〔一〕『白雪』二句：贊邦才詩可與先輩比肩，而官運後面終會到來。青雲，喻高位、顯貴。

〔二〕故山：猶故鄉。

〔三〕『莫以』二句：謂莫因離别而哭泣。此用《淮南子·說林》『楊子見歧路而哭之，爲其可以南可以北』字面。

章行人使潞藩

使者持符下，風塵叱馭前〔一〕。諸侯城赤狄，列嶂黨青天〔二〕。牟麥祈年時，芙蓉避暑筵〔三〕。相逢多愛客，共賦《遠游》篇〔四〕。

【題解】

章行人，指章適。章適，字景南，號道峯，蘭溪（今屬浙江）人。嘉靖二十六年（一五四七）進士，授行人，改禮科給事中，以言事忤旨，告歸卒。有《道峯集》。生平詳焦竑《國朝獻徵録》卷八〇徐栻《禮科給事中道峯章君適墓誌銘》。行人，官名。明置行人司，掌聘問、出使之事。潞藩，指潞王。此指隆慶帝之子翊鏐。由此知詩作於隆慶年間。

【注釋】

〔一〕風塵叱馭：形容出使氣勢。叱馭，語出《漢書·王吉傳》。謂鞭笞坐騎。詳前《送徐汝思郎中入蜀》注〔八〕。

〔二〕赤狄：也稱『赤翟』。據説因穿赤衣而得名。春秋時狄人之一部。狄人大部生活在今山西境内，與晉人雜居。赤狄的一支居潞氏（今山西潞城東北）。明潞王封地，即在古赤狄所建潞氏國。黨，接。見《玉篇》。

〔三〕『牟麥』二句：謂當夏出使風光。牟麥，大麥。《詩·周頌·思文》『貽我來牟』《正義》：『《孟子》作「牟麥」。』時，古代祭祀天地五帝的祭壇。芙蓉：荷花。

〔四〕《遠游》：《楚辭》篇名。

十六夜集劉子成宅

羽書三十度，飛騎動長安〔一〕。今夜樽前月，還同燧火看〔二〕。入門清影滿，久坐素華寒〔三〕。何處《關山引》，如悲行路難。

【題解】

十六夜，指農曆正月十六日夜。劉子成，即劉景韶。字子成，號白川，崇陽（今屬湖北）人。嘉靖二十三年（一五四四）進士，授潮陽令，擢刑部主事，晉兵部職方員外郎，歷貴州僉事、淮陽道副使，官至右僉都御史，巡撫鳳陽，致仕卒。有《太白原稿》。生平詳《弇州山人續稿》卷九四《中憲大夫都察院右僉都御史白川劉公墓誌銘》。從『今夜樽前月，還同燧火看』二句，可知此詩作於嘉靖二十九年（一五五〇）俺答侵擾京畿地區之時。

【注釋】

〔一〕羽書：緊急文書。長安：此指北京。

〔二〕燧火：烽火。

〔三〕素華：清光，清冷的月光。

聞砧

永夜盧家婦，深閨坐自傷〔一〕。拭砧散明月，投杵上清霜〔二〕。別恨縈鴛綺，哀音急鴈行〔三〕。同袍征戰盡，刀尺斷人腸〔四〕。

【題解】

聞砧，謂作者似聞愛妾擣衣也。擬古樂府詩意而作。古時丈夫外出，秋日婦人爲之製棉衣。此詩設爲妾之詞，抒發彼此思念之情。

【注釋】

〔一〕永夜：長夜。盧家婦：指攀龍愛妾盧氏。詩本沈佺期《獨不見》「盧家少婦」之閨怨意。坐：徒，枉。

〔二〕「拭砧」二句：謂在深秋之夜爲夫洗衣。

〔三〕「別恨」二句：謂洗衣時見繡著鴛鴦的圖案而恨離別，聞南歸雁鳴而哀傷。

〔四〕刀尺：皆裁剪衣服的工具。

送張比部募兵秦晉諸郡

天威嚴滅虜，使者出秋官（一）〔一〕。白羽徵兵入，黃金結士懽〔二〕。風雲千騎動，雨雪二陵寒。無易行間客，能登漢將壇〔三〕。

【校記】

〔一〕虜，四庫本作『敵』，四庫館臣避諱而改。

【題解】

張比部，生平未詳。比部，即刑部。募兵，招募兵丁。據《明史·兵志》載，嘉靖二十二年（一五四三）制定從各州縣招募兵丁的制度，『二十九年，京師新被寇，議募民兵，以二萬爲率，歲四月終，赴近京防禦』。秦晉，春秋時期秦、晉兩國故地，指今陝西、山西一帶地區。

【注釋】

〔一〕虜：胡虜，對韃靼入侵者的蔑稱。秋官：刑部之官。

〔二〕白羽：白旄，軍中持以指揮者。旄，插牛尾於竿頭。懽：同『歡』。

〔三〕行間：行伍之間，指軍中。

送沈郎中守順慶

見説褰帷處，千山擁使君〔一〕。嘉陵渡春水，棧道轉秋雲〔二〕。郡下平蠻檄，家傳諭蜀文〔三〕。病餘饒臥理，能不憶離羣〔四〕！

【題解】

沈郎中，生平未詳。郎中，官名。明各部皆置郎中，分掌各司事務，爲尚書、侍郎以下的高級部員。順慶，明置府。轄境在今四川南充、蓬安、營山、儀隴一帶。

【注釋】

〔一〕褰帷：謂赴任。詳前《送申職方謫萊州推官》注〔三〕。使君：漢州郡長官之稱。此指知府。

〔二〕嘉陵：嘉陵江，古稱西漢水。源出陝西鳳縣嘉陵谷，至重慶入長江。棧道：在山間險峻之處傍山架木而成的道路，又稱棧閣、閣道。

〔三〕平蠻檄：平定蠻族的檄文。蠻，南蠻。古時對南及西南部少數民族的稱呼。諭蜀文：指漢司馬相如《諭巴蜀檄》。據《漢書·司馬相如傳》載，漢將唐蒙奉命通巴蜀，『發巴蜀吏卒千人，郡又多爲發轉漕萬餘人，用軍興法誅其渠率』，引起巴蜀民眾的恐懼。漢武帝聽說後，便委派司馬相如前往問責，並撰文『諭告巴蜀民以非上意』。

〔四〕病餘：病後。饒臥理：謂臥治亦綽綽有餘。離羣：謂離開友朋。

春日韋氏園亭同元美賦二首

春塢花冥冥，斜陽倒玉鉼〔一〕。風塵猶傲吏，天地此空亭。共醉薊雲白，相看燕草青。我來吟澤畔，不是獨爲醒〔二〕。

其二

藉草到流水，看花延落暉。客中過寒食，馬上改春衣。移席青山出，開樽白鳥飛〔三〕。天涯有朋好，能使宦情微〔二〕。

【校記】

〔一〕宦，詩集本、萬曆本、張校本、四庫本並同。隆慶本、重刻本作『官』，誤。

【題解】

此詩作於嘉靖三十年（一五五一）春。王世貞有《韋園與于鱗、子與、子相各賦》（《弇州四部稿》卷三二），宗臣、徐中行均有詩作。韋氏園亭，又稱韋園、韋莊、韋公園亭、韋氏郊園，其地在韋公寺。《帝京景物略》卷三載韋公寺在北京城東南左安門外二里，武宗朝常侍韋霦建。賜額弘善寺。寺東有堂，有亭，亭後假山，亭前深溪。寺南觀音閣，蘋婆一株，高五六丈。寺內二西府海棠，樹二尋，左右列。寺後五里柰子樹。花陰暗日，花光明之，看花日暮，多就宿韋公寺者。

【注釋】

〔一〕斜陽倒玉缾：謂將落下的太陽像玉瓶傾倒一樣。缾，同『瓶』。

〔二〕『我來』二句：謂我來此吟詩，有衆好爲伴，毫無憂愁。吟澤畔、獨醒，語出《楚辭·漁父》。

〔三〕『移席』二句：謂飲宴之處青山環繞，白鳥飛翔。席，宴席。白鳥，白羽之鳥，鶴、鷺之類。

夏日同元美、徐子旋、賈守準、劉子成集張氏園亭得『談』字

共載杯中物，聊停塵外驂〔一〕。路人終白眼，世事豈清談〔二〕？高枕夏雲出，空亭斜照含。竹間有流水，可以漱餘酣。

【題解】

詩作於嘉靖三十年（一五五一）夏。李攀龍在京期間，常與元美及刑部同僚聚會賦詩，或同題，或共韻，多閒情逸致。徐子旋、賈守準，蓋爲攀龍刑部同僚。集中有自陝西任所所寫《報賈守準》一信，有云「某數年辱同舍之好」。劉子成，卽劉景韶。見前《十六夜集劉子成宅》題解。得「談」字，卽以「談」字爲韻。

【注釋】

〔一〕聊停塵外驂：姑且在世俗煩囂之外停車駐留。

〔二〕白眼：輕蔑的目光。清談：卽玄談。魏晉間何晏、王衍等崇尚老莊，競談玄理，或謂王衍以此誤國。參見《世說新語·言語》。此謂空談。

初夏同元美、汪伯陽、皇甫子循集姚明府園亭得「春」字

五柳陶潛宅，猶藏杜曲春〔一〕。綠陰衣上滿，黃鳥席邊新〔二〕。河朔當年事，風流我輩人。胡爲日車馬，擾擾向紅塵？

【題解】

詩作於在京期間。元美，卽王世貞。汪伯陽，生平未詳。集中有《送汪伯陽出守慶陽》一詩，知其曾任慶陽知府。皇甫子循，卽皇甫汸。詳前《酬皇甫虞部》題解。姚明府，疑指姚汝循。汝循，字叔卿，南京（今屬江蘇）人。嘉靖丙辰（一五五六）進士，除杞縣知縣，遷南京刑部郎中，出知大名府，謫嘉州知州，入覲，坐假驛符罷歸。生平詳見清錢謙益《列朝詩集小傳·丁集上》。詩作於嘉靖三十年夏。

【注釋】

〔一〕五柳陶潛宅：謂隱士之宅。陶潛，即陶淵明。東晉大詩人。因不滿現實而歸隱，被稱爲「隱逸之宗」。李攀龍常以陶淵明自喻。陶淵明曾作《五柳先生傳》，隱以自喻，人因稱其爲五柳先生。此喻指姚明府。杜曲春：酒名。杜曲，地名。在今陝西西安市長安區南。唐代杜氏世居於此，故名。宋程大昌《雍錄》：「樊川韋曲東十里有南杜、北杜，杜固謂之南杜，杜曲謂之北杜。」春，酒。《正字通》：「唐人名酒爲春。」

〔二〕黃鳥：即黃鶯。

送蔡少府之陽武

君歸寒食後，猶及縣中花。趨府具茨野，鳴鞭博浪沙〔一〕。大河秋色外，使者白雲槎〔二〕。豈不勞行役，風塵見歲華。

【題解】

蔡少府，指蔡汝楠。汝楠，字子木，號白石，德清（今屬浙江）人。嘉靖八年（一五二九）進士，除行人，尋遷刑部員外郎，徙南京刑部，出守歸德、衡州，歷官四川副使、江西參政、山東按察使、江西左右布政使等職，升都察院副都御使、河南巡撫，官至工部右侍郎。從王慎中、唐順之等學詩，有詩名。有《自知堂集》。生平詳茅坤《茅鹿門先生文集》卷二八《通議大夫南京工部侍郎白石蔡公行狀》及《列朝詩集小傳·丁集上》。少府，官名。秦置，漢因之。爲九卿之一。掌山林池澤之稅，以供奉皇帝。東漢掌宮中服御衣物膳食。明廢，其職掌併於工部。陽武，縣名。故城在今河南陽武縣東南。

【注釋】

〔一〕具茨：山名。在今河南禹縣北。又名泰隗山。唐杜甫《夔府書懷四十韻》：『不必陪玄圃，超然待具茨。』博浪沙：地名。在陽武縣境，爲漢張良謀刺秦始皇處。詳《漢書·張良傳》。

〔二〕槎：木筏。此謂船。

爲殿卿悼亡

歌梁塵未斷，舞袖影方開。落月窺珠鏡，青春暗玉顔〔一〕。爲雲歸峽裏，竊藥去人間〔二〕。安得招魂術，姍姍步幄還〔三〕？

【題解】

此詩爲悼念許邦才亡妻而作。

【注釋】

〔一〕『歌梁』四句：寫許妻逝去。謂歌聲舞影仿佛猶然在，人實已逝。歌梁，歌聲繞梁落塵，謂歌聲動人，餘音不絕。《列子·湯問》：『昔韓娥東之齊，匱糧，過雍門，鬻歌假食。既去而餘音繞梁欐，三日不絕。』『落月』二句，化用杜甫《夢李白》：『落月滿屋梁，猶疑照顔色』詩意。

〔二〕『爲雲』二句：將許妻喻爲神女，謂其已化雲歸去。戰國宋玉《高唐賦》寫楚襄王游雲夢，夢中與巫峽神女相會。女子離去時說：『妾在巫山之陽，高丘之阻。旦爲朝雲，暮爲行雨。朝朝暮暮，陽臺之下。』竊藥去人間，以嫦娥竊藥飛升喻許妻仙去。《淮南子·覽冥》：『羿請不死之藥於王母，恒娥竊以奔月。』

〔三〕『安得』二句：寫邦才對亡妻思戀不已。《漢書·外戚傳》載，漢武帝寵倖之李夫人早卒，帝思念不已。方士齊人少翁説能致其魂魄與帝相見，乃夜張燈，設帷帳，令帝居帷帳中，不得近視。帝遥望中，似有美女如李夫人相貌，遂作詩云：『是耶？非耶？立而望之，偏何姍姍而來遲！』

答殿卿

故園春草後，書札問同袍。海嶽游當壯，風塵臥正高。大名詩裏出，浮世酒中逃。顧我仍多病，時危小吏勞。

【題解】

殿卿，卽許邦才。時詩人位居下僚，亦多病；詩稱贊鄉居的許邦才以慰藉之。

送獲嘉郭明府

仙舟新出宰，秋色渡淇河〔一〕。官屬諸侯貴，君才百里多〔二〕。政齊吳季重，地接衛朝歌〔三〕。漢主憂南服，長纓送尉佗〔四〕。

【題解】

獲嘉，縣名。明屬河南衛輝府。郭明府，生平未詳。明府，縣令之别稱。詳詩意，郭氏爲新科進士，去獲嘉赴任。

【注釋】

〔一〕仙舟：漢郭泰與李膺同舟而濟，衆賓望之，比爲神仙。見《後漢書・郭泰傳》。淇河：即淇水。源出河南林縣東南之臨淇鎮，流經湯陰至淇縣，注入衛河。

〔二〕百里：治理一縣之才。《三國志・蜀書・龐統傳》：『龐士元非百里才也，使處治中别駕之任，始當展其驥足耳。』古謂縣令爲百里之任。

〔三〕吳季重：吳質，字季重，三國時期濟陰（今山東鄄城）人。以文才爲魏文帝曹丕所重，官至振威將軍，假節都督河北諸軍事，封列侯。早年曾任朝歌長。朝歌故城在今河南淇縣北，與獲嘉相鄰。

〔四〕『漢主』二句：以漢終軍稱譽郭。南服，南部地區。長纓，長繩。終軍自請往使南越，曾說：『願受長纓，必羈南越王而致之闕下。』尉佗，即趙佗。詳前《送公實還南海》注〔一二〕。

雪溪徐山人二首

風塵餘鬢髮，天地此栖遲。不問家人産，寧求國士知！門無荷蕢過，鄰有灌園期〔一〕。得道憑烏几，藏名號鹿皮〔二〕。

其二

自有浮雲戀，非因倦鳥還。林光清客夢，湖色駐人顏。歲序高懸榻，風塵老抱關。不投明月璧，甘隱大雷山〔三〕。

【題解】

霅溪，水名。在今浙江湖州南。徐山人，生平未詳，蓋爲隱者。

【注釋】

〔一〕荷蕢：背負筐簍。《論語·憲問》：『有荷蕢而過孔子門者。』《意林》：『荷蕢隱居，以避亂傾。』灌園：灌溉園圃，謂隱士。《北史·隱逸傳》：『杖策而隱，灌園爲業，州郡頻舉，皆不應。』

〔二〕烏几：黑色坐具。几，安坐憑依之具。鹿皮：仙人之稱。鹿皮翁，漢人，性機巧，能手製器械，著鹿皮衣，入山隱居，賣藥於市。詳《列仙傳》。

〔三〕大雷山：山名。在今江蘇蘇州西南太湖中。晉周處《風土記》：『太湖中有大雷山與小雷山，相距六十里。』

毛刺史姑蔑高齋

武陵看花處，二仲得相聞〔一〕。雨白閩天合，山青越徼分〔二〕。書聲散秋瀑，翰墨染春雲。府檄何年事，猶餘猿鶴羣〔三〕。

【題解】

毛刺史，生平未詳。刺史，官名。漢武帝時置部刺史，職權頗重。明代爲對知州的尊稱。姑蔑，地名。此指古越地，在今浙江龍游縣北。據此知詩應作於按察浙江時期。高齋，對毛刺史書齋的美稱。

【注釋】

〔一〕武陵：縣名。晉置，隋以後因之。在今湖南常德市境内。相傳桃花源在武陵境内，因以喻毛氏所居似世外桃源。二仲：裘仲、羊仲，均爲隱士。詳前《拂衣行答元美》注〔八〕。

〔二〕閩天、越徼（jiào）：指今浙江、福建一帶地區。徼，塞，邊界。

〔三〕『猶餘』句：謂猶能養猿鶴，吟詠自適，不問政事。《宋史·石揚休傳》：『平居養猿鶴，玩圖書，吟詠自適，與家人言，未嘗及朝廷事。』

出郭

出郭隨吾適，人家杜曲邊〔一〕。溪流縈去馬，山路入鳴蟬。禾黍殷秋作，茅茨足晝眠〔二〕。可能祛物役，歸買汶陽田〔三〕？

【題解】

此詩作於居陝西期間。

【注釋】

〔一〕隨吾適：謂想到哪里就去哪里。適，之。杜曲：地名。在今陝西西安市長安區南。

〔二〕殷秋：深秋。茅茨：茅草搭蓋的房屋。

〔三〕祛物役：謂辭官。祛，除去。物役，爲物所役使，謂爲利禄而爲官。汶陽：春秋時期爲魯地，漢置縣。故址在今山東肥城。《左傳·成公二年》：『齊人歸我汶陽之田。』歸買汶陽田，謂歸隱躬耕。

張氏園亭

辟疆開別業，載酒雨中看〔一〕。亭敞千花暝，樓空萬竹寒。呼童移枕簟，勸客解衣冠。宿我山窗下，聽詩坐夜闌〔二〕。

【題解】

詩作於在京期間。張氏園亭，未詳何處。

【注釋】

〔一〕辟疆：辟土，辟置土地。別業：別墅。載酒：猶置酒。

〔二〕夜闌：夜深，深夜。

碧雲寺禪房

佛土秋逾淨〔一〕，花臺夜復香〔二〕。一燈醒夢幻，孤磬散清涼〔三〕。月上梵輪滿，湖開天鏡光〔三〕。新詩分妙偈，病客對空王〔四〕。

【校記】

（一）土，隆慶本、萬曆本、張校本、四庫本並同。重刻本作『吐』，誤。

【題解】

詩作於居京期間。碧雲寺禪房，即碧雲寺，佛寺名。在今北京西北香山東麓，始建於元寧宗至順二年（一三三一）。原名碧雲庵，明正德年間（一五〇六—一五二一）曾擴建，並改名碧雲寺。後來，明天啓年間（一六二一—一六二七）、清乾隆十三年（一七四八）又曾擴建，形成現在的規模。孫中山先生一九二五年逝世後，曾一度停靈於此。後在此建中山紀念堂和中山先生衣冠冢。

【注釋】

〔一〕佛土：此指佛寺。花臺：蓮花臺，指佛座。

〔二〕一燈：喻指佛法。佛教徒説佛法能破除衆生昏暗不明，所以用燈作譬喻，所謂『佛所言，如燈傳照』（《大般若經》）。磬：石制打擊樂器。佛寺入夜擊磬。唐盧綸《宿定陵寺》：『古塔荒臺出禁牆，磬聲初盡漏聲長。』

〔三〕梵輪：佛教用語。即法輪，謂佛説法。《智度論》卷八：『佛轉法輪，或名法輪，或名梵輪。』湖：指明鏡湖。

〔四〕妙偈（jì）：美妙的偈語。偈，梵語意譯，也譯作『頌』、『諷頌』等；音譯爲『迦陀』、『偈陀』等。佛經中的頌詞，三言、四言、五言、七言不等，四句組成一偈。漢譯有韻，類似我國詩歌體裁中的絕句。病客：作者自指。空王：佛教用語。指佛，爲諸佛的通稱。

早春元美、公實訪茂秦華嚴精舍同賦

招提多病客，擁褐世間情〔一〕。法自傳燈得，詩先卓錫成〔二〕。年光雲樹麗，春晝雨花明。若許東林住，還攜漉酒生〔三〕。

【題解】

元美，卽王世貞。公實，卽梁有譽。茂秦，卽謝榛。謝氏於嘉靖二十八年（一五四九）赴京爲盧柟說項，嘉靖三十一年（一五五二）春，游京期間與李攀龍、王世貞結交，常相聚論詩、唱和，王世貞有《早春同于鱗、公實訪謝茂秦華嚴庵》（見《弇州四部稿》）。《四溟山人全集》卷二四《詩家直說》八五條：『嘉靖壬子春，予游都下，比部李于鱗、王元美、徐子與、梁公實、考功宗子相諸君延入詩社。』由此知詩應作於嘉靖三十一年。華嚴，佛寺名。又名華嚴庵。在北京西山，謝榛居京期間宿此。

【注釋】

〔一〕招提：佛寺的別稱。擁褐：服粗布衣，謂做平民百姓。

〔二〕法：佛法。傳燈：謂佛法如燈傳照。詳前《碧雲寺禪房》注〔二〕。

〔三〕東林：佛寺名。在江西廬山。東晉高僧慧遠曾駐此寺。漉酒生：指陶淵明。《宋書·陶淵明傳》：『郡將候潛，值其酒熟，取頭上葛巾漉酒，畢，還復著之。』

十四夜同王、徐、宗、梁四君子集靈濟宮二首

愛此壺中約，人皆曼倩才〔一〕。華燈懸日月，仙樹接蓬萊〔二〕。青鳥銜詩去，金貂換酒回〔三〕。明宵祠太乙，方士漢宮來〔四〕。

其二

逍遥玄圃望，清切紫微層〔五〕。月出三山樹，春回萬井燈〔六〕。無悲田變海，但願酒爲澠〔七〕。門外金羈影，王孫自五陵〔八〕。

【題解】

十四夜，此指農曆正月十四日夜。王即王世貞，徐即徐中行，宗即宗臣，梁即梁有譽。靈濟宮：洪恩靈濟宮，在北京西城區靈境胡同。始建於永樂十五年（一四一七年），祭祀道教之神二徐真君（徐知證、徐知諤），封玉闕真人、金闕真人，賜名靈濟宮，雄偉軒敞，不下宮掖，名列明代京師九廟之一。見《帝京景物略》。是明代排演禮儀、講學之所，衰落於崇禎年間。靈濟宮以訛傳訛作『靈清』，再作『靈境』。梁有譽於嘉靖三十一年（一五五二）歸里，李攀龍有《夏日同元美、子與、子相天寧寺送別公實》一詩，則此詩應作於是年。

【注釋】

〔一〕壺中：壺中天，謂仙境。唐王維《贈焦道士》：『坐知千里外，跳向一壺中。』此指佛寺。曼倩：漢東方朔字曼倩，詳前《雜興十首》注〔七〕。曼倩才，謂具有仙才。

〔二〕蓬萊：謂蓬萊仙境。

〔三〕青鳥：神話中的三足鳥，爲西王母的使者。見《山海經·大荒東經》『青鳥』《注》。後借稱使者。金貂：漢侍中、常侍的冠飾。晉阮孚選黄門侍郎，曾以金貂换酒，遭本司彈劾。見《晉書》本傳。

〔四〕太乙：亦作『太一』，天帝别名。詳前《元夜》注〔四〕。方士：方術之士。指古代求仙、煉丹，說能使人長生不死的人。漢武帝晚年好方術，招徠方士，詳《史記·漢武帝本紀》。明嘉靖皇帝迷信方士，漢宮實指明宮。

〔五〕玄圃：相傳爲仙人居處，在崑崙山上。見《水經注·河水》。紫薇：星座名。三垣之一。在北斗北，天帝所居。見《晉書·天文志》。

〔六〕三山：指海中三神山，卽蓬萊、方丈、瀛洲。見《史記·封禪書》「三山」《索隱》。萬井：地方萬里。據《漢書·刑法志》，地方一里爲一井。

〔七〕田變海：卽所謂滄海桑田。酒爲澠：澠，澠水，源出山東臨淄西北，曲折入時水。《左傳·昭公十二年》：「有酒如澠，有肉如陵。」

〔八〕金羈：金制馬籠頭。王孫：此指王公大臣。五陵：此指明皇陵。

張山人

吾鄉張仲蔚，未是蓬蒿人〔一〕。伏臘東籬下，漁樵北海濱〔二〕。官家還賦役，客路且風塵。織妾齊紈素，開筵嬌上春〔三〕。

【題解】

詩云「吾鄉張仲蔚」，則山人字仲蔚，濟南人。山人，此謂掌山林之官。《左傳·昭公四年》「山人」注：「山人，虞官。」

【注釋】

〔一〕未是蓬蒿人：謂不是隱士。蓬蒿，草野，鄉間。

〔二〕伏臘：夏祭曰伏，冬祭曰臘；六月伏日爲伏，冬至後三戌日爲臘。《史記·留侯世家》：「每上冢，伏臘祠黃石。』東籬下：謂居家中。晉陶淵明《飲酒》之五：『采菊東籬下，悠然見南山。』漁樵：打魚砍柴。此謂察看農漁之事。

〔三〕『織妾』二句：贊其妾衣飾及美貌。齊紈素，齊地出產的絹制品。上春，孟春。見《周禮·天官·內宰》『上春』《疏》。

春日

爲客淹歸騎，思家過斷鴻〔一〕。春衣花發後，寒食雨聲中。生事羞人問，時名與衆同〔二〕。自甘郎署隱，不哭宦途窮〔三〕。

【題解】

詳詩意，詩應作於赴順德知府任前夕。久淹刑部，未得升遷，鬱悶無聊，自解自嘲。

【注釋】

〔一〕淹：延遲。斷鴻：望斷南飛之雁。謂思家情切，望望不已。

〔二〕生事：生養之事，人生之事。唐韋應物《寓居澧上精舍寄于張二舍人》：『道心淡泊對流水，生事蕭疏空掩門。』時名：現實之名聲。

〔三〕郎署：此指其供職的刑部。宦途：此謂升遷之途。

柬公實

如何梅發後，更憶故園春？海上多歸夢，天涯一病人〔一〕。世情元慘淡，宦跡好逡巡〔二〕。莫作鴻冥客，青雲未可親〔三〕。

【題解】

公實，即梁有譽。據錢大昕《弇州山人年譜》（《潛研堂全書》）載，有譽於嘉靖三十一年（一五五二）謝病歸南海，嘉靖三十三年冬十一月初三卒於家（徐中行《蘭汀存稿·梁比部行狀》），詩應作於其間。

【注釋】

〔一〕海上：梁氏家番禺，即今廣州番禺市，近海。一病人：指梁有譽。

〔二〕元：本來。逡（qūn）巡：猶豫徘徊。

〔三〕『莫作』二句：謂不要做高蹈避害的隱士。鴻冥客，謂隱士。鴻冥，高飛入雲，喻高蹈避害。唐李白《留別西河劉少府》：『君亦不得意，高歌羡鴻冥。』青雲，此喻隱逸。唐白居易《初授拾遺》：『驚近白日光，慚非青雲器。』

同元美與諸比部早夏城南放舟六首

豈悟風塵客，還能汗漫游〔一〕〔二〕。天涯唯短髪，海內此扁舟〔二〕。宦跡清時劣，人才畫省優〔三〕。百年渾綠醑〔二〕，一日且滄洲〔四〕。

其二

最憐行役久，爲樂未言疲〔五〕。自起投車轄，長歌覆羽巵〔六〕。江湖青雀舫，僚友白雲司〔七〕。醒後驚相問，佯狂信有之。

其三

誰爲河朔飲，吾願罄交驩〔八〕。杯動滄波色，舟空白日寒。題詩溪鳥過，岸幘野人看〔九〕。不是江湖興，風塵此道難。

其四

落日維舟好，君其問水濱。舉觴遥送鳥，倚樹醉看人。各負詩無敵，翻驚會有神。明朝在城郭，騎馬共風塵。

其五

春歸興不孤，勝地此相呼〔一〇〕。公等稱詞伯，余將混酒徒。山光含浩蕩，秋意颯江湖。樂事關窮達，浮生敢自誣！

其六

言尋韋杜曲，與客放船行〔一〕。樹影含衣動，溪光逼酒清。狂來出真態，醉裏見浮生。所以山公後，寥寥達者名〔二〕。

【校記】

〔一〕汗，詩集本、萬曆本、張校本、四庫本並同。隆慶本、重刻本並作「汙」。案作「汗」是。

〔二〕綠，詩集本作「淥」。

【題解】

元美，即王世貞。比部，刑部。嘉靖三十一年（一五五二）四月李攀龍與王世貞、徐中行等在京城南放舟，詩作於此時。

【注釋】

〔一〕汗漫游：無拘無束的游樂。汗漫，謂放浪不羈，無檢束。

〔二〕短髮：謂愁苦而令髮短。唐杜甫《春望》：「白髮搔更短，渾欲不勝簪。」海内此扁舟：謂海内惟有扁舟上人稱雄詩壇。

〔三〕清時：政治清明之時。畫省：漢代尚書省之別稱。這兩句爲牢騷，謂不得升遷。

〔四〕綠醑（xǔ）：色呈碧綠的美酒。晉陶淵明《諸人共游周家墓柏下》：「清歌散新聲，綠酒開芳顔。」滄洲：猶言水濱。隱者所居之地。

〔五〕行役：出公差。此謂在外爲官。

〔六〕投車轄：謂殷勤留客。《漢書·陳遵傳》：『遵嗜酒，每大飲，賓客滿堂，輒關門，取賓客車轄投井中，雖有急，終不得去。』轄，車廂兩端的鍵，去轄則車不得行。羽卮(zhī)：羽形酒杯。

〔七〕青雀舫：船首繪有青雀圖形的船。青雀，即鷁，水鳥。船首常繪其形狀，因以爲舟船之名。《事物異名錄·舟車·舟》：『青雀，船名。』白雲司：指刑部。《海錄碎事·臣職·刑部》：『黄帝以雲紀事，秋官曰白雲。《類要》：「刑部曰白雲司。」』

〔八〕河朔飲：謂避暑之飲。南朝梁何遜《苦熱》：『實無河朔飲，空有臨淄汗。』罄交驩：竭誠交歡。罄，盡。驩，同『歡』。

〔九〕岸幘(zé)：巾高露額。唐李白《醉後寄崔侍御》二首之一：『日暮岸幘歸，傳呼隘阡陌。』

〔一〇〕勝地：形勝之地。

〔一一〕韋杜曲：謂韋、杜所居之地。杜曲，在今陝西西安市長安區，爲韋、杜氏世居之地。唐著名詩人杜甫、韋應物即韋曲、杜曲之人。

〔一二〕山公：指山簡。《世說新語·任誕》載，晉代山簡鎮守襄陽時，常外出飲酒，每大醉而歸。人爲之歌曰：『山公時一醉，徑造高陽池。日莫倒載歸，茗艼無所知。復能乘駿馬，倒著白接羅。舉手問葛彊，何如并州兒？』

寄茂秦

向來燕市飲，此意獨飛揚。把袂看人過，論詩到爾長〔一〕。世情搖白首，吾道指滄浪〔二〕。去住俱貧病，風塵動渺茫。

【題解】

茂秦，即謝榛。據《四溟山人全集·詩家直說》八五條，謝榛於嘉靖三十一年（一五五二）春游都下，入李攀龍、王世貞等詩社，對其論詩，『諸君笑而然之』。此即詩中『向來燕市飲，此意獨飛揚』及『論詩到爾長』之意。清錢謙益《列朝詩集小傳·謝山人榛》云：『嘉靖間，挾詩卷游長安……而是時濟南李于鱗、吳郡王元美，結社燕市，茂秦以布衣執牛耳。諸人作五子詩，咸首茂秦，而于鱗次之。已而于鱗名益盛，茂秦與論文，頗相鐫責，于鱗遺書絕交。元美諸人咸右于鱗，交口排茂秦，削其名於七子、五子之列。』謝榛於嘉靖三十一年（一五五二）七月離京，此詩蓋作於謝氏離京不久。

【注釋】

〔一〕把袂：猶言握手。

〔二〕世情：世間情態。吾道指滄浪：謂我所追求的是隱居江湖。

再游南溪同應駕部徐比部賦四首

此日南溪約，應徐賦客同。據牀千竹下，進艇百花中〔一〕。天入華陽館，雲生碣石宮〔二〕。昔賢何慘淡，吾醉任鴻濛〔三〕。

其二

覆席花如待，窺簾鳥似知。到來拚共醉，坐久見吾詩。吏跡江湖傲，仙才日月欺〔四〕。幸逢休澣出，不顧尚書期〔五〕。

其三

宴游無俗吏，休沐有殊恩。碧草堪同藉，紅塵可重論。溪聲留倚杖，山色取當樽。夙昔疑吾醉，維舟尚在門。

其四

花鳥從春過，嬉游到夏偏。白雲行酒上，清吹起舟前。世路身何得，吾徒賦必傳。寧須千日醉，不擬衆人憐。

【題解】

南溪爲『七子』在京常游之處，其址未詳。應駕部，名字里籍未詳。駕部，官名。魏晉以降，长官爲駕部郎，唐改爲郎中，屬兵部，宋元因之，明改爲車駕司。徐比部，指徐中行。嘉靖二十九年，中行進士及第，授刑部廣東司主事。《天目先生集》卷四載《南溪放舟》，詩作於嘉靖三十一年。

【注釋】

〔一〕據牀：依倚牀上。牀，坐臥之具。艇：小舟。《釋名·釋船》：『二百斛以下曰艇。艇，挺也，其形徑挺，一人二人所乘行者也。』

〔二〕華陽館：《史記索隱》：燕太子丹與樊將軍置酒華陽館。碣石宮：燕昭王爲鄒衍所築之館，一名碣石宮。見《史記·孟軻列傳》。

〔三〕任鴻濛：聽任渾渾噩噩，不去分辨是非。鴻濛，同『鴻蒙』，天地未分的渾沌狀態。
〔四〕仙才：超越凡俗的才華。《詩話總龜》：『宋景文評唐人詩云：太白仙才，長吉鬼才。』
〔五〕休澣：同『休沐』。古時官吏休假，謂休息洗沐。期：期约。

郊行二首

稍似武陵溪，人家綠樹迷〔一〕。桔槹茅屋上，荷蓧薊門西〔二〕。清吹生衣袂，繁陰散馬蹄。紅塵纔只尺，城郭意多睽〔三〕。

其二

並馬未央前，看雲過灞川〔四〕。時逢黄鳥住，欲就綠陰眠。宦豈登臨拙，名非案牘傳。風塵朋好在，回首汶陽田〔五〕。

【題解】

居京游西郊之作。官場失意，心情抑鬱，蓋爲在京晚期作品。

【注釋】

〔一〕武陵溪：即武陵桃源，謂世外美景。詳晉陶淵明《桃花源記》。迷：迷失。謂人家爲綠樹所遮蔽。
〔二〕桔槹：此指桔槹烽。此謂在茅屋上作桔槹，置以薪草，有寇來即燃以報警。詳《史記·信陵君列傳》『舉烽』注引文穎説。據此，知嘉靖二十九年（一五五〇）『庚戌之變』後，京郊地區仍保持戒備。荷蓧：背負除草的農具。

蓧，竹制農具，可用以除草。語見《論語・微子》。薊門：地名。即薊丘。故址在北京德勝門外西北，今名土城關。

〔三〕紅塵：猶言俗世。只尺：即咫尺。睽（kuí）：睽違。

〔四〕未央：漢宮名。在今陝西西安市長安區西北。此借指明宮。灞川：即灞水。源出陝西藍田縣，流經西安，入渭水。此爲借指。

〔五〕汶陽田：謂顧念故鄉，思隱居。詳前《出郭》注〔三〕。

柬元美二首

偃蹇寧知病，今如藥裹何〔一〕！清齋山雨至，高枕夏雲多。詞賦芳顔妒，風塵壯志過。相憐誰最久，把臂此蹉跎。

其二

久矣疲朝謁，深惟傲吏情〔二〕。臨風看玉樹，消渴望金莖〔三〕。返照虹蜺出，浮雲駟馬行〔四〕。慚無枚叔賦，起爾薊門城〔五〕。

【題解】

柬，信箋。元美，即王世貞。

【注釋】

〔一〕偃蹇：高傲。《左傳・哀公六年》「偃蹇」《注》：「驕敖。」

〔二〕朝謁：參見尊貴者通名。此謂參見上司。傲吏：高傲的官吏。《文選》郭景純（璞）《游仙詩》：『漆園有傲吏，萊氏有逸妻。』漆園傲吏指莊子。李攀龍詩文中常自稱『傲吏』，蓋以莊子自喻。

〔三〕玉樹：喻人風采高潔。唐杜甫《飲中八仙歌》：『宗之瀟灑美少年，舉觴白眼望青天，皎如玉樹臨風前。』消渴：疾病，卽糖尿病。據《史記·司馬相如列傳》載，相如患消渴，『與卓氏婚，饒於財。其進仕宦，未嘗肯與公卿國家之事，稱病閒居，不慕官爵』。金莖：銅柱。《後漢書·班固傳》『金莖』注：『孝武作柏梁銅柱，承露仙人掌之屬。金莖，銅柱也。』上句喻王世貞風姿，下句謂自己如消渴之望得露而康復。

〔四〕虹蜺：卽雨後天空出現的彩虹。蜺，同『霓』。此言返照的陽光如同彩虹。

〔五〕枚叔：卽枚乘。西漢著名辭賦家。詳前《送許史得『弟』字》注〔三〕。

夜過元美 二首

眼底誰同病，天涯好自親。放歌依日月，縱飲向風塵。世態搖知己，時名走衆人。朝參君莫嬾，漢主憶詞臣〔一〕。

其二

病卽科頭出，狂仍枕腹眠〔二〕。禮非因我設，汙不受人憐。興盡銜杯外，言深把燭前。開門看墮月，騎馬問朝天。

【題解】

居京時作。過，過訪。元美，卽王世貞。

【注釋】

〔一〕朝參：上朝參謁。詞臣：文學侍從之臣。

〔二〕科頭：本謂將士不著兜鍪入敵，語見《史記·張儀列傳》。後謂光頭，不戴冠，古人認爲是放浪不檢的表現。唐王維《與盧員外象過崔處士興宗林亭》：『科頭箕踞長松下，白眼看他世上人。』枕腹：彼此以對方之腹爲枕，謂不拘形迹。

夏日同元美、子與、子相天寧寺送別公實二首

宴坐人天近（一），清齋僧夏深。出門成遠道，駐馬向祇林〔一〕。益愧風塵色，相看湖海心。惠休能怨別，爲擬碧雲吟〔二〕。

其二

西域黃金地，南訛大火天〔三〕。贈言迴白雪，寒色動青蓮。幻跡抽簪外，浮名把袂前。古今皆涕淚，去住各風烟。

【校記】

（一）宴，四庫本作『晏』。

【題解】

公實，即梁有譽。據鄭利華《王世貞年譜》，梁有譽於嘉靖三十一年（一五五二）六月病歸，諸子集天寧寺相送，各有詩相贈。

【注釋】

〔一〕祇林：佛教用語。祇陀太子之園林。引申爲佛寺。詳前《代香山寺老僧答》注〔四〕。

〔二〕惠休：指湯惠休，南朝宋詩人。初入沙門，名惠休。宋武帝令其還俗，官至揚州刺史。惠休今存詩多寫別離，後人多有擬作。南朝梁江淹《擬休上人》：「日暮碧雲合，佳人殊未來。」

〔三〕西域黃金地：指天寧寺。佛教傳自西域，故云。南訛：南方。本謂南方化育之事。《書·堯典》「平秩南訛」《傳》：「訛，化也。掌夏之官，平序南方化育之事。」大火天：謂夏天。《詩·豳風·七月》「七月流火」《集傳》：「七月，斗建申之月，夏之七月也。……火，大火，心宿也。以六月之昏，加於地之南方，至七月之昏，則下而流矣。」

夏日同元美、子與集子相宅

佳客堪常見，幽期暑亦過〔一〕。披襟度風雨，把酒出星河。嬾拙元相藉，文章敢自多〔二〕？夜深忘白羽，玉樹倚蹉跎〔三〕。

【題解】

居京時作。元美，即王世貞。子與，即徐中行。子相，即宗臣。據鄭利華《王世貞年譜》，嘉靖三十一年（一五五二）七月，世貞案決廬州、揚州等地之獄，至三十二年七月返京，而李攀龍於是年春出守順德，則與世貞等相聚應是嘉靖三十一年夏。

【注釋】

〔一〕幽期：猶言密約，私下約定。

〔二〕嬾拙：疏懶、拙于爲官。元相藉：本來互爲表裏。元，本，本來。自多：自以爲賢能。

〔三〕白羽：白色羽毛。忘白羽，謂自我輕賤。《文選》謝惠連《雪賦》：『亂曰：白羽號白，質以輕兮。』玉樹：喻風姿。詳前《柬元美》注。

柬子相二首

已負西山約，將無惜壯游。懷人當落日，臥病復清秋。時事君高枕，風塵我敝裘。加餐看物理，天地一虚舟〔一〕。

其二

楚客秋多病，羈心私自憐。各天散朋好，八月見烽烟〔二〕。白露寒砧下，青楓過鴈前。豈應裁《恨賦》，寫任故人傳〔三〕？

【題解】

據《明史·宗臣傳》載，宗臣由刑部主事調任吏部考功郎時，曾謝病歸廣陵故家，其時約在嘉靖三十一年（一五五二）秋。李攀龍有《送子相歸廣陵》詩。

【注釋】

〔一〕物理：事物之理。唐杜甫《曲江》：『細推物理須行樂，何用浮名絆此身。』虛舟：空船。《莊子·列禦寇》『汎若不繫之舟』《疏》：『夫物未嘗爲，無用憂勞，而必以智巧困弊。唯聖人汎然無繫，泊爾忘心，譬彼虛舟，任運逍遙。』

〔二〕八月見烽烟：據《明史·世宗紀》載，嘉靖三十一年（一五五二）八月，『俺答犯大同，分掠朔、應、山陰、馬邑』。

〔三〕《恨賦》：南朝梁江淹作。賦集各種恨事組合而成。此謂二人不得相聚爲恨事，並將此一心情寫出傳與老朋友。

別汪正叔員外

幾年金虎署，與爾結交歡〔一〕。傲吏莊生似，詩家鮑叔看〔二〕。春光燕樹合，雨色薊門寒。各抆臨期淚，風塵去住難。

【題解】

汪正叔，名一中，字正叔，號南華，歙縣（今屬安徽）人。嘉靖二十三年（一五四四）進士，授開封司理，升刑部主事，改工部，遷員外郎、郎中，擢江西按察副使，鄰境賊入寇，兵潰戰死。詔贈光祿卿，謚忠愍。有《南華山房集》。生平詳焦竑《國朝獻徵錄·副使汪忠愍公一中傳》、《明史·忠義傳》。

【注釋】

〔一〕金虎署：此指刑部衙署。金虎，指參、昴諸星。《文選》陸士衡（機）《贈尚書郎顧彥先》『望舒離金虎』注：『善曰：西方，金也。《尚書考靈耀》曰：西方，秋虎，西方七星畢、昴之屬俱曰虎也。良曰：畢星西方宿，故云金虎也。』刑部別稱秋官，五行屬金，故稱。此謂二人在刑部結交。

〔二〕莊生：指莊周。詳前《短歌行》注〔二〕。此謂二人都爲傲吏。鮑叔：指春秋齊國大夫鮑叔牙。詳前《南山歌》注〔二〕。此喻知己。謂汪爲詩中知己。

懷魏順甫

白雲同署客，相念意悠哉〔一〕。交道蕭朱失，文章屈宋來〔二〕。風塵還傲吏，案牘豈時才。不見黃金駿，秋高薊北臺〔三〕。

【題解】

魏順甫，名裳，字順甫，蒲圻（今屬湖北）人。嘉靖二十九年（一五五〇）進士，授刑部主事，於嘉靖四十一年出爲濟南知府。在濟南治盜均賦，頗有治績。嘉靖末年升任山西副使。有《雲山堂集》。與李攀龍詩酒往還，關係密切。嘉靖四十二年（一五六三），爲李攀龍詩歌編集爲《白雪樓詩集》，其序云：『于鱗歸關中，結樓鮑山……余以杯酒過從，和歌樓上，相得歡甚無厭。』生平詳王世貞《弇州山人四部稿·魏順甫傳》。此詩應作於魏氏離濟赴山西任之後。

【注釋】

〔一〕白雲同署：謂在刑部爲同事。白雲，黃帝時秋官，後指刑部。

〔二〕蕭朱：指漢蕭育與朱博。二人始爲莫逆交，終則成仇人。《後漢書·王丹傳》：『交道之難，未易言也。世稱管、鮑，次則王、貢。張、陳凶其終，蕭、朱隙其末，故知全者鮮矣。』屈宋：屈原、宋玉。

〔三〕『不見』二句：慨嘆魏末被朝廷重用。黄金駿、薊北臺，指燕昭王築招賢臺招徠賢俊事。詳前《送新喻李明府伯承》注〔三〕。

登黄榆、馬陵諸山，是太行絕頂處四首

黄榆高不極，臨眺亦奇哉。河勢中原拆〔一〕，山形上黨來〔二〕。白雲横塞斷，寒峽倚天開。搖落清秋色，多慚作賦才。

其二

不盡寒雲外，青峯落照多。秋陰生大鹵，木葉下滹沱〔二〕。巨壑藏風雨，飛梁挂薜蘿。重關三輔地，躍馬意如何〔三〕？

其三

振衣巖木下，倚杖白雲層。落日懸狐塞，清秋度馬陵〔四〕。千峯寒自出，大澤莽相仍〔五〕。左瞰邢襄郡，分符憶股肱〔六〕。

其四

秋色自冥冥，風烟接井陘〔七〕。關門開落日〔二〕，山路出寒星。太守方乘障，清時敢勒銘〔八〕？杉松迴朔氣，哀壑未堪聽。

【校記】

〔一〕拆，四庫本作『坼』。

〔二〕日，底本缺，據明刻諸本補。

【題解】

李攀龍有兩組同題詩作，此爲五言，另一組爲七言，均作於順德知府任內。黄榆、馬陵均爲太行山的主峯，位於今河北邢臺市西北。黄榆嶺上有關，明正統年間（一四三六——一四四九）始據險築堡，設兵駐守。

【注釋】

〔一〕河：指黄河。拆：分開。黄河進入中原地區有九道支流。詳前《齊俠行》注〔七〕。山：指太行山。上黨：秦置郡，在今山西西南部，漢治長子，在今長子縣西。漢末移治壺關（今山西長治市東南）。

〔二〕大鹵：大澤名。亦稱大陸、大麓、巨鹿、沃川、廣阿，俗稱張家泊，在今河北任縣東北，當時屬順德府。滹沱：河名。源於山西，流經河北。詳前《送張子參募兵真定諸郡》注〔九〕。

〔三〕三輔：指西漢治理京畿地區的三個職官。長安近畿，三輔所轄地區亦稱三輔。此謂順德爲近畿之地。

〔四〕狐塞：指飛狐口。在今河北淶源縣。清秋：清爽之秋。農曆八月的別稱。

〔五〕相仍：相連。

〔六〕邢襄：指順德，即今邢臺。秦於此置信都縣，項羽改爲襄國，北周爲邢國地。分符：分授符命。謂奉命守順德。唐杜甫《潭州送韋員外牧韶州》：『分符先令望，同舍有輝光。』股肱：此謂股肱之臣，引申爲輔佐之臣。《書·益稷》『股肱』《疏》：『君爲元首，臣爲股肱耳目，大體如一身也。』

〔七〕井陘：關名。在今河北井陘縣東北，亦名土門關。秦漢時爲軍事要地。

〔八〕乘障：謂登上關隘。勒銘：勒石紀念。

答明卿病後見寄二首

薊門摇落後，楚客病如何〔一〕？秋色高金掌，西風滿玉珂〔二〕。開樽鴻鴈至，染翰五雲過〔三〕。應憶山陽會，疎狂阮籍多〔四〕。

其二

吴生何偃蹇，稱病不朝天〔五〕。侍從官非拙，浮沈世所憐。黄金燕士裏，《白雪》郢人前〔六〕。自識銜杯趣，逾看結襪賢〔七〕。

【題解】

明卿，即吴國倫。明卿於嘉靖三十二年（一五五三）七月自京師告還（詳《甔甀洞稿·明處士輔可吴君墓誌銘》），翌年返京。詩云『摇落』，云『秋色』，據此，詩應作於嘉靖三十二年秋。

【注釋】

〔一〕楚客：指吳國倫，其故家古屬楚國。

〔二〕玉珂：馬勒飾，貝制，色白似玉。

〔三〕五雲：五朵雲。唐韋陟謂己於書札上簽書『陟』字若五朵雲，時人號爲五雲體，因謂書札爲朵雲。見《唐書·韋陟傳》。

〔四〕山陽會：以晉初竹林七賢相聚，喻指七子在京聚會。《晉書·嵇康傳》載，與康交往者，有阮籍、山濤、向秀、劉伶、阮咸、王戎，即所謂『竹林七賢』。嵇康居山陽，遂爲聚會之地，所以下句以阮籍疎狂自喻。

〔五〕不朝天：不朝見天子。明卿時任中書舍人，所以下句稱其爲『侍從』，即侍從皇帝。

〔六〕黄金燕士：以戰國燕昭王築黄金臺所求賢士喻明卿。黄金，黄金臺。詳前《送新喻李明府伯承》注〔三〕。郢人：《莊子·徐無鬼》：『郢人堊慢其鼻若蠅翼。使匠人斲之，匠石運斤成風，聽而斲之，盡堊而鼻不傷，郢人立不失容。』言匠人神技，而因郢人得以表現，後因以郢人喻知己。

〔七〕結襪：《樂府·雜曲歌辭》有《結襪子》，大抵言感恩之重與知己之深。唐李白《結襪子》：『燕南壯士吳門豪，筑中置鉛魚隱刀。感君恩重許君命，太山一擲輕鴻毛。』

寄元美二首

宿昔神仙省，青雲向爾親〔一〕。償金聊玩世，抱玉故調人〔二〕。氣色高題柱，文章老斲輪〔三〕。別來多所憶，卧病上林春〔四〕。

其二

豈不爲同舍，于時媿重名。佳人誰獨立，大將爾橫行〔五〕。病起高詩興，春光美宦情。懸知思遠道，落日薊門城。

【題解】

據錢大昕《弇州山人年譜》，元美於嘉靖二十九年（一五五〇）春以病歸家，詩應作於是年元美離京不久。

【注釋】

〔一〕神仙省：謂刑部。語本《晉書·王恭傳》。青雲：青雲交。謂仕宦相交。南朝梁江淹《袁友人傳》：「與余有青雲之交，非直銜杯酒而已。」

〔二〕「償金」二句：謂彼此誤會從不當真，您的智慧與德操令大家和諧相處。償金，歸還金錢。《漢書·直不疑傳》：「其同舍有告歸，誤持其同舍郎金去。已而同舍郎覺亡，意不疑。不疑謝有之，買金償。」抱玉，喻懷有智德。《後漢書·酈炎傳》：「抱玉乘龍驥，不逢樂與和。」調人，官名。《周禮·地官·調人》：「調人，掌司萬民之難而諧和之。」

〔三〕「氣色」二句：讚元美具有一往無前的氣概，和高超的詩文藝術。高題柱，相傳漢司馬相如初西去，過升仙橋，題柱曰：「不乘高車駟馬，不過此橋。」唐岑參《升仙橋》：「長橋題柱去，猶是未達時。」斲輪，謂技藝精熟。《莊子·天道》：「是以行年七十，而老斲輪。」

〔四〕上林：漢皇苑囿名。此指北京。

〔五〕「佳人」二句：謂諸子詩文沒有誰能傾動朝野，只有你能橫行天下。《漢書·外戚傳》載，李延年讚美其妹，歌曰：『北方有佳人，絕世而獨立。一顧傾人城，再顧傾人國。寧不知傾城與傾國，佳人難再得。』引起漢武帝的注意，並納爲夫人。大將，軍職，諸將之首。此喻元美在詩壇的地位。

卽事四首

浮雲如浪跡，春色且邢州〔一〕。磐折人堪老，蕭條客自愁〔二〕。孤城山下出，大陸日西流〔三〕。請郡終何意，風塵復倦游。

其二

天涯看薄宦，何以異漂蓬？才豈分符後，名非薦疏中〔四〕。黃塵霾落日，白羽插春風。聞道漁陽戰，方論衛霍功〔五〕。

其三

嬾嫚終疑傲，和光意遠哉。元龍無客禮，方朔有仙才〔六〕。疾苦褰帷過，風塵領郡來。那須論往事，作賦柏梁臺〔七〕。

其四

使者殊旁午，吾生自不辰。文章看長物，道路竟何人〔八〕！寒食孤城外，襜帷大澤濱〔九〕。那堪楊柳色，風雨傍行春〔一〇〕。

【題解】

從詩中『聞道漁陽戰，方論衛霍功』，知此詩作於嘉靖三十四年至三十五年（一五五四—一五五五）之間。李攀龍曾將王忬比作霍去病、衛青，見本集《王公傳》。王忬於嘉靖三十四年三月奉命總督薊遼，第二年十一月奏凱。而李攀龍在嘉靖三十五年秋冬之際即赴陝西副使任。

【注釋】

〔一〕浮雲：喻富貴。語本『不義而富且貴，於我如浮雲』（《論語·述而》）。此指做官。浪跡：行蹤不定。作者認爲京官外放，如同淪落天涯。且：近。邢州：即順德。

〔二〕磬折：屈體如磬，謂拜迎官長。磬，石或玉制彎形樂器。客：作者自指。

〔三〕孤城：指順德。山：指太行山。大陸：即大麓，澤名。詳前《登黄榆、馬陵諸山，是太行絶頂處》注〔二〕。

〔四〕『才豈』二句：謂其才能並非出任順德纔表現出來的，名氣也不是由别人推薦纔有的。分符，謂朝廷任命。符，符信。薦疏，向朝廷推薦的奏疏。

〔五〕漁陽：戰國燕置郡，明初省入薊州，治所在今天津市薊州區。衛霍功：喻指明將抗擊韃靼外侵的功績。衛霍，指漢武帝時抗擊匈奴的名將、大將軍衛青、霍去病。

〔六〕『嬾嫚』四句：謂元龍簡慢而爲人稱道，方朔隨俗而終爲仙人，我等懶慢卻被看作傲慢，老子和光同塵的話真是意味深遠。嬾嫚，同『懶慢』，慵懶、輕慢。疑，似。和光，和光同塵的省語。本《老子》『和其光，同其塵』，謂與時俯仰，隨波逐流。元龍，即陳登。元龍高臥，待客簡慢。據《三國志·魏書》陳登本傳載，許汜去看望陳登，『元龍無主客意，久不相與語，自上大牀臥，使客臥下牀』。方朔，即東方朔。方朔富有才華，生性詼諧，常婉言諷諫，而終生失意，死後傳說他是歲星下凡。見《東方朔別傳》和《世說新語·箴規》注引《列仙傳》。

〔七〕『疾苦』四句：謂出知順德以來，也曾追蹤古人，問民疾苦，有誰加以稱道？往事不必再說，如今只希望自己的詩文能受到重視罷了。褰帷，揭起車帷。此以漢賈琮赴任自喻。詳前《送申職方謫萊州推官》注〔三〕。風塵，喻仕宦。柏梁臺，漢宮中臺名。建於武帝元鼎二年（前一一五）春，因以香柏爲之，故名。據《三輔黃圖》引《三輔舊事》載，武帝『嘗置酒其上，詔羣臣和詩，能七言詩者乃得上』。

〔八〕『使者』四句：謂生不逢時，整日拜迎紛至沓來的巡視官員，這裏除了詩文沒有知己，實在太寂寞了。使者，指奉皇帝差遣巡視地方的官員。旁午，語出《漢書·霍光傳》，本謂縱横交互，此有交互構陷、責難之意。唐柳宗元《寄許京兆孟容書》：『詆訶萬端，旁午構扇。』長物，猶餘物。

〔九〕襜帷：借指車駕。

〔一〇〕行春：漢制，春天太守巡視各縣獎勸農桑。

寄宗考功 二首

別離如昨日，豈厭廣陵濤〔一〕。春色漁陽滿，烽烟海上高〔二〕。文章迴白雪，顧眄解綈袍〔三〕。下走猶三輔，蕭條欲二毛〔四〕。

其二

春色還堪起，青雲固可披。振纓人不病，把袂客能詩。奏事明光殿，掄才藻鏡司〔五〕。嵇康猶自嬾，早辱巨源知〔六〕。

【題解】

宗考功，即宗臣。宗臣調任吏部考功在嘉靖三十年（一五五一）。歐大任《歐虞部集》第六種《廣陵十先生傳·宗臣》：『辛亥，調吏部考功。』而於嘉靖三十一年十月告病歸廣陵。《宗子相集·報梁公實》：『元美既去，僕病，十月上書，幸主上恩賜，俾得就醫故國。』而李攀龍於嘉靖三十二年調任順德知府，於該年三月出京。從『下走猶三輔』詩句看，知此詩作於攀龍赴順德知府任後。詩敘友誼，勉勵其振作。

【注釋】

〔一〕廣陵濤：廣陵秋季最爲引人入勝的景觀爲江濤，因漢枚乘《七發》的生動描述而著名，號『廣陵濤』。

〔二〕漁陽：秦置郡名。治所在今北京市密雲區西南。此指北京。海上：指江浙沿海。據《明史·世宗紀》載，嘉靖三十一年（一五五二）四月倭寇浙江，七月，以倭警命山東巡撫、都御史王忬巡視浙江。

〔三〕白雪：此指高雅的詩歌。綈袍：喻指不忘故舊。詳前《贈張子含茂才》注〔三〕。

〔四〕下走：自稱的謙詞，猶『僕』。走，走卒。三輔：指漢代京畿地區。詳前《送永寧許使君》注〔一三〕。順德爲近畿地區，故云。二毛：頭髮斑白。

〔五〕明光殿：漢宮殿名。此指明光宮。漢明光宮有三，此指尚書奏事之所。見《雍錄》。掄才：選擇人才。藻鏡：品藻鑒別的意思。宗臣任職考功，掌官吏考課，故云。

〔六〕嵇康（二二三—二六三）：字叔夜，譙郡銍（今安徽宿州西）人，三國魏詩人、散文家、哲學家。博洽多聞，好言老、莊，而尚奇任俠。早年寓居山陽，與阮籍、阮咸、王戎、劉伶、山濤、向秀相與友善，號『竹林七賢』。好服食，采藥，善彈琴。在曹氏與司馬氏政爭中，不阿附司馬氏。剛腸疾惡，輕肆直言，遂被司馬昭藉故殺害。魏景元二年（二六一），山濤除吏部郎，舉康自代，康作《與山巨源絕交書》，以『性復疏懶』予以拒絕。嬾，同『懶』。作者以山濤自喻，此謂宗臣不要以懶慢爲藉口不再爲官，如有退隱之意就早早告知。

寄殿卿二首

人情原慘淡，世路故蹉跎。意氣彈冠少，風塵按劍多〔一〕。客居深雨雪，春夢遠漳河〔二〕。賴有西山色，猶堪載酒過。

其二

燕山爲客地，莫共酒人居。吾輩詩名大，其徒劍術疎。風塵官不調，雨雪歲將除〔三〕。何限東歸意，春花滿舊廬〔四〕。

【題解】

殿卿，即許邦才。從『風塵官不調』詩句，知此詩作於攀龍居順德時期。

【注釋】

〔一〕意氣：謂意態氣概。《史記·管晏列傳》：『意氣揚揚，甚自得也。』彈冠：用彈冠相慶典，謂一同晉升。

按劍：以手撫劍，怨憤不平之狀。《史記·蘇秦列傳》：『韓王按劍，仰天嘆息。』

〔二〕漳河：水名。流經順德以南。

〔三〕歲將除：謂已到年尾。

〔四〕東歸意：謂歸隱之意。舊廬：故居。

春興二首

短髮黄塵裏，浮生白日徂。詩名堪自見，經術敢相誣！薦列終才吏，逢迎豈壯圖〔一〕？有年輕召杜，不病足江湖〔二〕。

其二

案牘將能事，文章敢具陳。跳梁看此物，隱几過時人〔三〕。返照生殘雨，浮雲矯上春。夙心唯病免，不欲滯風塵。

【題解】

此詩作於順德，抒寫其久滯地方不得升遷的鬱悶心情。

【注釋】

〔一〕『薦列』二句：謂被推薦的人終究要才吏，而逢迎官長豈能是遠大的抱負？才吏，具有治理才能的官吏。逢迎，謂承人歡顔。

〔二〕有年：謂年輕之時。召杜：召父杜母。西漢召信與東漢杜詩先後爲南陽太守，俱以德政受到百姓讚譽，『故南陽爲之語曰：「前有召父，後有杜母」』（《後漢書·杜詩傳》）。

〔三〕跳梁：跳躍、走擲。謂只把做官看作謀衣食而已。《莊子·逍遙游》：『東西跳梁，不避高下。』隱几：憑几。謂在此做官猶如隱居高臥。隱，倚。《莊子·齊物論》：『南郭子綦隱几而坐，仰天而噓。』

重送許永寧二首

絶域天應斷，揚波海未平〔一〕。浮雲隨薄宦，華髮繫微名。傳檄西南定，褰帷瘴癘清〔二〕。看君饒臥理，經術晚逾成。

其二

世情今可見，此謫竟堪陳？偃蹇難容汝，文章不利人。清秋炎海外，落日大荒濱〔三〕。莫更埋銅柱，功名老漢臣〔四〕。

【題解】

許永寧，即許邦才。邦才於嘉靖二十二年（一五四三）鄉試中舉，初知趙州，不久，調永寧州（今屬雲南）。在李攀龍看來，許邦才遠赴雲南爲貶謫，以詩安慰、勉勵。

【注釋】

〔一〕絶域：謂極遠之地，亦稱人跡罕至之地。海未平：蓋指江浙沿海地區倭寇猖獗。

〔二〕「傳檄」二句：謂邦才一到任即能使西南安定，瘴癘消除。傳檄，本謂爲檄書以責所伐者，此謂邦才知會境內的文書。《史記・張耳陳餘列傳》：「可不攻而降城、不戰而略地，傳檄而千里定。可乎？」瘴癘，南方炎熱，山間蒸騰出能致人疾病的毒氣。

〔三〕炎海：喻暑熱之極，如炎熱之海。大荒：極遠之處。

〔四〕「莫更」二句：謂不必學習漢代馬援，爲功名而老於永寧。東漢伏波將軍馬援在平定南方叛亂之後，立銅柱以志漢之邊界。詳《後漢書・馬援傳》。

郡齋送張肖甫 二首

薊門相憶處，豈不問加餐？臥理非吾意，詩名向爾看。白雲尊酒盡，山色郡齋寒。莫惜重投轄，秋風道路難〔一〕。

其二

送君何所有，城上太行山。落日堪相憶，浮雲未可攀。俱言張翰去，得御李膺還〔二〕。莫自悲秋色，能摧壯士顏。

【題解】

郡齋，此指順德知府衙署內書齋。張肖甫，即張佳胤（一五二七—一五八八），字肖甫，號居來山人，銅梁（今屬四川）人。嘉靖二十九年（一五五〇）進士，除滑縣知縣，擢戶部主事，改兵部，遷禮部郎中，累遷右僉都御使，巡撫應天、宣府，調南京鴻臚卿，遷光禄卿，進右副都御使，巡撫保定。召拜兵部侍郎，巡撫浙江，加右都御使，拜兵部尚書，尋兼右副都御使，總督薊遼保定，加太子太保，致仕卒，謚襄敏。能詩，與王世貞、李攀龍等唱酬，與「七子」詩格調相近。曾爲隆慶本《滄溟先生集》作序，對李氏詩文大加推崇。有《居來先生集》。生平詳《居來先生集》卷六五附劉黄裳《明光禄大夫太子太保兵部尚書贈少保居來張公行狀》與《明史》本傳。

【注釋】

〔一〕投轄：將車轄投入井以留客，謂熱情挽留客人。詳《漢書·陳遵傳》。

〔二〕張翰去：張翰思鄉而去。此喻指張肖甫。張翰，字季鷹，晉吴郡吴（今江蘇蘇州）人。《世説新語·識鑒》篇載，張翰「辟齊王東曹掾，在洛見秋風起，因思吴中菰菜羹、鱸魚膾，曰：『人生貴得適意爾，何能羈宦數千里以要名爵！』遂命駕便歸」。李膺（一一〇—一六九），東漢桓帝時人，任河南尹。因反對宦官專政，被推爲名士首領，當時名士以得見李膺爲榮。郭泰，字林宗，游於洛陽，與李膺交游，於是「名震京師」。後郭泰回家，送行者車有數千輛，一直送到黄河邊，而郭泰「唯與李膺同舟而濟，衆賓客望之，以爲神仙焉」。詳見《後漢書·郭泰傳》。此處李攀龍以李膺自喻。

閣夜示茂秦四首

相逢殊不惡，久别竟誰驩？貧病它鄉老，交游古道難。開樽山欲出，説劍雪逾寒〔一〕。如此蕭條色，高齋爾自看。

其二

爲客今猶在，浮名信已勞。病來衰綵筆，老至戀綈袍〔二〕。臥閣風塵過，銜杯夜色高。舊知江夏守，不厭禰生豪〔三〕。

其三

病起看時事，歸心不可裁。著書官欲罷，問字客還來〔四〕。月出樽堪滿，霜清角自哀。相憐成白首，明日阻三臺〔五〕。

其四

把袂今何夕，高齋雨雪清。詩才君矍鑠，酒興我從横〔六〕。同病無交態，相依豈世情？春來徵渤海，陳對引王生〔七〕。

【題解】

由『春來徵渤海，陳對引王生』詩句，知此詩作於嘉靖三十五年（一五五六）秋。王生，即王世貞。據鄭利華《王世貞年譜》，世貞於嘉靖三十五年十月，升任山東按察司副使備兵青州；十二月，自檀州赴任，三十六年立春日『抵省』，而攀龍於三十五年擢陝西按察司提學副使，於該年冬赴任，知此詩作於嘉靖三十五年秋冬之際赴陝西任前夕。錢謙益《列朝詩集小傳・丁集上・謝山人榛》：『嘉靖間，挾詩卷游長安……而是時濟南李于鱗、吳郡王元美結社燕市，茂秦以布衣執牛耳。諸人作五子詩，咸首茂秦，而于鱗次之。已而于鱗名益盛，茂秦與論文，頗相鐫責，于鱗遺書絶交。元美諸人咸右于鱗，交口排茂秦，削其名於七子、五子之列。」因此，二人相聚，不冷不熱，只是「殊不惡」而已。但是，攀龍畢竟繫念彼此交往，故有相憐白首，戀戀有故人之意。同時所作詩，還有《於郡樓送茂秦之京》。

【注釋】

〔一〕說劍：脱劍，摘下劍。《禮記·樂記》：「裨冕搢笏，而虎賁之士說劍也。」《釋文》：「說，吐活反。」《疏》：「裨冕，入廟之服也；搢笏，插笏也。虎賁，言奔走有力如虎之在軍。說劍者，既並習文故皆說劍也。」此謂論文。劍鋒雪亮，寒氣逼人，故說「雪逾寒」。

〔二〕戀綈袍：戀念故人。詳前《贈張子含茂才》注〔三〕。

〔三〕「舊知」二句：謂我像當年黄祖對待禰衡一樣，不會討厭你的。禰衡（一七三—一九八），字正平，平原般（今山東臨邑）人。爲人恃才傲物，曾藉故辱罵曹操，操不願落下殺害名士的名聲，將其送至劉表處，意欲借刀殺人。禰衡果然得罪了劉表；表也按照曹操的辦法，送至江夏太守黄祖處。「祖善待焉。衡作書記，輕重疏密，各得體宜」，受到黄祖的稱賞。祖子射，「尤善於衡」。後黄祖會客，衡出言不遜，進而辱罵，「祖恚，遂令殺之」。詳《後漢書·禰衡傳》。

〔四〕問字：語出《漢書·楊雄傳》，後亦謂從人問學。宋陸游《小園》：「客因問字來攜酒，僧趁分題就賦詩。」

〔五〕阻：依。《呂氏春秋·誠廉》「阻丘」注：「阻，依也。」三臺：此指三國魏曹操在鄴下（今河北臨漳）所建銅雀臺、金獸臺、冰井臺。見《初學記》卷八晉陸翽《鄴中記》。明時趙王都臨漳，謝榛爲趙康王幕賓，故云。

〔六〕從横：即縱横。謂恣意爲之，不受約束。

〔七〕王生：指王世貞。時世貞將赴山東按察司副使任，兵備青州。

寄元美四首

我昔朝宗日，君停使者軒〔一〕。並驅皆上駟，相遇復中原。草昧詞人起，風塵國士恩〔二〕。別來春色滿，無處不銷魂。

其二

若問除書意，君何異積薪〔三〕。姓名常借客，蹤跡竟疑人。爲郡空高第，當朝各要津。拂衣吾所欲，不是避風塵〔四〕。

其三

漁陽春欲盡，漢使未堪愁。邊郡多豪俠，風塵一壯游。浮雲寒大漠，白日澹幽州。莫更觀遼海，蕭條正北流〔五〕。

其四

何悟淹爲郡，風塵日以難。宦情疎自解，人事拙相看。高枕西山色，清齋大麓寒〔六〕。期君秋月滿，從此挂吾冠。

【題解】

詩有『爲郡』字樣，知此詩作於順德；　從『朝宗』詩句，知其曾與元美在京城相見。李攀龍於嘉靖三十四年（一五五五）十二月赴京上計（見本集《亡妻徐恭人狀》），曾與元美諸子歡聚，有《初至京與元美、明卿、子與分韻二首》、《除夕元美宅》等詩紀其事。李攀龍於嘉靖三十五年正月返順德，王世貞亦於此時出使畿輔（見《弇州山人集續集》卷一五三《祭黎惟敬少參》），彼此告別。八月，王世貞讞獄順德府，過訪攀龍（見鄭利華《王世貞年譜》）。據鄭利華《年譜》，王世貞於嘉靖三十五年十月升任山東按察司副使，兵備青州，而李攀龍亦於嘉靖三十五年八月有視學陝西的任命（《明世宗實錄》卷四三八）。詩云『春色滿』、『春欲盡』、『期我秋月滿，從此挂衣冠』，則此詩當作於嘉靖三十五年春末。詩中流露出滯久不遷的憤懣和倦游思歸的消極情緒。

【注釋】

〔一〕朝宗：　諸侯朝見天子。見《周禮·春官·大宗伯》。李氏自比於一方諸侯，故云。使者軒：　使者出行所駕之車。使者，指王世貞。

〔二〕草昧：　事物創始之初。此謂七子結社之初。詞人：　即詩人。國士恩：　以國士相待的恩德。

〔三〕除書：　傳達委任官員的文書，即委任狀。積薪：　謂堆積的柴薪。《漢書·賈誼傳》：『夫抱火厝之積薪之下而寢其上，火未及然因謂之安，方今之勢，何以異此！』此謂雖有升遷的任命，而並不令人心安。

〔四〕『拂衣』二句：　謂我想辭官歸隱，並非爲了躲避險惡的官場。拂衣，謂辭官。詳前《拂衣行》題解。風塵，此謂官場的紛擾。

〔五〕遼海：　遼闊之海。

〔六〕西山：　此指順德西之太行山。大麓：　即大陸，澤名。俗名張家泊。

夏日行部遇明卿、子與於廮陶邑

何來漳水上，早晚發長安〔一〕。放逐吾曹在，風塵此道難。孤城高自臥，萬事醉相看。莫擊鄒陽劍，霜飛五月寒〔二〕。

【題解】

夏日，指嘉靖三十五年（一五五六）夏五月。行部，巡行所部。廮陶邑，即廮陶縣。漢置，屬鉅鹿郡。唐天寶元年（七四二）改稱寧晉縣。治所故址在今河北寧晉縣境。明卿，即吳國倫；子與，即徐中行。由王世貞《弇州山人四部稿·贈子與》詩序，知子與於嘉靖三十五年春奉命察獄江南；據《明世宗實錄》，知該年三月吳國倫謫江西按察司知事。子與察獄途中與明卿偕同，在廮陶邑與李攀龍相遇。子與有《廮陶邑遇于鱗》一詩紀其事。攀龍把明卿被貶視同『放逐』，而因朝政腐敗又含冤莫訴。

【注釋】

〔一〕長安：此指京城北京。

〔二〕鄒陽：漢臨淄（今山東臨淄）人。漢初散文家。詳前《送許史得『弟』字》注〔三〕。霜飛五月寒：暑日霜飛，古謂示冤獄之兆。《論衡·感虛》：『鄒衍無罪而見拘於燕，當夏五月，仰天而嘆，天爲之下霜。』唐李白《古風》之三十七：『燕臣昔慟哭，五月飛秋霜。』

郡齋與元美賦

握手今何夕，高齋共此樽。衆人方睥睨，二子向乾坤〔一〕。經術從吾淺，詩名得爾尊。當時楊馬輩，誰復在金門〔二〕？

【題解】

郡齋，指順德府衙内書齋。元美，即王世貞。據鄭利華《年譜》，嘉靖三十五年（一五五六）八月，世貞讞獄順德府，過訪李攀龍。

【注釋】

〔一〕睥睨：斜視、側望。《後漢書·仲長統傳》：「消搖一世之上，睥睨天地之間。」

〔二〕楊馬輩：指漢楊雄、司馬相如。揚雄，漢文學家。司馬相如，漢初辭賦家。金門：金馬門。漢武帝得大宛馬，命東門京用銅鑄像，立馬於魯班門外，因稱金馬門。《漢書·東方朔傳》：「金馬門者，宦者署門也。門傍有金馬，故謂之『金馬門』。」

送元美二首

吾曹天地在，不惜滯風塵。意氣能無合，文章自有真。齊名他日事，側目此時人〔一〕。爲別還秋色，樽前白髮新。

其二

把酒論離索，褰帷送友生〔二〕。白雲高大麓，秋色重孤城〔三〕。偃蹇還詩句，蕭條自世情〔四〕。贈君無趙璧，落日片心明〔五〕。

【題解】

此詩與前《郡齋與元美賦》同時，蓋爲與元美相別時作。

【注釋】

〔一〕側目：側目而視，不敢正視，敬畏之狀。《戰國策·秦策一》：「妻側目而視，側耳而聽。」

〔二〕褰帷：撩起車帷。友生：友人，朋友。

〔三〕大麓：即大陸、大鹵，順德附近澤名。詳前《郡齋同元美賦得「陰」字》注〔一〕。

〔四〕蕭條：寂寥，孤寂落寞。

〔五〕趙璧：趙氏璧，即和氏璧。「落日」句：猶李白「落日故人情」之意。

黃河

復就三秦役，還爲《四牡》歌〔一〕。北風揚片席，大雪渡黃河〔二〕。才豈諸郎少，名非一郡多。儒官明主意，吾道好蹉跎〔三〕。

【題解】

此詩作於嘉靖三十五年（一五五六）秋。李攀龍於嘉靖三十四年十二月赴京述職，考核優等，『有十數最書，擢陝西按察司提學副使』（殷士儋《墓誌銘》），遂於是年秋後赴陝就職，途經黄河，賦詩以紀。雖是提拔，李攀龍並不愉快。一是攀龍以才自傲，復爲地方官，心中覺得委屈，不免發發牢騷，即所謂『才豈諸郎少，名非一郡多』。二是陝西地處偏遠，無法奉母赴任，難得對寡母盡孝。三是難與諸友聯繫，詩文革新的願望更難以實現。

【注釋】

〔一〕三秦：指關中地區。詳前《幽州馬客吟歌》注〔四〕。此指陝西。役：行役。因公務跋涉在外。《四牡》：《詩·小雅》篇名。宋朱熹《詩集傳》謂『勞使臣之詩』。詩的第四章云：『翩翩者鵻（zhuī），載飛載止，集於苞杞。王事靡盬，不遑將母。』攀龍幼孤，母子相依，性至孝，而遠赴陝西，無法膝下盡孝，心中不安。爲《四牡》歌者，『不遑將母』也。

〔二〕片席：喻指雪花。唐李白《北風行》：『燕山雪花大如席，片片吹落軒轅臺。』

〔三〕『儒官』二句：謂令任學官出自聖明君主的旨意，而遠赴陝西卻使振興文運的理想難以實現。儒官，即學官。提學使主持一方學政。道，思想，學説。此指宣導文學復古運動。蹉跎，失志。

關門雪望

西來千里雪，斜日滿函關。秋水何當落，浮雲自不還〔一〕。積陰高紫氣，寒色壯秦山〔二〕。似欲欺雙鬢，蒼茫到客顏〔三〕。

【題解】

詩作於嘉靖三十五年（一五五六）秋，赴陝就職途中。關門，指函谷關。東起殽山，西至潼津，通名函谷，也稱函關。因關在谷中，深險如函而得名。其故址在今河南靈寶市東北，爲進陝必經之地。雪望，雪中眺望山景。

【注釋】

〔一〕『秋水』二句：謂黃河東流有日，而自己宦游西來卻漸行漸遠。秋水，此指黃河水。黃河東流，由高到低，故云『落』。浮雲，語意雙關。夕陽西下，晚霞漸漸消失；游子西行，漸行漸遠。唐李白《送友人》：『浮雲游子意，落日故人情。』

〔二〕積陰：久陰。紫氣：古人所說的一種祥瑞雲氣。《史記·老子韓非列傳》司馬貞《索隱》引《列仙傳》：『老子西游，關令尹喜望見有紫氣浮關，而老子果乘牛而過也。』唐杜甫《秋興》之五：『西望瑶池降王母，東來紫氣滿函關。』秦山：秦地之山。秦，今陝西的簡稱。

〔三〕欺：謂寒氣侵襲。客：詩人自指。

發長安

此處看春色，蕭條客自禁〔一〕。風塵爲郡過，蹤跡抱關深（一）〔二〕。不盡傳經意，難言作賦心〔三〕。故人多道路，薄宦有登臨〔四〕。

【校記】

（一）深，底本缺，據詩集本、隆慶本補。萬曆本、張校本作『情』。

【題解】發長安，即由長安出發。心情抑鬱，臨美景而感寂寥，視學難以盡意，作詩亦打不起精神，此蓋爲至長安伇外出視學所作。

【注釋】

〔一〕蕭條客自禁：謂春色蕭條，難以抑制孤寂落寞的心情。

〔二〕爲郡：指曾爲順德知府。抱關：守門。抱關守門，皆位卑祿薄之吏。《孟子·萬章下》：『辭尊居卑，辭富居貧，惡乎宜乎？抱關擊柝。』此藉以自諷。

〔三〕傳經：傳授儒家經典。此指視察各府縣學，課試生童。作賦：謂寫詩。

〔四〕道路：此謂分散各地，奔走道路。

涇州

迴磴層雲上，孤城返照間〔一〕。人烟趨白阪，睥睨走青山〔二〕。芻粟浮涇下，旌旗度隴還〔三〕。時看乘鄣吏，車馬出蕭關〔四〕。

【題解】

涇州，北魏置，治所在今甘肅涇川縣。此爲作者在陝西視學涇州所作。

【注釋】

〔一〕『迴磴』二句：寫涇州地勢之高：曲折的石磴似在雲上，涇州籠罩在落日餘暉之中。迴磴，曲折拾級而上的山路。層雲，層生的雲氣。唐杜甫《望嶽》：「蕩胷生曾（層）雲，決眥入歸鳥。」孤城，指涇州。

〔二〕人烟：住戶炊烟，泛指人家。趨：向。白阪：荒涼的山坡。睥睨：城垣。

〔三〕「芻粟」二句：寫涇州地理位置之重要：國家徵收的糧食從涇河運輸出去，禦邊的軍隊度過隴山回到這裏休整。芻粟，糧草。此指國家徵收的農產品。涇，涇河。發源於崆峒山，在今陝西涇陽入渭河。涇州在涇河南岸。旌旗，軍旗。代指軍隊。隴，隴山，六盤山南段的別稱。在今甘肅平涼至陝西隴縣一帶，爲陝甘要隘。涇州在隴山東麓。

〔四〕乘鄣吏：戍守邊境的官吏。鄣，同「障」。屏障。蕭關：關塞名。一名鄣關。在今寧夏回族自治區固原市南。

秋日 四首

薄游寒暑換，仍自滯孤城〔一〕。華髮看人事，浮雲識宦情。拂衣驅病色，懸榻避時名〔二〕。但欲眠清晝，相嘲任友生。

其二

此物還堪惜，何官不可休〔三〕？驅馳如昨日，藥餌更清秋。名已千人廢，家徒四壁愁。南山歸自好，沮溺本同流〔四〕。

其三

倦游非一日，乘輿復三秦。多病難爲客，浮名喜中人〔五〕。未堪沈案牘，何以走風塵？祖帳東門外，賢哉一老臣〔六〕。

其四

還鄉明日事，可奈簿書勞？棄置看同病，風塵避二毛〔七〕。酒如涇水濁，枕對華山高。不是清秋色，何人見反騷〔八〕！

【題解】

從『薄游寒暑換』，知此詩作於其赴陝的第二年，即嘉靖三十六年（一五五七）秋。地居偏遠，友人離散，無所作爲，牢騷滿腹，已想辭官歸家了。

【注釋】

〔一〕滯：滯留。孤城：指長安，即今陝西西安。

〔二〕拂衣：拂衣不朝。此謂不朝見官長。詳前《拂衣行答元美》題解。懸榻：謂禮賢。漢陳蕃爲太守時，不接待賓客，惟與徐稺往來。專爲徐稺設一榻，稺離去就懸挂起來。見《後漢書·陳蕃傳》。

〔三〕此物：與下句『何官』相對，當指此官，即此時所任之官。休：罷休。

〔四〕南山：此用晉代詩人陶淵明詩中『南山』之典，喻指故家。沮溺：古代隱士長沮、桀溺。見《論語·微子》。

〔五〕中人：中材之人，或謂常人，普通人。

〔六〕祖帳：餞别。古人餞别時有帷帳等陳設，故云。東門：此指宣平門，民間所謂東都門。漢代賢臣疏廣、疏受辭官歸里，公卿大夫爲設祖道，供張東都門外。見《三輔黄圖·都城十二門》。張，通「帳」。

〔七〕棄置：放棄不用。同病：謂與其他友人遭遇相同。二毛：謂鬢髮斑白。

〔八〕反騷：楚國屈原作《離騷》以抒憂憤，後投汨羅江而死。漢揚雄同情其遭遇，作《反離騷》以弔屈原。見《漢書·揚雄傳》。

五日和許傅湖亭讌集二首

城頭片雨懸，客醉⿰山昔湖邊〔一〕。酒奈榴花妒，人堪桂樹憐〔二〕。五絲還令節，雙鬢抵流年〔三〕。莫蹋王孫草，淮南賦已傳〔四〕。

其二

青樽臨北渚，一爲故人開〔五〕。此事成今昔，浮雲自往來〔六〕。花間移枕簟，鏡裏出樓臺。忽就投湘賦，深知賈誼才〔七〕。

【題解】

五日，農曆五月初五，端午節。據《續齊諧記》載，楚國愛國詩人屈原五月五日投汨羅江自殺，楚人在這一天以竹筒貯米投水表示祭悼。《荊楚歲時記》説，這一天楚人都蹋百草，采艾紮成草人懸於門上，以禳毒氣。後成爲全國性節日，節日内容也不斷變化。和（hè），和韻，即按照所和詩的用韻作詩。此爲許傅《湖亭讌集》一詩的和詩。許傅，即許邦才。

漢代各諸侯國設太傅一職，邦才爲王府長史，與王太傅職掌略同，故稱。湖亭，似指濟南大明湖中的歷下亭。自唐代杜甫在此與北海太守李邕宴集，歷下亭便成爲文人常往游覽、宴集之所。李攀龍隱居期間，曾捐資修葺。此詩作於隱居期間。

【注釋】

〔一〕崏湖：鵲山湖。原在今山東濟南市北，鵲山與華不注山之間，由濼水北流匯瀦而成。見晏謨《三齊記》（原書已佚）。唐代段成式稱爲蓮子湖（見所著《酉陽雜俎》）。

〔二〕奈：通『耐』。

〔三〕五絲：卽五弦，指琴。令節：佳節。流年：歲月。

〔四〕王孫草：此指春草。《楚辭》載淮南小山《招隱士》：『王孫游兮不歸，春草生兮萋萋。』淮南賦：漢淮南王劉安門客所作賦。《漢書·藝文志》載有『淮南王羣臣賦四十四篇』，均已亡佚，僅存《招隱士》一篇。漢王逸《楚辭章句·招隱士》題注：『（劉安）博雅好古，招懷天下俊偉之士，自八公之徒，咸慕其德而歸其仁，各竭才智，著篇章，分造辭賦，以類相從。故稱小山，或稱大山，其義猶《詩》之有《小雅》、《大雅》也。』許邦才爲王府長史，因借指其詩文。

〔五〕青樽：猶春酒。樽，酒杯。北渚：今濟南大明湖北岸，小滄浪一帶。此蓋指歷下亭。

〔六〕此事：指二人湖中宴集。成今昔：謂卽將成爲往事。浮雲：喻指聚散無常，如浮雲飄忽不定。

〔七〕『忽就』二句：謂您揮筆寫成感慨淋漓的詩篇，簡直可與賈誼相媲美。忽就，一揮而就。投湘賦，指漢代賈誼的《弔屈原賦》。賈誼（前二〇〇—前一六八），洛陽（今屬河南）人。西漢著名政治家、散文家。年少知名，二十餘歲卽被漢文帝破格任爲博士、太中大夫，參與朝議。因主張改革，受到朝中勳貴的排擠，出爲長沙王太傅。赴任途經湘江，投賦以弔屈原，藉以抒發自己懷才不遇的憤懣不平之情。

寄元美

寥落文章事，相逢白首新〔一〕。微吾竟長夜，念爾和《陽春》〔二〕。把酒千門雪，論交四海人〔三〕。即今燕市裏，擊筑好誰親〔四〕？

【題解】

元美，即王世貞。據李攀龍《王公傳》，嘉靖三十一年（一五五二）七月，元美父王忬由山東巡撫改提督軍務，巡視浙江、福建。元美借出差之機，在蘇州與父親相會，是年冬返故家太倉，第二年秋末返京。據此，此詩應作於嘉靖三十一年至三十二年之間。

【注釋】

〔一〕「寥落」二句：謂在寂寞的文壇，我們相逢一見如故。寥落，寂寞。白首新，此謂初交即相知。《史記·鄒陽列傳》：「諺曰：『有白頭如新，傾蓋如故。』何則？知與不知也。」

〔二〕「微吾」二句：謂並非我能徹夜清醒，而是因懷念你我唱和的時光。微，非。竟，終。爾，你。《陽春》，古代楚國樂曲名。泛指高雅的樂曲、詩歌。詳前《送新喻李明府伯承》注〔六〕。

〔三〕千門：宮門。《資治通鑒·唐紀》：「文宗開成元年，流血千門。」注謂漢武帝起建章宮，度爲千門萬戶，後世遂稱宮門爲千門。「論交」句：結交朋友。《論語·顏淵》：「四海之内，皆兄弟也。」

〔四〕燕市：古代燕國京城。此指北京。筑：古代彈奏樂器，形如琴，其弦數說法不一。《史記·刺客列傳》載，荊軻在燕國，與當地狗屠及擊筑的高漸離交往，「荊軻嗜酒，日與狗屠及高漸離飲於燕市，酒酣以往，高漸離擊筑，荊軻和而歌於市中，相樂也』。

贈子與

握手論文者，春來限各天。即今行樂處，不似舊游年。神物風塵裏，時名我輩前。豈令徐孺榻，白日此長懸〔一〕！

【題解】

從詩首句，知此詩作於嘉靖三十二年（一五五三）春，李攀龍赴順德知府任時。《天目先生集》卷二載徐中行《送李于鱗守順德》詩云：『去春從君燕市游，眼中諸子同杯酒。今春送君濠梁上，爾我躊躇自攜手。』此爲與子與相別贈詩。

【注釋】

〔一〕『豈令』二句：謂將在順德設榻專候。徐孺榻，待相知之榻。詳前《秋日》注〔二〕。

汪員外移水部時城京師汪爲植

聞有金城役，掄茲水部才〔一〕。中原憂被髮，使者詠于蕃〔二〕。睥睨燕山接，風雲瀚海來〔三〕。懸知胡騎遁，天子宴蓬萊〔四〕。

【題解】

汪員外，指汪一中。詳前《別汪正叔員外》題解。移水部，轉官水部。水部，官名。魏尚書有水部郎，隋初爲水部侍郎，屬工部。唐改爲郎中，掌津梁、溝洫、舟楫、漕運之事。明改爲都水司，屬工部。城京師，此謂修繕京師城牆。爲植，爲主管官員。《左傳・宣公二年》『爲植』《注》：『植，將主也。』

【注釋】

〔一〕金城：喻城池堅固。此指京城。《韓非子・守道》：『人臣垂拱於金城之內，而無扼腕聚脣嗟唶之禍。』

〔二〕憂被髮：憂慮淪爲落後民族。被髮，披髮左衽，古時周邊民族的髮、服樣式。《論語・憲問》：『微管仲，吾其被髮左衽矣。』被，同『披』。于𩯭（sāi）：多鬚貌。《詩經・齊風・盧令》：『其人美且偲。』朱熹《集傳》：『偲，多鬚貌。』

〔三〕睥睨：城垣。瀚海：沙漠。

〔四〕懸知：猶遙知，料知。懸，遠。胡騎：胡族騎兵。此指蒙古韃靼部落。蓬萊：唐宮名。此借指明宮。

卽事四首

羽書秋色外，飛挽海陵迴〔一〕。日上犁庭議，時難度漠才〔二〕。物情奇士過，天造異人來〔三〕。側席勞明主，黃金正滿臺〔四〕。

其二

卽今難授鉞，誰可靜胡塵〔五〕？談笑存能事，艱虞失衆人〔六〕。大軍歸掌握，王者自經綸〔七〕。不復憂驕悍，如林護北辰〔八〕。

其三

使者晨馳壁，奪歸平虜章〔九〕。自天懸斧鉞，擇日設壇場〔一〇〕。萬馬中原集，諸軍上苑旁〔一一〕。主恩無可報，一戰取名王〔一二〕。

其四

天子何神武，乘秋欲破胡〔一三〕。儒臣擐甲冑，大將解兵符〔一四〕。叱吒風雲合，艱危日月扶〔一五〕。北瞻陵寢色，蔥鬱近皇都〔一六〕。

【題解】

即事，古代詩歌題材之一種，爲有感於某事而作，故也叫即事詩。『羽書秋色外，飛挽海陵迴』，詩言秋季北方邊防告急，南方又有倭寇襲擾，蓋寫嘉靖三十一年（一五五二）事。據《明史・世宗紀》載，嘉靖三十一年秋七月，『以倭警命山東巡撫都御史王忬巡視浙江』。『俺答犯大同，分掠朔、應、山陰、馬邑。九月乙酉，犯山西三關。壬辰，犯寧夏』。攀龍一向關心邊事，對明王朝內憂外患十分焦慮，總希望有人能平定倭寇、鎮服邊陲。此詩反映了作者這一心態。

【注釋】

〔一〕羽書：插有羽毛的信，指軍中告急文書。秋色外：指西北邊疆。飛挽：謂緊急運送軍糧。海陵：漢置縣。治所在今江蘇泰州市。

〔二〕『日上』二句：謂朝廷天天有消滅俺答的議論，卻難選出率兵勝敵的將才。日，日日。犁庭議，猶言平定入侵之敵的策略、辦法。犁庭，謂犁平其庭以爲田，喻滅亡其國。《漢書・匈奴傳》：『固已犁其庭，掃其閭，郡縣而置之，雲徹席捲，後無餘災。』度漠才，度過大漠、平定北部邊境的人才。

〔三〕物情：人心所望。奇士：與下文『異人』義同，指具有非凡才能的人。天造：上天造就的。

〔四〕側席：坐在偏位，所以待賢。明主：稱揚當今皇帝。黃金正滿臺：謂招聘賢能。詳前《送新喻李明府伯承》注。

〔五〕即今：眼下。授鉞(yue)：即授予將帥軍權。鉞，古代兵器，狀如大斧。《尚書·牧誓》：『王左仗黃鉞，右秉白旄以麾。』靜胡塵：謂掃清胡馬激揚起的灰塵，即消滅入侵的胡人。

〔六〕談笑：說說笑笑，謂誇誇其談。艱虞：艱難憂慮，慌亂。

〔七〕『大軍』二句：皇帝親自掌握兵權，並親自處理軍務。經綸，整理絲縷時理出絲的頭緒，將絲編織成繩索謂綸，因喻指經營、處理國家大事。

〔八〕驕悍：驕兵悍將。北辰：北極星。喻指皇帝。

〔九〕使者：受命出使的人。此指傳達皇帝詔命的侍使臣。馳壁：直接馳入軍營。《史記·絳侯周勃列傳》載，漢文帝後元六年（前一五八），匈奴入侵，周亞夫駐紮在細柳營，『上自勞軍，至霸上及棘門，直馳入，將以下騎送迎』。壁，壁壘，軍營。平虜章，平虜將軍的印信。虜，胡虜，蔑稱胡族入侵者。章，印章。《漢官儀》：『吏秩二千石以上，銀印龜紐其文曰章。』據《明史·世宗紀》載，嘉靖三十一年八月，『收仇鸞大將軍印』。

〔一〇〕自天：自上。天，上，指皇帝。斧鉞：古代兵器。此指皇帝儀仗。擇日：選擇良辰吉日。壇場：皇帝點將出征的校兵場。

〔一一〕中原：原野。上苑：上林苑，泛指宮苑。

〔一二〕名王：指俺答部的首領。

〔一三〕乘秋：乘秋季草衰之際。俺答爲游牧民族，逐水草而居，秋季草衰，軍馬缺食，爲明軍進攻良機。

〔一四〕儒臣：指文臣。此或指徐階、王忬。據《明史·世宗紀》載，嘉靖二十九年至嘉靖三十一年（一五五〇—一五五三），禮部尚書徐階兼東閣大學士參與軍務，山東巡撫都御史王忬巡視浙江防務。擐（huàn）甲胄：穿戴甲胄，即頂盔貫甲。擐，穿。甲胄，古代軍人的防護服；頭盔叫胄，身披爲甲。大將：或指仇鸞。見注〔九〕。解（xiè）兵符：解除兵權。

〔一五〕叱吒：發怒聲。南朝梁簡文帝《長沙宣武王碑》：『指撝則有破勁敵，叱吒而靜邊塞。』風雲合：實力强盛如風雲會集。日月扶：賢聖人扶持。日月，喻賢聖。《論語·子張》：『仲尼，日月也，無得而踰焉。』

〔一六〕『北瞻』二句：謂北望京郊陵寢，曾受胡人襲掠，作爲臣子情何以堪！陵寢，指明諸帝陵墓。明帝陵在北京東北近郊，今稱十三陵。

賦得屏風

虛屏漢宮裏，有女《白頭吟》〔一〕。色倚琉璃怯，秋來湘水深〔二〕。歡情張畫燭，愁坐掩清砧〔三〕。
莫爲蒼蠅誤，君王在上林〔四〕。

【題解】

賦得，拈得前人成句爲題作詩叫『賦得』。前人以『屏風』爲題的詩作甚多，如北周庾信《詠屏風》等。屏風，室内用以蔽障之物。《釋名·釋牀帳》：『屏風，言可以屏障風也。』此爲詠物詩，詠寫屏風上之畫圖，藉以寫宫人的傷感哀怨。以静寫動，借詠物而抒情，則取法漢樂府《怨歌行》而使詩有了鮮活之氣。

【注釋】

〔一〕《白頭吟》：樂府楚調曲名。《西京雜記》卷三説，漢「司馬相如將聘茂陵人女爲妾，卓文君作《白頭吟》以自絶，相如乃止」。《樂府解題》云：「古辭云『皚如山上雪，皎若雲間月』，又云『願得一心人，白頭不相離』……皆自傷清直芬馥，而遭鑠金玷玉之謗，君恩以薄，與古文近焉。」「一説云：《白頭吟》，疾人相知，以新間舊，不能至於白首，故以爲名。」

〔二〕琉璃：天然的各種有光寶石。湘水：又名湘江，發源於廣西興安縣海陽山，入湖南，至零陵與瀟水匯合，稱瀟湘。相傳舜二妃娥皇、女英死後爲湘水女神。唐岑參《秋夕聽羅山人彈三峽流水》：「楚客腸欲斷，湘妃淚斑斑。」

〔三〕畫燭：繪彩的蠟燭。清砧：猶寒砧。砧，搗衣石。

〔四〕蒼蠅：喻指顛倒黑白的小人。《詩·小雅·青蠅》：「營營青蠅，止於樊。豈弟君子，無信讒言。」《集傳》：「青蠅，污穢能變白黑。」上林：上林苑。此指皇帝狩獵游樂之處。

渡滹沱

滹沱來不極，曉色蕩孤城〔一〕。擊楫中流過，褰帷下吏情〔二〕。天銜紆岸轉，日上大波行〔三〕。獨在知津後，風塵見濯纓〔四〕。

【題解】

滹沱，河名。源於山西，流經河北，在北京與順德之間。詳前《送張子參募兵真定諸郡》注〔九〕。攀龍赴京須經滹沱。此爲居官順德期間的詩作。

【注釋】

〔一〕不極：謂不窮極。《孔子家語·儒行解》：『過言不再，流言不極。』此謂從遠處流來。曉色：拂曉景色。蕩：激漾。

〔二〕『擊楫（jí）』二句：謂擊楫中流，仰慕古人的壯志豪情，作爲地方官，保持清廉、問民疾苦，是自己的本分。擊楫，擊打船槳。楫，船槳。《晉書·祖逖傳》載，西晉末年，司馬睿移鎮江南，以逖爲奮威將軍、豫州刺史。當其奉命率師北伐時，『中流擊楫而誓曰：「祖逖不能清中原而復濟者，有如大江！」』後以『中流擊楫』指志在興復的節概。此取心懷壯志之意。褰（qiān）帷，撩起車帷。謂下車即糾貪勵廉，問民疾苦。語出《後漢書·賈琮傳》。下吏，地位低下的官吏。此謂任職地方。

〔三〕『天銜』二句：寫滹沱晨景：船行河上，遠望曲岸與長天相接；旭日映照著浪花，漸漸升起。銜，含。紆岸，彎曲的河岸。紆，曲。

〔四〕知津：謂識途。語出《論語·微子》。此謂歷經宦途艱險之後。風塵：謂宦途。濯纓：洗滌冠纓。語出《孟子·離婁上》。喻超然世俗之外。

廣陽山道中

出峽還何地，杉松鬱不開。雷聲千嶂落，雨色萬峯來〔一〕。地勝紆王事，年饑損吏才。難將憂旱意，涕泣向蒿萊〔二〕。

【題解】

廣陽，秦漢郡名。治所在薊縣（今北京市西南），轄有今北京大興區和河北固安縣地。此詩應作於嘉靖三十四年（一五五五）歲末。據本集《亡妻徐恭人狀》，攀龍於嘉靖三十五年『上績』，而據王世貞諸人詩，知攀龍於嘉靖三十四年歲末至京。從《與宗子相書》『不佞近奏績書』、『仕宦四十』、『三年不調』來看，知爲攀龍在順德任職三年時所作。途中遇雨，本尋常事，而於順德『大旱之後，水蝗荐至』（《與宗子相書》），攀龍作爲地方官卻無力救災，他深爲自己『奉職無狀』而自責。

【注釋】

〔一〕『出峽』四句：寫山中風雨欲來的情景：出峽之中，杉松遮天蔽日，雷雨從重巒疊嶂漫天灑來。鬱不開，鬱結而不見光亮，謂林木茂密。

〔二〕『地勝』四句：由雷雨興感。因心系轄地旱情而無心觀賞勝景，此時也難將憂旱的心情向這茫茫荒野哭訴。勝地，當地勝景。此指山中雨景。紆，系結。王事，國家之事。此指順德知府應盡的責任。年饑，年成荒歉，即荒年。損吏才，謂無力改變天災所造成的景況，有損自己的官聲，即所謂『奉職無狀』。損，損害。蒿萊，指曠野。

趙州道中

獨往何爲者？栖栖意不歡〔一〕。褰帷秋雨過，伏軾夏雲殘〔二〕。潦水陰相積，蒹葭晚自寒。大夫方跋涉，天步屬艱難〔三〕。

【題解】

趙州，即今河北趙縣，爲李攀龍自順德赴京必經之路。此詩與《廣陽山道中》作於同時。

【注釋】

〔一〕栖栖：遑遑不安。《論語·憲問》：『微生畝謂孔子曰：「丘何爲是栖栖者與，無乃爲佞乎？」』唐玄宗李隆基《經鄒魯祭孔子而歎之》：『夫子何爲者，栖栖一代中。』

〔二〕搴帷：撩起車帷。伏軾：憑軾，謂乘車。軾，車厢前扶手横木。

〔三〕大夫：作者自稱。天步：國運，時運。此謂時運。《詩·小雅·白華》：『天步維艱，之子不猶。』步，行。

吳舍人喪內二首

楚妃色殊衆，不獨下堂悲〔一〕。鼓瑟瀟湘夜，秋雲未可持。河流雙露掌，月出萬年枝〔二〕。屬有將雛曲，能無泣鳳池〔三〕？

其二

可憐御溝水，見此《白頭吟》〔四〕。病客思江郡，詞臣在上林〔五〕。春風動花樹，秋月散清砧。唯有陵陽淚，知君抱玉心〔六〕。

【題解】

吳舍人，指吳國倫。喪內，內人去世。據《明世宗實錄》卷三七七載，國倫於嘉靖三十年（一五五一）拜中書舍人。

另據《瓻甀洞稿·明誥贈恭人亡妻陳氏墓表》載，國倫夫人陳氏於嘉靖三十二年（一五五三）閏三月二日卒於京，年二十九。

【注釋】

〔一〕楚妃：謂生於楚地的配偶。《左傳·桓公二年》：『嘉耦曰妃。』樂府《吟歎曲》有《楚妃歎》。此喻指國倫夫人。唐李白《望夫石》：『有恨同湘女，無言類楚妃。』下堂：本謂妻子遭遺棄或要求離婚，見《後漢書·宋弘傳》。此謂吴夫人去世較之『下堂』更加悲傷，下堂人猶活著。

〔二〕『河流』二句：句本南朝齊謝朓《直中書省》詩：『風動萬年枝，日華承露掌。』明歐大任《至日齋宿省中值雪同諸僚作》：『望入漢宫雙露掌，擁來江苑幾瓊枝。』漢武帝在建章宫西神明臺上建仙人承露盤，欲得長生。萬年枝，冬青。此二句言美好的人生期盼。

〔三〕『屬有』二句：謂陳氏丟下兒子，能不令國倫更加悲傷？將雛，攜子而行。鳳池，鳳凰池的略稱，宫中池名。轉謂中書省。《事物紀原·會府臺司部·鳳池》：『世謂中書曰鳳池者，晉荀勖爲中書監，遷尚書令；勖久在中書，失之甚恚。有賀之者，怒曰：「奪我鳳凰池，何賀？」故今以鳳池爲稱。』國倫爲中書舍人，故云。

〔四〕『可憐』二句：以紅葉傳詩喻國倫與陳氏情意，謂當年情意綿綿，而今卻不得白首相依。唐宣宗時，舍人盧渥偶臨御溝得一紅葉，上題絕句一首，就將其藏於箱籠。及宣宗放出宫人，並允許嫁人，那個歸盧渥的宫女，恰是題葉之人，見紅葉說：『當時偶題，不意郎君得之。』見《雲溪友議》。

〔五〕病客：指陳氏。江郡，指吴國倫故家陽新，在長江岸邊。詞臣：指吴國倫。上林：上林苑。此指皇家宫苑。

〔六〕『唯有』二句：《琴操》曰：『荊王封和爲陵陽侯，和辭不就而去。乃作怨歌曰：「進寶得刑，足離分兮。去封立信，守休芸兮。斷者不續，豈不冤兮！」』陵陽，指卞和，《韓非子·和氏》載，卞和於楚山上得一璞玉，先後獻於楚厲王、武王，遭到臏刑，後『泣玉』荊山之下。此詩比喻吳國倫真正珍惜夫人陳氏。

和殿卿《白雲亭醉歌》

狂殺王門客，空亭日嘯歌〔一〕。那知珠履散，自愛白雲多〔二〕。短髮明秋水，長裾曳芰荷〔三〕。獨憐枚叟在，不復厭婆娑〔四〕。

【題解】

殿卿，即許邦才。白雲亭，在濟南珍珠泉上。明王象春《齊音》：『白雲樓在濯纓湖南珍珠泉上，今規入藩府，於樓舊基起亭，名曰白雲亭。』白雲樓爲元代張榮所建，張養浩有《白雲樓賦》，見《歸田類稿》。此爲和許邦才《白雲亭醉歌》之作。

【注釋】

〔一〕王門客：指許邦才。時邦才爲王府長史。空亭：謂亭中無他人。

〔二〕珠履：綴珠的鞋。此指王府門客。《史記·春申君列傳》：『春申君客三千餘人，其上客皆躡珠履以見趙使，趙使大慚。』白雲：亭名，亦喻高潔人品。

〔三〕明秋水：映照在澄澈的泉水之中。長裾：衣袖。曳長裾，謂做王府幕賓。《漢書·鄒陽傳》『飾固陋之心，則何王門不可曳長裾乎？』

〔四〕枚叟：指枚乘。西漢著名辭賦家。曾先後爲吳王、梁王賓客。詳前《送許史得『弟』字》注〔二〕。婆娑：停留，盤旋。

元美以家難羈京作此爲唁四首

馳騁淄澠日，功名與宦情〔一〕。高堂一爲坐，世路遂相輕〔二〕。行乞還燕市，悲歌復薊城〔三〕。佩刀風雨夜，堪作匣中鳴〔四〕。

其二

一自抽簪後，漂零見此身〔五〕。通章尋悟主，懷刺更依人〔六〕。寒入綈袍色，愁生黍谷春〔七〕。不因家難劇，君豈在風塵！

其三

海内論兄弟，蕭條二子才〔八〕。一時稱病罷，萬里拂衣來。雨雪人高臥，蓬蒿客自回〔九〕。偶然占劍氣，夜夜向燕臺〔一〇〕。

其四

聞道周旋地，偏承老父顏〔一一〕。橐饘時在側，賓客稍居間〔一二〕。函谷更封出，夷門執轡還〔一三〕。

莫將公子淚，亂漫灑燕山〔一四〕。

【題解】

元美，即王世貞。據錢大昕《弇州山人年譜》載，世貞之父王忬因灤河戰事失利，受到嚴嵩及其黨羽的誣陷，於嘉靖三十八年（一五五九）六月被逮系獄。世貞『在任聞之，即自劾罷入都』，希望伏闕上書爲父親洗雪冤枉，並擬與弟世懋一起代父受刑。其父不同意，他便『與弟日蒲伏嵩門，涕泣求貸。嵩陰持忬獄，而時以謾語應之。兩人又日囚服跽道旁，遮諸貴人輿，搏顙乞救』（《明史》本傳）。但面對嚴嵩的威勢，他們或無動於衷，或有意避而遠之，沒有理會的。不少昔日朋友也因害怕受到牽連而與世貞斷絕了來往，而李攀龍等這時卻以寄詩的方式對世貞表示同情與慰問。

【注釋】

〔一〕『馳騁』二句：謂正當你在青州求取功名之時，卻因家難而辭官。淄澠（miǎn），淄水、澠水。淄水，即今淄河。主流發源於山東萊蕪山區，在廣饒入小清河。澠水，古水名。發源於臨朐西北，注入時水。今已淤塞。二水均流經青州境。世貞任軍職，故云『馳騁淄澠』。功名，功績與名聲。宦情，此謂仕宦求進之志。

〔二〕『高堂』二句：謂一聽到老父系獄遂看輕仕途，隨即自劾赴京。高堂，謂父母。坐，獲罪。世路，人世間的道路。此指仕途。

〔三〕行乞：指世貞兄弟乞求嚴嵩等當朝權貴向皇帝求情，爲其父減刑免死。悲歌：指世貞這一時期以歌當哭，以及向友人傾訴其父冤情及答謝的詩作，後編定爲《幽憂集》二卷。薊城：指北京。

〔四〕『佩刀』二句：謂環境黑暗險惡，你無法自衛，只能把鋒芒藏起，忍氣吞聲。佩刀，隨身佩帶用以自衛的刀。風雨夜，此喻指黑暗險惡的處境。堪，任。鞘（qiào）中鳴，在刀套中鳴叫，謂敢怒而不敢言。鞘，刀套。

〔五〕抽簪：辭官歸隱。此指辭官。漂零：同『飄零』。此指世貞兄弟流落北京街頭。

〔六〕『通章』二句：謂上書尋求主上明瞭父親冤情，而懷著名帖求人更得依傍別人。通章，晉置通章署，與明之通政司相似，卽通章表之處。見《稱謂錄》。悟，明白。主，此指皇帝。刺，名片。

〔七〕『寒入』二句：謂寒冷冬日自有故舊照應，目前愁苦也會有轉機之時。綈袍，此謂故舊情誼。詳前《贈張子含茂才》注〔三〕。黍谷，山名。又名燕谷山、寒谷山。在今北京密雲區西南。漢劉向《別錄》、王充《論衡・寒溫》等處載，黍谷地美而寒，不生五穀，鄒衍吹律而溫氣生，燕人種黍其中，故稱黍谷。後因稱處境困窘而有轉機爲黍谷回春或黍谷生春。

〔八〕二子：指作者與世貞。

〔九〕『一時』四句：此下均爲作者自謂。稱病罷，稱病罷官。拂衣，謂辭官。詳前《拂衣行答元美》題解。高臥，謂隱居。

〔一〇〕占：占卜。劍氣：謂寶劍的光芒。《太平御覽》卷三四三引《雷煥別傳》：『晉司空張華夜見異氣起牛斗，華問煥見之乎？煥曰：此爲寶劍氣。』後常喻指聲望與才華。宋華岳《翠微南征錄》卷七《呈番易趙及甫》：『筆鋒帶怒搖山嶽，劍氣銜冤射牛斗。』燕臺卽黃金臺。詳前《送新喻李明府伯承》注〔三〕。此指北京。

〔一一〕『聞道』二句：謂在北京處處承順老父的意願行事。聞道，聽說。周旋地，指北京。周旋，應酬，與各種人打交道。此指周旋於朝廷權貴之間。偏，特。承老父顏，謂順從老父意願。承，順承。顏，顏色。此謂喜怒。世貞與弟弟本欲上書請求代父受刑，其父怕再落嚴嵩陷阱，堅決不同意，兄弟二人不得不放棄。見《弇州山人四部稿・先考思質府君行狀》。

〔一二〕橐饘（tuó zhān）：指衣食。橐，衣服。饘，飯食。賓客：指友人。當時在京友人只有吏部驗封郎張九一（字助甫）常去看望。《藝苑卮言》卷七：『余自遘家難時，橐饘之暇，杜門塊處，獨新蔡張助甫爲驗封郎旬一再至。』

〔一三〕『函谷』二句：謂不要害怕孤單，我從陝西歸來，咱們仍然會相知如初。函谷，關名。詳前《關門雪望》題解。更封，更換過關憑證。夷門，山名。在河南開封東北隅。戰國魏大梁（今河南開封）有夷門，亦因山而名。夷門執轡，蓋指魏公子交往侯嬴事。據《史記·魏公子列傳》載，魏有隱士侯嬴，家貧，爲夷門看守。魏公子無忌聞其名，派人饋送財物，侯嬴不受，於是大會賓客，親自駕車去夷門迎接侯嬴。侯嬴身穿破衣，直上車坐，想觀察公子的態度，而公子執轡愈恭。自此侯嬴成爲魏公子的上客，並爲其推薦友人朱亥，奪取魏的兵權，取得抗秦救趙的勝利。而侯嬴爲報答魏公子，在其出兵之後即自殺。此語意雙關：從陝西返濟途經河南，又隱寓魏公子與侯嬴相知事。

〔一四〕『莫將』二句：爲勸慰之詞，謂不要對哭求免刑抱有幻想。亂漫，隨隨便便。世貞在京『時時從相嵩門蒲伏，泣請解』（《弇州山人四部稿·先考思質府君行狀》）。燕山，山名。此指北京地區。

卷之七

五言律詩

春日閑居十首

即令關請謁，何用乞江湖〔一〕？僻性終難狎，浮名本易汙〔二〕。杜門人事過，欹枕歲華徂〔三〕。薄俗還堪畏，崎嶇比宦途〔四〕。

其二

白日移高枕，青山答放歌〔五〕。病纔宜偃蹇，老自厭婆娑〔六〕。禮數諸生絕，交游二仲多〔七〕。江湖春正滿，更欲混漁簑〔八〕。

其三

藥餌休官嬾，蓬蒿謝客深〔一〕〔九〕。濁醪殊解事，高枕自知音。老大翻陵勁，文章豈陸沈〔一〇〕！

浮雲終日在，瀟灑竟何心〔一一〕？

其四

五羖功名薄，雙龍羽翼乖〔一二〕。風塵凋短褐，雨雪閉高齋〔一三〕。慘淡幽人色，飛揚壯士懷。少年何太苦，妖冶事形骸〔一四〕。

其五

奉使談經日，單車西入關〔一五〕。掄才牛口下，得士鳳毛間〔一六〕。《白雪》千人失，黄河萬里還。卽今高臥處，猶不減商山〔一七〕。

其六

乞歸君已見，削跡我何求〔一八〕？交態疎能變，時名久自休。中原來病色，萬里入春愁。不是忘機客，還驚海上鷗〔一九〕。

其七

結舌論文地，甘心養拙年〔二〇〕。朱門人自老，《白雪》調空傳。世路蓬蒿外，浮名燕雀前。中原二三子，夙昔共周旋。

其八

病起獨登臺，春光萬里來。浮沈還我輩，俯仰見人才。華髮風塵過，青山雨雪開。浮雲堪倚杖，落日好銜杯。

其九

漂零唯濁酒，落拓總狂生。彭澤差聞道，高陽橫得名〔二一〕。罷來詩慘淡，臥久興淒清。日對春湖色，潺湲嬾濯纓。

其十

五柳峭湖濱，先生隱是真〔二二〕。文章堪側目，潦倒竟全身〔二三〕。何必論交地，長須縱酒人〔二四〕。即令東蹈海，斷不混風塵〔二五〕！

【校記】

（一）蒿，四庫本作『高』，誤。

【題解】

從詩的辭氣看，此詩應作於歸隱之初，即嘉靖三十八年（一五五九）春。攀龍歸家之初，朝野議論頗多，友人亦表示不解，因以詩向王世貞等友人剖白心跡。

【注釋】

〔一〕『即令』二句：謂假如爲求官，我又何必自求隱退？當時有李攀龍隱以邀名的傳言，《夏日東村臥病》有『興緣知已盡，名豈罷官高』的話可證。關請謁，與請謁有關。請謁，干求，求取官職。江湖，相對朝廷而言，指隱居處所。

〔二〕僻性：孤僻的個性。狎：輕侮。浮名：虚名。

〔三〕『杜門』二句：謂隱居後杜門謝客，虚度光陰。人事，人情來往。欹(qī)枕，斜倚枕上。徂，往。

〔四〕『薄俗』二句：謂退隱後深感世態炎涼的可怕，其險惡簡直可與宦途相比。薄俗，澆薄的習俗。蓋指趨炎附勢的世態。堪畏，可怕。崎嶇，曲折不平。

〔五〕放歌：高歌，縱聲而歌。

〔六〕偃蹇(jiǎn)：謂偃臥不做事。《釋名·釋姿容》：『偃蹇，偃，偃息不執事也。蹇，跛蹇，病不能做事。今託病似此也。』厭婆娑：滿足於偃息於家。厭，通『饜』，滿足。《文選》班孟堅(固)《答賓戲》：『婆娑乎術藝之場，休息乎篇籍之囿。』

〔七〕禮數諸生絶：謂歸隱後門生學子再無來往。禮數，謂與各類人之間的禮儀。二仲：求仲、羊仲，漢代的兩位隱士。詳前《拂衣行答元美》注〔八〕。

〔八〕混漁簑：混跡於漁夫之中。漁簑，漁夫所披的簑衣。

〔九〕蓬蒿：蓬門草戶，謂隱居之處。

〔一〇〕翻陵勁：謂志意反而如山陵勁拔。陸沈：沉沒。詳前《郡齋同元美賦得『陰』字》注〔五〕。

〔一一〕浮雲：此謂搬弄是非的小人。唐李白《登金陵鳳凰臺》：『總爲浮雲能蔽日，長安不見使人愁。』瀟灑：灑脫無拘束貌。

〔一二〕五羖：五牡羊。此指百里奚。春秋時期，虞大夫百里奚被楚人拘執，秦穆公聞其賢，以五羖羊皮贖出，並授以國政，號曰五羖大夫。詳見《戰國策·秦策五》。雙龍：二龍。喻兩位傑出人士。語出《晉書·陸機傳》。此喻指作者與王世貞。

〔一三〕短褐：也作「豎褐」，貧者所服。詳《史記·孟嘗君列傳》「短褐」《索隱》。高齋：作者自稱其書齋。

〔一四〕幽人：幽居之人。指隱士。《易·履》：「履道坦坦，幽人貞吉。」此爲作者自謂。壯士懷：壯士的心志。妖冶事形骸：謂注重形體容態的修飾、打扮。妖冶，裝扮妖豔佚蕩。《文選》陸士龍（雲）《爲顧彥先贈婦詩》：「京師多妖冶，粲粲都人子。」

〔一五〕奉使談經日：謂被委任爲陝西提學副使之時。關：指函谷關。

〔一六〕掄才：選拔人才。牛口：牛之口。《史記·商君列傳》載，趙良對商君說，秦穆公聞百里奚之賢，知其「被褐食牛」，「舉之牛口之下，而加以百姓之上」。鳳毛：喻文才俊秀。《南史·謝超宗傳》：「超宗殊有鳳毛。」

〔一七〕商山：指陝西之商山。在商縣東，爲秦漢間「四皓」隱居之處。《漢書·王貢兩鮑傳》：「漢興，有園公、綺里季、夏黃公、甪里先生，此四人者，當秦之世，避而入商雒深山。」

〔一八〕削跡：猶言匿跡。語出《莊子·漁父》。

〔一九〕忘機客：謂心無俗世煩惱之人。海上鷗：即海鷗，鷹隼類鳥。《列子·黃帝》：「海上之人有好漚鳥者，每旦之海上，從漚鳥游，漚鳥之至者百住而不止。其父曰：「吾聞漚鳥皆從汝游，汝取來，吾玩之。」明日之海上，漚鳥舞而不下也。」漚，通「鷗」。

〔二〇〕結舌：因故不能出言。《漢書·杜欽傳》：「自尚書近臣，皆結舌杜口。」甘心：心所自願。

〔二一〕彭澤：指晉代詩人陶淵明。淵明曾爲彭澤令。高陽：高陽酒徒。指漢酈生。詳《史記·酈生列傳》。

〔一二二〕五柳：五柳先生。指陶淵明。淵明曾著《五柳先生傳》，藉以自喻。此爲作者自喻。䧿湖：即鵲山湖，原在今濟南市北郊，鵲山與華山之間，唐李白有《陪從祖泛鵲山湖》詩，宋元之後，湖漸湮没。䧿，同「鵲」。

〔一二三〕堪側目：值得人們敬畏。《戰國策·秦策一》載，蘇秦相趙，路過家鄉洛陽，「妻側目而視，傾耳而聽」，表現出敬畏之狀。潦倒：落魄，碌碌無成。《文選》嵇叔夜（康）《與山巨源絶交書》：「足下舊知吾潦倒粗疏，不切事情。」

〔一二四〕論交：結交。縱酒人：作者自謂。

〔一二五〕東蹈海：投足東海。謂隱於海上。風塵：此謂流俗。

夏日東村臥病十二首

平生偏伏枕，暇日是抽簪〔一〕。病著青山色，愁高《白雪》音〔二〕。雲霄懸出處，蹤跡閒浮沈〔三〕。不必名俱毁，方知二仲心〔四〕。

其二

放歌知帝力，縱飲見天真〔五〕。綵筆風雲老，青樽日月新〔六〕。詩驚噉蔗客，酒讓采薇人〔七〕。即使妨幽事，何須傍隱淪？

其三

自甘成獨往，誰復病相憐！金盡論交地，囊餘解擯篇〔八〕。清齋芳藥餌，華髮媚林泉。不必憂生事，深耕種秫田。

其四

不謂幽棲處，還堪抱膝吟。大雲千里駐，片雨二湖陰〔九〕。暑逼藤蘿淺，涼生栝柏深。鮑山終日在，知己媿黄金〔一〇〕。

其五

未同疎雨至，勿翦夏雲繁〔一一〕。片華樽前出，雙流樹杪翻〔一二〕。紅顔辭上國，白眼入中原〔一三〕。慢世吾何敢，風塵且避喧。

其六

拂衣先達怪，高枕故人疑〔一四〕。世路衡門左，軒車負郭遲〔一五〕。少年誇解事，薄俗諱言詩〔一六〕。何處堪遙集，悠悠未有期〔一七〕。

其七

每逢河朔飲，輒憶廣陵濤〔一八〕。起色含佳句，流光逼濁醪。興緣知己盡，名豈罷官高！髀肉看如此，何論長二毛〔一九〕！

其八

空林風雨過，瀟灑一樽開。看竹俄蠲疾，漂蓬敢負才〔二〇〕？杜門辭問字，落日罷登臺。不是憐嵇阮，誰堪把臂來〔二一〕！

其九

夜半忽風雨，層樓四望孤。雷盤華不注，電劃大明湖。雲霧連屏疊，蛟龍抱劍呼。飛揚天地意，垂老見吾徒。

其十

何物《子虛賦》，深承漢主知。一逢楊得意，千載遂同時〔二二〕。諫獵功名薄，爲郎日月私。閒居堪避事，稱病足逶迤。

其十一

更閲人間世〔一〕，誰堪出處同？江湖星自客，詞賦日猶工。物色餘爭席，生涯見轉蓬。延陵皮相士，竟失被裘翁〔一三〕。

其十二

白頭明日事，君不見交情。千載論知己，中原命友生。青雲高病色，滄海傍詩名。一爲彈冠誤，徒令國士輕〔一四〕。

【校記】

〔一〕世，四庫本作『語』。

【題解】

詩作於嘉靖三十八年（一五五九）夏，與《春日閑居》意旨相同。在説明辭官之意的同時，也流露出悲觀失望的消極情緒。

【注釋】

〔一〕抽簪：謂棄官歸隱。詳前《拂衣行答元美》注〔九〕。

〔二〕『病著』二句：謂病後瘦骨崚嶒，愁思寄託在詩裏。《白雪》音，謂高雅的詩歌。詳前《送新喻李明府伯承》注〔六〕。

〔三〕『雲霄』二句：謂進可致身青雲，而宦途卻有進有退。出處，猶言去就進退。《易·系辭》：『君子之道，或出或處。』

〔四〕二仲心：　謂隱逸之志。二仲，隱士。詳前《拂衣行答元美》注〔八〕。

〔五〕帝力：　帝王之力，帝王之恩德。天真：　天性。

〔六〕『綵筆』二句：　謂文筆因時勢變幻而更加老練，而酒興亦日月更新。綵筆，文筆。風雲，喻變幻莫測之時勢。老，練達。

〔七〕『詩驚』二句：　謂詩藝漸入佳境，而酒卻不如隱者。噉（dàn）蔗客，指吳人顧長康。《世說新語・排調》：『顧長康噉甘蔗，先食尾，人問所以，云漸至佳境。』采薇人，指隱者。《史記・伯夷列傳》載，周武王平定殷亂，天下宗周，而伯夷、叔齊兄弟二人『義不食周粟』，隱於首陽山，采薇而食。

〔八〕金盡：　黄金盡，謂將別離。唐張謂《題長安主人壁》：　『世人結交須黄金，黄金不多交不深。』論交地：　指北京。論交，結交。解擯篇：　解釋被擯斥的詩篇。

〔九〕二湖：　指濟南舊城内的大明湖與章丘境内的白雲湖。

〔一〇〕鮑山：　山名。在今濟南東郊，李攀龍故里韓倉附近。相傳爲春秋時期齊大夫鮑叔牙封地。《史記・管晏列傳》載，管仲少時與叔牙游，『鮑叔知其賢，管仲貧困，常欺鮑叔，鮑叔終善遇之，不以爲言』。後由鮑叔推薦，管仲爲齊相，輔助齊桓公成就霸業，曾說『生我者父母，知我者鮑子也』。

〔一一〕翦：　同『剪』。剪除。繁：　濃密。

〔一二〕『片華』二句：　謂酒杯中呈現出華山的倒影，遠處黄河、小清河仿佛在樹梢上翻動。片華，花片，喻華山倒影。華山卽華不注，在今濟南東北郊，爲『齊烟九點』之一。青翠秀麗，倒影水中，如芙蓉花萼之注於水，故名。雙流，指其故居北面的黄河、小清河。杪，梢。

〔一三〕紅顔：謂少年。上國：京師。辭上國，指出守順德。白眼：白眼看人，表示鄙視、厭惡。見《晉書·阮籍傳》。此指在陝西任内不屑與鄉人殷學爲伍。入中原：指辭官歸里。

〔一四〕拂衣：拂袖。見前《拂衣行答元美》題解。先達：前輩。所指未詳。怪：怪罪。高枕：隱居高臥。故人：老朋友。如王世貞就曾作《李于鱗罷官歌》，對其突然歸隱不甚理解。

〔一五〕『世路』二句：謂人處世之道不同，而以隱居躬耕爲高尚，我歸隱已遲了。世路，人世間的道路。此謂處世之道。衡門，横木爲門。喻指簡陋的居處。《詩·陳風·衡門》：『衡門之下，可以棲遲。』此指隱者所居。左，古以左爲尊。軒車，大夫所乘之車。見《莊子·讓王》。負郭，謂近郭之地。此指故家。《史記·陳丞相世家》：『全其家，家乃負郭窮巷。』

〔一六〕『少年』二句：謂年輕朋友對我歸隱强加解釋，而所居鄉里對詩歌也不感興趣。少年，蓋指表示疑怪的友人。李攀龍曾稱王世貞爲『少年』，見《拂衣行答元美》。誇解事，大言通達事理。誇，大。諱言詩，避而不談詩，謂對詩不感興趣，不理解創作詩歌的旨趣。諱，避諱。

〔一七〕遥集：遠集。《文選》楊子雲（雄）《劇秦美新》：『遥集乎文雅之囿，翱翔乎禮樂之場。』此指詩友相聚。

〔一八〕河朔飲：夏日避暑之飲。詳前《同元美與諸比部早夏城南放舟》注〔八〕。後亦指酣飲。河朔，指黄河以北之地。廣陵濤：謂江濤，長江之浪濤。廣陵，郡、縣名。故城在今江蘇揚州東北。

〔一九〕髀肉：大腿之肉。髀肉復生，蓋慨嘆久處安逸，壯志消磨，難有作爲。《三國志·蜀書·先主傳》『（劉）表疑其心，陰御之』注引《九州春秋》載劉備『見髀裏肉生，慨然流涕』，劉表感到奇怪而責問他，劉備説：『吾常身不離鞍，髀肉皆消。今不復騎，髀裏肉生。日月若馳，老將至矣，而功業不建，是以悲耳。』二毛：間有白髮。

〔二〇〕蠲（juān）疾：病癒。蠲，除去。漂蓬：同『飄蓬』，如蓬草之飄蕩，喻指爲官四處奔波。

〔二一〕嵇阮：嵇康、阮籍。正始詩人。詳前《夏日東村臥病》注〔二一〕。把臂：猶握臂，親密的表示。

〔二二〕『何物』四句：《子虛賦》，漢司馬相如的代表作。據《漢書》本傳載，司馬相如初游梁，著《子虛賦》。梁孝王去世，歸蜀，貧無以自業。後與臨邛富翁卓王孫之女文君相戀私奔。『蜀人楊得意爲狗監，侍上，上讀《子虛賦》，而善之』，楊得意乘機推薦，『上驚，乃召問相如。相如曰：「有是。然此乃諸侯之事，未足觀，請爲天子游獵之賦」』。於是作諫游獵的《上林賦》。

〔二三〕延陵皮相士：指春秋時期的吳國延陵季子。《韓詩外傳》卷十載，延陵季子避難於齊，見路上有遺金，就叫一放牧者拾取，遭到拒絕。『延陵季子知其爲賢者，請問姓字，牧者曰：「子乃皮相之士也，何足語姓字哉！」遂去』。被裘翁：《論衡·書虛》引爲『披裘而薪者』，蓋指富而儉樸的隱者。

〔二四〕彈冠：彈去冠上灰塵，謂出而爲官。語出《漢書·王吉傳》。國士：國內所尊崇的傑出人士。

秋日村居八首

隱几憐清曉，開軒命濁醪〔一〕。西風行薜荔，白露綴蒲桃〔二〕。氣逼蟬聲苦，天含鴈影高〔三〕。壯心堪自見，秋色正滔滔〔四〕。

其二

病色還相假，秋光溘自開〔五〕。清羸堪傍竹，潦倒重銜杯〔六〕。返照湖邊盡，浮雲海上來。卽今知《九辯》，無處不悲哉〔七〕！

其三

秋意長西北，苕蕘望裏分〔八〕。青含仙署雨，白動帝鄉雲〔九〕。屈宋終難達，巢由故不羣〔一〇〕。江湖三十載，搖落好誰聞！

其四

南山伏枕前，北渚濯纓邊〔一一〕。林薄秋逾厲，雲霞曉自鮮。談詩成白首，把酒望青天。萬里中原色，蕭條此地偏。

其五

不必知名姓，中原一病夫。柴荊存古色，藥餌泥窮途〔一二〕。落日懸魚笱，西風纏轆轤〔一三〕。生涯君自見，百畝白雲湖〔一四〕。

其六

高齋清自掩，遙夕病相看〔一五〕。片月花間淨，明河樹杪乾〔一六〕。流螢含火著，宿露抱霜寒。何限同袍意，江湖坐渺漫〔一七〕。

其七

白雲不搖落，湖上長悠悠。世事銜杯過，人情把袂休〔一八〕。秋光棲自老，月色澹相愁。況復多風雨，蕭條傍倚樓。

其八

搖落唯高枕，風塵且閉關。醉來雙白眼，病起一青山〔一九〕。交態元難作，詩名已自閑。有人湖海上，無事馬蹄間。

【題解】

詩作於嘉靖三十八年（一五五九）秋。八首詩大都寫其寂寞無聊，及其對友人的思念。

【注釋】

〔一〕隱几：倚靠几案。隱，倚。憐清曉：謂懶得起牀。憐，惜。清曉，猶拂曉，天剛剛亮。唐韓愈《秋懷詩》十一首之四：「清曉卷書坐，南山見高稜。」軒：窗。濁醪：薄酒。

〔二〕行：拂過。薜荔：常綠灌木，也叫木蓮。蒲桃：即葡萄。

〔三〕「氣逼」二句：謂秋氣漸深，蟬聲急切；天空寥闊，卻見大雁高飛。苦，急。見《集韻》。

〔四〕壯心：壯烈心志。唐杜甫《歲暮》：「濟時敢愛死，寂寞壯心驚。」自見：自表其意。《史記·虞卿傳贊》：「然虞卿非不窮愁，亦不能著書以自見於後世。」

〔五〕假：因。溘（kè）：奄忽，忽。

〔六〕清羸：清瘦。潦倒：羸弱，病態龍鍾貌。唐李華《臥疾舟中贈別序》：『潦倒龍鍾，百疾叢體。』

〔七〕《九辯》：戰國楚宋玉作，文首有『悲哉秋之爲氣』之句。

〔八〕苕蕘：同『岧嶢』。山高聳並立貌。

〔九〕仙署：仙人居處。帝鄉：天帝之都。《莊子·天地》：『華封人曰：「千歲厭世，去而上仙，乘彼白雲，至於帝鄉。」』

〔一〇〕屈宋：屈原、宋玉，戰國楚辭賦家、詩人。屈原（前三三九—？），名平，字原，爲楚之同姓貴族，曾任三閭大夫、左徒等，受佞臣讒毀，遭流放，郢都陷落，遂悲憤投江自殺。著有辭賦二十五篇，《離騷》爲其代表作品，抒發其志節及忠君愛國之意，文辭富麗，興寄深遠，被認爲是中國詩賦浪漫主義的源頭。宋玉，以辭賦著稱，曾師事屈原，後人將其與屈原並稱『屈宋』。巢由：傳説中黃帝時期的隱士。詳前《善哉行》注〔六〕。

〔一一〕北渚：此指濟南大明湖北岸水濱小滄浪。清阮元《小滄浪筆談》：『小滄浪者，歷下明湖西北隅別業，即杜子美所言「北渚」也。』濯纓：湖名。在今濟南珍珠泉院内西北隅。元代名灰泉（見《齊乘》），明代稱濯纓湖。因在明德王府内，俗稱王府池。

〔一二〕泥窮途：謂處窮途而難通。此謂處窮途又受疾病的折磨。泥，不通。

〔一三〕『落日』二句：謂過著農家生活。魚笱：屈竹製作的捕魚具。轆轤：農家汲水器具。

〔一四〕白雲湖：湖名。在今山東濟南市章丘境内。詳前《送楊子正還濟南》注〔一〕。

〔一五〕高齋：唐代大詩人杜甫晚年居夔州，因愛其山川不忍離去，三次遷居，都名其室曰『高齋』。見宋陸游《東屯高齋記》。此爲作者藉以名齋。掩：閉而不鎖。遙夕：長夜。

〔一六〕片月：弦月。南朝陳徐陵《走筆戲書應令》：『片月窺花簟，輕寒入錦巾。』明河：即銀河。乾：乾涸，不流動。

〔一七〕同袍：代指兄弟。江湖：三江五湖，謂全國各地。坐：自。

〔一八〕把袂：謂把握衣袂，猶今握手，爲感情憂喜之情的流露。南朝梁何遜《贈江長史別》：『餞道出郊坰，把袂臨洲渚。』

〔一九〕『醉來』二句：謂傲然面世，孤獨寂寞。白眼，表示蔑視、厭惡的目光。詳前《夏日東村臥病》注〔一三〕。一青山，指隱居所在。

冬日村居四首

高臥堪人事，幽棲豈世情〔一〕？老松寒更拙，片竹冷逾清〔二〕。擁褐江湖色，鳴琴雨雪聲〔三〕。嬾心常近傲，不是學莊生〔四〕。

其二

百年長藥裹，三徑且蓬蒿〔五〕。華髮抽簪短，青山伏枕高〔六〕。漂零知濁酒，雨雪見綈袍〔七〕。似解冥鴻意，翻然變羽毛。

其三

寒郊不可望〔一〕，蕭瑟掩柴扉。宿霧含霜苦，斜陽帶雪微。清齋宜病色，生事合漁磯〔八〕。欲奏

《滄浪曲》，江湖此調稀〔九〕。

其四

遥夜憐幽獨，南山傍戸庭〔一〇〕。泉流霜下白，野色海邊青。風亂將殘燒，寒疎欲曉星。偶因樵唱起，延眺及林坰〔一一〕。

【校記】

〔一〕郊，四庫本作「邳」，誤。

【題解】

與《秋日村居》作於同一年，即嘉靖三十八年（一五五九）冬日。

【注釋】

〔一〕幽棲：幽僻棲止。唐杜甫《有客》：「幽棲地僻經過少，老病人扶再拜難。」

〔二〕拙：拙薄。此喻自己才能笨拙，命運惡劣。實含有孤傲自賞之意。片竹：曠野中的竹子。清：疏朗。

〔三〕擁褐：穿著平民的衣服。擁，持有。褐，粗布衣服，貧賤者所服。鳴琴雨雪聲：謂琴聲與雪聲交織在一起。

〔四〕嬾心：懶慢的心志。莊生：指莊子。

〔五〕三徑：謂隱居處。詳前《秋夜白雪樓同許右史、龔茂才分韻》注〔六〕。

〔六〕華髮：白髮。抽簪：謂辭官。詳前《拂衣行答元美》注〔九〕。

〔七〕見綈袍：見相知之深情。綈袍，語出《史記·范雎列傳》。詳前《贈張子含茂才》注〔三〕。

〔八〕漁磯：可供垂釣的水旁石磯。

〔九〕《滄浪曲》：　即《滄浪歌》。《孟子·離婁上》：『有孺子歌曰：「滄浪之水清兮，可以濯我纓；　滄浪之水濁兮，可以濯我足。」』意謂政治清明之時可以出仕爲官，政治昏暗之時即可退隱故里。

〔一〇〕遙夜：　猶長夜。　南山：　指濟南南部諸山。　攀龍白雪樓在華不注和鮑山之間，華、鮑二山爲南山餘脈，故云『傍戶庭』。

〔一一〕樵唱：　樵夫所唱之歌，也稱『樵謳』。　樵，樵夫，打柴人。　唐孟浩然《澗南即事貽皎上人》：『釣竿垂北澗，樵唱入南軒。』延眺：　引頸遠望。　林坰（jiōng）：　野外。《爾雅·釋地》：『邑外謂之郊，郊外謂之野，野外謂之林，林外謂之坰。』

寄華從龍比以魚橘見致

多少人間事，誰能便作書？　罷官君更早，謝客我何疎〔一〕！　八月來吳橘，三江下楚魚〔二〕。　因風裁數字，一問子雲廬〔三〕。

【題解】

華從龍，名雲，字從龍。無錫（今屬江蘇）人。少時師事邵寶，又曾師事王守仁。嘉靖間進士。性豪爽，喜接引人才，官至刑部郎中。嚴嵩主政，遂乞休歸家，築真休園，藏書法名畫。工詩善文。生平詳《國朝獻徵錄》卷四九、《盛明百家詩》卷一。從詩中『罷官君更早』，知此詩爲華氏居家時聞知李攀龍歸里贈魚橘慰之，此詩作於嘉請三十八年冬。

【注釋】

〔一〕謝客：　謝絕客人。　疎：　疎遠。

〔二〕三江：水名。有多處稱三江，此指揚子江上游。《書·禹貢》：「揚州三江既入。」

〔三〕子雲：漢揚雄字子雲。此借指華從龍。

月

不是山中月，誰能坐鬱陶〔一〕？蟾孤憐凍影，兔老愛霜毫〔二〕。暈疊金波動，寒侵玉樹高〔三〕。爲題團扇句，千里寄同袍〔四〕。

【題解】

詠月爲傳統題材，「蟾孤憐凍影，兔老愛霜毛」爲詠月佳句。

【注釋】

〔一〕坐：遂，于是，就。鬱陶：思念愁苦之狀。《孟子·萬章上》：「鬱陶思君爾。」

〔二〕「蟾孤」二句：以蟾蜍、玉兔寫月光清寒，謂孤獨的蟾蜍顧寒影而自憐，玉兔年老更珍惜其禦寒的霜毛。蟾，蟾蜍，俗稱癩蛤蟆。傳說羿向西王母請不死之藥，其妻竊之以奔月，是爲蟾蜍。見《後漢書·天文志》南朝梁劉昭注。《淮南子·精神》：「日中有踆烏，而月中有蟾蜍。」兔，玉兔，白兔。晉傅玄《擬天問》：「月中何有？玉兔搗藥。」古詩文中常以蟾蜍、玉兔代指月亮。凍影，寒氣中的身影。霜毛，霜降後長出的絨毛。

〔三〕暈：月暈，環繞月亮周圍的雲氣。金波：金色的光波。玉樹：傳說中月中的仙樹。

〔四〕團扇句：指傳爲漢班婕妤所寫《怨歌行》。詩云：「新裂齊紈素，鮮潔如霜雪。裁爲合歡扇，團團似明月。出入君懷袖，動搖微風發。常恐秋節至，涼飆奪炎熱。棄捐篋笥中，恩情中道絕。」同袍：此謂兄弟。

和殿卿《神通寺》見貽之作

花宮留妙唱〔一〕，綵筆遍高僧〔一〕。說法從初地〔二〕，談詩出上乘〔三〕〔二〕。五言爭刻燭〔四〕，一字了傳燈〔五〕〔三〕。玄度前身是，風流益可憑〔四〕。

【校記】

〔一〕唱，學憲本作『倡』。唱、倡通。

〔二〕從初地，學憲本作『懸中肆』。

〔三〕談，學憲本作『論』。

〔四〕爭刻燭，學憲本作『堪舍筏』。

〔五〕了，學憲本作『已』。

【題解】

殿卿，卽許邦才。許有贈李攀龍《神通寺二首》，見《濟南府志·藝文》。此爲答詩。神通寺，原稱朗公寺，苻秦皇始元年（三五一）竺僧朗所建（見北魏酈道元《水經注》、釋慧皎《高僧傳》），在今濟南市柳埠鎮琨瑞山下，隋時改稱神通寺。詳見本書第九卷《神通寺》題解。

【注釋】

〔一〕花宮：謂佛寺。綵筆：謂詩筆。

〔二〕法：佛法。初地：佛教用語。謂『十地』之第一地，卽歡喜地。見《華嚴經·十品》。上乘：最上之教法。

《雲笈七籤》：『三洞合成三十六部尊教，第一洞真爲上乘，第二洞玄爲中乘，第三洞神爲下乘。』此謂談詩蘊含深奧佛理。

〔三〕五言：許詩爲五言詩。刻燭：刻燭計時。作四韻詩，刻燭一寸就須作出。見《南史·王僧孺傳》。後喻詩思敏捷。傳燈：傳授佛法。佛家謂佛的教旨可以破除迷暗，像燈照明一樣，因稱。二句讚美許詩詩思敏捷，又深悟佛理。

〔四〕玄度：即許玄度。名詢，高陽（今屬河北）人。東晉玄言詩的代表作家。晉簡文帝稱其詩『妙絶時人』。檀道鸞《續晉陽秋》說他與孫綽『並一時文宗』。此處說許邦才前身爲許詢，是稱譽其才可比許詢。風流：此謂文采。

同許右史游南山宿天井寺

古寺馬蹄前，荒山斷復連。階危孤石倒（一），厓響亂泉懸〔一〕。喬木堪知午，迴峯半隱天（二）〔二〕。不因許玄度，誰此得攀緣〔三〕！

【校記】

（一）倒，學憲本作『擁』。

（二）半，學憲本作『欲』。

【題解】

許右史，即許邦才。詩作於歸隱期間。右史，右長史。官名。許邦才由永寧知州調任德王府右長史。此時攀龍辭官家居，二人詩酒往還，過從密切。學憲本題作《同殿卿游南山天井寺》。南山，泛指濟南南部諸山。天井寺，始建于元貞元年（一二九五），位於濟南市港溝鎮蘆芽嶺村南天井峪，東臨蘆芽嶺，西連孤月山，南靠天平寨，北枕錦洋湖，恰如置身天井之間。故名。又名雲臺寺。

【注釋】

〔一〕危：高。

〔二〕喬木：高大的樹木。堪知：能測知。迴峯：回環曲折的峯巒。

〔三〕許玄度：詳前《和殿卿〈神通寺〉見貽之作》注〔四〕。此喻指許邦才。

龍集寺

雙林窺壑險〔一〕，一徑入雲愁。峯落青蓮色，燈懸白日幽〔二〕〔一〕。香臺高枕出，澗水閉門流〔二〕。

聞道羣龍集，明珠自可求。

【校記】

〔一〕險，學憲本作『透』。

〔二〕懸，學憲本作『傳』。

【題解】

龍集寺，在濟南龍集山，位於南部山區西營鎮閣老村，今開闢有旅游風景區。

【注釋】

〔一〕『峯落』二句：謂山影與佛光相輝映，寺內燈光使白晝顯得昏暗。青蓮，指佛座。

〔二〕香臺：佛教用語。佛像的别稱。唐孫逖《游雲門寺》：『香臺花下出，講座竹間逢。』

錦陽川九塔寺觀許右史碑

名山諧夙好，況復近吾廬〔一〕。嵐影浮斜照，茲川錦不如〔二〕。空林雙樹老，寒塔九華踈〔三〕。一片頭陀石，新文六代餘〔四〕。

【題解】

錦陽川，又名南川，即北魏酈道元《水經注》所謂玉水，今稱玉符河，爲濟南南郊『三川』（錦繡、錦雲、錦陽）之一。源出泰山長城嶺梯子山下的仙龍潭，會龍門峪（龍泉）之水，經朗公谷神通寺與湧泉庵之間，至仲宫與錦繡、錦雲兩川匯合入大清河（即今黄河），延袤六十餘里。九塔寺，在濟南南郊齊城峪村北，靈鷲山南麓。始建年代不詳。相傳爲唐大將軍尉遲敬德所建。許邦才《重修九塔寺記》云：『歷考寺碑，惟唐天寶、大曆之文爲古，然曰「重修」，則猶非其始也。』（乾隆《歷城縣誌·古跡考》）寺内原有唐代佛造像，今僅存九頂塔。塔『一莖上而九頂各出』，即塔身爲一，而上有九頂，結構頗爲别致。寺四周峯巒復合，林薈蒼翠，景物優美，今已辟爲公園。許右史，即許邦才；碑，即《重修九塔寺碑》，李攀龍書丹，今存。

【注釋】

〔一〕名山：指靈鷲山。因靈鷲爲印度佛教勝地，在佛教傳入後，全國各地都有以靈鷲命名的山峯或寺廟。靈鷲山蓋因寺而名。諧夙好：謂與自己喜好名山勝景的性情相合。吾廬：我的廬舍，我家。靈鷲山在神通寺南，屬歷城縣，故云。

〔二〕嵐影：　映入錦陽川的山影。

〔三〕雙樹：　指寺内佛殿前的兩株古柏，虯枝夭矯，蒼翠挺拔。　寒塔：　指九頂塔。深秋觀賞，故云『寒』。塔一莖九頂，如花（華）蕊之分疏，故云『九華疏』。

〔四〕頭陀石：　頭陀寺的碑文。《續歷城縣誌》選録董芸《九塔寺》詩注云：『許右史嘗作記，碑尚存，古雅似頭陀寺王中筆。』王中，字簡棲，南朝齊、梁間琅邪（今山東臨沂）人。所作《頭陀寺碑文》載《文選》卷五九，『文辭巧麗，爲世所重』（《文選》）。此以王中之文稱譽許文，所以下句説『新文六代餘』。餘，遺存。

元日

五十江湖客，風塵一事違〔一〕。漁樵供藥餌，雨雪偃荊扉〔二〕。白髮詩篇苦，清齋病色微〔三〕。平生拚縱酒〔一〕，今日不知非〔四〕。

【校記】

〔一〕拚縱酒，學憲本作『惟嗜酒』。

【題解】

元日，農曆正月初一。學憲本題作《癸亥元日止飲》，癸亥爲嘉靖四十二年（一五六三），與所稱『五十江湖客』正合。負氣辭官，居家六載，憶及半生直道而行，説『今日不知非』，辭氣憤激，其心情似未平静下來。

【注釋】

〔一〕江湖客：　謂隱居之士。　一事違：　指棄官歸隱。

〔二〕偃荊扉：　關柴門。偃，關閉。荊扉，用荊條編制的院門。極言居處簡陋。

〔三〕病色微：　病情漸輕。

〔四〕拚（pàn）縱酒：　拚命縱情飲酒。

立春前夜齋居殿卿攜具見枉

茅齋殘雪在，新月況當門。春動西園蓋，寒空北海樽〔一〕。詩篇閑自遣，交態老難論。似覺行廚色（一），能清病客魂（二）〔二〕。

【校記】

（一）似覺，學憲本作『不是』。

（二）能，學憲本作『誰』。

【題解】

齋居，書齋閑坐。殿卿，即許邦才。攜具，攜帶酒具。見枉，屈駕前來。枉，枉駕，稱人到來的敬詞。

【注釋】

〔一〕西園蓋：　謂游宴之車。西園，即銅雀園，在今河北臨漳縣。曹操封魏王，都鄴下（即今臨漳）。曹氏父子經常在西園與王粲、徐幹、劉楨、阮瑀、應瑒等聚會游宴。曹丕《芙蓉池作》、曹植《公宴》爲記宴游之作，曹丕詩有『卑枝拂羽蓋』、曹植詩有『飛蓋相追隨』之句。蓋，車頂。北海樽：　本指漢末孔融待客，此謂招待賓客之酒。詳前《送新喻李明府伯承》注〔二〕。

〔二〕行廚：流動的廚具。清：滌蕩。

立春日齋居對雪憶元美

齋居何所作？春雪是佳期。淨入年華淺，光含暝色遲。鳴弦流豔曲〔一〕，拂簡映新詩〔二〕。此夕山陰客，扁舟興可知〔三〕。

【校記】

（一）鳴，學憲本作「拂」。

（二）拂簡映新詩，學憲本作「映帙動新詩」。

（三）「此夕」二句，學憲本作「縱有山陰客，難將此興知」。

【題解】

元美，即王世貞。從「此夕山陰客，扁舟興可知」，東晉王獻之（子猷）居山陰，雪夜乘舟訪戴逵，造門興盡而返。見《世說新語·任誕》。此詩以王獻之比王世貞。學憲本題作《立春日齋居對雪》，無「憶元美」三字。

襲生初度與郭子坤集開元寺餞許右史〔一〕

論交三十載，此地重尋盟。夏臘高初度，人天戀遠行〔二〕。青蓮澄筆彩，白馬識經聲〔三〕。曾是春山夜，談禪對友生〔三〕。

【校記】

（一）龔，底本作『龔』，隆慶本同，據萬曆本等明刊諸本改。

【題解】

龔生，名勖，字克懋，一字懋卿，陽丘（今山東濟南市章丘）人。攀龍詩友。曾官開平衛（治所在今河北獨石口）教授。著有《懋卿集》。生平詳見《章丘縣誌》及本書所載《送龔懋卿序》。龔勖三十歲始爲府學生員，五十歲爲貢生。做廩膳生員後，與許邦才、郭子坤同學。後科場失意，隱居家鄉長白山，以善《毛詩》著聞。從做府學生員即與李攀龍交往，二人情趣相投，爲攀龍家中常客。初度，生日。郭子坤，攀龍早年同學。詳前《許殿卿、郭子坤見枉林園》題解。餞，餞行。蓋許邦才將赴河南周王府長史任。開元寺，濟南原有兩處，一處在舊城內，建於唐代，明初改爲府治；一處原名佛慧山寺，在大佛頭峯下。此指後者。李攀龍曾在寺內讀書。詳前《集開元寺》題解。

【注釋】

〔一〕夏臘：僧人之年。僧人以夏、冬兩個時期爲安息之時，故以夏臘爲紀年。猶俗以春秋紀年。唐賈島《寄無得頭陀》：『夏臘今應三十餘，不離樹下冢間居。』

〔二〕青蓮：謂佛座下蓮花。白馬：指開元寺。據《高僧傳》卷一載，相傳天竺國有伽藍名招提，國王利於財將毀之，有一白馬繞塔悲鳴，得以不毀，因改招提以爲白馬。後多處佛寺即以白馬命名。

〔三〕談禪：談論佛理。

逃暑

無處堪逃暑，高樓坐夜分。河流纏宿霧，電影迸重雲。紈扇含冰彩，珠簾網露文〔一〕。漢宮多貴幸，何以答南薰〔二〕？

【題解】

逃暑，避暑。由逃暑而思及舜之《南風》，即由暑熱思及解除民之痛苦，頗有杜甫居茅屋而思廣廈庇民之意，是爲可取。

【注釋】

〔一〕紈扇：絹扇。紈，生絹之精美，色澤如冰，言其祛暑。露文：簾由水晶珠串，如圓露成文綵。文，文彩。

〔二〕南薰：南風。相傳舜彈五弦之琴，歌《南風》之詩。詩云：『南風之薰兮，可以解吾民之慍兮；南風之時兮，可以阜吾民之財兮。』見《史記·樂書》。

暴雨

西來氛甚惡，夏至此何祥？雨伏千厓怒，風迴萬壑長。雷聲盤暗牖，電影纏空梁〔一〕。少選虹霓出，園林媚夕陽〔二〕。

【題解】

此詩蓋作於家居之時。睹雨興感，以補時日。『雷聲』二句，頗爲生動。

【注釋】

〔一〕牖：窗。梁：屋樑。

〔二〕少選：少時，一會兒。媚夕陽：因夕陽而嫵媚。

寄子與使君二首

一郡看如此，扁舟意若何？白雲天目遍，春水太湖多〔一〕。怪事寧辭賦，幽人自薜蘿〔二〕。平生無俗客，三徑許誰過〔三〕？

其二

我輩還堪見，人間已厭聞。大都常謝客，不次各離羣。病酒仍耽句，青山自白雲〔四〕。春來論數子，飄泊有如君〔五〕。

【題解】

子與，即徐中行。中行於嘉靖三十六年（一五五七）升任汀州知府，三十七年父喪守制，四十一年得補汝寧知府，第二年大計罷官歸家。詳詩意，爲子與家居時作。

【注釋】

〔一〕天目：山名。在子與故鄉長興（今浙江湖州）南。峯巒清秀，林木蓊翠，景色甚美。太湖：湖名。在江浙兩省之間，長興在太湖南岸邊。

〔二〕幽人：幽居之人，即隱居者。此指子與。

〔三〕三徑：謂隱居處。詳前《秋夜白雪樓同許右史、襲茂才分韻》注〔六〕。

〔四〕耽句：耽於詩句。謂沉溺於詩情之中。青山自白雲：謂雲生山中，自然而然。

〔五〕數子：指『七子』中李、徐之外的五人。當時梁有譽、宗臣已去世，世貞居家太倉，吳國倫知邵武府，謝榛仍南北游走。

襲克懋託疾不肯入試賦贈〔一〕

似得冥鴻意，兼深抱璧情〔一〕。一鳴堪自失，三獻轉相輕〔二〕〔二〕。《白雪》看前輩，青雲讓後生〔三〕。已須橫四海，且復愛連城〔四〕。

【校記】

〔一〕襲，底本作『龔』，隆慶本同，據萬曆本等明刊諸本改。

〔二〕輕，萬曆本、張校本並作『徑』。隆慶本、重刻本、四庫本並作『經』。案作『輕』是。

【題解】

襲克懋，卽襲勖。詳前《襲生初度與郭子坤集開元寺餞許右史》題解。託疾，託言患病。不肯入試，此指鄉試。

【注釋】

〔一〕『似得』二句：謂具有遠大志向，又有懷才自珍的情懷。冥鴻意，謂志向高遠。抱璧，心懷遠大志向，如玉之珍。

〔二〕『一鳴』二句：謂入試則失去本真，入仕反而顯得輕賤。一鳴，一鳴驚人。見《史記·滑稽列傳》。三獻，和氏曾三上璞玉。

〔三〕『白雪』二句：謂作詩向前輩學習，而仕途則讓給後人。《白雪》，謂高雅的詩歌。青雲，此喻仕宦騰達。

〔四〕連城：連城之璧。愛連城，即前所謂「抱璧情」。

寄懷余德甫二首

豈亦逢秋色，登臨若遠行。江通灌嬰井，山到越王城〔一〕。何見非交態，難言一宦情。大東千里月，石鏡好同明〔二〕。

其二

即聞彭蠡鴈，應上武陽臺〔三〕。華髮文章到，青山放逐回。時名堪下榻，秋興足銜杯。不是求羊輩，蓬蒿斷往來〔四〕。

【題解】

余德甫，名曰德，字德甫，號午渠，南昌（今屬江西）人。嘉靖二十九年（一五五〇）進士，授刑部貴州司主事，歷員外郎、郎中，官至福建按察使。錢謙益謂德甫「附七子壇坫之末，其詩靡靡不足觀」（《列朝詩集小傳·閏集》）。生平詳王世貞《弇州山人續稿》卷一一二《明中憲大夫福建按察使午渠余公墓誌銘》。由詩可知時余德甫被罷職還南昌。

【注釋】

〔一〕灌嬰井：相傳豫章城（故址在今江西南昌黄城寺）爲漢潁陰侯灌嬰所築，亦名灌嬰城。詳見《讀史方輿紀要·江西·南昌府·新建縣》。越王城：《明一統志》卷四九載越王城「在奉新縣西五十里。相傳越王句踐伐楚屯兵於此」。

〔二〕大東：指濟南。《詩·小雅》有《大東》篇，爲譚國大夫所寫。古譚國在今濟南章丘東平陵一帶。石鏡：廬山東有圓石，明淨如鏡，名曰石鏡。詳見《水經注·廬江水》。

〔三〕彭蠡：湖名。即今江西鄱陽湖。《漢書·地理志》：「彭蠡澤在豫章彭澤縣南。」武陽臺：疑即武陽亭。在今江西波陽（鄱陽）縣境。

〔四〕求羊：漢隱士求仲、羊仲的合稱。詳前《拂衣行答元美》注〔八〕。

二月十五日誕子

三十盧家妾，明珠報使君〔一〕。國香元有種，天馬自超羣〔二〕。月應懸弧滿，春迎翦紱分〔三〕。負薪還爾事，豈敢望青雲〔四〕！

【題解】

攀龍妾盧氏二月十五日生子，攀龍非常高興，但並不敢寄望其仕宦騰達。

【注釋】

〔一〕盧家妾：即攀龍愛妾盧氏。攀龍去世後，家貧無以爲生，在濟南東關賣餅度日。見明王象春《齊音》。明珠：喻人聰慧若明珠。此指盧氏所生子。《梁書·劉孺傳》：「孺……十四居父喪，毀脊骨立，叔父瑱爲義興郡，攜以之官，常置坐側，謂賓客曰：『此兒吾家之明珠也。』」

〔二〕國香：蘭別稱。《左傳·宣公三年》載鄭文公有妾燕，夢天使送蘭，以蘭有國香。生子名蘭。元：本來。天馬：大宛產千里馬。詳前《天馬歌》注〔一〕。

〔三〕懸弧：將弓懸於其門，喻生男孩。《禮記·郊特牲》「懸弧之義」注：「男子生而設弧於門左，示有射道。」翦紱：翦除其惡，消除不祥。紱，應爲「祓」，古代三月三日上巳節有祓禊除災的風俗。

〔四〕負薪：負擔薪樵，謂爲庶人，即平民百姓。《禮記·曲禮下》：「問庶人之子，長曰能負薪矣，幼曰未能負薪也。」青雲：此喻仕宦騰達。

席上別王、吳、徐、宗四子

仙吏滿蓬萊，離筵氣色開〔一〕。襜帷寒食過，風雨太行來〔二〕。一失中原遇，難論我輩才。華陽猶駿馬，涓者載金迴〔三〕。

【題解】

王、吳、徐、宗四子，指王世貞、吳國倫、徐中行、宗臣。據有關記載，王世貞於嘉靖三十五年（一五五六）十月出爲青州兵備副使（鄭利華《年譜》），吳國倫亦於是年三月貶爲江西按察使司知事（《明世宗實錄》卷四三三），徐、宗亦於第二年先後離京外任。李攀龍於嘉靖三十四年年底上計入京（見本集卷二三《亡妻徐恭人狀》），與諸子相聚，四子各有詩紀其事。翌年正月，攀龍考績還郡，與諸子相别，各有詩。此詩應作於是年，即嘉靖三十五年正月。

【注釋】

〔一〕仙吏：猶仙郎。古稱尚書省各部郎官爲仙郎。王、徐、吳、宗爲郎官，因用以指稱，並連帶將所聚之處稱作「蓬萊」（仙境）。

〔二〕襜（chān）帷：同「襜幄」，車帷。此謂赴順德知府任。李攀龍於嘉靖三十二年春赴任，寒食之後纔到任所。

〔三〕華陽：唐宫名。此或指明宫。此或藉以指吴國倫，國倫時爲中書舍人。涓者：涓潔之人。此爲作者自謂。

答元美《喜于鱗被召》見寄二首

十年君所見，已分老蓬蒿〔一〕。安得浮名在，將無執事勞〔二〕？海鷗羣自下，天馬步元高〔三〕。五柳還須種，徵君不姓陶〔四〕。

其二

那堪成僻性，非不愛明時〔五〕。白髮終憐我，青山好屬誰〔六〕？連城高一抱，流水妙相知〔七〕。君自牆東客，行藏豈更疑〔八〕？

【題解】

元美，即王世貞。據《明史》本傳載，隆慶元年（一五六七），由工部尚書朱衡等推薦，李攀龍起爲浙江按察副使。當其起復之時，元美即寫下《喜于鱗被召》（見《弇州山人四部稿》卷二七）表示祝賀。詩云：『物色乾坤滿，羊裘尚寂寥。忽聞求劍詔，實已應弓招。騷雅名終在，巢由臥轉驕。彈冠豈吾事，或可擅漁樵。』此爲答詩。

【注釋】

〔一〕十年：從嘉靖三十七年（一五五八）棄官歸隱至隆慶元年（一五六七）起復，李攀龍家居正好十年。分(fen)：甘願。三國魏曹植《上責躬應詔詩表》『自分黄耇，永無執珪之望』注引李善曰：『分謂甘愜也。』

〔二〕將無：豈無。執事：供役使的人。見《左傳·僖公二十六年》。後在書信或詩文中用爲敬稱，表示不敢直指其人。此謂自己所以名聞海內，其中也有你宣揚之功。

〔三〕『海鷗』二句：謂向來適情任性，像天馬不同凡俗一樣，不願受官場職事的羈勒。海鷗自下，喻任性自適。語本《列子・黃帝篇》，詳前《春日閑居》注〔九〕。天馬，千里馬。見《史記・大宛列傳》。元，本來。

〔四〕『五柳』二句：謂今雖被徵召，將來還是要歸隱故里的。五柳，指東晉大詩人陶淵明隱居時所植五株柳樹。淵明曾著《五柳先生傳》，後人稱『五柳先生』。徵君，又稱徵士。古時指朝廷徵聘而不肯受職的隱士。據《宋書・陶淵明傳》載，劉宋代晉後，曾徵聘其爲著作佐郎，辭不就。

〔五〕那堪：猶何堪。僻性：偏愛之性。明時：政治清明之時。此爲稱頌本朝。

〔六〕『白髮』二句：謂白髮能憐我年紀老大，我對家鄉的青山綠水也難以割捨。

〔七〕『連城』二句：謂受到封贈之後最可貴的是堅守初志，知心朋友之間彼此應心靈相通。連城，並列之城。此謂朝廷封贈。《漢書・五行志》：『漢興大封諸侯，連城數十。』高一抱，謂高尚處在守一不變。一抱，堅守其志向不變。《老子》二二章：『聖人抱一爲天下式。』抱，胸懷，抱負。流水，高山流水，謂彼此相知。本伯牙與鍾子期的故事，詳前《送謝茂秦》注〔五〕。

〔八〕『君自』二句：謂您暫時家居，難道對我應召還存有疑慮？牆東客，指避世隱居之人。東漢平原（今屬山東）人王君公精通《易》，爲郎，遭亂隱於民間，做牛經紀人，『時人謂之論曰：「避世牆東王君公」』（《後漢書・逸民列傳・逢蒙傳》附）。王世貞自遭父難家居未仕，對攀龍應召頗有微詞。行藏，出處，行止。《論語・述而》：『子謂顏淵曰：「用之則行，舍之則藏，惟吾與爾有是夫！」』

過呂梁

十年稱病客，擊楫在樓船〔一〕。澌下波方溜，風鳴水正懸〔二〕。青山高臥裏，白髮壯游前〔三〕。起色聊相假，終慚傲吏賢〔四〕。

【題解】

呂梁，地名。在今江蘇徐州市銅山東南。也稱呂梁洪。《水經注·泗水》説『泗水過呂梁南，山上有水梁，故曰「呂梁」』。《列子·黄帝》：『孔子觀於呂梁，懸水三十仞，流沫三十里，黿鼉魚鱉之所不能游也。』從『十年稱病客』知此詩作於隆慶元年（一五六七）春初赴浙江任途中。應詔起復，思有所作爲，而又心存疑慮。

【注釋】

〔一〕『十年』二句：謂十年稱病辭官，一朝起復，壯志依然。擊楫(jí)，划動船槳。《晉書·祖逖傳》載，晉室南遷，北方國土大部淪陷，祖逖常懷克復故土之志。爲此，晉元帝任命逖爲奮威將軍、豫州刺史，令其北伐。祖逖渡江時，『中流擊楫而誓曰：「祖逖不能清中原而復濟者，有如大江！」辭色壯烈，衆皆慨歎』。

〔二〕澌：解凍時流動的水。溜：迅急下傾。水正懸：水梁在山上，如懸空中。

〔三〕壯游：懷壯志而出游。游，游宦，官於外地。

〔四〕『起色』二句：謂姑且借起復有所作爲，而思及古人仍不免感到慚愧。起色，起而欲游的心思。漢枚乘《七發》：『然而有起色矣。』傲吏，指莊子。晉郭璞《游仙詩》：『漆園有傲吏，萊氏有逸妻。』莊子曾爲漆園吏。《莊子·秋水》載有莊子爲任情適性而拒聘的故事。

宦情二首

初服終能事，徐生已自違〔一〕。浮雲知失計，漚鳥見忘機〔二〕。越酒經春老，江魚入夏肥〔三〕。他鄉如不病，一任宦情微。

其二

我輩誠何意，于今自解難〔四〕。纍寧知衆嫭，儂已罷新歡〔五〕。《白雪》狂歌盡，青雲病疏看〔六〕。江湖終日在，一任宦情闌。

【題解】

宦情，仕宦之心志。李攀龍因辭官隱居而名聲鵲起，今又出仕爲官，懼有微詞。而感人推薦，應詔起復，又充滿疑慮，反映出作者對新朝有所期待而又懷有疑慮的心境。《與許殿卿書》云：『是役也，可以期月無大過，不負薊紱之雅，然後更圖作邴生計，以報諸公者，恆於斯也。十年恬退，微名不當人意，一朝失之，而辱薊紱者亦恆於斯也。……浙牒已下，濡滯不果。豈恤微名，畏繁以勞。半途而廢，取笑里閈也。』

【注釋】

〔一〕『初服』二句：謂本來可以隱居以終，而徐生卻又違心出仕。初服，未出仕前穿的衣服。語本《楚辭·離騷》『退將復修吾初服』。能事，能做到的事。徐生，指徐中行。嘉靖末年，中行曾賦閑家居，召爲山東按察司僉事，因守母喪未赴任。詳《天目先生集》卷二一附李炤《徐公行狀》。時李攀龍、王世貞等聞訊，都有詩寄慰。

〔二〕『浮雲』二句：謂應詔起復的確考慮不周，還是過任情適性的隱居生活爲好。浮雲，喻指富貴。《論語·述而》：『不義而富且貴，於我如浮雲。』此指出而爲官。失計，失於長遠打算。漚鳥忘機，謂任情適性，自甘恬淡。詳前《春日閑居》注〔十九〕。漚鳥，即鷗鳥，海鷗。忘機，忘卻計較利害得失及巧詐之心。

〔三〕越酒：即紹興酒，以存放經春者爲佳，即所謂紹興老酒。江：指錢塘江。

〔四〕自解難：攀龍起復，有責難者，即好友王世貞亦有微詞，而其内心亦頗多顧慮，故而難以自解。

〔五〕纍寧：謂長時間的安逸生活。纍，連續不斷。眾嫭（hù）：謂人們都以爲美。嫭，美，美好。《漢書·禮樂志》：「眾嫭並，綽奇麗。」儂：吴語，我。

〔六〕青雲：喻宦途騰達。

劉太保文安公輓章十首

上公需異典，美謚表餘恩。文並三光麗，安同五嶽尊。朝廷先達在，社稷大名存。廟議當時事，稱天有世孫。

右贈謚〔一〕

遣奠煩容物，臨軒憶典刑。祠官開正寢，法從輟明庭。筵几知存問，鐘彝藉寵靈。老臣如就饗，帷幄見談經。

右諭祭〔二〕

使從三省至，地自九原開。不作祁連象，寧知漢代才？佳城跑躑躅，法駕擁徘徊。文劍今埋照，于焉燭夜臺。

右賜葬〔三〕

國史從王事，經筵飫帝慈。龍章紆後寵，魚水見前知。雨露含天藻，山河勒制辭。門生堪視草，猶作起冢疑。

右頒誥〔四〕

峴首羊公石，千秋淚不禁。孤墳寒自出，華表鬱相臨。陰雨龍文動，風霜鳥跡深。更聞辭妙絕，一字可生金。

右立碑〔五〕

自復遺書出，相傳片字工。史才依晉乘，詩調托唐風。草疏回天力，談經發聖聰。少年眈作賦，頗欲擬《河東》。

右遺文〔六〕

祠堂何所有？遺像鹿臺山。爲是懸車處，常聞曳履還。諸生從上黨，三老自壺關。伏臘蘋蘩外，談經俎豆間。

右特祠〔七〕

諸劉稱令族，羣從復清操。家自駒千里，人皆鳳一毛。文章爭左袒，禮樂盛東曹。五世傳經術，推公甲第高。

右世科〔八〕

一時求舊德，千載憶皇都。北斗高元氣，南山永帝圖。青雲餘几杖，白首自江湖。此日乘驄客，閭門意不孤。

右達尊坊〔九〕

小子元吾黨，前賢亦故鄉。春秋存俎豆，日月望宫牆。血食堪千載，精靈自一堂。唯應楊伯起，秦晉鬱相望。

右從祀鄉賢〔一〇〕

【題解】

劉太保，指劉龍（？——一五五三）。龍，字舜卿，號紫岩，襄垣（今山西長治市北）人。弘治十二年（一四九九）進士，授翰林院編修，改兵部職方司主事、吏部考功員外郎，歷南京禮部、吏部、兵部三部尚書，致仕卒，贈太子太保，謚文安。生平詳李默《羣玉樓稿》卷七《資政大夫南京兵部尚書參贊軍務致仕贈太子太保謚文安紫岩劉公龍墓誌銘》。據墓誌，劉龍卒於嘉靖三十二年（一五五三）六月初七。時攀龍任刑部山西司郎中，與劉龍關係不詳，或因其職與山西有關得參加劉龍的葬禮。劉龍死後，嘉靖皇帝贈謚、賜葬、頒誥，備極榮寵。

【注釋】

〔一〕贈謚：嘉靖皇帝贈謚文安。謚，謚號。人死後據其生前行跡爲其所立謚號。上公，劉龍卒贈太保，太保爲古代『三公』（太師、太傅、太保）之一，故稱。皇帝贈謚，異乎尋常，所以説需受異典。『文並』二句釋『文安』謚號的含義，謂文與三光（日月星）並麗，安如五嶽（東嶽泰山、西嶽華山、南嶽衡山、北嶽恆山、中嶽嵩山）之受尊崇。廟議，猶廟論。朝廷議論軍國大事。宋歐陽修《謝參知政事表》：『贊貳國鈞，參聞廟論。』劉龍參贊軍務，故云。世孫，世其家之孫，謂後繼有人。

〔二〕諭祭：皇帝遣使下祭，以示尊崇。諭，諭旨。諭告帝旨。遣奠，遣使祭奠。典刑，舊法規，原有的規章制度。《詩·大雅·蕩》：『雖無老成人，尚有典刑。』祠官，奉祠之官。正寢，此謂劉龍所居正室。《公羊傳·莊公三十二年》『正寢』注：『公之正居也。』明庭，同『明廷』，古代朝見神靈之地。此謂奉旨祭奠，其做法如同跟隨皇帝祭靈一樣。筵几，座席與几案。鐘彝，鐘鼎、彝器。《舊唐書・長孫無忌傳》：「自古帝王褒崇勳德，既勒銘於鐘鼎，又圖形於丹青。」

〔三〕賜葬：大臣死，皇帝指示葬儀規格並委派使者往祭曰賜葬。三省，唐代官制有中書省、門下省、尚書省，合稱「三省」。見《唐書・百官志》。此謂皇帝從內閣各部選派使者。九原，山名。在今山西新絳縣北。也作「九京」。見《禮記・檀弓下》。因晉卿大夫的墓地在九原，後亦用以指稱墓地。祁連，山名。有南北之分：漢大將軍霍去病所至爲南祁連，亦稱南山、白山、雪山，綿延於甘肅張掖、武威、酒泉、安西等地，接阿爾金山；北祁連，即今新疆境內之天山。《漢書・霍去病傳》「祁連山」注引顏師古說：「祁連山即天山也，匈奴呼天爲祁連。」漢代曾設祁連將軍，見《漢書・匈奴傳》。祁連象，即取法祁連，以做祭品。象，象生，祭祀時以亡者生前所用之物爲象徵。《後漢書・祭祀志》：「廟以藏主，以四時祭。寢有衣冠几杖象生之具，以薦新物。」劉龍終官兵部尚書，故以祁連做象生之物。佳城，謂墓地。語本《博物志・異聞》。法駕，皇帝乘輿。使者代皇帝致祭，所以須有皇帝法駕出現。文劍，謂有文飾之劍。《後漢書・李章傳》：「帶文劍，被羽衣。」夜臺，墓穴。唐李白《哭善釀紀叟》：「夜臺無曉日，沽酒與何人？」

〔四〕頒誥：頒佈誥命。此指皇帝賜的祭文。劉龍曾官翰林編修，所以祭文中提及修國史、講經等事。經筵，宋以來天子御席，與侍講、侍讀等官員講論經史，謂之經筵。經筵講官由大學士、各部尚書、侍郎、詹事及侍讀、侍講、國子監祭酒等官員中選派。飫（yù），飫賜。《左傳・襄公二十六年》：「是以將賞，爲之加膳，加膳則飫賜，此以知其勸賞也。」《注》：「飫，饜也。酒食賜下，無不饜足，所謂加膳也。」龍章，此指用軍旗的龍形圖紋。《管子・兵法》：「三曰舉龍章，則水行。」魚水，如魚得水，喻劉龍受皇帝寵倖及君臣相知的關係。雨露，喻皇帝恩惠如雨露降下。天藻，喻皇帝祭文。勒，刻。謂刊刻於石，與山河同在。

〔五〕立碑：謂樹立墓碑。峴（xiàn）首，山名。羊公，指羊祜（二二一—二七八）。據《晉書》本傳載，羊祜，字叔子，泰山南城（今山東新泰）人。晉初，官尚書右僕射、衛將軍，都督荊州諸軍事、假節，爲滅吳作準備。後加車騎將軍，開府儀同三司。在任忠貞無私，疾惡邪佞，愛護百姓，寬以待人，受到軍民乃至敵方的愛戴。『祜樂山水，每風景，必造峴山，置酒言詠，終日不倦』，卒葬峴山，『襄陽百姓於峴山祜平生游憩之所建碑立廟，歲時享祭焉。望其碑者，莫不流涕，杜預因名爲墮淚碑』。華表，此指古代立於墓前的石柱。柱身一般刻有花紋。龍文，刻於碑身的龍形花紋。鳥跡，此指書寫的碑文。《淮南子·說山》有『見鳥跡不知著書』之說，因以鳥跡喻書法。

〔六〕遺文：指劉龍生前創作的詩文。晉乘，泛指晉史。唐前私家修晉史者甚多，《隋書·經籍志》著錄的就有陸機、干寶等《晉紀》八種。劉龍爲晉人，故其史才亦以晉乘喻之。草疏，起草奏疏。回天力，謂其能說動皇帝改變主意。耽，沉溺於。《河東》，漢楊雄所作賦名。見《漢書·楊雄傳》。

〔七〕特祠：特設之祠。祠，祠堂。鹿臺山，未詳。蓋在劉龍家鄉。懸車，謂致仕退休。《文選》蔡伯喈（邕）《陳太丘碑文》：『懸車告老。』曳履，拖拉鞋，猶言脚步。《漢書·鄭崇傳》：『鄭崇爲尚書僕射，每見曳革履。上笑曰：「我識鄭尚書履聲。」』諸生，儒生。此指在學者。三老，三長老。漢代一鄉之中長老，掌教化。上黨，地名。秦置郡，在今山西東南部，漢治長子，在今長子縣西。東漢末移治壺關，故址在今山西長治市東南。上黨、壺關，均指劉龍故里。伏臘，伏祠臘祭。或謂夏祭曰伏，冬祭曰臘。六月伏日爲伏，冬至後三戌日爲臘。《史記·留侯世家》：『每上冢，伏臘祠黃石。』蘋蘩，大萍與白蒿，喻指供物儉樸。俎豆，均爲祭品供具。

〔八〕世科：世代科第。駒千里，千里駒。良馬，喻俊才。漢劉德的美稱。《漢書·楚元王傳》：『德字叔路，少修黃老術，有智略，少時數言事，召見甘泉宮，武帝謂之千里駒。』鳳一毛，鳳毛。鳳毛麟角，喻稀見之才。此稱譽劉龍子孫皆風采俊秀。左袒，脫衣袖而肉袒其左。《禮記·檀弓下》『既封左袒』《疏》：『既封壙已竟，季子乃左袒其衣。案：鄭注「覲禮」云：「凡以禮事者左袒。」』東曹，猶東臺，即門下省。東漢稱侍中寺，東晉始稱門下省，唐曾改爲東臺。掌侍從儐相，盡規獻納，糾正違闕等。

〔九〕達尊坊：此指爲劉龍建的牌坊。

〔一〇〕從祀鄉賢：謂劉龍列入鄉賢，同受地方祭祀。楊伯起，名震，字伯起，漢弘農華陰（今屬陝西）人。著名經學家，當時人稱『關西孔子』。詳《漢書》本傳。陝西古爲秦地，山西古爲晉地，兩地相望，謂劉龍經學可與楊震並稱，實爲溢美之詞。

再過子與

浮名難自託，佳會豈相圖？日月高詩社，河山壯酒壚〔一〕。歲星時一出，《白雪》調元孤〔二〕。繾綣非爲佞，風流不可無〔三〕。

【題解】

過，過訪。子與，即徐中行。居京時作。

【注釋】

〔一〕酒壚：放置酒罈之處，泥土累積而成。

〔二〕歲星：即木星，古代用以紀年。《史記·天官書》『歲星』《索隱》引《物理論》云：『歲行一次，謂之歲星，則十二歲而星一周天也。』此謂相聚時少。元：本來。孤：少見。

〔三〕繾綣：久戀不捨。佞：以邪導人。風流：名士風流，才俊而不拘禮法的氣派。

七言律詩

送趙戶部出守淮陽

仙郎起草漢明光，幾載軍儲事朔方〔一〕。五馬新爲淮海郡，三臺舊署度支章〔二〕。行車麥秀隨春雨，臥閣花深對夕陽〔三〕。時憶上林詞賦客，鴻書遥下楚雲長〔四〕。

【題解】

趙戶部，指趙貞吉（一五〇八—一五七六）。詳前《初夏趙氏園亭》題解。淮陽，郡、國名。明爲陳州，治所在淮陽（今屬河南）。『行車麥秀隨春雨，臥閣花深對夕陽』二句，被清朱梓、冷昌言《宋元明清詩三百首》選爲『名句』。

【注釋】

〔一〕仙郎：指趙戶部。唐代稱尚書省各部郎官爲『仙郎』。漢明光：漢代明光宫有三座，一爲尚書奏事之所。見《雍錄》。此指明宫殿。軍儲：督運糧餉。

〔二〕『五馬』二句：謂您今出守淮陽，仍令人憶念您在京任官的時光。五馬，代指太守。漢樂府《陌上桑》：『使君從南來，五馬立踟躕。』淮海郡，淮河與大海之間的郡，指淮陽。三臺，漢代以尚書爲中臺，御史爲憲臺，謁者爲外臺，合稱『三臺』。度支，即度支尚書，戶部尚書的别稱。章，文章，詩文。

〔三〕行車：動身出發。麥秀：小麥吐花秀穗。臥閣：臥閣而治，稱譽其治理能力，謂不用費力即可治理好地方。

〔四〕上林詞賦客：此指趙户部。上林，上林苑，漢代皇帝游獵的園林。此借指明宫苑。詞賦客，吟詩作賦之人。鴻書：書信。舊時以鴻雁喻指書信。

崔駙馬山池燕集得『無』字

主家池館帝城隅，上客相如漢大夫〔一〕。十里芙蓉迎劍舄，一樽風雨對江湖〔二〕。橋邊取石鯨飛動，臺上吹簫鳳有無〔三〕？向夕不堪車馬散，朱門空鎖月明孤〔四〕。

【題解】

崔駙馬，名元（？—一五四九），代州（治所在今山西代縣）人。明孝宗弘治六年（一四九三）尚（娶）憲宗女永康公主，世宗即位，以迎立功封京山侯。喜好結交文士，以播聲譽。生平詳見《明史·公主列傳》。山池，山與池，指園林。燕集，燕會，即宴會。清沈德潛《明詩別裁集》謂此詩『玩末句，應主亡之後』。崔元卒於嘉靖二十八年（一五四九），此詩應作於攀龍入京不久。

【注釋】

〔一〕『主家』二句：寫參加燕集的地點及人員。主家，公主之家。隅，旁。上客，上賓，尊貴的客人。相如，司馬相如，西漢著名文學家，以賦著稱。詳前《送徐汝思郎中入蜀》注〔一〇〕。此借譽稱參加燕集的文人。

〔二〕『十里』二句：謂盛開的荷花迎候好友，醇酒一杯與共暢飲。劍舄（xì），玉匣劍，飛鳧舄。玉匣劍，《藝文類聚》卷六〇引雷次宗《豫章記》載，晉張華命雷爲豐城令，雷在縣掘得玉匣，内有二劍，雷留其一，一送張華。後張華遇害，所藏之劍飛入襄城水中。雷臨死，告誡其子常以劍自隨。後其子爲建安從事，經淺瀨，劍忽從腰際躍出，即見水中二龍相隨游去。舄，泛指鞋。飛鳧舄，見《後漢書·王喬傳》。據載，明帝時，術士王喬爲葉令，每月赴京朝見，都不見其車騎。明帝命太史暗中窺探，見其來即有雙鳧飛來，『於是候鳧至，舉羅張之，但得一只舄焉』。此以雙劍合、飛鳧至喻指相知相親的友誼。南朝梁何遜《別沈助教》：『可憐玉匣劍，復此飛鳧舄。未見愛生憎，忽見雙成隻。』風雨，風與雨。《易·系辭上》：『鼓之以雷霆，潤之以風雨。』此取潤之之意。江湖，三江五湖。燕集者來自各地，故云。

〔三〕『橋邊』二句：謂橋邊鐘聲飛動，卻不知公主是否駕鳳飛去？石鯨，《後漢書·班固傳》『發鯨魚，鏗華鐘』薛綜注：『海中有大魚名鯨，又有獸名蒲牢。蒲牢素畏鯨魚，鯨魚擊蒲牢，蒲牢則大鳴呼。凡鐘欲令其聲大者，故作蒲牢於其上，撞擊者名爲鯨魚。鐘有篆刻之文，故曰華。』杜甫《秋興八首》其七：『石鯨鱗甲動秋風。』臺上吹簫，指簫史與弄玉的愛情故事，見《列仙傳·簫史》。從以下兩句看，公主已死，所以有『臺上吹簫鳳有無』之說。

〔四〕『向夕』二句：謂駙馬難以忍受人們離去的寂寞，在空曠的朱門内只有明月與其相伴。向夕，接近傍晚。堪，忍受。朱門，貴族之門。

送彰德陳使君迎侍浙中

帝里初分郡檄回，便迎青鳥建章臺〔一〕。東方千騎風雲下，南國雙帆河嶽來〔二〕。公子西園池上讌，使君秋憲府中才〔三〕。鄴天露冕行春日，更許何人託乘陪〔四〕？

【題解】

彰德，府名。治所在今河南安陽。陳使君，彰德知府，生平未詳。迎侍浙中，蓋迎侍趙王朱厚煜。朱厚煜（？—一五六〇），趙莊王子，正德十六年（一五二一）嗣王位。趙王封地在彰德，都鄴下（今河北臨漳）。浙中，即今浙江。

【注釋】

〔一〕『帝里』二句：謂剛從京城分手卽令回郡到浙中迎侍趙王。帝里，指京城。檄，令。青鳥，喻指使者。建章，漢宮殿名。在今陝西西安長安區西。此指明王宮。

〔二〕河嶽：此指黃河與泰山。

〔三〕公子西園池上讌：謂有幸受到王子的招待。漢末，曹操封魏王，居鄴下，與其子丕、植等，常與王粲、劉楨等文人游宴於西園。西園，又名銅雀園，在鄴下（今河北臨漳）。三國魏曹丕有《芙蓉池作》。秋憲：指刑部。陳氏或曾官刑部。

〔四〕露冕：仙人之冠。《晉書·溫嶠傳》：『露冕爲飾，援高人以同志，抑惟大隱者歟？』行春日：漢制，於春時太守巡視所屬各縣以勸農桑。乘陪：陪乘。車上陪同。

送郭子坤下第還濟南

華省棲遲白髮新，因憐失意轉憐春〔一〕。樽前病起逢寒食，客裏花開別故人〔二〕。賦就自堪生顧眄，才高豈合老風塵〔三〕！燕臺郭隗君家事，不擬驊騮不致身〔四〕。

【題解】

郭子坤，歷城（今山東濟南）人。攀龍幼年好友，龔勖、許邦才、殷士儋爲諸生時同學。詳見《送龔懋卿序》、《殷母太孺人序》。據本集《送郭子坤別駕之廬州》，知其後來進士及第，並曾任廬州別駕。下第，也稱『落第』，指未考中進士。

【注釋】

〔一〕『華省』二句：謂棲遲郎署而無所作爲，因痛惜您失意而更加珍惜這大好春光了。華省，指職務親貴的官署。此指刑部。棲遲，游息。《詩·陳風·衡門》：『衡門之下，可以棲遲。』憐，惜。

〔二〕樽前：謂喝著酒。此指餞行酒。寒食，禁火之節。在農曆清明前一天（一説前兩天）。相傳初爲春秋時期晉人紀念介之推，而後成爲全國性的節日。詳見《左傳·僖公二十四年》『介之推不言祿』及漢劉向《新序》。

〔三〕『賦就』二句：謂郭氏詩文可顧眄自雄，如此高才怎能長期被埋沒。堪，可。顧眄，猶顧盼，自得之貌。《後漢書·呂布傳》：『撫劍顧眄，亦足以爲人豪。』合，應。

〔四〕『燕臺』二句：謂應記得當年郭隗受燕王尊崇之事，遇不到識才之人是不能苟就的。燕臺，即黃金臺。詳前《送新喻李明府伯承》注〔三〕。郭隗與子坤同姓，俗稱本家，故云『君家事』。擬，比。驊騮，赤色駿馬。傳爲周穆王八駿之一，日行千里。見《穆天子傳》。喻指俊才。致身，委身。本《論語·學而》『事君能致其身』。

送王郎守安慶

花滿胡姬春酒樓，使君五馬五驊騮〔一〕。明光起草推高第，三十專城領上游〔二〕。天柱西懸江漢影，海門東控帝王州〔三〕。到來紆畫思同舍，萬裏風烟白鴈秋〔四〕。

【題解】

王郎，指王崇古。崇古（一五一五—一五八八），字學甫，號鑒川，蒲州（今山西永濟）人。嘉靖二十年（一五四一）進士，除刑部主事。由郎中歷知安慶、汝寧二府。遷常鎮兵備副使，擊倭有功。累進陝西按察使，河南右布政使，改右僉都御史，巡撫寧夏。隆慶初，加右副都御史。卒贈太保，謚襄敏。安慶，府名。直隸南京，治所在今安徽懷寧縣。

【注釋】

〔一〕胡姬：胡族少女。五馬五驊騮：謂爲其駕車者皆爲駿馬。

〔二〕『明光』二句：謂王郎在朝被推許治行優良，三十歲又成爲一地知府。明光，宫殿名。高第，『官吏治行優良。《後漢書·鄧晨傳》：『晨爲中山太守，吏民稱之，常爲冀中高第。』專城，掌管一城之事，爲一城之主。

〔三〕『天柱』二句：寫安慶所處形勢。天柱，山名。在今安徽潛山縣境，爲皖山最高峯。江漢，長江、漢水。海門，謂内河入陸的口岸，狹窄如門。唐李紳《渡西陵》：『海門凝霧暗，江渚濕雲横。』

〔四〕紆畫：猶籌畫，思謀治理之策。同舍：此指在刑部爲同事。

送豐城杜少府謫滇南

共惜投荒萬裏天，當朝起草事空傳〔一〕。主恩緑鬢神仙尉，客夢青雲侍從年〔二〕。盤水秋帆開瘴癘，黔陽春樹隔風烟〔三〕。孤臣自有豐城劍，遥夜思家向斗邊〔四〕。

【題解】

杜少府，豐城（今屬江西）人，生平未詳。少府，官名，縣尉。謫，貶官降職。滇南，雲南省的别稱。雲南本簡稱滇，因在國土南部，故稱。

【注釋】

〔一〕投荒：謂貶至荒遠之地。唐柳宗元《别舍弟宗一》：『一身去國六千里，萬死投荒十二年。』空：徒然。

〔二〕『主恩』二句：謂皇上施恩放你去做縣尉，客中定會憶念侍從皇帝的歲月。綠鬢，青年髮黑，濃綠有光，故云。神仙尉，用《漢書》梅福任南昌縣而後成仙之典故。青雲，喻高位。侍從，侍從皇帝。

〔三〕盤水：即盤江。此指北盤江。源於貴州定番西北，即右牂柯水，亦稱漾江，流經雲南、貴州，至廣西與南盤江匯合。瘴癘：發生在南方暑濕之地的毒氣所致之病；內病爲瘴，外病爲癘。《南史·任昉傳》：『流離大海之南，寄命瘴癘之地。』黔陽：縣名。故址在今湖南境內。

〔四〕孤臣：失勢無援之臣。豐城劍：即晉雷次宗在豐城掘出之雙劍。雙劍初分兩處，終於會合相伴。詳前《崔駙馬山池燕集得『無』字》注〔二〕。斗：豐城於古代分野中，在斗牛之宿。杜氏思家之所在。

酬谷明府見寄

清時詞客滿公車，獨向漂零嘆不如〔一〕。老去已拚常縱酒，秋來何意爲裁書？薄游更自淹華省，多病惟堪返敝廬〔二〕。共道子雲長筆札，知君近日五侯疎〔三〕。

【題解】

酬，答，回贈。谷明府，指谷繼宗。繼宗，字嗣興，號少岱，濟南衛（今山東濟南市）人。嘉靖五年（一五二六）進士，終官宜興知縣。有詩名。其詩集在崇禎十二年（一六三九）毀於火。生平詳乾隆《歷城縣誌》。明府，漢魏以來稱太守、刺史一類郡一級地方官爲明府君、府君，省稱明府。明時亦用以稱知縣，表示尊敬之意。從『淹華省』，知此詩作於居京期間。

【注釋】

〔一〕清時：政治清明之時。漂零：同「飄零」。此謂居無定所。

〔二〕華省：此指刑部。敝廬：謂故居。

〔三〕子雲：楊子雲，即楊雄。此譬稱谷繼宗。五侯：公、侯、伯、子、男五等諸侯。此謂朝廷親貴。

秋前一日同元美、茂秦、吴峻伯、徐汝思集城南樓

萬里銀河接御溝，千門夜色映南樓〔一〕。城頭客醉燕山月，笛裏寒生薊北秋。胡地帛書鴻鴈動〔二〕，漢宫紈扇婕妤愁〔三〕。西風明日吹雙鬢，且逐飛蓬賦遠游。

【題解】

秋前一日，指農曆八月十四日。秋，指中秋。元美，即王世貞。茂秦，即謝榛。吴峻伯，即吴維嶽，字峻伯，孝豐（今浙江安吉）人。嘉靖十七年（一五三八）進士，知江陰縣，入爲刑部主事，歷官至貴州巡撫。有詩名。著有《天目齋歲編》。生平詳《明史》本傳及《太函集·吴公行狀》。徐汝思，即徐文通，字汝思。見前《送徐汝思郎中入蜀》題解。城南樓，指北京城南樓。據《四溟山人全集》載《詩家直説七十五條》，謝榛於嘉靖己酉（一五四九）秋在京，則詩應作於嘉靖二十八年八月十四日。

【注釋】

〔一〕御溝：指北京紫禁城護城河。千門：宫門。唐杜甫《哀江頭》：「江頭宫殿鎖千門，細柳新蒲爲誰緑？」

〔二〕帛書：書信。古時在帛上書寫，故稱。

〔三〕『漢宮』句：謂宫女擔心被遺棄的愁苦。紈扇，卽絲扇。婕妤，漢代女宫官。漢樂府《怨歌行》傳爲班婕妤所寫。詩以紈扇爲喻，表達宫人擔心被疏遠、遺棄的哀怨。

送孫郎中守承天

鬱葱佳氣漢江邊，今上龍飛北極年〔一〕。過幸沛宫三日飲，裁留郢曲《大風》篇〔二〕。仙郎珂散蓬萊月，太守帷開橘柚天〔三〕。明到爲存湯沐邑，須知父老借才賢〔四〕。

【題解】

孫郎中，孫銓，字文揆，浙江歸安（今浙江湖州）人。嘉靖戊戌（一五三八）進士。二十八年知承天府（《鍾祥市志》卷三）。詩應作於此時。郎中，官名。隋唐後各部沿置郎中，分掌各司事務，爲高級部員。承天，府名。明興獻王朱祐杬封於安陸（今屬湖北），其子朱厚熜入繼帝位，卽嘉靖帝。嘉靖十年（一五三一），改安陸爲承天府，治所在今湖北鍾祥市。參見《明史·世宗紀一》。

【注釋】

〔一〕今上：當今皇帝。指隆慶帝朱載坖。龍飛北極年：謂天子卽位。北極，《爾雅·釋天》謂之『北辰』，喻指朝廷。唐杜甫《登樓》：『北極朝廷終不改，西山寇盜莫相侵。』

〔二〕『過幸』二句：此借漢高祖劉邦過沛詠歌，喻指嘉靖帝起於承天入繼帝位。沛宫，宫殿名。《史記·高祖本紀》載，漢高祖劉邦於高祖十二年（前一九五），『還歸，過沛，留置酒沛宫。……酒酣，高祖擊筑，自爲歌詩曰：「大風起兮雲飛揚，威加四海兮歸故鄉，安得猛士兮守四方！」』《正義》引《括地志》云：『沛宫故地，在徐州沛縣東南。』高祖所歌，後世名爲《大風歌》，爲楚聲短歌。郢曲，此謂楚聲。

〔三〕『仙郎』二句：謂二人從此別過，孫郎中將在承天開府治事。仙郎，此指刑部郎官。帷開，開帷，謂開府治事。承天蓋產橘柚，故云。

〔四〕湯沐邑：古時天子賜予諸侯齋戒自潔之地，邑內賦稅收入供其洗沐之用。《禮記・王制》：『方伯爲朝天子，皆有湯沐邑。』漢代皇帝、諸侯、皇后、公主等皆有湯沐邑，所收賦稅以供個人奉養。朱厚熜入繼帝位，其父封地即成爲湯沐邑。

劉員外家宸翰樓

君家司寇此樓居，奕葉承恩片帖餘〔一〕。帝自經筵傳翰墨，人從冊府見圖書〔二〕。雲烟繞檻生春色，牛斗開函散楚墟〔三〕。弦誦只今諸弟滿，韋賢相業好誰如〔四〕？

【題解】

劉員外，指劉景韶。詳前《十六日夜集劉子成宅》題解。

【注釋】

〔一〕司寇：官名。明代爲對刑部尚書的尊稱。奕葉：猶奕世、累世。

〔二〕經筵：宋以來，皇帝御席，與侍講、侍讀講論經史之處。《正字通》：『經筵，王者講讀之處。』冊府：藏書之處。語出《晉書・葛洪傳論》。

〔三〕『牛斗』句：謂那裏散發著祥瑞之氣。牛、斗，星宿名。此指星宿分野。劉景韶爲崇陽人，即今湖北蒲圻，古屬楚地。開函，打開玉函。晉張華見牛斗之間有紫氣，即命雷次宗前往掘地得玉函。詳前《崔駙馬山池燕集得『無』字》注〔二〕。散楚墟，指紫氣遍佈。紫氣，祥瑞之氣。

〔四〕弦誦：謂弦歌與誦讀。《禮·文王世子》『春誦夏弦』《注》：『誦謂歌樂也，弦謂以絲播詩。』後人常引以稱學校教學之事。韋賢：漢魯國鄒（今山東鄒城）人。宣帝時位至丞相。其少子玄成，亦位至丞相。詳見《漢書·韋賢傳》。

送劉員外使黔中

牂牁萬裏越王臺，北眺中原秋色來〔一〕。江嶂忽分三楚斷，海天不盡百蠻開〔二〕。白雲使者乘軺過，金馬祠官擁節迴〔三〕。爲泛昆明誇上苑，令知漢主自雄才〔四〕。

【題解】

劉員外，指劉景韶。詳前《十六夜集劉子成宅》題解。使，出使。黔中，貴州的別稱，簡稱黔。《貴州通志》載嘉靖三十三年（一五五四），詩應作於此時。

【注釋】

〔一〕牂牁：漢置郡名。在今貴州凱里西北，轄境包括今貴州大部、雲南東境及廣西北境一部。南朝梁廢。參見《漢書·地理志》上《牂牁郡》及《漢書·西南夷傳》。越王臺：臺名。在今廣東廣州市越秀山上，漢代南越王趙佗所建。

〔二〕三楚：地名。說法不一。《漢書·高帝紀》注引孟康說：『舊名江陵爲南楚，吳爲東楚，彭城爲西楚。』百蠻：南方蠻族的總稱。語出《詩·大雅·韓奕》。詩指生活在我國南部蠻荒地區的各少數民族。

〔三〕白雲使者：指刑部派出的使者。乘軺（yáo）：乘駕軺車。軺，駕一馬之輕車，爲奉使傳達朝廷詔命所乘之車。金馬祠官：謂奉祀官騎著毛色如金的馬。節：符節。

〔四〕昆明：池名。即今昆明湖，在今雲南昆明市區。漢武帝爲練水兵，曾在長安上林苑内造昆明池。

送大司寇之金陵

聞道銅標護百蠻，當朝共擬伏波還〔一〕。來持滇海中丞節，入領西曹法從班〔二〕。曳履春雲高北斗，迴車秋色照鍾山〔三〕。顧期門客江城滿，草奏時時達漢關〔四〕。

【題解】

大司寇，官名。西周置，春秋、戰國沿用，掌刑獄、糾察等事。隋唐後用爲刑部尚書的别稱。此指顧應祥。顧應祥，字惟賢，號箬溪，明長興（今屬浙江湖州）人。弘治十八年（一五〇五）進士，歷官江西饒州府推官、錦衣衛經歷、山東布政使、都察院右副都御史，累遷刑部尚書。時嚴嵩專擅朝政，應祥以耆老自居，嵩不悦，以原官改南京。著有《崇雅堂全集》。生平詳萬斯同《明史》本傳、《國朝獻徵録》等處。顧氏爲徐中行岳丈，並在任職刑部期間推許李攀龍、王世貞詩作，認爲有『正始之音』（見《天目先生集·顧公行狀》）。據《明史·七卿年表二》載，顧應祥改南京刑部尚書在嘉靖二十九年（一五五〇）七月，而《天目先生集·顧公行狀》謂在嘉靖三十年二月，此或前者爲改任時間，後者爲赴任時間。詩作於春日，則爲其赴任送行。

【注釋】

〔一〕『聞道』二句：將顧應祥比作漢代名將馬援，讚譽其戰功。據載，顧應祥在任饒州推官時，桃源洞寇叛亂，掠樂平令去，應祥單身詣其壘，寇退去。在任廣東僉事期間，又曾擒剿海寇雷振等。銅標，即銅柱。《後漢書·馬援傳》『嶠南悉平』李賢注引《廣州記》：『援到交趾，立銅柱，爲漢之極界也。』據載，漢伏波將軍馬援曾征服交趾女子徵側、徵貳，並曾平定五陵蠻的叛亂。當時南方少數民族統稱『百蠻』。

〔二〕滇海：即滇池，也稱昆明湖。在今雲南昆明市區。中丞：漢官名。明初置都察院，其副都御史職與御史中丞略同。詳前《贈張子含茂才》題解。顧應祥在調任刑部前，或以右副都御史銜出使雲南。西曹：刑部的別稱。見《稱謂錄·刑部·西曹》。

〔三〕『曳履』二句：謂春天尚在京都爲尚書，秋天則爲避權姦而赴南京。曳履，謂官尚書。用漢鄭崇曳履上朝事，詳《漢書·鄭崇傳》。迴車，謂退避。《人物志·釋爭》：『藺相如以迴車決勝於廉頗，寇恂以不鬬取賢於賈復，物勢之反，乃君子所謂道也。』鍾山：山名。又名紫金山。在今南京北部。

〔四〕江城：指南京。因其濱江，故稱。草奏：奏章。

送皇甫別駕往開州

銜杯昨日夏雲過，愁向燕山送玉珂〔一〕。吳下詩名諸弟少，天涯宦跡左遷多〔二〕。人家夜雨黎陽樹，客渡秋風瓠子河〔三〕。自有呂虔刀可贈，開州別駕豈蹉跎〔四〕！

【題解】

皇甫別駕，指皇甫汸。生平詳前《酬皇甫虞部》題解。開州，即今河南濮陽。別駕，爲州郡佐吏，時皇甫汸被貶開州同知爲刺史之佐，敬稱別駕。詩對皇甫汸貶官表示同情，爲攀龍近體名篇。清沈德潛認爲此詩取法唐詩名家，謂『濟南（指李攀龍）論七律云：「王維、李頎頗臻其妙。」讀此數篇，知得力有由』（《明詩別裁集》）。

【注釋】

〔一〕銜杯：飲酒。指餞行酒。送玉珂：謂送行。玉珂，玉制馬勒飾，代指馬。

〔二〕吳下：指今江蘇蘇州市。左遷：降職貶官。

〔三〕黎陽：古津渡名。故址在今河南浚縣東南，位於古黃河北岸，與白馬津相對。魏文帝曹丕曾在雨中率軍途經黎陽，作有《黎陽作》三首詩，其一云：『朝發鄴城，夕宿韓陵。霖雨載塗，輿人困窮。載馳載驅，沐雨櫛風。』瓠子，黃河堤名。也稱瓠子口。故址在今河南濮陽南。《漢書·武帝紀》『（元封）夏四月，還祠泰山，至瓠子，臨河決，命從臣將軍以下皆負薪塞河決堤，作《瓠子之歌》。』

〔四〕『自有』二句：謂以您的才能定會受到知州的倚重，官爲別駕亦非失意。呂虔，三國魏任城（今山東濟寧）人。文帝初年任徐州刺史，辟舉琅邪王祥爲別駕，委以州事，使政化大行。相士說呂虔的佩刀不同凡常，只有能登三公之位的人纔可佩帶。他認爲王祥有公輔器量，遂將佩刀贈予王祥。後來王祥果然位至國公。於是，王祥就把這把刀看作傳家寶，臨終時又把刀付給弟王覽，希望他能振興家族。後來王覽的孫子王導輔佐司馬睿稱帝，成爲東晉開國元勳。事詳《晉書·王覽傳》。此謂皇甫汸定能受到開州知州的器重，像當年呂虔倚重王祥一樣。蹉跎，失意。

送瑞安劉明府

劉楨詞賦不羣才，百里新承漢寵迴〔一〕。吳地青山飛鳥下，大江秋雨挂帆來〔二〕。白雲堪贈神明宰，海色遙臨睥睨開〔三〕。到日自逢花滿縣，更憐春樹接天台〔四〕。

【題解】

瑞安，縣名。今屬浙江。劉明府，劉畿（一五〇九—一五六九），字朝宗，嘉靖二十九年進士，三十年任瑞安縣知縣。詩作於此時。

【注釋】

〔一〕劉楨（？—二一七）：字公幹，東平寧陽（今屬山東）人。「建安七子」之一，以善五言詩著稱。與劉畿同姓，故以劉楨喻之。新承漢寵：謂新被任命。

〔二〕吳地：浙江古屬吳越之地。飛舄：謂倏然來臨。舄，鞋。

〔三〕海色遙臨：瑞安濱海，故云。睥睨：城垣。《釋名·釋宮室》：「城上垣曰睥睨，言於其孔中睥睨非常也。」

〔四〕天台：山名。在今浙江天台縣境。

送許元復還姑蘇

薊門鴻鴈滿高秋，張翰思家罷遠游〔一〕。入洛故人名下士，度江寒夢雨邊舟。客來白髮誰相憶？賦就黃花不可留〔二〕。興發鱸魚堪自釣，吳楓搖落未須愁。

【題解】

許元復，即許初。生平未詳。《吳縣誌》云「以縣學生序貢教授職，擢南京太僕寺主簿，遷漢陽府通判」。嘉靖間著名書法家，工篆。姑蘇，卽今江蘇蘇州市。

【注釋】

〔一〕張翰：字季鷹，晉吳郡吳（今江蘇蘇州）人。詳前《郡齋送張肖甫》注〔二〕。

〔二〕黃花：菊花。菊花當秋開放，賦就黃花不可留謂當秋離去。

署中有憶江南梅花者因以爲賦

欲問梅花上苑遲，座中南客重相思〔一〕。開簾署有青山色，對酒人如白雪枝〔二〕。驛使書來春不見，仙郎夢斷月應知〔三〕。偏驚直北多烽火，昨夜關山笛裏吹〔四〕。

【題解】

署，衙署。此指刑部。正當人們盼望冬梅帶來春的消息，卻傳來邊境的警訊；戰亂在卽，哪還有心思欣賞梅花呢！據《明史·世宗紀》載，嘉靖二十九年（一五五〇）八月，韃靼俺答部進犯古北口。詩中可見作者對邊患的憂慮。詩借憶梅、思梅而不見的失望心情，暗示對朝政的失望與對國家前途的憂慮，構思頗爲巧妙。

【注釋】

〔一〕「欲問」二句：謂想問上苑梅花爲何遲遲未開，反倒勾起座中南方客人對家鄉的思念。上苑，供天子游獵的園林。重，更加。

〔二〕「開簾」二句：謂打開窗簾，遠處青山入目而來；相對飲酒，醉顏如同白雪中的梅花。白雪枝，白雪壓枝，與「青山色」相對，是窗外實景，又隱喻彼此爲品德高潔之人。

〔三〕驛使：古時傳達官方文書的人，也爲梅花的別名。《太平御覽》卷九七〇南朝宋盛弘之《荊州記》載，南朝宋陸凱與范曄交好，自江南寄一枝梅花與曄，並贈詩云：『折梅逢驛使，寄與隴頭人。江南無所有，聊贈一枝春。』仙郎：作者自指。古時稱尚書省各部郎官爲仙郎。攀龍時任刑部郎中。

〔四〕『偏驚』二句：謂此時偏有直北烽火報警，直到昨夜也無好消息傳來。直北，直隸北部。明以京畿地區爲直隸省，轄境大致與今河北省相當。烽火，古時邊境設置烽火臺，發現敵情即舉火報警。關山，邊塞。笛，吹奏樂器。唐王之渙《出塞》：『羌笛何須怨楊柳，春風不度玉門關。』昨夜關山笛裏吹，語意雙關：表面說直到昨晚還無春天的消息，實際是說關山沒有勝利的消息傳來。

與茂秦金山寺亭上望西湖

孤亭遥上翠微重，檻外空林何處鐘？秋到諸天開薝蔔，湖連雙闕散芙蓉〔一〕。雲光忽落黿鼉窟，雨色飛來鷲鷲峯〔二〕。自信登臨能作賦，肯令陶謝不相從〔三〕？

【題解】

茂秦，即謝榛。金山寺，在頤和園西側，玉泉山北。今爲北塢公園。西湖，北京昆明湖的舊稱。見《讀史方輿紀要·順天府·宛平縣·太湖》。嘉靖三十一年（一五五二），李攀龍、王世貞等延謝榛入詩社，詩應作於此年秋天。

【注釋】

〔一〕諸天：佛教用語。佛家把眾生所在的世界分爲三個層次，稱爲『三界』，即欲界、色界、無色界。欲界有三天，其上色界十八天，再上無色界有四天，其他尚有日天、月天、韋馱天等諸天神，總稱之爲『諸天』。此泛指天。薝蔔：

花名。梵語，意譯爲郁金花。

〔二〕黿鼉窟：喻指湖。鸑鷟：神鳥，鳳凰一類。《國語·周語上》「鸑鷟」《注》：「鸑鷟，鳳凰之別名。」此形容山峯之勢。

〔三〕陶謝：陶淵明、謝靈運。陶淵明（三六五—四二七），一名潛，字元亮，潯陽柴桑（今江西九江）人。東晉著名詩人。晉末政治黑暗，或仕或隱，最後在彭澤令任上辭官歸隱，後人或稱爲「陶彭澤」。淵明志行高潔，躬耕自資，寫有寄寓心志、吟詠田園生活的詩篇，平和恬淡，韻味深厚，因被稱爲「古今隱逸詩人之宗」，影響極爲深遠。李攀龍時常以陶淵明自喻。謝靈運（三八五—四三三），陳郡陽夏（今河南太康）人。南朝宋著名詩人。出身世家，多歷官所，晉末封康樂公，入宋降爲康樂侯，故後人習稱「謝康樂」。所作大都爲山水詩，鮮明清麗，歷被視爲山水詩派的開山祖，與顏延之、鮑照並稱「元嘉三大家」，亦與陶淵明並稱「陶謝」。

送汪伯陽出守慶陽

中原萬騎卻胡兵，客領銅符塞上行〔一〕。大漠清秋迷隴樹，黄河落日見秦城〔二〕。邠人自美西羌俗，漢守誰高北地名〔三〕？郡吏可能無薦達，還令介子乞長纓〔四〕。

【題解】

汪伯陽，生平未詳。慶陽，府名。治所在今甘肅慶陽市。

【注釋】

〔一〕客：指汪伯陽。銅符：銅制之符。古時節制兵馬的符信。

〔二〕隴：甘肅省的簡稱。秦城：指秦州，以秦初封而名，治所在今甘肅天水市。

〔三〕邠（bīn）：古國名。周先祖公劉所建，故地在今陝西彬縣。邠，本作『豳』，唐開元二十三年（七三五）以『豳』字類『幽』，改爲『邠』。西羌：我國少數民族，因其居國之西境，漢代泛稱爲西羌。漢守：指漢代守邊官吏。北地：秦、漢郡名，治馬領。《讀史方輿紀要·州城·形勢·漢》：『北地郡，秦郡也，領馬領等縣十九，今慶陽府北至寧夏衛是其境。馬領在今慶陽府環縣南。《通典》：「五鳳三年，置北地屬國，治參䜌。參䜌城在今慶陽府西北。」』

〔四〕薦：推薦，舉薦。介子：指傅介子。北地人，以從軍爲官。漢昭帝元鳳年間，『介子以駿馬監求使大宛，因詔令責樓蘭、龜茲國』。詳《漢書》本傳。乞長纓：謂請求制敵報國。語本《漢書·終軍傳》『願受長纓，必羈南越王而致之闕下』。

送黃侍御按滇中

去矣乘風瘴癘開，西南萬里壯游哉。登臺越嶲山形合，攬轡昆明秋色來〔一〕。周禮職方天外盡，漢臣封事日邊迴〔二〕。征蠻幕府今凋落，安得樓船下瀨才〔三〕？

【題解】

黃侍御，生平未詳。侍御，官名。即侍御史。秦置官，漢沿置。在御史大夫之下，或給事殿中，或舉劾非法，或督察郡縣。漢以後沿置而名稱多變。明代稱監察御史。監察御史，本亦稱監察侍御史。按，按察。滇中，地名，指雲南。雲南東部爲古滇國故地，因簡稱滇。

【注釋】

〔一〕越巂（suī）：郡、縣名。本爲西南夷邛都之地，漢武帝時置越巂郡。治所在今四川省西昌市東南，晉徙治會無，即今四川會理縣。昆明：池名，滇池的别稱。在今雲南昆明市郊區。

〔二〕周禮職方：即《周禮・職方氏》。周官。『掌天下之圖，以掌天下之地』。此謂滇中處於邊遠，在職方所掌圖的盡頭。封事：奏疏。

〔三〕征蠻幕府：謂征討南方少數民族的將軍幕府。幕府，將帥所設營帳。軍旅無固定住所，以帳幕爲府署，故稱。樓船：建有層樓的大船。下瀨：漢將軍名號。《漢書・南粤傳》：『粤侯二人爲戈船下瀨將軍。』

送包大中長蘆知事

九河水流何濺濺，君去春花車馬前〔一〕。入幕官僚清宴夕，揮毫渤海白雲天。相將牛酒勞從事，未少魚鹽給俸錢。此去陸沉無不可，於今薊北靜烽烟〔二〕。

【題解】

包大中（一五一四—一五六八），字庸之，號三川。鄞縣（今浙江寧波鄞州區）人。官福建建陽縣丞。嘗預征倭之役。有《參軍集》、《武夷集》、《歸來集》、《台雁集》各一卷，《東征漫稿》二卷傳於世。長蘆，地名。北周置長蘆縣，治今河北滄州。其地有長蘆水，縣以水名。宋以後廢縣置鎮，即今河北青縣南之長蘆鎮。明永樂初，設都轉運使於此，領鹽課使二十四，跨山東、河北兩省，遂稱其轄境內的鹽爲『長蘆鹽』。明於通政司、各府、各衛及按察司、鹽運司均設知事，包大中蓋爲鹽運司知事。《長蘆鹽法志》載，包大中嘉靖三十年任。詩應作於此年冬末。

【注釋】

〔一〕九河：指黄河的九條支流。見《書·禹貢》、《爾雅·釋水·九河》，詳前《齊俠行》注〔七〕。

〔二〕陸沉：此謂隱於官場者。詳前《郡齋同元美賦得『陰』字》注〔五〕。靜烽烟：謂無戰事。

除夕

幾年仙省白雲間，此夕歸心醉裏閒〔一〕。九塞烽烟連北極，千門雪色照西山〔二〕。還知傲吏能違俗，未擬浮名好駐顔〔三〕。長孺淮陽今不薄，春花或恐滯燕關〔四〕。

【題解】

從『九塞』句、『長孺』二句知，時有戰事。詩作於嘉靖三十年除夕。

【注釋】

〔一〕仙省：此指刑部。醉裏閒：謂醉中才能忘卻思歸之事。閒，同『閑』。

〔二〕九塞：古代的九要塞。《呂覽·有始》：『山有九塞。何謂九塞？大汾、冥阸、荊阮、方城、殽、井陘、令疵、句注、居庸。』北極：謂朝廷。千門：宫門。

〔三〕駐顔：謂留住容顔，不變老。

〔四〕長孺：指汲黯。汲黯，字長孺，濮陽（今山東鄄城）人。漢武帝時大臣。直言敢諫，屢屢觸犯武帝，由九卿出爲淮陽太守，治平政清。詳見《漢書》本傳。『春花』句：猶謂『春風不度玉門關』，與『九塞』呼應，言心中憂患。

元日早朝

禁城春色引朝天，接跡夔龍近法筵〔一〕。雲裏金莖通御氣，宮中玉樹隱祈年〔二〕。西山亭障遥臨薊，朔漠旌旗滿護燕〔三〕。聞道至尊歌《白雪》，小臣還獻郢人篇〔四〕。

【題解】

元日，農曆正月初一，在嘉靖三十年。早朝，謂早晨朝見皇帝。古時帝王早朝之時召見羣臣，處理政務。由「朔漠」句透露時有戰事。

【注釋】

〔一〕禁城：即紫禁城，在皇城之中。朝天：朝見天子。夔龍：相傳爲虞舜的兩個臣的名字。夔爲樂官，龍爲諫官。見《尚書·舜典》。唐王維《韋侍御山居》：「良游盛簪紱，繼跡多夔龍。」法筵：佛教用語。說法的坐席。見《楞嚴經》。《北齊書·杜弼傳》載，魏帝集名僧於顯德殿，講說佛理，弼與吏部尚書楊愔、中書令邢劭、秘書監魏收等，並侍法筵。嘉靖帝尊崇道教，迷信方士，故云。

〔二〕金莖：銅柱。《後漢書·班固傳》「金莖」注：「孝武作柏梁銅柱、承露盤仙人掌之屬。金莖，銅柱也。」御氣：皇室之氣。祈年：祈求長生。

〔三〕遥臨薊：遠遠與京城相接。薊，指北京。

〔四〕至尊：指皇帝。《白雪》：高雅的樂曲。詳前《送新喻李明府伯承》注〔六〕。郢人篇：指《陽春》、《白雪》這類樂曲，以與之相應。

早春得汝思蜀中書

萬里誰傳錦字迴，楚天搖落正堪哀〔一〕。揚舲巫峽江聲合，立馬岷峩雪色來〔二〕。西極使星遥入部，中原人日好登臺〔三〕。莫言《羽獵》誇胡後，不數揚雄作賦才〔四〕。

【題解】

汝思，即徐文通。詳前《送徐汝思郎中入蜀》題解。作於嘉靖三十年正月初七人日。蜀中，指今四川省。

【注釋】

〔一〕錦字：對來信的美稱。楚天：古蜀地曾屬楚，故稱其天空爲楚天。

〔二〕舲（líng）：小船。巫峽：長江三峽之一，水流湍急，風光秀麗，在今重慶巫山縣境。岷峩：岷山、峩眉山。岷山有多處，此指四川境内的岷山。《廣雅·釋山》：「蜀山，謂之岷山。」峩眉山，在今四川峩眉市境。

〔三〕西極：最西邊的地方。唐杜甫《秦州雜詩》：「風連西極動，月過北庭寒。」使星：使者，或稱「星使」。《後漢書·李郃傳》載，和帝即位，分遣使者，皆微服單行，各至州縣，觀采風謠。使者二人當到益部，投郃候舍。郃問二人出京時是否知道被遣作使者，二人默然。問郃何以知之，郃指星示云：「有二使星向益州分野，故知之耳。」部，州郡縣等之通稱。此指蜀中。人日：農曆正月初七。登臺：謂登高賦詩。《荊楚歲時記》：「正月初七日爲人日……登高賦詩。」

〔四〕《羽獵》：賦名。漢揚雄作。揚雄，漢著名學者、文學家。《漢書·揚雄傳》載，雄從成帝羽獵，見奢費擾民，上《羽獵賦》。後成帝「大誇胡人以多禽獸」，命發京畿地區民衆隨從狩獵，致使「農民不得收斂」，雄又上《長楊賦》進行諷諫。

送惲員外按察郢中

醉擁驪駒不可留，送君花發鳳凰樓〔一〕。青春開府西陵色，到日登臺北鴈愁〔二〕。寒雨遠分荊楚望，白雲無盡漢江流〔三〕。共知人世悲難合，儻得隋珠莫暗投〔四〕。

【題解】

惲員外，指惲紹芳。紹芳，字光世，武進（今江蘇常州）人。嘉靖二十六年（一五四七）進士，授刑部主事，歷官至福建參議。郢中，此指湖廣。王世貞有《惲比部光世擢湖廣按察司僉事序》，見《弇州山人四部稿》卷五五。世貞在嘉靖三十一年七月即離京外出，其詩與李詩均應作於其外出之前的春季，當在嘉靖三十年春。

【注釋】

〔一〕驪駒：青驄馬，青黑色小馬。此語意雙關。既爲即景也寓含送別之意。《驪駒》爲逸詩篇名，爲送別之歌。《漢書·王式傳》注引服虔說：『逸詩篇名也，見《大戴禮》。客欲去歌之。』又引文穎說：『其辭云：「驪駒在門，僕夫具存；驪駒在路，僕夫整駕。」』

〔二〕『青春』二句：謂在明媚的春日你赴任湖廣，到任之日北望定會思念在京的友人。青春，春日。開府，開建府署，自置僚屬。漢實行三公（丞相、御史大夫、太尉）、大將軍、將軍開府制度，魏晉以後逐漸增多，明代始廢。明習稱外任督撫爲開府，湖廣爲督撫治所。西陵，長江三峽之一，在今湖北宜昌西北。北鴈愁，見北飛之雁而增離愁。

〔三〕荊楚：楚地。古代楚國別稱荊。指今兩湖地區。漢江：長江支流，由漢口（今湖北武漢）入江，也稱漢水。

〔四〕『共知』二句：謂都知人世知音難尋，倘有意外的機遇也請慎重從事。倘，倘若，假如。隋珠，即隋侯之珠，古人認爲卽明月珠。見《淮南子·覽冥訓》。隋國在漢江之東，正是荊楚之地。明珠暗投，本喻懷才不遇。《史記·鄒陽列傳》：『臣聞明月之珠，夜光之璧，以暗投人於道路，人無不按劍相眄者。何則？無因而至前也。……故無因至前，雖出隋侯之珠，夜光之璧，猶結怨而不見德。』莫暗投，就是不要投錯了地方。

初春元美席上贈茂秦得『關』字

鳳城楊柳又堪攀，謝朓西園未擬還〔一〕。客久高吟生白髮，春來歸夢滿青山。明時抱病風塵下，短褐論交天地間〔二〕。聞道鹿門妻子在，祇今詞賦且燕關〔三〕。

【題解】

元美，卽王世貞。茂秦，卽謝榛。得『關』字，卽以『關』字爲韻。此詩作於嘉靖三十年初春，時王世貞在京。清沈德潛評云：『誦五、六語，如見茂秦意氣之高，應求之廣。』（《明詩別裁集》）

【注釋】

〔一〕『鳳城』二句：謂在京城要送别友人，而他卻因留戀我們而還不打算回到鄴城去。鳳城，京城。此指北京。楊柳堪攀，謂送别。古人有折楊柳送行的習俗。謝朓（四六四—四九九），字玄暉，陳郡陽夏（今河南太康）人。南朝齊著名詩人。竟陵王蕭子良開西邸，招文學，謝朓爲『竟陵八友』（王融、蕭衍、沈約、范雲、任昉、蕭琛、陸倕、謝朓）之一。此以謝朓喻謝榛。西園，竟陵王西邸。三國時期，曹操所建西園在今河北臨漳縣古鄴鎮，時爲趙康王封地。此以謝朓與竟陵王喻謝榛與趙康王的關係。

〔二〕風塵：喻宦途。李攀龍病弱，經常言病。短褐：平民穿的粗布衣服。謝榛布衣終生，從未入仕。論交：結交。

〔三〕鹿門：山名。在今湖北襄樊市東南。唐代著名詩人孟浩然曾隱居此山。此借指謝榛故家臨清。祇今詞賦且燕關：謂今天且在京城吟詩作賦，暫爲歡樂吧。燕關，燕山關塞。此指北京。

送大中丞王丈赴山東

天下軍儲飛輓來，中原胡虜戰爭回〔一〕。漢柱舊題驄馬使，名家接武佩刀才〔二〕。按章時拂風塵入，憲府秋臨海岱開〔三〕。主恩偏憶嚴城日，什二東秦保障哉〔四〕。

【題解】

大中丞王丈，指王世貞之父王忬。王忬（一五〇七——一五六〇），字民應，號思質。嘉靖二十年（一五四一）進士，授行人司行人，遷御史，出視河東鹽政，以疾歸。起按湖廣，後按順天。嘉靖二十九年八月，韃靼俺答部襲擾古北口，破格擢右僉都御史，主持通州防務。三十一年，出撫山東。同年三月，浙江倭寇猖獗，改提督軍務，巡視浙江及福州、興化、漳州、泉州四府，重用抗倭名將戚繼光、俞大猷等，平倭建功。復改巡撫，進右副都御史，巡撫大同。加兵部右侍郎，總督薊遼。尋進右都御史。三十八年，以灤河戰事失利，詔逮下獄，翌年十月論死。隆慶改元，詔復故官。生平詳《弇州山人四部稿》卷九八《先考思質府君行狀》及《明史》本傳。此詩作于嘉靖三十一年王忬將出撫山東。

【注釋】

〔一〕『天下』二句：據李攀龍《總督薊遼右都御史兼兵部左侍郎王公傳》（以下簡稱《王公傳》）載，王忬在以僉都御史經略通州以東軍事時，『衆議欲補京軍，公又獨請汰之』，爲省漕粟數十萬。在朝廷調仇鸞邊兵數十萬衛京師，『而公兼治餉』。軍儲，軍用儲糧。

〔二〕漢柱舊題：漢代題柱有二：一謂司馬相如赴成都，過升仙橋，題柱曰『不乘高車駟馬，不過此橋』，見《成都記》。二是東漢田鳳爲尚書郎，每入奏事，靈帝目送之，題柱曰『堂堂乎張，京兆田郎』。此蓋取田鳳事相喻。王忬舉進士，選御史，所奏諸事均被採納，後破格擢爲僉都御史，奏請設薊遼總督諸事，亦『各次第覆如指』。見《王公傳》。驄馬使：即驄馬御史。東漢桓典爲侍御史，常乘驄馬，因稱爲『驄馬御史』。《後漢書·桓典傳》載『（典）拜侍御史，時宦官秉權，典執正無所回避』。據《王公傳》載，中貴人（宦官）宋興以萬金行賄，求領東廠，『公論罷之』。『間復爲御史，按湖廣，至輒劾方岳郡守貪不職者，一人不及代也』。接武佩刀：用三國魏徐州刺史呂虔贈王祥佩刀事，謂爲公輔之才。詳前《送皇甫別駕往開州》注〔四〕。

〔三〕憲府：即御史臺。明巡撫例兼右都御史，因亦指巡撫府署。海岱：山東地處海岱（大海與泰山）之間。

〔四〕嚴城日：指嘉靖二十九年京城戒嚴之日。什二：十分之二。東秦：青齊之地。《史記·高祖本紀》云齊『地方二千里，持戟百萬，縣隔千里之外，齊得十二焉。故此東西秦也。』

答宗考功齋居見贈

金莖夜擢建章高，漢主祈年祀事勞〔一〕。仙吏詩投青玉案（一），故人秋臥白雲曹〔二〕。此生湖海供多病，何物風塵抵濁醪？中散近來疎懶甚，更無書札到山濤〔三〕。

【校記】

（一）玉，隆慶本、萬曆本、張校本並同。重刻本作『王』，誤。

【題解】

宗考功，即宗臣。宗臣於嘉靖三十年（一五五一）調吏部考功，見歐大任《歐虞部集》第六種《廣陵十先生傳》。齋居，齋戒待祀。古人於祭祀前三日，淨身沐浴，以表恭敬。

【注釋】

〔一〕金莖：銅柱。詳前《元日早朝》注〔二〕。建章：漢宮殿名。此借指明宮。漢主：此指嘉靖帝。祈年：祈求豐年。祀事：祭祀之事。此指秋社。古人立社，本爲春日祈農之祭，其後漸爲春祈秋報之說。於立秋後第五個戊日，農家收穫之後，立社設祭，以酬土神。宋吳自牧《夢粱錄·八月》：『秋社日，朝廷及州縣差官祭社稷於壇，蓋春祈而秋報也。』

〔二〕仙吏：此指宗臣。青玉案：青玉製作的食器。案，盛杯、箸之盤。《文選》張平子（衡）《四愁詩》之四：『美人贈我錦繡段，何以報之青玉案。』故人：作者自指。白雲曹：指刑部。

〔三〕中散：正始詩人嵇康曾爲中散大夫，世稱嵇中散。山濤：字巨源，與嵇康同爲『竹林七賢』中人物。入晉由選曹郎遷大將軍從事中郎，欲舉薦嵇康自代，康作《與山巨源絕交書》拒絕。詳《三國志·魏書·嵇康傳》注引《魏氏春秋》。此以嵇康自擬。

呈大司寇何公

漢臣韋氏有玄成，舊德中朝曳履聲〔一〕。督部曾持滄海節，總戎親破綠林兵〔二〕。重瞻執法臨天座，自失流言荷帝情〔三〕。千載雲蒸龍變日，更期文劍署高名〔四〕。

【題解】

大司寇，官名。詳前《送大司寇之金陵》題解。此爲刑部尚書的別稱。何公，何鰲（一四九七—一五五九），字巨卿，山陰人，工部尚書何詔次子，曾任湖廣按察司僉事、四川布政司參議、山東按察副使、陝西潼關兵備、江西左參政、貴州按察使、河南右布政使、江西左布政使、都察院右副都御史、山東巡撫等。嘉靖三十一年至三十五年任刑部尚書。由『重瞻』二句，此作於初任之際。與下一首《再呈何公》，均爲讚譽之詞，頌揚近諛，似爲其初官刑部之作。

【注釋】

〔一〕韋氏有玄成：即韋玄成，字少翁，漢魯國鄒（今山東鄒城）人。元帝時，繼其父韋賢之後，位至丞相。詳前《劉員外家宸翰樓》注〔四〕。此頌揚何鰲能繼承父何詔而至高位。舊德：謂先人之德。曳履聲：謂官尚書。詳前《劉太保文安公輓章》注〔七〕。

〔二〕督部：謂督察地方。持滄海節：謂曾持節巡視沿海。節，符節。古時以羽毛、旄牛尾編作，賜予大將或使者所執之符信。此謂代表朝廷出巡地方。總戎：總主軍事者，時稱總督或總兵爲總戎。綠林兵：舊謂盜賊，此指播州夷仇視所司土官，此句指何鰲獨往招安事。

〔三〕執法臨天座：謂爲刑部尚書。天座，指皇帝。荷：荷蒙，蒙受。

〔四〕雲蒸龍變：《史記·魏豹彭越列傳傳贊》：『得攝尺寸之柄，其雲蒸龍變，欲有所會其度，以故幽囚而不辭云。』文劍：謂有文飾之劍。《後漢書·李章傳》：『帶文劍，被羽衣。』

再呈何公

幾年開府漢中丞，去後功名何武稱〔一〕。荊楚軍儲遮海過，潢池兵氣向秋澄〔二〕。尚書北斗天喉舌，司寇西曹帝股肱〔三〕。耆舊卽今推濟美，清朝劍履坐相仍〔四〕。

【注釋】

〔一〕開府漢中丞：此以漢代何武稱譽何鰲。漢代僅三公、大將軍、將軍可以開府，卽成立府署，自選僚屬。中丞，官名。《漢書·百官公卿表》：『御史有兩丞，一曰中丞。』明代巡撫亦稱中丞。何武，字君公，蜀郡郫（今四川郫縣）人。以射策甲科爲郎，後拜諫議大夫、揚州刺史，官至大司空封汜鄉侯。『武爲人仁厚，好進士，獎稱人之善』，『其所居亦無赫赫名，去後常見思』。哀帝時，受王莽誣陷，自殺。詳見《漢書》本傳。

〔二〕荊楚：地名。指今湖南、湖北一帶地區。軍儲：軍糧儲備，兵馬、糧草之類。潢池：池塘。《漢書·龔遂傳》：『其民困於飢寒而吏不恤，故使陛下赤子盜弄陛下之兵於潢池中耳。』兵氣：戰爭前兆。語見《漢書·武五子·齊懷王閎傳》。向秋澄：謂近秋已逐漸平靜下來。

〔三〕『尚書』二句：謂尚書爲皇帝股肱之臣。尚書，卽刑部尚書，亦卽大司寇。詳前《呈大司寇何公》題解。北斗，北斗之尊。北斗星位置近於天之中心，因喻地位之尊。《藝文類聚·職官部·尚書》：『《續漢書》曰：「李固上疏曰：陛下之有尚書，猶天之有北斗。北斗爲天喉舌，尚書爲陛下喉舌。」』西曹，官署名。刑部的別稱。股肱，手足。喻輔佐之臣。語見《書·益稷》。

〔四〕耆舊：耆老故舊。《漢書·蕭育傳》：『拜育爲南郡太守，上以育爲耆舊名臣。』濟美：成美。言子孫克承先人事業。《左傳·文公十八年》：『世濟其美，不隕其名。』清朝：政治清明之朝。劍履：劍履上殿，謂在朝享受貴盛之位，得到皇帝特許，上朝時可佩劍穿履。《史記·蕭相國世家》：『乃令蕭何賜帶劍履上殿，入朝不趨。』坐相仍：自然前後相承。坐，自然而然。

春夜同元美、子與、子相過公實

西山落日照金莖，北闕春陰覆禁城〔一〕。湖海百年今夜酒，風塵五子異時情〔二〕。和來《白雪》俱高唱，自附青雲起大名。不獨諸郎關象緯，真人應更爲東行〔三〕。

【題解】

元美，卽王世貞。子與，卽徐中行。子相，卽宗臣。公實，卽梁有譽。梁有譽《蘭汀存稿》卷三《于鱗、子與、元美過訪，共懷謝山人茂秦五首》說『三年臥燕市』，而其進士及第在嘉靖二十九年，并此詩『春陰』云云，推知此詩作於嘉靖三十一年（一五五二）春末。王世貞亦有《春夕同于鱗、子與訪公實，時公實在告，將歸嶺南，分韻『聲』字》（見《弇州山人四部稿》卷三三）可證。子與、子相各有詩紀其事。過，過訪。

【注釋】

〔一〕金莖：銅柱。見前《元日早朝》注〔二〕。北闕：北面城闕。闕，臺觀。

〔二〕五子：指王世貞、徐中行、宗臣、梁有譽與作者。

〔三〕關象緯：謂五子正合日月五星之數。象緯，日月五星。詳《瑯琊代醉編》卷一。『真人』句：真人謂賢人。《世說新語·德行》：『陳太丘詣荀朗陵，貧儉無僕役，乃使元方將車，季方持杖後從。長文尚小，載箸車中。既至，荀使叔慈應門，慈明行酒，餘六龍下食。文若亦小，坐箸厀（膝）前。於時太史奏：「真人東行。」』檀道鸞《續晉陽秋》云：『陳仲弓從諸子姪送荀父子，於時德星聚。太史奏：「五百里賢人聚。」』

送萬言卿明府之長興

逐虜將軍度漠回，黃金猶自滿燕臺〔一〕。請纓慚我爲齊客，製錦多君更楚材〔二〕。城上春雲天目出，簾前秋色太湖來〔三〕。弦歌暇日能相憶，花裏新詩過鴈裁〔四〕。

【題解】

萬言卿，萬虞龍，字言卿，號西園，江西南昌人，嘉靖二十九年進士，三十一年知長興縣。升兵部主事（《長興縣志》卷二十二《名宦》），曾任四川按察司僉事（《四川通志》卷三十），任太常少卿爲御史鄭洛於嘉靖四十一年彈劾（《明史紀事本末》）。明府，此爲對知縣的尊稱。長興，縣名。今屬浙江湖州。

【注釋】

〔一〕燕臺：即黃金臺。詳前《送新喻李明府伯承》注〔三〕。

〔二〕請纓：謂自請降敵。語本《漢書·終軍傳》。齊客：濟南古屬齊國，攀龍爲濟南人，故云。制錦：製作文章。錦，美文。楚材：楚地人才。萬虞龍南昌人。

〔三〕天目：山名。在長興南。太湖：湖名。長興濱湖，在太湖西南岸邊。

〔四〕弦歌暇日：謂治理政事之暇。弦歌，以琴瑟伴奏而歌。語出《論語·陽貨》。孔子弟子子游爲武城宰，以弦歌教民，後遂以弦歌爲出任縣令的典故。花裏：潘岳爲河陽令，樹桃李花，人號曰河陽一縣花。後爲縣令典故。過鴈：謂大雁北飛之時。

送范敬甫之閩中

共看驄馬使君賢，開府東南日月偏〔一〕。海嶠秋陰分越樹，人家雨色散閩天〔二〕。朝廷記憶江城久，詞賦知名水部前〔三〕。還擬主恩頭白裏，時危相贈祖生鞭〔一〕〔四〕。

【校記】

〔一〕時，詩集本、隆慶本、萬曆本、張校本並同。重刻本作『持』。

【題解】

范敬甫，生平未詳。稱其爲『使君』，蓋爲福建某地知府，所以說『開府東南』。閩中，秦置郡名。治所在今福建侯官。侯官，縣名，時屬福州府。

【注釋】

〔一〕驄馬：青驄馬。日月偏：君王的恩惠難以照臨，爲降職貶官的婉轉說法。范氏或遭貶而官閩中。日月，喻指君后。《詩·邶風·日月》『日居月諸』《傳》：『日乎，月乎，照臨之也。』《箋》：『日月，喻國君與夫人。』

〔二〕海嶠：海濱之山。

〔三〕水部：指南朝梁著名詩人何遜（四六六—五一九），曾任水部郎，世稱何水部，其詩受到唐代大詩人杜甫的推崇。此以范雲喻范敬甫。范雲（四五一—五〇四），字彥龍，南鄉舞陰（今河南泌陽西北）人。南朝梁詩人，『竟陵八友』之一，其知名在齊末，他對何遜十分賞識。

〔四〕時危：指沿海倭寇的騷擾，形成嚴重邊患。祖生鞭：謂著先鞭，奮勉爭先之意。《晉書·劉琨傳》：『與范陽祖逖爲友，聞逖被用，與親故書曰：「吾枕戈待旦，志梟逆虜，常恐祖生先吾著鞭。」

五日同子與、子相過公實，時公實在告

空堂隱映石榴殷，花裏幽期白晝閒〔一〕。染翰風雲隨上客，開樽雷雨過西山〔二〕。賦成敢避能驚座，酒罷何妨善閉關〔三〕。況值《懷沙》千古怨，那堪騎馬獨醒還〔四〕！

【題解】

五日，此指嘉靖三十一年（一五五二）五月五日。子與，即徐中行。子相，即宗臣。公實，即梁有譽。據錢大昕《弇州山人年譜》載，嘉靖三十一年公實「以病告歸」。據《宗子相集·報梁公實》，宗臣於是年十月歸廣陵故家。鄭利華《王世貞年譜》則云世貞於是年七月以刑部員外郎案決廬州、揚州、鳳陽、淮安四郡之獄。由上述，知公實離京當在是年六月。在告，告病辭官。「時公實在告」，詩集本、萬曆本、張校本並同。隆慶本、重刻本「時」作「持」，誤。

【註釋】

〔一〕殷：紅。幽期：幽雅的期約。南朝宋謝靈運《撰征賦》：「石幽期而知賢，張揣景而示信。」

〔二〕染翰：著筆。謂作詩。

〔三〕驚座：令座中人吃驚。閉關：此謂閉門謝客，斷絕人事來往。《文選》江文通（淹）《恨賦》：「閉關卻掃，塞門不仕。」

〔四〕《懷沙》：戰國楚詩人屈原作，爲《楚辭·九章》中的一篇。宋朱熹《楚辭補注》題解謂「此章言已雖放逐，不以窮困易其行。小人蔽賢，羣起而攻之，舉世之人無知我者，思古人而不得見，仗節死義而已」。獨醒：謂以廉自守。

《楚辭·漁父》："屈原曰：舉世皆濁我獨清，衆人皆醉我獨醒，是以見放。"

韋氏池亭同元美、子與、子相賦四首

其二

貰酒新豐解佩刀，相逢意氣爲君豪〔一〕。孤亭晝敞杉松色，亂石青含薜荔高〔二〕。自向風塵偏勝蹟，豈令湖海傲吾曹〔三〕！從他桂樹山中發，《招隱》何勞更《反騷》〔四〕？

其三

華髮文章愧不工，獨憐諸子調相同〔五〕。西京矯矯多奇氣，東海泱泱自大風〔六〕。三署仙郎攜酒後，一時詞客此亭中〔七〕。白雲寥廓迷幽薊，騶衍談天碣石宫〔八〕。

幽亭斜日亂松聲，下有滄浪可濯纓〔九〕。求友花間黄鳥出，垂天城上夏雲生〔一〇〕。梁園作賦千年事，河朔銜杯萬古情〔一一〕。莫恨風流吾輩晚，鄴陽袁紹漢時名〔一二〕。

其四

韋曲高臨漢苑開，城南連騎紫宸回〔一三〕。閉門流水花間過，倚檻青山席上來。《客難》似矜能避世，《子虛》誰見不憐才〔一四〕。若論承寵無先後，安得吾曹共酒杯〔一五〕？

【題解】

韋氏園亭，韋公園亭，又稱韋園、韋莊、韋氏郊園，其地在韋公寺。詳前《春日韋氏園亭同元美賦二首》題解。元美，即王世貞。子與，即徐中行。子相，即宗臣。此詩與上首作于同時。

【注釋】

〔一〕貰（shì）酒：賒酒。新豐：漢高祖爲安慰其父所置縣名。故址在今陝西西安市臨潼區東。詳前《古樂府詩序》注〔一〕。《史記·高祖本紀》：『及壯，試爲吏，爲泗水亭長……常從王媼、武負貰酒。』意氣：指意志、氣概。

〔二〕孤亭：指韋氏亭。薜荔：植物名。亦名木蓮。戰國楚屈原《離騷》：『覽木根以結茝兮，貫薜荔之落蕊。』漢王逸《楚辭章句》注云：『薜荔，香草也，緣木而生。』

〔三〕自向風塵：謂自入仕以來。風塵，喻仕宦。偏：偏愛。湖海：湖與海，謂山川形勝。

〔四〕『從他』二句：謂既然隱居以高尚其人格，就不必作表現自己通達的文章。桂樹山中，語本《楚辭·招隱士》『桂樹叢生兮山之幽』。《招隱》，即《招隱士》，作者淮南小山，爲西漢淮南王劉安的門客。文中寫了一個受統治者排斥而隱居山野的賢人，在極其艱苦的條件之下仍能保持高尚的節操。《反騷》，即《反離騷》，漢揚雄作。雄『以爲君子得時則大行，不得時則龍蛇，遇與不遇命也，何必湛身哉！乃作書，往往摭《離騷》文而反之，自岷江投諸江流以弔屈原，名曰《反離騷》』（《漢書·揚雄傳》）。

〔五〕工：精工。善其事者曰工。獨：但。憐：喜。調相同：曲調相同。此謂詩歌主張。

〔六〕『西京』二句：謂西漢文章注重氣勢，不同凡常，而自我發起的詩歌運動，氣魄也同樣弘大。西京，指西漢。矯矯，出衆的樣子。《漢書·敘傳》：『賈生（誼）矯矯，弱冠登朝。』奇氣，不同凡響的氣勢。東海，指古齊地。攀龍家鄉濟南爲先秦齊地。泱泱大風，本謂大國之風。《左傳・襄公二十九年》載，吴公子季札訪問魯國觀樂，當樂工爲之歌《齊》時，他説：『美哉，泱泱乎，大風也哉！表東海者，其大（太）公乎？國未可量也。』此借指自己與元美等的詩文。

〔七〕『三署』二句：謂三署郎官攜酒相聚，當代著名詩人就都集中在此亭了。三署，指刑部、吏部和内閣中書。當時攀龍與世貞任職刑部，宗臣任職吏部，吴國倫任内閣中書舍人。

〔八〕『白雲』二句：謂『七子』在京，就像當年騶衍那樣受到歡迎和尊崇。幽薊，指北京一帶。北京古屬幽州，薊（今北京大興）爲幽州治所。騶衍（約前三〇五—前二四〇），齊國人。戰國末哲學家，陰陽家的代表人物。據《史記・孟子荀卿列傳》載，騶衍『深觀陰陽消息而作怪迂之變，《終始》、《大聖》之篇十餘萬言』。其説稱引天地，閎大不經，人稱『談天衍』。他曾提出『九州説』，中國爲其一，稱赤縣神州。騶衍在齊國受到重視，並受到梁、趙、燕等國的歡迎。『如燕，昭王擁彗先驅，請列弟子之座而受業，築碣石宫，身親往師之』。據張守節《史記正義》説，碣石宫『在幽州薊縣西三十里寧臺之東』。

〔九〕滄浪：青色之水。濯纓：洗滌冠纓。

〔一〇〕黄鳥：即黄鶯。《詩・小雅・伐木》：『嚶其鳴矣，求其友聲。』垂天：垂天之雲。語出《莊子・逍遥游》。

〔一一〕梁園作賦：指漢司馬相如。據《漢書・司馬相如傳》載，相如初以貲爲郎，事景帝，爲武騎常侍。而景帝不好辭賦，遂與鄒陽、枚乘等入梁，『客游梁，得與諸侯游士居，居數歲，乃著《子虚之賦》』。河朔銜杯：謂避暑之飲。河朔，河朔飲。詳前《同元美與諸比部早夏城南放舟》注〔八〕。

〔一二〕鄒陽：齊（今山東臨淄）人，漢初散文家。詳前《送許史得『弟』字》注〔三〕。袁紹（？—二〇二），字本初，汝南汝陽（今河南商水西北）人。少爲郎，後辟大將軍何進掾屬，爲侍御史、虎賁中郎將。中平五年（一八八），爲中軍校尉，典領禁軍。董卓擅權，號召討伐，被推爲關東盟主，自號車騎將軍，領司隸校尉。在軍閥混戰中，佔據青、冀、幽、并四州，成爲强大的割據勢力。建安元年（一九六），拜太尉，封鄴侯，旋爲大將軍。後與曹操在官渡決戰失敗，不久病卒。詳《後漢書》本傳。

〔一三〕漢苑：此指明廷宫苑。紫宸：宫殿名。天子所居。見《雍錄》。

〔一四〕《客難》：漢東方朔作。據《漢書・東方朔傳》載，武帝時，『方外事胡、越，内興制度，國家多事，自公孫弘以下至司馬遷，皆奉使方外，或爲郡國守相至公卿，而朔嘗至太中大夫，後常爲郎，與枚皋、郭舍人俱在左右，詼啁而已。久之，朔上書陳農戰强國之計，因自訟獨不得大官，欲求試用。其言專商鞅、韓非之語也，指意放蕩，頗復詼諧，辭數萬言，終不見用。朔因著論，設客難己，用位卑以自慰諭』，作《客難》。文中有云：『今世之處士，魁然無徒，廓然獨居，上觀許由，下察接輿，計同范蠡，忠合子胥，天下和平，與義相扶，寡耦少徒，固其宜也，子何疑於我哉？』《子虛》：漢司馬相如的代表賦作。

〔一五〕承寵：謂受到皇帝的信幸。

送張元諭虞部謫常州別駕

賦就黄花別季鷹，還從遷謫問飛騰〔一〕。懸知漢柱名當藉，況復虔刀事可憑〔二〕。寒雨大江臨楚望，千家秋色暗毘陵〔三〕。闔閭城外逢搖落，何限吳山客裏登〔四〕。

【題解】

張元諭，字伯啓，自號月泉生，浦江人，嘉靖二十六年（一五四七）進士，授工部主事。因忤嚴嵩父子，謫官常州。三十九年任吉安知府。四十二年任桂林府知府（《廣西通志》卷五十四）。萬曆間任雲南知府（《雲南通志三十卷》卷十九），官至雲南觀察副使（《浙江通志》卷二百三十九）。著有《詹詹集》七卷、《蓬底浮談》等。虞部，官名。明初設虞衡司，後其職掌隸屬工部。詳前《酬皇甫虞部》題解。常州，府名。今屬江蘇。别駕，官名。别駕從事史的簡稱。詳前《送皇甫别駕往開州》題解。

【注釋】

〔一〕黄花：菊花。菊花秋季開放。季鷹，指張翰。晉人張翰秋日思鄉棄官歸家，詳前《送許元復還姑蘇》注〔一〕。

〔二〕懸知：料想。漢柱：指漢伏波將軍馬援在漢南部邊疆所立銅柱。虔刀：指三國魏呂虔的佩刀。詳前《送皇甫别駕往開州》注〔四〕。

〔三〕毘陵：古郡、縣名。治所在今江蘇常州市。

〔四〕闔閭城：在今江蘇蘇州市。闔閭，春秋時期吴王，西元前五一四—前四九六年在位。吴山：俗名城隍山，又名胥山。在浙江杭州市西湖東南，左帶錢塘江，右瞰西湖，爲杭州勝景。

送吴人陸之箕

客有登臺賦遠游，薊門金盡坐高秋。總憐歧路無知己，不向風塵爲白頭。木落毘陵看過鴈，月明張翰倚扁舟〔一〕。未將簪紱論多病，草色姑蘇到自愁〔二〕。

【題解】

吳人，即今江蘇蘇州人。陸之箕，字肖孫，又字汝瞻，號復泉、長白山人，太倉（今屬江蘇）人。太倉時屬蘇州府。弘治年間貢生。著有《史餕》、《長白山人集》。其祖父陸容、父陸伸均爲進士，有文名。陸容歷兵部職方司郎中，官至浙江右參政，因忤權貴而罷官，詳見《明史·張泰傳》附傳。

【注釋】

〔一〕毘陵：郡、縣名。今屬江蘇省。張翰：晉吳（今江蘇蘇州）人。詳前《郡齋送張肖甫》注〔一〕。倚扁舟：謂其思鄉而歸。此喻指陸之箕。

〔二〕簪紱：喻指顯貴。簪，冠簪；紱，絲製纓帶，爲古代禮服之制。姑蘇：即蘇州。

送李司封謫廣陵

明光起草羨青春，服藥求仙笑此身。白首雲霄空薦士，黃金湖海未逢人（一）〔一〕。廣陵鴻鴈來秋色，寒雨江楓度逐臣。見說故園湘水上，嬾將詞賦弔靈均〔二〕。

【校記】

（一）未，詩集本、隆慶本、萬曆本、張校本並同。重刻本作『永』，誤。

【題解】

李司封，李棟，字隆仲，瀘溪人，嘉靖進士，累官文選員外郎。二十九年北兵入京師，戒嚴，令選百僚才猷宣著、練達老成者疏名以聞。大學士徐階首以棟應。分守正陽門有功，尋以忤當路，謫兩淮運判。歷雲南兵備。見《人清一統志》

卷二百八十四《辰州府》。謂其『故園湘水上』，蓋爲湖南人。司封，官名。唐武則天光宅元年（六八四）改主爵郎中爲司封郎中，主管封爵、襲蔭、褒贈等事。明稱驗封司。此司封即吏部員外郎之雅稱。謫，貶官。廣陵，指今江蘇揚州。

【注釋】

〔一〕『黄金』句：謂在朝未有知己朋友。黄金，謂結友。

〔二〕靈均：屈原《離騷》説他父親『名余曰正則兮，字余曰靈均』。屈原與李氏同鄉，被讒遭逐，憂國懷憤而死，遭貶放逐者往往投文以弔。

卷之八

七言律詩

送王侍御

看君繡斧秣陵迴，烏府遥應接鳳臺〔一〕。寒雨鍾山千水下，白雲秋色大江來〔二〕。時危攬轡中原出，日近封章北極開〔三〕。當道狐狸何足問，邊城今有郅都才〔四〕。

【題解】

王侍御，由首聯「秣陵迴」、「接鳳臺」，與頷聯皆寫南京，可知此侍御應爲王學益。王學益，字虞卿，江西安福人。嘉靖八年（一五二九）進士。二十四年以右僉都御史巡撫貴州。二十九年爲南京都察院右僉都御史。詩當作於三十一年王學益三年任滿，上計京城，復有巡按邊城之任務。

【注釋】

〔一〕繡斧：衣繡衣，杖斧鉞，爲執法官的衣飾儀仗。漢置侍御史有繡衣直指，出討姦猾，處理大案。見《漢書·百官公卿表》。漢武帝時，暴勝之任直指使，「衣繡衣，杖斧，分部逐捕」（《漢書·武帝紀》），後遂以指特派執法官吏。秣陵，古縣名。治所在今江蘇南京市江寧南秣陵關。烏府：御使府。《漢書·朱博傳》載，當時御史府中「列松柏，常有野烏數千棲宿其上，晨去暮來，號曰「朝夕烏」』，後遂稱御史府爲烏臺。鳳臺，鳳凰臺，在今南京市江寧南秣陵關附近的鳳凰山上。見《太平寰宇記》。唐李白有《登金陵鳳凰臺》詩。『烏府遥接鳳凰臺』，是説秣陵鳳凰臺與御史府遥相呼應，像是冥冥之中注定的一樣。

〔二〕鍾山：即南京紫金山。大江：指長江。

〔三〕『時危』二句：謂王學益在國家危難之際出行，所上有關邊防的奏章均被皇帝採納。攬轡，謂懷著滅敵的決心出行。《後漢書·范滂傳》載，冀州發生饑荒，盜賊羣起，命滂爲清詔使，按察之。『滂登車攬轡，慨然有澄清天下之志』。後遂以『攬轡』喻指官吏懷有遠大抱負。封章，也稱封事，指密封的奏章。北極，也稱北辰，即北極星。喻指皇帝。

〔四〕當道狐狸：指權姦嚴嵩、嚴世蕃父子。郅都：漢河東大陽（今山西平陸）人。仕漢文帝、景帝，以剛直著稱，爲雁門太守，匈奴『素聞郅都節，舉邊爲引兵去，竟都死不近雁門』（《漢書·酷吏傳》）。此以郅都剛直及爲敵畏服譽稱王學益。

同元美與子相、公實分賦懷太山得『鐘』字，柬順甫

域内名山有岱宗，側身東望一相從（一）〔一〕。河流曉挂天門樹，海色秋高日觀峯〔二〕。金篋何人探漢策，白雲千載護秦封〔三〕。向來信宿藤蘿外，杖底西風萬壑鐘〔四〕。

【校記】

（一）有，《明詩别裁集》作『首』。

【題解】

元美，即王世貞。子相，即宗臣。公實，即梁有譽。太山，即泰山。在今山東泰安市境內，爲『五嶽』之首。得『鐘』字，即以『鐘』爲韻。東，東寄。順甫，即魏裳，字順甫。詳前《懷魏順甫》題解。清沈德潛《明詩別裁集》云：『第二語弱。附記：趙鶴《登岱》句云：「山壓星辰從下看，海浮天地自東迴。」胷中不知吞幾雲夢也，惜通篇不稱。』

【注釋】

〔一〕域內：國內。岱宗：泰山別稱岱，又爲四嶽所宗，故稱。

〔二〕天門：指南天門，又稱三天門，建於元中統五年（一二六四）。進南天門即登岱頂，岱頂西側爲日觀峯，秋高氣爽的淩晨於峯頂可觀看東海日出的奇麗景象。

〔三〕『金篋』二句：寫泰山的神奇及其悠久歷史：謂有誰曾像漢武帝那樣探測過金篋玉冊？悠悠白雲幾千年來仍然籠罩在五大夫松的周圍。金篋，金制之篋。篋，收藏物品的箱子。漢應劭《風俗通義·正失》：「俗說岱宗上有金篋玉冊，能知人年壽脩短。武帝探得十八，因到（倒）讀曰八十，其後果用耆長（別本作『果壽八十』）。」秦封，指五大夫松。據《史記·秦始皇本紀》載，始皇東巡郡縣，登泰山時風雨驟至，避於松下，遂封此松爲五大夫。此松明時尚存。五大夫，秦漢封爵名，秦時賞有功者。

〔四〕信宿：連續兩夜。杖底：猶言脚下。杖，手杖。鐘：打擊樂器。

同子與登湖上臺

大漠蒼蒼鴻鴈迴，中原極目思悠哉。白雲雙闕湖邊出，落日西山樹杪來〔一〕。詞客百年相對酒，秋陰萬里共登臺。側身戎馬過逢地，城柝朝聞角暮哀〔二〕。

【題解】

子與，即徐中行。湖上臺，未詳。湖或指今香山公園裏的眼鏡湖。從『側身戎馬過逢地』詩句，知此詩作於嘉靖三十一年秋八月。詳本集《經華嚴廢寺，爲虜火所燒》題解。

【注釋】

〔一〕西山：山名。在今北京市西郊。

〔二〕戎馬過逢地：嘉靖二十九年（一五五〇）八月，韃靼俺答部襲掠京畿地區，西山一帶亦慘遭破壞。柝（tuò）：守夜報警者所擊之木，北方俗稱梆子。角：軍中吹器，即號角。

十五夜子與、明卿見過

日落青梧白露生，倦游詞客鳳凰城〔一〕。千門過鴈來秋色，萬里銜杯對月明〔二〕。上苑寒高金狄掌，西山影靜羽林兵〔三〕。解顔今夕無烽火，二妙何當罷請纓〔四〕？

【題解】

十五夜，指嘉靖三十一年（一五五二）八月十五。據《弇州山人四部稿·吳明卿先生集序》，吳國倫（明卿）進士及第之後的第二年，即嘉靖三十年與李攀龍相識，而三十二年三月李攀龍即赴順德任所，因知詩作於是年。

【注釋】

〔一〕鳳凰城：指京城北京。

〔二〕千門：宮門。銜杯：飲酒。
〔三〕上苑：天子苑囿，園池。金狄：卽金人，亦卽銅人。《文選》張平子（衡）《西京賦》「列坐金狄」李善注：「金狄，金人也。《史記》曰始皇收天下兵，銷以爲金人十二，各重千斤，置於宮中。」羽林兵：卽禁衛軍。所以名羽林，言其如羽之疾，如林之衆。
〔四〕二妙：唐韋維與宋之問稱「戶部二妙」，見《唐書・韋維傳》。此謂子與與明卿。請纓：謂自請前往破敵。語本「終軍請纓」，見《漢書・終軍傳》。

同徐、吳二子弘法寺臺眺望

搖落偏驚祇樹林，白雲鴻鴈亦蕭森〔一〕。何知潘鬢淹郎署，但許燕山壯客心〔二〕。欲雨諸陵來朔氣，西風千里動秋陰〔三〕。悲哉聯璧登高賦，徙倚荒臺見古今〔四〕。

【題解】

徐、吳二子，指徐中行、吳國倫。弘法寺，北京有兩處，此蓋指西山弘法寺，亦稱洪法寺，在昭孝寺（臥佛寺）與碧雲寺之間，是文人常往探幽之處。此詩與前首作於同時。詩慨嘆「淹郎署」。

【注釋】

〔一〕搖落：草木凋落，謂時至深秋。語出戰國宋玉《九辯》。祇樹林：卽祇樹園，同祇陀園，祇樹給孤園的簡稱。印度佛教勝地之一。詳前《代香山寺老僧答》注〔四〕。此指佛寺。唐李頎《題璿公山池》：「遠公遁跡廬山岑，開士幽居祇樹林。」

〔二〕潘鬢：　指晉著名詩人潘岳。據《晉書·潘岳傳》載，潘岳美姿容，少時挾彈走洛陽道上，『婦人遇之者，皆連手縈繞，投之以果，遂滿載而歸』。而在其辟爲司空太尉府後，卻因其『才名冠世，爲衆所疾，遂棲遲十年』。此以潘岳自喻。燕山：　山名。此指西山。客心：　客居外地者之心志。

〔三〕諸陵：　指明帝諸陵，在今北京西北昌平區天壽山下。

〔四〕聯璧：　珠聯璧合，喻己與徐、吳的詩作。徙倚：　徘徊。

送大司寇應公歸台州

搖落黄金駿馬臺，都門供帳亦賢哉〔一〕。炎荒想見乘軺出，北斗旋聽曳履回〔二〕。秋色白雲生海嶠，主恩華髮臥天台〔三〕。西曹官屬銜知遇，東閣清時好再開〔四〕。

【題解】

大司寇，明代對刑部尚書的尊稱。應公，指應大猷。應大猷（一四八七—一五八一），字邦升，號容庵，仙居（今屬浙江）人。正德九年（一五一四）進士，官南京刑部主事。因平宸濠之亂有功，升任兵部職方司，旋任稽勳司郎中。嘉靖六年（一五二七），出任廣東參政，擢雲南右布政使。歷四川、山東巡撫、吏部右侍郎，於嘉靖三十一年（一五五二）十一月任刑部尚書。爲官正直敢言，執法不避權貴，因遭嚴嵩誣陷，於嘉靖四十年被迫告老還鄉。台州，明府名。仙居屬台州府。

【注釋】

〔一〕『搖落』二句：　謂深秋之時人們聚集在都門爲其送行。搖落，秋風葉落，謂深秋。黄金駿馬臺，即黄金臺。

詳前《送新喻李明府伯承》注〔三〕。此指京城。供帳，謂陳設帷帳用具，爲其送行。《漢書・疏廣傳》：「既祖道，供張東都門外。」張，通「帳」。

〔二〕炎荒：謂南方荒遠之地。唐李商隱《爲濮陽公陳情表》：「久處炎荒，備薰瘴毒。」應公曾兩度巡撫雲南、廣東。乘軺（yáo）：乘驛車。北斗：北斗星。《星經》謂「斗爲人君號令之主」，因喻指帝王。旋聽曳履回：謂巡撫雲南、廣東不久即回京任尚書。曳履，喻指尚書。語出《漢書・鄭崇傳》。

〔三〕「秋色」二句：謂年老時在此深秋告老還鄉。海嶠，謂海邊多山之地。指仙居。主恩，皇帝賜予的恩惠。應氏被迫還鄉，此婉言「主恩」。天台，山名。在今浙江天台縣北，仙居東北，爲仙霞嶺脈之東支，西南接仙居南之括蒼山脈。

〔四〕「西曹」二句：謂刑部屬官都感知遇之恩，待政治清明之時期望重新歸來。西曹，指刑部。銜，受。東閣，東向所開之小門。漢公孫弘爲丞相，開東閣以招賢士，因稱宰相招賢之地爲東閣。詳《漢書・公孫弘傳》。

送殷正甫并引

正甫檢討有河洛之役〔一〕，蓋濟南諸君子出餞焉。是行也，問誰治祖〔二〕？則廷尉史張嵐氏〔三〕。問誰相禮〔四〕？則大司農官屬洪遇伯時〔五〕。問誰贊事〔六〕？則許殿卿邦才。將試於大宗伯至也，正甫則稱使臣哉〔七〕。齊魯於文學其天性，即今日里黨可謂多賢〔八〕。司馬長卿自漢庭游梁鄒陽、枚叔間，相得驩甚也〔九〕。乃比部李生以贈言〔一〇〕。

中州一望氣雄哉，北極風塵使節開〔一一〕。卜洛自存宗子計，游梁更見長卿才〔一二〕。春晴嵩少雲邊出，雪盡黃河天上來〔一三〕。在昔孝王誇授簡，何當置酒向平臺〔一四〕！

【題解】

殷正甫，即殷士儋（一五二二—一五八一），字正甫，學者稱棠川先生。歷城（今山東濟南）人。嘉靖二十六年（一五四七）進士，選庶吉士，授檢討，久之，充裕王講官，遷右贊善，進洗馬。隆慶元年（一五六七），擢侍講學士，掌翰林院事。歷禮部尚書、掌詹事府事，拜武英殿大學士。入閣年餘，即稱疾懇辭，時年五十。家居二十年卒，贈太保，謚文莊。著有《金輿山房稿》。生平事蹟詳《明史》本傳。殷士儋與李攀龍、許邦才自幼交好，終生不渝。曾爲李攀龍之父李寶及其本人撰寫墓誌，攀龍子李駒曾從受學。

【注釋】

〔一〕檢討：官名。宋置，掌修國史。明代屬翰林院，位次編修。河洛：黃河、洛水。此指河洛之間，即今河南洛陽。役：因公出差。

〔二〕治祖：治辦餞行酒宴。祖，古人出行時祭祀路神，引申爲送行。

〔三〕廷尉史：廷尉屬官。廷尉，秦置，掌刑獄，爲九卿之一。明代稱大理寺卿。張嵐（一五〇六—？），字雲少，濟南府歷城縣人。嘉靖二十三年李攀龍同年進士。見《嘉靖二十三年山東進士錄》。嘉靖時任僉事（《山西通志》卷七十九《職官七》），陝西布政司參議，撫治商洛道（《陝西通志》卷二十二），提刑按察司按察使（《浙江通志》卷一百十八《職官八》）。

〔四〕相禮：襄助行禮之人。

〔五〕大司農：官名。漢武帝改秦治粟内史置，掌租稅錢穀鹽鐵及國家財政收支，爲九卿之一。明代用作戶部尚書的別稱。洪遇（一五〇八—？）：字伯時，濟南府歷城縣人，嘉靖二十三年李攀龍同年進士。見《嘉靖二十三年山東進士錄》。嘉靖中知秀水(《浙江通志》卷一百五十《名宦五·嘉興府》)，督理寧夏糧儲戶部郎中(《甘肅通志》卷二十七)，西安知府(《陝西通志》卷二十二)。

〔六〕贊事：贊助其事。

〔七〕大宗伯：周官名。掌國家祭祀、典禮。此指禮部尚書。稱使臣：即爲使臣。

〔八〕文學：謂文獻經典及學術。里黨：里中鄉黨。今謂同鄉。周制，五家爲鄰，五鄰爲里，萬二千五百家爲鄉，五萬家爲黨。

〔九〕司馬長卿：即司馬相如，西漢著名賦家。據《漢書》本傳載，司馬相如早年曾事景帝，爲武騎都尉。景帝不好辭賦，相如亦不好武事，恰在京都長安遇到游梁的文人鄒陽、枚乘等，遂稱病辭官，客游梁國，與鄒、枚等游處。鄒陽：西漢散文家。齊(今山東臨淄)人。其《獄中上梁王書》情辭俱勝，爲傳誦名文。枚乘：字叔，淮陰(今屬江蘇)人。著名賦家。所著《七發》爲漢大賦之始。生平事蹟均詳《漢書》本傳。

〔一〇〕比部：即刑部。時李攀龍爲刑部郎中。

〔一一〕『中州』二句：謂望中的中州氣勢雄偉，朝廷委派的使者正要出發。中州，河南居天下之中，故稱。北極，喻指朝廷。風塵，喻旅途辛苦。開，發，出發。

〔一二〕『卜洛』二句：謂朝廷卜洛是爲立嫡大事，受到委派更表現出您傑出的文才。卜洛，本指周公卜都洛陽，見《尚書·洛誥》。此指奉帝命到洛陽祭祀。宗子，嫡長子。《禮記·曲禮》：『支子不祭，祭必告於宗子。』據《明史·諸王傳·世宗諸子》載，莊敬太子載壡於嘉靖二十八年(一五四九)三月行冠禮，兩天後就死了，以序裕王(即隆慶帝)當立，而嘉靖帝迷信方士的話，沒有再立太子。殷士儋此行，可能與立太子之事有關。梁，古國名。漢代梁國封地在今河南一帶。長卿，即司馬相如。此喻殷士儋。

〔一三〕嵩少：即嵩山。在今河南登封市境，爲『五嶽』之中嶽。古稱太室、外方、嵩嶽，也作『嵩高』。山有三峯，中爲峻極，東名太室，西名少室。

〔一四〕孝王：指漢梁孝王劉武，文帝子，初封代王，文帝十二年（前一六八）徙封梁王。與景帝爲同母兄弟，景帝未立太子時，曾說死後傳位於他，後漸失寵，鬱鬱而終。謚孝。詩授簡，事未詳。平臺，梁孝王所築臺，爲其與文人賓客游宴之處，在今河南商丘一帶。

徐子與席懷梁公實

共指金莖雪色間，嗚珂當日滿朝班〔一〕。卽看徐孺能懸榻，豈謂梁鴻更出關〔二〕？薄宦天涯成白首，故人江上買青山〔三〕。嶺南梅樹今堪折，贈我寧無驛使還〔四〕？

【題解】

徐子與，卽徐中行。梁公實，卽梁有譽。公實於嘉靖三十一年（一五五二）六月自京謝病歸南海，三十三年冬卒。詳前《五日同子與、子相過公實，時公實在告》題解。此詩作於一五五二年六月之後不久。

【注釋】

〔一〕金莖：花名。唐蘇鶚《杜陽雜編下》：『又有良金池可方數十里……更有金莖花，其花如蝶，每微風至，則搖盪如飛。婦人競採之以爲首飾。且有語曰：「不戴金莖花，不得在仙家。」』嗚珂：馬勒飾。

〔二〕『卽看』二句：謂公實爲其最尊貴的友人，未料他竟棄官歸隱。東漢陳蕃爲太守，專設一榻待徐孺，孺至放下，孺離懸起。徐孺，卽徐穉，字孺子。詳見《後漢書·陳蕃傳》。此以徐孺喻公實。梁鴻，字伯鸞，扶風茂陵（今陝西咸陽西北）人。家貧，好學，尚節概。曾受業於太學，後牧豕上林苑中。娶醜女孟光爲妻，共隱於霸陵山中。後東出潼關，過京師洛陽，作《五噫之歌》。適吳，爲人傭作，卒葬吳地。友人高恢，少好《老子》，隱於華陰山中。及鴻東游思恢，作詩以寄，二人遂不復相見。事詳《後漢書·逸民傳》。此以梁鴻出關喻公實離京。

〔三〕薄宦天涯：遠隔天涯做小官。作者自謂。江上：指珠江。

〔四〕嶺南：地名。唐置嶺南道，以在五嶺之南，故名。轄有今兩廣及越南北部，治廣州，即今番禺。公實爲番禺人。驛使：傳送官方文書的人。詳前《署中有憶江南梅花者因以爲賦》注〔三〕。

懷子相

薊門秋杪送仙槎，此日開樽感歲華〔一〕。臥病山中生桂樹，懷人江上落梅花〔二〕。春來鴻鴈書千里，夜色樓臺雪萬家。南粵東吳還獨往，應憐薄宦滯天涯〔三〕。

【題解】

子相，即宗臣。據《宗子相集·報梁公實》，宗臣於嘉靖三十一年（一五五二）十月病休。此詩作於此年冬日。

【注釋】

〔一〕送仙槎：送其登船。仙槎，船的美稱。

〔二〕『臥病』二句：上句言詩人臥病西山（見下首），有歸隱之心；下句从宗臣處懷想。桂樹，樹名。江南稱木樨，生巖嶺間。《文選》沈休文（約）《學省愁臥》：『山中有桂樹，歲暮可言歸。』

〔三〕南粵：指梁有譽。東吳：指宗臣。薄宦滯天涯：言詩人自己。

朝退同子與望西霽雪懷南海梁公實、廣陵宗子相

騎省秋來嘆二毛，還將《白雪》向君操〔一〕。千峯曙色開金掌，並馬寒光照錦袍〔二〕。空翠欲浮仙闕動，晴雲猶傍帝城高〔三〕。初疑大庾梅花發，忽憶揚州八月濤〔四〕。

【題解】

朝退，早朝歸來。子與，即徐中行。霽雪，雪後天晴。梁公實，即梁有譽。有譽謝病歸南海在嘉靖三十一年（一五五二）六月，詳前《徐子與席懷梁公實》題解。宗子相，即宗臣。據《宗子相集·報梁公實》，有譽離去在當年十月，宗臣亦病休歸里。而攀龍於嘉靖三十二年三月出爲順德知府，有譽卒於嘉靖三十三年十一月，知此詩應作於嘉靖三十一年冬。

【注釋】

〔一〕騎省：散騎省。官署名。本指中書省，而北魏稱爲西臺。自隋而後，刑部別稱西臺。見《稱謂錄·刑部·西臺》。此指刑部。操：彈奏。彈奏《白雪》曲，此謂作高雅的詩歌。

〔二〕金掌：喻初升陽光映照之下，峯巒如披金色之掌。

〔三〕仙闕：仙人宮闕。此指紫禁城裏的宮殿。帝城：指京城北京。

〔四〕大庾：大庾嶺。五嶺之一。在今江西、廣東交界處。古稱塞上、塞嶺、臺嶺，又名梅嶺、樂嶠。此就梁有譽講。揚州八月濤：即廣陵濤，爲著名江景。此就宗臣講。

歲晚贈子與

南國鴻書杳不聞，相看梅發尚離羣〔一〕。天涯薄宦堪知我，世上虛名好誤君。杪歲西山逢雨雪，懷人漢苑見春雲。往時載酒揚雄宅，諸子談經坐夜分〔二〕。

【題解】

歲晚，猶言歲末。子與，即徐中行。此嘉靖三十一年歲末所作。

【注釋】

〔一〕梅發：梅花開放，謂江南初春。

〔二〕揚雄：西漢著名學者、文學家。此以自喻。

人日與伯承集子與宅得『胡』字

新知握手鳳城隅，莫嘆春來滯宦途〔一〕。萬里風烟人日過，十年江海客星孤〔二〕。漢宮戴勝傳王母，薊北登高愧大夫〔三〕。曾是舊游行樂處，解貂同醉酒家胡〔四〕。

【題解】

人日，舊曆正月初七。伯承，即李先芳。子與，即徐中行。李先芳《東岱山房詩録》有《人日同李郎中集徐比部宅懷王元美，得『天』字》。據李先芳《東岱山房詩録・江右稿》卷首題識，先芳於嘉靖二十七年（一五四八）除新喻知縣，次年夏到任，旋卽赴京入覲，至二十九年夏返回新喻，三十一年五月補戶部主事，而李攀龍於嘉靖三十二年出爲順德知府。據此，詩應作於嘉靖三十二年正月初七。

【注釋】

〔一〕滯宦途：謂仕途滯留不進。

〔二〕客星孤：謂獨自客居在外。

〔三〕『漢宮』二句：謂在朝如同當年東方朔在漢宮，雖能吟詩作文亦難得高位。戴勝，謂戴玉琢之華勝。勝，玉勝，婦女首飾。《山海經·西山經》：『西王母其狀如人，豹尾虎齒而善嘯，蓬髮戴勝，是司天之厲及五殘。』據《漢武帝內傳》載，武帝好神仙之道，元封元年四月忽有一女子自稱爲西王母使者，說七月七日將來見。武帝問此女子是何人，東方朔說是西王母紫蘭宮玉女，武帝遂傳使命往來。登高愧大夫，謂自己不能做到『登高能賦，可以爲大夫』（《漢書·藝文志》）。

〔四〕解貂同醉酒家胡：謂痛飲酣醉。解貂，謂脫去官帽。貂，貂羽，以貂尾爲冠之羽。《漢書·燕刺王旦傳》：『郎中侍從者著貂羽，黃金附蟬，皆號侍中。』李攀龍時爲刑部山西司郎中。酒家胡，指賣酒胡女。語出漢辛延年《羽林郎》。

張駕部宅梅花

仙郎雪後建章迴，清夜西堂擁上才〔一〕。笛裏春愁燕塞滿，梁間月色漢宮來〔二〕。卽看芳樹催顏鬢，莫厭寒花對酒杯〔三〕。共憶故人江北望，因君罷賦倚徘徊。

【題解】

張駕部，生平未詳。駕部，官名。明代指車駕司郎中。此詩作於嘉靖三十二年初春。

【注釋】

〔一〕『仙郎』二句：謂駕部辦公歸來，家中聚集了觀賞梅花的才子們。仙郎，古稱尚書省各部郎官爲仙郎，駕部原屬尚書省，故稱。建章，漢宮名。故址在今陝西西安市長安區西。此指明宮。清夜，寂靜的夜晚。西堂，西廂的前堂。擁，聚。上才，高才。

〔二〕『笛裏』二句：寫賞梅時的環境。謂春風吹來燕山各邊塞憂怨的笛聲，梁間映進清冷的月光。燕塞，燕山關塞。月光自宮苑而來，謂駕部住處臨近宮苑。

〔三〕芳樹催顔鬢：謂雪白的梅花催人鬢髮生白。寒花：梅花。梅花迎霜傲雪而開，故云。

宣武門眺望

白雲千里接胡天，雙闕遥臨碣石懸〔一〕。漢苑春生多雨雪，薊門晴色滿寒烟。五陵佳氣蓬蒿外，大漢青山睥睨前〔二〕。夙昔黄金收駿馬，高臺空在有誰憐〔三〕！

【題解】

宣武門，北京内城城門之一，在正陽門西，一名順成門，俗稱順治門。登高所以舒憂。詩人所憂者，是北部邊患，一是自身的落拓。二者是一致的。詩人志在報國，而朝廷腐敗，所用非人，徒有其志不得施展。此詩蓋作於嘉靖三十二年初春。

【注釋】

〔一〕雙闕：宮門兩側的樓觀。此代指皇宮。碣石：古山名。在今山東無棣。因遠望其山，穹窿似冢，山頂有巨石特出，其形如柱，故名。一說在渤海海畔，已沉入海。

〔二〕五陵：漢帝之五陵。詳前《豔歌何嘗行》注〔四〕。此指明帝陵。佳氣：祥瑞之氣。蓬萊：傳說中的仙境。大漠：指我國北部沙漠地區，即今內蒙古以北地區。睥睨：城上矮牆。

〔三〕『夙昔』二句：謂往昔此處是招賢之地，而今又有誰憐惜賢能之士呢。高臺，指黄金臺，又名招賢臺，爲戰國燕昭王招賢之處。詳前《送新喻李明府伯承》注〔三〕。

送范大澈

十載風塵道路難，天涯金盡俗相看〔一〕。自憐華髮馮唐老，誰問綈袍范叔寒〔二〕？病起清樽開雨雪，歸來春草徧長安。故人海上悲搖落，擬共秋濤把釣竿。

【題解】

范大澈，字子宣，又字子靜，號訥庵，官鴻臚寺序班，使琉球、朝鮮，進秩二品，召試鴻博，授檢討，分纂明史畢即謝病歸。自號杜圻山人，築萬卷樓，藏書二十四櫝，皆手自校訂。工詩文，好汲引後進，子弟著録者數百人。著有《灌園叢談》、《臥雲山房遺稿》。今存《四明叢書》第八集載有所著《碑帖紀證》一卷。生平事蹟詳《余文敏公集·范公墓誌銘》。此詩蓋爲嘉靖三十二年春范氏離京送行時所作。

【注釋】

〔一〕金盡：黃金盡，謂將別離。詳前《送新喻李明府伯承》注〔四〕。

〔二〕『自憐』二句：謂自嘆年老，而卻無故友憐恤。馮唐，漢文帝時年老尚爲郎中署長，武帝即位求賢良，被推舉，其時他已九十餘，不能應徵爲官。詳見《漢書・馮唐傳》。綈袍，謂思戀故人。所謂『以綈袍戀戀有故人之意』。語本《史記・范雎列傳》。

葛丈山房

少宰山房北海限，千林窈窕白雲開〔一〕。倚窗河勢鉤盤出，拂檻秋陰碣石來〔二〕。魯國諸生紛受《易》，漢庭多士滿題才〔三〕。臨流重憶乘槎客，濯足還登萬里臺〔四〕。

【題解】

葛丈，指葛守禮。葛守禮（一五〇二—一五七八），字與立，德平（今山東臨邑德平鎮）人。嘉靖八年（一五二九）進士，授彰德推官，遷兵部主事、禮部儀制郎，歷河南提學副使、山西按察使、陝西布政使、右副都御史，巡撫河南，入爲戶部侍郎，改吏部侍郎，自左侍郎遷南京禮部尚書。李本署吏部事，考察朝臣，秉嚴嵩旨意，把守禮列爲下等，遂憤然辭官，家居十餘年。隆慶改元（一五六七），起爲戶部尚書，四年任刑部尚書，改都察院左都御史。萬曆三年（一五七五），以老乞休。詔加太子少保，卒贈太子太保，謚端肅。生平事蹟詳《明史》本傳及《德平縣誌》。此詩作於葛守禮任吏部侍郎後家居期間，當即嘉靖三十二年。丈，丈人，對長者的尊稱。山房，山中屋舍。此指葛守禮賦閑居處。

【注釋】

〔一〕少宰：官名。對吏部侍郎的敬稱。北海隈：德平近渤海，故云。窈窕：此謂深茂。

〔二〕鉤盤：水名。古九河之一，亦稱鉤槃、鉤般，又名鉤股、槃河，因水曲如鉤盤而名。故道流經德平北，匯入徒駭河入海。見《爾雅·釋水》。碣石：山名。在今山東無棣濱海處。

〔三〕多士：眾士。語出《尚書·大誥》。

〔四〕『臨流』二句：謂其在政治昏暗之時有以自處。乘槎客，語本《論語·公冶長》。孔子曾說過『道不行，乘桴浮於海』的話。桴、槎都是竹木編制的筏子。濯足，謂在政治昏暗時退以自處。《孟子·離婁上》載《孺子歌》：『滄浪之水清兮，可以濯我纓；滄浪之水濁兮，可以濯我足。』後以水之清濁喻政治清明和黑暗。

寄子與

薊門春散紫宸班，千里襜帷動客顏〔一〕。秋到白雲生漢署，雨來寒色滿燕山。仙郎書札遙相憶，傲吏風塵且未還。天上卽今看舊好，誰憐曼倩謫人間〔二〕！

【題解】

詳詩意，徐中行在京，而攀龍在外地。此詩應作於順德嘉靖三十二年秋。

【注釋】

〔一〕紫宸班：謂早朝班。紫宸，宫殿名。天子所居。襜帷：車帷。本謂太守赴任，此以代指知府。

〔二〕曼倩：西漢著名文學家東方朔，字曼倩。詳前《雜興十首》注〔七〕。此以自喻。李攀龍屢屢把外放知府視爲貶謫。

寄吴舍人兼呈徐子與

薊門春酒别同袍，念我風塵解佩刀〔一〕。楚客久無《鸚鵡賦》，舍人殊有鳳凰毛〔二〕。書來月色漳河滿，北望秋陰漢闕高〔三〕。行矣舊游還自愛，偉長今在白雲曹〔四〕。

【題解】

吴舍人，指吴國倫。由前數首詩及本詩首句，知此詩爲嘉靖三十二年秋在順德任上作。

【注釋】

〔一〕同袍：本謂同仇敵愾、心志相同，見《詩·秦風·無衣》。此泛指朋友。唐許渾《曉發天井關寄李師晦》：「逢秋正多感，萬里别同袍。」解佩刀：解佩刀相贈。謂贈與知己。佩刀，古人腰間所佩帶之刀。《舊唐書·張文瓘傳》載，張文瓘，字稚圭。貞觀初年，文瓘補并州參軍，「時李勣爲長史，旁歎曰：『稚圭今之管、蕭，吾所不及』」。當勣入朝，「瓘與僚屬二人皆餞，勣贈二人佩刀、玉帶」。唐杜甫《送陵州路使君之任》：「佩刀成氣象，行蓋出風塵。」

〔二〕《鸚鵡賦》：賦名。漢末禰衡作。詳前《送謝茂秦》注〔七〕。鳳凰毛：鳳凰之毛。喻文采俊秀。

〔三〕漳河：水名。因其流經順德，故云。漢闕：指皇城宫闕。

〔四〕偉長：徐幹，字偉長，「建安七子」之一。生平詳《三國志·魏書》本傳。因與徐中行同姓，且同爲詩人，因以譽稱。

寄正叔

十年裘馬向飄零，一郡風塵出漢庭。塞北嵐烟春浩浩，薊門山色樹冥冥。懷人西署秋雲白，對酒疎燈夜雨青〔一〕。莫道揚雄長寂寞，桓譚已見《太玄經》〔二〕。

【題解】

正叔，即汪一中，字正叔。詳前《别汪正叔員外》題解。此詩蓋作於正叔授開封推官之時。

【注釋】

〔一〕西署：即西曹。指刑部。

〔二〕揚雄：西漢著名學者、文學家。桓譚：兩漢之際的思想家、文學家，沛國相（今安徽濉溪）人。漢成帝時，以父任爲郎，好音律，善鼓琴，博學多通，能文章，尤好古學，屢從揚雄辨析疑難。東漢初年，因非難讖緯，幾被處死。出爲六安郡丞，途中卒。著有《新論》。《太玄經》：揚雄著，也稱《揚子太玄經》。此以揚雄自喻，以桓譚喻正叔。

趙州贈許使君

山雨蕭蕭曙色過，異鄉攜手問蹉跎。豈緣知己朝廷少，自是詞臣岳牧多〔一〕。宋子城高臨大陸，漢王臺迥出滹沱〔二〕。風塵行役君須見，能得花前不醉歌！

【題解】

趙州，即今河北趙縣。許使君，指許邦才。邦才於嘉靖三十二年（一五五三）謁選直隸趙州令。是年春，李攀龍出守順德，往趙州并贈詩。

【注釋】

〔一〕岳牧：指地方長官。

〔二〕宋子城：指趙州。漢於戰國趙邑置宋子縣，在趙州境。見《漢書・地理志》。大陸：澤名。又稱大麓、巨鹿、泰陸、廣阿，俗稱張家泊，在今河北任縣東北，當時屬順德府。漢王臺：指邢臺。滹沱：水名。即滹沱河。詳前《渡滹沱》題解。

送譙比部還順慶

歸去嘉陵江上春，襜帷不復厭風塵〔一〕。巴山漸出雲連楚，劍閣迴看雪照秦〔二〕。歲晚江湖多病疏，時危裘馬倦游人。明光起草君無薄，漢主恩深侍從臣。

【題解】

譙比部，生平未詳。比部，即刑部。順慶，府名。治所在今四川南充。

【注釋】

〔一〕嘉陵江：水名。古稱西漢水。《水經注・漾水》説「漢水又南入嘉陵道而爲嘉陵水」，故名。源出陝西鳳縣嘉陵谷，至今重慶市入長江。襜帷：車帷。

〔二〕巴山：山名。泛指四川境内之山。唐杜甫《傷春》之二：『巴山夜雨靜，北望轉逶迤。』劍閣：棧道名。在今四川劍閣縣東北大劍山與小劍山之間，傳爲諸葛亮所築，是川陝間的主要通道。秦：陝西的簡稱。

送申職方還魏縣

山中春色慰漂零，澤畔行吟見獨醒〔一〕。縱使馮唐淹省署，還如汲黯在朝廷〔二〕。漳河雨雪襜帷黑，大漠風塵燧火青〔三〕。憶爾時危曾抗疏，至今諸將説龍庭〔四〕。

【題解】

申職方，指申檖。見前《題申職方五嶽圖》題解。魏縣，今屬河北省。申職方因抗疏被解職，還歸故里。作者讚揚其品格，對其遭遇表示深切同情。《盛明百家詩·李學憲集》與本集文字有異，前四句作：『薊門春色慰漂零，放逐人間有獨醒。莫嘆馮唐淹省署，還如汲黯在朝廷。』末句『龍庭』作『犁庭』。

【注釋】

〔一〕『山中』二句：謂因不苟同流俗而遭貶逐，只有這山中春色尚可慰藉您的不幸。漂零，同『飄零』。落魄、淪落。喻身世不幸。唐杜甫《送李勉》：『王孫丈人行，垂老見飄零。』澤畔行吟，謂被放逐。獨醒，喻指對世事與流俗見解不同。《楚辭·漁父》：『屈原既放，游於江潭，行吟澤畔。……舉世皆濁我獨清，衆人皆醉我獨醒，是以見放。』

〔二〕『縱使』二句：以漢名臣馮唐、汲黯稱譽申檖，謂即使像馮唐那樣淹滯下僚，也會像汲黯在朝廷那樣令人敬畏。馮唐，漢文帝時，年近七十，尚爲中郎署長，而他爲顧念國家安危，甘冒觸怒文帝的風險，推薦被處罰的雲中太守魏尚。事詳《史記》本傳。汲黯，字長孺，濮陽（今山東鄄城）人。仕景帝、武帝兩朝，廉正不苟，敢於犯顔直諫，面斥武帝及其寵臣，朝廷上下無不敬憚，但終不得重用，最後外放爲淮陽太守，老死任所。事詳《漢書》本傳。

〔三〕襜帷：車帷。風塵：此喻戰亂。

〔四〕抗疏：上疏直言，表達不同意見。龍庭：本指匈奴王庭，此指邊塞。

同張滑縣登清風樓

層樓落日倚蹉跎，明府高軒載酒過。檻外秋陰開大陸，簾前樹色散漳河〔一〕。關門紫氣臨燕滿，風雨青山入晉多〔二〕。我醉欲裁王粲賦，故園戎馬近如何〔三〕？

【題解】

張滑縣，指張佳胤。詳前《郡齋送張肖甫》題解。滑縣，今屬河南。據康熙《滑縣誌》卷首張佳胤撰《舊志敘》，其出任滑縣令在嘉靖壬子，即嘉靖三十一年（一五五二）。此詩作於次年秋。清風樓，其址在順德境內。

【注釋】

〔一〕大陸：澤名。在順德境內。

〔二〕關門：此指函谷關。紫氣：古人所説的祥瑞之氣。詳前《關門雪望》注〔二〕。

〔三〕王粲賦：指《登樓賦》。王粲，詩人，『建安七子』之一。詳前《代建安從軍公燕詩》注〔五〕。早年避亂，往依荊州劉表，不受重視，憂時念亂，思念故鄉，作《登樓賦》。故園：往日所居處。此指北京。戎馬：兵馬。謂戰事。張氏出任滑縣之前，即嘉靖二十九年，韃靼侵擾京畿地區。

郡閣懷王、徐二比部

曉漏鳴珂謁建章，春風載酒出長楊〔一〕。詞華並數西臺妙，握草同稱大國香〔二〕。玉樹月明堪自倚，金莖秋色坐相望〔三〕。故人爲郡逢搖落，日夕看雲憶帝鄉〔四〕。

【題解】

郡，指順德府。王，指王世貞。徐，指徐中行。比部，刑部。詩作於嘉靖三十二年秋。

【注釋】

〔一〕『曉漏』二句：謂可以想見二位早朝謁帝歸來，載酒出宮痛飲。曉，拂曉。漏，古代計時器。鳴珂，謂乘坐馬車。珂，代指馬勒。建章、長楊，均漢宮名。借指明宮。

〔二〕西臺：指刑部。握草：持筆草奏，即起草奏章。

〔三〕玉樹：槐的別名。《三輔黄圖·漢宮》：『今按甘泉谷北岸有槐樹，今謂玉樹。』《周禮·秋官·朝士》『面三槐』《注》：『槐之言懷也，懷來人於此，欲與之謀。』金莖：即承露金莖，承露盤。

〔四〕逢搖落：謂正逢秋季。搖落，草木凋零。語出戰國宋玉《九辯》。帝鄉：指京都北京。

郡齋與舍人賦

漢臣春散建章宫，此地相逢嘆轉蓬〔一〕。落日開樽漳水上，清秋擁節太行東〔二〕。微官愧我潘生拙，作賦多君楚調工〔三〕。朋好卽今三署滿，故人猶滯右扶風〔四〕。

【題解】

郡齋，指順德府署內的書房。舍人，指吴國倫。據《明世宗實錄》載，吴國倫於嘉靖三十年（一五五一）授中書舍人，嘉靖三十二年陳氏卒，夏疏請還鄉治葬，初秋過順德，見李攀龍。此詩應作於嘉靖三十二年初秋。

【注釋】

〔一〕轉蓬：如流轉之蓬草。蓬，蓬草，逢秋而枯，隨風流轉。此喻命運難以自主。

〔二〕擁節：持節。此謂奉命守順德。

〔三〕潘生：指晉代詩人潘岳。潘岳曾爲河陽令，此以自喻。楚調：同「楚聲」，楚地的曲調。國倫爲古楚地人，故云。

〔四〕三署：此指刑部、吏部、兵部。王世貞、徐中行在刑部，宗臣在吏部，吴國倫在兵部。右扶風：漢郡名。屬右內史。武帝太初元年（前六四）分右內史置，與京兆、左馮翊爲三輔，其地在今陝西西安市長安區以西。參見《漢書·地理志上》。順德府爲近畿地區，故云。

送顧天臣還姑蘇

落魄看君旅食年，風塵裘馬竟誰憐〔一〕！歸吴擬著《潛夫論》，入洛還攜《贈婦篇》〔二〕。少室夏雲憑檻外，太湖秋色挂帆前〔三〕。故人爲客遙相念，垂老浮名薊北天。

【題解】

顧天臣，卽顧聖少，字季狂，吳郡南宫里人。少無鄉曲之譽，系獄釋放後，佯狂離鄉里。年四十始寫詩，游燕、趙、齊、魯間，爲諸王賓客，卒於閩。詳清錢謙益《列朝詩集小傳·丁集中·顧山人聖少》。詩當寫於登封，時爲嘉靖三十三年夏。

【注釋】

〔一〕旅食：衆食。《儀禮·燕禮》「士旅食者」《注》：「旅，衆也。士衆食，未得正禄，所謂庶人在官者也。」顧天臣蓋爲未授官之士人，或爲候補官員。

〔二〕吳：吳中，卽今蘇州。《潛夫論》，王符著。王符，字節信，安定臨涇（今甘肅鎮原）人。東漢後期散文家、思想家。性耿介，不同流俗，終身未仕，隱居著書，譏評時政。所著《潛夫論》，對東漢後期的社會政治批判廣泛而尖鋭，嚮往賢才治國，反映出傳統儒家學者的政治訴求。洛：洛陽。《贈婦篇》：指秦嘉《贈婦詩》。秦嘉，字士會，東漢隴西（今甘肅東南部）人。桓帝時爲本郡上計吏。入京都洛陽，除黄門侍郎，病卒於津鄉亭。曾寫有《留郡贈婦詩三首》，入洛，寫有《贈婦詩》。

〔三〕少室：山名。嵩山之西峯，在今河南登封市。太湖：湖名。在今江蘇、浙江交界處。蘇州在太湖北。

郡城樓送明卿二首

西來山色滿城頭，東望漳河入檻流。傲吏歲時頻臥閣，故人風雨一登樓。亂離王粲逢多病，著作虞卿老自愁〔一〕〔二〕。君到長安相問訊，誰憐五月有披裘〔三〕！

其二

徙倚高樓問索居，故人湖海意何如〔三〕？樽中十日平原酒，袖裹三年薊北書〔四〕。大麓夏雲當檻出，石門寒雨過城疎〔五〕。明朝遠道空相憶，那得仍停使者車！

【校記】

〔一〕自，《明詩別裁集》作『更』。

【題解】

郡城樓，指順德府城門樓。明卿，即吳國倫。嘉慶三十三年，吳北上京城過順德，有《過順德飲李于麟郡齋得『難』字》。據此詩其一『君到長安』，其二『大麓夏雲』、『袖裹三年薊北書』，知此詩作於嘉靖三十三年（一五五三）夏。清沈德潛《明詩別裁集》選錄此詩，題作《郡城送友人》。

【注釋】

〔一〕王粲：建安詩人。詳前《同張滑縣登清風樓》注〔三〕。此喻明卿。虞卿：戰國游說之士，爲趙國上卿。後與魏齊離開趙國，困於梁，於是著書八篇，以論國家得失，世稱《虞氏春秋》。見《史記》本傳。此以虞卿自喻。

〔二〕五月披裘：指古代隱士披裘公。披裘公，吳人。延陵季子出游，見道上有遺金，令公拾取，遭其呵斥，說：『何子處之高而視人之卑，暑月披裘而負薪，豈取金者哉！』見晉皇甫謐《高士傳》。此以披裘公自喻，希望朝廷有人記挂。

〔三〕湖海意：豪氣。金元好問《范寬秦川圖》：『元龍未除湖海氣，李白豈是蓬蒿人。』

〔四〕平原酒：語本『平原十日飲』。《史記・范雎列傳》載，秦昭王《與平原君書》：『願與君爲布衣之友，君幸過寡人，寡人願與君爲十日之飲。』

〔五〕大麓：即大陸。澤名。石門：山名。在今河北邢臺市西南。

於郡樓送茂秦之京

把酒高樓眺暮春，孤城落照濁漳濱。自憐白髮常爲客，誰道青山不負人〔一〕？西署詩名干氣象，中原宦跡任風塵〔二〕。元龍未下當時傲，湖海看君意轉親〔三〕。

【題解】

郡樓，指順德府城樓。茂秦，即謝榛。此詩與前《閣夜示茂秦》作於同時。陳強《吴國倫年譜》嘉靖三十三年九月謝榛已在京，則此詩當作於此年夏秋之際。

【注釋】

〔一〕青山不負人：反言無計歸隱。

〔二〕西署：指刑部。任風塵：猶言任自然，意謂任由別人擺佈。

〔三〕元龍：即陳登。登字元龍，東漢末年名重天下，在其死後，荊州劉表評論天下人物，許汜在旁説陳元龍是湖海士，有豪氣，並對劉備解釋説：『昔遭亂下邳，見元龍。元龍無客主之意，久不相與語，自上大牀臥，使客臥下牀。』詳見《三國志·魏書·陳登傳》。此以元龍自喻。作者與謝榛之間早生嫌隙，關係不甚融洽，以元龍自喻，或爲掩其失禮之處。湖海：此謂湖海士，即天下之士，名重天下之人。此謂以湖海之士看待謝榛。

登黄榆、馬陵諸山，是太行絕頂處四首

太行山色倚巑岏，絕頂清秋萬里看〔一〕。地拆黄河趨碣石，天迴紫塞抱長安〔二〕。悲風大壑飛流折，白日千厓落木寒〔三〕。向夕振衣來朔雨〔一〕，關門蕭瑟罷憑欄〔四〕。

其二

西嶺秋高大陸前〔二〕，馬陵寒影踏遥天〔五〕。羣峯不斷浮雲色，絕嶂長留落日懸〔六〕。地險關門銜急峽，山奇削壁挂飛泉〔七〕。何人更遇青泥飯，有客空歌《白石篇》〔八〕。

其三

西來山色照邢襄，北走并州擁大荒〔九〕。巨麓秋陰沙渺渺，石門寒氣雨蒼蒼〔一〇〕。天邊睥睨懸句注〔三〕，樹杪飛流挂濁漳〔一一〕。摇落故人堪極目，朔風千里白雲翔〔一二〕。

其四

千峯郡閣望嵯峩，此日褰帷按塞過〔一三〕。落木悲風鴻鴈下，白雲秋色太行多。山連大陸蟠三晉，水劃中原散九河〔一四〕。回首薊門高殺氣，羽林諸將在横戈〔一五〕。

【校記】

〔一〕朔，學憲本作『宿』。

〔二〕秋高，學憲本作『高秋』。

〔三〕懸，學憲本作『窺』。

【題解】

黃榆、馬陵均爲太行山的主峯，位於今河北邢臺市西北。本集前有五言同題組詩，均作於順德任內。黃榆嶺上有關，明正統年間（一四三六—一四四九）始據險築堡，設兵駐守。從詩末『回首薊門高殺氣，羽林諸將在橫戈』，知此詩作於嘉靖三十三年（一五五四）秋。

【注釋】

〔一〕巑岏（cuán wán）：山高大險峻貌。絕頂：最高處。

〔二〕地拆：地裂。地裂而出黃河，出自神話傳說。碣石：山名。在今山東無棣，黃河入海口附近。紫塞：指長城。晉崔豹《古今注》：『秦築長城，土色皆紫，漢塞亦然，故稱紫塞焉。』

〔三〕『悲風』二句：謂秋風吹過山澗，瀑布曲折而下；落日映照山崖落葉，令人感到絲絲寒意。悲風，涼風，秋風。大壑，大山澗。飛流，瀑布。白日，秋日夕陽，光顯白色。三國魏曹植《贈白馬王彪》：『原野何蕭條，白日忽西匿。』

〔四〕向夕：傍晚。振衣：抖去衣塵。此謂登高。晉左思《詠史》：『振衣千仞岡，濯足萬里流。』朔雨：從北方來的雨。關門：猶山門。

〔五〕大陸：澤名。詳前《郡城樓送明卿》注〔五〕。影踏遙天：山影落到遙遠的天際，謂山高。

〔六〕絕嶂：極高的山峯。

〔七〕急峽：峽谷急流。削壁：峭壁。飛泉：泉水飛流，即瀑布。

〔八〕青泥飯：《神仙傳》載，王烈入太行，見山石裂開數百丈，山崖兩邊都是青石。石中有一洞穴，從中流出像骨髓一樣的青泥。王烈取泥試著搓成丸，隨手堅固凝結，氣味像粳米，嚼一嚼，也是米味。空歌：徒然有詩卻未遇青泥飯。《白石篇》：指北周庾信詩《奉和趙王游仙》。詩中有『白石香新芋，青泥美熟芝』之句。

〔九〕邢襄：指順德，即今邢臺。走：趨。并州：漢置，轄境約當今山西大部、河北與内蒙古之一部。大荒：指極遠處。

〔一〇〕巨麓：即大麓澤。在邢臺東北。秋陰：秋日陰霾。石門：山名。在今邢臺西南。

〔一一〕睥睨：城墻。句(gōu)注：即雁門山。在今山西代縣北。濁漳：也稱潞水，爲漳河上游，在今山西西南部。

〔一二〕搖落：草木搖落，謂秋季。朔風：北風。

〔一三〕褰帷：揭開帷帳。按塞：巡察關塞。

〔一四〕大陸：即大麓澤。三晉：春秋末年，趙、魏、韓三家瓜分晉國，史稱『三晉』。其地大致包括今山西全境及河北、河南之一部。九河：黄河的九個支流。《爾雅·釋水》謂九河指徒駭、太史、馬頰、覆釜、胡蘇、簡、絜、鉤盤、鬲津。

〔一五〕高殺氣：謂戰爭氣氛濃烈。羽林：即禁衛軍。横戈：謂正在戰鬬。

答元美病中見寄并示吳舍人

短髮青春照濁醪，因君忽憶廣陵濤〔一〕。露華遥對金莖濕，秋色驚看玉樹高〔二〕。伏枕風塵雙白眼，緘書湖海一綈袍。何人更爲憐同病，楚客參差長鳳毛〔三〕。

【題解】

元美，即王世貞。吴舍人，即吴國倫。據《明世宗實錄》記載，吴國倫任中書舍人在嘉靖三十年（一五五一）九月至三十四年五月，李攀龍在順德任上稱其爲『舍人』，則此詩應作於嘉靖三十三年（一五五四）秋。

【注釋】

〔一〕廣陵濤：即揚子江江濤。詳前《寄宗考功》注〔一〕。王世貞爲太倉人，太倉近江。

〔二〕金莖、玉樹：承露盤與槐樹。詳前《郡閣懷王、徐二比部》注〔三〕。此喻品德高潔。語本《晉書·謝玄傳》詩讚謝朗『如芝蘭玉樹』。唐杜甫《飲中八仙歌》：『宗之瀟灑美少年，皎如玉樹臨風前。』

〔三〕楚客：指吴國倫。長鳳毛：謂文采煥發。鳳毛，喻文采俊秀。

早春寄元美

薊門霜雪意何如？回首風塵見索居。病後五陵春草色，愁中三輔使君書〔一〕。時名轉益潘生拙，世事能令阮籍疎〔二〕。最好拂衣江海上，故園戎馬重躊躇。

【題解】

元美，即王世貞。學憲本題作《早春寄友人》。從『愁中三輔使君書』，知此詩爲嘉靖三十四年春在順德作。

【注釋】

〔一〕五陵：漢帝之五陵，都在西漢都城長安。詳見《漢書·原涉傳》『長安五陵』顔師古注。此指都城北京。三輔使君：作者自指。順德爲近畿地區，李攀龍常以三輔太守自居。三輔，漢京兆、左馮翊、右扶風號『三輔』。詳前《郡齋與舍人賦》注〔四〕。

〔二〕潘生：指潘岳，西晉詩人。阮籍：正始詩人。

登邢臺

郡齋西北有邢臺，落日登臨醉眼開。春樹萬家漳水上，白雲千載太行來〔一〕。孤城自老風塵色，傲吏終慚岳牧才〔二〕。便覺舊游非浪迹，至今鴻鴈薊門回〔三〕。

【題解】

邢臺，臺名。在今河北邢臺市。詩末句『薊門回』，知作於嘉靖三十四年春自順德赴京前。

【注釋】

〔一〕漳水：即漳河。太行：即太行山。

〔二〕『孤城』二句：謂從京城至此，爲缺乏治理地方的才幹而慚愧。風塵，此爲京官對地方官而言，指地方官。唐杜甫《贈別何邕》：『悲君隨燕雀，薄宦走風塵。』傲吏，語本晉郭璞《游仙詩》『漆園有傲吏』，謂不同流俗，孤潔自守。岳牧才，治理地方的才幹。岳牧，相傳舜、禹時期，有四岳及十二牧分管政務及方國諸侯，後因指州郡地方長官。

〔三〕鴻鴈薊門回：言自己要返京城了。

趙州道中憶殿卿

憶爾襜帷出牧年，風塵誰識使君賢〔一〕？政成神雀猶堪下，興盡冥鴻遂杳然〔二〕。樹色遠浮疎雨外，人家忽斷夕陽前。重來此地逢寒食，何處看春不可憐！

【題解】

趙州，今河北趙縣，爲李攀龍返京必經之地。殿卿，即許邦才，曾知趙州。見《歷城縣誌·儒林》。此詩寫於嘉靖三十四年寒食節。

【注釋】

〔一〕襜帷：車帷。此謂乘車出行。出牧：出爲趙州知州。牧，州牧，明代指知府、知州一類地方官。風塵：此喻宦途。

〔二〕「政成」二句：謂我政事有成，而你卻不樂爲官。神雀，謂鳳。古時認爲鳳鳥至爲政事有成的祥瑞。冥鴻，高空的大雁。此喻指鴻鵠之志，高遠的志向。

真定邸中重憶殿卿

客舍題詩日已曛，當時此地重離羣〔一〕。青樽夜倒滹沱月，紫馬秋嘶大陸雲〔二〕。春色那堪愁裏望，緘書何意病中聞！依然趨府諸年少，不見風流許使君！

【題解】

真定，府名。治所在今河北正定縣。殿卿，即許邦才。此詩作於《趙州道中憶殿卿》之後數天。

【注釋】

〔一〕日已曛：太陽已落。曛，日落餘光。

〔二〕滹沱：水名。即滹沱河。詳前《渡滹沱》題解。大陸：澤名。

郡城西樓

使君杯酒郡城樓，倚檻高臨落日愁。河朔浮雲連巨麓，太行春雪照邢州〔一〕。自憐叔夜常多傲，無那相如故倦游〔二〕。畫省少年人所羨，風塵豈亦念淹留〔三〕！

【題解】

郡城，指順德府城。冬日獨自登樓，落日浮雲，景物蕭索，引發其倦游思歸的消極情緒。詩作於嘉靖三十四年春，在順德。

【注釋】

〔一〕巨麓：即大陸、大麓，澤名。

〔二〕「自憐」二句：以嵇康、司馬相如自喻，謂傲氣依然而身體多病，也像當年司馬相如一樣倦游思歸。叔夜，正始詩人嵇康，字叔夜。以龍性難馴、傲視世俗著稱。詳前《寄宗考功》注〔六〕。司馬相如，西漢著名賦家。詳前《送徐汝思郎中入蜀》注〔一〇〕。

〔三〕畫省：漢代尚書省的别名。見宋胡耀宗《書言故事·三省類·畫省》。該書引《漢官·典職》云：『尚書省中以胡粉塗壁，畫古賢烈士，故名畫省。』風塵：此謂宦途。

郡齋

金虎署中誰大名？我今出守邢州城〔一〕。折腰差自强人意，白眼那堪無宦情〔二〕。世路悠悠幾知己，風塵落落一狂生〔三〕。春來病起少吏事，擬草《玄經》還未成〔四〕。

【題解】

郡齋，指順德府衙內的書房。李攀龍認爲京官外放，情同貶謫；離開京中諸友，亦使其分外感到孤獨，詩即反映其此時略帶哀怨而强自慰勉的心情。寫於嘉靖三十四年春。

【注釋】

〔一〕金虎署：漢代發州郡兵時所用符信叫金虎符，故稱。邢州城：指邢臺。隋置邢州，治所在龍岡，北宋改名邢臺。蒙古中統三年（一二六二）升爲順德府，明代因之。

〔二〕折腰：謂屈身事人。語本《晉書·陶潛傳》。白眼：用白眼看人，表示鄙視或蔑視。語本《晉書·阮籍傳》。

〔三〕落落：落落寡合。落落，猶疏闊。語出《後漢書·耿弇傳》。狂生：作者自指。詳見本集王世貞《李于鱗先生傳》。

〔四〕吏事：公務。《玄經》：即《太玄經》，也稱《揚子太玄經》。漢揚雄著。據《漢書》揚雄本傳載，哀帝時，

『丁、傅、董賢用事，諸附離之者或起家二千石。時雄方草《太玄》，有以自守，泊如也』。此蓋取『泊如』之意。

春興

東南殺氣日相纏，重憶先朝海晏年〔一〕。使者自歸沈璧馬，將軍誰起護樓船〔二〕？旓旗愁動昆明色，大鉞高懸薊北天〔三〕。坐使越裳來白雉，更追驕虜過燕然〔四〕。

【題解】

據《明史·世宗紀》載，嘉靖三十四年（一五五五）春正月，倭寇攻陷崇德（今浙江嘉興），侵犯德清（今屬浙江）。同時，俺答侵犯薊鎮。嚴嵩任用私人，派其私黨趙文華前往祭海，兼防倭寇；參將趙傾葵在薊鎮戰死。李攀龍憂念時局，切望朝廷安邊除患。

【注釋】

〔一〕相纏：纏綿不斷。先朝：明自嘉靖朝以前各朝。海晏年：海疆太平年代。

〔二〕『使者』二句：謂派往東南的使者祭海歸來而倭患依舊，又有哪位將軍能訓練强大的水師破敵呢。使者，指趙文華。《明史·世宗紀》載有趙文華祭海事。《明史·嚴嵩傳》附《趙文華傳》：『東南倭患，趙文華獻七事，首以祭海神爲言，請遣官望祭於江陰、常熟。』沈璧馬，指沈玉璧與馬於海。璧馬，此指祭品。樓船，層疊有樓的大船。

〔三〕旓旗：軍旗。《孫子·軍爭》：『故夜戰多火鼓，晝戰多旌旗，所以變民之耳目也。』昆明：昆明池。漢代都城長安的人工湖，爲讓漢兵習水戰，於元狩三年（前一二〇）開鑿。《史記·平準書》：『是時，越欲與漢用船戰逐，乃大修昆明池，列觀環之。治樓船，高十餘丈，旗幟加其上，甚壯。』鉞：大斧。本爲刑具。見《書·牧誓》。後謂征戰。

〔四〕『坐使』二句：謂使南方安定，北逐胡虜。坐，安坐。越裳，古國名。在今越南南部。《後漢書·南蠻傳》：『交阯之南有越裳國。周公居攝六年，制禮作樂，天下太平，越裳以三象重譯而獻白雉。』白雉，晉郭璞注《爾雅》認爲就是『翰雉』，古人認爲的一種瑞鳥。驕虜，指韃靼俺答部的入侵者。燕然，山名。卽今蒙古人民共和國境內的杭愛山。東漢大將竇憲於永元元年（八九），大敗北單于，登燕然山，『刻石勒功，紀漢威德』。見《後漢書·竇融傳》附傳。

寄劉子成

書札清秋問解攜，郡齋吟眺楚雲低。大夫持憲臨諸粵，使者徵兵出五溪〔一〕。白日自流荒徼外，青山不盡夜郎西〔二〕。于今萬里看銅柱，何意中原厭鼓鼙〔三〕！

【題解】

劉子成，名景韶，字子成。詳前《十六夜集劉子成宅》題解。詩有『大夫持憲臨諸粵』句，子成嘉靖三十三年（一五五四）出爲貴州按察司僉事。此詩作於嘉靖三十四年秋。

【注釋】

〔一〕持憲：執法。按察司僉事爲執法吏，故云。諸粵：猶言百粵。古代江浙閩粵，卽今蘇南、浙江、福建、兩廣爲粵族所居，並建有諸多小國，故稱。粵，也作『越』。《漢書·地理志》：『自交阯至會稽七八千里，百粵雜處，各有種姓。』五溪：地名。在今湖南常德市西，說法不一。《水經注·沅水》：『武陵有五溪，謂雄溪、樠溪、力溪、無溪、西溪，辰溪其一焉，夾溪悉是蠻左右所居，故謂此蠻五溪蠻也。』五溪，古屬楚地。《玉海》所謂『據百粵之上游，爲三楚之重輔』。唐置貴州爲甌越地，明置貴州布政使司。

〔二〕荒徼（jiào）： 荒涼的邊塞。《史記·司馬相如列傳》「南至牂牁爲塞」《索隱》：「徼，塞也，以木柵水爲蠻夷界。」夜郎： 古國名。在今貴州銅梓一帶。

〔三〕銅柱： 銅制之柱。此指國界標誌。《後漢書·馬援傳》「嶠南悉平」李賢注引《廣州記》：「援到交阯，立銅柱，爲漢之極界也。」鼓鼙（pí）： 樂器。大鼓與小鼓。進軍時擊之以勵士氣。見《禮記·樂記》。借指戰事。

懷元美

白雲何處一開尊？山色看君滿薊門〔一〕。落日蕭條迴朔氣，清秋偃蹇向中原〔二〕。舊知太守齊狂士，不佞扶風漢大藩〔三〕。病渴自銜金掌露，將因著賦乞文園〔四〕。

【題解】

元美，即王世貞。從「舊知太守齊狂士」，知此詩作於順德，時在嘉靖三十四年秋。

【注釋】

〔一〕白雲： 黃帝時秋官爲白雲，見《漢書·百官公卿表》注。後因指刑部。開尊： 謂飲酒。

〔二〕偃蹇： 夭矯。謂淩厲的秋氣。

〔三〕不佞： 不才，謙詞。扶風： 漢都城三輔之一。詳前《送永寧許使君》注〔一三〕。順德近畿，故以相喻。大藩： 猶大邦。藩，藩籬，謂屏藩王室。此指順德。

〔四〕「病渴」二句： 謂我以病身承恩在此，您因詩文而與我相酬答。病渴，患消渴病。此以司馬相如自喻。司馬相如，字文園，曾患消渴病。詳《漢書》本傳。金掌露，指承露盤。《漢書·郊祀志上》「承露仙人掌之屬」注引顔師古曰：『《三輔故事》云：建章宮承露盤……上有仙人掌承露，和玉屑飲之。』舊謂沾恩爲沾雨露之恩。

懷明卿

清秋羽檄薊門城，楚客登臨短髮生〔一〕。已厭風塵多病色，何妨侍從有詩名〔二〕。憐才欲薦雲中守，抗疏先論海上兵〔三〕。此日主恩深顧問，還如方朔在西京〔四〕。

【題解】

明卿，卽吳國倫。從『清秋羽檄薊門城』知此詩作於嘉靖三十四年（一五五五）秋。據《明世宗實錄》載，明卿於嘉靖三十四年五月選爲兵科給事中。詩贊明卿在朝憂心國事，直言敢諫，並希望能向皇帝婉言奏明下情。

【注釋】

〔一〕『清秋』二句：謂當秋俺答侵犯的告急文書傳到京城，知您會爲國家安危憂念不已。清秋，舊曆八月的别稱。羽檄，插有羽毛的告急文書。據《明史·世宗紀》載，嘉靖三十四年八、九月間，俺答侵擾大同、懷來，京師戒嚴。薊門城，卽北京城。楚客，吳國倫籍湖北，古屬楚地，故稱。短髮生，謂憂念之深。短髮，白髮。唐杜甫《春望》：『白髮搔更短，渾欲不勝簪。』

〔二〕風塵：此喻宦途。侍從：明卿曾爲中書舍人，侍從皇帝左右，故稱。

〔三〕『憐才』二句：謂其因惜才曾推薦邊塞守將，也曾爲抗倭將帥抗顔直諫。雲中守，雲中太守。據《史記·馮唐列傳》載，守邊名將魏尚，因上交敵人首級未達到規定的數量而被撤職，罰去勞作。在文帝身邊任職的馮唐憂念國事，在匈奴大舉入侵、邊事告急的情況下，冒死推薦魏尚，使其官復原職。抗疏，臣下對皇帝已決定的事情進行抗爭，卽所謂犯顏直諫。海上兵，指東南沿海的抗倭戰事。

〔四〕『此日』二句：謂如蒙皇帝問及下情，還望能像當年東方朔那樣婉言上奏。深顧問，謂下問到具體情況。顧問，下問。方朔，東方朔。西漢著名文學家。詳前《雜興十首》注〔七〕。東方朔性滑稽詼諧，常婉言諷諫，而能切中時弊。

懷子相

薊門秋氣動鳴珂，蕭瑟東南海賊過〔一〕。亂後人才掄欲盡，留中啓事草如何〔二〕？裁詩漢署青天色，伏枕燕山落日多〔三〕。豈亦念余經術淺，明年投劾罷京河〔四〕！

【題解】

子相，即宗臣。據《宗子相集·報梁公實》，宗臣於梁有譽歸去的十月上書乞歸，『俾得就醫故國』，而梁氏於嘉靖三十一年（一五五二）辭歸，詳前《夏日同元美、子與、子相天寧寺送別公實》題解。而攀龍於嘉靖三十一年出任順德知府，則此詩應作於宗臣離京不久。公實離去，宗臣病歸，吳國倫亦因葬妻還鄉（見《甔甀洞稿·明誥贈恭人亡妻陳氏墓表》），七子一時星散。而北方邊患未除，東南沿海倭寇猖獗。懷念友人，憂念時局，深感無力回天，不免悵然生歸歟之思。清汪端謂此詩『秀色在骨』（《明三十六家詩選》），即指此詩憂時念亂，不僅在懷念友人。此詩作於嘉靖三十四年秋。

【注釋】

〔一〕『薊門』二句：謂您在秋日離京赴任，而此時東南沿海倭寇來犯，令人擔憂。動鳴珂，謂騎馬出行。此指赴任。嗚珂，馬勒飾。海賊，指倭寇。日本海盜勾結中國東南沿海海盜、姦商進行走私、劫掠，嘉靖三十一年後的三、四年間，江、浙、閩遭其侵害最烈，形成明代嚴重邊患。

〔二〕『亂後』二句：謂您參與選拔的人才亂後已經散盡，就是您草擬的那些奏章怕也無人過問了。亂指嘉靖二十九年至三十年俺答部襲擾京都的戰亂。掄，遴選。宗臣赴福建任前任考功、稽勳員外郎，負責官吏考核、稽察等事。攀龍謂『以子相之才，在吏部何愛不即至卿相，而委蛇若是』（《送宗子相序》），深爲其遭際不平。留中，擱置禁中不發的奏章。語出《史記·三王世家》。此指宗臣向朝廷提出的建議。啓事，猶言陳事。《晉書·山濤傳》載，山濤任吏部尚書時，凡用人行政『則啓擬數人，詔旨有所向，然後顯奏，隨帝意所欲爲先。……濤所奏甄拔人物，各爲題目，時稱《山公啓事》』。草，指所擬奏章。

〔三〕裁詩漢署：作者自謂。裁詩，作詩。漢署，此指刑部。落日多：謂常念故人。唐李白《送友人》：『浮雲游子意，落日故人情。』

〔四〕『豈亦』二句：謂滯官郎署豈是因缺乏經世之術，思及諸位的遭際，我擬明年就投書自劾辭官歸里了。經術，經世之術。投劾，投書自劾。劾，自劾。謂自責其罪。京河，即京都。

懷子與

登高作賦大夫哉，搖落江南重可哀〔一〕。染翰白雲天目出，振衣秋色太湖來〔二〕。吳中父老紛相難，海上樓船戰不回〔三〕。再入承明君莫厭，薊門猶有故人杯〔四〕。

【題解】

子與，即徐中行。此詩蓋爲子與丁憂家居時，攀龍嘉靖三十四年秋於順德爲懷念而作。

【注釋】

〔一〕「登高」二句：謂像您這樣文采俊秀的人淪落家鄉，著實令人同情。登高作賦，語本《漢書·藝文志》「登高能賦，可以爲大夫」。《毛詩訓詁傳》謂大夫有九能，其五曰「升高能賦」。此處化用其意。搖落，本指草木凋零，此喻淪落。重，更加。

〔二〕「染翰」二句：謂你在家鄉的詩作，既描繪出天目山的神奇，也寫出太湖秀麗的風光。天目，山名。在子與家鄉長興南。太湖，湖名。長興在太湖岸邊。

〔三〕吳中：地名。即今江蘇蘇州一帶，包括長興。難：詰問，詰責。子與曾任汀州知州，治所在今福建長汀。汀州近海，經常受到倭寇的騷擾，而因嚴嵩所用非人，致使倭寇勢焰愈熾。海上樓船戰不回：蓋指海上抗倭失事。

〔四〕再入承明：謂再回京爲官。承明，三國魏宮門。見晉陸機《洛陽記》。此指明宮。

懷順甫

西曹羣少舊相求，載酒燕山幾壯游〔一〕？綵筆憑陵迴落日，白雲蕭瑟坐高秋〔二〕。風塵混合中原色，江漢長懸萬里流。自是歲星人不識，于今蹭蹬守邢州〔三〕。

【題解】

順甫，即魏裳。詳前《懷魏順甫》題解。從「守邢州」知此詩作於順德，時在嘉靖三十四年秋。

【注釋】

〔一〕西曹：指刑部。羣少：『七子』中除謝榛外，年齡均小，王世貞等進士及第的時間亦較晚，又大都初官刑部，故云。相求：謂相需求。《易・乾・文言》曰：『同聲相應，同氣相求。』

〔二〕『綵筆』二句：謂當年在刑部秋日所寫之詩筆力雄健，能回天挽日。綵筆，詩筆。憑陵，淩轢，淩厲。此謂筆力雄健，可迴落日。白雲，既是實景，亦爲刑部別稱。魏裳於嘉靖二十九年（一五五〇）授官刑部（見《雲山堂集・亡妻劉恭人墓誌銘》），與攀龍共事近三年，二人交往極爲密切。

〔三〕歲星：即木星。古代用以紀年。詳《史記・天官書》『察日、月之行以揆歲星順逆』《索隱》。又歲星十二年運行一周天，因以『周歲星』指十二年。宋衛涇《後樂集・謝袁州滕大卿强恕》：『某逖違誨度，俄周歲星，人生能幾回別，可爲太息也。』此謂年年相別，相見無日。蹭蹬：失勢，失意。唐李白《贈張相鎬二首》之二：『晚途未云已，蹭蹬遭讒毀。』

懷公實

明光起草自高名，復羨梁鴻出漢京〔一〕。白日顧瞻雙鳳闕，青春臥病五羊城〔二〕。人間已見新詩滿，海上還聞大藥成。應笑舊時同舍客，風塵請郡愧平生！

【題解】

公實，即梁有譽。關於公實還歸南海及其服藥求仙等情，詳見《送公實還南海》題解。詩寫於嘉靖三十四年秋。

【注釋】

〔一〕梁鴻：東漢隱士。詳前《徐子與席懷梁公實》注〔二〕。此喻指公實。

〔二〕鳳闕：一名鳳門。《史記·孝武本紀》：『其東則鳳闕，高二十餘丈。』此以宮闕指代朝廷。顧瞻鳳闕，謂對朝廷尚有留戀之意。五羊城：指今廣東廣州市。《明一統志》：『《寰宇記》云：五羊城在廣州府南海縣，初有五仙人騎五色羊，執六穗秬而至，今呼爲五羊。』此指公實家鄉。

送張肖甫出計閩廣二首

聞道天書出漢宮，君才博望遠相同〔一〕。少年章奏郎官裏，大海樓船使者中〔二〕。度嶺春陰生白瘴，及閩秋色暗青楓〔三〕。懸知諸將平胡日，聖主先論轉餉功〔四〕。

其二

司農飛輓七閩開，芻粟如山百粵來〔五〕。落日中原看倚劍，清秋大海傍登臺〔六〕。三城羽檄單于過，十道軍儲使者迴〔七〕。郎署即今多顧問，誰憐魏尚有邊才〔八〕！

【題解】

張肖甫，即張佳胤。詳前《同張滑縣登清風樓》題解。計，計簿。載錄人事、戶口、賦稅的簿籍。張佳胤時官戶部，明代稱戶部爲計部。出計，謂到外地稽察戶籍、賦稅等。閩廣，指福建、廣東。王世貞《哀梁有譽》說：『又十月，而友人戶部張佳胤奉輶粵中。』梁有譽卒於嘉靖三十三年，則張氏出計閩廣爲嘉靖三十四年（一五五五）十月。南行途經順德，攀龍爲其送行，並表示對東南抗倭形勢的關注。

【注釋】

〔一〕『聞道』二句：　謂您奉旨出京，是因爲您具有漢代張騫那樣的外交才能。天書，聖旨。博望，博望侯，指張騫。張騫（？—前一一四），成固（今屬陝西）人，官大行（後更名大鴻臚），封博望侯。曾奉武帝命出使西域諸國，以有外交才能著稱。此以張騫之才稱譽肖甫，有些不類。

〔二〕『少年』二句：　謂在各部郎官裏您的章奏充溢著青年英氣，而今出討閩廣行走在沿海軍旅之中。少年，青年。章奏，朝臣向皇帝所上的書啓，叫章，或叫奏，合之曰章奏。郎官，漢代爲皇帝侍從者的通稱，肖甫時爲戶部主事，從地方官看來也是侍從皇帝左右的人。大海樓船，指沿海抗倭的水師。軍儲應是肖甫出討的內容之一。

〔三〕度嶺：　度過五嶺。嶺，指綿延於江西及湖廣地區的五嶺山脈。白瘴：　白色瘴氣。我國南方深山老林之中，因濕熱蒸發出一種能致人疾病的烟氣。青楓：　青色的楓樹。唐杜甫《寄韓諫議》：『鴻飛冥冥日月白，青楓葉赤天雨霜。』

〔四〕懸知：　料知，可以想見。胡：　此指倭寇。轉餉：　運輸軍糧。餉，軍糧。軍糧的籌集、轉運、調度均屬戶部。

〔五〕司農：　官名。對戶部的敬稱。飛輓：　疾駛之船。輓，輓舟。七閩：　指福建。古謂七蠻夷，分佈在今福建全省與浙江南部，因稱福建爲七閩。見《周禮·夏官·職方氏》『七閩』《注疏》。芻粟：　糧草。百粵：　也作『百越』，指今福建及兩廣一帶地區。

〔六〕倚劍：　拄劍。唐李白《發白馬》：『倚劍登燕然，邊烽列嵯峩。』《後漢書·竇融傳》附《竇憲傳》載，竇憲請伐匈奴，以耿秉爲副，與匈奴北單于戰於稽落山，大獲全勝，『憲、秉遂登燕然山，去塞三千里，刻石勒功，紀漢威德，令班固作銘』。此用其意，謂看其立功而還。登臺，登船上樓臺。李攀龍《大閱兵海上》有『帳擁樓臺天上坐』之句，謂中軍帳設在樓船，主帥坐樓船的高臺之上。

〔七〕三城：三城邑。唐杜甫《西山》：『辛苦三城戍，長防萬里秋。』羽檄：插羽毛的緊急文書。單于：本謂匈奴族的首領，此指倭寇的頭領。十道：謂全國。唐代行政區劃分爲十道，見《通典·州郡典·序目下》。

〔八〕魏尚：漢文帝時的雲中太守，爲抗匈奴的名將。因獻斬獲匈奴首級數不合規定而撤職，服勞役。後邊事緊急，文帝身旁的馮唐冒死推薦，使其官復原職。詳見《史記·馮唐列傳》。

真定道中遇伯承戶曹

滹沱冰合大風鳴，馬上寒雲護北征〔一〕。我自朝天稱四岳，君還謁帝入承明〔二〕。黃金結客樽前盡，白髮先春雪裏生〔三〕。握手不須悲物役，梅花搖落故園情〔四〕。

【題解】

真定，卽今河北正定縣。伯承，卽李先芳。詳前《送新喻李明府伯承》題解。嘉靖三十四年冬由順德赴京述職途中，在真定與伯承相遇。戶曹，漢代爲主民戶、祠祀、農桑的屬官；在府爲曹，在州爲司。唐稱州佐爲戶曹。伯承時任寧國府同知，故用以敬稱。關於伯承與攀龍的關係有種種說法，從此詩看，二人相見，握手契闊，戀戀不勝故人之意。然就詩而言，伯承才不如攀龍，錢謙益蓋爲貶抑李攀龍，極言伯承之不滿，並在《列朝詩集》中將其詩錄於攀龍之上，惟說明錢氏之挾門戶之見，有失公正而已。

【注釋】

〔一〕滹沱：水名。流貫河北中部。北征：北行。

〔二〕『我自』二句：謂二人都赴京朝見皇帝。朝天，朝見皇帝。四岳，四方諸侯之長。相傳帝堯時，羲和的四個兒子羲仲、羲叔、和仲、和叔，分掌四岳之諸侯。作者時爲郡守，爲一方大員，故云。謁帝，謁見皇帝。承明，承明廬，三國魏帝宮之門。見晉陸機《洛陽記》。

〔三〕『黄金』二句：謂當年結盟京都是何等意氣風發，而今白髮如雪無復少年時了。黄金結客，謂結交貴客。作者早年在京結交，詳前《送新喻李明府伯承》題解。

〔四〕『握手』二句：爲勸慰之詞，謂今日重逢不必爲宦途得失而悲傷，像梅花飄落眷戀故土一樣，我們都要珍重這同鄉之誼。物役，爲外物所役使，指爲官奔忙。搖落，飄零凋落。故園情，留戀故土之情。梅花落地爲泥，故云。伯承爲山東鄄城人，與攀龍爲同鄉。

真定大悲閣

高閣崚嶒倚素秋，西山寒影挂城頭〔一〕。坐來大陸當窗盡，不斷滹沱入檻流〔二〕。下界蒼茫元氣合，諸天縹緲白雲愁〔三〕。使君趨省無多暇，暫爾登臨作壯游。

【題解】

從『使君趨省』看，此詩爲李攀龍在順德任內赴省途中所作。攀龍曾於嘉靖三十四年（一五五五）歲末赴京述職，其所赴之『省』，應是吏部。真定，府名。治所在今河北正定縣。大悲閣，在龍興寺後，内有千手觀音，『高七十三尺，其閣高一百三十尺，拓梁九間，而爲五層』。見明王士性《廣志繹·兩都》。

【注釋】

〔一〕崚嶒（léng céng）：高峻重疊貌。素秋：即秋天。古代五行説，以金木水火土配四時，金配秋，其色白，故稱素秋。西山：真定西面之山，指太行山。

〔二〕大陸：也作『大麓』。澤名。滹沱：水名。滹沱河流經真定。

〔三〕『下界』二句：謂閣下烟霧彌漫，天上白雲密佈。下界，對天界而言，謂人間。元氣，天地未分前的混沌之氣。此指烟霧彌漫的天氣。諸天，佛教用語，指天。白雲愁，謂白雲密佈，天色慘澹。

初至京與元美、明卿、子與分韻二首

邢州計吏入長安，春色西山雪裏看〔一〕。天地容吾常落魄，風塵對爾一加餐。重來省署青雲隔，不散關門紫氣寒〔二〕。握手依然無長客，可知千載和歌難〔三〕！

其二

北風吹折九河冰，五馬如龍度李膺〔四〕。把袂中原來氣色，開樽碣石倚憑陵〔五〕。明堂大集周方岳，列郡深慚漢股肱〔六〕。詞賦祇今吾黨在，將因顧眄一先登。

【題解】

此爲李攀龍於嘉靖三十四年（一五五五）歲末作。據本集《亡妻徐恭人狀》，攀龍『丙辰上績』，而據其《除夕元美宅》及王世貞等人詩，其於年前，卽乙卯歲暮至京，如徐中行《喜于鱗至》有『咫尺關門紫氣層，滹沱千騎踏寒冰』之句。

【注釋】

〔一〕計吏：上計之吏，作者自稱。計，大計，明代考核官吏的制度。按規定每年舉行一次，並以考核成績作爲決定官員升遷降調的依據。此爲攀龍赴京述職，接受考核。

〔二〕省署：指刑部。青雲隔：謂自己在地方，而諸友人在京，彼此天地懸隔。關門：進京所經之關門，未詳所指。紫氣：祥瑞雲氣。

〔三〕無長客：謂客居不能長久。和歌：彼此唱和。詩歌唱和，心志必相通，所以爲難。

〔四〕九河：指黄河的九個支流，均流貫山東、河北地區。詳前《登黄榆、馬陵諸山，是太行絕頂處》（五言）注〔一〕。李膺：漢末名士領袖。生平事蹟詳《後漢書》本傳。此以自喻。

〔五〕把袂：猶言握手。憑陵：淩轢，淩厲。此謂傲視世俗。

〔六〕明堂：皇帝布政之堂。此指皇宫。周：周朝。與下文「漢」，都是借古言今。方岳：地方長官。股肱：股肱之臣。

除夕元美宅

蓬萊佳氣舊霏微，把酒千門朔雪飛〔一〕。繾綣綈袍回夜色，縱横綵筆動春暉〔二〕。何來天地愁相向，自信風塵意不違〔三〕。漢主明朝還受計，君看五馬賜金歸〔四〕。

【題解】

此詩作於嘉靖三十四年（一五五五）除夕。詳前《至京與元美、明卿、子與分韻》題解。

【注釋】

〔一〕蓬萊：唐宮名。本名大明宮，在今陝西西安市長安區南。唐杜甫《莫相疑行》：『憶獻三賦蓬萊宮，白怪一日聲輝赫。』此借指明皇宮。千門：宮門。

〔二〕『繾綣』二句：謂老友相見，至深夜仍戀戀不捨，大家以詩歌唱和迎來了晨曦。繾綣，情意殷切。綈袍，用粗繒製作的袍子。語出《史記·范雎列傳》。此謂有故舊之情。綵筆，五彩之筆。喻指詩筆。

〔三〕天地：天地之間。風塵：此喻宦途。

〔四〕漢主：指明嘉靖帝。受計：接受郡國所上考核官員的記錄。《漢書·武帝紀》：『春還，受計於甘泉。』五馬：指太守。明指知府。此爲作者自指。賜金歸：遣返故園。

送陳比部使閩中

西曹詞賦有陳琳，南去其如草檄心〔一〕？百粵大雲搖海色，九峯寒雨壯秋陰〔二〕。將軍蕩寇功名薄，使者銜恩日月深〔三〕。華髮總淹三輔吏，風塵何處不蕭森〔四〕！

【題解】

陳比部，生平未詳。閩中，地名。指福建。嘉靖三十五年正月作於京城，送刑部陳氏赴閩。

【注釋】

〔一〕西曹：指刑部。陳琳：詩人，『建安七子』之一。此因比部姓陳而用以稱譽。草檄：起草檄文。陳琳在袁紹處時，曾撰寫討伐曹操的檄文，令曹操讀之頭痛。詳《三國志·魏書·陳琳傳》。此或指其對姦相嚴嵩的態度。

〔二〕百粵：百粵之地。詳前《送公實還南海》注〔一〇〕。九峯：山名。在今福建閩侯縣北長箕嶺。

〔三〕日月：喻君王。見《詩·邶風·日月》「日居月諸」《箋》。銜恩日月深，意即銜皇帝的恩深。

〔四〕三輔吏：作者自稱。三輔，漢都城長安近畿地區的京兆、左馮翊、右扶風。

留別元美輩四子

華髮西來謁帝游，風塵莫問使人愁。但看詞賦青雲色，不盡江河白日流。杯酒千山迴大漠，春花五馬入邢州。黄金愧我無經術，歸去冥鴻未可求〔一〕。

【題解】

嘉靖三十五年（一五五六）正月，李攀龍考績後回順德，元美等作詩送別。此詩與前《席上别王、吴、徐、宗四子》作於同時。

【注釋】

〔一〕「黄金」二句：謂慚愧無經世之術，亦不得歸隱。黄金，黄金印。冥鴻，高飛之鴻，喻避世之士。《法言·問明》：「鴻飛冥冥，弋人何慕焉。」

送明卿謫江西

海上風塵未罷兵，如何嚴助厭承明〔一〕？故人慘淡浮雲色，逐客蕭條白雪情〔二〕。落日挂帆彭蠡澤，清秋伏枕豫章城〔三〕。詩篇已側當時目，不必兼傳抗疏名〔四〕。

【題解】

明卿，即吴國倫。嘉靖三十五年三月，謫江西按察司知事（陳强《吴國倫年譜》）。李攀龍於京送吴國倫。稍後在順德還有七絶《於郡城送明卿之江西》。

【注釋】

〔一〕嚴助：漢吴人，武帝時舉賢良，擢中大夫，遷會稽太守。當時著名文人如司馬相如、東方朔、枚皋皆在武帝左右，惟有嚴助、吾丘壽王被任用。後淮南王劉安謀反，因與其私交受牽連，被殺。詳見《漢書》本傳。此以嚴助喻指明卿。

〔二〕『故人』二句：謂老友因受權姦讒害面帶愁容，我處境如此也只能以詩表示同情。浮雲，喻朝中權姦在皇帝面前播弄是非，就像浮雲遮蔽太陽一樣。唐李白《登金陵鳳凰臺》：『總爲浮雲能蔽日，長安不見使人愁。』逐客，作者自指。白雪情，同調之情。李攀龍經常將其與友之詩稱作『白雪』，即高雅的詩歌。語本戰國宋玉《對楚王問》。

〔三〕彭蠡澤：即彭澤湖。在江西境內。清秋：舊曆八月。豫章城：指今江西南昌，古代豫章郡治在其市區。

〔四〕『詩篇』二句：謂您詩名已高，正直敢諫的名聲對您已不重要。已側當時目，謂當時人側目而視，令人敬畏。抗疏，對皇帝旨意表示異議。

將歸郡，屬元美出使畿內，作此爲别

西方千騎至朝宗，使者銜恩下九重〔一〕。握手白雲生鉅鹿，離心落日滿盧龍〔二〕。青春上苑還堪醉，我輩中原未可逢。雄劍有神君自愛，莫令風雨暗芙蓉〔三〕。

【題解】

將歸郡，謂接受考核後將回順德。屬，及，碰巧趕上。元美即王世貞出使畿輔，據鄭利華《王世貞年譜》是在嘉靖三十五年（一五五六）正月前後。徐中行有《于鱗、元美同日發，偕吳、宗二生送之分韻》詩（見《天目先生集》卷四）。均作於同時。

【注釋】

〔一〕朝宗：　謂諸侯朝見天子。《周禮·春官·大宗伯》：『諸侯朝於天子，春見曰朝，夏見曰宗。』使者：　指元美。

〔二〕鉅鹿：　即巨鹿，縣名。時屬順德府。今屬河北。落日：　落日故人情。唐李白《送友人》：『浮雲游子意，落日故人情。』盧龍：　地名。歷代曾置縣、塞、鎮，在今河北北部。盧龍縣在隋大業初曾爲北平郡治。

〔三〕雄劍：　據《吳地記》載，春秋時干將鑄成雌雄二劍，進雄劍於吳王而自藏雌劍，『雌劍時時悲鳴，憶其雄也』。

郡齋同元美賦，得『河』字

孤城高枕日蹉跎，使者乘槎自九河〔一〕。亂後故人京洛少，秋來山色郡齋多〔二〕。詩名更向風塵起，傲吏還能意氣過。我亦平生難盡興〔一〕，開樽無奈子猷何〔三〕。

【校記】

〔一〕興，重刻本、萬曆本、張校本並同。隆慶本作『醉』。

【題解】

此詩作於嘉靖三十五年（一五五六）初秋，元美察獄京畿地區之時。詳前《郡齋與元美賦》題解。得『河』字，即以『河』爲韻。

【注釋】

〔一〕乘槎自九河：謂元美從黃河支流乘船而來。槎，木筏。此指船。九河，黃河的九條支流。

〔二〕亂後：此指嘉靖二十九年至三十年俺答襲擾京畿地區的戰亂。梁有譽於嘉靖三十一年歸南海，第二年宗臣出爲福建參議，吳國倫於三十五年三月貶謫江西，徐中行奉命察獄江南，所以説『故人京洛少』。京洛，洛陽。此指北京。

〔三〕子猷：指東晉王徽之。徽之，字子猷，王羲之三子。性卓犖不羈，傲達放誕。詳《晉書·王羲之傳》附《王徽之傳》。此喻指元美。

與元美登郡樓二首，其一得『秋』字

開軒萬里坐高秋，把酒漳河正北流。自愛青山供使者，誰堪華髮滯邢州！浮雲不盡蕭條色，落日遥臨睥睨愁〔一〕。上國風塵還倚劍，中原我輩更登樓〔二〕。

其二得『雲』字

搖落高樓此對君，天涯不復有離羣。銜杯大麓來秋色，倚檻邢臺過白雲〔三〕。樹杪人家漳水出，城頭風雨太行分。極知今日同王粲，賦就還應鄴下聞〔四〕。

【題解】

此詩與前《郡齋同元美賦，得「河」字》作於同時。郡樓，順德府城樓。

【注釋】

〔一〕睥睨：城墻。

〔二〕上國風塵：指邊塞戰事。倚劍：拄劍。唐李白《發白馬》：「倚劍登燕然，邊烽列嵯峩。」

〔三〕大麓：澤名。在順德附近。

〔四〕王粲：詩人。「建安七子」之一。此代指王世貞。詳前《代建安從軍公燕詩》注〔五〕。此喻指元美。鄴下：地名。三國時期魏都所在地，即今河北彰德縣。「建安七子」等文人奔赴鄴下，形成以曹操與曹丕、曹植父子爲中心的鄴下文人集團。

與盧次楩登大伾山

河朔風塵萬里看，空亭天外一憑欄〔一〕。夕陽忽送孤城色，高雪遙臨白馬寒〔二〕。何處浮雲吞大澤？於時紫氣滿長安〔三〕。我來欲著浮丘賦，此地因君老鶡冠〔四〕。

【題解】

盧次楩，即盧柟，字次楩。詳前《二子詩》題解。據李攀龍《送河南按察副使王公元美自大名之任浙江參政序》載，在元美察獄大名時，攀龍「乃從公大名，命盧柟攜謝榛交相勞也」。鄭利華《王世貞年譜》載，元美至大名，在嘉靖三十五年（一五五六）八月。就在這次相會時，攀龍與盧枏登大伾山。大伾山，在今河南浚縣西南。伾，或作『邳』。又稱黎山、黎陽山。上有上青壇，漢光武帝平王郎返回途中，在此築壇祭告天地，故又稱青壇山。時李攀龍赴陝任陝西按察司提學副使，盧枏伴行至浚縣。

【注釋】

〔一〕河朔：謂黃河以北之地。空亭：空宅。南朝宋謝靈運《歸塗賦》：『發青田之枉渚，逗白岸之空亭。』

〔二〕白馬：山名。在今河南洛陽市東北。

〔三〕長安：即今陝西西安。

〔四〕著浮丘賦：謂寫頌揚浮丘的詩文。浮丘，古仙人。其姓氏世代並不詳。相傳爲周靈王時人，曾與王子晉吹笙、騎鶴游嵩山。老鶡冠：謂隱居。鶡冠，以鶡羽爲飾之冠。此指隱士所著之冠。見《漢書·藝文志·鶡冠子》注。

於黎陽送次楩之金陵謁故陸令

蕭條杯酒對銷魂，河朔諸生爾獨存（一）〔一〕。書上梁王還寢獄，賦成揚子不過門〔二〕。大江雨雪千帆出，建業風流六代論〔三〕。雄劍自憐爲客意（二），左驂寧負主人恩〔四〕！

【校記】

（一）『蕭條』二句，學憲本作『中原慘澹吾垂老，河朔肅殺爾更存』。

（二）雄，學憲本作『短』；爲，學憲本作『游』。

【題解】

黎陽，漢置縣。故城在今河南浚縣東北。次楩，即盧柟。詳前《二子詩》題解。金陵，即今江蘇南京市。陸令，指陸光祖，字與繩，平湖（今屬浙江）人。嘉靖二十六年（一五四七）進士，授浚縣知縣。歷南京禮部主事、大理寺少卿、大理卿，終官吏部尚書。卒贈太子太保，謚莊簡。生平詳《明史》本傳。盧柟被構陷入獄，謝榛爲其赴京訴冤，而陸光祖爲浚令，遂爲盧柟平反昭雪。後陸光祖遷南京禮部主事，盧柟往訪拜謁。本篇學憲本題《送盧次楩往建業謝故陸令》。此詩與上詩作於同時。

【注釋】

〔一〕蕭條：此形容孤單。河朔：黄河以北之地。浚縣在黄河以北。

〔二〕『書上』二句：謂你雖心志堅貞，仍被系獄；即使有揚雄那樣的才能，也不被重視。書上梁王，指漢代鄒陽上書梁孝王。鄒陽是漢初著名散文家。據《漢書》本傳載，鄒陽爲人有智略，慷慨不苟合，受到讒害而下獄。鄒陽恐死後名聲受累，在獄中上書梁王，辭意懇切，辨析周詳，終於感動了梁王，『孝王立出之，卒爲上客』。此以鄒陽喻盧柟。揚子，指漢代著名賦家揚雄。王莽時，『雄以病免，復召爲大夫。家素貧，耆（嗜）酒，人希至其門』（《漢書·揚雄傳》下）。

〔三〕建業：也作『建鄴』。即今江蘇南京市。建業爲六朝故都，亦爲明代南都。

〔四〕『雄劍』二句：謂陸令一定珍惜這次相會的情誼，你也不會辜負當初解救的恩情。雄劍，劍分雌雄，兩者相合喻指友人離而復聚。詳前《崔駙馬山池燕集得『無』字》注〔二〕。左驂事，指春秋時期齊國晏子解左驂救越石父事。據《史記·管晏列傳》載，越石父有賢名，而被拘系於獄。晏子出門時，『遭之塗，解左驂贖之，載歸』。後爲晏子上客。

懷慶道中雪

飛雪長驅使者車，太行愁色滿天涯〔一〕。虚傳梁苑平臺賦，真作河陽一縣花〔二〕。流影風前迎劍氣，寒光樹杪澹人家〔三〕。問津明日知何處？千里西來有漢槎〔四〕。

【題解】

懷慶，府名。治河南縣。今屬河南省。詩作於嘉靖三十五年秋赴陝途中。

【注釋】

〔一〕愁色：愁雲慘澹，謂陰天。

〔二〕『虚傳』二句：謂如今空傳梁苑的賦作，而潘岳在河陽遍植桃花至今傳爲美談。梁苑，指漢代梁孝工的園林，也稱菟園。當時著名賦家司馬相如、枚乘，著名散文家鄒陽等，都曾做梁王的幕賓。平臺，臺名。漢梁孝王所築。詳《史記·梁孝王世家》。河陽，漢置縣，明廢。故址在今河南孟縣西。晉潘岳曾做河陽縣令，在縣內遍種桃花，傳爲美談。詳《晉書·潘岳傳》。

〔三〕劍氣：謂寒氣。劍鋒光亮逼人，令人生寒。澹：清靜。

〔四〕問津：問路。津，渡口。漢槎：謂仙槎。船的美稱。

崆峒 二首

風塵問道欲如何？二月崆峒覽勝過〔一〕。返照自懸疏隴樹，浮雲忽斷出涇河〔二〕。長城雪色當峯盡，大漠春陰入塞多〔三〕。已負清尊尋窈窕，還將孤劍倚嵯峨〔四〕。

其二

誰道崆峒不壯游？香罏春雪照涼州〔五〕。浮雲半插孤峯色，落日長窺大壑愁〔六〕。萬乘東還靈氣歇，諸天西盡濁涇流〔七〕。蕭關祇在藤蘿外，客子風塵自白頭〔八〕。

【題解】

崆峒，山名。亦名空同、雞頭、笄頭、薄洛等。涇河發源於此。在今甘肅平涼市西北。相傳黃帝曾登此山，秦漢以後成爲道教名山。此爲作者嘉靖三十六年二月居陝視學平涼期間所作。

【注釋】

〔一〕『風塵』二句：謂來此並非問道求仙，只是趁此早春觀賞優美的山景。風塵，風塵僕僕，謂行旅辛苦。問道，訊問道術。覽勝，觀覽勝景。

〔二〕『返照』二句：與下二句寫山景。謂落日懸挂天邊，把稀疏的光线撒在山間樹頭；風兒吹走浮雲，涇河從這裏淙淙流出。隴，隴山。

〔三〕當峯盡：在峯前消失。峯，蓋指崆峒最高峯翠屏峯。大漠：崆峒以北，長城外即爲騰格里沙漠。春陰：謂春寒。塞：邊塞。

〔四〕『已負』二句：謂顧不得赴宴，急忙來尋山間勝景，而在高峻的山峯之下卻倍感孤獨。負，辜負。尊，酒杯。尋窈窕，沿山路觀賞。窈窕，曲折的山路。晉陶淵明《歸去來兮辭》：『既窈窕以尋壑，亦崎嶇而經丘。』孤劍，一劍。喻孤獨無助。唐陳子昂《東征答朝臣相送》：『孤劍將何托，長謠塞上風。』

〔五〕香罏：崆峒山峯名，與翠屏峯相對，兩峯間以横亙其間的巨石相通，謂之石橋。山下有扯寶寨，相傳秦始皇、漢武帝游崆峒都曾到此。罏，同『爐』。涼州：州名。漢武帝時置。明洪武初年改爲涼州衛，治所在武威（今屬甘肅）。崆峒山古屬涼州。

〔六〕浮雲半插：謂雲繞山半。山峯峭立，半出雲上，所以云『插』。孤峯：指香罏峯。大壑：山澗。

〔七〕『萬乘』二句：謂自從黃帝離去，山的靈氣就消失了，只有那渾濁的涇河不分晝夜地從天際流來。萬乘，周制，天子地方千里，出兵車萬乘，諸侯地方百里，出兵車千乘，因以萬乘稱天子。此指黃帝。傳説黃帝曾來崆峒問道，後建都於汾水之陽，死葬橋山（今陝西黃陵）。靈氣，靈妙神異之氣。歇，消歇，消失。諸天，佛教用語。此泛指天。詳前《與茂秦金山寺亭上望西湖》注〔一〕。濁涇，混濁的涇河。

〔八〕『蕭關』二句：謂邊關就在山那邊，雖有心禦邊報國，但我如今不過是頭髮半白的學官而已。蕭關，關塞名。詳前《涇州》注〔四〕。客子，作者自指。風塵，此喻宦途。

平涼

春色蕭條白日斜，平涼西北見天涯〔一〕。惟餘青草王孫路，不屬朱門帝子家〔二〕。宛馬如雲開漢苑，秦兵二月走胡沙（一）〔三〕。欲投萬里封侯筆，愧我談經鬢有華〔四〕！

【校記】

（一）胡，《明詩綜》作『湖』，誤。

【題解】

平涼，即今甘肅平涼市。明時靠近邊塞，常有邊釁發生。作者由明王朝邊無寧日而思及秦漢不受外敵欺辱的歷史，深以不能投筆從戎爲憾；憂心國事，而又無力報效，其惆悵之情溢於言表。『惟餘』二句，則直指明王朝上層腐敗。《明詩紀事》云：『陳繼儒《眉公筆記》莫中江云：「中州地半入藩府」，李于鱗送客河南云：「惟餘青草王孫路，不入朱門帝子家」，可謂詩史，而語意含蓄有味。』詩與上首作於同時。

【注釋】

〔一〕天涯：猶言天邊，謂遥遠之地。平凉西北即玉門關，爲邊塞要地。

〔二〕『惟餘』二句：謂平凉是朱氏子孫的封地，其西北邊地就不屬於其管轄了。青草王孫路，化用『王孫游兮不歸，青草生兮萋萋』（《楚辭·招隱士》）之意，暗指韓王朱沖烒。據《明史·諸王傳三》載，明太祖朱元璋的孫子（第二十子松之子）沖烒封於平凉。朱松始封開原（今遼寧開原北），留京未到封地。其子沖烒嗣位時，朝廷已棄大寧（治所在今内蒙古寧城西）三衛地。因開原近塞不可居，於洪武二十二年（一三八九）改封平凉，子孫世襲。作者不敢直斥明邊防官員的無能，而婉言平凉西北不屬韓王。

〔三〕『宛馬』二句：謂當年秦漢帝國是何等的强大，大宛進貢駿馬，匈奴逃歸沙漠。宛馬，漢代大宛進貢的駿馬，即汗血馬。漢苑，漢朝宫苑。據《史記·大宛列傳》載，漢武帝爲得宛馬，命貳師將軍李廣利攻大宛，大宛請和，『乃出其善馬，令漢自擇之』。秦兵，指秦始皇所派之兵。據《史記·秦始皇本紀》載，始皇三十二年（前二一五），派大將蒙恬發兵三十萬，北擊匈奴，略取黄河以南之地。走，逃。胡沙，胡人居住在沙漠地區。秦、漢强大，周邊或進貢，或敗走，而明自嘉靖二十四年（一五四五）後，韃靼騎兵卻不斷侵擾陜西西安一帶，以致逼近京畿，河套一帶非復明有。見《明史紀事本末》卷五八《議復河套》。作者言秦漢，委婉諷喻時政。

〔四〕『欲投』二句：謂雖欲投筆從戎衛國靖邊，而我卻不過是個半老的學官。投萬里封侯筆，用漢代班超投筆從戎事。詳《後漢書·班超傳》。談經，談論儒家經典，謂做學官。鬢有華，鬢髮花白。

寄元美四首

風塵萬里一蕭然，病起相思到各天。忽見南山青草色，還成北海白雲篇〔一〕。登樓何處逢多暇，開府于今實少年〔二〕。不是漢庭容汲黯，如君意氣好誰憐〔三〕！

其二

聞君雨雪到青州，春盡鴻書未可求〔四〕。莫問彈冠千載事，徒令把袂故人愁〔五〕。浮雲萬里中原色，落日孤城大海流。自昔風塵驅傲吏，還能伏枕向清秋〔六〕。

其三

紫塞春風散羽書，使君高枕見離居〔七〕。人間不識胡名馬，門下猶傳海大魚〔八〕。開府少陽還氣色，登臺東嶽復何如〔九〕？遙知醉後吳歌發，落日蕭條薄望諸〔一〇〕。

其四

不盡青山帶落暉，美人何處送將歸？城邊澠水寒如酒，馬首浮雲曳作衣〔一一〕。春到他鄉還健食，時危薄宦豈雄飛〔一二〕！自從二子中原别，回首風塵萬事違。

【題解】

據《明實錄》載，王世貞於嘉靖三十五年（一五五六）十月，升任山東按察司副使，兵備青州。而據其《歲暮自檀州發赴青州有述》一詩，知其於是年十二月抵青州。此詩云『聞言雨雪到青州』，又云『紫塞春風』，『春到他鄉』，知此詩作於嘉靖三十六年春的長安。

【注釋】

〔一〕南山：此指終南山。北海：即渤海。王世貞兵備青州，其轄區至渤海。二句謂自己見到終南山的青草，便有寄給在青州的王世貞的詩篇。

〔二〕開府：謂開建府署。漢代惟三公得開府，置官屬，後略有變化，晉代諸州刺史多以將軍開府，都督軍事，故後世稱督撫爲開府。少年：青年。此指王世貞。王氏兵備青州，即兼有都督軍事之職，故以『開府』稱之，實屬不當。

〔三〕汲黯：漢代大臣，以直言敢諫著稱。詳前《除夕》注〔四〕。此喻指王世貞。

〔四〕鴻書：飛鴻傳書。

〔五〕彈冠：彈去冠上灰塵，準備出仕爲官。語出《漢書·王吉傳》。王吉與貢禹爲友，均爲名臣，『世稱「王陽在位，貢公彈冠」，言其取捨同也』。此以王、貢喻指與世貞早在京都供事，因取捨相同而建立的友誼。把袂：猶言握手。

〔六〕傲吏：自稱。

〔七〕紫塞：邊塞。羽書：軍情緊急的文書。

〔八〕海大魚：指鯨魚。《古今注》：『鯨魚者，海魚也，大者長千里，小者數十丈，一生數萬子。』

〔九〕少陽：東方。《禮·祭統》『天子親耕於南郊，諸侯耕於東郊』《注》：『東郊，少陽，諸侯象也。』東嶽：指泰山。

〔一〇〕吳歌：吳地民歌。望諸：澤名。即孟諸澤，在今河南商丘市與虞城縣境內。

〔一一〕澠水：古水名，已淤塞。源出今山東淄博臨淄區西北，注入時水。《左傳·昭公十二年》載齊侯語『有酒如澠』。

〔一二〕雄飛：相對雌伏而言，喻志意飛揚、奮發有爲。

上郡二首

高城窈窕四山開，西北浮雲睥睨迴〔一〕。鼓角疑從天上落，軺車真自日邊來〔二〕。防胡尚借秦人策，射石猶傳漢吏才〔三〕。聞道朝廷思猛士，羽書飛過赫連臺〔四〕。

其二

叱馭何來絕塞游？獨看山色向新秋〔五〕。人家漸出層厓樹，客路高盤斷壑流〔六〕。朔氣忽隨風雨至，孤城長傍夕陽愁〔七〕。五原子弟輕烽火，馬上談經半白頭〔八〕。

【題解】

上郡，戰國時期魏文侯所置郡，秦漢相沿，治所在膚施（今陝西延安），轄境約當今陝西北部及内蒙古自治區烏審旗一帶。秦時大將蒙恬率大軍北伐匈奴，曾駐紮於此。隋大業至唐天寶、至德時又曾分別改鄜城郡（治所在今陝西洛川東南）、綏州（治所在今陝西綏德）爲上郡。此蓋指秦漢時期的上郡。李攀龍視學順便登臨觀景。因朝廷腐敗，邊地戰事連連失利，攀龍身爲學官，安邊非其職守，不禁有報國無門的慨嘆，憂憤、惆悵之情溢於言表。詩作於嘉靖三十六年初秋居陝期間視學上郡。

【注釋】

〔一〕窈窕：形容山境深遠。睥睨：城垣。《釋名·釋宫室》：「城上垣曰睥睨，言於其孔中睥睨非常也。」

〔二〕鼓角：戰鼓、號角。軺車：古代軍車。見《晉書·輿服志》。

〔三〕秦人策：指秦時修築的長城。秦人修築長城，是爲了防禦匈奴。明代爲了防禦韃靼、瓦刺部族的入侵，自明初至萬曆二百餘年間，在秦長城的基礎上，前後多次修築長城。射石漢吏：指飛將軍李廣。《史記・李將軍列傳》：『廣出獵，見草中石，以爲虎而射之，中石沒鏃，視之石也。』

〔四〕思猛士：謂思得安邊的大將。語本漢高祖劉邦《大風歌》『安得猛士兮守四方』。羽書：軍中告急文書，封口處插有羽毛。赫連：複姓，爲匈奴右賢王劉去卑之後，因指匈奴。此指韃靼部落。

〔五〕叱馭：叱其所騎之馬。此謂因公忘險。《漢書・王尊傳》載，漢琅邪王陽爲益州刺史，行至邛崍九折阪，因道險而返。後王尊爲刺史，行至其處，叱其馭曰：『驅之！王陽爲孝子，王尊爲忠臣。』絕塞：極遠的邊塞。新秋：初秋。

〔六〕人家：山中居民。客路：行旅所走的山路。斷壑流：謂路高盤旋，人的視線有時被隔斷，看不到山澗溪流。

〔七〕朔氣：北風。愁：慘澹。

〔八〕『五原』二句：謂邊境的學生已習慣了報警的烽火，對戰事不以爲意，在馬上討論經書，有一半都已白頭。五原，地名。此指漢置五原郡之榆柳塞，在今内蒙古自治區巴彥淖爾盟五原縣。烽火，古代邊疆以烽火報警，因以指邊警。馬上談經，謂視學途中談論經學教育。

元美望海見寄

白雲東望十洲開，苦憶玄虛作賦才〔一〕。大壑秋陰生蜃氣，扶桑日色照樓臺〔二〕。波濤漢使乘槎過，風雨秦王策石來〔三〕。縱有三山何可到，不如相見且銜杯〔四〕！

【題解】

據鄭利華《王世貞年譜》，王世貞於嘉靖三十五年（一五五六）十月接受任命，於十二月赴任，至三十六年立春日抵省，受募兵之檄。此詩應作於嘉靖三十六年秋，元美巡海之時。

【注釋】

〔一〕『白雲』二句：謂東望大海，白雲深處有神仙居住的十洲，不禁令人想起木華那篇爲人稱道的《海賦》。十洲，傳説大海中神仙所居，有祖洲、瀛洲、玄洲、炎洲、長洲、元洲、流洲、生洲、鳳麟洲、聚窟洲。見題名東方朔撰的《十洲記》。玄虛，指晉代辭賦家木華。木華，字玄虛，所作《海賦》（載《文選》），爲歷代所稱賞。

〔二〕『大壑』二句：謂每天太陽從大海中升起，就照著你居住的樓臺，在雲氣蒼茫的大海上，你一定會看到海市蜃樓的奇景。大壑，海水湧出之處。《山海經·大荒東經》：『東海之外大壑，少昊之國。』秋陰，秋日陰霾。蜃氣，即海市蜃樓，海上由折光所形成的城郭樓臺等幻象，古人認爲是大蛤（蜃）所吐之氣，故云。見《爾雅翼·釋蜃》。扶桑，傳説東海中的神木，爲日出之處。見《山海經·海外東經》。

〔三〕『波濤』二句：謂你作爲使者，巡視海上，定會見到當年秦王策石入海的地方。漢使，指元美。青州兵備轄有東部海疆。乘槎，乘船泛海。槎，木筏。此指船。秦王，指秦始皇。傳説秦始皇東巡，曾在東海畔策石（鞭策石頭）入海築橋以求仙。今山東榮成成山頭有其遺跡。

〔四〕三山：即傳説中的方丈、瀛洲、蓬萊三神山。詳《史記·封禪書》。銜杯：飲酒。

酬順甫見寄

仙郎春思滿漳河，天上雙魚寄楚歌〔一〕。自隔青雲知己盡，誰言《白雪》和人多〔二〕？山城薄曙韜車發，幕府先秋羽檄過〔三〕。磬折路傍君不見，漆園爲吏傲如何〔四〕？

【題解】

順甫，即魏裳。詳前《懷魏順甫》題解。時順甫在刑部，攀龍在陝西，時嘉靖三十六年秋。

【注釋】

〔一〕仙郎：謂郎官，指順甫。雙魚：書信。《古樂府》：『客從遠方來，遺我雙鯉魚。呼童烹鯉魚，中有尺素書。』楚歌：順甫爲楚地人，故指其所寫詩歌。二句追憶往日情形。

〔二〕自隔青雲：謂自離開刑部。青雲，喻高位。《白雪》：高雅的詩歌。詳前《送新喻李明府伯承》注〔六〕。此自喻其詩。

〔三〕軺車：軍車。幕府先秋羽檄過：謂將軍府徵兵的文書秋前發到這裏。幕府，指將軍府。羽檄，軍情緊急的文書。

〔四〕磬折：彎腰似磬，謂拜迎官長。漆園爲吏：莊子曾爲漆園吏，傲視世俗。此以自喻。

人日答汝思

濁酒初開柏葉新，醉來高枕任風塵。十年關塞愁中客，此日江湖病裏人〔一〕。青鏡欲催潘鬢改，綵花空翦漢宮春〔二〕。即今萬事抽簪外，唯有浮雲傍角巾〔三〕。

【題解】

人日，此指嘉靖三十七年農曆正月初七。汝思，即徐文通。詳前《秋前一日同元美、茂秦、吴峻伯、徐汝思集城南樓》題解。

〔一〕『十年』二句： 謂十年來顛沛邊地者，如今已是病人。此二句實指徐文通。時在順德。江湖，對朝廷而言，謂不在京。

〔二〕潘鬢： 謂鬢髮初白。《文選》潘安仁（岳）《秋興賦序》：『余春秋三十有二，始見二毛。』《賦》：『斑鬢髟以承弁兮，素髮颯以垂領。』後遂以潘鬢爲中年鬢髮初白的代詞。綵花： 剪綵爲花。據《事物紀原·歲時風俗部·綵花》載，唐中宗景龍中，立春日出剪綵花。又，四年正月人日立春，令侍臣迎春，内出綵花，人賜一枝。

〔三〕抽簪： 謂棄官隱退。詳前《拂衣行答元美》注〔九〕。角巾： 巾之有角者，隱者的服裝。《晉書·羊祜傳》：『既定邊事，當角巾東路歸故里。』

再寄元美二首

黄金臺館鬱蒼蒼，游子高秋總斷腸。萬里浮雲生渤海，千山朔氣壓漁陽〔一〕。風塵不老江湖色，宫闕新懸日月光。安得與君燕市裏，和歌長在酒人傍！

其二

中丞遼海罷登壇，公子紅顔復挂冠〔二〕。自有綈袍憐范叔，誰從長鋏見馮驩〔三〕？上書北闕風雲壯，灑淚西山雨雪寒。憔悴盡堪知國士，相逢應作少年看。

【題解】

據《明史·王忬傳》載，嘉靖三十八年（一五五九），王忬以灤河戰事失利，爲嚴嵩及其朋黨所誣陷，詔逮下獄。據鄭利華《年譜》載，元美於當年十月，以父難辭官赴京師。「中丞遼海罷登壇，公子紅顏復挂冠」卽指此事。元美與弟敬美上書求代父難，未有答復。此卽「上書北闕」。十一月，元美爲籌資費返里，十二月返京。此言「高秋」，詩當作於元美赴京之初。

【注釋】

〔一〕「萬里」二句：嘉靖三十八年（一五五九）二月，蒙古把都兒、辛愛數部屯會州（今河北平泉縣），挾持朵顏三衛爲嚮導，準備西入，詐稱東侵。王忬中計。敵軍由潘家口入，渡灤河向西，大掠遵化、遷安、薊州、玉田，駐内地五日，京師大震。漁陽：地名。秦置郡，轄今北京以東各縣，治所在今北京密雲西南；唐置郡，轄有今北京平谷區及天津薊州區等地，治所在今薊州區。此蓋指北京地區。

〔二〕公子：指元美。紅顏：年少。挂冠：辭官，棄官而去。語出《後漢書·逄萌傳》。王世貞於嘉靖三十八年七月乞休。

〔三〕「自有」二句：謂自有故友顧戀於你，但又有誰能理解你的心意而重視你呢？綈袍憐范叔，謂顧戀故人。范叔，指范雎。詳見《史記·范雎列傳》。長鋏，長劍。馮驩（一作「諼」），戰國齊孟嘗君的門客。初不被重視，彈鋏引起孟嘗君的注意，而且每彈一次提一個要求，孟嘗君都予以滿足。後在孟嘗君危難之際得其協助，得保祿位。事詳《史記·孟嘗君列傳》。據《明史·王世貞傳》載，元美兄弟在上書無果的情況下，求乞於嚴嵩及諸權貴，並無人相助。

寄汝思

高秋諸將欲橫行，薊北先開細柳營〔一〕。萬里旌旗連殺氣，千山鼓角動邊聲。指揮士馬中原合，談笑風塵瀚海清〔二〕。此日漢軍俱望幸，滿朝應重亞夫名。

【題解】

汝思，即徐文通。詳前《送徐汝思郎中入蜀》題解。徐文通戍邊事，未詳。時在嘉靖三十六年秋。

【注釋】

〔一〕細柳營：據《史記·絳侯世家》載，絳侯周勃之子亞夫，爲防禦匈奴，在漢文帝後六年（前一五八），以河內守爲將軍，駐紮在細柳。文帝勞軍，至霸上及棘門，直接馳入，受到將軍們的迎送，而至細柳營，軍士披甲執鋭，』天子先驅至，不得入』，文帝至，也不得入。於是文帝『使使者持節詔將軍：「吾欲入勞軍。」亞夫乃傳言開壁門』，上吏告帝從屬『軍中不得馳驅』，『於是天子乃按轡徐行』。至營，『將軍亞夫持兵揖曰：「介胄之士不拜，請以軍禮見。」天子爲動，改容式車。……成禮而去。既出軍門，羣臣皆驚。文帝曰：「嗟乎，此真將軍矣！」……月餘，三軍皆罷。乃拜亞夫中尉。』

〔二〕瀚海：沙漠。

送歷城李明府入計

春生仙令鸊鵜袍，風雪褰帷擁佩刀〔一〕。忽憶鳴珂雙闕迴，翻然飛舄五雲高〔二〕。朝堂不改燕山色，計吏寧分漢主勞〔三〕？爲政只今多異蹟，須知帝力到秋毫〔四〕。

【題解】

歷城，縣名。今屬山東濟南市。李明府，指李齊芳。詳前《送李明府入奏》題解。入計，入京接受吏部考核。據《歷城縣誌》載，其前任張淑勵在嘉靖二十二年至三十五年間（一五四三—一五五六）知歷城縣，詩作在嘉靖三十七年春。

【注釋】

〔一〕鷫鸘袍：鷫鸘羽毛所制之袍。鷫鸘，水鳥，也作「鷫鷞」。雁的一種，其羽毛可制爲裘。據載，司馬相如初與卓文君還成都，居貧愁悶，以所著鷫鸘裘就市人陽昌貰酒與文君爲歡。見葛洪《西京雜記》卷二。褰帷：撩起車帷，謂出行。

〔二〕「忽憶」二句：謂其心情急切，因離京城太遠，想到王喬飛舄故事。鳴珂，騎馬出行。珂，馬勒飾。雙闕，宫門兩邊的樓觀。此指皇宫。飛舄，見《後漢書・王喬傳》。據載，王喬爲葉令，每月朔望由縣赴京城朝見，而不見其車騎。漢明帝令人暗中窺探，則云其臨至，就有雙鳧飛來。於是，候鳧至，張網捕之，「但得一只舄焉」。

〔三〕計吏：指吏部負責考核的官員。

〔四〕帝力：帝王之力，謂帝王的恩德。

題少方伯徐公明月軒三首

傲吏高齋海岱開，長留明月照池臺〔一〕。白雲湖上秋何處？鴻鴈樽前客自來〔二〕。寒色玉壺堪徙倚，流光華髮與徘徊。西園諸子俱能賦，獨讓應徐鄴下才〔三〕。

其二

應憐明月滿長安，永夜憑軒萬里看。秋水乍疑湖外合，白雲猶似署中寒。繞枝烏鵲星霜色，一曲關山道路難〔四〕。此興庾公曾不淺，南樓參佐幾人歡〔五〕？

其三

湖上風流畫省新，堪多明月少紅塵〔六〕。長懸素魄銜金鏡，不減清光抱玉人〔七〕。當戶雲生屏自倚，拂牀星動劍相親〔八〕。看君如在揚雄宅，搦管《玄經》合有神〔九〕。

【題解】

少方伯，參政雅稱。

【注釋】

〔一〕傲吏：作者自稱。

〔二〕白雲湖：湖名。在李攀龍故居東，今濟南市章丘境內，已辟爲景區。

〔三〕西園諸子：即鄴下諸子，指漢魏之際曹操父子與建安七子。西園，在今河北臨彰縣鄴城鎮，爲鄴下諸子游息飲宴、賦詩流連之處。應徐，指應德璉、徐幹。此以徐幹喻指徐公。

〔四〕『繞枝』二句：暗喻明月軒。繞枝烏鵲，三國魏曹操《短歌行》：『月明星稀，烏鵲南飛。』一曲關山，指《關山月》。如唐李白《關山月》：『明月出天山，蒼茫雲海間。』

〔五〕庾公：指庾亮。庾亮（二八九—三四〇），字元規，潁川鄢陵（今河南鄢陵西北）人。東晉大臣。曾受命都督江、荊、豫、益、梁、雍六州軍事，領江、荊、豫三州刺史，還鎮武昌。《世說新語·容止》載，庾亮在武昌，『秋夜氣佳景清，使吏殷浩、王胡之之徒登南樓理詠』。聽到庾亮來，『諸賢欲起避之。公徐云：「諸君少住，老子於此處興復不淺！」因便據胡牀，與諸人詠謔，竟坐甚得任樂』。參佐：諸僚屬。

〔六〕晝省：漢代尚書省的别名。紅塵：俗世。此謂俗世之事。

〔七〕素魄：月的别名。見《續博物志》。金鏡：古時以銅製作鏡，因稱。此亦爲月之别稱。古時喻爲明道。《文選》載南朝梁劉峻《廣絶交論》：『聖人握金鏡，闡風烈，龍驤蠖屈，從道汙隆。』李善注引鄭玄云：『金鏡，喻明道也。』玉人：喻高潔俊爽的人。此爲恭維之語。《晉書·裴楷傳》：『楷風神高邁，容儀俊爽，時人謂之「玉人」。』

〔八〕當戶：對窗。

〔九〕搦（nuò）管：握筆。《玄經》：即《太玄經》，亦稱《揚子太玄經》，漢揚雄著。

送俞按察之湖廣二首

襜帷十載使君東，開府還當楚地雄〔一〕〔一〕。江漢日高天子氣，樓臺秋敞大王風〔二〕。重瞻執法臨台象，自許論文見國工〔二〕〔三〕。有客儻能《鸚鵡賦》，莫令才子嘆漂蓬〔三〕〔四〕。

其二

攬轡江湖萬里清，使君三楚舊知名〔五〕。《陽春》不是尋常調〔四〕，明月堪償十五城〔六〕。行省重臣推掌憲，中原多事盛談兵〔七〕。遥憐佐吏耽秋色〔五〕，不淺南樓庾亮情〔六〕。

【校記】

〔一〕還當，學憲本作『新移』。

〔二〕自，學憲本作『共』。

〔三〕『有客』二句，學憲本作『不獨南冠懷祝網，平原處士慰漂蓬』。

〔四〕不是，學憲本作『未許』。

〔五〕耽，學憲本作『同』。

〔六〕情，學憲本作『清』，誤。

【題解】

俞按察，指俞憲。俞憲，字汝成，號是堂，無錫（今屬江蘇）人。嘉靖進士，官山東按察使、湖廣按察使。輯有《盛明百家詩》。生平詳《皇明詞林人物考》、《本朝分省人物考》。湖廣，元置行省名。明時轄境有所變化，並於宣德中置巡撫，駐武昌（今湖北武漢市武昌區），大致轄今湖南、湖北。學憲本題作《詩送是堂老先生總憲湖廣》。

【注釋】

〔一〕襜帷：車帷。開府：開府治事。此指任職巡撫。

〔二〕『江漢』二句：謂湖廣爲當今天子發祥之地。天子氣，謂天子所發的瑞氣。《史記·項羽本紀》：『吾令人望其氣，皆爲龍虎成五彩，此天子氣也。』據《明史·世宗紀》載，嘉靖帝爲興獻王祐杬之子，由其父封地安陸（今湖北鍾祥）入繼帝位。大王，君主的敬稱。

〔三〕國工：謂國中技藝高超的人。此指詩文藝術能力。

〔四〕『有客』二句：謂如有禰衡那樣的才子，您一定要把他留住。《鸚鵡賦》，漢末禰衡作。禰衡性狂傲，不爲曹操、劉表所容，送至江夏（今湖北武昌）黄祖處。在一次聚會中，命禰衡以鸚鵡爲題，卽席作賦，衡率爾成章，文采斐然，卽今傳《鸚鵡賦》。

〔五〕三楚：古地區名。秦漢時分戰國楚地爲三楚，所指範圍說法不一。此指湖廣地區。

〔六〕《陽春》：楚人高雅的樂曲。詳戰國宋玉《對楚王問》。明月：明月珠。此指隋侯之珠。《淮南子·覽冥訓》：『隋侯之珠，和氏之璧，得之者富，失之者貧。』隋，古國名。故地在今湖北隨州市。相傳和氏璧後爲趙國所得，秦欲以十五城交换，趙派藺相如前往。藺相如看到秦以强欺弱，只欲得璧而無償城的誠意，遂令人暗地送回。此言隋侯珠與和氏璧有相同的價值。

〔七〕行省：元代在全國實行的行政建制，即除京師附近地區直隸於中書省外，又於河南、江浙、湖廣、陝西、遼陽、甘肅、嶺北、雲南等處設十一行省。明改行中書省爲承宣布政使司，除北京、南京直轄地區外，共設十三布政使司，而仍習稱行省，簡稱省。掌憲：執法。

送張直卿再還三楚參政

誰言才子竟漂零，十載功名滿漢庭。前後兩曹推起草，風流百粵讓談經〔一〕。重來方岳分荊楚，此去江湖識歲星〔二〕。明主賜環今日事，武昌楊柳幾回青〔三〕？

【題解】

張直卿，生平未詳。三楚，此指湖廣。參政，官名。明代在布政使下設左右參政，以分領各道。後無實職，僅作兼銜。

【注釋】

〔一〕兩曹：此謂兩部屬官。曹，古時分職治事的官署或部門。此指部屬主事、郎中之類的官員。百粵：地域名。指今福建、廣東等地。詩謂『談經』，張氏蓋嘗出任百粵地區的提學使。

〔二〕歲星：即木星。歲行一次，謂之歲星；約十二年，運行一周天。後因謂久別。
〔三〕賜環：謂遭放逐之後被朝廷召還。詳前《贈殿卿》注〔一〕。此謂張氏由京官外任，不久就會被召回。

元美以吳紗見惠作此謝之

西施浣紗江水中，下機便入吳王宮〔一〕。憶昔紅顏銷白雪，凄然素手弄秋風。新裁薜荔忽無色，更集芙蓉應未工〔二〕。知君贈我視縞帶，願言不忘披裘翁〔三〕。

【題解】

吳紗，吳地所產之紗。由吳紗聯及西施浣紗，以稱贈品之美且珍貴，亦可見詩思之巧。

【注釋】

〔一〕西施：一作『先施』。春秋末年越國苧羅（今浙江諸暨南）人，以美豔著稱。越被吳擊敗，越王句踐將其獻於吳王夫差，受到寵愛。相傳越滅吳後，與范蠡偕入五湖。詳見《吳越春秋》、《越絕書》等處。
〔二〕『憶昔』四句：形容紗之雪白、輕柔、秀美。銷，消，化。
〔三〕縞帶：白絹所制之帶。《左傳·襄公二十九年》：『聘於鄭，見子產如舊相識，與之縞帶。』披裘翁：隱者。詳前《郡城樓送明卿》注〔二〕。

答寄華從龍戶曹

起草當年漢署才，毗陵尺素爲誰來〔一〕？山中鴻鴈三秋色，江上浮雲萬里臺。總是風塵淹伏枕，空將日月老銜杯。清時仲蔚非無意，謝客蓬蒿更不開〔二〕。

【題解】

華從龍，即華雲。詳前《寄華從龍比以魚橘見致》題解。戶曹，官名，戶部司員。

【注釋】

〔一〕毗陵：郡名。晉置。治所在丹徒（今江苏鎮江丹徒鎮），轄有今江蘇鎮江、常州、無錫三市。華從龍爲無錫人。尺素：書信。

〔二〕清時：政治清明之時。仲蔚：指俞允文，字仲蔚，昆山（今屬江蘇）人。詳前《答寄俞仲蔚》題解。

贈符臺卿李伯承出使東藩二首

漢宮春色照蘭臺，符節分曹右掖開〔一〕。司馬長卿詞客幸，東方曼倩侍臣才〔二〕。海濱城闕浮槎下，天上風雲擁傳來〔三〕。無那故人常伏枕，論詩還爲一銜杯〔四〕。

其二

春風紫禁日朝天，帝寵東藩奉使年。直省月臨三殿出，軺車星度九河懸〔五〕。綈袍忽動青雲色，華髮逾驚《白雪》篇〔六〕。莫道故人霄漢少，如君侍從總堪憐〔七〕。

【題解】

符臺卿，即尚寶卿，官名。秦漢有符節令，領符寶郎，唐宋因之，明稱尚寶司丞。李伯承，即李先芳。詳前《送新喻李明府伯承》題解。東藩，東方藩國，所指未詳。

【注釋】

〔一〕蘭臺：官署。漢時宮中藏書之處，由御史中丞掌管，後又置蘭臺令史，掌圖籍、秘書。唐龍朔二年（六六二）曾改秘書省爲蘭臺，尚寶司卿之職爲掌管寶璽、符牌、印章等，職掌與秘書省相近，故稱。掖：掖門，宮殿旁之小門。

〔二〕『司馬』二句：謂伯承有賦家司馬相如的幸運，近侍東方朔的才幹。

〔三〕浮槎：浮船，謂乘船。傳：符信。《漢書·文帝紀》『除關無用傳』注引崔豹《古今注》下《問答釋義》：『凡傳皆以木爲之，長五寸，書符信於上，又以一板封之，皆封以御史印章，所以爲信也。』

〔四〕無那：無奈。

〔五〕『直省』二句：謂奉命出使。直省，入直省署。直，當值。三殿：明代以皇極殿、中極殿、建極殿爲三大殿。節日慶典，命將出師，派遣使者等分別在三殿舉行。軺車星度，古稱帝王使者爲星使，因稱使者所乘之車爲星軺。軺，軺傳，使者所乘的車。九河，天河。《楚辭·九歌·少司命》：『與女游兮九河，衝風至兮水揚波。』

〔六〕綈袍：戰國范雎贈須賈綈袍的故事，見《史記·范雎列傳》。後遂以贈綈袍謂戀戀有故人之意。唐高適《詠史》：『尚有綈袍贈，應憐范叔寒。不知天下士，猶作布衣看。』青雲：喻高位。此謂在高位猶念故人。

〔七〕霄漢：喻高處。此指朝廷，在朝爲官者。

除夕

夜色蕭條雪滿庭，唯應濁酒見漂零〔一〕。關門忽散真人氣，滄海還高處士星〔二〕。一自倦游拚謝客，遂因移疾罷傳經〔三〕。春風明日長安道，依舊王孫草又青〔四〕。

【題解】

詩作於嘉靖三十七年（一五五八）除夕。夜深人靜，孤獨寂寞，只有借酒澆愁。

【注釋】

〔一〕蕭條：寂寥，靜寂。漂零：飄落，飄搖零落。

〔二〕「關門」二句：謂自我歸來，滄海之濱又多了一個隱士。關，指函谷關。詳前《關門雪望》題解。真人，謂有才德之人。此爲作者自指。滄海，大海。此指濱海的濟南。攀龍號滄溟，溟亦海。處士星，星名。即少微。《晉書·天文志》：「少微四星在太微西，士大夫之位也。一名處士。」

〔三〕「一自」二句：爲錯綜句，謂因倦游而以病辭官，歸家之後即斷絕了與官場的來往。拚（pàn）謝客，謝絕客人，拒絕見客。拚，拋舍，捨棄。移病，移文稱病。移，移文。古時指發往平行機關的公文。此指作者所上《乞歸公移》。罷傳經，謂辭去提學副使。提學爲學官（儒官），故云「傳經」。經，儒家經典。

〔四〕「春風」二句：謂如果再度出仕，依然像往常一樣狂放不羈。長安道，長安大街。此指都城。王孫，皇室貴族後裔。《楚辭·招隱士》：「王孫游兮不歸，春草生兮萋萋。」王孫又爲草名，也名牡蒙、黃孫、黃昏、旱藕。此處語意雙關，說明作者對朝廷招回充滿期待。

杪秋登太華山絕頂四首

華頂岧嶢四望開，正逢蕭瑟氣悲哉〔一〕。黃河忽墮三峯下，秋色遥從萬里來〔二〕。北極風塵還郡國，中原日月自樓臺〔三〕。君王儻問仙人掌，願上芙蓉露一杯〔四〕。

其二

縹緲真探白帝宮，三峯此日爲誰雄〔五〕？蒼龍半挂秦川雨，石馬長嘶漢苑風〔六〕。地敞中原秋色盡，天開萬里夕陽空〔七〕。平生突兀看人意，容爾深知造化功〔八〕。

其三

太華高臨萬里看，中原秋色更漫漫。振衣瀑布青雲濕，倚劍明星白日寒〔九〕。東走峯陰搖砥柱，西來紫氣屬長安〔一〇〕。自憐綵筆驚人在，咫尺天門謁帝難〔一一〕。

其四

徙倚三峯峯上頭，蕭條萬里見高秋〔一二〕。蓮花直撲青天色，玉女常含白雪愁〔一三〕。樹杪雲霾沙漠氣，岩前日暈漢江流〔一四〕。停杯一嘯千年事，不擬人間說壯遊〔一五〕。

【題解】

詩作於嘉靖三十七年（一五五八），即李攀龍入陝的第三年秋末。太華山，即西嶽華山，因其與西少華山相對而稱太華。在今陝西華陰市南，五嶽中以奇險著稱。李攀龍有《登太華山記》，詳細描述了他登山的具體過程及所見華山的雄奇景象。華山以南峯（落雁峯）最高，即詩所謂『絕頂』。詩文筆飛動，氣勢奔放，被人譽爲『千古絕唱』（明胡應麟《詩藪·續編》卷二）。王世貞說『登華諸篇』，『一再讀之，覺玉女峯窈窕在目，蓮花芬芳襲人也。毋論足下詩，即記自應劭《漢官儀》敘封禪而上，無似者，千古第一記耳』（《弇州山人四部稿·書牘·李于鱗》）。胡、王推崇李攀龍，不免有溢美之詞，但在有關華山的詩篇中確屬上品，尤其第二首，爲歷來傳唱名篇。清沈德潛評云：『滄溟詩，有虛響，有沉著，此沉著一路。』（《明詩別裁集》）

【注釋】

〔一〕華頂：華山峯頂。岧嶤：山高峻貌。蕭瑟氣悲哉：謂秋季。語本戰國宋玉《九辯》。

〔二〕墮：落。三峯：指蓮花（西峯）、落雁（南峯）和朝陽（東峯）。清齊周華《西嶽華山游記》云：『華嶽惟三峯最高，三峯又推南峯最高。南峯望秦嶺如灰線，終南積翠無邊。……東望中條隱與太行相接。西望驪山、武功、太白俱在杳靄間。……其北則黃河蜿蜒，平沙漠漠，自龍門繞雷首、壺口，與涇、渭合流而東。山川脈絡，宛然如畫。』在華山絕頂俯瞰，黃河如落峯下。

〔三〕『北極』二句：謂在君王的關照下，從順德調任陝西，這裏也自有一番況味。北極，北極星，喻指朝廷。唐杜甫《登樓》：『北極朝廷終不改，西山寇盜莫相侵。』風塵，宦途。郡國，郡與國。順德知府相當於古代的郡守，陝西省相當於古代的諸侯國。中原，相對於邊疆地區而言，泛指我國中部地區。廣義的中原指黃河中下游地區，或整個黃河流域。此指陝西。日月，喻指君王。見《詩·邶風·日月》『日居月諸』《傳》、《箋》。『儒官明主意』（《黃河》），李攀龍認爲出任陝西提學副使是嘉靖皇帝的意思。自樓臺，自有一番風味。樓臺，樓閣、臺榭。唐杜甫《詠懷古跡》：『三峽樓臺淹日月，五溪衣服共雲山。』

〔四〕『君王』二句：借用漢宮仙人掌承露盤的故事，謂如果君王問起華山仙人掌是什麼樣子，我願獻上一杯芙蓉峯的甘露。言外之意是在這自然美景中徜徉，比拜求神仙以祈長生强多了。嘉靖皇帝迷信道教，服食求仙。因有婉諷的意味。倘，倘若，假如。仙人掌，華山有仙人掌崖，在東峯。芙蓉，華山峯名。卽蓮花峯。《漢書·郊祀志》『承露仙人掌之屬』注引蘇林說：『仙人以手掌擎盤承甘露。』顏師古說：『《三輔故事》云建章宮承露盤，高二十丈，大七圍，以銅爲之，上有仙人掌承露，和玉屑飲之。』

〔五〕『縹緲』二句：謂在這雲霧飄忽之中，探訪西嶽華山，三峯壁立，誰更峭拔雄壯？縹緲，高遠隱約貌。白帝，神話傳說中五天帝之一，名白招拒，守護西方。見《周禮·天官冢宰》。相傳秦襄公自以爲居住在西戎，建壇祠白帝。見《史記·高祖本紀》『吾子白帝子』《集解》。華山爲西嶽，自然是白帝的宮室。雄，雄長。

〔六〕蒼龍：蒼龍嶺，在北岡轉折處，奇險無比，而又爲登上華山峯頂的必由之路。李攀龍《太華山記》云蒼龍嶺『廣尺有咫，長五百丈，崖東西深數千仞，人莫敢睨視』。秦川：指涇渭平原，所謂八百里秦川。石馬：石刻之馬，秦漢時多置墓前。據李攀龍《太華山記》載，明星玉女祠建在一塊大石上，祠前大石裂開，有一洞穴，洞中有石如馬。明星玉女祠在玉女峯（中峯）。漢苑：漢代宮苑。

〔七〕天開：天氣晴朗。

〔八〕『平生』二句：謂平生傲視凡俗，而在華山雄奇的自然景觀面前，纔真正知道自然力量的神奇莫測。突兀，高聳特立貌。《世說新語·品藻》：『劉尹目庾中郎：「雖言不愔愔似道，突兀差可擬道。」』看人意，看到人爲所欲爲。人意，人的意志。容，當。造化，創造化育，卽大自然。

〔九〕『振衣』二句：謂登上華山峯頂，見瀑布飛灑山半雲上，在明星玉女祠前，卽使白日也感到寒冷。振衣，抖掉衣服上的灰塵。此謂登至高處。語本晉左思《詠史》『振衣千仞岡』。瀑布，蓋指峯頂流下的水。華山頂有池，卽仰天池。李攀龍《太華山記》云登上峯頂，『削成上四方，顧其中汙也。上宮在汙中西北，玉井在上宮前五尺許，水出於其上，潛於其下，東北溼大坎中，凡二十八所，北注壁下，壁下注道中。一穴北出，水從上幂之也』。汙卽水池。倚劍，拄劍。唐李白《發白馬》：『倚劍登燕然，邊烽列嵯峩。』明星，指明星玉女祠。祠在頂峯附近。

〔一〇〕『東走』二句：謂峯陰黄河遥與砥柱相通，雲霞則與長安相接。峯陰，山峯的背面。黄河在華山東北。搖，通『遥』。砥柱，山名。亦名三門山。原在河南三門峽市東北黄河中，河水至此分流。今在三門峽水庫庫區，山已不見。紫氣，祥瑞之氣。此指雲霞。屬，連接。

〔一一〕咫尺：謂距離非常近。周尺八寸曰咫。天門：南峯東側有南天門。帝：指白帝。李攀龍《太華山記》：『南望三公山，三峯如食前之豆，是白帝之所觴百神也。』

〔一二〕徙倚：輾轉游移。此謂在三峯游歷。

〔一三〕『蓮花』二句：寫山之高峻險奇，謂蓮花峯高入雲霄，與青天一色；玉女峯常年積雪，雲霧繚繞。

〔一四〕『樹杪』二句：寫峯頂景象的雄渾、闊大，謂峯頂雲氣遠與大漠相接，岩壁上的日暈倒映在漢江之中。雲霾，雲氣。日暈，日被彩色雲氣環繞，謂之日暈。

〔一五〕一嘯：猶一歌。此指寫詩。擬：似。